徳間文庫

御三家の犬たち

南原幹雄

徳間書店

目次

白昼の暗殺

一

青北風《あおきた》が江戸の町を吹きぬけた翌朝。小石川《こいしかわ》にある水戸藩上屋敷《みとはんかみやしき》の裏門の潜《くぐ》りが音もなくひらいた。

でてきたのは大きな風呂敷《ふろしき》包みを背負った行商人ていの男である。脚絆《きやはん》、草鞋《わらじ》でしっかりと足ごしらえをしているのは、江戸市中ばかりでなく、かなり遠いところまで出商《であきな》いするための身仕度《みじたく》である。

藤林《ふじばやし》　霞九郎《かすみくろう》は背の荷物を一度揺りうごかして、北の空を見あげた。昨日の風で空は一片の雲もない秋晴れである。空気は澄んでいて、こころなしか冷たい。

霞九郎はやや身のひきしまるものをおぼえ、富坂《とみさか》のゆるい勾配《こうばい》をゆっくりとのぼり、千住《せんじゅ》方面へむかった。

千住は江戸四宿の一つで、日光・奥州街道の第一宿である。と同時に、水戸街道もここからわかれる。

処刑場《しおきば》のある小塚原《こづかっぱら》から大橋をわたって千住掃部宿《かもんじゅく》へ入るとき、霞九郎はちらりと後をふりかえった。

宿場をでるところに、問屋貫目所《かんめしょ》がある。背中の荷をおろして、ざっと役人の改めをうけた。ここは御番所ではなく、水戸街道の下り荷をあらためるところである。

（……？）

貫目所は難なく通過できたものの、霞九郎はなんとなく後頭部にはりついてくるような視線を感じていた。

水戸街道は日光・奥州街道よりも道幅がせまく、道路も整備されていない。人通りもすくなく、尾行者と感じられるような者の姿は見えなかった。

が、かすかな胸騒《むなさわ》ぎがおこっていた。彼にはとぎすまされた五感のはたらきと、きたえぬいた反射神経がそなわっている。その五感と神経とが、危険なものの存在をおしえているのだ。

（いぶりだしてくれようか）

と一時はおもったが、すぐにかんがえをあらためた。

（相手の出方を待とう）

という気持におちついたのだ。

自分の身には重大な使命が待っている、という直感を上屋敷をでるときからいだいていたからである。霞九郎は国許《くにもと》にいる父に命じられて、水戸へおもむくところなのである。

速歩《そくほ》したくなる気持をおさえて、新宿《にいじゆく》、松戸……とゆったりとした足取りですぎていった。

江戸から水戸は三十里。通常の者ならば、二泊三日の行程である。彼ならば速歩であるけば一日半でいける距離だが、荷をかついだ行商人がそんな速歩を披露すれば、目のこえた者には正体をうたがわれ、たちまち忍者と見やぶられることになる。

だから、今日の泊まりは取手宿《とりでじゆく》ときめていた。

我孫子《あびこ》をすぎたころ、黄昏《たそがれ》がちかづいてきた。秋の夕日が広漠たる関東の平野の涯《は》てにしずんでいくのを、手賀沼《てがぬま》のほとりでながめた。

江戸をでてから山を一度も見ていなかった。関東平野には、筑波山《つくばさん》以外に山らしい山はないのである。白鷺《しらさぎ》が群れをなして水辺にしげった蘆《あし》の中から音をたててとびたち、夕焼けの空へむかって小さくなっていった。

霞九郎は光景のうつくしさに一瞬足をとめたが、すぐにまたあるきだした。

しばらくいって芝崎村のはずれにいたると、古い神社の鳥居があった。このあたりで薄暮《はくぼ》につつまれてきた。往還の人通りもほとんど見えなくなった。

取手の宿場はそう遠くない先にある。

その手前の青山村の入口にちかい路傍《ろぼう》に、観音菩薩《ぼさつ》の石像が立っている。かつては観音堂があって、その中におさめられていたのだが、お堂が朽《く》ちはてて、修築されぬままに、石像だけがのこったのであろう。この街道を旅する者には、今やこれが一つの目印になっている。霞九郎にとっても、見なれたものだ。

五尺余寸の石像は夕闇《ゆうやみ》の中、街道の右手にうっそりと佇立《ちょりつ》していた。観音菩薩のまえには、団子や果物などの供物《くもつ》と花がそなえられている。道中の安全をねがって、とおりすがりの旅人がそなえていくのだ。

（……！）

そのまえをとおりすぎようとしたとき、霞九郎の足がおもわずとまった。ひやりと戦慄《せんりつ》がはしり、一瞬、体が硬直した。

さらに観音菩薩の顔を凝視したとき、どっと脂汗《あぶらあせ》が全身に吹きだした。菩薩の目が一、二度まばたきをしたのである。

石像が無言のまま地を蹴《け》っておそいかかってきたのと、霞九郎が大きく後ろへとんだのが同時だった。観音菩薩はまぎれもない忍者であった。本物の石像はちかくにたおされているのだろう。

一刀が霞九郎の顔面すれすれにはしって、旅の衣の袖《そで》をふかく切りさいた。荷物を背負っているぶんだけ、うごきがにぶくなったのだ。

「おぬし、千住からつけていたな」

敵の一刀はつづけざまに、二度、三度と頭部、顔面をねらってするどく繰《く》りだされた。そのたびに空《くう》を切る音がした。

霞九郎は荷を背負ったまま、右に、左にとんでかわした。

「藤林霞九郎！　気づいていたにしては無用心だったな」

夕闇の中に、敵の影が大きくおどった。

身のこなしは軽捷《けいしょう》だが、齢《よわい》は四十半ばくらいに達していようと想像した。忍者としては、まだはたらきごろだ。

が、正体については見当がつかなかった。

「何者だ」

まともな返事がかえってくるとは期待しなかったが、反撃の隙《すき》をねらいながら、こころみに誰何《すいか》した。

「往生ぎわにおしえてやろう」

相手がそうこたえたとき、霞九郎は左腕に巻きつけてあった数珠《じゅず》を素ばやく手ににぎった。

相手が地を蹴って高くとび、霞九郎の頭上に舞いおりてきた瞬間、

「やっ」

霞九郎の手から無数の白い珠《たま》が音をたてて飛び散った。

そのうちの大半がツブテとなって相手の顔面をはげしく打った。

忍者はおもわず掌で自分の顔をおおった。一筋、二筋、指のあいだから血がながれた。そして、ひくい苦痛のうめきが口からもれた。

「見事……」

その後、忍者が口にした言葉は予想外のものだった。

一方、霞九郎はようやく刃渡り一尺余寸の忍び刀をぬいて身がまえた。

「正体を明かしてもらおうか」

無反《むぞ》りの忍び刀を突きつけてせまると、相手はすかさず数歩さがった。

「ここで命を捨てるか？」

さらに追いせまって切っ先を喉元《のどもと》へむけると、相手が戦意をうしなっていくのがあきらかにわかった。

「水戸藩御庭方《おにわがた》、霧《きり》の又十郎《またじゅうろう》」

忍者は意外な名をあかした。それは霞九郎もよく知っている名であった。

二

三日めの夕刻、霞九郎は水戸城下についた。

水戸の城地は、那珂川《なかがわ》とその支流桜川とによって浸蝕《しんしょく》された台地の先端にあって、南には千波湖《せんばこ》が大きく横たわっている。城は那珂川と千波湖にはさまれたせまい台地の中央にあり、城下は東西に分断されている。それで城の東方を〈下町《したまち》〉といい、西方を〈上町《うわまち》〉と呼んでいる。

霞九郎は、その日、城へむかうことなく、下町の本町にある旅籠屋《はたごや》に投宿した。

霞九郎の父一碧斎《いっぺきさい》は水戸藩につたわる伊賀《いが》・藤林党の頭領であるが、すでに齢《よわい》七十に達し、常陸太田《ひたちおおた》にある西山荘《せいざんそう》において隠居同然の暮らしをしている。

霞九郎はこの父ともう十年ものあいだ顔を合わせていなかった。そのあいだに、父が耄碌《もうろく》したという噂《うわさ》を何度となく耳にしていた。とくに一昨年内臓をわずらってからは、めっきりと体力がおとろえてしまったという。

一碧斎は往時は藤林党の祖といわれる藤林長門《ながと》に匹敵する忍びの達人と称されていた。が、老齢に達し、気力がおち、忍びの技までおとろえてしまえば、もはやこの世に用なき存在と陰であざけられたとしても仕方がなかった。それでいて、なお一碧斎が名目のみとはいえ、今まで頭領の地位についていてこれたのは、今が戦国の世ではないからである。

忍者が発生して、忍びの術が発達し、諸大名がきそって忍者をつかったのは戦国の時代である。乱世の兵火がおさまってからも、忍者はしばらくは徳川幕府をはじめ諸大名の手もとにやしなわれて、隠密《おんみつ》として存続してきたが、やはり時代とともにその重要さは失われていった。

幕政の初期には、幕府は外様《とざま》大名政策などのために、伊賀者、甲賀《こうが》者を擁《よう》して存分に彼らの忍び技を駆使してきた。ところが泰平の世がかたまっていらい、忍びの達人や猛者《もさ》たちも伊賀同心、甲賀与力《よりき》として編成された。そしてせいぜいが戦時における鉄砲足軽、ふだんは江戸城各門の番人くらいが関の山で、あとは大奥女中たちの世話をしたり、見張りをするといった役《やく》所《どころ》におちてしまった。

気骨《きこつ》のある忍者の中には、そんな世の有様に反発し、あるいは屈辱《くつじょく》にたえられず、郷里の伊賀や甲賀へかえって、郷士や百姓になった者も多かった。新天地をもとめて、新規取り立ての大名に召しかかえられていった者もすくなくはなかった。

とまれ、忍者にはもうかつてほど時代の要求はなくなったのである。さかしまにいえば、一碧斎のごとく耄碌してもまだ頭領をつづけていられる時世となったのである。

翌朝、霞九郎は旅籠屋をでて、水戸の五里北方にある太田へむかった。

太田は、水戸藩領のほぼ北端である。

久慈川《くじがわ》をこえると、急に山々がちかくなってきた。

阿武隈《あぶくま》山地の南端が国見山である。そのさらに南の裾《すそ》にあるのが西山である。水戸藩二代目の藩主光圀《みつくに》は、元禄《げんろく》三年（一六九〇）、隠居して、この西山に山荘をつくって隠棲《いんせい》し、没するまでの約十年をこの閑寂な環境の中ですごした。『大日本史』編纂《へんさん》の仕事はほとんどここでおこなわれたのである。

西山荘に出仕した家来は家老大森典膳《てんぜん》以下二十人あまりおり、飯炊き、下男などの軽輩までくわえると数十人におよんだ。これらの人々は山荘にちかい谷あいの地に住居《すまい》をあてがわれて、日々出仕していたのである。

一碧斎は、光圀がここにうつると同時にお供してやってきて、弟子の霧の又十郎とともに光圀の身辺の警固《けいご》にあたった。光圀が没してからは、大半の家来が水戸へもどっていったが、一碧斎と又十郎はひきつづきこの山荘にとどまって、いらい十余年をへてきているのである。

沢をぬけると、ひんやりとする山気につつまれた。

谷川の橋をわたったところに、門番小屋がある。そこからが山荘の領域である。番人は二人つめていた。

霞九郎はかつて一度だけ、西山荘をおとずれたことがある。十年まえ、江戸の上屋敷で死んだ母の遺骨をもって父をたずねたのである。

道の右手が孟宗《もうそう》、左には熊野杉《くまのすぎ》のふかい林がつづく。頭上たかく枝葉がおおって、空が見えぬほどである。

池があり、そのほとりに五株《しゅ》の柳がならんでいる。陶淵明《とうえんめい》が庭前に五本の柳を植えたのにならったものだという。

この橋をわたり、坂道をゆるゆるとのぼると、扉を空へつきあげ、棒でささえた突上げ御門があった。

門を入ると、前方に山荘の母屋《おもや》の玄関が見える。その左手には、植樹園と薬草畑がひろがっている。光圀が実用と観賞のためにつくらせたものである。実用には、食用と薬用、二つの目的があった。

植樹園と薬草畑は母屋の裏手にもひろがっている。

ちかづいていくと、畑の中で、背をかがめて植物に鋏《はさみ》を入れている老人の姿が見えた。ぱちん……、ぱちん……、と間をおいてきこえる鋏の音が耳についた。

畑の世話をまかされている地元の老人であろうとおもった。立ちあがればよぼよぼで腰のまがった老人を想像させた。

が、霞九郎はいきかけて、ふたたび視線を老人へもどした。わかっているだろうに、老人は彼へ見むきもしないのである。

（耳がとおいのか……）

とうたがった。老人の背へ、注意をはらった。よごれた道衣《どうい》をまとった薄い背中がなにかいっている。

（そうか……）

おどろきのおもいであらためて老人の後ろ姿をながめた。想像していた以上に父は小さくおとろえていた。

ふっと感慨《かんがい》がわいた。忍者にとって長い年月がこのように無残なものであるのかと一瞬胸をいためた。

「伜《せがれ》よ……、ひさしぶりじゃ」

老人の言葉は存外しっかりしていた。声もそれほど力をうしなっていなかった。

「親父《おやじ》どの、つつがなくて、なにより」

懐しさといつくしみをこめてこたえた。

一碧斎はふふん……、とわらった。

「又十郎に馳走《ちそう》をうけた。親父どのの差し金であろう」

「ずいぶん腕をあげたのう。又十では歯がたたなくなった。もう伊賀者でおまえをしのぐ者はおるまい」

「いや、世間はひろい。まだまだ強者《つわもの》はいるだろう」

「どうかな……。十年まえ、おまえが山荘にきたとき、又十は旅にでていた。はじめての手合わせで、又十は舌をまいたようじゃ」

「親父どの、どうしてまたわしを呼んだ。それに又十郎をむかえに寄こすとは念が入りすぎてはいないか」

「まあ、あがれ」

一碧斎は立ちあがり、先にたってあるきだした。背は極端に猫背になり、そのうえ軽く足を引きずっている。

一碧斎が住まっているところは薬草畑のかたわらにある粗末な小屋である。一坪ほどの土間があり、それに四畳半くらいの板の間がついている。

この先にもう一つ、これとおなじような小屋が畑の前に立っている。それが又十郎と妹が住んでいる小屋だ。

「先だって、公方《くぼう》様が病の床におつきになられた。そのことにかかわりがあるのか」

板の間の中央には囲炉裏《いろり》が切ってある。まだ火は入っていないが、二人はそのまえに胡座《あぐら》をかいた。

「公方様の病《やまい》はおもいようじゃ。もうご快癒《かいゆ》はおぼつくまい」

一碧斎はひくくつぶやいたが、それは霞九郎の推測とも一致していた。

「それにともなって世の中にみだれがおこるとでも……」

「みだれとはちと大袈裟《おおげさ》じゃ。が、世間はさわがしくなるであろう」

耄碌したとはいわれていても、一碧斎の頭脳はまだ明晰《めいせき》である。

「将軍位の争いが？」

「公方様のお世継《よつ》ぎはまだ四歳じゃ。それに鍋松《なべまつ》君は体がおよわい」

将軍家宣《いえのぶ》は五十一歳であるが、子にはあまりめぐまれていなかった。鍋松のまえに生まれた子らはいずれも早世し、鍋松もまた病弱で、まともにそだつかどうか心配されていた。

「公方様は病の床に、御側御用人《おそばごようにん》と新井白石《あらいはくせき》を召して、お世継ぎのことをおはかりになったとか……」

知っているかどうかとおもっていったところ、一碧斎はかるくうなずいた。こんな山奥の中にいても、天下のうごきを一応つかんでいるのをみると、耄碌したという噂は一概には信じかねた。

家宣は鍋松が無事に成人するかどうかうたがわしいとみて、御三家の筆頭尾張《おわり》藩主吉通《よしみち》に将軍位をゆずるべきかどうかを側用人間部越前守詮房《まなべえちぜんのかみあきふさ》と新井白石に諮問《しもん》した。

ところが二人は口をそろえて反対した。ご病弱とはいえ、お世継ぎがこの世にいらっしゃる以上、その君を廃して尾張公にご譲位なさっては将軍位の筋目をみだすばかりでなく、天下大乱のもとになりましょう、といって家宣をいさめた。

そして、鍋松君にもしものことがおこった場合にこそ、御三家の中から公方様をおえらびなさるべきでしょうと申しあげたというのである。

「公方様はすでにご自分の死期をおさとりになっておるはず。この世をみまかるにあたってのご覚悟として、ご遺志を書面になさるか、それともご遺言をのこされておるとかんがえるべきじゃろう。御三家とも表むきはかくべつとして、腹のうちでは色めきたつのも当然のことではないか」

　一碧斎は霞九郎にもうなずける的確な言葉をはいた。

　家宣は死期のちかい床にあるのだから仕方がないとしても、世継ぎ鍋松までも早世するとすでに見なしているのである。

「これから将軍位の争いがおこるとすると……」

　霞九郎は少々こころのおもい気分になってきた。

「おまえがはたらきに出なければならぬときがきた。わしは今日、おまえに当主をゆずろう。おまえは只今《ただいま》から藤林党の頭領になる」

　一碧斎は抑揚《よくよう》のない声でいった。

「は……」

　突然おもいがけぬ命令をうけて、霞九郎は口ごもった。

「ご家老がおまえを召しておる。お城のお屋敷に中山様をたずねよ」

　ここでようやく一碧斎は意のうちをあかした。中山様というのは、水戸藩の筆頭家老中山備《び》前守信行《ぜんのかみのぶゆき》のことである。

　一碧斎が霞九郎を国許に呼んだのはこのためであった。

三

翌月の正徳《しょうとく》二年（一七一二）十月十四日、将軍家宣は薨去《こうきょ》して、喪が発せられた。

そして西の丸にいた鍋松が本丸へうつって、家継《いえつぐ》と称し、七代将軍を継いだ。

薨去の席で家宣の遺書がひもとかれ、将軍位は鍋松が継ぐべきこと、もし鍋松が早く没したるときは、尾張藩主吉通の子五郎太《ごろうた》、紀州《きしゅう》藩主吉宗《よしむね》の子長福《ちょうふく》、この両人のいずれかを将軍に就《つ》かせ、吉通か吉宗を後見職にたてること、この二点が披露《ひろう》された。五郎太と長福の二人はいずれもまだ二歳の幼児である。前月、家宣の諮問にたいしてこたえた間部詮房と新井白石の言葉どおりに大体はこんだのである。

霞九郎は将軍の喪が発せられてからも、日常の勤務はかわりなくつとめていた。

水戸藩御庭方――。

これが霞九郎の身分役職である。藤林党の頭領になってからも、これはかわりなかった。

家康の第十一子頼房《よりふさ》が水戸藩を創設したとき、中山備前守信吉《のぶよし》が付家老《つけがろう》を命じられ、伊賀・藤林党の忍者十九人をつれてやってきた。その十九人はいずれも御庭方を命じられ、その後、十人が江戸にのこり、九人が国許水戸に配属された。

そしてその御庭方十九家は今も欠けることなく存続してきた。

江戸詰めの御庭方は小石川の上屋敷の庭園の番が表むきの仕事である。日夜交代で庭の番をつとめ、有事のときには藩主あるいは家老の密命をうけて、特殊任務につくのである。

水戸藩上屋敷は九万九千坪。その敷地内に光圀がつくらせた天下の名園後楽園がある。上屋敷の表門は〈日暮らしの御門〉と呼ばれる華麗なものであり、左甚五郎《ひだりじんごろう》が彫った竜が天をのぞんでいる。

その御門の左右に長くつづくのがいわゆる水戸の百間《ひやっけん》長屋である。この御長屋に定府侍《じょうふ》たちが住みついている。御長屋は広大な敷地周囲に何棟も建ち、御庭方のものは桜の馬場の裏側にある。

この馬場は千年、五百年の老木が空をおおい、昼なおくらい、あまり人の近寄らぬところである。それだけに御庭方の住居としては格好《かっこう》の場所である。

ともかく広大な屋敷であるから、御庭方の持場も分担がきめられている。霞九郎の持場は後楽園の東南の四半分である。

この庭園は神田《かんだ》上水の水をひいて川と池をつくり、回遊式に造園しあげたものである。光圀の時代に一時江戸の町民に開放していた時期があったが、いろいろな弊害《へいがい》がおこったため、今は開放していなかった。

暮れ六つ（午後六時）が交代の時刻である。

やがて六つになろうとしたとき、苑路《えんじ》をとおってちかづいてくる人影が薄暮の中に見えた。

交代の御庭方がやや早めにやってきたのかとおもって、霞九郎ははじめ気にもとめなかった。

（そうではないな）

ということがすぐにわかった。

御庭方同士がちかづくときには、特有の合図をするものである。霞九郎がさりげなくおくった合図にたいする応《いら》えがなかった。

苑路がまがりくねっているため、植込みの中に一度その人影がかくれた。

ふたたび人影があらわれたとき、霞九郎は直立の姿勢からやや腰を折った。目上の者へたいする挨拶《あいさつ》である。中山備前守信行であった。

「役目、ご苦労」

中山は寄ってきて声をかけた。中山とはすでにこの月のはじめ、水戸で会っている。

「ご家老はいつ、こちらに」

中山は城代《じょうだい》家老をつとめ、ふだんは水戸にいる。

「今日の昼、江戸についた」

ということは二日半できたことになる。今月二十日の家宣の葬儀にでるために出府したのである。

「ちかく、寄れ」

一定の距離をたもとうとした霞九郎にたいして中山はいった。

「は……」

霞九郎は二、三歩ちかづいた。付近に人はいないが、中山は万一を警戒したのだ。

「公方様のご遺言によって、つぎの将軍位争いの幕があいた。尾張と紀州の衝突はすでにはじまっておる」

中山備前はいま三十半ばのはたらきざかりである。痩《や》せ気味の体にはさかんな精気が感じられる。若いころから武芸に精進してきただけに、顔もひきしまっていて精悍《せいかん》である。

家継のつぎの将軍位には、はっきりと尾張の五郎太と紀州の長福の名があげられた。水戸藩主綱條《つなえだ》にも宗尭《むねたか》という世継ぎがいるが、その名は家宣の遺書にはかかれていない。

（何故、水戸だけが……？）

とたずねようとして霞九郎は口をつぐんだ。彼が口にするには僭上《せんじょう》な言葉だからだ。

尾張、紀州、水戸の三家は将軍を補佐し、将軍の血統をまもるために神祖家康がたてた格別な家柄である。その意味において、石高《こくだか》と藩祖の長幼のちがいはあっても、序列の差はないものとかんがえるべきであった。

「尾張様といたしましても、おもしろからぬところはございましょう」

霞九郎は言葉をかえた。

生前、家宣が間部詮房と新井白石にはかったといわれる尾張藩主吉通の名は、将軍後継者の候補としては遺書にのっていないのだ。吉通としては家継に万一のことがあれば、将軍位を継ぐのは当然自分だという自負があったはずである。

「尾張公には思惑《おもわく》ちがいもあったであろうが、そのかわりに世継ぎが名ざされて、自分も後見職に推《お》されておるのだから、まずまず納得をいたしておるのではないか」

という中山の言葉の裏に、将軍候補の中から完全にのぞかれた水戸家の不満がにじみでているのが感じられた。

「左様でございましょう」

「わが水戸徳川家は、天下に万一のことがおこった場合、将軍の御名代《ごみょうだい》として采配《さいはい》をふるって下知《げち》することをゆるされておる副将軍の家筋じゃ。それゆえ、尾張、紀州に伍《ご》してご遺書に水戸の名がなかったのであろう。さらばとて将軍位争いの埒外《らちがい》に立つことはかなうまい」

「………」

「かならずや争いの渦中に巻きこまれるであろう。まずは水戸家とすれば、尾張と紀州の争いをとくと見届けておかねばなるまい。その見届け役をそのほうに命ず」

　中山の言葉が霞九郎の肝にひびいた。

「ははっ」

「尾張の五郎太、紀州の長福、いずれも相手方に命をねらわれることになるやもしれぬ。当面、水戸は両家の監視役に立たねばならんのだ」

「委細うけたまわりました」

　片手をついて、霞九郎は中山の密命をうけた。

　これは水戸藩御庭方の歴史上かつてなかった大役であった。中山からこのような任務がくだることを、霞九郎はかねて予測はしていたのである。

「尾張、紀州の密偵らも、すでにうごきだしているころだ。連中にけっしておくれをとるな」

「ははっ、一命にかけまして」

たぎりたつものをつとめておさえながら、霞九郎はこたえた。

尾張、紀州の壮絶な争いが今後展開していくことが予想された。水戸がその二家にたいしてどういうかかわりを持っていくかは、いま想像することはできなかった。けれども水戸が、中山がいったように単に尾張と紀州の争いの見届け役や監視役に終始するとは到底かんがえられないのであった。

水戸家とても、聖人君子の家筋ではない。中山は口にこそださぬが、尾張と紀州の争いの形態によっては、その中へ割って入っていこうという意図が感じられる。血で血をあらう将軍位争奪の闘いが今後御三家のあいだでくりひろげられていくかもしれぬ。

去っていく中山の姿を夕闇の中に見つめながら、霞九郎はこの闘いに藤林党頭領として切りこんでいく決意をかためた。

四

芝増上寺《ぞうじょうじ》の御成門《おなりもん》から大方丈にかけて白幔幕《しろまんまく》がはりめぐらされたのは、十月二十日の暁から早朝にかけてであった。幔幕はさらに御成門の周囲、沿道にかけて隙間《すきま》なくめぐらされ、広大な芝山内はもとより諸門、沿道に幕府直参《じきさん》の士がものものしく警固についた。

前《さき》の将軍文昭院家宣の葬儀が今日おこなわれるのである。

三縁山増上寺は東叡山寛永寺《とうえいざんかんえいじ》とならぶ徳川家の菩提寺《ぼだいじ》である。寺領一万五百石、境内二十五万坪、学僧三千を擁する関東浄土宗の総本山で、すでに二代将軍秀忠《ひでただ》がここに埋葬されている。三代家光《いえみつ》、四代家綱《いえつな》、五代綱吉《つなよし》の御霊屋《おたまや》は寛永寺にあり、このたびも両寺のあいだで熾烈《しれつ》な葬儀争奪がおこなわれたあげく、ようやく増上寺に決定をみたのである。

この日、江戸市街は朝から炊飯《すいはん》の煙がひと条《すじ》もたちのぼらなかった。

葬儀には喪主の将軍家継をはじめとして、御三家、老中、譜代《ふだい》大名、外様《とざま》大名すべてが参加する。およそ将軍お成りの当日は、市街で火を焚《た》くことを一切禁じられている。将軍お成りの沿道の家々ではみな戸を閉じてしまうほどである。

将軍をはじめ御三家、老中、以下諸大名の行列は午《うま》の刻（正午）をまわったころ、沿道を通過して、増上寺に入り、将軍は大方丈へ、諸大名は各宿坊になっている子院《しいん》へおちついてから、葬儀挙式のはこびになる。

赤坂喰違《くいちがい》にある紀州徳川家の上屋敷においても、四つ（午前十時）まえには藩主吉宗が葬儀参列の仕度をおえていた。

吉宗は今年二十九歳、男ざかりの偉丈夫である。二代藩主光貞《みつさだ》の四男として妾腹《しょうふく》から生まれたが、長兄の三代藩主綱教《つなのり》、次兄の四代藩主頼職《よりもと》のあいつぐ死去によって、二十二歳で五代藩主の地位にのぼった。

それいらい、めざましい藩政の改革をおこなって、藩の内外に声望をかち得ていた。識見、器量、気魄《きはく》、体力、年齢などいずれをとっても欠けるところのないすぐれた藩主である。次代将軍の後見職についたとしても十分それをこなしていける人物とみられている。

そのとき、藩主の居間にしずかな足音がちかづいた。

「殿、安藤様がお越しになられました」

と、告げたのは吉宗の近習《きんじゅ》である。

それからややあって、紀州家の付家老安藤飛驒守《ひだのかみ》陳武《のぶたけ》が応接の間に姿をあらわした。

そこへ吉宗は入っていった。

「じい、何用じゃ」

安藤はまだ吉宗が部屋住みでくすぶっていたころから、すでに紀州家五十五万石を宰領する地位にあった。それだけに吉宗としても安藤へは頭のあがらぬものがあるのだ。

しかも安藤は紀州家の付家老をつとめると同時に、三万九千石を領する独立した大名の身分格式を幕府からあたえられており、小石川に自分の上屋敷をもっていた。ふだんはそこに住居《すまい》しているのだ。

「今日の葬儀には出ずともよい、とつたえておいたはずだが」

「有難きしあわせでございます。冬に入ってまいりますと、足腰に痛みをおぼえ、出仕いたすのも億劫《おっくう》になりがちでございます。屋敷の縁側で日なたぼっこでもしているほうが似合う年になってまいりました」

安藤は六十の坂をこしてからというもの、藩政の表舞台にはほとんど立たなくなった。吉宗の親政にまかせるほかは、吉宗の側役《そばやく》加納角兵衛《かのうかくべえ》あるいは有馬四郎兵衛《ありましろうべえ》をつうじて、ときたま自分の意見を申しあげるにとどまっていた。

「用があるなら、角兵衛か四郎兵衛をつかわしたものを」

吉宗は安藤を遠ざけようとしているのではなく、もう老齢の付家老になるべく負担をかけまいとしているのである。

「たった一言、殿へ言《こと》づけをいたしにまいりました」

「なんじゃ」

「殿、ご用心くだされ。増上寺に赤犬がまぎれこむやもしれません。嚙《か》まれぬよう、くれぐれもご用心を」

安藤はたるんだ下《さが》り目を見ひらいて、吉宗へひたと瞳《ひとみ》をすえた。

「赤犬がうろついておると申すのか」

「左様でございます」

「相かわらずじいは、いい耳と鼻をもっておるの」

「はっ」

「さすがは古狸《ふるだぬき》じゃ。十分身のまわりに注意いたそう」

安藤が〈紀州の古狸〉の渾名《あだな》で呼ばれているのは、その風貌《ふうぼう》にも由来するが、彼がたぐいまれなほど狡知《こうち》な知謀家であることからきている。ふだん屋敷にこもっていながらも、天下の情勢から幕閣のうごき、藩内の動静、江戸市中の出来事まで知りつくしているのである。

「尾張では九分九厘まで将軍位を手中におさめたとおもいきや、鍋松君にもっていかれたばかりでなく、そのつぎの将軍位でも当家と五分五分にならべられたことを口惜《くや》しがっておりましょう。次期将軍位をかならずものにすべく、すでに諸方へはたらきかけておるばかりか、紀州家へむけて赤犬をはなったとつたわっております」

安藤がそうした情報に精通しているのは、彼が紀州家に伝わる伊賀・百地党《ももちとう》の忍者をよく使いこなしているからだといわれている。

伊賀の忍者は、夜間のはたらきで好んで黒装束《くろしょうぞく》を身につけることから黒犬と呼ばれている。それにたいして甲賀流では、柿色《かきいろ》の装束をつかう伝統がある。甲賀流忍者を赤犬と呼ぶのはそのためである。

「わかった。じいは紀州の知恵袋だ。これからも知恵をさずけてくれい」

吉宗がいうと、安藤は一礼して、さがっていった。

安藤はそのあとさらに、加納角兵衛と有馬四郎兵衛を呼び、いくつかの注意をあたえてから、待たせてあった乗物にのって屋敷へかえっていった。

五

吉宗の行列が上屋敷をでていくと、広大な屋敷内はひっそりとしずまった。

加納、有馬をはじめ、上屋敷にいる藩士たちの半数以上が供にしたがっていったためである。

その吉宗の行列には、不意の闖入者《ちんにゅうしゃ》や襲撃者にたいする備えが十分こらしてあった。駕籠《かご》脇《わき》の供には藩中の名だたる使い手たちがしたがい、前後も武芸自慢の猛者たちがかためていた。

その中には紀州藩薬込役《くすりこめやく》、御庭締戸番《おにわしめどばん》についている百地党忍者もふくまれていた。前後左右どこから斬《き》り込まれても、まず吉宗の乗物にちかづく以前に斬り伏せるか、あるいは撃退できる態勢をととのえてあった。

一方、上屋敷でも、吉宗留守の警戒は厳重をきわめた。喰違御門にむいた表門はもちろんのこと、裏門、通用門、南門、鮫《さめ》ヶ橋門《はしもん》、紀《き》伊《の》国坂門《くにざかもん》らにふだんからの門番が立ち、番小屋にはこれまた腕におぼえのある番士たちが詰めていた。

各番小屋には突棒《つくぼう》、刺股《さすまた》、袖《そで》がらみ、松明《たいまつ》、提灯《ちょうちん》などが常備され、ひかえの番士たちはめいめいの得物を用意していた。

巨大な庭園をかかえた屋敷内には、庭の各木戸に締戸番がおり、薬込役も随時見廻《みまわ》りをしている。

上屋敷の表御殿は役所であり、また藩主の住居でもある。世子《せいし》の住居は通常表御殿から庭をへだてた西の館《やかた》がつかわれているが、長福はいまだ幼少のため、生母お須磨《すま》の方とともに奥御殿に住んでいる。

吉宗の正妻理子《まさこ》はすでに一昨年、この屋敷で没していた。奥御殿にはおこんの方、お久の方などの側室がいるが、お須磨の方が事実上女主人の地位をしめている。おこんの方、お久の方はそれぞれ部屋をあたえられており、おつきの腰元たちにかしずかれている。

奥御殿にあっては、やはり藩主が外出しているときには、いくぶんかのんびりとした雰囲気になる。まして今日は空が晴れあがり、ほかほかとした玉のような日ざしが縁側に降りそそいでいる小春日和《こはるびより》である。

昼餉《ひるげ》のすんだころともなると、日の光にさそわれて奥女中たちは、三々五々奥の庭へでて散歩をたのしんだり、池の魚に餌《えさ》をやっている姿が見られた。一日のうちでこの時刻がいちばんのんびりとしたころなのである。

冬の鳥が庭へおりてきて、餌をさがしている。雑木林はすでに落葉がはじまっているが、冬《ふゆ》紅葉《もみじ》が真紅に燃えている。

表御殿は男の世界であり、奥御殿は女の世界である。厳密にいえば、藩主とその家族以外の男は奥御殿には立ち入れないのである。

表御殿には権力の闘争がうずまいていても、奥御殿はおもてだってそれを関知しない。闘争があるとすれば、それは女の嫉妬《しっと》の世界である。

ご多分にもれず、紀州家の奥御殿でも、三人の側室たちのあいだで、嫉妬と見栄の争いがうずまいていた。側室が争えば、おつきの腰元たちのあいだにもそれはおよんでくる。お須磨の方が嫡子長福を生んでからは、おつきの腰元までが他を見くだすようになるのも仕方がなかった。

今、縁側ににぎやかな声がおこった。三人の腰元にかこまれ、乳母《うば》陽春院に手をひかれた長福がでてきたのである。

一行五人が庭へおりてくると、それまで池の周囲や植込みのそばで小春日和をたのしんでいたおこんの方、お久の方付きの腰元たちがいつとはなしに姿を消していった。長福は池の魚が好きで、一日に一度ここに餌をやりにくるのである。

長福は家継同様、病弱の子である。発育もすこしおくれていた。それだけに、吉宗もお須磨の方も、かえって長福を溺愛《できあい》していた。

白い小袖《こそで》をまとった長福がよちよち歩きで池のほうへむかった。そのあとを腰元たちがわらい興じながらついてあるいた。

長福はいつもの石組みのところまできて、声をあげた。陽春院にあたえられた魚の餌をとって、水面へむかってなげた。魚が寄りあつまってくると、長福はいっそうはしゃいで餌をなげつづけた。

小春日の中で、しばらくのあいだなごやかな光景がつづいた。

そのとき、
ピッピッピイッ
するどい鳥の鳴き声がおこって、灰褐色をした鵯《ひよどり》が木の繁《しげ》みから飛びたった。

ヒュー
かすかに、風が鳴るような音がきこえたのは、その瞬後であった。

それと同時に、大気を切って一条の矢のごとく飛来してきたものがある。それは餌をなげていた長福にむかって真一文字にとんだ。

陽春院も腰元たちも、すぐには何事がおこったのかわからなかった。

「ぎゃっ」

みじかく、しかも弱々しい悲鳴をあげて、長福が石組みのかたわらにくずれおちて、はじめて異常事態がおこったことをさとったのだった。

「ああっ、若君！」

「若君っ、どうなされました！」

陽春院と腰元たちがさけびをあげて駆け寄ってみると、長福のほそい喉《のど》の中央に、長さ一尺ほどの矢が深々と突きたっていた。吹き矢である。

長福の弱々しい苦悶《くもん》の声がしばらくつづいて止んだ。

夢中で抱きあげた陽春院の腕の中で、長福はぐったりとなった。もう呼吸《いき》は止まっていた。

池の対岸の植込みの背後にあざやかな矢飛白《やがすり》の衣装がひるがえったのはそのときである。矢飛白の主は植込みから植込みへはしった。

「あっ」

「誰《だれ》かあ……」

陽春院も腰元もそれをみとめて声をあげたが、追いかけていく暇《いとま》はなかった。

奥御殿は女の世界であるから警固の士もちかくにはいない。

女の曲者《くせもの》は庭をつっきって、たちまちのうちに冬紅葉のしげる林の中へ消えていった。

左内坂《さないざか》の乱闘

一

「かんざしィ……、かんざし」

初冬の日ざしの中を、若い女の声がとおりぬけていく。洒落《しゃれ》た格子縞《こうしじま》の着物を着て、姉《あね》さんかぶりをしたかんざし売りがあるいていくと、そのうしろから町家の童女たちがまといつくようについてくる。

半蔵門から四谷《よつや》御門にいたる麹町《こうじまち》の大路は、江戸でもっともはやくからひらけた町筋である。町並みの雰囲気にもおちついた風格がある。商家が繁昌《はんじょう》しており、老舗《しにせ》が立ちならんでいる。

「かんざしィ……、かんざし」

娘のかんざし売りがながしてあるくと、町角や路地からおかっぱ頭、筒袖《つつそで》の童女たちが駆けだしてきて、穴あき銭をつきだして色とりどりのかんざしをもとめる。かんざしとはいっても縮緬紙《ちりめんがみ》、金具紙、あるいは真鍮《しんちゅう》はりがね細工でつくったもので、いずれも二、三文から五、六文の玩具《おもちゃ》である。

麹町は一丁目から十丁目まで細ながくつづく町である。

九丁目までくると左側は尾張藩《おわりはん》の中屋敷の裏になり、十丁目にいたると左側は尾張藩の中屋敷がつづき、右側は成瀬《なるせ》隼人正《はやとのしょう》綱成《つななり》の屋敷になる。このあたりになると、もう町家の童女たちも後についてこなくなった。

かんざし売りの声もとだえた。人影もすくなくなった。時刻は昼さがりである。

九丁目と十丁目とのあいだに、右へ折れる道がある。世間で成瀬横丁と呼ばれている道である。かんざし売りはその横丁へまがった。

成瀬隼人正の屋敷の表門のまえをとおりすぎ、しばらくいったところの通用門の入口に立ち、

「富士に鷹《たか》」

六尺棒を手にした門番に小声でそう呼びかけた。

門番は一瞥《いちべつ》し、うなずいて、門をあけた。

かんざし売りは御長屋と中間《ちゅうげん》部屋のまえをとおりぬけ、木戸へでた。

木戸のかたわらに木戸番がいる。

「これは、なつめ様……」

声をかけてきた木戸番へ、かんざし売りはにこりと笑みを見せてとおりすぎた。

木戸のむこうはひろい庭になっている。庭の隅に尾張藩御側《おそば》足軽《あしがる》の御長屋がある。

なつめと呼ばれた女は、御長屋のいちばん端にあるちいさな玄関へ入った。玄関脇《わき》の三畳間でかんざし売りの衣装をあらためていると、

「なつめか」

奥の部屋からくぐもった声がきこえた。

「ただ今もどりました」

なつめの声はこころなしかはずんでいる。なつめがこの御長屋にもどってきたのは、およそ一年半ぶりのことである。

「ご苦労だったな」

声だけがまたきこえた。

なつめはすばやく武家の娘の姿にあらためて、座敷へ入っていった。

父山岡《やまおか》重阿弥《じゅうあみ》は座敷の隅にある仏壇のまえにすわって、心の中で読経《どきょう》をつづけていた。重阿弥は尾張藩御側足軽の身分であるが、二年くらいまえからはほとんどこの成瀬屋敷に詰めっきりになっている。

成瀬隼人正綱成は尾張藩の付家老《つけがろう》であり、執政である。尾張藩主吉通《よしみち》は今年二十四歳であるが、藩政はほとんど成瀬隼人正にゆだねていた。

尾張藩の御側足軽といえば、いわば隠密役《おんみつやく》であり、代々甲賀流忍者がつとめていた。その頭領が山岡重阿弥である。

「父上、命じられました仕事《つとめ》をつつがなく……」

「やってまいったと申すか」

やや誇らしげになつめがいったときの父の反応がいささかひややかに感じられた。

「はい、長福《ちょうふく》様のお命をなきものに……」

なつめは約一年半まえに紀州家の上屋敷に奥女中として潜入し、家宣《いえのぶ》の遺言状が披露された直後に、長福暗殺の密命を父からつたえられていたのだった。尾張家と紀州家《きしゅうけ》との将軍位争いがはじまる一年半も以前に、すでにこうした事態が到来することを重阿弥は予測していたのである。

「しかとまちがいはないか」

予想以上にきびしい父の言葉に、一瞬たじろいだ。

「五日まえ、まちがいなく、上屋敷のお庭におきまして、吹き矢をもって……」

自信をもっていいだした返事も語尾のほうに不安がにじみでた。日ごろなつめは父をもっとも畏敬《いけい》していたので、父の態度から容易ならざることを推量しはじめたのだった。

なつめが紀州家の上屋敷を脱走して五日もここに近寄らなかったのは、紀州家の黒犬たちの目をくらますためであった。

「五日まえか……」

重阿弥はそこで暫時《ざんじ》思案し、

「おまえが吹き矢で射ころしたのはおそらく本当だろう。だが、それが長福殿だったかどうか」

とつづけた。

「人ちがいだとおっしゃいますか」

なつめはきっと父を見つめた。

「五日もまえに長福殿が死んでおれば、紀州家に異常があらわれておるはずじゃ。もし喪をかくしたにしても、なにがしかのことは表にあらわれるものだが」

「紀州家に、異常は見られませんか」

「まるでない。世子が亡くなったにしては、あまりにも波おだやかな様子だ」

よもやという気持をいだいたなつめも、父にそういわれると急に不安がつのってきた。が、五日まえ、上屋敷の庭で池の対岸から長福を吹き矢でたおした情景は頭の中に鮮明にある。

「ではわたしが射たのは、偽の長福様だと……」

「おそらくそうであろう。いずれにしろ、紀州家で長福殿の葬儀《とむらい》はまだおこなわれていない」

「そんなことが……」

「尾張家にも、五郎太様の替玉《かえだま》が二人いる。こっちのやることは、むこうでもやっているだろう」

「…………」

重阿弥の言葉になつめは沈黙した。ふかい屈辱にさいなまれていった。

なつめには甲賀の上忍《じょうにん》重阿弥の血筋をひいている誇りと、きたえぬかれたくの一だという自負がある。その一方がくずれかけた。

「出直してまいりましょう」

そういってなつめが立ちあがったとき、

「おまえは面体《めんてい》がわれている。もう紀州の屋敷には近寄れぬ」

重阿弥がおしとめた。

「ほかの手が、まだいろいろありましょう」

「戦《いくさ》の火蓋《ひぶた》は切っておとされたばかりじゃ。気ながに策をかんがえよう。まず一杯、茶を入れてやろう」

重阿弥はそういって湯をとりに立ちあがった。

二

夕刻ちかいころ重阿弥は成瀬屋敷をでて、市《いち》ヶ谷《や》御門へむかった。御門のすぐ先に、尾張藩上屋敷がある。

重阿弥は堂々と表門へむかい、その潜《くぐ》りから屋敷へ入った。

御側足軽といえば、本来、殿様の御側につかえる足軽の役分である。上屋敷に自由に出入りするのに不思議はなかった。

表御殿の中に成瀬の用部屋がある。ほかの家老たちは上屋敷の中に屋敷をあたえられているが、成瀬は紀州の安藤同様に大名の身分格式をあたえられ独自の屋敷を持っているため、ここでは用部屋をあたえられているにすぎない。

重阿弥は、成瀬の用部屋に今まで一度もあがったことがない。

「重阿弥がまいったと、おとりつぎをねがいます」

御側衆《おそばしゅう》にそうつたえ、木戸をくぐって、庭園に出た。

この庭園も紀州、水戸のものにくらべて、広さ、造園ぶり、いずれも遜色《そんしょく》のない見事なものである。泉水のまえへ出て、それからひろい庭園をゆっくりと一周した。

山があり、林があり、谷があり、川のながれもある。そのはずれには馬場や矢場まである。

ふたたび泉水のちかくにもどると、小柄な人影が夕闇《ゆうやみ》の中に立っていた。

「ご家老」

呼びかけて、重阿弥は膝《ひざ》をついた。

「かまわぬ」

成瀬は重阿弥をうながした。

小柄ながらもかくしゃくとした人物である。成瀬が〈尾張の野狐《のぎつね》〉といわれているのは、安藤の〈紀州の古狸《ふるだぬき》〉にたいする渾名《あだな》である。年齢はまだ五十代に入ったばかりだ。

安藤の祖帯刀直次《たてわきなおつぐ》と成瀬の初代隼人正正成とは家康子飼いの重臣でありながら、紀州家と尾張家の創設にあたって、同時に両家へ臣下として付けられた人物である。

『藩主が不明の場合は、そのほうらの覚悟によって斬《き》り捨てよ』

とまでいわれて、家康から一振りずつの太刀をあたえられてきたといわれている。したがって、代々両家ともに家中における地位と待遇とは別格である。

「長福殿暗殺にしくじりましたことをご報告いたします。申しわけありませぬ」

重阿弥がひくい声で申しあげると、成瀬の顔貌《かお》を黒い翳《かげ》がくまどった。

「左様か……。まずかったな」

その言葉の裏にはさすがに苦渋《くじゅう》がひそんでいた。

「替玉をやってしまいました」

「やはり、むつかしい策だったな」

長福暗殺の命令を重阿弥にくだしたのは成瀬自身であるが、それが大胆な策であることは当初からわかっていた。危険をはらんだ戦略であることも十分予測された。これに失敗したことによって、せっかく一年半もかけて紀州の上屋敷内にきずいた諜報《ちょうほう》の拠点を失ってしまった。

「おそらく、紀州からの仕返しがございましょう」

「それはいずれ覚悟せねばならぬことだ。五郎太様ばかりではない。殿の身辺にも気をくばらねばならぬ」

一気にけりをつけようとした策戦は失敗におわり、本来とるべきであった気ながで地道な策を、尾張家としてはあらためてかんがえねばならぬことになったのだ。

「長福殿暗殺の策はこれからいかがいたしましょうか」

「それも捨てるわけにはいかぬ。そのほうは重阿弥、おぬしにまかせよう。が、せいてはことを仕損ずる。腰をすえて、じっくりとあたれ」

「はっ」

重阿弥はかしこまってうけたまわった。

「そして、黒犬のうごきにも十分注意をいたせ。かならずや五郎太様と殿のお命をねらってまいるであろう」

「承知つかまつりました」

成瀬にとっては紀州家との戦とかんがえればよいことだが、これは重阿弥にとって甲賀と伊賀との闘いにもなるのである。

伊賀と甲賀は元をただせば同根だが、御三家にわかれてつかえたことが伊賀、甲賀の戦をまねき寄せることになった。黒犬といえば、紀州家と水戸家双方に飼われているが、成瀬がいっているのは、紀州家の黒犬である。

「水戸のほうはいかがでございましょう」

重阿弥は問うてみた。

「当面の敵は紀州だ。水戸とても敵にまわせばおそろしい相手となろうが、目下のところは動静をうかがうだけでよい。いずれそのうち、敵にまわるか、味方につくかはっきりするであろう」

成瀬の念頭には今はまだ水戸のことはないようである。

おそらく紀州家にあって将軍位争いの采配《さいはい》をふるっている安藤の胸のうちにも、水戸家についての対策は現在のところないのであろう、と重阿弥は想像した。

おなじ御三家でありながら、将軍位争いに何故か水戸家だけがくわわってこないことが奇異であった。それなりの理由はあるのだろうが、重阿弥にはそれが不思議であった。尾張家でも、紀州家でも、さらに将軍家、あるいは幕閣においても、当初から水戸家を将軍位継承の家柄とはみとめていないような節があるのは不可解である。

生前、家宣が諮問《しもん》したのにたいして、御側御用人間部詮房《まなべあきふさ》と新井白石は、

『まず鍋松《なべまつ》君をたて、鍋松君にもしものことがおこった場合に御三家のうちから……』

とこたえたというが、いつの間にか水戸家がもれて、成瀬もそれを当然のこととかんがえているようである。

（ここのところを、よくかんがえてみる必要があるのでは……）

重阿弥は忍者の勘でそうおもったが、口にはしなかった。

「ともかく紀州に勝てればよいわけだが、そのためには大奥や幕閣などへも慎重で大胆な細工をこころみることも大切だ。その方面でも、御側足軽に働いてもらうときがくるだろう」

成瀬は話の方向を転じた。

「いかようなことでも……」

大奥や幕閣の実力者たちが将軍位の継承について影響力を持っていることは、五代将軍、さらに今回七代将軍位の継承についてみればわかるのである。

「その意味からも、水戸を敵にまわすことはつとめて避けねばならぬ」

「左様でございましょう」

「水戸家はみずから副将軍家を自任しておる。幕府制度の中に副将軍というべきものはなく、法典の中にもないことだが、水戸は代々その誇りを持ちつづけておる。奇っ怪というほかはないが、東照神君《とうしようしんくん》が水戸にあたえた御墨付《おすみつき》があるそうだ。あながち嘘《うそ》やこけ威《おど》しではなかろうとおもう。水戸にもかまえて油断はならぬ」

「東照神君の御墨付……」

それについては重阿弥もきいたことがある。重阿弥でなくても、一度や二度はみな耳にしたことがある事柄である。

重阿弥はいつかこの真相を究明しなければならぬときがくるだろうとおもった。

夕闇が濃くなって、重阿弥と成瀬はしだいに相手の輪郭がおぼろになってきた。植込みや石組みも夕闇に溶《と》け入ってきた。

「大奥と幕閣につきましては?」

「幕閣についてはまず大丈夫だ。側用人も老中もどちらかといえば尾張の味方だろうとおもう。これからもこちらにひきつけておくことはできる。面倒なのは大奥だ」

成瀬は重阿弥を信頼しきっているために、かなり心中を明らかにしてきた。

けれども、側用人と老中はこちらの味方、という成瀬の言葉に重阿弥はかすかな不安をおぼえた。かりに今までは味方であったとしても、今後、紀州家の出方によってどう展開し、どう変化していくかはわからぬ。これまた忍者の勘で重阿弥はそうおもった。

元来、尾張家は大奥を苦手《にがて》としている。昔から大奥と尾張家とはソリが合わないのである。

現在の大奥にはいまだに春日局《かすがのつぼね》のころの伝統が根づよくながれているといわれているが、尾張の藩祖義直《よしなお》と春日局とはしっくりした間柄ではなかった。春日局が手塩にかけてそだて将軍位につけた三代将軍家光《いえみつ》が、あるとき大病に臥《ふ》した。

そのとき義直はにわかに名古屋をでて江戸へむかった。品川についたところを老中酒井讃岐《さぬきの》守《かみ》にとがめられ、

『お許しもなく江戸へ下向《げこう》なされましたのは、いかような理由《わけ》でございましょうや。これよりただちにご帰国なされますよう』

と江戸入国をさしとめられた。

義直としては将軍に万一のことがあった場合、自分が御三家の長兄として江戸城をまもる心意気であったのだろうが、後味のわるいおもいで帰国させられた。その後、家光が快癒《かいゆ》し、義直は将軍位をうかがう叔父として春日局に反感をいだかれた。

これいらい、尾張家と大奥とはなにかと反目がつづいている。そしてこれが現在、紀州家と将軍位をあらそう尾張家の弱みにまでなっていた。

成瀬は大奥との関係をなるべくはやくよい方向へもってゆき、大奥の支持を得たいとおもっているのだ。

「大奥へはいろいろ手を打っていかねばならぬ。おぬしのはたらきにも期待したい」

「いかようなことがございましょうとも」

重阿弥は成瀬の秘策がどんなものか想像してみた。

三

かなりの急坂である。

名は左内坂《さないざか》、という。尾張藩上屋敷の東側の裏にあり、東南から西北へのびている。

今、市ヶ谷御門のほうからきて、その坂をのぼりはじめた大八車《だいはちぐるま》がある。車台には大根だの蕪《かぶ》、葱《ねぎ》、小松菜《こまつな》などの冬菜がいっぱいにつまれている。

車をひいているのは年若い百姓男であり、後ろから押しているのは若い女である。夫婦とも見えるし、兄妹《きょうだい》のようにも見える。が、その両人とも百姓にしては根っから土くさいところがない。

昼さがりの日ざしがふりそそいでおり、風もないので、初冬とはいえあたたかい日和《ひより》である。

その若い男女は大八車をひくのにもあまり慣れていないのか、坂の半《なか》ばにさしかかるころには、両人とも額にうっすらと汗がにじみだしていた。がらがらとひくたびに、車の荷が揺れている。石ころの多い坂道である。

坂の途中に、乞食が日なたぼっこをしながら昼寝をむさぼっていた。

「あっ……」

そのとき若い女がちいさな声をあげた。乞食をよけようとして、大八車が石にぶつかって片側へかしいだのだ。荷が大きく揺れ、縄で束にした大根や蕪が路上にころがりおちた。

そのうち一束が乞食の鼻面《はなづら》のところへおちた。

腕枕《うでまくら》をして寝ていた乞食がうっすらと目をあけた。

「相すいません」

男がすぐに声をかけた。

が、乞食は黙然《もくねん》としている。

「申しわけありません」

女もそうあやまって、野菜をひろいあげていった。けれども乞食の鼻先におちている大根の束にはさすがに手をだしかねた。

乞食は身じろぎもしないが、その目が今までよりも大きく見ひらかれていた。

よごれた姿をしているのでよくはわからないが、三十代中ごろに見える年格好だ。よく見ると、乞食などしなくても、体をうごかしてはたらけば十分生きていけそうな立派な肉体をしている。

「もしよろしかったら、お昼寝の邪魔をしたお詫《わ》びに、大根を……」

男がいうと、

「生かじりをしてもうまそうだな」

乞食はにやっとわらって大根をひき寄せ、それを枕にした。

それを見て、百姓の若い男女はふたたび大八車をひいて左内坂をのぼりはじめた。

遠ざかっていく大八車を見やってから、乞食はもう一度、昼寝のつづきに入った。

この乞食はもう半月ばかり、このあたりを塒《ねぐら》にしている。百姓の若い男女はむろん知るよしもないだろうが、水戸家の御庭方《おにわがた》藤林《ふじばやし》霞九郎《かすみくろう》の身をやつした姿である。

左内坂の左側には洞雲寺、長泰寺、長竜寺などがならんでいる。雨の日や風のつよい日などは、霞九郎はそれらの寺の堂塔や軒下にひそみ、晴れた日にはこの坂道で物乞いをしているのだ。

気がむけば、坂をくだって市ヶ谷御門、市ヶ谷田町《たまち》、船河原町《ふなかわらちょう》のほうへ物乞いにあるいたりするが、そのほかは左内坂のいずこかにいて、うつらうつらと眠り呆《ほう》けている。ときたま野良犬が椀《わん》の中の食いのこしをねらってちかづいてきても、気づかぬふりをして見すごすのがつねである。

大八車は坂の彼方《かなた》に見えなくなった。

坂をのぼりきったところに、尾張藩上屋敷の通用門がある。大八車はその門のところにきてとまった。

男は門番に、御長屋や中間部屋に野菜を売りにきたといい、許しをもとめた。

「入ってよい」

門番は男と女の様子を見てうなずいた。

大名屋敷の住人たちは買い物にでかけることはすくなく、ほとんど出入り商人や物売りにきた商人から買い物をして日々の用をたしている。

通用門をあけてもらい、大八車は屋敷の中へ入っていった。通用門の左右に御長屋がならんでおり、その先に中間部屋がある。

若い女が声をかけてまわると、御長屋からは定府侍《じようふ》の女房たちが、中間部屋からは中間がでてきた。

「今朝、畑からとってきたものばかりです。値段も町の八百屋《やおや》より安くなっております」

女がいうとおり、車につんだ大根や蕪、葱、小松菜などは色つやもよく、見るからに新鮮なものばかりである。

「大根を頂戴《ちようだい》」

「わたしは蕪と葱をもらおうかしら」

「はい、有難うございます」

女房たちは品えらびをして、おもいおもいの野菜を買いこんでいった。

道場がちかいのか、木太刀を打ち合う音や、腹の底からしぼりだす掛け声、床を踏みならす勇ましいひびきがきこえてくる。商売をしながらも、男の注意がときどき道場のほうへむいた。

「噂《うわさ》どおり、尾張様は武芸のさかんなところですね」

独言《ひとりごと》のように男はつぶやいた。

「侍から武芸をとったら一体なにがのこる。ちかごろじゃあ、やっとうはできぬ、馬にも乗れないという侍がいるっていうが、尾張家は御三家筆頭、親藩《しんぱん》第一の家柄だからな。侍の本分をわすれるような者はこの藩にはいないのだ」

中間の一人がいかにも得意そうな顔をしていった。

「尾張様は武門のお家柄ですから……」

尾張の者は江戸を〈覇府《はふ》〉と呼ぶのにたいして、名古屋を〈武府〉と呼んでいるくらいである。男がさらにもちあげると、定府侍の女房たちも口々にお家の武芸についてかたりだした。

武芸のうちでもっともさかんなのは剣術である。将軍家のお家流柳生新陰流の正統は、兵《ひょう》庫助利厳《ごのすけとしよし》いらい尾張家につたわっているのである。

藩祖義直にしても、利厳から一流相伝《そうでん》をうけ、柳生新陰流四世となっている。したがって、以降の藩主にいたっても、剣術に関するかぎり殿様芸ではゆるされず、代々達人の域に達しているといわれているのだ。

現在の尾張藩剣術指南役《しなんやく》は、柳生新陰流八世兵部助厳延《ひょうぶのすけよしのぶ》である。

「剣術指南役が今、江戸にいらっしゃるとうかがいましたが」

男がさりげなく問いかけると、

「御指南役は殿様が江戸参勤の年にはかならずついてまいられる。参勤中といえども、殿様は毎朝剣術にはげんでおられる。三百諸侯のうちにこのようなお方はいないだろう」

中間がわがことのようにこたえた。

「今打ち合いの音がきこえる道場で、殿様と御指南役がお立ち合いを」

「いや、殿様がおつかいになる道場は内庭のほうにある。今きこえるのは藩士の道場の物音だ」

「左様でございますか。それにしても殿様みずからお立ち合いになるとは」

男は商売を女のほうにまかせて、しきりに感心した。

「おい、百姓」

このとき、門番小屋から六尺棒を持った門番が二人けわしい顔で近寄ってきた。

「青物を売りたいと申すから、屋敷に入れたのだ。屋敷の内を詮索《せんさく》させるために入れたのではないぞ」

門番が怒鳴《どな》りつけた。

「滅相もありません。屋敷を詮索するなど」

男は門番たちの見幕におそれをなしてちぢみあがった様子を見せた。

「青物を売りながら、屋敷内に剣術指南役がおるかどうかと、それはなんのことだ」

「いえ、たまたま道場からいさましい声がきこえてきましたので」

男は必死になって疑いをはらそうとした。

女は真っ蒼《さお》な顔でふるえている。

「おまえ、どこの者だ」

門番たちは成瀬隼人正のきびしい指示もあって、このところ上屋敷の警備にはことさら気をつかっているのだ。

「砂村からきました」

「名は？」

「一平といいます。こちらは女房のおみよです」

砂村は江戸から東方一里余にある。東西を荒川と横十間川《よこじっけんがわ》、南を小名木川《おなぎがわ》にかこまれた新田村であり、野菜の産地で、そのほとんどが江戸に供給されている。

「名主《なぬし》は」

「砂村新左衛門さま」

「新左衛門の年は」

「五十三になられたはずです」

矢つぎばやの問いに一平という男はすらすらとこたえたが、門番は疑いを解かなかった。

「おまえ、紀州のまわし者だなっ」

いうがはやいか、門番の六尺棒がうなりを生じた。

「なにをするっ」

六尺棒は男の肩をねらって真っ向うから振りおろされた。

打ちたおされたかに見えたが、その一瞬、一平の体がわずかにうごいた。かるく体を横にひらいただけで、手にしていた大根で六尺棒を横へ受けながした。百姓にしてはあまりにあざやかな身のこなしである。

中間や女房たちも一平の俊敏な手並みに目を見張った。

「おみよ、逃げろ！」

一平はそうさけぶや、おもいきり大八車をはねあげた。荷の大根や蕪などが勢いよく門番や中間のまえにくずれおちた。

不意をつかれて、一同はうろたえた。

一平はおみよが通用門めがけて身をひるがえしたのを見て、渾身《こんしん》の力をふるって大八車を横だおしにし、自分も脱兎《だっと》のごとく駆けだした。

「曲者《くせもの》っ」

「追えっ、曲者だ！」

門番のさけびで、門番小屋から菖蒲革《しょうぶかわ》の袴《はかま》をはいた数人の男がいっせいに飛びだしてきた。はじめに一平の素姓《すじょう》に疑いをいだき、六尺棒で打ちかかった門番は御側足軽だった。

みなが一平を追いかけた。

一平はおみよの手をとって懸命に逃げた。左内坂を一気に駆けくだっていった。

追手も追いせまった。

間隔がみるみるうちにちぢまった。

「おみよ、先に逃げろ」

一平は女づれでは逃げきれぬとみて、おみよをまず逃がし、自分は踏みとどまって、追手を待ちうけた。

「こい！　存分に相手をしてやる」

一平は百姓の振る舞いをかなぐり捨てて、先頭を駆けてきた門番におそいかかった。そしてたちまち六尺棒をうばいとった。

「やっ！」

その六尺棒をふるって、一平は一団の追手に打ちかかっていった。闘志も腕も不足はなかった。いったん追手を押しもどした。が、相手の中にも腕利《うでき》きが三、四人はいた。

一平は今度はじりじりと後退しはじめた。後退する者にとって、下り坂はもっとも不利な足場である。

「からめ捕れ！」

「紀州のまわし者！　神妙にしろっ」

そういって腕利きの三、四人が同時に攻めかかってきた。九死に一生の崖《がけ》っぷちに、一平は立った。

そのとき、不意に背後から一平の横合いに立った男がいた。

「さきほどの大根の礼だ。助太刀《すけだち》しよう」

そういって一尺余寸の棍棒《こんぼう》をかまえたのは、さいぜんの乞食であった。

その姿にはみじんも隙《すき》がなかった。

「乞食っ、どけ！」

「邪魔だ」

門番が一喝《いっかつ》して六尺棒を振りあげた。が、そんなものでは乞食はびくともしなかった。

棍棒がうなりをあげて門番をおそい、目のさめるような一撃で相手をたおした。

どよめきがおこった。色めきたった追手側とのあいだで、たちまち白昼の乱闘がはじまった。

追手側はいきりたった。

「ひるむな」

「殺してもかまわん、やっつけろ！」

声をかけ合い、まわりから押しつつむようにとりかこみ、六尺棒でおそいかかった。

一平は助勢を得て勇敢に打ちかえし、さらに踏みこんで相手を圧倒していった。

それ以上にあざやかなのは乞食であった。

わずか一尺余寸の棍棒で、数倍の長さの六尺棒をものともせずにあしらい、逆襲し、打ちたおしていった。

四

「わたしは、紀州家のまわし者ではありません」

薄暗い薬師堂《やくしどう》の中で、おみよとならんだ一平がいった。乱闘のあとの呼吸のみだれはおさまっている。

「けれども、尾張の上屋敷へ乗りこんでいって様子をうかがうとは、大胆不敵な振る舞いだ。尋常のことではあるまい」

霞九郎は乞食の姿《なり》で胡座《あぐら》をかいている。霞九郎も今さっき乱闘をやったばかりとはすこしもおもえぬほど、おだやかな顔になっている。この両人で尾張藩の者たちをたたき伏せたのである。

ここは市ヶ谷御門にほどちかい、尾張藩上屋敷の裏手にある曹洞《そうとう》宗洞雲寺《しゅう》の境内である。霞九郎は雨の日などはよくここの薬師堂を無断で借用しているのだ。

「ともかくお助けくださって有難うございました。すんでのところで打ちたおされるところでした」

一平は名乗って、丁重に礼をいった。

「あんたは百姓じゃなさそうだが」

霞九郎がいうと、一平は隠しだては無駄だとみてか、あっさりうなずいた。

「この女《ひと》とは夫婦でも、兄妹《きょうだい》でもないように見えるな」

霞九郎がかさねていった。

「慧眼《けいがん》おそれ入りました。そのとおりでございます」

一平はひたと眸《ひとみ》を霞九郎へむけていった。

「あんた、武士か」

「武士ではありません」

「さしつかえなかったら、尾張の上屋敷をうかがった理由《わけ》をおしえてくれまいか」

「失礼を申すようですが、そちらさまもただの物乞いではないことは先ほどからの様子でわかっております。尾張家に意趣遺恨でもお持ちのお方でしょうか」

霞九郎と一平はおたがいの意中をさぐり合った。

「意趣遺恨はない。が、いささかの理由《わけ》があって尾張屋敷を見張っていたところだ」

いくらかは自分の心中を明かさねば、相手も明かさぬとみて霞九郎はいった。

「左様でございますか。わたしは有栖川《ありすがわ》一平と申します」

きいただけで公卿《くげ》とわかる姓を一平はあらためて名乗った。

「うむ」

「こちらは姉小路《あねがこうじ》みよと申します。わたしどもは幼いころからの許婚《いいなずけ》です。年はわたしが二十一、おみよが十七です」

「おれは藤林霞九郎。水戸藩士だ」

大根をおとしたことが機縁となり、さらにともに力を合わせて尾張家の門番たちとの乱闘をかいくぐってきたため、おたがいに肝胆相照《かんたんあいて》らすものをおぼえていた。名を名乗り合って、いっそうその感をふかめた。身分をこえた男同士の共感をいだいたのだ。

「おみよの兄・姉小路実次《さねつぐ》殿は御所《ごしよりゆう》流剣法の達人と称せられており、わたしの兄弟子でもありました。ところが今年の春、実次殿は武芸廻国《かいこく》の旅へでて、名古屋城下にいたり、尾張藩剣術指南柳生厳延殿の道場で師範代柳生新十郎と立ち合い、見事に打ちやぶり、さらに厳延殿とも立ち合い、三本の内二本の勝ちをおさめました。ところがその手紙がわたしのところにとどいたあと、実次殿の消息がばったりとどだえてしまいました」

一平は自分たちと尾張家との因縁についてかたりだし、霞九郎はそれにひきこまれていった。彼にとっても聞き捨てにはできぬことだった。

柳生兵部助厳延といえば、霞九郎にとってもまったく無縁の相手ではなかった。尾張の赤犬の頭領山岡重阿弥が厳延の剣術の門人であり、重阿弥の下忍《げにん》ともいうべき赤犬たちのほとんどが厳延の門人になっているのである。

「実次殿とおみよの父上はかなり老齢で、実次殿の消息の探索をわたしがたのまれました。それでまず名古屋城下へゆき、実次殿の消息をいろいろさぐりだしたところ、どうも柳生道場に数々の不審が感じられました。そしてついに道場に出入りしている植木職人の口から、実次殿らしき人物がこの春、道場内でだまし討ちにされた模様をつきとめたのです」

「ありそうなことだ」

「柳生の正統をうけつぐ道場がそのような……」

「御所流にやぶれたことを実次殿の口から世間にひろまるのをおそれたのではないか」

「それでいったんわたしは帰国し、実次殿の父上に報告をいたし、きまりによりましておみよが仇討《かたきう》ちの旅にくだりました。わたしは将来の夫として助太刀についてきました。ところが名古屋城下まできますと、柳生厳延殿は藩侯のお供をして江戸参勤にでた後でした」

「それで二人も江戸にでてきて、百姓に身をやつし、柳生厳延の消息をさぐっていたのだな」

「そうです。今日はつい上屋敷の中まで深入りしてしまい、あぶなく墓穴を掘るところでした」

「よりによって大変な者を仇敵《かたき》にしたもんだ。あんたがどれほどの腕をもっていようと尾張柳生を相手にするのは荷がおもい」

霞九郎は嘆息をまじえていった。

将軍家指南役の江戸柳生は格式と名声によってささえられている面が多大であるが、尾張柳生は実力によって今までつづいてきた。なかでも当代の厳延の実力は天下にきこえている。厳延がそだてあげた門人たちも実力者ぞろいである。

「いかようなことも覚悟しております。所詮《しょせん》こちらは非力ですが、相手が難敵だからといって、このまま見すごしておくことはできません」

二十一歳の若者らしい正義感と難敵をおそれぬ勇気に霞九郎は感じ入った。

「おれもできることは手助けしよう。だが、任務《つとめ》がある身だ、それほどの力にはなれまい」

「そうおっしゃってくださる方がいるだけでもこころ丈夫です。それに腕前のほどはさいぜんとくと拝見いたしました。おどろき入りました」

一平とおみよはたのもしく霞九郎を見た。

「それほどのことではない」

「ご流儀は」

問われて、霞九郎は一瞬ためらいをおぼえた。

「伊賀流、とおぼえてもらおうか」

「忍法を……」

「尾張の者は、おれたちを黒犬と呼んでいる。おれは伊賀・藤林党のながれだ」

これでほとんど正体を明かしたことになる。

「今後、わたしを一平とお呼びください。何としましても仇敵を討ちとるつもりです」

「探索にかけては、おれのほうが玄人《くろうと》だ。柳生厳延についても、できるだけ動静をさぐってやろう」

「有難うございます。仇敵を討ちとるまでは、わたしもおみよも京へもどらぬつもりです」

「柳生のような敵であれば、相手の本拠へ乗りこんで戦いをいどむのはよい策とはいえぬ。相手がでてきたところを待ちうけるか、おびきだして戦いをしかけるほうが有利であろう」

「肝《きも》に銘じておきます」

一平は素直にうなずいた。

「おれの記憶では、柳生厳延は門人をひきつれて、しばしば市中へでかけているようだ。何度か見かけたことがある」

霞九郎がそういったとき、一平の眸《ひとみ》がひかった。

おみよの体にもこころなしか緊張がはしったのを霞九郎は見てとった。

薬師堂の杉戸ががたがたと鳴りだした。

おみよがおびえたような目でそのほうを気にしはじめた。

「凪がでてきた」

霞九郎はつぶやいた。

さきほどまで、初冬の日ざしにつつまれていたのが、わずかなうちに天候がかわったのだ。

「尾張の者がまだこのあたりをうろついているかもしれぬ。しばらくはここをでないほうがいい」

霞九郎は一平とおみよに注意をあたえた。

大国屋《だいこくや》一族

一

曇天に、にぶくひかるものがある。空を見上げた中山備前《びぜん》の頭巾《ずきん》でおおった顔に、ちいさな花びらのようなものが舞いおちた。

それは風にのって舞ってきた。

風花《かざはな》である。

どうりで寒いわけだとおもいながら、中山は入谷田圃《いりやたんぼ》のあいだの道をぬけて、鷲《おおとり》明神《みょうじん》の境内へ入っていった。

昨日は酉《とり》の市で、この境内の地面が人でうずまり見えなくなるほど雑踏した。それがまるで嘘《うそ》だったかのように、今日は人影がすくない。

参詣人《さんけいにん》の姿はちらほらとしか見えぬ。境内の隅のほうで五つ六つくらいの童《わらべ》たちが石をけってあそんでいるほかは、落葉した木々の枝に寒雀《かんすずめ》が見えるばかりだ。

まだ吉原《よしわら》へかよう遊客の姿もないのである。

中山は境内をぬけ、田圃の畦道《あぜみち》をとおって日本堤《にほんづつみ》へむかった。小石川の水戸藩上屋敷から吉原へのいちばんの近道がこれなのである。

中山がかぶっている頭巾は、寒さしのぎのためと、面体《めんてい》をかくすための双方である。彼は毎年一、二度しか江戸へ出府《しゅっぷ》しないが、でてきたときはかならず吉原へ足をむけるのをつねのこととしている。

かといって、なじみのおいらんがいるわけではないのである。

大門《おおもん》をくぐるとき、彼はもう一度空を見上げた。

雪になるかもしれぬとおもったのに、いつしか風花はやんでいた。一時の間の風情であった。まだ夜見世《よるみせ》には大分間があるので、仲《なか》の町《ちょう》も閑散としている。

中山は江戸町《えどちょう》一丁目と揚屋町《あげやまち》の中ほどにある引手《ひきて》茶屋〈立花屋《たちばなや》〉へ入っていった。

「あ、旦那《だんな》さま。おひさしぶりにございます」

店の若い者駒吉《こまきち》が中山をむかえた。

「女将《おかみ》はいるかい」

「内所《ないしよ》においでになります」

「客がきてるようだな」

店内の様子でそう察したのだ。

「呉服屋がきておりまして」

駒吉の返事を背中できいて、中山は女将の居間へ案内もうけずに入っていった。

引手茶屋というのは、高級な妓楼《ぎろう》へあがる遊客を接待し案内する店であるが、彼は吉原へきたときは妓楼へはあがらず、いつも立花屋《ここ》ですごすのである。

中山は店の者たちにも、女将のおはなの旦那だとおもわれている。吉原へかよってきて、おいらんも買わずに女将とむつまじくすごしているのだから、そうおもわれたとしても仕方がないのである。

おはなの居間には、火鉢に真っ赤におこった炭火がたっぷりといけてある。鉄瓶《てつびん》が音をたてて湯気をたてている。

つい今しがたまで、おはなはこの部屋にいたようだ。部屋の中に、なつかしい彼女のにおいがこもっている。

今日くることは、昨日手紙を持たせて知らせてあった。

やがて、あつく燗《かん》をした銅壺《どうこ》と盃《さかずき》がはこばれてきた。

独酌《どくしゃく》でやっていると、反物《たんもの》をいくつか手にしたおはながあらわれた。

「旦那《だんな》さま、先月は待ちぼうけをくわせましたね」

それが第一声である。

おはなは華奢《きゃしゃ》な体つきで、顔が派手《はで》に見えるので、二十歳《はたち》そこそこにしか見えないが、実際は二十代の半《なか》ばをすぎている。先月、中山が将軍家宣《いえのぶ》の葬儀に参列するため江戸にでてきたのを彼女は知っていたのである。

「水戸に急用ができたので、すぐにかえったのだ。それに今月またでてくることがわかっていたのでな」

「また半年か一年待ち暮らすのかとがっかりしておりましたところ、お手紙をいただいて、生きかえったような気持になりました」

中山が手にとろうとした銅壺を、おはなはさっと横からうばいとって、盃にそそいだ。そしてそれを自分の口へ持っていき、一口、二口、三口できれいに飲みほした。

「生きかえったとは、少々大袈裟《おおげさ》だな。これからいそがしくなりそうなのだ」

中山があざやかな飲みっぷりに見とれていうと、

「旦那さまは女というものをよくご存じないから、そうおっしゃるんです。わたしだって、生身の女です。二十六の女ざかりがどういうものだか、旦那さまにはおわかりにならないのでしょう」

おはなの言葉には甘えだけではない、体のうちからにじみでたうらみが感じられた。華奢なりに、おはなの腰のあたりは前回見たときよりも厚みがで、丸みをおびてきていた。

眸《ひとみ》もどことなくうるんでいる。男がほしくなったとき、おはなの眸がそうなることを中山は知っていた。

「男がほしけりゃ、なにもつれない男をいつまでも待っていることはない。嫁にいくなり、婿《むこ》をもらうなりすればいいさ。それが面倒ならば、間夫《まぶ》の一人もつくりゃあいい」

そういって女の白い手首をとると、おはなは自分から中山の膝《ひざ》にくずれおちかけて、寸前のところで、すっと身をひいた。

「わたしがそうできない女だってことよく存じていながら、そんな憎らしいことを……」

中山はおはなとの体のまじわりをこの五年ばかりつづけているが、旦那と妾とか情人《いろ》とかいった意識は持っていないのである。中山とおはなとはそうなるべくしてむすばれた。

おはなは立花屋の一人娘であり、以前は好きで芸者をやっていた。芸者は客はとらないが、中山とはおたがいに気持がつうじ合って、ひそかに抱き合った。そのころ中山の父がまだ健在で、彼は江戸屋敷に住んでいた。

おはなはそれ以後なにかと中山に相談を持ちかけ、彼をたよりにしていた。中山の父が亡くなり、彼が家をついだ翌年、おはなの母が死んで、彼女も立花屋をついだのである。父は子供のころ亡くなっていた。

「西陣《にしじん》だな。いい反物を買ったじゃないか」

中山はおはなの膝もとにある反物に目をとめていった。

「上方《かみがた》から行商にきた呉服屋から今買ったんです。西陣からじかに仕入れたというので、値も江戸の呉服屋よりもやすくて、得をしました」

そういっておはなが反物を手にとったとき、そのあいだからこぼれ落ちたものがある。

「なんだ?」

先に気づいたのは中山である。結び文のようなものだ。

「おや、なんでしょう」

おはなはいぶかし気にそれをひろいあげた。

「ひらいてごらん」

中山はなんとなく気になった。

「誰《だれ》がこんなものを……。さっきの呉服屋でしょうか」

けげんな顔でおはなは結びをといていった。

やはり文である。

中山はそれをおはなから受けとった。

中山備前守様にお目どおりいたしたく存じ候
無遠慮ながら申し入れ候
場所、期日はおまかせいたすべく候
紀州　加角

美濃紙《みのがみ》にはそうしるされていた。

「ううむ。呉服屋がどうして……」

うなって中山はもう一度読みなおした。自分へ宛《あ》てた手紙であることにまずおどろいた。いたずらではなさそうである。

一瞬、背筋に寒けをおぼえた。

「紀州、加角……」

その人物はすぐにおもいあたった。紀州家にその人ありと知られている人物である。

（側役加納角兵衛《そばやくかのうかくべえ》……）

文の差出人は辣腕《らつわん》をもって鳴る藩主吉宗の随一の寵臣《ちょうしん》にちがいなかった。

二

底冷えのする京の町なかに、尺八のさびさびとした旋律が虚空《こくう》へつきぬけていく。低くおもい音色でひびき、一転して哀調をまじえた高い旋律にかわり、それが切れ切れにつづいて、またおもく太い音色にしずんで、聞く者の胸にしみこんでくる。

〈鶴《つる》の巣ごもり〉

冬場になると托鉢《たくはつ》の虚無僧《こむそう》がこのんで吹く曲である。

尺八のひびきは堀川通りをゆっくりと北へのぼってきた。

虚無僧は天蓋《てんがい》をかぶり、手甲《てっこう》、脚絆《きゃはん》、甲掛《こうか》けに草鞋《わらじ》ばきである。腰にもう一管、尺八を袋におさめてたずさえている。

一条通りをすぎると、家並《やな》みの奥から機織《はたお》りの音がきこえてきた。このあたりから西陣になるのである。

いうまでもなく、西陣は機織りの町である。応仁《おうにん》の乱のとき西軍の山名宗全《やまなそうぜん》が陣をおいたことから西陣の名がおこったが、この地で機織りがはじまったのは、地名の由来よりももっとはやい。古代の朝廷に所属していた織部司《おりべのつかさ》の織手の後身〈大舎人座《おおとねりざ》〉がここにあって、はやくから高級織物を生産していた。

飛躍的な発展をとげたのは、戦国時代末期に高機《たかばた》が発明されてからである。江戸時代に入ると幕府の保護もあって、西陣はさらに隆盛し、町数も百をこえ、織屋《おりや》は大小とりまぜると三千数百軒にもふえていた。

虚無僧は西陣に入って、門付《かどづ》けをはじめた。一曲吹きおわると大抵の家では椀《わん》にお布施《ふせ》の米を入れてもってきたり、おひねりのほどこし銭をさしだしてくれる。

虚無僧は礼をいってうけとり、それを首につるした三衣袋《さんえぶくろ》の中におさめた。

「大国屋《だいこく》という呉服屋を知りませんか。なんでも西陣からじかに反物を買い入れて、行商にあるいているそうですが」

立ち去りぎわに虚無僧がきくと、

「大国屋さん……、知りまへんなあ。きいたことおまへん」

大概そういう返事がかえってきた。

この虚無僧は今日で五日も、大国屋をさがして西陣の織屋をたずねまわっているのである。大黒屋という呉服屋なら知っているとこたえた織屋は何軒かあったが、大国屋にはみな首をかしげた。

ところがこの日の夕暮れちかくなって、はじめて手ごたえらしいものにぶつかった。大宮通

りにある〈嵯峨野屋《さがのや》〉という織屋でたずねたところ、

「都のうちではききまへんが、紀州からくる呉服屋に大国屋というのがおましたなあ」

番頭ふうの者がそうこたえた。

「紀州……!?」

天蓋にかくれて表情はよくわからないが、虚無僧はおどろきにうたれたようだ。

「たしか和歌山どす。大国屋仁兵衛《にへえ》いう番頭がときたまうちにきはってる」

「大国屋仁兵衛……」

「ご主人はいてはるんでしょうが、うちに見えたことはありまへん。仁兵衛はんいう番頭が仕入れをほとんどやってはる様子や」

「旅先で難儀をいたしておりましたところを、大国屋さんの若い人にたすけてもらったことがあります。てっきり京のお方かとおもい、お礼を申しあげたいとさがしておるところです」

「和歌山でかなり大きな商いをなさっておるんやないでしょうか。そんな感じがいたしました」

「どうもご面倒をおかけいたしました。今度托鉢であちらにいきましたときに、大国屋さんに寄るつもりです。有難うございました」

そういって虚無僧は門をはなれた。

そしてまたしばらく何軒か門付けをしてから、三条通りの裏手にある木賃宿《きちんやど》〈大津屋〉へかえっていった。

彼は帳場で付け木と薪《まき》を買い、炊事場へでていって、その日のお布施でもらった米をとぎはじめた。

木賃宿というのは、相部屋で、自炊を建前にした安宿である。

「ぼろんじさん、今日の托鉢はどうでした。目ぼしいお布施にはぶつかりませんでしたかね」

数日まえから相部屋をしている三十歳くらいに見える遊び人ふうの男が寄ってきて声をかけた。

その言葉は通り一遍のものではなかった。

「おもってもいなかった結構なお布施にあずかったよ。小判一枚に匹敵するくらいのやつだ」

「へえ、小判とはおどろきだね」

普通お布施のおひねりといえば、穴あき銭と相場がきまっている。

「そのお布施のお礼に、和歌山へいくことになったよ」

「和歌山へ……。そうだったんですか。わたしは、てっきり土地の者だとおもってましたがね」

二人はおたがいのあいだにのみつうじ合う言葉をかわした。炊事場にはおなじ宿の者たちが何人もでて、米をといだり、薪をたきつけたりしており、他聞をはばかったからである。

「颪丸《かざまる》、やはり大国屋は紀州徳川家につかわれている商人のようだな」

「紀州家の呉服御用達《ごようたし》でしょうかね」

「それはやがてわかるだろう」

部屋にもどって二人だけになったとたんに、両人の言葉つきがかわった。

この虚無僧と遊び人とはたまたま大津屋で相部屋になったわけではなかった。そう見せかけているだけで、実際は江戸からほとんど同時に旅だってきたのである。

風丸と呼ばれたのは、遊び人ふうの男である。

虚無僧のほうは、雲居《くもい》の小弥太《こやた》、と呼ばれる霞九郎の配下である。すなわち水戸藩御庭方《おにわがた》だ。風丸もおなじ素姓《すじょう》の者である。

両人は中山備前が立花屋のおはなからきいた〈大国屋〉という呉服屋の名と、西陣からじかに反物を仕入れているといった言葉をたよりに前月江戸をたち、この月（十二月）早々京について探索をおこなっていたのである。

三

紀州・和歌山――。

この地は南海に突きだし、西に阿波《あわ》、淡路《あわじ》を制し、北は京畿《けいき》をひかえ、大和《やまと》、伊勢へもつづき、両国の喉元《のどもと》をおさえる要害の地である。城下町は、紀ノ川河口の平坦《へいたん》な地にひらけ、北は和泉《いずみ》山脈に接し、東部は平野をつらね、南面は丘陵にいたる。気候は温暖で、南国の香りすら感じさせる。

ここに家康の第十子頼宣《よりのぶ》が封《ふう》ぜられてから、御三家五十五万石の城地として約百年をへてきている。

雲居の小弥太と颪丸は昨日の朝べつべつに京をたち、三十石船《さんじっこくぶね》で大坂をへて、今日の昼ごろ和歌山城下についた。並みの者であればたっぷり二日はかかるところを、一日半で到着したのであった。

二人は例によって、旅籠《はたご》や木賃宿が立ちならぶ城下の一画に宿をとって、さっそく大国屋をさがしにでた。

城の周囲を武家屋敷がとりかこんでおり、城下町は城の北方にひろがっている。城下からながめると、虎伏山《とらぶせやま》山頂に五層からなる白堊《はくあ》の大天守、小天守、櫓《やぐら》などが冬の日ざしをあびてかがやく姿が見える。町のどこからでも、城の本丸が見えるようにつくられている。

城の外濠《そとぼり》にかかる京橋からまっすぐ北へむかう本町の大路《おおじ》が目ぬき通りである。

その本町五丁目の角地に、㊅と商標を染めぬいた紺暖簾《こんのれん》のかかる店がある。軒上には〈大国屋〉の看板がかかっている。

城下では屈指の呉服屋である。間口は十数間《けん》あり、奥行《おくゆき》もふかい。

その両どなりの店にもおなじく㊅の商標がかかっている。大国屋糸店と、一筋道をへだてた大国屋小間物店《こまものみせ》である。そして裏手には武家屋敷がつづいている。

日がかなりかたむいて、天守の白壁が赤く染まりだしたころ、本町通りに尺八の音が鳴りだした。虚無僧姿の雲居の小弥太が、京橋のあたりから大路を北へむかってながしはじめたのである。

おなじころ、遊び人姿をした風丸が大国屋呉服店の暖簾《のれん》をわけて、店内へ入っていった。どこにでも見られる呉服屋の座売り風景がひろがっており、数人の番頭がひろい屋敷にほぼ等間隔にならんで、客の応待をしている。

大国屋は行商ばかりでなく、店頭売りもさかんなようだ。客の半分以上は女である。

店内を見まわしていると、

「いらっしゃいませ。なんのおもとめでございましょうか」

すぐに丁稚《でっち》が寄ってきて、丁寧に問いかけた。

「気のきいた羽裏《はうら》がほしいんだが」

さり気なくこたえると、

「では、こちらへ」

いちばん端にすわっている、いま客をかえしたばかりで手のあいている番頭のところへ丁稚は案内していった。

店の外にも内側にも、紀州徳川家御用達といった札はさがっていなかった。

座敷の奥まったところに大番頭然とした初老の男がすわっている。

(大国屋仁兵衛、であろうか……)

と風丸はおもった。

その奥が内所になっているようだ。主人らしい者をさがしたが、姿は見えなかった。

風丸は番頭がとりだしてきた羽裏の中から品えらびにかかった。さすがに品数は豊富である。

「少々気障《きざ》でもいいんだが、粋《いき》な絵の入ってるやつがいいな」

羽裏に凝《こ》るのが男のお洒落《しやれ》だ。なかには男女四十八手の組手を染めぬいたものをつくらせて得意がる者もいるくらいである。

番頭はさまざまに趣向をこらした品をとって見せてくれたが、なかなか風丸の気に入るものはなかった。というよりも、彼は大国屋がどんな店であるのか一見しにきたのだから、はじめから買う気はないのだ。

品をえらぶふりをしながら、店内の様子や番頭、手代《てだい》、丁稚などを観察しつづけた。紀州家との特殊なかかわりのある店ならば、些細《ささい》なことでもどこかにそれがあらわれているはずだとおもった。

「うちにありますものは、大体こういったものでございます。このほかでしたら注文を受けてあつらえるほかはないのでございますが」

半刻《はんとき》（一時間）ばかり丹念にさがしてみたが、結局、意にそうものはなかった。

「番頭さん、手間をとらせちまってわるかったな。ほかをあたってみよう」

「あいすいません。またおいでになってくださりませ」

風丸は腰をあげて、店をでてきた。

彼が店にいたあいだ、変わった者の出入りはなかったし、いぶかしい様子も店内ではなにも見られなかった。店内をちょっと観察したくらいのことでは、なにも得るところはなかったのである。

風丸はついでに、両どなりの糸店と小間物店にも入ってゆき、形どおりの観察をしてみたが、ここでもごくありふれた商いがおこなわれているだけだった。

日が暮れてきたころ、風丸は木賃宿へひきあげた。

一方、小弥太は日が暮れおちたころ、大工町から本願寺別院の脇《わき》の道をとおって、鷺《さぎ》ノ森新《もりしん》道《みち》へでた。

そして鷺ノ森にいたる途中の地蔵堂の中へ消えた。

一刻《いっとき》たってでてきた小弥太は半纏《はんてん》、股引《ももひき》、法被《はっぴ》姿の大工にさまがわりしていた。この程度のことは小弥太でなくても、初歩の忍者でも簡単にできる芸当である。

空をあおぐと、片割れ月がかかっており、路上をてらしている。町はぽつぽつ眠りに入りかけている。

冬の夜はどこの城下町でも眠りがはやく、どことなくものさびしい有様だ。

夜廻《よまわ》りの打ちならす拍子木の冴《さ》えた音がきこえてくる。

小弥太は町々をぬけて、本町《ほんまち》通りの大路にもどってきた。店頭の灯《ひ》はもうほとんど消えていた。番小屋の灯《あか》りとごくまれに屋台の赤提灯《あかちょうちん》が目につくくらいだ。

小弥太の様子は仕事でおそくなった大工が一ぱい飲み屋に立ち寄って家路をたどっているといった風情である。実際に、六丁目の角にでている屋台で、熱燗《あつかん》とおでんを一串口《ひとくし》にしていた。

小弥太は五丁目まできて、大国屋のまえを横にまがった。

大国屋の板塀がつづき、途中に勝手口の木戸がある。そのさらにむこうは武家屋敷の塀につづく。

木戸に触れてみたところ、内側から錠がかけてある。

しばらく様子をみて、簡単に大国屋の塀をのりこえた。

内側におり立ち、闇《やみ》の中に身をひそめて四囲の様子をうかがった。家屋のつくりというものは大体幾通りかのきまりにしたがってつくられているので、邸内に入ってみれば、大よそどういう具合かわかるものである。

敷地は三百坪くらいありそうだ。裏に呉服や反物をおさめていると見える蔵が三棟たっている。それはすでに昼間のうちに見取っておいた。

いったん雲間にかくれた月がふたたび姿をあらわしたとき、小弥太は邸内をしのびあるきしはじめた。月明りをたよりに仔細《しさい》に観察をつづけた。

建物は二階建ての母屋《おもや》が店舗と住居《すまい》になっており、蔵のほかに大きな物置がある。蔵の横をとおりすぎると、その奥に庭がひろがっている。

庭師が造園したような庭ではなく、変哲《へんてつ》もない植込みがあって、そのむこうは雑木林になっている。

小弥太は雑木林のちかくまですすんだ。どことといって格別目につくようなところはない。

ひきかえそうとしたが、やや気になって雑木林の中へ入っていった。これが案外にふかい。

どんどん奥へつづいている。

（……？）

当然の疑いがおこってきた。

雑木林をぬけると、目前に別の武家屋敷の庭がひろがっている。いつの間にか、裏屋敷に踏みこんでいたのである。

大国屋と裏通りの武家屋敷は庭つづきになっている。じつに巧妙な仕掛けである。あいだが雑木林になっているので、外部からではまったくわからない。

武家屋敷のまえに立って、小弥太は背筋の凍るような緊張感をおぼえはじめた。

昼間のうちに、抜かりなく裏屋敷の主人の姓名を門付け先できだしていた。

（小村彦右衛門《こむらひこえもん》……）

渦まくように疑惑がひろがってきた。武家屋敷と町屋敷とがとおりぬけ自在になっているとは、ただごとでない。

小村彦右衛門は三百石取りの中級の藩士である。大国屋の正体についてはむろんのこと、小村彦右衛門の素姓についても好奇心がわきおこってきた。

この両者のつながりをつきとめれば、紀州家内部につつみかくされた謎《なぞ》にぶちあたり、それを解きあかすことができるかもしれぬとおもった。

（……！）

そのとき前方の闇がかすかに揺れうごいたような気がした。

小弥太は身をかがめて、じっと前方を凝視《ぎようし》した。するとまたしても、闇の中で影がうごいた。

その瞬間、小弥太の右手が腰に下げている袋へのびた。

手にしたものを口にふくんだ瞬間、

シュッ

するどい摩擦音をたてて、手裏剣《しゅりけん》が体をかすめた。

シュッ

(忍者だ!)

そうさとって、ふたたび手を腰へやった。釘袋《くぎぶくろ》から五寸釘《ごすんくぎ》を数本とりだし、闇の一点を目がけておもいきり投じた。投じておいて逃走をはかろうとしたが、それをはばむように、

シュッ

ふたたび手裏剣が闇を切りさいて飛来した。

一刻もはやく屋敷の外へぬけださねば、袋の鼠《ねずみ》になるおそれがある。小弥太はとっさに後方へ逃げだそうとした。

その出鼻をとらえるかのように、小弥太の側面の石灯籠《いしどうろう》の陰から、とつぜん大きな影がとびだした。

「あっ!」

不意をつかれて、小弥太の側面に大きな隙《すき》ができていた。

「むうっ」

腹の底からしぼりだすような低い唸《うな》りをあげて疾風のように影が突進してきた。その手には

忍び刀か鎧通《よろいどお》しがにぎられているはずである。

横へ飛ぼうとおもったが、前方に神経を集中していたあまり、体勢に無理が生じている。小弥太はとっさに身をしずめた。

そのわずかに上を忍び刀が切っ先するどくないだ。

相手はすぐに体を立てなおし、二度三度つづけざまに突きを入れてきた。

二度までかわしたが、三度めはよけきれなかった。

小弥太は身を捨てて自分から体当りをしていった。肩口にはげしい衝撃をうけながらも、相手の横腹におもいきり深く五寸釘を埋めこんだ。

したたかな手ごたえをおぼえたと同時に、間ぢかにせまった相手の顔めがけて、口にふくんでいたものを吹きだした。

無数のちいさな釘がツブテとなって飛び、そのことごとくが顔面につきささった。

悲鳴をこらえて顔を手でおおいながら相手が崩れおちるのを見て、小弥太は傷ついた肩口をおさえ必死に雑木林の中へ逃げこんだ。

後も見ずに闇の中を疾走し、大国屋の勝手口を体当りで打ちやぶった。

四

小春日《こはるび》が水面や掘割《ほりわり》の土手をやわらかくつつんでいる。極月《ごくげつ》（十二月）にはめずらしいおだやかな日和である。

厳冬とはいえ、風のない日だまりの中は春をおもわせるようなあたたかさだ。

水面にういているのは二つの浮子《うき》である。

江戸川の掘割の土手に男が二人、床几《しょうぎ》に腰をかけて釣糸をたれている。土手の下は小日向馬場《こひなたばば》である。

両人の魚籠《びく》には寒鯉《かんごい》、寒鮒《かんぶな》が二、三匹ずつ釣りあげられている。

江戸川の掘割は目白台で神田《かんだ》上水からわかれ、船河原橋《ふなかわらばし》の下で神田川へながれおちる。

小日向馬場付近の土手は鯉、鮒の絶好の釣り場である。ここは水戸藩上屋敷のすぐそばで、中山備前は激職多忙の閑をみて昼間の一時《いっとき》、釣具を持たせてこの土手に陣どったのである。

中山の供をおおせつかっているのは、霞九郎である。

「大国屋についてきこう」

中山がようやく用件をきりだしたのは、三匹目の寒鯉を釣りあげた後である。

彼は水戸への帰国をずっとのばして上屋敷に逗留《とうりゅう》をつづけている。中山はまだ、加納角兵衛に会談に応ずるか否かの返事をしていない。

それ以前に大国屋の正体をさぐらせているのである。

「紀州家にふかいかかわりのある商人だということはあきらかになりましたが、実体となるとまだ……」

霞九郎は浮子に視線をおいたままこたえた。

「御庭方の探索でまだつかめぬとなると、容易ならぬつながりが紀州家と大国屋とのあいだにあるとみなければなるまいな」

「左様でございます。おそらくは紀州家の探索方の一翼をになっておることはたしかでありましょう。両者のあいだをむすぶものは、紀州藩士小村彦右衛門という者だとおもわれますが、いまだはっきりしたことはわかっておりませぬ」

昨日、紀州にいる小弥太から霞九郎のもとに秘密の手紙がおくられてきていたのである。

「紀州家は代々、薬込役《くすりこめやく》、御庭締戸番《おにわしめどばん》という探索方をおいておるが、そのほかにも探索方がもうけてあるのか……」

「左様でございます。大国屋の邸内には忍びの術をつかう手練《てだれ》が飼われております」

「左様か。ますますもって、大国屋の正体が知りとうなったな」

「それをしらべあげてまいりますと、紀州家のおもわぬ謎が浮かびあがってくるかもしれませぬ」

「紀州家の謎だと……?」

「今はまだ、たしかなことは申しあげられませぬ。が、紀州家には以前から暗い噂《うわさ》がながれておりました。もしかいたしますと、それにかかわりがあるかもしれません」

「吉宗公か」

中山はうめくようにいった。

「左様でございます。吉宗公にかかわりがあるような気がいたしてなりませぬ」

両人は顔を見合わさず、おたがいに浮子に視線をむけて低い声で会話をつづけている。

「証拠でも」

「まだ証《あかし》はありませぬ。けれどもいずれはっきりいたすこととおもわれます。大国屋が城下に店びらきいたしましたのは、吉宗公が藩主になられました前後のころとわかりました。それ以前の大国屋がどこでなにをいたしていたかについては、城下で誰も知る者がおりませぬ。いったん店びらきいたしましてからは、同業の呉服屋たちが耳目《じもく》をそばだてるほど急速に店を大きくしてきております」

霞九郎は紀州まででむいていって、自分の手でその謎をときあかしてみたい意欲にかられているのである。

「吉宗公は英明の藩侯だという誉《ほまれ》がたかい。それは事実であろうが、一方ではつねに暗い影につきまとわれておる」

「やはり、吉宗公の過去にはきっとなにかがあったのでございましょう。それに大国屋がからんでいるような気がいたしてなりませぬ」

吉宗は妾腹《しょうふく》から生まれた四男である。まともであれば、とても紀州藩主にすわれるような立場ではなかった。部屋住みのままで生涯をおわるか、他家へ養子にでるか、それとも臣下の家を継ぐかすべき運命であった。

吉宗を生んだお由利という女は二代藩主光貞《みつさだ》の湯殿掛《ゆどのがか》りの端女《はしため》だったが、その素姓はさだかではない。

お由利の父は放浪の果てに娘をつれて和歌山城下にながれついた者だとつたわっている。今では表むき巨勢《こせ》六左衛門という者を養父としているが、実父の素姓については巡礼であったとも、代々の浪人者であったともいわれ、さだかなことはあきらかではなかった。

お由利は勝気なうえ才気に富んだ生まれつきで、それにもまして美貌《びぼう》であった。湯殿の中で光貞がお由利にたわむれたのがきっかけとなり、二人はむすばれたといわれる。

吉宗には、綱教《つなのり》、頼職《よりもと》の兄がおり、もう一人の兄は早世していた。光貞の愛情は二人の兄にたいしてそそがれ、吉宗はめぐまれた少年期をすごさなかった。

ところが、父の後をついだ長兄綱教が宝永二年（一七〇五）に死に、その後をおそった頼職もわずか四か月後に急死するという変事がつづけておこって、はしなくも吉宗が五代紀州藩主の座にすわったのである。

藩内に暗い噂がおこりはじめたのは、このころからだった。しかし吉宗は頭脳が明晰《めいせき》なうえ、精力的な行動力を持ち、つぎつぎに藩内の改革をおこなって、藩政に安定をもたらし、自身の立場をも強固なものにしていった。

吉宗がおこなったのは力の政治であった。武芸を奨励し、士気をふるいおこすとともに、自分も質素倹約にあまんじ、臣下領民にもそれをもとめた。

藩内にも町廻《まちまわ》り横目《よこめ》、武芸目付などをおいて隠密《おんみつ》政治をおこない、反対派勢力をおさえこんでいった。吉宗に暗い一面がのぞかれるのは、そのせいでもあった。

「大国屋が吉宗公の裏の政治の手足になってきたことはほぼまちがいあるまい。はて、ところで加納角兵衛はいかなる意図で、水戸にちかづこうとしているのであろうか。油断はできぬ」

一人ごちるように中山がつぶやいたとき、浮子《うき》がぴくりとうごいた。

時をはずさず、中山はすかさず竿《さお》をあげた。形のいい寒鮒が釣りあげられた。

「年内に、加納に会うことになろう。おぬし、その供をいたせ」

「はっ」

「加納は、わしと紀州の古狸を会わせようとたくらんでおるのかもしれぬ」

中山は寒鮒を魚籠《びく》の中に入れながらいった。

「承知いたしました」

霞九郎はうごかぬ浮子に視線をおいたままこたえた。

五

梅にさきがけて、桜が咲いた。

梅は正月も末ちかくにならなければ咲かないが、向島《むこうじま》にある水戸藩下屋敷の桜は年の瀬をまえにして花ひらいた。すなわち寒桜《かんざくら》である。

下屋敷のひろい庭に二代藩主光圀《みつくに》が植えさせた十数本の寒桜が、今では枝ぶりも見事に生長していた。

当代の藩主綱條《つなえだ》は毎年、極月《ごくげつ》の多忙な中に閑《ひま》をつくって、年の瀬の花見をたのしむのを年例にしていた。下屋敷では、毎年この花見の翌日から煤払《すすはら》いをおこなうのがつねになっていた。

将軍家の営中煤払いは毎年十二月十三日ときまっており、諸大名でも期日はほとんどさだまっているものだが、水戸家だけは桜のはやいおそいによって煤払いの日がかわってくる。

今年は平年どおりの気候とあって、水戸家の寒桜は月の半ばをむかえてほぼ満開となり、とどこおりなく、昨日、綱條の花見の宴をおこなった。通常ならば今日が煤払いとなるところだが、今年にかぎってそれが一日くりのべられた。

中山備前がこの日、客をむかえて花見をやることになったためである。

その客が何者であるか、下屋敷の者たちにも知らされていなかった。内輪の客である。

客は昼さがりにいたって、微行《しのび》でやってきた。わずかに供を一人つれただけの気軽ないでたちで門をくぐった。

加納角兵衛である。

下屋敷の用人佐伯市之丞《さえきいちのじょう》がでて、加納を客間に案内した。

微行とはいえ紀州家から水戸家をおとずれた客であるから、加納は紋服に白足袋《しろたび》姿である。

このところ江戸は好天気がつづいている。花見にはもってこいの日和である。うらうらとしたあたたかい日ざしが下屋敷の庭にふりそそいでいる。あと数日で暦のうえでは春がくる。

この日、中山は朝から下屋敷にきて、加納のおとずれを待っていた。加納が到着してしばらくしてから、中山は客間へでていった。

「紀州家側役《そばやく》、加納角兵衛久通《ひさみち》にござります。このたびはぶしつけな手紙をさしあげ、大変失礼申しあげました。今後ともよろしくおねがい申しあげます」

　加納は中山とほぼ同年輩の三十半ばである。彼はまず、吉原の立花屋へ手紙をおくりとどけた非礼をわびた。

「中山です。よろしく」

　中山は挨拶《あいさつ》をかえした。

　加納は吉宗と安藤飛驒守《ひだのかみ》のすぐ下にあって紀州藩の藩政にたずさわっているが、身分は側役である。中山と比較すれば格がちがう。

「本日は花見におまねきくださり、遠慮なく参上いたしました。本来ならば家老安藤がまいりますところですが、老齢なうえ病がちのため、かわってわたくしがまいった次第です」

　加納は、中山へ手紙をさしだしたのも、今日ここにやってきたのも安藤の代理であると自分の立場をあきらかにした。中山としては予期したところである。でなければ、花見にまねくような丁重な応待をするはずがない。

「病がちとはいえ、安藤さま息災《そくさい》でなによりめでたいことと存じあげる。よろしくおつたえください」

　吉宗の表の政治を安藤が裏でささえていることを中山は知っている。安藤が加納の口を借りて、今日どのようなことをいってきたかを中山ははやく知りたかった。

「安藤は今日の御礼に、中山様をぜひ屋敷におまねきしたいと申しておりました。なにとぞおきき届けていただきたく存じあげます」

中山は加納の言葉に心中ふかくうなずくところがあった。やはり安藤は自分との会談を持ちたいというのが本音だったのである。

中山の推量はあたっていた。加納は劈頭《へきとう》から遠まわしながらそれを持ちだしてきた。

「くわしい話は後ほどいたすこととして、さっそく花見をいたそうではないか。今年は例年以上に花のつきがようござる」

中山はそういって、加納を庭へさそった。

紀水同盟

一

晴れてはいるが、風がつめたい。

寒桜《かんざくら》は水戸藩下屋敷のひろい庭園の築山《つきやま》の麓《ふもと》にたちならんでいる。彼岸桜《ひがん》の一種類である。

緋色《ひいろ》の花が冬空の下に満開の景観をなしている。風に吹かれて、花びらが舞いおちている。

その下を、加納《かのう》と中山は漫歩していた。二人の後に、下屋敷の奥女中たちが大勢ひかえている。

春の花見であれば、緋毛氈《ひもうせん》がしかれ、奥女中たちの琴がきかれ、野点《のだて》の用意がされたり、甘酒の仕度がされたりしてはなやかだが、冬の花見となると、やや殺風景であることはいなめない。庭園内に色どりをあたえているのは、この寒桜と、木戸口の横手に寒木瓜《かんぼけ》が赤いちいさな花を咲かせているくらいのものである。

趣向といっても、さしたるものではなく、築山の中腹に立つ四阿《あずまや》に茶の用意がされているばかりである。

加納と中山はつれだってあるき、花を満喫し、四阿でいこい、茶を喫した。早春はちかいが、築山のむこうに見えるのはまだ寂莫《せきばく》たる冬木立《ふゆこだ》ちだ。葉をおとし裸になった木々の幹が冬の日ざしをうけて、にぶいかがやきを見せている。

加納も中山も、近習《きんじゅ》を一人ずつしたがえているだけである。

「眼福《がんぷく》でございます。十分に目の保養をさせていただきました」

「ご多忙であろうが、たまには俗事をわすれ、自然の中に身をおいて花をめでるのもわるくはないものでござろう」

「まことにそのとおりでございます。こころがあらわれたような気分がいたします」

「気に入っていただけて、こちらも甲斐《かい》があったと申すもの」

両人は一時《いっとき》俗事をはなれたかのような言葉をかわし合っているが、これこそ紀州と水戸との政略のからみ合いがはじまる前哨《ぜんしょう》であった。

霞九郎《かすみくろう》は、この両人の様子をかなりの近距離から仔細《しさい》にながめていた。寒桜のつづく築山の脇《わき》に、裏庭との境をなす木戸がある。通称桜木戸と呼ばれているところである。そこの木戸番を、今日霞九郎はつとめているのだ。万一のときのためにそなえているというよりは、加納角兵衛をじっくりと観察する機会をあたえられたというべきであろう。

花びらが霞九郎の足もとにまで舞ってきた。風がややつよく吹きだしたのだ。

「冷えてまいった。加納殿、中で一献《いっこん》」

中山は声をかけた。今まで満を持し、ここを潮時とみたのだ。

二人は客間にもどって、一献くみ合った。

「水戸様はかくべつのお家柄ゆえ、江戸のお屋敷はなかなか立派でございます。そのうえ手入れもよくいきとどいており、紀州藩でも範にとらねばならぬところが多うございます」

加納が世辞まじりにいいだした。

紀州家が水戸にたいして、かくべつの家柄という以上、それは〈定府制《じようふ》〉か、水戸家中にひろくいいつたえられている〈副将軍〉たる地位をさしているとかんがえねばならない。

水戸藩は定府制をとっているために、重臣の多くは小石川《こいしかわ》の上屋敷に常駐しており、藩政の中枢も江戸にある。したがって、江戸で決裁されたものが水戸の藩庁へ伝達され、しかるのち実施される仕組みになっている。

金もかかれば、手間も、時間もかかる。藩主がつねに江戸にいるので、江戸の各屋敷は諸藩以上に整備されているが、藩政が二重構造になっている欠陥はおおいがたいのである。

「さればとて、それがために藩の台所はつねに火の車でござる。格式を欠くこともまかりならぬので、苦労は多い」

中山はわらってこたえた。

実際に三十五万石の禄高《ろくだか》で御三家の格式と体面をたもつのは、並大抵のことではないのである。

「何年かまえ、尾張《おわり》の成瀬《なるせ》様が安藤へ、水戸殿はお気の毒だとおっしゃられたとうかがっております。三十五万石ではいかにも負担がおもすぎると」

「うむ……」

さりげなく受けながらも、中山は注意を喚起された。加納の言葉は同情にこと寄せつつ、一方で容易ならぬ事柄をふくんでいた。

「それについて配慮してさしあげるべきだということで、尾張と紀州のかんがえは一致いたしたとうかがっております」

「初耳だな」

中山はにわかに警戒心をいだきはじめた。加納の言葉は、禄高をふやして負担しやすくするという意味と、禄高をそのままにして負担だけをかるくするという意味の両方にとれるからだ。

「三十五万石で御三家の格式を維持いたしますのは至難でございましょう。尾張、紀州の両家が口ぞえして公方《くぼう》様へ申しあげれば、水戸家を五十万石くらいにひきあげることができるのではないかというのが安藤の意図であったとうかがいました。ところがそのときは、成瀬様がお口をにごしてしまわれ、沙汰《さた》止《や》みとなったとか」

意表をつく言葉が加納の口をついてでた。

「面白い話だが」

中山はもう一度笑みをうかべた。

十五万石増というのはおもいがけぬ話だが、成瀬がそれについて口をにごしたというのは、もっと意味のふかいことである。成瀬は水戸藩の負担だけをかるくすることを意図していたとかんがえられるからだ。

「安藤は世辞や愛想でそういったのではございますまい。なぜかと申せば、今もって安藤はそういうかんがえを持っているからです。むろん紀州家がそう申しあげたとてお上《かみ》がとりあげるかどうかわかりませぬが、水戸様のおねがいいかんによっては、道がひらけるかもしれませぬ」

「気をつかっていただいて、かたじけない。ご好意は有難くうけたまわる」

「御三家ができていらい百年にもなりますが、水戸様だけが家格と禄高でいちじるしい差をつけられておりますこと、わたしども奇異とかんがえております」

一陪臣《いちばいしん》の身ながら、加納はじつにおもいきった話をしかけてきたものである。いわせているのは安藤だとしても、不敵な内容をふくんでいるといえた。

それは水戸藩が代々不満におもってきた事柄である。が、これをおこなったのは神祖家康である。

尾張家は六十二万石、紀州家は五十五万石。しかも両家とも極位極官《ごくいごっかん》は従二位大納言《だいなごん》であるのにたいし、水戸だけは従三位中納言《ちゅうなごん》である。

尾張藩祖義直《よしなお》と紀州藩祖頼宣《よりのぶ》が家康の第九子、第十子であるのにくらべて、水戸藩祖頼房《よりふさ》は第十一子である。たったこれだけのちがいで、水戸だけが兄たちの家にくらべて大きな格差をつけられていることは、中山にとってもかんがえれば不満のおこる事柄である。

それだからこそ、前将軍家宣《いえのぶ》の遺言によっても、将軍位継承に水戸家だけがはずされる結果になったといってもいい。

「水戸藩としては、これからじっくりとかんがえたうえで、もしそのようなおねがいをお上にたいしていたすことになったときは、紀州家のお口ぞえを期待しよう」

事柄が重大事だけに、中山としては簡単にその話にのるわけにはいかなかった。

「あまりご悠長《ゆうちょう》になさっておられますと、時機《とき》をうしなうこともかんがえられましょう。尾張家においてはかならずしも、水戸様へご好意を持っておられるとはかんがえられませぬ」

加納の言葉はいささか大胆すぎるものであった。

「尾張が、水戸に悪意をいだいておるとでも？」

御三家が将軍家の兄弟の家としてたがいに仲むつまじき友誼《ゆうぎ》をたもってきたのは、二代将軍のころまでである。三代家光のころからしだいにその風儀がうすれはじめ、それ以降となると御三家という格式と家柄だけがのこって、三家のあいだの友誼はうしなわれていった。

「悪意があるかないかはべつのこととして、尾張家では、将軍家を補佐し、血統をつたえる家は二家あれば十分、水戸家がもしそれにたえられぬようであれば、家柄、格式を返上するもやむなしといったかんがえを持っているかにうかがいました」

その言葉をきいて、さすがに中山の顔から笑みが消えていった。

「家格返上《かかくへんじょう》……？」

中山としてもかつて一度もおもいおよばなかった事柄が、きぎづたえとはいえ彼のまえにもちだされたのだ。

「尾張様としては、水戸様がいささかけむたいのではございますまいか」

「何故」

「官位禄高はひくくとも、水戸は定府制であります。つねに将軍のおそばちかくにあって、天下に睨《にら》みをきかせております。副将軍の家柄とも噂《うわさ》されておりますではありませぬか」

ふむ、ふむ、と中山はうなずいた。

水戸藩はそのうえ本国が江戸にちかい。一朝《いっちょう》有事のときには、すぐに兵が江戸に馳《は》せ参ずることができる。それを尾張藩は警戒しているのであろうか。

二

霞九郎は中山と加納の話し合いを一部始終きいていた。

中山がすわっているところからななめうしろに位置する〈武者隠《むしゃがく》し〉に、霞九郎はひそんでいる。襖《ふすま》をとおして両人の言葉はすべてききとれるし、襖にこしらえた覗《のぞ》き穴から二人の姿もよく見てとれる。

諸大名の屋敷の広間や客間などには、大抵こうした武者隠しがもうけてあるのだ。横一間《けん》半、縦半間余の押入れのようなところである。

霞九郎は息をひそめて、二人の会談をうかがっていた。

加納は気鋭潑剌《はつらつ》たる風貌《ふうぼう》をしている。顔の色は浅ぐろく、骨格のたくましい体軀《たいく》をしている。いかにも吉宗がこのみそうな家来である。

その加納が口にした水戸家の家格返上の言葉は霞九郎にとっても衝撃的であった。しかも尾張、紀州の両家で将軍の血統は十分たもたれるというのも、一面から見れば説得力のある理屈だ。かならずしも御三家でなく、〈御両家〉であっても不都合はないのである。

水戸の側からすればかつてない奇異な説であるが、尾張藩あるいは紀州藩の側からすれば、家康在世時のころからあったかんがえなのかもしれぬ。逆にいえばそれだけ両家では水戸を警戒しているのだといってもいい。霞九郎としても、目の鱗《うろこ》をはがされたようなおもいがした。

「尾張藩のことはさりながら、お手前紀州藩ではいかがかな」

中山の言葉がきこえた。

「わが藩侯にしましても、水戸様がけむたくないことはございますまい。わが殿と水戸様をくらべれば、年は父と子ほどちがい、中納言への任官も水戸様のほうがずっと先んじられております。それだけに人格、識見、思慮をくらべても綱條《つなえだ》様にはとうていおよびませぬ。けむたいのは事実《ほんとう》でしょう」

「いや……」

加納がこたえると、中山はそれを途中でさえぎった。綱條は前藩主光圀《みつくに》にふかく私淑《ししゅく》し、すべてに範をとっている人格円満、学識経験ゆたかな藩主であり、五十七歳の年齢である。吉宗二十九歳、吉通《よしみち》二十四歳にくらべて、あまりにも高齢である。

「吉宗公と綱條公とをくらべて申しあげておるのではなく、御三家水戸をどうおもわれておるかということだが」

「先ほども申しあげましたとおり、紀州藩は水戸藩を五十万石にご加増してはどうかと申しているくらいです。安藤は申すにおよばず、わが殿はこのことばかりでなく、日ごろから水戸様をうやまい申しあげ、末ながく水戸藩と友誼をむすびたいとかんがえており、このたびもそのために安藤からわたくしがつかわされてまいりました」

加納はここではじめて来訪の意図をうちあけた。

「紀州と水戸とが友誼をむすぶために？」

「左様でございます。尾張藩の僭上《せんじょう》ぶりはちかごろ目にあまります。前々月におきましても、わが藩の嫡子長福《ちょうふく》さまが尾張の刺客《しかく》にねらわれ、あやまってほかの子供が無惨に命をうばわれました。このようなことを見すごしておきますれば、やがては水戸様へも刺客がはなたれないでもありません」

加納は尾張藩に対抗するために、紀州藩と水戸藩は手をむすぶべきだと申し入れてきたようだ。将軍位をあらそうために水戸を味方にしようというのが真の目的《ねらい》であろう。

このような誘いがあるのではないかと、霞九郎は今まで十分予測していた。御三家の中であらそえば、尾張か紀州いずれかが水戸にちかづいてくることは容易に想像されたのである。

「うむ」

うなずいて中山は思案をめぐらした。

これは難問である。簡単には加納に心中をあかすべきではなかった。

「安藤が中山様にお会いしたいと申しあげておりますのも、このことでございます。紀州と水戸は父母をおなじくする家柄ゆえ、胸襟《きょうきん》をひらき合えば、末ながく手をにぎり合ってゆけるでしょう。ご一考くださるようおねがい申しあげます」

加納はずいぶん古いことを持ちだしたものである。紀州頼宣と水戸頼房はいずれも家康の側《そば》妾《め》お万の方を母としている。ところが尾張義直はお亀《かめ》の方から生まれている。

「当方は、すすんで尾張、紀州両藩をいずれも敵とするつもりは毛頭ない。御三家はあくまでも手をとり合って将軍家を補佐し、その血統をまもっていくべきが本分だとかんがえる」

中山はまず建前《たてまえ》を口にした。

「さればとて、相手から攻撃をしかけられた場合は、このかぎりではなくなってまいる。水戸藩といえどもしかけられた戦《いくさ》はうけねばならぬ。本意ではないが、とことんたたかわねばならなくなる」

前言をひるがえすごとく、中山はちらりと本心の一端をのぞかせた。

「尾張家はつぎの将軍位を手に入れるためには、いかなる卑劣な手段にもうったえる覚悟のようです。長福さま暗殺、水戸家の御三家降格の意図などが尾張の野望をよくあらわしておりますす。とくとおかんがえなさってくださいませ。安藤は水戸様のおんためになるいくつかのおとりはからいをかんがえておるようでございます」

加納はいろいろな土産《みやげ》を用意してきたようである。

「さしつかえなくば、うかがわせていただきたいものだな」

中山としてはできるだけ加納の口をひらかせたいのである。

「水戸様へのおとりはからいについて、わたくしが申しあげるのは、いかにも僭上のそしりをまぬがれません。それについては安藤とじかにおはなし合っていただけませぬか」

加納がそういったとき、霞九郎は足の裏にひやりとした微妙な感じをおぼえた。足の下は畳であり、その下は床である。

霞九郎は床下に存在する危険なものをかすかに感じていた。体をたおし、耳を畳につけてみた。

精神《こころ》を統一し、神経を集中すると、床下の気配が感じられた。床の高さは二尺余。人間がもぐりこんで這《は》いまわれる余地がある。

床下はふさいであるが、通風のために何か所か口があけてある。入りこむことは可能である。

霞九郎は床下の見取り図を頭のうちにえがいた。

するどい聴覚がおぼろげながら曲者《くせもの》の存在をとらえた。曲者は廊下の床下から、今しも客間の床下へすすもうとしている。

加納と中山が対座している真下までいくには、霞九郎がひそんでいる真下をとおることになる。

曲者は匍匐《ほふく》しながら前進してきた。一間、また一間……とちかづいてきた。忍びの術に熟達した者であることはまちがいない。

(赤犬だろう)

と見当をつけた。

今朝から邸内は人目にたたぬようきびしい警戒をしていた。曲者は今朝も早いうちか、昨日のうちに床下にもぐりこんだものとおもわれた。

霞九郎は耳を畳につけたまま、やや体を浮かした。そして音もなく忍び刀をぬいた。忍び刀は切っ先がするどく、両刃《もろは》である。

息をつめるようにして下の気配をうかがった。

曲者はようやく武者隠しの下に入ってきた。匍匐する頭部がついに霞九郎の真下にいたった。が、まだ霞九郎はうごかなかった。頭部はちいさくて、ねらいをはずすおそれがあった。

一瞬……、さらにもう一瞬待った。

（やっ！）

腹のうちで裂帛《れっぱく》の気合いをほとばしらせ、刃渡り一尺余寸の直刀を満身の力で畳に突き刺した。

手ごたえは十分あった。人体をあやまたずに突き刺した感覚をおぼえた。

霞九郎はさらに力をこめて、忍び刀をぐいと柄《つか》の根元まで畳に突きとおした。人体をつらぬいていくしたたかな手ごたえを感じ、

（やった！）

とおもった。その手ごたえをたしかめ、存分にやったという確信をいだいた。

が、下の曲者は呻《うめ》き声さえもらさなかった。

そのうちにおどろくべきことがおこった。手元へ引こうとした忍び刀が急にかるくなった。

曲者は自分の体から忍び刀を抜いたのだ。

と同時に、とつぜん畳をやぶって下から鎧通《よろいどお》しが突き上げられた。

はげしい痛みが瞬間膝《ひざ》から脳天へはしった。霞九郎がすばやく位置をずらすと、一瞬のおくれでもう一度鎧通しが突きでてきた。

二度、三度、四度と体を移動させるたびに、そこをねらって鎧通しが連続的に突き上げられた。

霞九郎も忍び刀をぬきとり、下の曲者をねらって何度か突きおろした。

床と畳をあいだにした息づまる攻防は、一時《いっとき》つづいて止《や》んだ。

曲者は音もなく退散していったのだ。

霞九郎はすぐさま武者隠しをでて、庭へまわった。

ピイッ　ピピピイッ

指を口にあてて指笛を吹いた。

相手の鎧通しで左足の膝を突かれていたが、やや斜めにそれたため深傷《ふかで》にはいたらなかった。

相手は深傷を負っているはずである。そう遠くへいけるわけがない。

厠《かわや》の脇《わき》に、床下の通風口がある。そこには万一の場合にそなえて、通風口をふさぐ大きな石がおいてある。

霞九郎はありったけの力をふりしぼって石をうごかし、その口をふさいだ。そして勝手口のほうへ走った。

そこにも通風口がある。ふたたび満身の力で石をうごかし、口をとじた。

通風口はまだ三か所にあるが、その二か所は番士や門番たちのいる木戸や門がちかいので、まずそちらへ逃げることはあるまいとかんがえた。

庭の中を飛ぶように人影がはしった。御庭方が三、四人馳せ参じてきた。

「赤犬だ！　まだ床下にいる」

彼らは霞九郎の合図ですばやく通風口の各所へ散った。

霞九郎もみずから中庭に面した縁側の下へもぐりこんでいった。もう膝の痛みはわすれていた。

そのとき駆けつけてきた御庭方雷《いかずち》五郎が霞九郎の膝からながれる血を見て申しでたが、彼はきかなかった。

「頭領《おかしら》、わたしが入ります」

「おまえは、この口を見張っておれ」

と命じて、通風口をくぐりぬけ、床下へ入っていった。

中は暗闇《くらやみ》である。かすかにひんやりとした風が吹いている。勘だけをたよりに這いすすんでいくしかない。

霞九郎は土竜《もぐら》が土の中をすすむように前進していった。彼は曲者がこの穴をめざしてくると予想していた。

ややいったところで、曲者を待ち伏せした。地に伏せて耳をあてると、ひろい床下の中で人のうごく気配がかすかにつたわってきた。曲者か、御庭方のいずれかわからない。

チュ　チュ
うかがっていると、鼠《ねずみ》のちいさな鳴き声がきこえてきた。

その方角へ耳をこらした。

チュ　チュ
今度は反対の方向からかすかに鳴き声がした。

その方角に曲者はいない、という合図である。

霞九郎は赤犬がひそんでいそうなところを予測し、そちらへすすんでいった。とつぜん攻撃されるのにそなえて、忍び刀を抜き身でたずさえ、五感をとぎすませ、すこしずつ前進した。が、予測したところに曲者はいなかった。直前までそこにひそみ、霞九郎の接近を感じてすばやく移動したのだと察した。

おもいがけぬ身ぢかで、また鼠の鳴き声がした。霞九郎は方向を転じ、反対の方角へ匍匐した。

ところがそこにも曲者はいなかった。

三度、方向をかえてすすんだが、そこにもいない。鼠の鳴き声が何度もきこえてきた。

それでも断念しなかった。

（まだ床下のどこかにいる）

霞九郎は確信を捨てなかった。闇の中の探索をあくことなくつづけた。

半刻《はんとき》（一時間）以上たったころ、
ピピッ　ピイッ
とつぜんするどい口笛が床下にひびいた。

と同時に、あわただしく人の這いずりまわる物音がきこえた。

霞九郎はそちらへむかって全力をあげてすすんだ。

曲者はようやく余力がつきかけて、死に物ぐるいでいちばんちかい通風口へむかったのだ。深傷を負っているので、それは最後のあがきに見えた。

霞九郎も口笛を吹いた。

通風口はすぐちかくにある。

その穴を曲者がくぐりぬけた。

ややおくれて霞九郎もぬけた。

曲者を追ってはしる雷五郎の姿が見えた。曲者はひろい庭へむかって、ころぶようにはしった。

と、その姿がとつぜん火につつまれた。

炎は高く燃えあがった。脂《あぶら》を焼くような臭いがながれた。

火だるまになって曲者ははしっていった。はしりつづけて植込みのそばでたおれ、のたうちまわった。

霞九郎をはじめ御庭方一同は手をくだすこともなく、息をのんで見まもった。

一時のあいだ燃えつづけ、やがてのうちに曲者は焼けつきた。

そこには黒こげの無残な死体だけがのこった。顔もかたちもわからなかった。

曲者はみずからの手で、おのれの正体を消したのだ。戦国の世をおもわせる凄絶《せいぜつ》な忍者の最期であった。

三

正徳《しょうとく》三年（一七一三）正月十四日。豪華な網代《あじろ》の乗物が、鋲《びょう》打ちの乗物や大勢の大奥女中をしたがえて江戸城をでた。

網代の乗物の主は前将軍御台所《みだいどころ》天英院とともに権勢をならび称せられる将軍家継《いえつぐ》の生母月《げっ》光院《こういん》である。

今日は前将軍家宣《いえのぶ》の命日にあたり、月光院の行列は菩提《ぼだい》寺《じ》増上寺へむかった。

新春とはいえ、乗物の外はつよい北風が吹いている。濠端《ほりばた》ちかくの空にも、北風に乗って凧《たこ》がいくつも大空に舞いあがっている。耳をすませば勇壮な籐《とう》の唸《うな》りがきこえてくる。江戸の空はこの月いっぱい絵凧、字凧、奴凧《やっこだこ》などによってさかんにいろどられる。

乗物と供の行列はしずしずと町中をすすみ、やがて増上寺の大門をくぐり、表門をとおって、大方丈《だいほうじょう》についた。

大方丈に月光院の休息所がもうけられているのである。

月光院は落飾《らくしょく》以前は左京の方といい、はじめは桜田御殿の奥につとめ、そこで家宣の目にとまってお手つきになった。美貌《びぼう》にくわえて、和歌、詩文、書道、琴、三味線などの諸芸にひいで、碁《ご》、将棋《しょうぎ》にも通じるという才女ぶりで、たちまち家宣の寵愛《ちょうあい》を一身にあつめて鍋松《なべまつ》を生んだ。

そのころの大奥にはお須免《すめ》の方、右近《うこん》の方などの側室もいたが、左京の方の権勢は御台所とならぶほどになった。落飾後も天英院と月光院で大奥の勢力を二分していた。法名をこそとなえているが、いまだ二十代の半ばで、美貌もっともさかんな年ごろである。

「月光院さま」

休息所でやすんでいる月光院のところに、そのとき年寄絵島《えじま》があらわれた。

「尾張家の御家老からお使いがまいりまして、おかえりにご宿坊でお待ち申しあげていると か」

絵島の言葉をうけて、月光院はしばし思案の表情をうかべた。

「成瀬どのか……」

昨年から、尾張家では成瀬隼人正をつうじて、しきりに月光院にちかづきをもとめてきていたのである。

代々大奥と尾張家との縁はうすく、月光院も家宣在世中は尾張家との交際はなかった。

「いかがとりはからいましょうか」

「成瀬どのは、もう宿坊にきておられるのか」

「左様でございます。朝からお待ちしていらっしゃるとか」

「おことわりいたすのも気の毒じゃな」

「今までにも、何度も面会をおことわりいたしておりますから」

「あまりすげなくいたすのも、さしつかえがあろう……」

月光院と絵島がとかく相談をしているところに、御霊屋《おたまや》からお使いの坊主があらわれ、参詣《さんけい》をうながされた。

増上寺住職三十六世祐天《ゆうてん》大僧正が休息所にあらわれ、月光院と絵島は御霊屋へむかっていった。

そのころ、成瀬は尾張家が宿坊とする松蓮社《しょうれんしゃ》において、側役《そばやく》布施《ふせ》三四郎から月光院の返事をきいた。

「左様か、月光院さまはお越しくだされるのだな」

「はい」

成瀬は布施の返事をうけて、ほっと肩の荷をおろした気分になっていた。彼はこれまで何度も絵島をとおして月光院との面会を申しでていたが、いずれも病気や多忙を理由に体《てい》よくことわられていたのである。

今日の月光院の増上寺参詣は面会を実現する絶好の折りとかんがえて、万端準備をととのえていた。前もって申しでるとことわられるおそれがあるので、当日になって増上寺大方丈へでむいていって申し入れをおこなったのも、彼の策であった。

布施三四郎も今まで成瀬から下命《かめい》をうけて尽力し、ようやくそれが実現のはこびとなって、よろこびを顔にあらわしていた。

成瀬が執拗《しつよう》に月光院へのちかづきをもとめているのは、これまで尾張は大奥に足がかりというべきものを持っていなかったからである。今後御三家の中で、とくに紀州家と将軍位をあらそうにあたって、大奥の後楯《うしろだて》があるのとないのとでは大きなちがいがあった。

将軍位といえば公職であるが、一方、徳川本家の当主という私的な反面があるので、徳川家の大奥が後継者えらびについていろいろ口をさしだしてくるのはいたしかたないことである。ところが、紀州家が代々大奥と昵懇《じっこん》であるのにくらべて、尾張家はずっと疎遠《そえん》がつづいていた。

成瀬は次期将軍位を確実なものとするためには、どうしても大奥の〈尾張ぎらい〉をぬぐい去らねばならぬとかんがえていたのである。

尾張家は幕閣の老中や側用人間部《まなべ》詮房《あきふさ》などとは従来よしみを通じて地盤を持っていたが、大奥にたいしてはまるで自信を持っていなかった。それがために成瀬は大奥につよい味方をつくる目的で、昨年から苦心をつづけていたのであった。

「布施、万端遺漏のないように」

成瀬はやや緊張の面持《おもも》ちでそう命じ、座を立ちあがった。

昨日から今日にかけて、成瀬はことのなりゆきをおもんぱかって腹痛におそわれていた。豪胆なように見えても、御三家の筆頭家老の職責は細心のこころづかいと深謀遠慮とを必要とする。まして将軍位の争奪となれば、いちばん骨身をすりへらすのは、この立場であろう。

成瀬は長い廊下をあるいて、厠へむかった。松蓮社だけにも厠は数か所あるが、成瀬がつかうべきものは、広間の裏側にある。

杉戸をあけると二坪ばかりの板の間があり、小用が足せるようになっている。

さらに杉戸をひらくと便壺《べんつぼ》のあいた厠がある。

成瀬はそこへ入って、尻《しり》をまくった。そして壺をまたいでしゃがんだ。そのとたん、

「成瀬様」

天井裏からひくい声がきこえた。

成瀬は油断のない男だが、さすがに不意をつかれた。

一瞬、たちあがろうとしたが、その声に危害をくわえてくる意のないことを本能的に察し、くそおちつきはらって度胸をすえた。

「何者じゃ」

しゃがんだまま上も見あげずに成瀬は誰何《すいか》した。

「失礼のほどは重々にお詫《わ》び申しあげます。内密の使いゆえ、こうでもいたさなければ、御家老にちかづく機会《おり》がありませんでした」

ふたたび天井裏からおしころした声がかえってきた。

「詫びはすんだ。素姓《すじょう》をあかしたらどうだ」

「水戸藩の末の者にございます。成瀬様へおわたしいたしたき手紙を持参いたしました。お受けとりくださいましょうか」

「やむをえまい。おとすがいい」

成瀬が仕方なくいうと、ややあって、白い封書が天井板の隙間《すきま》から舞いおちてきた。

「水戸藩家老中山備前《なかやまびぜん》から成瀬様へあてましたものでございます。ご披見になっていただきたく存じあげます」

天井裏からの声にうながされ、成瀬は尻をだしたまま、手紙をひろいあげ、封を切った。

中山の手紙に目をとおす成瀬の姿を、霞九郎は天井裏からしかと見とどけていた。

四

きさらぎの空うららかにして、雪どけの草緑の色を発し、梅の林間に初午祭《はつうままつ》りの幟《のぼり》を見る……。

月が二月にあらたまって、本格的な春のおとずれとなった。

小石川の安藤坂は霞《かすみ》と霧の名所である。毎年このころになると坂の下から霞が湧《わ》き、秋になると霧がたつ。

坂は牛天神《うしてんじん》の外からまっすぐ北へむかってのぼり勾配《こうばい》になり、伝通院《でんずういん》の表門にいたる。坂の西側に安藤飛騨守《ひだのかみ》の屋敷があり、坂の名はそこからおこった。

坂の下は神田《かんだ》上水であり、霞や霧は天候と気温の変化によってここから湧くものとおもわれた。

坂道の東側には金杉水道町《かなすぎすいどうちょう》がほそながくつづき、そのさらに東側は水戸藩上屋敷である。すなわち、安藤屋敷と水戸藩上屋敷とは坂を中にして、西と東に位置する。

初午祭りの翌朝、安藤坂にことのほか濃い霞が湧いた。

坂の下から上まで、まるで見とおしがきかなかった。半間《はんげん》先のものが見えなかった。安藤屋敷の門も塀もすっかり霞にかくれた。

春風が吹き寄せてきて、霞がゆっくりとながれはじめた。

そのとき、霞の中から、腰にさした刀の柄とともに、精悍《せいかん》な男の顔が不意にあらわれた。

中山備前である。

中山につづいてもう一人、男の顔が見えてきた。

水戸藩家老鈴木孫三郎だ。

両家老は供に近習《きんじゅ》を一人ずつつれている。彼ら四人は今しがた上屋敷をでてきて、安藤坂をのぼりはじめたのだ。

安藤屋敷の前まできて、一同は躊躇《ためらい》なくその門をくぐった。

安藤屋敷には、すでに加納角兵衛がきていて、安藤とともに水戸藩の両家老のおとずれを待ちうけていた。

近習は控《ひか》えの間で待たされ、中山と鈴木孫三郎だけが応接の間に案内された。その部屋には安藤と加納がでていて、両家老をむかえた。

「御足労をおかけいたした」

だいぶ猫背《ねこぜ》になった安藤がやわらかな声をかけた。

「安藤様ご壮健でなによりに存じあげます」

中山がそれにこたえて、ここに紀州藩と水戸藩の両首脳の会談ははじまった。表むき、中山と鈴木は安藤の病気見舞いにやってきたことになっている。

旧冬、中山が吉原立花屋で加納の使者から手紙をうけてはじまった両藩の接触は、今日大きな山場をむかえていた。

「坂を一つへだてて、水戸様のおそばちかくに住居《すまい》いたしております。末ながくご昵懇《じっこん》にしていただきたい」

紀州藩の筆頭家老とはいえ、身分格式は大名の安藤が如才《じょさい》ない言葉をつづけた。

「このたびは、いろいろなご配慮をいただきました。今後ともお世話をこうむらせていただきます。よろしくおねがい申しあげます」

今日の会談の下話は、すでに中山と加納とのあいだでかためられていた。双方の意志は十分に通じ合っていた。

「水戸と紀州は今後手をとり合って、徳川家のため、天下のために存分のはたらきをいたしたいもの。それがおのずとおのが家のためとなる」

安藤はあえて尾張に対抗するためという言葉はつかわなかった。

「左様でございます。紀州様のおためになることならば、水戸でできることはいたしましょう。それは水戸が紀州様からご助力をいただける道であります。そんな両藩のかかわりが末ながくつづくことをねがっております」

「紀水和親《きすいわしん》の約束ができあがれば、めでたいことじゃ」

「わが水戸にとっても、ねがってもないことでございます」

そうこたえながらも、中山はまだ安藤に全幅《ぜんぷく》の信頼を寄せているわけではなかった。相手は名にし負う〈紀州の古狸《ふるだぬき》〉である。謀略と術策の達人である。用心に用心をせねばならぬ。

紀州家と尾張家との将軍位争いに勝つために水戸を利用するのであれば、紀水和親はのぞむところではない。

紀州家は尾張家に勝つために、どうしても水戸を味方に抱きこむ必要がある。が、水戸としては今どうしても紀州の力を必要としている場合ではない。

両者を比較するならば、水戸のほうが有利な立場である。

だから中山はじっくりと時間をかけた。じらせるだけ紀州をじらした。

しかもそのあいだに、尾張藩の成瀬にたいして接近をこころみた。ところが、中山がおもったほど、尾張の反応ははかばかしくなかった。

中山と成瀬との会談は実現しなかった。それ以前の段階で、つぶれてしまったのである。

それだけ尾張は紀州とのたたかいに自信を持っているのだともいえる。自力で将軍位を手に入れるつもりでいる。

それは、家宣がかつて吉通《よしみち》に将軍位をゆずろうかと間部詮房と新井白石に諮問《しもん》したことが自信の大きな裏づけとなっているとかんがえられた。

さらに御三家筆頭という自任がくわわっているのである。

「紀水和親は徳川幕府あるかぎり、永久につづくものでなければならない。紀州にとって、いま水戸様のお力がぜひとも必要じゃ。なにとぞお力を貸していただきたい。わが紀州で水戸様にたいしてできることはなんなりといたそう」

安藤は家格と立場をかなぐり捨てた腰のひくさをみせた。

「それにつきましては、加納殿と十分話をつくしましてございます」

「紀水の同盟について、紀州からの誓紙《せいし》を用意いたしておる。ご覧になっていただこう」

安藤はそういって、加納をうながした。これをたしかめぬかぎり、中山としては同盟の約束には応じられぬのである。

「誓紙にございます」

加納は用意していた書状をとりだし、中山のまえにさしだした。

中山はそれに見入った。

誓　紙

紀州水戸両家同盟のこと
紀州家が将軍位についた暁にはつぎの約定《やくじょう》をしかとまもるものなり

一、水戸家にたいし十五万石加増のこと
一、水戸家極位極官を従二位大納言といたすべきこと
一、水戸藩主を公《おおやけ》に副将軍といたすべきこと
以上天地神明にちかい、まちがいなくとりおこなうことを誓約する
　正徳癸巳《きし》二月
　　　　　　　　　　　紀伊中納言徳川吉宗　花押《かおう》

中山と鈴木は二度読みくだして、ふかぶかと安藤のまえに両手をついた。

「紀州様のご配慮ありがたく存じて、うけたまわります。紀州様のために水戸藩は力をつくすつもりでございます」

中山が力づよい言葉でいい、ついに紀水同盟は成立した。

水戸藩にとってもっともよい条件で同盟はむすばれた。

北山党《きたやまとう》崩れ

一

午後の日が遅々として昏《く》れかねている。

春は今や爛熟《らんじゅく》しきって、一抹の哀情をふくんでいる。そんな風情を感じさせる季節である。

夕暮れにはまだ少々間《ま》があった。和歌山城の濠端《ほりばた》の柳も冴《さ》え冴《ざ》えと緑の色を見せ、先端に実をむすんでいる。

その濠端道をとおって、お城からでてきた黒塗りの網代《あじろ》の乗物がある。後ろには腰元がただ一人ついている。高貴な者の外出にしては、いかにも簡素なものである。

乗物は微風にそよぐ柳並木をかたわらに見て京橋をこえ、本町の町並みの中へ入っていった。町中には駘蕩《たいとう》とした空気がながれ、大路をゆく人々の顔には泰平になれたおちつきの色がうかがえる。

乗物は本町《ほんまち》五丁目の角にある大国屋《だいこくや》呉服店の前でとまった。正面が店頭で、角をまがると、冠木門《かぶきもん》をかまえたもう一つの入口がある。

乗物は冠木門をくぐって、大国屋へ入っていった。お城の御用をうけたまわる呉服屋などでは、全国どこでも大抵こういう入口がべつにもうけられている。

大国屋では主人庄太郎《しようたろう》が、しばらく前から乗物の到着を待っていた。

「お方様《かたさま》には、いつもながらご機嫌《きげん》うるわしく存じあげます」

さっそくむかえにでた庄太郎はまだ三十そこその人物である。

一方、乗物の主こそは、和歌山城奥御殿の女主人ともいうべきお由利《ゆり》の方であった。

「大国屋、商売繁昌《はんじよう》の様子でなによりじゃ」

お由利の方は小柄である。もう年は五十路《いそじ》をむかえたはずだが、かつて吉宗《よしむね》の父光貞《みつさだ》（二代藩主）を湯殿において悩殺せしめたとつたえられる色香をまだかすかにのこし、そのうえ近年は藩主生母の威厳をもとみに身につけていた。

吉宗の正室《せいしつ》理子《まさこ》は三年まえに没し、和歌山城奥御殿はお由利の方の支配するところとなっている。

和歌山城の奥御殿といえば、かつて五代将軍綱吉《つなよし》の愛娘《まなむすめ》鶴姫《つるひめ》がとついできたところである。

その誇り高い伝統のながれる奥御殿にお由利の方が入ってきた当座は、出自《しゆつじ》をいやしまれて、なにかと周囲からうとんじられたものである。けれどもお由利の方は持ち前の利発さと気性のつよさで頑張《がんば》りとおし、今では敵対する者が一人もないまでに自分の権力を確立していた。

「大国屋が繁昌いたしておりますのは、ひとえにお方様のごひいきがあっての賜物でございます。ちかごろではお城のお女中がたのおもとめもふえております」

「左様か、それはよかった」

庄太郎の言葉にお由利の方は大様《おおよう》な微笑を見せた。

「本日の呉服の御用は」

「来月の灌仏会《かんぶつえ》の催しに打掛けをあつらえたいとおもうてな」

「左様でございますか。それでしたら反物《たんもの》をいくつかはこんでまいりましょう」

そういって庄太郎は番頭の仁兵衛《にへえ》に命じて、高価な品をいくつか持ってこさせた。

反物をえらぶのに、かれこれ半刻《はんとき》（一時間）くらいかかった。

「では、庄太郎」

それがおわると、お由利の方は腰元をのこして腰をあげた。

そして乗物がおいてある冠木門のほうへはむかわず、廊下をとおって庭へでていった。

晩春の日もようやく昏れて、外は夕闇《ゆうやみ》が濃くなっていた。

庄太郎が先にたって、裏庭の雑木林の中へ入っていった。楢《なら》、橅《ぶな》、楓《かえで》などの木々も若葉をだし、そのために裏の屋敷はまったく見通しがきかなかった。

雑木林をくぐりぬけると、そこは紀州藩士小村彦右衛門《ひこえもん》の屋敷である。

提灯《ちょうちん》も持たずに、庄太郎はお由利の方を先導していった。

樹木の陰に手水場《ちょうずば》があり、その横手に納戸《なんど》の壁が立ちはだかっている。庄太郎はそのまえに立った。

そして壁の柱の中に埋めこまれた把手《とって》を押した。

すると納戸の壁が半回転して、音もなくひらいた。龕燈返《がんどうがえ》しの仕掛けがほどこされていたのである。

この屋敷がただの侍屋敷《さむらいやしき》でないことは、この一事でもあきらかである。

庄太郎とお由利の方はその中へ消えた。

さらに庄太郎が納戸の壁の中にかくされた把手を手前にひくと、天井の一角がぽっかりと穴をあけ、そこから幅二尺くらいの階段がおりてきた。そこをあがっていくと、二階の奥座敷へでた。

その奥座敷には、彦右衛門と町人のいでたちをした二十代の若者が二人すわって、両人の到着を待っていた。彦右衛門は五十年輩の武士で、風采《ふうさい》や骨柄にとくにきわだった特徴のない、平凡な感じの男である。

「彦右衛門、久しぶりじゃ」

「お方様も、ご健勝でなによりにございます」

みじかい挨拶《あいさつ》をかわしたが、その言葉と様子の中には藩主生母と一介の中級藩士との間柄だけとはいえぬ親近感がこもっていた。

お由利の方は床《とこ》の間《ま》を背にして、上座《じょうざ》にすわった。

先義而後利

と書いた掛け軸が床の間の壁にかかっている。

「今日あつまってもらったのはほかではない。紀州と水戸の和親がむすばれたことは前回明かしたとおりじゃ。これによって、紀州の当面の敵は尾張一家にしぼられました」

お由利の方は彦右衛門、庄太郎と二人の若者にたいして、低い声ではなしはじめた。

彦右衛門をはじめとする男たちは一様に沈黙してきき入った。

お由利の方と四人の男たちとのあいだは主従のようであり、さらにおなじ秘密を持ち合った同志のような雰囲気があった。

「尾張へはすでに安藤どのが着々と手を打っておられようが、むこうにも成瀬というしたたかな家老がおって、紀州への方略をねりあげておろう。赤犬がうごきだしておることも、前回つたえたとおりじゃ。いずれにしろ虚々実々のはげしい戦《いくさ》になることは目に見えておる。安藤どのをおうたがいいたすわけではないが、かならずしも紀州がこの戦に勝つとはかぎらぬ。それでじゃ、大国屋のみなにも、今まで以上のはたらきを殿様のためにいたしてもらいたい」

お由利の方の言葉にはその地位にふさわしい威厳があった。

「殿様が今の地位をきずくことができたのは、前々からの大国屋一族のはたらきによるところがおおきい。大国屋の力なくしては殿様は藩主になれなかったであろう。けれどもそのために、大国屋は城下に大きな店舗《てんぽ》を持つひとかどの商人になることができました。わたしからいうならば、殿様と大国屋とは車の両輪のようなもの。双方おたがいに力をだしあって、前へ前へとすすんでいく運命にあるといえます」

「左様でございます」

彦右衛門は力づよく相槌《あいづち》をうった。

「今また、殿様のまえに大きな運勢がひらけてきました。この運勢をかちえれば、殿様は一藩主の身から天下第一の者におなりあそばしますでしょう。おまえたちにとっても、紀州の一呉服屋から、天下の豪商にのしあがれる幸運がちかづいてきたことにほかなりません。大国屋一族にとっても、このような幸運にめぐまれることは二度とないでしょう。必死のはたらきをたのみ入ります」

「そのことはわたしどもみな十分にわかっております。いかようのことであれ、やりとげてみせましょう」

彦右衛門が決意を披瀝《ひれき》してみせると、あとの三人も確信にみちた態度でうなずいた。

この三人はいずれも、彦右衛門の実の息子であった。親と子が武士と商人にわかれているのは異なことだが、彦右衛門自身もかつては行商人の子として生まれ、長年諸国を行商しつづけてきたのである。

お由利の方が光貞の側室となってから、彦右衛門は父とともに紀州藩士にとりたてられた。すなわち、お由利の方と彦右衛門とは姉弟《きょうだい》である。

彦右衛門が士分になると同時に、庄太郎、彦兵衛《ひこべえ》、安兵衛《やすべえ》の三人兄弟は表むき親子の縁をきった。

だから世間には、お由利の方とこの三兄弟とのあいだの伯母、甥《おい》の関係はまったく知られていないのである。

「名古屋城下に出店《でみせ》をもうけてはどうであろうか。できるならば江戸にも足場がほしいところじゃ。資金《もとで》についてはかなりの援助をいたすつもりです」

お由利の方は大国屋一族にとって重大な問題を持ちだした。

通常ならば和歌山の呉服屋が出店をもうけるとすれば、第一に卸問屋のある絹織物の産地京都、それから天下の台所大坂をえらぶのが順当である。それだけに、一足とびに名古屋と江戸に出店をもうけるというお由利の方の言葉には尋常ならざる意味があった。

「名古屋も江戸も、むこうの様子は出商《であきな》いで十分しらべております。ちいさな店であれば、すぐにも出店をだすことはできましょう」

彦右衛門もかねてその必要性を感じてはいたのである。

「ちいさな店で十分じゃ、借店《かりだな》でもかまわぬ。いずれ大国屋が三都（江戸・大坂・京都）で栄えるための足がかりになれば、それでよい」

「わたしにも、かねて目算がありました。それをただちに実行にうつしましょうか」

「やってくれるか、彦右衛門」

「うけたまわりました。さっそく準備をいたします」

彦右衛門は躊躇《ちゅうちょ》の色も見せずに承諾した。

庄太郎としても、大国屋を飛躍させる好機だけに、異論はなかった。

紀州徳川家のために大きな荷物を背負わされることになるが、従来までも大国屋は吉宗とともに大きくなってきた店なのであった。

二

「ちょっとでてくる。留守をたのむよ」

庄太郎が番頭の仁兵衛にそういって大国屋をでていったのは、その翌日の昼下りであった。

庄太郎は、ちょっとでてくる、といって店をあけることが時たまある。一日か二日でもどってくることもあれば、でていったきり一か月も二か月ももどってこないこともあった。

今日も庄太郎はちかくへ用足しにいくような平常《ふだん》の格好で店をでた。

しばらくのあいだ、彼は城下をあてどなくぶらついた。これは庄太郎の癖である。何かをやろうとするとき、気持をおちつけるために、あるいは実行の手段を検討するため、城下を目的もなくあるきまわる。

かつて庄太郎も背に荷をかついで、京、大坂、奈良のほうまで出商いをしたことがあった。あるくことには慣れている。

あるいていれば気持がおちつく。逡巡《しゅんじゅん》やためらいがあるときは、一刻でも二刻でもあるいて決断をかためるのである。

足はいつしか城の南方へむかっていた。昏れなずむ夕日が紀ノ川の河口に見える。白堊《はくあ》の天守閣が赤い照りかえしにかがやいている。

庄太郎は雑賀屋町《さいかやちょう》から小松原通りをゆっくりとすすんだ。

城の南側に奥山稲荷《いなり》があり、その南どなりに徳川家の廟堂《びょうどう》がある。廟堂の石垣を左にして、寺町《てらまち》へすすんだ。この一帯には由緒《ゆいしょ》格式のある寺院がいくつもあつまっている。

その道を一つ右へまがった。とたんに、庄太郎の姿が消えた。

が、しばらくすると、その先の路上をほとんど空になった花籠《はなかご》を背負った五十年輩の花売りがあるいていた。

紀ノ川の対岸平井村は草花の栽培で知られている。平井村はかつて没落した土豪《どごう》が住みついたところで、今でも田畑をたがやしながら草花の栽培をおこない、和歌山城下に売りにくるのである。

その花売りの花籠には売れのこった菜の花、すみれ、桜草、蒲公英《たんぽぽ》、蓮華草《れんげそう》などが入っている。

花売りは庄太郎が変装によって二十ばかり老《ふ》けたのである。

大国屋一族は表で呉服商をいとなんでいるが、裏では吉宗直属の隠密《おんみつ》をつとめている。紀州家には藩創立のころから、黒犬と呼ばれる伊賀・百地《ももち》党《とう》の系譜につらなる忍者が代々つかえているが、大国屋は彼らとは一線を画していた。

大国屋一族はその出自からいって、吉宗の代から隠密ばたらきをするようになった。それ以前は呉服、太物《ふともの》の行商人にすぎなかった。

そのさらに先祖をたどれば、河内の土豪の末流で、楠氏《くすのきし》の系統につらなる。戦国期において、楠流の忍びの術をつかって各地の大小名につかえ、天下泰平の世となってからは代々全国各地を行商して身すぎをするようになっていた。

和歌山にながれてきたお由利の方の父も、そうした者のうちの一人だったのである。

吉宗が紀州家の四男に生まれて、藩主の地位にまでのぼりつめたのは、本人の幸運と力量のためばかりではなかった。大国屋一族の隠密ばたらきと、非合法手段があったためである。

庄太郎は寺町の一角にある法泉寺の横丁へ入っていった。その境内の裏手に、かつての名刹《めいさつ》恵順院の跡地《あとち》がある。そこは現在では、紀州家の御用屋敷になっている。

塔頭《たっちゅう》が五つばかりあり、それぞれに紀州家の奥御殿をでて仏門に入った女たちが住まっている。

庄太郎は清春庵《せいしゅんあん》といういちばん奥の塔頭へ入っていった。

玄関を遠慮して、木戸をあけ、通用口をとおった。

「もうし」

声をかけたが、返事はない。

そのかわりに、奥から読経《どきょう》する女のひくい声がきこえてきた。かすかに線香のにおいがたちこめてくる。

庄太郎はしばらくその声にきき入った。そして塔頭内部の様子をそれとなくうかがった。

読経の主のほかには、人はいないようである。

内部の間取りなども、およそ見当がついた。

「もうし」

読経がおわるのを待ってもう一度声をかけた。

奥から女の応答があった。

そして、やおら白い衣に紫色の被布《ひふ》をまとった上品な女がしずかにあらわれた。切り下げ髪を肩のちかくまでたらした女の風情が一種妙《たえ》なる色香をにじませている。

仏門につかえる清雅な人柄が感じられた。年齢は三十くらいであろうか。

「なにか？」

かつての三代藩主綱教《つなのり》の愛妾《あいしょう》、現在の清春尼が声をかけてきた。

「平井の花売りでございます。売れのこりの花を持ちかえっても仕方ありません。失礼にあたるかもしれないとおもいましたが、捨てるわけにもまいりません。こちらで活《い》けてやってくださいませんか」

老人声で庄太郎はいった。

清春尼の顔がゆらぐようにほころんだ。

「まあ、ご親切に」

「花にも命がございます。よろこんでいただけて、さいわいです」

庄太郎は花籠をおろし、菜の花や桜草などをとりだした。

「ぼつぼつ香華《こうげ》がたえるところでございました。仏様もおよろこびになりましょう。本当にありがとうございます」

清春尼はいったん奥へもどって花活けを持ってきた。

「こちらこそ、ありがとうございました」

清春尼は花活けに菜の花や桜草をうつしていった。

「どれも見事な花でございますね。平井の方々は花の栽培がとてもお上手だときいておりましたが」

「これも商いでございます。ではまた、いずれかの折りに立ち寄らせていただきます」

「ぜひまた顔を見せてくださいませ、たのしみにいたしております」

庄太郎は花籠をかかえ、辞儀をのこしてその場を去った。

木戸をあけ、木戸をとじたが、彼の姿は塔頭の外へはでていかなかった。清春尼に知れることなく、木戸から植込みの中へ姿をかくしたのである。

三

庄太郎は三日三晩、清春庵の天井裏ですごした。

いったん植込みの陰に身をひそめ、とっぷりと日が暮れてから、ひそかに天井裏にもぐりこんだのである。寺院建築だから天井裏と屋根とのあいだが高く、すごすにはさほど不自由のないところであった。

保存食を腰にさげているので、数日でも十日でも、ここにひそんでいることができる。

はじめ、庄太郎は、二、三日のうちに仕事のけりをつけることができると踏んでいた。ところが、三日たっても、待ち人はあらわれなかった。

そのあいだ、清春尼の暮らしぶりを朝、昼、晩、たえまなく観察することができた。朝は日がのぼるころにおきだし、屋内屋外の掃除、それがおわると勤行《ごんぎょう》があって、朝餉《あさげ》。それから身のまわりのこまごまとした仕事をすまし、午後は写経にながい時間をあて、それから夕刻の勤行をつとめてから夕餉。夜は戌《いぬ》の刻（午後八時）をまわったころには床についてしまう。

食事は朝夕の二回である。外出はしない。これが清春尼の簡素なうえにも質素な日常である。お城の奥御殿で殿様の寵愛《ちょうあい》をうけ、贅沢三昧《ぜいたくざんまい》に世をすごしていた日々とはおよそかけはなれている。三日間、ほとんどくるいなく、それがくりかえされた。

三日めに入ったころから、庄太郎はすこしずつ不安をおぼえはじめた、配下の者たちがあつめてきた情報にあやまりがあるのではないかとうたがった。

清春尼の日常には、かくされた暮らしはすこしも発見できなかった。

（今夜、明けたらでなおそうか）

三日めの晩にはそうおもいかけた。

そしてその晩も、何事もなくすぎてしまった。

だが、四日めの朝をむかえて、

（でなおすには早すぎる）

おもいあらためて、ここで当分のあいだ、じっくり様子をみることにした。

昼のあいだ、たっぷりと眠りをとった。ねむっていていても、天井の下の世界ですこしでも何かおこれば、すぐさまそれを察するだけの訓練ができている。

（今日も、何もおきそうにない）

眠りからさめて、耳なれた読経の声をききながらそうおもった。

今日までとすこしもかわらぬ尼の退屈な暮らしがこれから十日も二十日も一か月もつづいていくような気がした。

無駄骨《むだぼね》は忍者の仕事にはつきものである。無駄骨をいくつもつみかさねていったうえで、目的とする仕事に到達する。忍者の〈忍〉は忍耐をあらわしている。どれくらい耐えられるかで、忍者の優劣がきまるといってもいいのである。

これくらいでは忍耐のうちにも、我慢のうちにも入らない。

かつて彦右衛門は、さる高位の人物を暗殺するために、和歌山城内の井戸の中ふかく、十余日もひそみつづけて目的を達したとひそかにきいたことがある。

四日が十日になり、それが結局無駄骨になろうとも、庄太郎はこの天井裏で待つ覚悟をした。

五日めの夜、うとうととねむっていて、かすかな足音が御用屋敷の中に入ってくるのをきいて目ざめた。その足音が清春庵にむかってくるような勘がはたらいたのだ。

庄太郎はじっと耳を澄ました。足音がたしかにちかづいてくる。ゆったりとした足取りである。

胸のわななきを庄太郎はしずめた。

足音は清春庵に入ってきた。

木戸をあける気配がつたわった。玄関ではなく、通用口からくるようだ。

しばらくすると、今度は庄太郎の真下で、清春尼のおきだす気配を察した。

天井にはちいさな穴があけてある。その下は、清春尼の寝間《ねま》である。

有明行灯《ありあけあんどん》（常夜灯）のおぼろな光が、白い夜着に身をつつんだ尼の姿を照らしだしている。

清春尼はこの深夜の来客を予期していた様子である。すぐに被布をまとい、手燭《てしょく》に火をともして寝間をでていった。

切り下げ髪に白い夜着《よぎ》、その上の被布がなんともいえずなまめかしい。妖艶《ようえん》といってもいいくらいだ。

やがて通用口の杉戸をあける音がした。

男女がかわすみじかい言葉がきこえた。女の声がなんとも甘ったるい。男をむかえ入れた瞬間から、清春尼は尼から普通《ただ》の女に変貌《へんぼう》したようだ。

清春尼は大胆にも、いきなり自分の寝間に来客をみちびいてきた。

（……！）

予期していたとおりの人物が入ってきた。さすがに男はここにくるまで頭巾《ずきん》をかぶっていたようだ。

今はその頭巾をはずしている。

（塩屋伊勢守《しおやいせのかみ》……）

紀州家においては安藤、水野につぐ重代の家老であり、禄高《ろくだか》一万五千石を食《は》む家中の実力者である。

塩屋伊勢守と清春尼の秘密のかかわりを情報で察知していながらも、庄太郎はいくらかの疑いをいだいていた。だがさすがにその現場を見て、あらためて驚きを禁じえなかった。

何度か大国屋へもやってきたことがあるので、塩屋の顔は知っていた。上背《うわぜい》があり、体軀《たいく》堂々としていて、顔立ちも立派である。

塩屋はかつて綱教《つなのり》の信任をえて、執政をつとめていたことがある。現在でも、綱教時代をなつかしむ上級家臣たちがかなりおり、塩屋はそういう者たちの支持をえて、吉宗の藩政に批判をくわえている。綱教、頼職《よりもと》の死によって、執政の地位をうしなったことをいまだに痛恨としているのである。

「殿さま、しばらくお待ちを」

清春尼はそういって厨《くりや》へ立ってゆき、酒の膳《ぜん》をしつらえてきた。

質素清潔な暮らしをしているとみえた尼が厨に酒を買いおいていたのは意外であった。

「尼どのも、おひとついかがじゃ」

塩屋が盃《さかずき》をさしだすと、

「尼どのという呼びかたはおやめくだされ。そなたとか、そちとか呼んでくだされませ」

清春尼はすっかり甘えきった風情で盃をうけとり、うまそうに干していった。

とても昨今おぼえたての酒とはいえなかった。その姿には謹厳な仏門の暮らしぶりを隙《すき》なく見せていた今までの面影《おもかげ》はうしなわれていた。

庄太郎は尼のかわりようにおどろいた。

塩屋と清春尼との盃のやりとりは四半刻《しはんとき》（三十分）ほどつづいた。

飲むほどに尼の風情が色気をふくんできた。目のふち、耳たぶ、耳筋のあたりがほんのりと色づいてきた。

今まで男を待って堪《た》えにたえていたものが、酒の勢いによってあふれでてきたものとみえた。

夜着の胸もとがしどけなくくずれかかっているのが、上から見た目にはいっそう濃艶《のうえん》であった。

はじめは膳を中にして向き合って盃をかわしていた二人の間隔がしだいにちぢまってきた。

清春尼はもうすっかり性根《しょうね》をうしない、甘えている。男はそれをたのしんでいる様子である。

そのうちにじれて、膳を横にどかしたのは清春尼のほうであった。それと同時に、白い夜着と紫の被布がくずれおちるように男の胸の中へもたれこんでいった。

「ああ、殿さま……」

切なげなあえぎ声が天井裏にとどいた。

男はそれをうけとめ、いとおしそうにかかえこんでいった。

男の口が女の唇《くちびる》を吸った。

「ああん……」

男の口がすぐにはなれ、女はもう一度あえぎをあげてそれをもとめた。

はげしい口吸いの途中から男の手が女の夜着の襟《えり》を割って、胸の中へ入っていった。

乳を揉《も》みしだかれる女の顔が陶然としたものになり、さらに男の愛撫《あいぶ》をもとめて自分から膝《ひざ》をくずしていった。夜着の裾《すそ》が割れて白い脛《はぎ》があらわれ、膝の上まではだけてきた。

天井裏からのぞくと、内腿《うちもも》さえもちらりちらりと見えかくれした。

女はみずからの手で被布をぬぎ取った。と、同時に、その体が宙に浮いた。男が軽々と抱きあげて、夜具の中へはこんでいった。

夜着が大きくめくれ、腰紐《こしひも》がぬきとられて、半裸の姿態が行灯の明りの中に惜しげもなく浮かびあがった。衣服をまとった上からでは想像できぬくらい豊潤にみのった裸身が照りはえた。

あえぎ声はまた一層高くなった。

たくましい男の体が白い裸身を組みしいて、はげしいからみ合いがくりひろげられていった。

庄太郎は天井裏から、禁断のまじわりの一部始終を見てとった。

およそ半刻におよぶ情事であった。

いくたびか絶頂のきわみに達した女の体がしだいしだいにせりあがってきた。弓なりに背をのけぞらせたかとおもうと、高い一声を発して死にたえたように体をなげだした。

ほとんど同時に、男もぐったりと女の上に果てた。

庄太郎が行動を開始したのはそのときであった。天井板にはりつけていた体をゆっくりとおこし、隅へ移動し、そこの天井板を一枚ずらした。

大抵どんな屋敷でも、天井裏から下へ通じるところがあるものだ。問題はその場所をさがしだせるかどうかだ。庄太郎はここにもぐりこんだ最初の夜に見つけていた。

彼がおり立ったところは、廊下の隅である。

音もなく廊下をとおりすぎて、寝間の襖《ふすま》をしずかにひいた。

部屋の中は情事のにおいが濃厚にこもっていた。精も根もつきはてた男女の姿態を行灯の明りが浮かびあがらせている。

庄太郎は一尺ほどの隙間から、するりと中へ身をすべりこませた。そして足もとのほうからちかづいていった。

両人とも、ぴくりともうごかなかった。庄太郎に気づくよしもない。

庄太郎の手には、一本の畳針がひかっている。

一瞬、行灯の明りがゆらめいた。そのとき、畳針がきらっとひかった。

(……!)

針は女におおいかぶさった大きな男の首根、延髄《えんずい》に深く吸いこまれていった。

うんも、すうもない。

男は果てたままの状態で、なんの苦しみもなく瞬時のうちに落命していった。

女はそんなことにはまったく気づいていない。あられもない姿のまま、屍体《したい》の下で、いまだ恍惚境《こうこつきょう》の余韻《よいん》の中をさまよっている。

気づくのは、おそらく庄太郎が御用屋敷をはなれて大分たってからのことであろう。

四

和歌山城ばかりでなく城下までさわぎたった。

塩屋伊勢守の変死は二、三日中に、家中に知れわたった。

「赤犬のしわざだろう」

「赤犬が城下に入りこんできた」

「にっくき尾張め。こちらも黒犬をはなってはどうじゃ」

塩屋の暗殺は赤犬によるものだとする説がながれていた。

はじめに藩庁が意識的にながした説だが、江戸上屋敷で長福《ちょうふく》がねらわれた事件がまだ記憶にあたらしいので、それをうたがう者はほとんどいなかった。しかもそれは、尾張藩への敵対心をあおる藩庁の目的にもかなっていたのである。

「吉通《よしみち》公の首級《みしるし》をねらえ、五郎太どののお命もついでにいただいてはどうだ」

家中でも真剣に尾張藩公父子の暗殺をとなえる血気の藩士たちがふえた。公儀へうったえでて、評定所《ひょうじょうしょ》で尾張藩を審問すべきだという者も大勢いた。

かえって藩庁はそれをおさえにかかったくらいである。

「尾張藩侯云々《うんぬん》などとはもってのほか。公儀へうったえでて審問をおこなうとなれば、塩屋伊勢守と清春尼のかかわりをあばくものとなり、ひいては綱教公の御名《おんな》をけがすものとなりかねぬ。軽挙妄動はゆるさぬ」

この三月、和歌山にもどってきた安藤の名で藩庁から異例の通達がだされた。

綱教といえば五代将軍綱吉が溺愛《できあい》した婿《むこ》にあたる人物であり、すでに他界しているとはいえ、紀州家としては十分に配慮をしなければならなかったのである。

——城下、北山。

和歌山の者は、紀泉の国境によこたわる和泉《いずみ》山脈を、北山という。

かつて、三代藩主綱教は北山の裾野《すその》愛宕山《あたごやま》のちかくに山荘をもうけていたので、〈北山殿〉の名で呼ばれた。そして現在、綱教のころの治世をなつかしんで、吉宗の親政をよろこばぬ上級武士の一団を、〈北山党〉と家中で呼びならわしていた。

その中心的人物が塩屋伊勢守であった。

塩屋の初七日の法要《ほうよう》がおわった日の夕暮れちかいころ、愛宕山にちかい綱教の山荘に、北山党の中心的な面々があつまった。塩屋の菩提供養《ぼだいくよう》に名をかりて、秘密の会合をもったのである。

北山党は、かつて吉宗の藩主就任に異をとなえた連中である。吉宗が着実に実力をつけ、藩政を充実させてきた昨今では北山党はかつてほどの勢いをうしなってきたが、現在でもまだあなどりがたい勢力を保持していた。

塩屋の暗殺によってもっとも衝撃をうけたのはこの面々である。東郷隼人助《とうごうはやとのすけ》、今井治部大夫《いまいじぶだゆう》の二人が塩屋をうしなった現在の北山党の大立者《おおだてもの》である。

東郷隼人助八千石、今井治部大夫七千石。塩屋にくらべて禄高ではおとるものの、東郷は一刀流の使い手として鳴らし、家中に何人もの弟子を持っている。今井治部大夫は兵学者として知られている。

山荘にあつまった面々は、塩屋暗殺について、当初から藩庁と意見を異にしていた。吉宗側近ないし、吉宗自身の意志が背後にはたらいたのではないかという疑いをいだいていた。北山党を崩壊《ほうかい》させる意図がそこにあるにちがいないという推測をしたのだ。

「殿は北山党を根だやしにするつもりではないか」

「つぎにねらわれるのは東郷どのか、今井どのかもしれぬ。ご両所とも十分に気をつけられい。われわれとても、油断はできぬ」

会合のおわりまぢかにして、なお面々は吉宗への疑念をはらうことができなかった。逆に疑いは濃いものになっていった。

会合の内容はほとんど吉宗とその側近への疑念と警戒にもとづくものに終始《しゅうし》したのだった。

「心配は無用じゃ。何十人おそいかかってこようが、ことごとく返り討ちにいたす」

東郷は傲然《ごうぜん》といいはなったが、顔面からは緊張感が最後まで消えなかった。

「今井どの、屋敷の警戒は十分いたすことじゃ。外出《そとで》のときも油断めさるな」

みなは東郷よりも、年輩の今井のほうをとくに気づかった。

「殿やお由利の方はわれわれをおそれていなさる。が、われわれの勢力をおそれていなさるばかりではないのじゃ」

今井は含蓄《がんちく》のある言葉を一座の面々に投じた。

「何をおそれていなさる?」

一座の中から大山半兵衛《おおやまはんべえ》が問いを発したために、おもい沈黙がおとずれた。

「殿様が藩主になられたいきさつには不明朗なものがある。殿様やお由利の方はわれわれがその暗いいきさつを知っているのではないかとうたがっておられるのじゃ。それで尾張藩と一戦をまじえるに際し、そのまえに北山党つぶしをはかっているのではないかとおもう」

ややあってから、今井がいっそう大胆な発言をした。

東郷がそれにうなずいた。

「それが表沙汰《おもてざた》になることは、ややもすれば吉宗公の藩主生命のおわりを意味する」

今井がさらにいったとき、大山半兵衛が眸《め》をひからせて膝をのりだした。

「歯に衣《きぬ》きせた言葉は性分にあわぬ。吉宗公はご自分が藩主になられるために、綱教公、頼職《よりもと》公《こう》の兄君二人を暗殺なされたとはっきりおっしゃられてはどうだ」

大山半兵衛は北山党きっての血気の士である。

「大山、不用意な言葉はつつしめ。吉宗公が兄君たちをころさせた証拠といっては、どこにもない。二度とそれを口にいたすな」

東郷が大山を叱《しか》った。

「もしそれが公儀に知れたなら、吉宗公はおろか、紀州家そのものがあぶない」

今井も大山をたしなめた。

実に、ここに北山党の弱点があったのである。彼らも自分たちの拠《よ》る紀州家を危険にさらしてまで、吉宗を攻撃するにはまだ躊躇《ちゅうちょ》があった。

北山一帯に濃い夕闇がおとずれてきた。

「今後も折り折りに、一同で会合しようではないか」

北山党に今いちばん必要なのは、同志の団結である。

東郷の言葉で一同は散会となった。

五

東郷隼人助が馬を駆って城下二番丁にある自分の屋敷にもどってきたのは、戌《いぬ》の刻（午後八時）にはまだ少々間のある時刻だった。

三千坪くらいの広さをもつ屋敷である。家来の侍たちが御長屋などに百人くらいおり、若党、中間《ちゅうげん》、小者《こもの》をふくめると、百数十人は常時屋敷内にいる。

大国屋の彦兵衛と安兵衛は、その屋敷の東長屋のむかいにある薪炭《しんたん》小屋の中に、今日で丸二日間ひそんでいた。

薪炭小屋といっても屋敷全体のものをまかなうのであるから、大きなものである。東長屋は近習《きんじゅ》が住んでいるところだ。

羽目板の隙間からのぞくと、木立《こだ》ちをとおして正面に主人のつかう湯殿が見える。

戌の刻をすこしまわったころ、その湯殿に明りがともった。

「安兵衛、仕度はよいか」

暗闇《くらやみ》の中で、彦兵衛が背後にひくい声をかけた。

「大丈夫」

押しころした安兵衛の返事がかえってきた。

彦兵衛は音もなく戸をあけて、外へでた。

おぼろな月の光がさしている。

彦兵衛は頭巾で顔をおおい、着込《きこみ》、筒袖《つつそで》、軽衫《かるさん》、草鞋《わらじ》のいでたちである。地を這《は》うようにして、湯殿へちかづいていった。

湯殿の裏側には、風呂焚《ふろた》きの男が一人いる。湯殿の内部《なか》は控えの間があり、そのとなりに脱衣場があって、いちばん奥が簀子《すのこ》敷きの湯殿になる。

彦兵衛は控えの間の連子窓《れんじまど》の下へするするっとしのび寄った。

耳をたててうかがうと、脱衣場に人のいるのが気配でわかった。控えの間は無人のようである。

連子に手をかけて手前にひくと、簡単にそれがはずれた。前々日の夜、ひそかに釘《くぎ》をゆるめておいたのだ。

彦兵衛はさらに連子を二本ぬいた。丁度、人間が一人くぐりぬけられるだけの隙間ができた。難なくそこから内部《なか》へしのびこんだ。

湯の音がきこえた。

隙間から脱衣場をのぞき、無人をたしかめて、その中へ入っていった。

脱いだ着物がきれいにたたまれてある。となりにまあたらしい衣類が用意されている。湯殿の中に掛りの女中がいるのである。

そのかたわらに用心ぶかく脇差《わきざし》がおかれている。東郷は塩屋伊勢守の死を教訓にしているのであろう。

湯殿の中から二言、三言かわす声がきこえた。湯加減をきいているのである。

ふたたび湯の音がした。

そのあいだに彦兵衛は東郷の脇差をとり、控えの間の連子窓から外へ投げすてた。

とってかえすと同時に、湯殿の杉戸をあけた。

太腿《ふともも》のちかくまで裾をからげ、襷《たすき》で袂《たもと》をくくった若い女中が彦兵衛をみとめ、驚愕《きょうがく》の色を浮かべた。

東郷は湯舟にしずんだところであった。湯に浮かぶ後頭《うしろあたま》が見えた。

「あ……」

女中が悲鳴をあげるかあげないかのうちに、彦兵衛は走り寄って、右腕をぐっとのばした。

拳《こぶし》が女中の鳩尾《みぞおち》にめりこんで、女中の体が簀子の上にくずれおちた。

東郷がふりむいた。と同時に、彦兵衛はしたたか顔面に湯をあびた。

よけるいとまもなかった。東郷はとっさに湯をあびせ、彦兵衛がひるんだ隙に、湯舟からとびだした。

「曲者《くせもの》だっ、出合え！」

東郷がさけんだ。

彦兵衛は忍び刀をふるって、一気に斬《き》りたおそうとした。が、全裸の東郷の股間《こかん》にゆれる一《いち》物《もつ》に一瞬気をとられた。

その瞬時の隙に、東郷は湯の桶《おけ》を手にした。さすが一刀流の使い手である。桶を手にしただけで、体のそなえができあがった。

「みなの者、出合え！」

東郷がふたたび呼ばわった。

そして脱衣場へ脱する機をねらった。脇差でわたり合おうというのだ。

彦兵衛ははじめ容易に斬りたおせるとおもったが、全裸の敵にやや戸惑いをおぼえた。これははじめての体験である。簡単にたおせそうでありながら、ねらいがつけにくく、勝手がわるいのだ。

「やっ」

気合いを発して、忍び刀をするどくふるった。が、必死の東郷にかわされた。

「曲者、袋の鼠《ねずみ》じゃ。屋敷の者どもが駆けつけてくるぞ」

東郷が余裕を見せてわらった。彦兵衛への牽制《けんせい》である。

湯殿にむかって駆けつけてくる足音とさけび声がきこえた。

彦兵衛はふたたび一閃《いっせん》した。手ごたえはあったが、斬ったのは桶の縁だった。

今度は突きに転じた。一度、二度、必殺の突きを見舞うと、東郷は後退をつづけ、とうとう湯殿の羽目板に追いつめた。

そのとき、屋敷の侍たちが湯殿の入口まで殺到してきた。

だが、彼らは控えの間の入口でぴたりと食いとめられた。安兵衛が忍び刀をかまえて立ちふさがっていたのである。

廊下の幅は四尺五寸、さらに入口となるとわずか三尺。ここに十数人もの侍たちがむらがった。しかも人数はおいおいふえてくる。

たけれども安兵衛を相手にできるのはたった一人だ。一同は怒号を発し、やっきになっても、手をくだせなかった。

さらに、刃渡り一尺余寸の安兵衛のみじかい武器がものをいった。一人、二人……と安兵衛は確実に相手をたおしていった。

彦兵衛は背後を顧慮することなく、東郷一人を相手にすることができた。

羽目板に退路をたたれた東郷は、彼自身が窮鼠《きゅうそ》同然であった。死地を脱する望みはほとんど絶無である。

「やあっ！」

東郷はおのれの最期をさとって、無謀な攻撃をこころみた。手にした桶の残部を彦兵衛めがけて投げつけ、猛烈な体当りを敢行してきた。

桶の残部が彦兵衛の肩口にはげしくあたってくだけた。

彦兵衛はあたるにまかせ、東郷をねらいすまして頸動脈《けいどうみゃく》に斬りつけた。

「うわっ……」

鮮血が高く吹きあげ、絶叫とともに東郷がたおれかかった。

それをもう一度薙《な》いだ。

東郷の全裸体はたまらず湯舟へおちていった。見る見るうちに湯舟の中が朱《あけ》にそまっていった。血の海の中に東郷は浮いた。

「退《ひ》けっ」

入口の安兵衛へ声をかけて、彦兵衛はすばやく連子窓から脱出した。

富坂《とみさか》小町

一

「ちかごろ若党部屋や中間《ちゆうげん》部屋でもちきりの話題をご存じですか」

霞九郎に問うたのは風丸《かざまる》である。

風丸は雲居《くもい》の小弥太《こやた》とともに先月（三月）末、紀州の探索から江戸にもどってきていた。紀水同盟がむすばれたとはいえ、まだ紀州藩が真の味方かどうかわからない。また同盟がいつまでつづくかもわからぬ。そうかんがえるのが隠密《おんみつ》にたずさわる者の常識的なかんがえ方である。

叛服《はんぷく》つねないのがこの世のさだめだとすれば、今日の味方といえども油断することはできない。敵を知る以上に、味方をも知らねばならぬ。

小弥太と風丸は昨年来ずっと紀州にとどまって探索をつづけていたのである。

「誰《だれ》か富クジで一番錐《いちばんきり》をひきあてたか、それともちかまの岡場所の女の評判くらいだろう」

若党や中間が熱中する話題といえば、賭《か》けごとか女と相場がきまっている。

「今までだとそういうことになるんでしょうが、ちかごろの噂《うわさ》はそんなもんじゃないそうですよ」

風丸はにやりとわらった。

〈針のおちる音さえ聞きとる〉

といわれる耳を持つ霞九郎も、家中の若党や中間の話題についてはうかつながらに聞きもらしていた。

「どこかで仇討《かたきう》ちでもあったわけじゃあないだろう」

そういうことだったら、霞九郎がききもらすはずがない。

「頭領《おかしら》、富坂《とみさか》小町っていうのをご存じですか」

風丸が霞九郎の意表をついた。

「富坂のあたりはかなり別嬪《べっぴん》のおおいところだ。小梅茶屋の看板娘おしんか、地蔵小路《こうじ》のせんべい屋宝屋おきくのどちらかじゃないか」

「先ごろまでは、たしかに頭領のいうとおり、おしんとおきくが張り合ってたそうですよ。ところが今はそうじゃないんです」

「強敵があらわれたのか」

「万年屋っていう煮売り屋ができましてね。そこが大層繁昌《はんじょう》しております。水戸の屋敷からも若党、中間ばかりじゃなく、御長屋の若い藩士たちがでかけていくそうです。若い娘と年寄りがやっている店です」

「そんなにいい女か」

「富坂小町のはえある名誉は、おなつっていう万年屋の娘がもってってしまったようです」

「ううむ、そうか」

そこで霞九郎は少々かんがえこんだ。

水戸藩上屋敷の裏手は富坂と呼ばれる坂道になっている。西へのぼれば伝通院《でんずういん》にいたり、東へくだれば春日町《かすがちょう》である。その中央に富坂町がある。

二本の大路《おおじ》が平行して南北にとおっていて、西から順に上富坂町、中富坂町、下富坂町と呼んでいる。

翌朝。

霞九郎はふらりと屋敷をでて、中富坂町、下富坂町のあいだの大路へ入っていった。千疋屋《せんびきや》という高名な菓子屋があり、その横手の中通りに間口わずか二間の万年屋があった。

障子看板がでている。

すいもの　御煮ざかな　さしみ　なべ焼　煮まめ　うまに
と墨で書いてある。

床几《しょうぎ》、縁台がでており、奥がちいさな料理場になっている。

店は今あけたばかりで、赤い前掛けをつけ、紅襷《べにだすき》をかけて白いすんなりとした二の腕をだしたおなつが、甲斐甲斐《かいがい》しく床几や縁台の拭《ふ》き掃除をしていた。噂どおりの別嬪である。

　霞九郎は小梅茶屋のおしんも宝屋のおきくも知っているが、この娘と比較をすれば、二人とも影がうすい存在になってしまう。おなつは目鼻だちがくっきりとして、眉《まゆ》は三日月、額は富士、襟足《えりあし》のうつくしい娘である。

「おなつちゃん、おはよう」

　とおりがかりの中間が声をかけると、

「あらあ、おはようございます、今日もよろしくね」

　おなつは愛嬌《あいきよう》を見せ、わらってこたえた。

「今日も昼餉《ひるげ》の肴《さかな》を買いにくるよ」

「ええ、おねがいっ」

　おなつはいかにも素人娘《しろうとむすめ》らしいういういしさが身上《しんじよう》である。見るからに気だてのよさそうな娘だ。

　霞九郎はそばで見ているだけで、好感をおぼえた。若党や中間から若い藩士たちまでがさわぐのも無理はないとおもった。

　加賀藩前田の上屋敷もちかいので、そこからも若党、中間たちが買いにきているようだ。

　父親のほうは店の奥で、黙々と仕込みをしていた。ものしずかで無口な男らしい。

　霞九郎は一言おなつに声をかけたくなったが、おもいとどまって、万年屋のまえをとおりすぎた。

　万年屋は先月のはじめごろ店びらきした。それまでは団子屋であったが、あまり繁昌していなかった。

万年屋からすこしいくと、むこうから立派な身形《みなり》の若侍がやってくるのが見えた。

(貝沼辰之進《かいぬまたつのしん》!)

そうみとめて、霞九郎はとっさにとなりの履物屋《はきものや》へ身をかくした。

やがて貝沼辰之進は履物屋のまえをとおりすぎ、万年屋へ入っていった。

「辰之進さまっ」

おなつのはずんだ声がきこえた。

噂は嘘《うそ》ではなかったようだ。今しがた、おなつがとおりがかりの中間にかけた声とはまったくちがう。いとしい男に甘えた声である。

貝沼辰之進は水戸藩の御書院番士《ごしょいんばんし》である。御書院番士といえば、戦時になれば御小姓組《おこしょうぐみ》とともに藩主をまもり、平時は城中の要所をかため、藩主の出行《しゅっこう》のときはその前後を護衛する。使命を奉じて遠国《おんごく》へ出張することもある。

すなわち、並みの藩士ではない。家中でも格式のある家柄の者がえらばれて、その役職につく。

なかでも貝沼辰之進は御書院番士中の俊秀であり、藩主綱條《つなえだ》のおぼえもめでたい。将来は御書院番頭にまで出世するであろうといわれている。

その貝沼辰之進が開店早々おなつを見初《みそ》め、おなつもぞっこん惚《ほ》れこんでいるという噂を、霞九郎は風丸からきいたのだ。

御庭方といえば、尾張藩、紀州藩との将軍位争いにばかりかまけていればよいわけではない。藩士と町娘が相思相愛になって添いとげる例もないではないが、質実剛健を藩の気風とする水戸藩としては、よろこばしいことではなかった。まして、将来、藩の中枢にまで出世するかもしれぬと期待されている若侍が町娘の色気にまどわされるようなことは、できるならやめさせたいところであった。

二

柳生左馬助《やぎゆうさまのすけ》は父兵部助厳延《ひょうぶのすけよしのぶ》の取り巻き数人とともに、東叡山《とうえいざん》寛永寺の山中にある牡丹《ぼたん》の名所律院を、昼ごろおとずれた。

このころ、牡丹といえば非常にめずらしい花であった。大名屋敷や旗本屋敷でもこの花を栽培しているところはほとんどなかった。江戸で牡丹のあるところといえば、深川の永代寺《えいたいじ》、谷中天王寺《なかてんのうじ》の善明院、寺島村百花園《ひゃっかえん》と寛永寺の律院くらいのものだ。

なかでも律院の牡丹は紅白の大輪二株あって、めずらしい古株である。

律院の園内には、牡丹をめでにきた見物人が数多くいた。左馬助一行も百花の王といわれる豪華な花が豊麗に咲きみだれた風景を堪能し、不忍池《しのばずのいけ》のほとりの茶屋で酒をくみ合って帰途についた。

富坂町にいたって、一行が万年屋のまえにさしかかったとき、店頭でおなつと言葉をかわしていた中間が、はずみで左馬助にぶつかった。

すぐにあやまればよかったのだが、左馬助が酒を飲んで赤い顔をしているのを見て、中間は二言三言文句をいった。

それで左馬助は怒った。

「無礼者っ、自分の誤ちをたなにあげ、人に難癖つけるとは」

酒の勢いもあって、左馬助は中間の胸倉をとらえ、腰にのせて往来上に投げとばした。柔術のこころえもあった。

「この野郎っ、やりやがったな！」

この中間は日ごろ腕自慢の者だった。小町娘のまえで恥をかかされて、すっかり逆上した。おきあがると、とっさに万年屋の奥にとびこみ、庖丁《ほうちょう》をつかんででてきた。そして左馬助に突きかかる隙《すき》をうかがった。

「下郎っ、ひかえい！　尾張藩剣術指南役柳生兵部助厳延の息子左馬助であるぞ」

叱咤《しった》して、左馬助は中間をにらみつけた。酒に酔ってはいても、自分が一刀をぬけば、中間の首がただちに飛ぶだろうことは想像できたのだ。

「中間やめい、かなうまい」

「命が惜しくば、得物《えもの》を捨てよ」

「首がとぶぞ、命を大事にいたせ」

左馬助の取り巻きも中間をたしなめた。

だが、いったん逆上した中間にはその言葉が耳に入らなかった。入ったにしても、もう勢いをとめることは不可能だった。

「やいっ、尾張のサンピン、柳生なんぞがこわくって江戸の往来がとおれるかよ。斬れるもんなら、斬ってみろい。抜いてみろよ」

さけぶなり、庖丁《ほうちょう》をかざして突進していった。

「やめてえっ」

おなつが悲鳴をあげた。斬るか、斬られるか、いずれにしろ血が飛ぶだろうと彼女は予想したのだ。

左馬助はいったん大刀の柄《つか》に手をかけたが、女の悲鳴をきいて、気持をあらためた。とっさに鉄扇を懐《ふところ》から抜いて、ぴしりと相手の腕を打った。

庖丁がおちたのを、左馬助がすばやく拾った。さすがにあざやかな手並みであった。

「どうだ中間、おとなしくするか。それともまだこりずにやるつもりか」

中間は腕をきびしく打ちすえられて、戦意をうしなっていた。おそらく腕の骨を折られていたのだろう。

「畜生っ……」

うなっただけで、どうすることもできなかった。

左馬助は勝負あったと見てとって、中間にはもう見むきもせず、庖丁を持って万年屋の店内に足をはこんできた。

「あぶなく血を見るところだった」

そういって左馬助はおなつに庖丁をかえした。

「まことに不用意で相すいませんでした。お侍さま、お怪我《けが》がなくてなによりでした」

おなつも一時は顔面蒼白《そうはく》だったが、このときになってようやくおちつきをとりもどした。

「刃物のあつかいには、今後十分気をつけるがいい」

いいつつ左馬助はおなつに見とれていった。彼女のうつくしさにおもわず目をみはったといってもいい。

おなつの容姿が、夢幻のように見えた。一瞬、この世のものとはおもわれぬようにかがやいた。

錯覚ではないかとうたがって、見なおした。

「うつくしい……」

おもったままの言葉が口からもれた。

「……？」

おなつはちょっと首をかしげた。

「こんなにすばらしい娘を見たのははじめてだ」

左馬助は感嘆の色をあらわした。

そして魂をうばわれたように、おなつに見入った。

おなつはこまりはてて、うつむいた。

左馬助はまだ二十歳《はたち》をでて間もない若者である。おなつとくらべても、そうたいして年齢がちがわない。うつくしさ、強さといったものにたいしてひたすら憧憬《どうけい》をいだく年齢であった。

左馬助の一途《いちず》な視線にさらされて、おなつは顔を赤く染めた。

「大変、失礼いたしました」

そういって、その場に立ち往生してしまった。

丁度そのとき貝沼辰之進がやってきた。

「おなつ、どうしたんだ」

店頭には、まだ喧嘩《けんか》さわぎの余韻がのこっており、ざわついた雰囲気がある。

店内では、左馬助とおなつが立ちつくして見合っている。辰之進が、何事か……、とおもったにしても不思議ではなかった。

辰之進をまじえて、三人は一瞬妙な雰囲気になった。

おなつはとつぜん、奥へ駆けこんでしまった。

それを機に左馬助ものをいわずに、その場を立ち去った。辰之進一人がそこにのこった。

「なにがあったんですか」

辰之進がたずねると、

「いや、ちょっと店のまえで揉《も》めごとがおこっただけでして」

料理場にいる文吉というおなつの父親が喧嘩のいきさつを簡単に説明した。

「柳生左馬助という男、おなつに一体どんな用があったんでしょう」

辰之進はそうたずねたが、

「さあ、どうしたんでしょうね」

自分の娘の器量に見とれていたともこたえることができず、さらに辰之進の気持も配慮して言葉をにごした。

その翌日から、左馬助は足しげく万年屋に顔を見せるようになった。

「昨日《きのう》は店先をさわがせて、相すまなかった。これはほんの詫《わ》びのしるしであるから、受けとってもらいたい」

はじめ左馬助はたった一人で菓子折りを持参してきた。

おなつがむかえると、彼は床几に腰をおろし、茶のふるまいをうけて、悠々と四半刻《しはんとき》（三十分）ほど話をし、

「今後、昵懇《じっこん》にねがいたい」

といってかえっていった。

それから二、三日後、

「故郷《くに》から名物の、うどん、そば切りをおくってきたので」

と土産を持ってやってきた。

そしてまたしばらくおなつと話しこんでからかえった。

このころにはおなつも左馬助になれて、したしく話ができるようになった。彼の親切ぶりがわかるようになったのだ。

それから以後、左馬助はちょいちょい姿を見せた。

彼がおなつに惚れこんでいるのは、人目にもはっきりとわかるほどだった。左馬助はそれをかくそうともしない。

おなつとともにいるとき、

「うつくしい」

「可愛《かわい》い……」

を連発するのである。
二、三度、辰之進がいるときにぶつかった。
どちらもおたがいに遠慮をするものではない。両人はおなつを張り合って、競争の火花を散らした。

一方が店のしまいごろを見はからって、誘いだしにやってくると、その翌日もう一人がそれよりすこしはやく店へやってきた。

両人の鞘《さや》当てはこのかいわいで、誰知らぬ者もないまでになった。

いつか両人のあいだで血を見るのではないか、と噂する者もいた。それほど二人の熱の入れようははげしかった。

三

おなつが水戸家中御書院番士大賀四郎左衛門の養女となって貝沼辰之進と祝言をあげたのは、五月端午《たんご》の節句の日であった。

たった一か月ほどのあいだに、縁談からはじまり、養子縁組、結納《ゆいのう》、祝言挙式と駆け足でおこなわれた。

そのあいだにおなつは名目のみとはいえ、大賀家の養女となり、大賀家から貝沼家へとつぐという段取りをふんだ。将来有望な辰之進の嫁に町娘をむかえるわけにはいかぬという家族、一族内の反対があって、こういう養子縁組がなされたのである。

「風丸、町の景色をながめてこようか」

節句当日、霞九郎がこうさそった。

このころ、霞九郎は尾張藩の紀州藩にたいする策動と、大奥への接近の模様を内偵しており、多忙をきわめていた。

尾張藩が水戸藩を見くびってただ黙殺するだけの態度であろうとは、霞九郎ははじめからかんがえていなかった。成瀬がしかるべき指示をくだしているだろうことは容易に想像することができた。

そのために霞九郎は尾張藩の水戸藩内偵にたいしても油断なく注意をはらっていた。赤犬の潜入には、とりわけ神経をとがらしていた。

さらに同盟がなったとはいえ、紀州藩からも目をそらすわけにはいかなかった。小弥太と颪丸が紀州から持ちかえった、同藩内の抗争の背後にちらつく大国屋《だいこくや》一族暗躍の情報に、霞九郎は容易ならざる警戒心を呼びおこされていた。大国屋の暗躍は今後ますます規模を大きくしていくだろうと予測していた。

大国屋の正体にはいっそう疑惑がふかまってきた。

そんなさなかのことだけに、颪丸は少々意外な顔をした。

「気ばらしに、節句の風景でも見にまいりましょう」

と、二人は屋敷をでていった。

大名、旗本は今日、総登城《そうとじょう》である。

水戸藩士も国許《くにもと》の者は総登城する。

江戸屋敷においては、五つ（午前八時）に表御殿の大広間に藩士たちがあつまって、殿様の祝儀の言葉をたまわる。が、御庭方の者はこの儀式にくわわらぬのが例である。というよりも、家中儀式のすべてから、御庭方は職務柄除外されている。

大路をいくと、幟《のぼり》や旗をたてて風になびかせている家々が目につく。それはいずれも男の子を持つ家である。

そうした家では武者《むしゃ》人形や鎧《よろい》をかざり、柏餅《かしわもち》、粽《ちまき》、菖蒲酒《しょうぶざけ》で節句をいわうのである。

町中《まちなか》に職人ののんびりとした姿が見えるのは、職人たちがこの日を節句休みとしているからだ。

　霞九郎の足は富坂町へむかった。

「柳生左馬助があらわれなければ、貝沼どのもあわただしく嫁をもらいいそぎしなくてよかったものを」

　凪丸がようやく霞九郎の意中を察していった。

　霞九郎は万年屋のその後がどうなったか、気がかりだったのである。

「貝沼どのはあせったようだな」

「いそがなければ、尾張柳生の息子にさらわれかねない様子でしたよ。それでおなつは玉の輿《こし》にのれたのだから万々歳だったでしょう」

「たしかに、うつくしい娘だったが……」

　霞九郎が言葉をにごしたのは、はじめて見たときからおなつという娘に好感はいだいたものの、どことなく気がかりなものをおぼえていたからだ。

　もう一つ、霞九郎がおなつに興味をもったのは、柳生左馬助が有栖川《ありすがわ》一平の仇敵《かたき》ともいうべき柳生厳延の息子だからである。一平には昨年左内坂《さないざか》でともに尾張藩の者を相手にたたかっていらい会ってはいないが、今でもその存在をこころのうちにとどめていた。

「おや、万年屋は店をあけてますよ」

「うむ……」

　霞九郎もやや意外におもった。今日も、万年屋の障子看板や床几、縁台がでている。

「おなつはもう前から万年屋の娘ではなかったんですね」

「そうさ、おなつは大賀四郎左衛門どのの娘だ」

大賀家の養女分になっていらい、彼女は万年屋の店にでることはなかったのだ。それからというもの、店は以前ほど繁昌していないが、文吉が女の使用人を一人やといいれて、ほそぼそと商売をつづけていた。

「娘が一世一代の祝言をあげてるときに、実の親は煮売りの商いですか」

「つめたい仕打ちのようだが、それも仕方がないだろう。武家の養女になったんだから」

霞九郎はそういったものの、じつは自分もそのことをたしかめたくて、ここにきてみたのだ。とおりすがりにのぞいてみると、奥で煮物をしている文吉の姿と、皿にとりわけている三十くらいの女の姿が見えた。文吉はいつもとまったくかわらぬ様子だ。滅多に感情を表にあらわさない老人である。

（娘の祝言を心からよろこんでいるだろうか）

と霞九郎もいぶかった。

「おなつという娘、容姿にも愛嬌にも申し分なかったけれど、気立てのほうはどうだったんでしょうかね」

颪丸が問いかけた。

「どうだろうな」

霞九郎は言葉をにごした。今にしてみると自分ながら判断しきれぬところがあった。

「おなつというよりも、もう貝沼どのの奥方になったのだから」

「そうだ、水戸藩の上士《じょうし》の奥方だ。もしも子供が生まれれば、子供は水戸藩の上士になる。おれたちとは身分がちがう」

身分制度がかたまったこの時代でも、女の場合にはその領界をくぐりぬける抜け道が稀《まれ》にはあるのだ。

「そこまですんなりとはこびますでしょうかね」

「何からなにまでうまくはこぶとはかぎらぬ」

不測の事故が辰之進おなつ夫婦のあいだにおこってくるような気がしてならなかった。柳生左馬助の存在も気になるところだ。あたらしい夫婦の将来がかならずしも幸福にみちあふれたものではないような気がしたのである。

「風丸、左馬助の身辺をさぐれば、なにかでてくるかもしれぬ」

富坂町をはなれながら霞九郎はつぶやいた。

「かしこまりました。あやつ、まだおなつをあきらめていなさそうです。いずれひと騒動おこすつもりかもしれません。少々見張っておりましょう」

「とはいっても、相手は尾張柳生の御曹子《おんぞうし》だ。十分に気をつけろ」

「うけたまわりました」

風丸は自信ありげにこたえた。

四

左馬助はこのところずっと、貝沼辰之進をたおすことをかんがえていた。

（たおすことは、できる）

と彼は確信していた。

問題は方法である。道場で形ばかりの勝負をつけても、まったく意味はない。闇雲《やみくも》に闘争をいどんで勝負をつける、というのも乱暴だが、一法《いっぽう》ではある。所詮《しょせん》、無謀を承知で喧嘩をしかけるしかないのだ。

だが、これには辰之進がのってくるかどうかわからぬ。辰之進をのっぴきならない喧嘩にひきずりこむしかなかった。

父兵部助厳延の取り巻き二反田《にたんだ》与兵衛と高島伝右衛門をつかって、おなつの消息をしらべさせた。

両人とも尾張藩士ではなく、浪人である。兵部助厳延が〈家来〉ということにしてつれあいているのだ。二反田、高島いずれも柳生新陰流《しんかげりゅう》のかなりの使い手である。

「おなつの養家大賀家でちかく法事があります。おなつもそれにくわわるでしょう。大賀の家は定府《じょうふ》ですから、菩提寺は江戸にあります」

両人は耳よりなことをつかんできた。

左馬助はうなずいた。

「菩提寺をあたってみてくれ」

左馬助がそう命じた翌々日、

「大賀の菩提寺は、小石川の法雲寺です。当日そこで、法事がおこなわれるとききました」

二反田と高島がさぐりだしてきた。

法雲寺は浄土宗の寺で、由緒《ゆいしょ》のある名刹《めいさつ》である。場所は無量山伝通院の北側にある。

法事の前日、左馬助は一人で法雲寺の検分にでかけた。

正面に山門があり、玉砂利《たまじゃり》を敷いた参道がながくつづく左右に子院《しいん》と学寮がならび、中門へといたる。そこをくぐると広々とした境内にでる。方丈、鐘楼、阿弥陀堂《あみだどう》、開山堂《かいさんどう》、五重塔、経堂があり、正面が本堂である。

本堂のうしろは松、杉などの林になっており、それがつきたところに墓地がある。相当な規模をもった寺である。

法雲寺の右どなりは法伝寺であり、左どなりは廃寺である。左馬助は参道から、境内、さらに周囲を仔細《しさい》に見てまわった。

その翌日。

大賀家の前代の当主の七回忌法要が、法雲寺本堂で家族、親類、縁者たちがあつまっておこなわれた。

昼さがり、未《ひつじ》の刻（午後二時）をややまわったころ、菩提供養《くよう》がおわって、一同は帰途についた。おなつはいちばん最後に本堂をでた。

彼女は大賀家の親類縁者をあまり知らない。養父母の四郎左衛門夫婦に挨拶をし、中門へむかった。

祝言からまだ半月ほどしかたっていないが、式服を着たおなつの丸髷《まるまげ》姿にはしっとりとした人妻のおちつきがある。娘のころのはなやかな雰囲気にかわって、武家の若妻らしい上品なにおいを感じさせている。

境内には茶店や茶屋、〈めしどころ〉の幟をたてた店がいくつかでている。参詣人《さんけいにん》の姿があちこちに見える。

そのとき一軒の茶店から、紅襷《べにだすき》をかけ前掛けをした小女《こおんな》がでてきた。

「もし、奥さま」

小女は小ばしりに寄ってきて声をかけた。

おなつはちょっと周囲《まわり》を見てから、ふりかえった。

「なにか……」

いぶかしげに小女を見ると、

「さいぜん、お客さまから、奥さまへこれをわたしてくれとたのまれました」

そういって結び文をさしだした。

おなつはだまってそれを受けとった。そして結び文をひらいて見た。

おなつどのからあずかりおいた品持参　とりにこられたし　開山堂《かいさんどう》にて待つ

差出人の署名はない。

ややためらいを見せてから、おなつは開山堂のほうへむかってあるきだした。白昼のことだし、境内には人影がたえない。

その結び文を読んで、おなつはかならずくると確信していた。あずかりおいた品と書いたところがミソである。そう書かれてあれば、相当な不安や不審があっても足をはこんでくるはずだと推量していたのである。

左馬助は本堂をでてからのおなつの様子を、開山堂の陰からずっと見まもっていた。

思惑《おもわく》どおり、おなつはややかたい顔で開山堂にちかづいてきた。

すっかり武家の若妻になっている。わずかな間に、こんなにも女はかわるものかとおもった。おさえた中にもにじみでるような大人の色気が感じられる。

左馬助はおなつの容姿をながめて、はげしい嫉妬《しっと》をいだいた。おなつをこのように変えた男をゆるせぬとおもった。

辰之進にたいする敵愾心《てきがいしん》はこれでいっそう燃えあがった。

おなつは開山堂のまえまできて、周囲をうかがった。警戒心がその態度にはっきりあらわれている。

人影がどこにもないのを見て、裏へまわってきた。

「おなつ」

呼びかけて、左馬助はでていった。

「あ……」

おなつは立ちどまった。

「久しぶりだなあ、すっかり新妻《にいづま》姿が板についたじゃないか」

左馬助はくだけてわらいかけた。

「左馬助さま……、だろうとおもいました。あんな文をよこすなんて」

おなつの表情は複雑な心中をよくあらわしていた。

「迷惑だったか」

「大賀の家の者に見つかれば、面倒なことになります」

とこたえたが、そうおびえているような表情ではなかった。

「おなつからあずかった品がある」

というと、女はけげんな顔をした。

「何もおあずけしたおぼえはありませんが」

「あんたになくても、おれにはあるんだ」

「さあ……」

「これだよ」

左馬助は懐中に手をやり、珊瑚珠《さんごじゅ》のついた簪《かんざし》をとりだして見せた。

「あら、わたしが失くした簪」

「失くしたんじゃない。おれがあずかっておいたんだ」

「まあ、でもようございました。大切にしていた簪ですから」

といっておなつは手をだし、一歩寄ってきた。その瞬間、左馬助は無造作に右腕をのばした。

「うっ」

おなつは声をもらした。左馬助の拳《こぶし》はおなつの鳩尾《みぞおち》に入った。苦悶《くもん》の色を、おなつは見せた。くずれおちてくる若妻の体を左馬助はかかえた。そして、背後にむかって片手をあげた。

すると、木立《こだ》ちの陰から一丁の町駕籠《まちかご》がでてきた。駕籠かきに化けているのは、二反田と高島である。

駕籠はすばやくおなつを呑《の》みこんで、開山堂をはなれた。そしてまっすぐに林の中へ入っていった。

この光景を見ていた者は一人もいない。

林をぬけて、墓地へでた。さらに墓地をとおりすぎて、駕籠は法雲寺のとなりにある廃寺の境内へ消えた。

この寺も、もとは浄土宗の寺であった。十数年まえの火事で伽藍《がらん》の大半を焼失し、いまだに再建されずに放置されているのである。今はおとずれる人影も見えぬ。荒れるにまかされているのである。

駕籠は焼けのこった方丈のまえでとまった。

二反田と高島がおなつの体をその中の一室へはこんでいった。

そこには左馬助が先にきて待っていた。

「念のために、しばっておいたほうがいい」

左馬助の命令で、二反田と高島は用意してきた麻縄《あさなわ》で意識をうしなっているおなつをしばり、さらに念を入れて手拭《てぬぐ》いで猿ぐつわをかませた。

「左馬助さん、この後どうするんです」

いましめられて部屋の片隅にころがされているおなつの姿態に欲望の眼差《まなざ》しをそそぎつつ、二反田がいった。意識をうしなっているだけに、彼女の姿態はいっそう男の欲望をそそるものがある。

腰がもりあがり、式服と長襦袢《ながじゅばん》の裾《すそ》がみだれて、白いふくらはぎから脛《すね》のあたりまであらわになっていた。やや背をまるめているために、首筋からその奥までのぞくことができた。麻縄が乳の下にくいこんでいるために、呼吸をするたびに胸が息ぐるしそうに波打っている。

「女が意識をとりもどすのを待つんだ。そうつよい当て身ではなかったから、そのうちに目をさますだろう」

三人はおなつの姿態をさかなにして、四半刻（三十分）ほど酒をのんだ。のみながら左馬助は懐紙《かいし》と用意してきた矢立《やたて》をとりだした。

貴殿の奥方おあずかり申し候　お受けとりにおいでなされたくお待ち申し上げ候　場所

はつかいの者が案内いたすべく候

貝沼辰之進殿

柳生左馬助

左馬助は懐紙にそうしたためた。

「おなつが意識をとりもどしたら、これに添え書きさせるんだ。まちがいなくおなつをあずかっているという証拠がいる」

ううん……、とくるしげな声をあげておなつが目ざめたのは、そのしばらく後であった。

五

貝沼辰之進が二反田の案内で法雲寺境内に姿をあらわしたのは、夏の日がようやく昏《く》れかかったころである。

境内の林からは、さかんに蟬時雨《せみしぐれ》がきこえてきた。蜻蛉《とんぼ》が夕日に羽をかがやかせてとんでいる。

辰之進は二反田について林をぬけ、墓地をとおりすぎて、廃寺へやってきた。両肩がいかっているのは、彼の怒りと緊張感をあらわしている。

左馬助は方丈のまえで待っていた。

「柳生左馬助、おもっていた以上の卑劣漢だな。女をとらえて人質にするのが、尾張柳生の兵法であったか」

辰之進は憤怒《ふんぬ》と侮蔑《ぶべつ》のまじり合った雑言《ぞうごん》を投げてきた。その顔は怒りにふくらんでいる。

「兵法と喧嘩はべつだ」

左馬助はひややかにやりかえした。

「尾張柳生の底が見えたぞ。卑劣な策略と駆け引きがその正体だったとは」

「何をぬかす」

「女にふられた腹いせに、こんなきたない手立てをもうけたか。恥を知れっ、柳生左馬助！」

「ほざくな辰之進、勝負をするか。腕で女房をとりかえしてみろ」

「もとより、そのつもりだ」

辰之進は立ちどまり、そこで襷《たすき》をかけ、はやくも一刀の鞘《さや》をはらった。さすがに顔面は蒼白《そうはく》である。

「そうせくな辰之進、せいてはどんな勝負にもおくれをとるぞ」

「だまれっ」

さすが世に知られた剣術家の息子だけあって、左馬助は勝負のコツをこころえている。そういって辰之進の機先を制した。

左馬助は夕日を背にして立った。

辰之進は死を覚悟している模様だ。彼も剣術に達しているが、尾張柳生の御曹子を相手にしては勝ちみがない。悲痛な翳《かげ》が辰之進の面をおおっている。

「たたかうまえに、女房どのの無事な姿を見せよう。もし命ながらえることができたなら、一緒につれてもどるがいい」

そういったとき、辰之進の正面にある方丈の玄関の戸がひらいた。

おなつの姿がそこに見えた。猿ぐつわははずされているが、麻縄でいましめられており、その端を高島がにぎっている。

おなつの無残な姿を見た辰之進の顔が屈辱《くつじょく》と怒りでゆがんだ。

「あなた!」

おなつが辰之進をみとめて、悲鳴にちかい声をあげた。

おもわず駆け寄ろうとして、高島に縄をつよく引っ張られた。

「ああ……」

かなしい声をあげて、おなつは転倒した。それでも懸命におきあがろうともがき、たすけをもとめる眸《め》を辰之進へむけた。

「おなつ!」

辰之進もそう呼んで、たすけにむかおうとした。

「女房どのには一指もふれていない。命も保障する。だが、夫婦が手をとり合うのは、おれをたおしてからのことだ」

左馬助の声が辰之進を制した。

「あなた、たすけて!」

おなつの必死な声をききながら、辰之進はその声をふり切った。そして左馬助にむかって一刀をかまえた。

左馬助も大刀をぬいた。

「手出しはするな」

二反田と高島にそういい、左馬助は大刀をやや低めにかまえた。

夕日が辰之進の顔を正面から照らしている。左馬助の影がながく辰之進の足もとまでのびている。

蟬時雨はますますはげしく境内をおおい、かえって静寂さを感じさせた。

両者はおたがいに隙《すき》をねらった。

じりっ、じりっと辰之進が間合いをつめてきた。

左馬助は不動である。余裕をもって辰之進の攻撃をむかえるつもりだ。

辰之進の額に脂汗《あぶらあせ》がひかりはじめた。戦いの重圧が彼を圧迫しはじめた。

そのとき、両人の間合いを、一匹の蜻蛉がかすめていった。刹那《せつな》――、

「いやあっ！」

満身の気合いをほとばしらせ、辰之進は一刀をきらめかせて攻撃にでた。同時に、左馬助の影もおどった。

「たあっ」

左馬助も気合いを発して、するどく大刀をふるった。

辰之進ははしりながら左馬助の首をねらって一閃《いっせん》した。

左馬助は横にとんで、はらった。

踏みとどまって、辰之進は体勢をたてなおそうとした。そのとたんに、左馬助の姿を見うしなった。

視界がすべて赤くそまって見えなくなった。夕日に目を射られたのだ。

これで辰之進はすっかりおちつきをうしなった。あわてて一刀をふりまわした。

左馬助はねらいすまして、辰之進の頭部をおそった。それが外《そ》れて、辰之進の肩に深く入った。

さけびをあげて辰之進はのけぞり、それから無茶苦茶に一刀をふりまわした。

「辰之進、覚悟！」

声をかけた左馬助はとどめを刺すべく、おがみ討ちに大刀をふりかぶった。

おなつの絶叫が虚空《こくう》をつんざいた。

その一瞬……、無数の砂利の礫《つぶて》がおもいがけぬ方角からとんで、左馬助の面をはげしく打った。

「あぁっ」

不意をうたれて、左馬助は顔面を手でおおった。一部始終を石灯籠《いしどうろう》の背後から見まもっていた霞九郎が参道の砂利をつかんで投じたのだ。

今度は辰之進の一刀が左馬助をおそった。

左馬助が脇腹《わきばら》をおさえてたおれた。たおれながらも大刀ではらうと辰之進の一刀がはじきとばされた。

霞九郎はもう一度砂利の礫をとばした。礫は今度も正確に左馬助の顔を打った。

そのとき、境内のかなたから人声があがった。

数人の男たちがばらばらと駆けつけてきた。辰之進の行方を心配した貝沼家の家来たちである。

老犬

一

炎《えん》官政をつかさどり、火傘《かさん》空を張る。この月を水無月《みなづき》（六月）という。

雨降りがたく、水なし月という意味である。

盛夏苦熱の吟《ぎん》に世はおおわれる。諸国で水争いがおこり、雨乞《あまご》いがおこなわれるのもこの月である。

町をゆく野良犬も舌をだし、はあはあと絶え絶えに息をついている。江戸名物を、〈伊勢屋、稲荷《いなり》に犬の糞《ふん》〉という。それほど江戸には野良犬がおおい。これは元禄《げんろく》の犬公方《いぬくぼう》時代からの悪習慣の名残りであろう。

犬もこの季節は気がたっており、通行人にかみつくなどの害をなす。一犬吠《ほ》えれば万犬これにならう。一犬を相手にして数丁四方の野犬を敵にまわす羽目におちいることさえある。

犬同士の喧嘩《けんか》もしばしばおこる。こういう場合、老いたる犬や傷ついた犬など弱い犬が徹底的にいためつけられる。

昨夕《ゆうべ》、湯島の聖堂の脇《わき》の空地で、野犬十数頭が大喧嘩をやって、人目をそばだてた。四半刻《しはんとき》以上も乱闘をくりひろげ、いちばん老いた犬が顔や四肢《しし》に傷を負い、血をながしながら脚をひきずって去っていく姿を、霞九郎はとおりすがりにながめたものだ。敗残の老犬に霞九郎は一瞬あわれをおぼえた。

翌日の昼さがり。

千住《せんじゅ》方面から江戸に入ってきたくたびれた姿の老人がいる。齢《よわい》七十歳くらい。一見したところ、農夫のような格好である。日除《ひよ》けの菅笠《すげがさ》をかぶり、くたびれた筒袖《つつそで》の野良着のようなものに、軽衫《かるさん》ふうのものをはいている。

背はひくく、胸はうすい。腰はややまがっており、片足をかるくひきずってあるく。顔はくすんだ褐色に日やけしている。

草鞋《わらじ》をはいているが、荷はなにも持っていない。つよい日ざしの下を、老人は汗をにじませながらゆっくりとあるいていく。足どりはいたっておぼつかぬ。まるで、老犬が真夏の太陽の下であえいでいるように見えた。

老人は、浅草橋からようやく湯島にいたり、昨夕傷ついた老犬がたどったとおなじ道をとおって、小石川方面へむかった。

いたずらざかりの童児たちが、とおりすがりの老人をからかった。老人が相手にしないので、悪童が一人石をなげると、ほかの者たちもはやしたてながらそれにならった。石は老人の背中や腰にあたったが、老人は叱《しか》りつける気力もないのか、だまってあるきつづけた。

やがて、老人は水戸藩上屋敷の百間長屋をとおりすぎ、〈日暮らしの御門〉にいたり、その潜《くぐ》りを入った。

老人は屋敷内の門や木戸をいくつもとおりすぎて、桜の馬場のちかくまできた。このあたりは杉や楠《くすのき》などの巨木がおいしげっていて、森林のようになっている。

その裏手に、御庭方の住む御長屋がある。

霞九郎はその御長屋の一室に横たわって、黙然《もくねん》と目をとじていた。障子、襖《ふすま》は全部あけはなっている。

蟬時雨《せみしぐれ》があたりをおおっている。朝、昼、夕によって、蟬の鳴き声はわずかだがちがってきこえる。また一匹で鳴く油蟬《あぶらぜみ》の声はまことに暑くるしいが、蟬時雨となると、かえって涼しさをおぼえるから不思議だ。

霞九郎はきくともなく蟬の声に耳をかたむけていたところ、その中に御長屋へちかづいてくる者のかすかな足音がまじってきた。

霞九郎は耳をそばだてた。常人ならばとても聞きとれぬほどの音である。

（……?）

足音がやや不規則なのをいぶかしんだ。足音の主は老人らしい。

（はて……）

霞九郎はそれに該当する人物をおもいうかべようとしたが、こころあたりがなかった。

足音はますますちかづいてきた。そして御長屋の木戸をあけた。その瞬間、

（あ！）

霞九郎は心中で声をもらし、昨年九月、常陸太田《ひたちおおた》の西山荘《せいざんそう》で見た老人の姿をおもいうかべていた。

玄関の戸がしずかにひらいた。

今ごろどうしてここへ……、意外なうえにもおどろきをおぼえた。

「ご免」

「親父《おやじ》どの、めずらしいの」

玄関と居間とで父子は声をかけ合った。

「江戸は久しぶりじゃ」

「今ごろ、なにをしに」

「うむ……」

「まあ、あがられよ、遠慮にはおよばぬ」

父子ともおもわれぬ会話を両人はかわした。霞九郎のまえにあらわれた一碧斎《いっぺきさい》の姿は昨年よりまた一段と老けこんでいた。

「水戸から江戸まで四日かかった」

常人でも三日の距離である。忍者ならば二日で楽にいける。

「もう老いぼれたのであろう」

「老いぼれた忍者は番犬の役にもたたぬそうじゃ」

一碧斎の顔はくらい。

「西山荘の薬草の番に飽《あ》かれたのか」

辛辣《しんらつ》な言葉がつづいた。

「飽きはせなんだが、わしも余命いくばくもない。この世の見おさめに、江戸にでてきとうなってな」

尋常な顔つきで一碧斎はこたえた。が、その心中ははかりがたい。

「老犬が江戸見物にでてまいったとは……。ま、ゆるりとこころゆくまですごされよ」

今までは頭領という立場と職責とが、この老人をささえてきたのだとおもった。

霞九郎にその地位をゆずってから、この男の耄碌《もうろく》ぶりはいちじるしい。普段そばについている霧の又十郎からの便りでそのことは知っていた。

「あつい、江戸の夏は骨身にこたえる。この長屋はいかばかりましか」

「西山荘にいるようなわけにはいかぬ。あそこは暑さ知らずだ。この暑さはまだつづくだろう」

「うむ、そうだろうな」

「ところで水戸の様子は？」

さりげなくたずねてみた。

霞九郎は水戸の情勢について気がかりなおもいをいだいていたのである。

「おもてだって、かわったことはない。江戸は?」

無表情で一碧斎は返答をよこした。

「紀州は水戸に十五万石の加増をかんがえ、公の副将軍にしてはどうかといっている。一方、尾張《おわり》は水戸を御三家からはずすべきだとかんがえておるらしい。大奥はやや尾張に不利、幕閣の意向についてはまだたしかなことはいえぬ。これが目下の情勢だが、混沌《こんとん》としており、いつどう変わるかわからぬ」

「左様か……」

霞九郎がうちあけると、一碧斎はふかくうなずいた。耄碌はしていても、情報の耳だけはさとい男であるから、これくらいのことは承知しているだろうとおもった。

「かねてから、一つきいておきたいことがあった」

「いうてみよ」

「水戸家に東照神君《とうしょうしんくん》からたまわった御墨付《おすみつき》がつたわっておるという噂《うわさ》がある……」

「うむ、噂はある」

「その真偽について、親父どのはどうかんがえている」

一碧斎の寿命はどう長くてもこの数年のうちとふんで、霞九郎はきいてみた。

「例の、副将軍の御墨付というやつじゃな」

「水戸家ばかりでなく、諸侯はもとより世間一般にも、よくこのことがいわれておる。以前、真剣になってさぐってみた時期があったが、結局はわからずじまいだった。はたしてそのようなものが本当にあるのかどうか」

　この機会をのがしては、一碧斎にたずねるときは永久に失われるかもしれぬとおもった。

「わしもおまえ同様、本気でそれをさぐったことがある。いや、今もってさがしつづけているといっていいじゃろう」

　嘘《うそ》をいっているのか、真実を口にしているのか見当がつかぬ。

「では、あると信じてはいるものの所在がわからぬ、たしかめる術《すべ》もなし、といったところであろうか」

「その御墨付は水戸家の比類なき武器になっておる。老中方ばかりでなく、公方様《くぼう》さえ水戸家に一目おかせるつよい武器じゃ。有る無しの詮索《せんさく》はあまりいたさぬほうが水戸家のためともかんがえられる」

　一碧斎は含蓄《がんちく》のある答えをかえしてきた。

二

「エ、ひゃら、ひゃあこい、ひゃら、ひゃあこい……」

　炎暑の道を白玉売《しらたまう》りの澄んだ声がとおっていく。

　白玉は米粉からつくった寒ざらしを水でねって小さくまるめてゆでたものである。それを冷水に入れてひやし、瀬戸物の鉢にもりあげ、さらに砂糖を皿にもって、酸漿《ほおずき》提灯《ちょうちん》をつった荷をかついだ男が豆しぼりの向こう鉢巻で売りあるくのである。

毎年初夏のころからはじまって、夏がおわるころまでつづく。

「エ、ひゃら、ひゃあこい……」

声は浅草田原町《たわらまち》から広小路《ひろこうじ》にいたり、さらに北馬道のほうへむかっていった。途中、幾人もの客に、

「白玉おくれ」

と呼びとめられ、百顆《つぶ》二十五文で売りさばかれていった。

このあたりは浅草寺の参詣客《さんけいきゃく》でにぎわうところであるが、夕暮れになると参詣客の足はとだえてしまう。

しかし、そのころから吉原《よしわら》への遊客たちがこの道筋をとおってぞろぞろと廓《くるわ》へかよう。徒歩の客、駕籠《かご》の客どちらへも白玉が売れるわけである。一日無駄なく商いができる。

この白玉売りは四月中ごろからずっと毎日この道筋を売りあるいている。

そのとき、聖天《しょうでん》不動のほうから涼味をおびたすがすがしい音色《ねいろ》がきこえてきた。風鈴《ふうりん》である。

風にのってきこえてくる。荷箱に糸を立て、蓆《むしろ》の日除《ひよ》け屋根をおおい、箱のまわりにいろいろな風鈴をうつくしく吊《つ》って、いたってしずかに売りあるいている。

売っているのは紅緒《べにお》のついた市女笠《いちめがさ》をかぶったまだ年若い娘である。やはりこの夏の初めご

ろから、このかいわいを売りあるいている。

呼び声はいっさい出さない。玲瓏《れいろう》たる風鈴の音色が呼び声のかわりである。

風鈴売りは浅草寺本堂の付近で、参詣がえりの客にいくつも売っていい商売をした。そして本堂の裏手から三社権現《さんじゃごんげん》のほうへあるいていった。

むこうから、

「エ、ひゃら」

の声がちかづいてきた。双方は見えぬ糸でひき合うかのように、三社権現の階段《きざはし》の脇でおち合った。

「どうだ、売れたか」

白玉売りが風鈴売りの娘にちいさな声をかけた。

このような物売りはしていても、娘の顔のどこかに深窓《しんそう》そだちらしいみやびやかな面影《おもかげ》がうかがわれる。そうおもって白玉売りを見ると、こちらにも品性いやしからざる凜々《りり》しい面差しが見えた。

「今日はおもいのほかたくさん売れました」

娘はそういってほほ笑んだが、その表情のうちにはかすかにきびしさをうかがわせるものがひそんでいた。

「そちらは？」

「ああ、大繁昌だ」

「それはようございました」

二人はじっと顔を見合って、言葉をかわした。

「ところで例の客は？」

白玉売りがたずねた。

「残念でございます。今日も会うことができませんでした」

娘は声をおとした。

「そうか、わたしも会えなかった。もう二か月ちかくなるが、いっこうに会えぬな」

若者のほうもやや気おちした顔を見せたが、すぐにあかるい顔にもどった。

「もう廓がよいはしていないのでしょうか」

「あるいはそうかもしれぬ。が、あきらめるのはまだ早い。どうせのことなら、この夏いっぱいこのあたりをさがしてみてもよいのではないか」

「はい、そういたします。そしてきっと見つけだしましょう」

娘は若者を見あげて自分の決意をしめしたが、

「それにいたしましても、一平《いっぺい》様にはご迷惑をおかけするばかりで、お詫《わ》びのいたしようもありません」

うつくしい表情をふっとくもらせたのだった。

この二人は兄の仇敵《かたき》柳生《やぎゅう》兵部助《ひょうぶのすけ》厳延《よしのぶ》をつけねらう姉小路《あねがこうじ》みよと、その許婚《いいなずけ》有栖川《ありすがわ》一平である。

「おみよ殿、そんな詫びや心配は無用だ。京をでてくるときから、これくらいの難儀は覚悟していたはずではないか、弱気をおこしてはいかん」

「はい」

一平がやさしく叱《しか》ると、おみよはたのもしげに若者の顔をあおいでうなずいた。両人は昨年の十月、京から柳生厳延を追って江戸へでて、今年の四月、厳延がときたま吉原へかよってくることを人づてにきき、その往路か帰途を要して討ちとるべく身をやつし、機会をねらっているのであった。

その情報をつたえてくれた人物は、左内坂《さないざか》でともに尾張藩の侍を相手にたたかった藤林霞九郎であった。

霞九郎は水戸藩の家老が懇意にしている引手《ひきて》茶屋の女将《おかみ》から情報を得たといっていた。その家老とは中山備前のことであり、引手茶屋の女将は立花屋のおはなのことである。

それによれば、月に一、二度、柳生厳延は廓へやってくるということであった。

「柳生が住まっているところは尾張藩上屋敷にまちがいないが、そこへ斬《き》り込んでいくわけにはいかぬ。霞九郎どのがいうておったとおり、外出先を待ち伏せしてかかるのがいちばんだ。もうすこし辛抱してつづけてみよう。そう遠くないうちに、かならず相手をとらえることができるとおもう」

「左様でございます。わたしもそうおもいます。きっと柳生を見つけることができると……」

「では、今日もこれからひと踏ん張りいたそう。今度は、つかずはなれず、おたがいが見えるところをあるこう」

そういって両人は随身門《ずいじんもん》をでてゆき、北馬道へむかった。

「エ、ひゃら、ひゃらこい、ひゃら、ひゃあこい」

澄みわたった白玉売りの呼び声と風鈴の音色とがおたがいの存在をたしかめ合いつつ、北馬道からさらに日本堤《にほんづつみ》へすすんでいった。

ようやく日は西へしずみかけていた。はやくもぽつぽつと北馬道に遊客の姿が見えてきた。駕籠でいく者もあり、徒歩でいく客もある。

遊客の中には柳橋《やなぎばし》あたりから船をしたてて山谷堀《さんやぼり》へいたり、そこの中宿《なかやど》（船宿）から廓入りする者もいるが、尾張藩上屋敷からだとすれば、小石川、湯島をとおって浅草へ徒歩か駕籠ででるのがいちばん尋常な方法である。

薄暮《はくぼ》にいたるころ、医王院《いおういん》境内の竹藪《たけやぶ》あたりを蛍がさかんに飛んでいるのが見えた。おみよは医王院と寅薬師《とらやくし》のあいだの道をながしながらあるいていた。

背後は藪之内《やぶのうち》で、昔このあたりは大きな藪地であった。前方は北馬道であり、その先は浅草《せんそう》寺《じ》境内となる。

日がおちると、風鈴の音色はいっそう澄みわたって妙《たえ》なるひびきを発した。

耳を澄ませば、一平の声がきこえてくる。一丁ほど南方を彼はながしてあるいているのだ。

おみよは何よりもその声がたのもしかった。

蛍がおみよの顔をかすめ、あわい光を明滅させながら飛び去った。

その行方《ゆくえ》を見やったとき、視線の前方に立派な身なりをした武士が家来二人をつれて北馬道から日本堤へむかっていくのが見えた。はっとおもったが、年格好、風采《ふうさい》がきいていた柳生厳延とはだいぶちがった。

兵部助厳延は年ごろ四十代後半、肩幅があり、厚みもある。骨太のがっしりとした体軀《たいく》。顔はあさぐろく、角ばっており、頭髪は黒々として、ゆたかな量があり、髭《ひげ》のそりあとが濃い。これだけの特徴があるという。

武士一行はとおりすぎていった。そのあとから遊客をのせた駕籠が二挺三挺つづけて駆けていった。いずれも町人である。

町人が駕籠にのる場合は垂れを下げることはゆるされぬ。上げていなければならない。そのあとから取り巻きをしたがえた旦那《だんな》ふうの者が大声でしゃべり合いながら、日本堤へでていった。

それからやや人通りがとだえた。おみよは一平の呼び声にみちびかれるように大路《おおじ》から裏道、横丁へと入ってゆき、遊客などに風鈴をいくつか売り、ふたたび日本堤へでた。

この道は〈土手八丁〉と呼ばれ、山谷堀《さんやぼり》から三之輪《みのわ》にいたる堤で吉原へのかよい路である。

土手の両側には葭簀《よしず》張りの水茶屋がずらっとならんでいる。水茶屋にはさまれるように、西瓜《すいか》やところてん、金魚、植木などを売る小屋がけの店々が立ちならんでいる。

土手の片側は山谷堀であり、もう一方はひろい田圃《たんぼ》である。はるかにのぞめは、前方に遊女屋や引手茶屋など廓の甍《いらか》が薄暮の中にしずんでいるのが見える。もうすこしすれば廓全体に灯《ひ》が入り、きらびやかな不夜城の景観をなすのである。

遊客やひやかし客の往来は今時刻からさかんになる。

「風鈴をくれ」

そのとき不意に後ろから呼びかけられて、おみよはふりむいた。

武士が一人と若党ふうの者が一人立っている。

（ああっ……！）

その武士の風貌《ふうぼう》を見た瞬間、おみよはこころのうちでさけびをはなった。一瞬、息がつまりそうになった。

これこそ今までさがしもとめていた柳生厳延であろう。おみよは確信をいだいた。きいていた骨柄、風采、顔の特徴がぴったりと目前の人物と一致した。

「はい、どれにいたしましょうか」

こころなしか、声がうわずった。

はげしい動悸《どうき》がはじまり、片方の足の膝《ひざ》から下が、がたがたとふるえてとまらなくなった。

三

薄暮が徐々に夕闇にうつりかわっていく時刻である。

この時刻を、霞九郎は吉原ですごした。といっても遊女屋ではなく、引手茶屋の立花屋である。

中山備前から霞九郎に宛《あ》てた手紙が上屋敷ではなく、立花屋にとどけられたのである。これは毎度のことだ。

霞九郎はおはなから直接それをうけとり、一読してほそく切り裂き、さらにそれを燃やした。手紙は、一碧斎がとつぜん西山荘から姿をくらましたこと、今後、紀州家と尾張家との暗闘がより熾烈《しれつ》になるであろうという政情の分析がしるされていた。表だったうごきが双方の側にあらわれるかもしれぬという予測をつたえてきた。

霞九郎もやや同感のおもむきをいだいていたが、一碧斎が今ごろ江戸にでてきた理由についてはわからなかった。

いずれにしろ、一碧斎のことは重大事だとはおもわなかった。霞九郎はもう父に忍者としてのはたらきをまったく期待していなかったのである。

彼は茶をいっぱい馳走《ちそう》になっただけで立花屋をでた。丁度、夜見世《よるみせ》がはじまる時刻で、廓内に張見世《はりみせ》の三味線の音色がきこえていた。

大門《おおもん》からぞろぞろと遊客やひやかし客がくりこんできていた。今宵も廓は不夜城のにぎわいを呈するのである。

霞九郎はそのながれにさからうかのように大門をでていった。

日本堤をくる遊客たちの中には、もうちらほら提灯をさげている者もある。が、むろん霞九郎はそんな類《たぐい》のものは持ち合わせていない。もっと暗くても夜目《よめ》がきく。

それに月の明りと、土手の両側にならぶ店々の灯りで道は結構あかるいのだ。

土手八丁をおよそ半ばほどきたとき、前方で人々のさわぎたつ気配がおこった。霞九郎ははじめ喧嘩《けんか》だろうとおもった。

物見だかい通行人たちが駆けだしていった。

霞九郎はしぜんと早足になった。

「仇討《かたきう》ちだ！」

そのとき、通行人の中から声がおこった。

場所は日本堤の田町《たまち》一丁目がきれたあたりだ。そこに山谷堀にかかる橋がある。そのあたりを野次馬が遠巻きにしている。

「女の仇討ちだ」

「娘じゃないか。そのうえ別嬪《べっぴん》だぜ」

「相手がわるいなあ。強すぎるぜ。助太刀《すけだち》がいるようだが、どんなものかな」

野次馬の話し声をきいて、霞九郎はすぐに、おみよと一平だとわかった。

ちかづいてみると、相手の侍はまだ大刀をぬいていない。

「尾張藩剣術指南役、柳生兵部助厳延じゃな。姉小路実次の妹みよ、掟《おきて》にしたがって仇討ちにまいった。尋常に勝負なされよ」

うわずってはいるが、気迫のこもった甲高《かんだか》い声で呼びかけたのは、まぎれもなくおみよであった。身なりは風鈴売りの風俗だが、すでに小太刀をぬきはなっている。おみよがそうさけんだとき、野次馬の中からどよめきがおこった。

「おみよの許婚、有栖川一平、助太刀いたす」

おみよにならんで、一平が大刀の柄をにぎっている。

「仇敵《かたき》呼ばわりは迷惑至極《しごく》じゃ。かつて御所《ごしょりゅう》流剣法者姉小路某と名乗る若者と尾張の道場で手合わせいたしたおぼえはあるが、その後のことについては毛頭知らぬ。仇敵呼ばわりされるいわれはない」

柳生厳延は、おみよと一平双方に目をくばりながら、両人の言い分を頭から否定した。

「今になっての言いわけは卑怯《ひきょう》千万、正々堂々と勝負なされよ」

いうやいなや、おみよは小太刀をかざし、切っ先するどく斬りこんでいった。

厳延はそれを難なくはずした。

おみよも兄の手ほどきで剣術の修行をつんでいたが、小太刀は三尺もはずれて空《くう》を切った。

「柳生厳延っ、勝負！」

一平はすぐさまおみよにかわって、自分が厳延の正面に立った。一刀をぬきはなって、有無をいわさず斬りかかった。年は若いが、一平は御所流剣法の達人である。

さすがに厳延も無手《むて》ではかわせなかった。一歩さがって、ついに大刀をぬいて、かわした。

ほとんど同時に若党が腰の一本差しをぬきざま、一平へむかっていった。そのかまえと腰のそなえが並々でない。若党の姿はしていても、新陰流《しんかげりゅう》の相当な使い手である。

(あぶない……)

と霞九郎はおもったが、でていくのをためらった。

「柳生厳延っ、よくも兄を……」

おみよが一平の陰からふたたび厳延へ諸手突《もろてづ》きでつっこんでいった。

二度、三度はらわれて、なおも踏みこんだ一瞬、

「あっ」

おみよはあえない悲鳴をあげた。厳延の大刀に小太刀をたたきおとされたのだ。

野次馬の中からも、溜息《ためいき》とも悲鳴ともつかぬ声がおこった。

一平がすかさず身をていしておみよをかばい、厳延に斬りこんだ。

必殺の一刀であったため、今度は厳延も簡単にはかわすことができなかった。懸命に身を避けて、討ちかえしてきた。

凄絶《せいぜつ》な打ち合いが数合、また数合くりかえされた。

「手をだすな」

厳延に命じられて、若党は身をひいていた。

おみよは気ははやりながらも、とても両人の闘いに割って入る余地がなかった。

夕闇の中で、二人の闘いはつづいた。技では厳延に一日《いちじつ》の長があるが、一平はそれを気魄《きはく》と若さでおぎなっている。

一瞬といえども、霞九郎は両者の闘いから目をそらすことはできなかった。

野次馬はふえてきたが、声をだす者はいない。勝敗の行方を息づまる緊張感の中で見まもっ

ていた。

霞九郎は野次馬からややはなれ、土手の草むらにしゃがみ、身をひそめるようにして両人を凝視していた。

厳延の技が一平の気魄をやや凌しのいできた。やはり闘志や気魄ではおぎなえきれぬものがあった。


「やあっ！」

一平のするどい掛け声があがった。と見るや、勝負をあせったか、一平は無謀な攻撃にでた。体当りでもするような勢いで、地を蹴《け》って厳延の手元へおどりこんでいった。

それは厳延の巧妙な罠《わな》だった。見ていた霞九郎には読めたものが、一平にはわからなかったようだ。

厳延は一平の攻撃を十分に予期していて、余裕をもってかわした。そのとき一平の体が隙《すき》だらけになった。逆をつかれて、体勢が無残なほどくずれてしまった。

おみよのさけびがあがった。

と同時に厳延の大刀が一閃《いっせん》し、一平の肩口に振りおろされた。一平はのけぞって、体の均衡を大きくくずしていった。

すかさず厳延が二の太刀をかまえた。

（あわや、最期！）

とおもったとき、霞九郎の右手がしぜんにうごいた。かねて用意していた石礫《いしつぶて》をほとんど無意識のうちに飛ばしたのだ。

手ごたえは十分に感じられた。礫は正確に厳延の利き腕をきびしく打っていた。

一瞬、厳延のうごきが止まった。尋常の者が打った礫ではない。厳延は息がとまるほどの激痛をおぼえているはずだった。

その瞬間、霞九郎は土手の草むらを猛然とはしった。野次馬をかすめて翔《と》び、一平を肩でささえた。

「ひけ！」

おみよへ一声さけんで、もう一度石礫をはなって厳延を威嚇《いかく》しておき、一平をかかえ脱兎《だっと》のごとく土手を駆けた。駆けて、駆けて、駆けまくった。

水茶屋の灯りや葭簀などが飛び去るようにすぎていった。

四

「無念だ、しくじった」

霞九郎は肩で一平の悲痛な声をきいた。

一平は左の肩をふかくやられており、とても一人で走ることも歩くこともできぬ状態である。

「霞九郎どの、かたじけない。またたすけられました」

あえぎながら一平はいった。

「苦しいだろうが、辛抱しろ」

霞九郎は一平の深傷《ふかで》を心配した。いかに気魄と闘志を持つ若者であっても、激痛にはなんとか耐えられても大量の出血には勝てぬからだ。

一平をかかえて、日本堤を山谷方面へすすんだ。

「無事に逃げられたでしょうか」

一平は自分の怪我《けが》よりも、おみよをしきりに気づかっていた。

やがて、山川町の砂利場がちかづいてきた。砂利場のはずれが山谷橋である。

「応急の手当をしておこう」

ここまでくればまず安心とふんで、霞九郎は土手の中腹までおりてゆき、一平を横たえた。

我慢をしているが、一平は両肩で大きく息をしている。

霞九郎は一平の着物を肩のところから切り裂いた。印籠《いんろう》をとりだし、斬り口に消毒薬と止血薬を塗って、手拭《てぬぐ》いで肩をかたくしばった。

そのあいだ一平は苦しそうにうなりつづけた。

「今の住居《すまい》は？」

「馬喰町《ばくろちょう》の旅人宿におります」

「そこまではこぼう」

「すみませぬ」

「気にすることはない。ここからなら、船でも駕籠でもつかえる」

日本堤には、吉原からのもどり駕籠がいくらでもとおっているし、山谷堀へおりれば、やはり柳橋あたりから山谷まで遊客をはこんでいった猪牙《ちょき》がひろえる。

しばし思案し、土手をくだり、山谷橋の下の桟橋《さんばし》から、もどりの猪牙をひろって乗った。駕籠は揺れがはげしいので、怪我をした体には苦痛なのだ。

船ならば、身を横たえているうちにつくことができる。そのうえ猪牙の終着柳橋と馬喰町とは目と鼻の距離である。

柳橋の桟橋へおりたとき、あたりは宵闇《よいやみ》につつまれていた。

場所柄と季節柄、夜のにぎわいがさかんになった頃合《ころあ》いである。船宿や料理茶屋など、みんな襖《ふすま》、障子をあけはなっているので、三味線や唄声《うたごえ》が方々からながれてくる。

その中をとおりぬけ、馬喰町の旅人宿〈秋葉屋〉へ一平をはこび入れた。

一平の怪我におどろいて、宿の番頭は医者を呼ぼうかといってくれたが、霞九郎はそれをことわった。そしてあらためて自分で治療をやりなおした。

消毒や止血くらいの技は朝飯前だ。治療は忍びの術に必須《ひっす》のものである。一碧斎が西山荘で薬草畑の世話をしているのも、半分はそのためであった。

「おそい……」

一平はひくい声でつぶやいた。手当がおわってしばらくたっても、おみよはまだもどってこなかった。

「あるいてくれれば、かなりの時間がかかるだろう」

と霞九郎はいったが、もうもどってこなければならぬ時刻だった。

「つかまったのかもしれませぬ」

一平は真剣に案じはじめた。

「あれだけ大勢の野次馬が見まもっていた中だ。柳生としても無茶なことはできまい」

霞九郎はそういったが、内心ではおなじ不安をいだいていた。

「そうでしょうか。柳生は勝負にやぶれて相手をだまし討ちにするような者です。どんなことをしたとしても不思議はありません」

「もうしばらく待ってもどらぬようだったら、わたしが見てこよう」

「かたじけない。そうしていただけますと有難い。それにしても今日は無念です。せっかく外出先をとらえたのに」

一平は無念のおもいに顔をひきつらせた。意気ごみがはげしかっただけに、口惜《くや》しさも一倍のものがあるのだ。血の気はまったくなくなっている。

「たった一夜の失敗をそう悔いることはない。相手は天下の柳生だ、そう簡単に討てるわけがないではないか。養生をすれば怪我はなおる。元気になって出なおしをはかるべきだ」

「仇敵《かたき》を目の前にしながら、後《おく》れをとりました。痛恨千万のおもいです」

「これから機会はまだいくらでもある。力をおとす必要はないぞ」

霞九郎は一平の若さゆえの短気と焦慮をたしなめた。

一平は厳延の一刀を浴びて、自分の腕に未熟をおぼえていることもたしかだった。おのれへの怒りもあったのである。

柳生を外出先で待ち伏せるよう助言したのは霞九郎であるから、今日の失敗にいくらか責任を感じなければならなかった。

「ともかく、体を元にもどさなければ……」

みずからそういって身を横たえ、

「それにしても、おそい」

と一平はつづけた。

もう時刻は五つ（午後八時）をだいぶまわっている。霞九郎もおみよの消息が気がかりだった。

「さがしてこよう」

いいつつ霞九郎は部屋をでていった。

五

その時刻、水戸藩上屋敷の裏御門から年老いた人影が音もなくあらわれた。わずかに片足をひきずっている。そのうえ、ひどい猫背《ねこぜ》である。

門長屋にそってあるいていくと、偶然むこうから大きな図体《ずうたい》の野良犬がちかづいてきた。

ううう……

野良犬は威圧するように唸《うな》り声をあげた。あきらかに老人をあなどって攻撃的なかまえを見せた。

老人はややたじろいだかに見えた。

う、うう……

犬は耳を伏せ、今にも飛びかからん体勢をとった。

そのとき、老人は立ちどまり、正面から野良犬と向き合い、はったと睨《にら》みすえた。

犬も足をとめ、一間《けん》くらいの間隔をおいて睨み合いに入った。

しばしおなじ状態がつづいた。そのうちにあきらかに犬の様子がかわった。獰猛《どうもう》さをしだいにうしない、太い尾を地面すれすれに垂れ、すごすごと負け犬よろしくその場を去っていった。

老人は何事もなかったように屋敷の角をまがった。

そのとたんに、老人の姿が煙のように消えた。周囲のどこにも、老人の姿は見えなくなった。

あたりは旗本屋敷があつまったところで、この時刻になると人通りもほとんどない。月はでているが、ほかの明りといっては、四辻《よつつじ》にある辻番《つじばん》の灯《ひ》くらいのものである。

しばらくたったころ、そこからややはなれた外記坂《げきざか》の勾配《こうばい》をゆっくりとあゆむ老人の姿が、月光の下に浮かんだ。

背筋もぴんとのびており、足もひきずってはいないが、顔はまちがいなくさいぜんの老人である。すなわち一碧斎である。筒袖をまとい、軽衫をはいている。

一碧斎はゆっくりと外記坂をのぼっていった。今は足どりにも、容貌にも、確固とした自信がうかがえた。

昼間見せているのとはまったくべつの顔である。かつての伊賀・藤林党頭領の誇りであろう。他人には見せぬ彼のもう一つの姿がここにあった。

滅多にないことだが、この姿にもどったとき、彼は二十年も若がえったような気分にみたされ、また肉体までも往時におとらぬさかんなはたらきをするのである。こういうときの気分はまことに壮快である。忍者の生き甲斐《がい》を感じるときだ。

四半刻（三十分）ほど後……。

一碧斎の姿は市《いち》ヶ谷《や》御門のまえ、左内坂にあらわれた。道の片側には、神社、仏寺がいくつもならんでいる。

一碧斎はその中ほどの長い参道から、長竜寺の境内へ入っていった。

今ごろ、人影はまったくない。その境内を左手へぬけると、市ヶ谷八幡宮《はちまんぐう》である。

その境内をさらにとなりへとおりぬけた。

そこは茶ノ木稲荷社《いなりしゃ》である。稲荷社の塀《へい》にそって松や杉などが鬱蒼《うっそう》と立ちならんでいる。

一碧斎はその木立《こだ》ちをぬうようにあるいていった。

彼の目的はここの境内にあるのでもなかった。この境内のさらにとなり、木立ちのむこう側に潜入するのが目的である。塀ひとつむこうは尾張藩上屋敷である。

塀の高さは二間半はゆうにある。

一碧斎は何度も塀を見あげて、思索をめぐらした。さらに塀に耳をおしつけ、むこう側の気配をうかがった。

じっと神経を集中すれば、聴覚だけで大体の様子を知ることができた。むこう側には、表御殿の蔵や御長屋などが立ちならんでいる。

彼は宿直《とのい》の見張り番と見廻《みまわ》り番を警戒した。犬がいるかいないかも気づかった。

その犬にも二種類がある。赤犬の存在にも気をくばらねばならなかった。

十分観察したあげく、草鞋《わらじ》をはきかえ、さらに手甲《てっこう》を内側にはめた。そして、塀際の松の幹にとりついた。

途中まで枝も足場もないのに、するすると身軽にのぼっていった。とても齢七十に達した男のなせる技ではなかった。

草鞋の底と手甲には、彼の体をささえる金具がついているのである。忍者が高い塀や柱などをなんの苦もなくのぼることができるのは、この道具があるせいである。

丁度手ごろな高さの枝までのぼって、そこから塀へ易々《やすやす》と乗りうつった。

塀の上で大きな猫がうずくまったように、しばし広大な屋敷内の様子をうかがった。

(大丈夫)

と察し、むこう側へ飛びおりた。

月光が屋敷内を照らしている。

一碧斎の頭の中には、屋敷内の略図がたたきこまれていた。今いる地点は屋敷の東隅にあたる。

この潜入経路は、江戸へでてきて以来ずっとかんがえぬいて、現場を見きわめたうえでえらんだものだ。長竜寺、市ヶ谷八幡、茶ノ木稲荷社の経路が唯一《ゆいいつ》、尾張藩上屋敷への侵入の盲点だったわけである。

手近なところにある土蔵の陰にかくれ、ふたたび屋敷内の様子をうかがった。

表御殿の区域はいちばん警戒のきびしいところである。見張り番と見廻り番には念入りな警戒をしなければならなかった。一刻もはやく、ここを脱けだしたいところだ。

一碧斎は塀ぞいにあるきだした。

大分いくと、行く手をさえぎるように築地塀《ついじべい》が立ちはだかっている。築地塀のむこうは奥御殿である。

築地塀のきれたところに木戸があるが、そこには木戸番がいるはずだ。そこを避けて、築地塀のもっともちかくに佇立《ちょりつ》する杉の木の下へ、一碧斎は到達した。

ふたたび木にのぼり、そこから築地塀に飛びついて、むこう側へ降りた。

奥御殿は広大な庭を持っている。林や竹藪があり、大きな築山《つきやま》がいくつもあり、谷があり、さらにひろい池がうがってある。

庭の地形までは略図の中に書きこまれていなかった。

一碧斎は植込みのあいだを這《は》うようにして庭内の踏査をおこなった。

奥御殿となると、警備がずっと手薄になるのはどこの屋敷でもおなじである。

半刻（一時間）ばかり徘徊《はいかい》して、とうとう格好の場所を見つけた。奥御殿の大廊下の正面に大きな池があり、その背後に築山がある。

築山は背後へつづき、やがて林にいたる。彼はその林の中ほどの深い下草をあらため、場所をさだめた。

懐中から苦無《くない》をとりだし、そこに穴を掘りはじめた。苦無は忍者にとって隠し武器であり、懐器であり、穴を掘るためにもつかわれる。

音を消し、ひっそりと掘りつづけ、一刻半（三時間）ばかりの後に、ついに人間一人が楽に入りこめるくらいの穴をあけた。

さらに折りたたんだゴザをとりだし、穴をふさぎ、土をかぶせ、下草を植えて、表面を見るかぎりほかとかわったところのないようたくみに擬装をこらした。

彼自身がひそんで身をかくすための穴であった。

流　星

一

金風暁を報じ、玉露珠を凝《こ》らす。七月といえばすでに新秋である。

空の色もこころなしか澄んできた。地上では数日まえに七夕祭《たなばたまつ》りをむかえていた。

風は夕方から止《や》んでいた。が、夜に入って、尾張藩《おわりはん》上屋敷の奥御殿の庭にある築山《つきやま》の草がそよいだ。

そこは築山つづきの林の下草がむらがるところである。風もないのに下草が揺れた、というよりもぐらっとうごいたのだ。

そしてそこにちいさな穴があいた。二尺四方くらいの地面が草とともに横に移動し、ぽっかりと口をひらいた。

そこから人間の首がそろりとのぞき、四辺の気配をしばらくうかがった。

一碧斎《いっぺきさい》である。

彼はもう半月ばかりのあいだ、この穴を自分の棲家《すみか》としていた。人目のある昼間は、この穴の中ですごした。が、闇《やみ》がおとずれてくれば、地上は彼の世界だ。穴をひそかに這《は》いだし、自由自在に屋敷内をあるきまわった。

一碧斎は空を見あげた。砂子《すなご》をまきちらしたように星が満天にきらめいている。

そのとき、一条の光芒《こうぼう》が尾をひいて、東から西の空へ消えた。

（流星……）

一碧斎は星がながれるのを見て、夏が秋へうつったのを知った。穴の中での生活はまるで季節感をうしなわせるのだ。

彼はゆったりとした足取りで築山をおりていった。

この奥御殿に関するかぎり、彼はほとんど知りつくしていた。知らぬところはないといってもいい。

見張り番所や木戸の位置はもちろん、そこに詰めている人数、さらに見廻《みまわ》り番があるく時刻から経路まで、この半月間で知りつくしていた。その見廻り番は赤犬がつとめていた。

池の周囲の石組みと植込みにそってあるき、広場へでた。広場のむこうに、御長屋や蔵が立ちならんでいる。

今は見廻り番がまわってくる時刻ではない。広場の片隅には大きな藤の木があり、そのそばに今はつかわれていない古井戸がある。

フタをあけて中をのぞいたことがあるが、身をかくすにはいい場所であった。危急に見舞われたときなどはここにひそむこともかんがえられた。

御長屋や蔵のまえをとおりすぎた。御長屋には、灯《ひ》がともっているところもある。

一碧斎の注意はそこへはむいていなかった。

大分はなれたところに、一つだけぽつんと蔵が立っている。

彼がしらべたところでは、ずっと空蔵になっていたが、昨夜、この蔵の横をとおったとき、中からかすかに人のいる物音がきこえてきた。

昨夜は長居無用の時刻だったから、早々にそこを立ちさらねばならなかった。

その蔵へちかづいていった。

戸前《とまえ》はぴたりと閉じてある。耳をあてたが、中の気配はほとんどうかがえなかった。

しばらくそうしていたが、変化は感じられなかった。彼は昨夜からこの蔵のことが気になっていた。

上を見あげると、ちいさな高窓がついている。地上二間半ほどの高さである。足場がないので、のぼっていくことはできぬ。

一碧斎はひきかえして、御長屋の裏手へまわった。そこには定府《じょうふ》藩士たちと家族が住まっている。

しばらくあるきまわって、手ごろな物干竿《ものほしざお》を一本持ちだしてきた。それを蔵の高窓へ立てかけた。

ちいさな穴をうがって竿を固定し、ゆっくりとのぼっていった。

そして高窓の枠へとりつき、幅一間、高さ三尺の観音びらきのおもい戸を手前にそろりとあけた。中からほのかな灯《あか》りがもれてきた。

（誰《だれ》かいる……）

かねての予想があたっているような気がした。

一碧斎は高窓をくぐって、中へしのびこんでいった。広さ二十坪くらい、高さ約三間の蔵である。

ちいさな行灯《あんどん》が一つだけおかれている。かつては米蔵としてつかわれていたものらしく、今も蔵の隅に古米の俵がいくらか積みあげられている。

行灯の光が米俵の陰にかくれるようにすわりこんでいる女の姿を浮かびあがらせていた。しかも年の若い娘である。容姿のいい女だ。

その様子からして、娘がここに軟禁されていることが推察された。不始末をしでかした奥女中が仕置《しおき》をされているのではないか、と想像した。

が、すこし娘を観察してみると、衣装様子が奥女中のものではない。

「もし」

一碧斎は娘をおどろかさぬように気づかいつつ声をかけてみた。

二度目の声で娘がはっと上を見あげた。一碧斎をみとめて、娘はとっさに身がまえた。武芸のたしなみがあるとすぐにわかった。

「何者じゃ」

低いが、うら若い娘にしてはきびしい声音《こわね》の誰何《すいか》がかえってきた。

「怪《あや》しい者ではない」

とこたえたが、

「夜分、高窓からしのび入った者が怪しゅうないとは解《げ》せぬいい草じゃ」

いっそうきつい詰問《きつもん》をなげてきた。その言葉つきは町方のものでも、武家のものでもない。

「そなたに危害をくわえる者ではない」

一碧斎はいいなおした。と同時に身をひるがえした。

米俵の上に一度背からおち、さらに飛んで、娘の面前に軽々と舞いおりた。

その技前《うでまえ》と呼吸の妙に、娘も目をみはった。

「伊賀か甲賀の者であろう」

「およそ推量どおりじゃ」

「何をしに?」

「そなたこそ、ここで何をしておる」

「よもや、たすけにきてくれたわけではあるまい」

「次第によってはたすけもしよう」

そういったとき、娘の蒼白《そうはく》な顔にすこしばかり生気がうかんだ。

「わたしは尾張藩剣術指南役柳生厳延《やぎゅうよしのぶ》を兄の仇敵《かたき》とつけねらい、かえって柳生のためにとらわれました。いったん戸山《とやま》の下屋敷に押しこめられ、昨夜《ゆうべ》からここにうつされたのです。名は姉《あねが》小路《こうじ》みよと申します」

娘は素姓《すじょう》と経緯《いきさつ》をうちあけた。

「相手は柳生新陰流《しんかげりゅう》の宗家じゃな」

「仇敵にこのような目に遭わされようとは口惜《くや》しゅうてなりませぬ。できるなら、お力をお貸しくだされ」

「すぐにもたすけてやりたいが、わしはこの屋敷でまだ用事をすましておらぬ」

「その用事、いつおわります」

「さあ、わからぬ。それに成功するとはかぎらぬでな」

おみよは一碧斎の用事が尋常《じんじょう》ならざることであるのを察した模様である。おみよはふたたび暗い表情にもどった。

「柳生はいずれわたしを討つつもりでしょう。むざむざと討たれたくはありません」

おみよの眸《め》から一筋悲涙がこぼれて、頬《ほお》をつたわった。気丈でもやはり若い娘である。

「わしの用事というのはちと手のこんだことで、まだ日数がかかりそうなのじゃ、それまで待てぬか」

尾張中納言吉通《よしみち》と世子《せいし》五郎太を討ちとるのが自分の仕事だとうちあけるわけにはいかなかった。この仕事を後手《ごて》にまわすことはできないのである。

「わたしのほうで無理を申すわけにはまいりません。待たせていただきます」

「なんとしても辛抱《しんぼう》し、がんばることじゃ」

「はい」

「何事も、窮すれば通ず」

そうはげましたとき、蔵の外に何者かちかづいてくる足音がきこえた。

「こちらにくるようです」

おみよの顔にも一瞬、緊張がはしった。

一碧斎は周囲を見まわした。

もう高窓をつたって外へぬけだすまでの暇はなかった。

「万一のときの用意じゃ、いぎというときにつかいなされ」

一碧斎はそういって、懐中から取りだした品をおみよに手わたした。そしてすばやく身をひるがえし、高く積み上げた米俵へむかっておもいきり跳躍した。

やがて錠前をはずす音がきこえた。

蔵の戸前が大きく外側へひらき、闇のむこうから人影があらわれた。

二

蔵の中に入ってきたのは、柳生左馬助《さまのすけ》である。

おみよは憎悪の眸《め》を左馬助へむけた。彼女を戸山の下屋敷からここにつれこんだのも、この男と厳延の門人二反田与兵衛と高島伝右衛門とであった。

「おみよ、元気ですごしているか」

左馬助はからかいまじりの言葉をなげてちかづいてきた。

おみよは黙殺しようとした。無視しようとしても、仇敵の息子というだけで憎しみが燃えあがってきた。得物《えもの》の小太刀のないのが無念であった。

左馬助は父厳延におみよの監禁を命じられていた。けれども彼は、おみよを監禁するばかりでは不足をおぼえてきたのである。

「おれのいうたこと、かんがえてみたか」

左馬助がおみよに好色な視線をそそぎかけてきたのは、すでに下屋敷にとじこめられていたころからである。おみよは嘲《あざけ》りの色をうかべ、言葉をかえさなかった。

「おみよ、返事がしたくなくば、させる方法はいくらでもあるのだぞ」

癇《かん》にさわったとみえて、脅しをかけてきた。

「親が親なら、子も子じゃ。卑怯《ひきよう》な親をもてば、子も卑怯な者にそだつのか」

唾《つば》を吐き捨てるようにおみよはいった。

「天下の柳生にむかって、卑怯者じゃと」

左馬助はまだ若いだけに、おのれを抑制できぬようだ。

「柳生が何様だか知らぬが、卑怯な振る舞いをいたせば、何者であろうと天下の侮《あなど》りを受けましょうぞ」

おさえていた怒りがほとばしりでて、つづけて面罵《めんば》した。

「けしからぬいい草、いわれなき雑言《ぞうごん》はやめい」

左馬助は表情をひきつらせた。

「卑怯でないなら、女を監禁いたしたりせず、堂々と勝負をいたしてはいかが」

「口の減らぬ女だ。しかしおまえのそういう勝ち気なところが、なんともいえず可愛《かわい》い。おれのいうことをきけば、命をたすけてやるぞ。わざわざ京をでてきて、江戸で無駄《むだ》死《じ》にさせるのは不憫《ふびん》だ」

「馬鹿なっ、誰がおまえなぞのいうことをっ」

左馬助は命をたすけるかわりに、自分の情婦《いろ》になれと、おみよの弱みにつけこんでしきりにいっているのだ。彼には公家《くげ》や上級武家階級にたいする憧憬《どうけい》がひそんでいるのである。

「このままほうっておけば、遠からず死ぬことになるぞ。おまえの許婚《いいなずけ》はここまでたすけにきてくれまい」

左馬助は怒りと可愛さが相まって複雑な感情にかられているようだ。

「誰がたすけにこようが、こまいが、おまえのいうことなどきくわけがない、下司《げす》っ」

いったと同時に、おみよの頬《ほお》が大きな音をたて、体はもろくも横に飛んだ。

一瞬気が遠くなり、おみよは蔵の壁際《かべぎわ》にたおれこんだ。つかの間、意識の空白があった。

気がつくと、左馬助がのしかかり、押さえつけようとしていた。

「ああっ」

さけびをあげて、力のかぎり男をはねつけようとした。

おおいかぶさってくる左馬助を両手でささえ、足を懸命にばたつかせた。体をひねって避けようにも、壁が邪魔をして逃げられなかった。

「おみよ、覚悟しろ。どうせ袋の鼠《ねずみ》だ。どうあがいたって、逃げられぬぞ」

左馬助はもうおみよを征服した気で、勝ちほこった声をあげ、遮二無二《しゃにむに》くみ敷こうといどんできた。

「ええいっ、けがらわしい！」

おみよは必死に抵抗した。仇敵の息子に体をもてあそばれては、二重の恥辱となる。命を賭《と》してでも、ここは屈するわけにはいかなかった。

だが、その気持とは裏腹に、しだいに押さえこまれていった。そして男の手がのび、おみよの着物の襟《えり》をつかまえ、強引に両方へひらいていった。

「雑言がはけるのは今のうちだ。すぐにおもい知らせてやる」

必死になって胸をおさえたが、はかない抵抗だった。衣を裂く音とともに両襟が無残にひらき、乳房があらわになってしまった。

「ううっ」

苦痛の呻《うめ》きをもらした。左馬助が両の乳房を鷲《わし》づかみにし、乱暴に揉《も》みたてたのだ。

「今に音《ね》をあげさせてやる。許しを乞《こ》わせてやるぞ」

おみよの乳房にはまだ硬さがのこっている。はげしく揉まれるたびに息のつまるような痛みと苦しさにおそわれた。

「ううう……」

しばらくこれをつづけられたら、苦しみのあまり気絶するだろうとおもわれた。

左馬助は嵩《かさ》にかかって、着物の裾《すそ》に手をかけ、強引にまくりあげてきた。

他愛なく太腿《ふともも》のつけ根ちかくまで露出してしまった。左馬助はさらに裾を上まで引きあげた。

おみよはなんともあわれな格好にさせられた。こうなっては半裸同然の姿である。

男の手が腰布をわけて力ずくで入ってきた。

たまらず悲鳴をあげた。懸命に足を閉じようとしたが、男の力にはあらがいがたく、足は徐徐にひらいていった。

左馬助は、すでに欲望の固まりと化している。

「まだ許してくれとはいわないか。もっとも乞われたとしても、許すもんじゃあないが」

左馬助はおみよの腰にかろうじてまとわりついている腰布をひきむしった。

下半身をおおうものはすべてなくなった。口惜しいが、もうどうにもならなかった。

(死んでしまおうか)

とおもったが、仇敵に手ごめにされて死んでいくのは、あまりに無残であわれである。

おみよは体から急に力をぬいた。

「どうだ、ようやく観念したか」

左馬助の声にたいしても、無言で目をとじた。すっかり抵抗をあきらめた態度になった。

悲痛な感情がこみあげてきて、瞼《まぶた》の裏があつくなり、涙が一条頬《ほお》をつたった。

左馬助も安心して、全身の力をぬいた。そして自分の袴《はかま》の前をまくった。

「待って」

とおみよはいったが、半ばむかえ入れる体勢である。

左馬助はここでやにさがった。

「おみよ、どうした。仕度がいるのか」

すでに征服した気分になっていた。

「帯がいたい」

このときおみよはうったえた。結び目はそのままだから、背中が痛くなって当然なのだ。

「解いてやろう」

左馬助はおみよの言葉を信じた。彼女の体をうごかし、結び目へ手をかけた。

簡単に解けるとおもったところが、そうはいかなかった。解けそうでいて、なかなかおもうようにはならぬ。

左馬助はじれてきた。

「ええい、面倒なっ」

そういって体をおこした刹那《せつな》、おみよは今さっき揉み合ったときに懐中からとりだしてにぎっていたものを、おもいきり左馬助の顔へむかって投げつけた。

瞬間、音を発して、鮮烈な閃光《せんこう》が噴いた。

「ぎゃあ！」

左馬助は絶叫をほとばしらせて、その場をとびのいた。というよりも衝撃で吹き飛ばされたというべきであろう。

さきほどおみよが一碧斎から手わたされた薬玉《くすだま》を投じたのである。

左馬助は両手で顔をおさえ、声をあげながら狂気のようにその場をころげまわった。

おみよもこれほどの威力のものとはおもわなかった。

三

土手の風にのって、尺八の音がひびいてきた。残暑の中にも、岩にしみ入るような涼しさをさそう音色が日本堤《にほんづつみ》を吹きぬけた。

この半月ばかり、朝も五つ（午前八時）ごろになるときまって虚無僧《こむそう》の姿が土手八丁にあらわれた。

堤の両側は穂を十分にみのらせた稲田である。新秋とはいっても、まだ昼間の暑さはおとろえていない。

その暑さの中を虚無僧は日の暮れおちるまで、日本堤とその周囲を托鉢《たくはつ》してあるいていた。

「虚無僧さん、精がでるねえ」

田町《たまち》の水茶屋を門付《かどづ》けしたとき、店の女将《おかみ》がお布施《ふせ》を盆にのせてさしだしながらいった。

「人さがしをしているんだが」

天蓋《てんがい》ごしにそういったのは、雲居《くもい》の小弥太《こやた》である。

「どんな人です？」

「先月、土手で若い娘が柳生に仇討《かたきう》ちをいどんだのをおぼえていますか」

小弥太が問うと女将はうなずいた。

「わすれてなんかいませんよ。場所はここから目と鼻のさきだからね。わたしだって駆けつけていきましたよ」

「その娘があれ以来、行方がわからなくなっているんですよ」

「あのときは、水が入って勝負はつかなかったはずだよ」

「うむ」

「助太刀の若者がついてたじゃないか」

「その若者は怪我をして、娘とわかれわかれになってしまった」

「知らないねえ、どこへいっちまったのか。その後ここらで見たことはないからねえ」

今まで何十人、何百人にたずねた際の答えとほとんどかわりなかった。小弥太は天蓋の奥でやや落胆の色をうかべた。

「手間をとらせて、相すまなかった」

「あれだけ派手なことをやった娘だから、このあたりでなにかあればすぐに目につくのだけれど」

「もし気のついたことがあったら、今度きたときにおしえてください」

「ああ、おやすい御用だよ。返り討ちか、だまし討ちになったのでなければいいんだがねえ」

「じゃあ、よろしく」

挨拶《あいさつ》して小弥太は門口《かどぐち》をはなれた。

ふたたび土手を尺八の音がながれだした。その音色はしだいに吉原のほうへちかづいていった。

そしてまた一軒の水茶屋の前で門付けをはじめた。

一曲吹きおわって、

「少々たずねたいのだが……」

その店の女を相手にふたたびおなじことをたずねた。

けれども、ここでもはかばかしい答えはかえってこなかった。お布施だけもらって、小弥太はまたつぎへすすんだ。

彼は霞九郎に命じられて、この半月間、毎日おみよの消息をたずねあるいていた。

風丸も、さらに霞九郎本人もこのところずっと聞きこみをつづけているのだ。

霞九郎は小間物《こまもの》類を入れた箱を風呂敷《ふろしき》につつんで背に負い、やはり日本堤とその近辺をあるいていた。しかも、先月仇討ちの現場となった田町一丁目の橋を中心にして、そこから輪をひろげるようにその周囲をシラミつぶしにしていった。ほとんど一軒一軒たずねて、行商にかこつけながらおみよの行方をさぐりつづけているのだ。

この日は、山谷の中宿《なかやど》（船宿《ふなやど》）が軒をつらねる一帯をあるいていた。

ある中宿で小間物の用をたずねると、女将とその娘から座敷へ招じあげられた。紅白粉《べにおしろい》、かんざし、櫛《くし》、こうがいなどをならべて、かなり負けてやり、相手をよろこばした。

娘のほうはおみよと年頃《としごろ》が似ていた。

「先だって若い娘と男が日本堤で仇討ちをしかけた事件がありましたが、わたしは丁度あのあたりを行商していて、ばったりとその場にでくわしましたよ」

ふとおもいついたように霞九郎はいった。

「わたしも、店の船頭に呼びにこられて、見にいきましたよ」

女将のほうがのってきた。いかにも好奇心のつよそうな女である。

「あれは、見ものでしたね」

霞九郎が相槌《あいづち》をうつと、女将の眸《め》が瞬間、異様なまでのかがやきを見せた。

「小間物屋さんは知らないでしょうが、あの一件にはまだつづきがあったんですよ」

おもってもいなかったことを女将が口にした。

「なんですか、それは」

興味をそそられたふりをしてたずねた。向こうから情報がとびこんできそうなのだ。

「討ち手の若い男と娘がべつべつに退散したあとで、わたしはその娘をまた見たんですよ」

「本当ですか」

本気でひきこまれた。

「嘘《うそ》なんかいうもんですか。わたしが店にもどってきてからのことだから、四半刻（三十分）

以上たっていたんでしょう。客をおくってうちの栈橋まで出ていったとき、ちかくの桟橋から男たちにとりかこまれ、無理矢理船にのせられているあの娘さんを見たんですよ。けっしてまちがいじゃありません。わたしははっきり見たんですから」

きいた瞬間、

（これだ！）

と霞九郎はおもった。

「さらわれたんでしょうか」

「きっとそうじゃありませんか。いかにもおどされて、船へ押しこまれたという感じでしたからね」

「だったら、公儀《おかみ》へうったえるかしたんですか」

「そんなことしやしません。下手《へた》に巻きぞえくったらたまりませんからね。相手は天下の柳生ですから。娘さんのことは気がかりでしたけれども、恐ろしさが半分で、見ざる、言わざる、聞かざるをきめてたんですよ」

もう半月たったので、女将はようやく誰かにそれをいいたくなったのだろう。

「男はどんな者たちでした？」

「もう暗くなっておりましたから、はっきりとわかりませんでした。けれど、提灯の明りの中で見たかぎりでは、町人ではなさそうでした」

「ううむ……、そして船はどちらへ」

「山谷堀から大川へでていったようでした」

「柳生の一味たちでしょうかね」

「そういう感じがいたしましたね。でもそのときは、わたしもこわくて足がすくんで、逃げるように店の中に入ってしまいました」

「そうですか、あの娘さん気の毒ですねえ。もしかしたら、柳生の手にわたって返り討ちにされちまったのかもしれない」

霞九郎は実感のままを口にした。

「そうかもしれませんねえ。わたしも、そんな感じをおぼえましたよ」

四

地上に闇がおとずれた。
昼間の蟬時雨《せみしぐれ》にかわって、日がおちてからは虫時雨がさかんになった。松虫、鈴虫、くつわ虫、草雲雀《くさひばり》などがいっせいに一碧斎のすぐ身ぢかで鳴き声をきそっている。
どこからしのび入ったか、一匹の鈴虫がすぐ鼻先まできて、
りいん　りいん
と美声をあげた。
一碧斎は草でおおったちいさな屋根をずらし、穴の周囲をうかがってみた。静寂があたりを

支配していた。

晴天だが、まだ月はでていない。

今夜は格別の月なのである。七月二十六日の夜を〈二十六夜〉といい、この夜半にでる月は出しなに光が三つにわかれ、瞬時にしてまた一つに合す。その光の中に阿弥陀《あみだ》、観音、勢至《せいし》の三尊の姿が見られるといわれ、これをおがむと幸運を得ることができるという信仰が古くからつたわっていた。

そしてこの夜、とくに江戸では〈月待ち〉ということがおこなわれていた。だが、一碧斎はこの風流な信仰のために地上にでていこうというのではなかった。

土竜《もぐら》が土の上に這いあがるように、無様な格好で穴をでた。

穴のそばでしばらくあたりを警戒してから、ゆっくりと木陰《こかげ》、物陰づたいにあるきだした。

彼はもうすでに約一か月、穴ぐら暮らしをつづけていた。そしてほとんど仕事の準備を完了していた。あとは実行が待っているのみであった。

この約一か月のあいだに、彼は奥御殿敷地内のことについてほとんど通暁《つうぎよう》するまでにくわしくなっていた。

彼はいったん広場へでた。そこから御長屋の裏にある職人小屋へむかった。

そこは奥御殿に出入りする大工、左官、畳屋、植木屋、屋根屋などの職人が控え室としてつかうところである。今は植木職が入っている。

錠前をこじあけ、その中へ入っていった。二十坪くらいの広さがあり、土間と板敷きとがおよそ半々である。

非常の場合、職人たちはここに寝泊まりができるようになっている。押入れや戸棚もある。飲料水をためた水甕《みずがめ》もあり、ちいさな厠《かわや》もついている。

一碧斎は板敷きのところに身を横たえて、ここで月の出も待たずにねむりこんだ。

そして夜が明けるころ、眠りからさめて、やおら押入れの中に姿をかくした。

外から錠をあける音がきこえてきたのは、五つ（午前八時）ごろであった。朝のはやい植木職がやってきたのだ。

一碧斎は押入れの中から様子をうかがった。五十年輩の男である。

〈植半〉と白くそめぬいた印半纏《しるしばんてん》を着ている。植木屋半兵衛とか半助とでもいうのであろう。

ここのところ毎日、この男一人だけやってくるのである。よんどころないときにかぎって、若い者がかわりにやってくる。一碧斎は毎日観察しているので、よくわかっている。

植半は仕事仕度をととのえ、大鋏《おおばさみ》、中鋏、小鋏を用意し、弁当をおいて出ていこうとした。

そのとき、一碧斎は音もなく押入れをぬけだし、植半の背後へしのび寄っていった。

植半はまったく気づいていない。不審もおぼえていないようだ。

一碧斎はいきなり背後からおそいかかって、植半の首に左腕を巻きつけた。

「うっ、うう」

植半は驚愕《きょうがく》しつつ、苦痛の呻きをもらした。

一碧斎は左腕に力をくわえていった。骨と皮ばかりのように見えるが、彼の腕力は往時とくらべて、そうおとろえてはいなかった。

「ううう……」

植半はますます苦しそうに顔をゆがめていった。手足をはげしくばたつかせたが、一碧斎をふりはなすことはできなかった。

一碧斎はぐいぐい締《し》めていった。

植半の顔からほとんど血の色がうしなわれた。このままの状態をもうしばらくつづければ、落ちることはたしかであった。

(締めおとすか)

それとも鎧《よろい》通《どお》しをつかうべきか、思案した。

だが、その思案は数瞬しかつづかなかった。首ががくんと前にくずれたのだ。

念のため、もう一度腕に力を入れた。すでに反応はまったくなくなっていた。

腕をはなすと、ずるずると体がくずれおちた。胸に手をあてると、鼓動はとまっていた。

一碧斎はすばやく植半の半纏《はんてん》をぬがした。そしてさらに腹掛けをはずし、股引《ももひき》まではぎとった。

ついで自分の着ている筒袖《つつそで》、軽衫《かるさん》を手早くぬぎ捨て、腹掛け、股引、半纏をつぎつぎに身につけていった。

これでたちまち老いたる植木職人の姿ができあがった。

彼は自分の顔に少々細工をほどこした。するとにわかに年が二十歳くらい若がえった。背筋もぴんと伸び、引きずっていた足もまともになった。

この程度のことは彼くらいの腕を持つ者ならば造作もないことである。

一碧斎は植半の体をずるずると引きずって、押入れの中におしこんだ。自分がぬぎ捨てた衣類も一緒に投げこんだ。

そして植木鋏をたずさえ、小屋の外へでていった。

もう奥御殿の庭にはちらほらと人影が見えた。

一碧斎は彼らをまったく気にするではなく庭へでていった。庭の木戸をも悠々《ゆうゆう》ととおった。

誰も見とがめる者はいなかった。

五

植木鋏の音が奥御殿の庭にひびいている。一碧斎は朝からずっと鋏をうごかしていた。

彼は鋏のあつかいには慣れていた。西山荘《せいざんそう》の植樹園、薬草畑でつかい慣れたのであった。

何十年もつかっているので、それは彼の体の一部のようにおもいのままにうごいた。松、楓《かえで》、柘植《つげ》、槙《まき》などにつぎつぎに鋏を入れていった。

にわか仕立ての植木職人とはどこからも見えなかった。朝から、幾人もの者が彼の仕事ぶりを目にしていたが、不審をいだいた者は一人もいなかった。

「植半の親父さんは、今日はどうしたんだね」

一度とおりすがりに木戸番から問いかけられた。

「へい、よんどころない用事がありまして、今日はかわりにわっしが御用をこうむりました」

こういうときのために用意しておいた返事を口にして、危機をのがれた。

あとは奥御殿御掃除之者《おそうじのもの》から挨拶の声をかけられた。御掃除之者は奥御殿だけに数人はいるようだ。

場所が奥御殿だけに、やはり目につくのはほとんどが女である。

四つ半（午前十一時）ごろ、朝のつとめをおえた腰元たちが三々五々庭にでてきて、一碧斎の仕事ぶりをながめていったが、誰からも言葉はかけられなかった。

一碧斎は昼さがりがおとずれるのを待った。

丁度午《うま》の刻（正午）、職人部屋へもどって、植半が用意してきた弁当をつかった。職人の弁当が意外なほど豪華であるのをこのときはじめて知った。

四半刻ほどやすんでから、ふたたび仕事をはじめた。

広場の木戸口のちかくにある松の枝に鋏を入れているとき、一碧斎は自分の背中にある種の感覚がはしるのをおぼえた。

（きた！）

そうおもった瞬間、さすがに鋏を持つ手がかすかにふるえた。

後ろをふりむこうとおもったが、体にかたさがのこっていて、自然にふりむくことができなかった。

一碧斎は無理を避け、背をむけたまま鋏をつかった。だがそのとき、藩主吉通が近習《きんじゅ》とともに広場に姿を見せたことを明確に察知していた。

多忙と外出でないかぎり、吉通が昼さがりと夕暮れ前の二度、奥御殿の庭に散策にくることを彼は知っていた。

一碧斎は位置をずらし、向きをかえした。

吉通が近習二人をしたがえてちかづいてきた。これまでに吉通の姿は何度も見たことがあった。

供の近習は一人のときもあれば、二人のこともある。三人の場合は滅多にない。いずれも武芸に堪能な強者たちだ。

吉通は近習たちになにかいいながらやってきた。

一碧斎はもう一度場所をずらし、ななめに位置をかえた。真正面にむき合うのを避けたのである。

彼らは一碧斎を気にもとめていない。植木屋などは庭の石ころぐらいにしかおもっていないのだ。

悠揚《ゆうよう》たる足どりでちかづいてきた。

一碧斎は相かわらず鋏をうごかしていた。なにくわぬ顔で松の格好をととのえながら、こころのうちではめまぐるしい逡巡《しゅんじゅん》をつづけていた。

（やれるか、どうか……）

の決断をせまられているのだ。

吉通は柳生新陰流の達人である。不意をつかなくては、討ちはたすのはむつかしい。近習たちもいずれおとらぬ新陰流の使い手ぞろいだ。一対一でたたかってもみな手ごわい相手である。

一碧斎はさりげなく一人一人を観察した。暗殺には危険はつきものである。絶対安全な暗殺などあるはずがない。

いずれどうしたって、危険はおかさなければならぬ。しかし、それには確率との比較が大事である。暴挙はいましめなければならない。

一碧斎は吉通の接近を肌身に感じながら思案しつづけた。

三人の足音がますますちかづいてきた。彼らののどかな談笑がきこえた。

鋏を持つ手に無意識に力が入った。

足音が二間ほど手前でとまった。そのとき雲がでたのか、急に日がかげった。

談笑もやんだ。

一碧斎はそちらへむいて、ぎこちない会釈《えしゃく》をおくった。職人はそういう礼をはぶくことをゆるされている。が、律義《りちぎ》な者はどんな場合でも会釈くらいはやる。

吉通と眸《め》が合った。その眸はすこしもうたがいをいだいていなかった。

(やれば、やれる)

と踏んだ。

が、行動をおこすことはおもいとどまった。

三人はしずかにとおりすぎていった。

一碧斎は何事もなかったように仕事をつづけた。夕方まで決行をのばしたのである。

彼らが去っていったあと、一碧斎は全身に脂汗《あぶらあせ》をかいていた。少々疲労もおぼえた。

今夕、植半が住居《すまい》にもどらなければ、まちがいなく騒ぎがもちあがるだろう。だから一碧斎はどうしても今日中に、決着をつけねばならなかった。

時のたつのがなんともおそく感じられた。日が徐々に西へかたむいていった。

自分がおとす影の位置と大きさで一碧斎は時刻を知ることができた。

さざ波を刷《は》いたような白雲が湧《わ》きでてきた。今年はじめて見る鰯雲《いわしぐも》である。魚の鱗《うろこ》のかがやきのように見えた。

気がつくと、いつしか鰯雲が消えていた。黄昏《たそがれ》がちかづいたのである。

一碧斎は池のまわりの植込みに鋏を入れていた。

（くるか、こないか）

こころのうちに動揺がおこりはじめた。やはり心配になってきたのだ。

その胸中を映《うつ》したかのように、鋏のうごきがややみだれてきた。うっかり大切な枝を切りおとしてしまった。

西の空が夕焼けにそまりだした。まだ吉通はこない。

（もしこのまま姿を見せなかったら……）

不安が黒雲のようにおこってきた。

秋燕《あきつばめ》が二、三羽とんでいくのが目にふれた。

一碧斎はなんとなく追いたてられるような気分になってきた。

今日機会をつかみそこねたら、すべてはじめからやりなおしだ。ここの屋敷もでていって、いったん西山荘にひきこもり、あらためて計画をやりなおさなければならなかった。

暗殺という行為はそれほど慎重にはこぶべきことだった。

広場の木戸に人影があらわれた。が、吉通ではない。木戸番の交代の時刻であった。

なおしばらく時がたった。

一碧斎の胸にようやく絶望がおこりかけた。いくたびも木戸のほうを見やったが、吉通は見えぬ。

運のわるいときは、こんなものだ。だが、簡単にあきらめるわけにはいかなかった。最後の一瞬まで、望みを捨ててはならない。

やがて、薄暮《はくぼ》がちかくなった。

もうそろそろ職人が仕事をやめる時刻である。いつまでもやっていたら、かえってあやしまれる。

と、そのとき……、人影が木戸口にあらわれた。

(………!)

今度はまちがいなく吉通である。近習を一人したがえている。

この瞬間、一碧斎の胸がおどった。

おもわず、おのれの武運をいのった。

（八幡《はちまん》……）

吉通は広場へ入ってきた。

一碧斎は柘植の植込みから槙の木へうつった。このほうが手勝手がいいと判断したのである。

ことさらな武器を彼は身につけていなかった。持っていれば、万一見つかったときにあやしまれるからだ。

庭の風光は絶佳《ぜっか》である。いずれ名ある庭師の手になったものであろう。

吉通は薄暮にうかぶ風景に目をたのしませながら、庭を散策している。おもいのままの方角に足のおもむくのがつねである。

池の対岸のほうへむかった足が、今度は一碧斎のほうにちかづいてきた。

一碧斎は不思議なほど気持がおちついていた。不安もなければ、恐怖もなかった。

すでに運命におのれをゆだね、覚悟もさだめていた。それだけに、こころに余裕があった。

彼は吉通との距離をはかっていた、悠揚《ゆうよう》たる吉通の足音を横手にきいた。

「精がでるの」

とつぜん吉通から声をかけられた。

おもいがけぬことだった。はじめてのことである。予測はしていなかった。

「へいっ、区切りのいいところをさがしておりましたら、時刻がすぎてしまいました」

存外もっともらしい返事ができた。

「職人の仕事熱心はなによりのことじゃ」

いいながら吉通は無造作にちか寄ってきた。まるで警戒はしていない。近習も同様である。

二人は丁度いい距離に入ってきて、とまった。

「お言葉をたまわりまして、うれしく存じあげます」

一碧斎は神妙にいった。

「なんの、たわむれじゃ」

吉通は屈託なく返事をくれた。

一碧斎は視線はむけなかったが、吉通の挙止を詳細にうかがっていた。一間《いっけん》ほど後ろにひかえた近習にも観察をおこたらなかった。

この二人が間もなく血煙をあげてたおれていく情景を、想像した。

と同時に、一碧斎はそれまでつかっていた大鋏を下へさげた。一瞬、その鋏の先端が吉通のほうへむいた。

一碧斎の体が不意に躍動した。年齢をまったく感じさせぬしなやかで軽快なうごきだった。

大鋏の鋭利な先端が矢のようにはしって、吉通の胸へ深々と突き刺さった。

十分な手ごたえがあった。血が噴きあがって、石組みにおびただしくふりかかった。

吉通は逃げる暇もふせぐ手立てもなかった。

「うぬ！」

驚愕《きようがく》の眼差《まなざ》しを一碧斎にむけ、佩刀《はいとう》の柄に手をかけた。が、太刀は半分ほどぬかれ、途中でうごかなくなった。

「植木屋っ、何をする！」

さけびをあげたのは近習だった。

一碧斎が念のために、さらにふかく大鋏を突き刺すと、吉通が急速に力をうしなっていくのがわかった。

一碧斎はすばやく大鋏をぬきとり、間髪を入れず身をひるがえし、近習の手元へとびこんだ。

そしておもいきり喉《のど》の真ん中に大鋏を突きとおした。

鋏の先が首の後ろにつきぬけた。

笛の鳴るようなさけびをあげ、血しぶきとともに近習は池の縁にたおれこんだ。

夕暮れの空に、そのとき二条の星がながれて、消えた。

乳母殿は浮気者

一

尾張《おわり》藩主がかわった。先月二十六日、吉通《よしみち》の急死と同時に、世子《せいし》五郎太の襲封《しゅうほう》が決定したのである。

御三家《ごさんけ》筆頭尾張家のあたらしい当主は、わずか三歳の幼児である。

月内に吉通の葬儀がおこなわれ、八月上旬は藩主交代にともなう行事や手続き、それに付随した雑事であわただしさのうちにすぎていった。奥御殿の内部にも多少の様がわりがあった。

奥御殿の女主人は前藩主吉通の奥方輔姫《ゆうひめ》で、従前とかわりない。今後は幼主の生母として、最高の地位をつづけることになる。

吉通には上屋敷《かみやしき》に、お高の方、嵯峨《さが》の方、吉野の方、の三人の側室がいた。いずれも子をなしていなかったので、三人は髪を切り下げ、上屋敷をたちのいて、それぞれ尾張藩ゆかりの寺院へうつっていった。

三人ともまだ二十歳《はたち》前後のうら若い身空で法体《ほったい》となり、これからは吉通の菩提《ぼだい》をとむらうためにのみ生涯をおくるのである。三人の側室についていた腰元たちも暇をもらって、上屋敷をさがっていった。

輔姫は夫をうしなうことによって三人の敵をほうむることができた、という皮肉な見方をする者もいる。

が、実際には輔姫が自分の立場の変化をどうおもっているか、その心中をのぞくことはできぬ。幼主は自分のおもいのままになる。その意味で輔姫は、尾張藩最高の地位にたったともいえるのだ。

藩主が幼児である場合、生母の力が強まるのは当然だが、藩主の側近の臣に権力があつまり、重代の家老や藩主一族の実力者たちと闘争をおこしがちになり、御家騒動《おいえそうどう》のもとになりやすい。尾張藩の場合にも、それを心配する者があった。

一日、暴風雨が江戸をおそった。

市中にも広範囲に被害をもたらしたが、尾張藩上屋敷でも、奥御殿の庭の大楠《おおくすのき》に落雷して、巨木が股《また》をさかれたように真っ二つに割れた。

暴風雨は深夜まで荒れくるい、木戸や塀《へい》の一部が音をたてて倒壊するなど、大勢の奥女中たちはねむれぬ夜をすごした。

「尾張家に大雷がおちたそうだ。祟《たた》りは止《や》まぬとみえるな」

「これからも不幸があるという前兆《まえぶれ》ではないのか」

「まだひと荒れありそうだ」

吉通が急死だったことから、とくに市《いち》ヶ谷《や》周辺にある武家屋敷などではとかくの噂《うわさ》がたったのである。尾張藩と紀州藩の水面下の戦いが一段とはげしくなっている折り柄、いっそう興味をもってみられている。

一夜あけた朝は快晴であった。雲一つない空がひろがった。

秋の鳥が一昼夜の雨風から解放されて、鳴き声をきそっている。昨日はどこに身をひそめていたのか、赤蜻蛉《あかとんぼ》も透明な羽根をきらめかせている。

この日は、十五夜観月の前日にあたる。武家、町家の別なく、女たちは観月の当日よりも多忙である。

月見団子《つきみだんご》はどこでも自家でつくるのが習慣《ならい》である。柿《かき》、栗《くり》、ブドウ、枝豆、里芋などの用意も前日にしておく。その家の女主人が指図をして、女たちは総出で明日の準備にはたらきまわる。

また例年十四日から、八幡宮《はちまんぐう》の祭礼がはじまる。江戸には無数の八幡宮があるが、とくに深川富ヶ岡八幡宮、市ヶ谷八幡宮、西久保八幡宮の祭礼が盛大である。早朝から山車《だし》、屋台《やたい》、練物《ねりもの》などの催しがあり、終日神楽囃子《かぐらばやし》や手踊りなどのにぎわいを見せる。

尾張藩上屋敷の奥御殿でも、そのにぎわいといそがしさはどこの屋敷にもおとらぬ。ここでは女主人の輔姫はみずから指図をしないで、大勢の奥女中たちにかこまれて、自分の部屋におさまっている。

台所で総指揮をとるのは、幼主五郎太の乳母《うば》桜井である。輔姫はまだようやく二十歳をこえた年齢で、家例の指揮をとるまでの貫禄《かんろく》はないのである。

それにかわる桜井は今年二十五歳の女ざかり。五郎太に乳をあたえる以前から、吉通付き奥女中として奥御殿ずまいをつづけていた。経歴にも不足はないのである。

五郎太の乳母になる以前、吉通が一度は手をつけたという噂がひところあったくらいだから、相当の美貌《びぼう》である。自分の子も一人もうけているから、女としての角もとれているし、豊潤な色気がある。目はしがきいていて、才気があるうえに、琴、三弦、舞踊、詩歌などの諸芸もかるがるとこなす。

乳母としても、まことに申し分のない女である。しいて欠陥をさがせば、男の目をひきすぎるところであろう。どうかすると、男をひきずっていくような魅力を持っている。乳母殿、乳母殿……と、表御殿からの人気がたえぬのである。

「桜井さま、山城守《やましろのかみ》さまが……」

明日の仕度の指揮にいそがしい彼女に、今も腰元をとおして、表御殿から声がかかってきた。

「山城守さまがご面談したきご用があるとか」

山城守といえば、成瀬《なるせ》隼人正《はやとのしょう》につぐお家重代の二番家老竹腰《たけのこし》山城守のことである。

「今日は猫の手もかりたいくらいのいそがしさじゃ。明後日《あさって》にしてもらえぬか」

竹腰は成瀬同様、大名としての格式と待遇を持っている。並みの家老ではないのである。その竹腰をかるくあしらうくらいの力量を桜井は持っている。

竹腰はまだ三十代後半、少壮の家老である。

「ではそのように申してまいります」

お八重という腰元はさがっていった。

竹腰にかぎらず、桜井に昵懇《じっこん》をもとめてくる家老、重臣たちはひきもきらぬ。桜井の美貌のせいばかりではない。

大昔の源頼朝における比企局《ひきのつぼね》、さらにくだって三代将軍家光における春日局《かすがのつぼね》をもちだすまでもなく、由来、幼主の乳母には想像以上の権力があつまるものである。春日局は将軍秀忠の頭ごしに大御所《おおごしょ》家康をうごかすほどのすさまじい権勢を張ったくらいだ。

現在《いま》尾張藩では、家老、重臣たちが、やがて巨大に膨《ふく》れあがっていきそうな桜井の権勢にしきりにちかづきをもとめているのである。

二

観月の夜がおとずれた。雨もなく、風もない良夜であった。

尾張藩上屋敷の奥御殿の縁側に、月にそなえる団子をうずたかくもりあげた三方《さんぼう》がおかれ、庭からつんできた尾花《おばな》、女郎花《おみなえし》が添えられている。柿、栗、ブドウ、里芋なども盛られている。

宵にいたる前から、百匁蠟燭《ひゃくめろうそく》の燭台《しょくだい》がいくつも用意され、大勢の女中たちがうちそろって月の出を待った。

あけはなった座敷の中央には輔姫がすわり、となりに五郎太を抱いた桜井がならんでいる。その周囲には輔姫づき、桜井づきの腰元たちがキラ星のように居ならんだ。座敷と縁側にならびきれぬ端下《はした》の奥女中らは庭に毛氈《もうせん》をしき、甘酒などをくみながら秋の良夜を満喫している。

上屋敷に隣接した市ヶ谷八幡の神楽囃子が昨日来、きこえていた。

庭先から座敷をながめると、生母輔姫よりも、五郎太を抱いた桜井のほうが数段きらびやかな雰囲気をかもしている。はなやかな目鼻だちが化粧にはえ、燭台の明りの中にひときわ浮きたっているのだ。

「まるで桜井さまのほうが、奥御殿《こここ》の女主人のようではありませぬか」

「奥方さまは殿さまをうしなって、すっかり元気をなくしてしまわれたようですね」

「それにくらべて乳母さまのほうは、かえって前よりもうつくしくなられて」

「表の人気も乳母さまはこのところうなぎのぼりだとか」

庭先にでている奥女中たちは、座敷のほうをながめてささやき合った。表とは表御殿のことである。

暫時《ざんじ》雲にかくれていた月が、かなたの寺院の大屋根の上に、すこしも欠けたところのない見事な姿をあらわした。奥御殿の座敷といわず、縁側といわず、嘆声がひろがった。

「お八重、硯箱《すずりばこ》と筆を」

桜井は気に入りの腰元に命じて筆をはこばせ、懐紙にさらさらと一首したため、それを吟詠した。

どっと拍手がわいた。桜井ならではの独壇場《どくだんじょう》である。

神楽囃子の音《ね》はやまぬ。

桜井をまねて詩歌を詠《よ》む腰元も一人、二人……とでてきた。

座敷から琴の音がひびきだした。秋の月をうたった曲である。

甘酒や団子、柿、栗を飲んだりたべたりしながら、宴はしだいに佳境へ入っていった。

この宴を庭の木立《こだ》ちの闇《やみ》の中からじっとうかがう二つの眼《まなこ》がある。

この眼は日が暮れるまえからここにひそんで、庭の四方や座敷のほうへきびしい視線をそそいでいた。異常なものは木の葉一枚のうごきでも見すごしにしない神経くばりがあった。

この眼の主は、尾張藩御側足軽《おそばあしがる》二十一家をたばねる山岡重阿弥《じゅうあみ》である。

御側足軽二十一家はいずれも甲賀流の系譜をついでいる。いずれも甲賀五十三家の末裔《まつえい》である。彼らは俗にいうところの赤犬である。

そのとき、背後で、かすかに草をふむ足音がきこえた。

「頭領《おかしら》」

ひくい声がながれてきた。

「兵衛《ひょうえ》か」

声をかけてきたのは、配下の柘植《つげ》の兵衛である。

「異常は見あたりません」

「そうか……」

重阿弥はうなずいたが、信じきっているわけではなかった。

「まだ油断はならん」

重阿弥はこのところずっと黒犬の侵入に神経をとがらせていた。

吉通を刺殺したのも、まちがいなく黒犬のしわざと彼はみた。それも紀州屋敷の庭に飼われた黒犬だろうと信じていた。

黒犬の侵入をきびしく警戒していたにもかかわらず、隙《すき》をつかれてむざむざと吉通を討《う》ちとられてしまった。御側足軽の頭領としては、万死に値する失態であり、屈辱である。

ただ忍者には、失態によって死をえらぶという、世間並みの武士の理念がなかった。

それに黒犬がねらうのは吉通一人ではなかった。次期将軍候補にあげられている五郎太が健在するかぎり、紀州の黒犬はあくことなく、その命をねらってくるだろうという確信をいだいていた。

観月の今夜は、とくに警戒をきびしく、御側足軽二十一家のうち、職務で他国へ潜入している七家をのぞいた十四家の者が、上屋敷の警固《けいご》にあたっていた。

赤犬たちにとって、桜井に抱かれているとはいえ、五郎太が大勢の奥女中たちの面前に姿をさらし、宴の主人公の座にすわっていることは身のちぢむばかりの恐ろしさなのである。

端下の奥女中にどんな者がまじっているかもしれぬし、どこから飛び道具がとんでくるかもしれぬ。かつて自分の娘なつめが紀州藩上屋敷に奥女中として住みこんで長福《ちょうふく》の命をねらっただけに、いっそうその心配があった。

吉通についでもし五郎太が命をおとせば、尾張家の直系は絶えてしまうことになる。

「奥御殿には蟻《あり》の這《は》い入る隙間《すきま》もありません」

兵衛はそういったが、それでもなおかつ入りこんでくるのが、卓越した忍者だと重阿弥はおもっていた。

「前もって入りこんでいるかもしれぬ。五郎太さま、乳母さまから断じて目をはなすな」

「承知いたしました」

「明日の朝まで黒犬狩りをつづけよ。かならず一匹くらいは網にかかるだろう」

というと、柘植の兵衛はうなずいて、闇の中へ消えていった。

宵をすぎたが、宴はいよいよたけなわになった。琴をかなでる者、詩歌を詠ずる者、興はつきることなく、時とともにふかまっていった。

桜井の腕の中の五郎太だけがようやく眠気をおぼえたようである。

「殿さまは、おねむでおじゃる」

桜井は五郎太をかかえたまま座を立った。お八重ともう一人腰元がそれにしたがった。

桜井は廊下を三度まがって、五郎太の寝間《ねま》へ入った。

桜井は五郎太のお床《とこ》のかたわらにすわって、着物の胸をくつろげた。燭台《しょくだい》のあかるい光の中に、まばゆいばかりな白い乳房があらわれた。

形のうつくしさをすこしもうしなわず、それでいて重量感をともなった見事な乳房である。

肌の色艶《いろつや》が白磁のような光沢をはなっている。さすがに乳首は小さいとはいいがたいが、乳房の先端でぴくんと上をむき、全体の姿をささえていた。

「殿さま、めしあがれ」

桜井は乳をふくませた。乳首が五郎太の口中に吸いこまれた一瞬、桜井の顔がかすかに恍惚《こうこつ》の色を浮かべた。

五郎太は力づよく吸引していった。片方の乳房をゆだねて、ここちよい気分におちいっている桜井の様子がうかがわれた。

五郎太は無心に吸いまわし、さらに手をのばして桜井の懐《ふところ》の中へ入れていった。空いているほうの乳房をもとめて、楓《かえで》のような幼児の手がしきりにうごいた。

「殿さまは、わらわの乳がお好きなのじゃ」

独言《ひとりごと》をつぶやいて、胸をくつろげ、自分の乳房をひきだした。その乳房を五郎太がもてあそびだした。

桜井は双方をゆだねて、うっとりとした気分におちいっていった。自分の腹をいためたのではない子に乳房をあたえるのは、一種ちがった気持におちいるもののようだ。

「殿さま、今夜はもうおやすみくだされ」

言葉のつうじる相手にいうようにいって、五郎太を寝かしつけてから、自分の部屋へさがっていった。

五郎太の寝間から桜井の部屋まで、廊下で十間《じっけん》ばかりの距離がある。そのあいだに奥女中の詰め所がある。

観月の宴はまだつづいているが、桜井はもうその席へはもどらなかった。自分の部屋にもどって夜着にきかえた。

昨日一日、今日の準備の陣頭指揮をとったつかれがでてきていた。明朝の五郎太の授乳にそなえて体をやすませようとした。

夜具に入ると、有明行灯《ありあけあんどん》の明りが部屋の中をうっすらと照らしだした。

すぐに寝入ったかとみえたのだが、やがて夜具が微妙なうごきをはじめた。桜井の肩のあたりから腰部《ようぶ》にかけて掛け具が寝息とはかかわりのないかるい振動をつづけた。

それは非常に隠微で、卑猥《ひわい》なうごきであった。肩口のうごきとともに、腰がゆっくりと回転するような振動をつづけているのが、夜具の上からも見てとれた。

寝入っているのでもない桜井の顔が目をとじ、眉《まゆ》をわずかに寄せている。その表情がなんともいえずなまめかしい。口許《くちもと》もかすかにゆるんでいる。

みだらな行為を想像させずにはおかぬ表情である。

しかも、肩口のうごきがしだいに小きざみに早くなり、腰部《ようぶ》をおおった掛け具の振動もそれにしたがってはげしくなった。息があらくなってきて、胸のあたりも上下にうごきはじめた。

奥御殿の内部にあっては、こんな振る舞いは格別なことではなかった。男に接する機会にめぐまれぬ女たちなら、誰《だれ》だってやる例のことだ。道具をつかってやることだって、さかんである。

まして一度男を知った成熟した女には止めるにとめられぬことであった。桜井もはじめは指人形からはじまって、ついに道具に手をのばし、それをもちいて自分をなぐさめているのである。

張形《はりかた》は夜具に入るとき、そっと持ちこんでいた。最高級の鼈甲《べっこう》をつかってつくった、男の持ち物の実物大のものである。肌ざわりとも実によくできていて、それはしだいに桜井を大胆にみだれさせていった。

他人《ひと》にはけっして見せられぬ恥かしい女の姿態を、はじめから一部始終ながめている眼《まなこ》があった。それは天井裏にあけた小さな穴から、じっと桜井を見おろしているのである。

三

一碧斎《いっぺきさい》は、吉通をころしてから以後も、ほとんど、尾張藩上屋敷を塒《ねぐら》にしていた。約束したとおり、おみよを監禁されている米蔵の中からすくいだして後、ふたたびおなじ経路をつたって上屋敷内にしのびこんでいた。

吉通の刺殺後、赤犬たちによって屋敷内が探索されたが、一碧斎が築山《つきやま》の背後の林の中にうがった穴は見つけられなかった。探索するとはいっても、奥御殿は女たちばかりが住む館であるから、そう隈《くま》なくさがしまわるわけにはいかないのだ。

つけ目はここにあった。これを最大限に利用して、奥御殿の屋内にまで侵入し、女たちの暮らしのさまをぬすみ見していた。

幼主五郎太のいる最深部にまでは侵入できないが、そのまぢかにある桜井の部屋の天井裏にはしのび入ることができた。

そして桜井のあられもない醜態をとっくりとのぞき見ることにもなった。一碧斎はその自慰の姿を見て、もう十年来無沙汰《ぶさた》だった男の情念をはからずもおぼえたのだった。

その翌々日、さらにすさまじいものを見た。女の痴戯ではない。それは屋外でおこなわれた、赤犬と黒犬のすさまじい闘いであった。

立待ちの月（十七夜月）の光が、地上の闇《やみ》をはらったとき、一碧斎の前方を一つの影が疾風のようにかすめていった。

それを追ってもう一つ影が疾走した。それは黒犬と赤犬であった。

紀州藩の黒犬がこの上屋敷に潜入してくることは、一碧斎もあるていどは予想していた。それが警備の赤犬に目ざとく見つけられたのだ。

黒犬は池の前を疾走し、築山の麓《ふもと》をかすめてはしった。

シュッ　シュッ
大気を切って飛ぶ手裏剣《しゅりけん》の無気味な音がきこえた。黒犬が逃走しながら、振りむきざま手裏剣を投じているのだった。

追跡する影はそれをたくみに避けながら、しだいに相手を追いつめていった。

一碧斎は林の中の穴から首だけだして、両者の闘争をながめた。黒犬は植込みや木立ちの中を縫うようにはしり、一時《いっとき》、一碧斎の視界から消えた。

黒犬を追う赤犬の姿もほとんど同時に消えた。

翔《と》ぶように地上を駆ける足音だけがかすかにきこえた。それにまじって、ときに手裏剣の飛ぶ音がした。

と、足音が林の中に入ってきた。

とっさに一碧斎は首を穴の中にかくし、地上をうかがった。

林の中を、二つの影が瞬時の間に駆けぬけた。前方の影の投じた手裏剣のうちの一本が、一碧斎の頭上をかすめた。

技倆《ぎりょう》が伯仲しているため、闘いの決着は容易につかなかった。

黒犬は奥御殿からの脱出をねらっているはずだが、その方途《ほうと》がみつからぬようだ。というよりも、赤犬が脱出をたくみにさまたげていた。そのうえ、奥御殿の要所要所はほかの赤犬たちによってきびしくかためられている。

時がたつほど、追われている黒犬が不利になるのはあきらかである。

（……！）

そのとき、月光にむかって高く飛翔《ひしょう》する黒い影が見えた。ついに黒犬は奥御殿の屋上へ逃げたのである。

つづいてもう一つの影が月にむかって飛んだ。月光が柿色《かきいろ》の装束《しょうぞく》を照らしだした。

黒犬は御殿の屋根をかけのぼり、大棟《おおむね》を鳥のようにはしった。

赤犬が猟犬のごとくそれを追った。

屋上で手裏剣がはげしく飛びかった。

そのとき、あらたにもう一つ、忍者の影が屋上におどった。これも柿色の装束をまとっている。

黒犬と赤犬の一対二の闘いとなった。

黒犬は大屋根の大棟から降《くだ》り棟《むね》へすべるようにはしった。赤犬がすかさずそれを追いつめていった。さらにもう一方の赤犬が降り棟へ先廻《さきまわ》りした。

忍び刀が月光にきらめいた。双方ともついに忍び刀をぬきはなった。

二度、三度、黒犬と赤犬の位置が目まぐるしく入れかわった。

一碧斎は一瞬といえども目がはなせなかった。

（あっ……！）

見ているうちに、影の一つが高く中空《ちゅうくう》へとんだ。それを追うようにもう一つの影がとんで、一瞬、二つの影は交錯し、忍び刀がはげしく打ち合った。

もんどり打って影の一つが落下してゆき、もう一つは軽々と地上におりた。激闘はおわったのである。

討ちとられたのは黒犬であった。

この決闘がおこなわれた夜から約一か月後。

一碧斎は夜の闇がおとずれたころ、またまた穴を這いだし、一対二の決闘がおこなわれた奥御殿の屋根へのぼっていった。

勾配《こうばい》はかなり急である。大棟、降り棟、隅棟《すみむね》、稚児棟《ちごむね》などが幾重にも折りかさなってずっと彼方《かなた》までつづいている。

一碧斎はあたりを警戒しながらすすんだ。地上ばかりでなく、屋上にもいつ赤犬が姿をあらわすかもしれなかった。

先だって見たような黒犬と赤犬とのはげしい闘争を一碧斎自身はもうやりとげる自信はなかった。あれだけのすさまじい闘争をつづける体力を、今は持っていなかった。しかし、一碧斎はそれにかわる集中力、洞察力、技倆の正確さ、根気などによって現在の自分をささえている。

大棟をくだり、隅棟と稚児棟の交差するところから、いったん庇《ひさし》におり、そこをすすんで、目印のしてある通気孔《つうきこう》をはずし、屋根裏へ潜入した。すでに何度となくここから屋内へ潜入していた。

屋根裏の内部は梁《はり》と母屋《おもや》がいたるところで交錯し、それに束《つか》や桁《けた》がまじわっている。

一碧斎は闇を透視する目をもっている。常陸太田《ひたちおおた》の西山荘《せいざんそう》の山中でやしなったものだ。梁や束、桁をつたいながら、幾度もまがったりすすんだりしながら、とある一室の天井裏にいたった。今まで何度かここに足をはこんでいた。

その天井裏の一点にちいさな穴があけてある。一碧斎があけたものだ。

彼は一か月ほど前、この穴から、女の自慰の姿をとっくりとながめたものである。下は、桜井の部屋である。

穴はわからぬよう栓《せん》がしてある。

この部屋からわずか十間ほど先に五郎太の寝間がある。が、その間には奥女中の詰め所があって、昼夜きびしい見張りがつづいていて、とてもとおりぬけることはむつかしい。天井裏からもその寝室にちかづけぬようになっている。五郎太の寝間や居間がある一画は、その天井裏も他から独立し、まわりを厳重にかこってあるのだ。

一碧斎は穴の栓をぬいた。

下から弱い明りがもれてきた。有明行灯がともっている。桜井はすでに就寝していた。

一碧斎は穴に顔をちかづけた。部屋の中をくまなく見おろすことができる。

部屋は床の間と押入れつきの十畳間である。となりに六畳の次の間がつづいている。床の間には掛け軸と花活《はない》けがあり、横に琴が立てかけてある。

桜井は今夜は先だっての夜のようなあさましい姿はさらしていない。うつくしい寝顔を見せておだやかにやすんでいる。

一碧斎は一時《いっとき》寝顔に見とれた。その寝顔からは先だってのあられもない姿はとても想像することができなかった。

(乳母どの、お待ちあれ。間もなくそこへ下りてゆく)

一碧斎はかたりかけるように、胸中でつぶやいた。そして穴に栓をし、その場所をはなれていった。

間もなく一碧斎は、天井裏から次の間へ音もなくおりたった。次の間の天井板の一枚をそれとわからぬよう取りはずしができるようにしておいたのだ。

しずかに襖《ふすま》をひいた。

這うように桜井の寝間へ入りこみ、夜具にちかづいていった。今気づかれては元も子もない。

（乳母どの、目をさますな）

心中でそう呼びかけてちかづいていった。

懐中から胴乱《どうらん》をとりだし、中から小瓶《こびん》に入れたものを取りだした。西山荘の薬草畑で栽培した朝鮮朝顔の根、茎、葉、花などを干し、粉末にしたものである。

西山荘の薬草畑にはいろいろな効用をもった薬草が多数栽培されているが、中に毒草も栽培されている。朝鮮朝顔はナス科の植物で、夏、真っ白で清楚《せいそ》な花を咲かせる。が、根といわず茎といわず、全草ことごとく有毒である。

一碧斎は小瓶の中から粉末をとりだし、指先につまんで桜井の口中にふくませた。朝鮮朝顔はキチガイナスビという別名があるように、相当量もちいれば中毒症状をおこし、狂乱状態におちいったあと、深い眠りにおちいり、量が多ければ死にいたる。しかし少量ならば、昏睡《こんすい》状態を一時つづけるにすぎない。

「お眠りなされ、深くねむれ」

一碧斎はささやくようにつぶやいた。

はやくも朝鮮朝顔はききめをあらわしていた。顔のまえで手をふっても、桜井は瞼《まぶた》をひらかなかった。深い眠りにおちている。

「乳母どの、ご無礼」

ふたたびつぶやいて、夜具をめくった。

夜着にくるまったなんともなまめかしい桜井の姿があらわれた。夜着の胸がゆたかにもりあがり、腰部から太股《ふともも》にかけて十分にみのった肉の厚みを感じさせた。

一碧斎は無造作に手をのばし、夜着の襟元《えりもと》をはだけさせた。まばゆいばかりに白く豊満で張りのある乳房があらわになった。寝息とともに双の乳房が生き物のように息づいている。

一碧斎は胴乱の中からもう一つ貝殻の容器をとりだした。これも西山荘の薬草畑で栽培した毒人参《どくにんじん》をねり合わせた毒薬である。

毒人参はセリ科の植物で、茎は四、五尺くらいまでのびる二年草で、夏、傘《かさ》がひらいたように小さな白い花がいくつも咲く。この毒が体に入ると、感覚をうしない、体がうごかなくなって、呼吸困難をおこして死ぬ。

一碧斎はこの薬を桜井の乳首から乳房一帯にくまなく塗りこんでいった。

四

翌朝、桜井は藤掛局にいった。

「藤掛《ふじかけ》、五郎太さまをおねがいします」

今日は、前々藩主綱誠《つななり》の奥方の祥月命日《しょうつきめいにち》である。桜井が輔姫にかわって、天徳寺へ代参にたつことになっていた。

「かしこまりました。乳母さま、おこころおきなく」

五郎太の乳母は桜井だけではない。正式の乳母が病気で臥《ふ》せったり、用事で他出した場合、かわって乳をあたえたり、守りをする第二の乳母がいる。

それが藤掛局であった。

藤掛はやがて三十路《みそじ》にちかく、上屋敷ずまいも桜井より長くなる。律義《りちぎ》で篤実な者であるが、桜井ほどの目だった才気がなく、万事ひかえめな性質である。

そのためいつも桜井の陰にかくれることがおおい。桜井の補助的役割につねに甘んじてきた。

「世上には物騒な噂がながれております。このお屋敷といえども、絶対に大丈夫ということはありません。くれぐれもお気をつけてたもれ」

桜井は念を押した。

「十分に気をつけます。ご安心なすってご代参なされますよう」

藤掛はこころづよくうけ合ってくれた。

四つ（午前十時）をまわったころ、桜井は網代《あじろ》の乗物にのり、二十人ばかりの奥女中を供にしたがえて、上屋敷をでた。

尾張家の江戸における菩提寺《ぼだいじ》は増上寺の北にある天徳寺である。外濠《そとぼり》ぞいにゆるゆるとすすみ、赤坂の溜池《ためいけ》のほとりをとおりぬけて、乗物は天徳寺の山門をくぐった。

この寺は光明山和合院。知恩院末寺で浄家江戸四か寺の一つで、紫衣《しい》免許の名刹《めいさつ》である。

乗物はながい参道をすすんでいった。広大な境内には鬱蒼《うっそう》とした杉木立《すぎこだ》ちにかこまれた支院十七か寺、そのほかの塔頭《たっちゅう》、堂塔などがあり、さらに茶屋や茶店などもたちならんでいる。

乗物は方丈の玄関についた。

住職が出むかえにあらわれ、桜井は輔姫の名代《みょうだい》として、休息の間へむかった。休息の間には数十畳じきの大広間を中心として、襖、障子などで仕切られた部屋が数多《あまた》ある。

桜井は腰元たちにかこまれて、大広間でゆっくり休息した。

そこに使いの坊主があらわれた。

「桜井さま、ただいま竹腰山城守さま、田坂豊後守《ぶんごのかみ》さまはじめ、お屋敷の方々がご到着になられました」

「左様か、時刻がまいりましたら、はじめていただきましょう」

上屋敷の表御殿から参詣《さんけい》にきているのは、家老、御側役《おそばやく》、御納戸頭《おなんどがしら》、近習頭《きんじゅがしら》など錚々《そうそう》たる重臣たちだが、前々代奥方の法要だけに、なにかと桜井が指図する立場であった。

時刻がきて、桜井は腰元五人を供にして廟所《びょうしょ》へむかった。すでに重臣たちは廟所にそろっていた。

法要にはおよそ半刻（一時間）ばかりかかった。

おわってから桜井は大広間にひきあげてきた。住職に御礼をのべ、供養料《くようりょう》をさしだした。

諸大名の菩提寺などでは、その供養料だけでも莫大《ばくだい》な収入になる。

「ごゆるりとご休息なされませ」

住職はそういって去っていった。大名屋敷の奥御殿から代参にきた女人にたいしては、寺方ではそういうのがつねであった。

大奥女中や奥女中たちは、とくに身分が高くなるほど滅多に宿下《やどさが》りはできぬことになっている。だから、代参にきた場合に精いっぱい羽根をのばすのである。

増上寺などになると、そういう大奥女中らを接待する僧まで用意している。天徳寺でも、代参の供についてきた奥女中たちに茶や菓子、甘酒《あまざけ》、果物などをふるまうのが習慣《ならわし》である。

「みなみなゆるりと休息し、こころゆくまですごすがいい」

桜井は大様《おおよう》にいいおいて、一人腰をあげた。

そして廊下を奥へすすみ、奥座敷の一室へ入っていった。

桜井はそこにすわって、うつくしく造園された中庭の風景を一時《いっとき》たのしんだ。秋の七草が風《ふ》情《ぜい》をそえている。

やがてかすかな足音が廊下からひびいてきた。

声もなく襖がひらかれた。

「桜井どの」

次の間からひくい声がきこえてきた。

「入られませ、竹腰さま」

桜井の言葉がおわるかどうかのうちに、竹腰山城守が姿をあらわした。

「…………」

「ようやく二人になれましたな」

桜井が艶然《えんぜん》たる笑いをみせると、竹腰がうなずいた。そのとたんに、奥座敷は密会の場所にかわったのであった。

秘めやかな雰囲気がたちこめた。

「桜井どの、会いたかった」

「わらわのほうこそ……」

廟所では威厳にみちた姿を見せていた桜井の態度がにわかにくずれ、恋しい男に欲得もなくあまえかかるただの女にかわった。

この密会は先月の観月の前日、約束をかわしていた。

おなじ上屋敷に住まっていても、表御殿と奥御殿のゆききは不自由である。滅多に二人だけで会う機会はない。それだけにたまに実現したときの逢瀬《おうせ》は濃密なものとなる。

「おたがいにいそがしい立場だ。なかなかままならぬ」

「それにまわりの目が……」

「見つかっては、おたがい身の破滅だ」

「本当に身がほそるようでございます」

桜井のこころも体ももう燃えていた。

竹腰には名古屋に奥方がいる。桜井にも名古屋に歴《れっき》とした夫がいる。いわば、ゆるされぬ恋であった。

二人が会えるのは江戸だけである。ひそかな関係はもう二年以上つづいている。

「今日は夕暮れまでゆっくりすごせる」

暮れ六つ（午後六時）くらいまでにもどればいいのである。

「時刻のたつのははやいものでございます。ほんに時のうごきをとめてしまいたい」

桜井の眸《め》はもううるみはじめた。体の深部ではげしく欲求するものがある。その情熱が眸にあらわれていた。

竹腰の手が桜井の肩にかるく触れた。それを待っていたかのように桜井の体がくずれた。

竹腰は桜井を腕の中にうけとめ、懐ふかくかかえこんだ。

「ああ、竹腰さま……」

もう声があえいでいた。幸福《しあわせ》にみちたりていた。

男の口をもとめて、桜井の顔はちかづいていった。

男がそれをうけとめた。顔と顔が寄り合い、口と口がかさなり合った。

竹腰の手は桜井の胸におかれた。着物の上から乳房をおおい、やわらかく揉《も》みたてた。

「ううう……」

たちまち感じはじめ、口をゆだねながら、桜井はあえいでいった。

体の深部から情欲をかきたてられていった。埋《うず》み火のようにしずかに燃えていたものが、はげしくあおりたてられた。

男はいっそう揉みたてた。女の反応によって男はふるいたつものだ。手が襟のあいだをかきわけ、乳房をもとめて懐ふかく侵入してきた。

乳房をつかまれ、引きだされた。乳首はすでに固くなってそそりたっている。男の吐く息にふれただけでも乳首が感じた。

竹腰は襟をふかく割って、もう一方の乳房を引きだした。

揉まれていくうちに、たちまち陶酔がふかまり、恍惚が駆け足でやってきた。

「吸って、吸ってたもれ」

うわ言《ごと》のように桜井はいった。そして桜井の体は青畳の上にくずれおちた。

男がおおいかぶさった。男の口が乳房を這った。舌と唇《くちびる》が這いまわった。

快感がつづけざまにはしった。舌と唇のうごきに合わせて快感が高まっていった。そしてとうとう乳首をとらえられた。

男は唇でくわえ、舌でころがしながら口中に吸いこんでいった。

桜井は体ごと男の体内に吸いこまれていくような深い感覚をおぼえた。

「いい、とてもいい……」

おもわず声をもらした。

男は夢中で吸っている。まるで五郎太が吸うようなはげしさだ。それが格別気持よかった。

桜井は男の股間《こかん》へ手をはこんだ。すでに膨張《ぼうちょう》しきって、十分に固くなっていた。

「吸って、吸って……、吸ってたもれ」

桜井はずっと吸われつづけていたかった。いつまでもそうされて、存分にされたうえで止《とど》めをさしてほしかった。

「う……」

声をもらして、男が一度乳首をはなした。しかしまたすぐに吸いついてきて、舌と唇で愛撫《あいぶ》をくわえた。

「うっ、ううう……」

もう一度、乳首をはなされた。結合をもとめてきたのだろうとかんがえた。

男の体がおもくのしかかってきた。

桜井は自分からすこしずつ体をひらいていった。

が、そのとき男のうごきがにぶくなった。

（……？）

何故か呼吸がみだれがちになっている。

「ううん……」

男の口からはっきりと苦痛の呻《うめ》きがもれた。

「どうなされました」

問うたが、返事はかえってこなかった。

もう一度、大きな呻きをあげ、竹腰は桜井の腹の上から畳へころがりおちた。

五

（乳母どの、浮気めさるなよ）

一碧斎は天井裏の例の穴からのぞき見しながら、胸中つぶやいた。

（浮気なされば、また人の命がうしなわれる）

五郎太の命は先月うしなわれるはずであった。

ところが、一碧斎の想像もできぬ出来事がおこった。

法要のおこなわれた天徳寺の休息所で家老竹腰山城守が変死した。はじめに体のうごきが不自由になり、それから涎《よだれ》をながし、言語がつうじなくなった。そして間もなく原因がわからぬまま脈搏《みゃくはく》が急激にふえ、ケイレンをおこし、呼吸困難をおこして絶命したという。

その症状は毒人参の中毒症状とまったく同一である。その死因を正確に理解できたのは一碧斎一人であった。

一碧斎は前回とおなじく、ふたたび覗き穴の栓《せん》をしてから、桜井の寝間の次の間にしずかに下りたった。

そして桜井の寝間へ音もなく侵入していった。

桜井は前回同様ぐっすりやすんでいる。その寝姿は今日も申し分なくなやましい。

一碧斎は胴乱から朝鮮朝顔の粉末をとりだし、桜井の口にふくませた。

昏睡状態におちいってから、また桜井の乳房をひきだした。そして毒人参のねり薬をたっぷりと乳首中心に塗りこんだ。

「乳母どの、くれぐれも浮気は禁物じゃ」

桜井の耳もとでそうささやいてから、一碧斎は立ち去っていった。

尾張五代藩主五郎太が急死したのは、その翌日、正徳《しょうとく》三年十月十八日であった。襲封いらいわずか三か月余のみじかい在位であった。

大奥疑獄

一

仲冬《ちゆうとう》（十一月）だというのに、春をおもわす日差しがふりそそいでいる。冬ざれの中に小《こ》春日《はるび》がおとずれた。こんな日がこのところつづいている。

霞九郎《かすみくろう》はさいぜんから、御庭方《おにわがた》組屋敷の縁側にでて、忍び道具の手入れに熱中していた。

忍者は荒修行によって体を極限まできたえあげているが、術をつかうには道具をも必要とする。高塀《べい》や城壁をこえたり、水面を悠々《ゆうゆう》とわたったりするにはそれなりの道具がある。それらはつねに整備されていなければならぬ。

霞九郎は鈎縄《かぎなわ》、薬玉《くすだま》、苦無《くない》、鑓錐《やりきり》、しころ、釘抜《くぎぬき》、かすがい、手裏剣《しゆりけん》、せっとう杖《づえ》……など常時携帯するものばかりでなく、必要な場合しか持ちあるかぬものまでふくめて仔細《しさい》に点検し、整備していった。忍び道具の寸分の一のくるいや故障が、すぐれた忍者の命をうばった例を、彼は数かぎりなく知っていた。技術《わざ》の未熟さや力量の差で敵にやぶれるならばいたしかたないが、道具の故障で命をおとしたりやぶれた場合は、忍者として最大の恥辱であり、失笑を買う。ちいさな庭の日溜《ひだま》りの中で、さいぜんから猫が昼寝をつづけている。よく庭にきているやつで、図体《ずうたい》の大きな三毛《みけ》である。

さらにもう一つ、縁側の小春日の中でいぎたなく昼寝をむさぼっているものがある。霞九郎から一間半ほどはなれたところで、横になって横着に背をまるめた老犬が一匹。日のあたるあいだ中、こうして身うごきもしないでねむり呆《ほう》けている。

今日ばかりではない。小春日がおとずれていらい数日間、日中ずっと飽《あ》きもせずにぬくぬくと昼寝をつづけている。

「ちいっ」

霞九郎は一碧斎《いっぺきさい》の無様《ぶざま》な姿をちらと横目で見て、舌打ちをした。

それは老残きわまった、なんとも哀れな姿であった。どこで命ながらえていたのか、力のないハエが小春日にさそわれてまよいでてきて、一碧斎の首筋から頬《ほお》へ這《は》いあがっても、はらいおとすことすらしない。

（醜怪無残……）

と霞九郎はおもった。

忍者に美醜はかかわりないことだが、おのれの父だとおもうと多少嫌悪の情をおぼえた。おのれの何十年か後の姿を見るようなおもいがした。

一碧斎が西山荘《せいざんそう》をくだって飄然《ひょうぜん》と江戸にでてきたのは夏六月だったが、いくばくもこの屋敷ですごさぬうちに姿を消した。そして翌月、おもいがけなくおみよをつれて屋敷にもどってきたが、すぐにまた行方をくらました。ふたたびもどってきたのは、先月も下旬のころだった。

一碧斎が江戸にでてきてからの数か月間に、世上にいくらかの変化があった。あらたに老中として久世《くぜ》大和守《やまとのかみ》重之が登用された。そして、尾張藩では藩主が二度かわった。六月にはまだ四代吉通の時代であったが、十一月に入った現在、尾張藩主は六代継友《つぐとも》である。継友は吉通の弟であるから、尾張家の直系はここにたえたことになる。紀州家はすでに三代綱教《つなのり》で直系はたえている。水戸家では、早くも二代光圀《みつくに》でたえた。

これで三家はならんだことになる。今までは尾張家だけが家康直系をほこっていたのである。吉通、五郎太は両人とも病死と発表されているが、紀州家がはなった刺客《しかく》にたおれたという説が、世上ひそかに噂《うわさ》されていた。

霞九郎ははじめそれを信じていた。

(ちがう——)

とおもいはじめたのは、つい最近である。

霞九郎は忍び刀の手入れをし、入念におえた。

く、く、く……

そのときかすかに奇妙な音がきこえてきた。

(イビキをかく忍者がいるだろうか)

霞九郎はあきれた。

老犬は口を半びらきにし、喉仏《のどぼとけ》をつきだして死んだようにねむりこけている。数か月におよんだ長く深い疲労をいやしているのだろうかと霞九郎はおもった。

そのとき寒雀《かんすずめ》が一羽、庭の日溜りにおりてきた。

（う！）

無言の気合いを発して、霞九郎は忍び刀をぬきはなった。

一碧斎めがけて斬《き》りつけた刹那《せつな》、ふわっと相手の体が雲のように宙に浮きあがった。

霞九郎は空《くう》を斬って、やや体勢をくずした。

一碧斎は軽々と庭におり立っていた。

「親父《おやじ》どの、やるな」

まだこれほどつかえるとはおもっていなかった。じつに意外であった。

「年寄りに冷水をあびせるな。すんでのところで、体が二つになるところじゃ」

いいながらも一碧斎の技には、まだいくらかの余裕が感じられた。

「すこしも、おとろえていない」

「死への恐れだけだ。技はもうつうじまい」

これはあきらかに謙遜《けんそん》である。忍者の謙遜は相手を攪乱《かくらん》するための詐術でもある。

「親父どの、大きな仕事をしてのけたな」

といって霞九郎は相手の顔をうかがった。

「……………」

一碧斎の顔色が余人にはわからぬくらいかすかにうごいた。

「しかも二つ続けて」

「それくらいのことなら、まだ年寄りにもやれるとおもうてな」

これによって霞九郎はいやでも父への認識をあらためさせられた。父の技は往時とくらべて、いささかもおとろえていないのだ。

力づよさこそ失われたのは仕方がないが、精妙さにおいて技はかえってみがきぬかれていた。霞九郎自身はまだその領域にいたっていない。

父への痛烈な敗北感におそわれた。藤林党頭領《ふじばやしとう》の地位も実質的には、まだその半ばくらいは一碧斎の手中ににぎられているといってもいい。

一碧斎は霞九郎のうえにおもくのしかかる重石《おもし》であった。

「親父どの、なぜ尾張藩主を二人まで殺《や》った？」

やりすぎではないのかと霞九郎はおもった。

霞九郎が中山備前《なかやまびぜん》からうけた命令は、あくまでも当面における紀州と尾張の争いの見届け役であった。水戸家が紀州家と同盟をむすんだことによって、当面の情勢がかわったのであろうか。一碧斎は紀州家のためにひとばたらきしたのか、それとも水戸家みずから将軍位の争いに名乗りをあげたのか……、霞九郎のこころが揺れうごいた。

「主命によるまでじゃ」

あたりまえの答えであった。

「中山さまか」

「左様」

中山は霞九郎に尾張、紀州の争いの見届け役を命ずる一方で、一碧斎にはまったくことなる趣旨の命令をあたえていたのである。水戸家はおもてむき傍観者をよそおいつつ、そのじつ三家相闘の先端をはしっている。

中山は知恵者である、と藩の内外でいわれている。こういう場合の知恵者とは〈腹黒き人〉という印象がすくなからず言外にこめられているものだ。

いずれにしろ、御三家の付家老《つけがろう》という職責は通り一遍の人物ではこなすことができるはずもないのである。霞九郎には中山の腹が読みとれなかった。

中山は紀州の安藤飛驒守《ひだのかみ》や尾張の成瀬《なるせ》隼人正《はやとのしょう》とちがって、年もまだ若く、人柄にも硬骨さわやかな一面があらわれている。それだけに、腹黒き面がそれにかくれて見えなくなってしまう傾向があった。

中山の意図をさぐるには、一碧斎の腹の中を知ることがもっとも手っとりばやい方法であった。

「親父どの、いつまでここにおる」

「当分、水戸へはもどらぬ」

「ずっと昼寝をつづけておいでか」

「今しばらくな」

「今度はどこに獲物《えもの》をしぼられた」

意中を問うと、

「うむ……」

一碧斎は口をつぐんだ。

「来春までは、冬眠《とうみん》いたされるか」

ときけば、

「そうじゃ」

とこたえた。

「紀州吉宗《よしむね》公が、明年三月ご帰国なされる。親父どの、それを待っておいでではないのか」

霞九郎はさぐりを入れてみた。

「吉宗公が江戸をたたれれば、赤犬どもは当然ふるいたつじゃろう。牙《きば》をとがらしておそいかかってゆくことが予想される。紀州側でも必死の守りを敷くことになろう」

霞九郎とてもそれに異論はなかった。

「その見物をするために、親父どの、江戸にのこっておいでか」

「けだし、見ものじゃ」

水戸家をふくめた将軍位争いが明年春、一つの山をむかえることはたしかであった。吉通がすでに没し、吉宗がこのときもし他界すれば、将軍位争いは従来とまったくべつの局面をむかえ、あらたな展開をすることがかんがえられた。

水戸藩がそのときどういう立場にたち、いかなる態度をとるかも興味ぶかいことである。

「それにしても……」

と、このとき一碧斎がいった。

「ちかごろ大奥が騒々しいではないか」

「………」

霞九郎は自分の腹の中を読まれた気がした。彼自身も、目下の関心事は大奥における紀州家と尾張家との勢力争いにあったのである。

二

吉原《よしわら》の引手《ひきて》茶屋〈立花屋〉の若い者駒吉《こまきち》が御長屋をおとずれてきたのは、十一月甲子《きのえね》の大黒《だいこく》祭《まつ》りの翌日だった。

用件はきかずとも推察できた。

（このところ水戸へかえっていた中山がもどってきた）

とすばやく霞九郎は読んだ。

「わかった」

一言いって駒吉をさきにかえしてから、しばらくおくれて霞九郎は上屋敷をでた。

（なにか、あらたなる命令が……）

でていない。

中山からくだされるのだろうとおもった。

立花屋についたのは、昼見世《ひるみせ》がはじまってほどないころだった。仲《なか》の町《ちょう》にもまださほど人はでていない。

玄関を入ると、

「こちらへ」

駒吉に招じられて、女将《おかみ》おはなの居間にとおされた。この時刻、おはなは内所《ないしょ》にでている。かわりに中山が長火鉢を前にしてすわっていた。上屋敷に入るまえに、こちらに寄ったのであろう。

「ご機嫌うるわしゅうぞんじあげます」

「久方ぶりじゃ」

通常、隠密《おんみつ》方の者と家老とはこんな挨拶《あいさつ》をかわさぬ。

「そろそろお召しのあるころだとおもっておりました」

「情勢はいよいよ混沌《こんとん》といたしてまいった。一寸先は闇《やみ》かもしれんし、一寸先に宝の山があるかもしれん」

中山はぐいと酒をのんだ。場所が水戸藩上屋敷とちがって、吉原《よしわら》仲の町となれば中山の言葉つきもややかろやかである。

こういう中山から暗い翳《かげ》をうかがうことはできぬ。知恵者とは呼ばれながらも、謀略家の側面を外見から想像することはできなかった。本来、彼は紀州の安藤のような謀略を心底たのしむといった策士型《さくしがた》の人間ではないのかもしれぬとおもった。あくまでも策謀は政治、政略のためにおこなうという生地のちがいが感じられた。

しかし、この人物が一碧斎に吉通と五郎太の暗殺を命じ、それに成功させたのであるから、政治、政略もまたおそるべきものなのだ。中山はあるいは安藤以上かもしれなかった。

その両者が知恵と謀略をかけてたたかえば、どちらが勝つか判断にくるしむところだ。

「ご家老のおもいどおりの情勢になってまいりましたのでは……」

今日はたとえわずかでも、中山の腹のうちをのぞいてみたかった。

「まだそこまではいたっておらん。おいおいそうなっていくであろう」

中山は、水戸家が尾張家、あるいは紀州家に伍《ご》して対等の闘いをいどむのは無理だとみてひとまず紀州家との同盟をむすんだ――、と霞九郎はみていた。しかも紀州家からもちかけさせたので、はなはだ有利な同盟がむすべた。この一事をとってみただけで、中山の実力の片鱗《へんりん》を知ることができる。

「尾張藩にあせりが見えまする」

これは霞九郎の中山にたいする報告である。

「さもあろう。尾張は大事な玉を二つともうしのうてしまった。弱り目にたたり目じゃ」

「まことそのようにございまする」

「あせったあまり、大奥へなりふりかまわぬ接近をいたしておる。これは目にある。そのうちに世をさわがすようなことになりかねぬ」

中山が霞九郎を呼んだ意図はここにあると直感した。

「大奥にちかづいて、このたびの痛手を一挙にとりかえそうとはかっておりますやに」

「そのとおりじゃ、霞九郎。尾張藩の大奥接近ぶりを仔細《しさい》にさぐりだし、逐一《ちくいち》知らせよ」

中山が命じた。

「ははっ」

おもわず霞九郎は畳の上に両手をついた。

「わが紀水同盟《きすいどうめい》についても、尾張はちかごろようやく勘づいた様子じゃ。これから大胆な手を打ってくるかもしれぬ」

「承知つかまつりました」

霞九郎は再度手をついた。

尾張藩がなんらかの大きな巻きかえしにでてくることは、霞九郎にも想像することができた。どこにでてくるか、いろいろなところが想像されていたが、それが大奥にしぼられてきたのである。

吉宗の帰国は明春で、まだ先のことである。それ以前に大奥に尾張藩の勢力をきずいておこうという方針が推察された。

「尾張藩のねらいは月光院《げっこういん》じゃ」

「はっ」

確信ある言葉で中山はいった。

それから数日後——、霞九郎の姿が、木挽町《こびきちょう》六丁目の芝居茶屋〈さる屋〉の店頭に見られた。

といっても、客として茶屋にあがっているのではなかった。霞九郎の姿といえば、客の案内に茶屋から山村座へいったりきたり、いそがしく立ちはたらいている店の男衆《おとこしゅう》のなりである。

木挽町には公許の劇場として、五丁目に森田座、六丁目に山村座があり、芝居茶屋も多数軒をならべて芝居町としてにぎわっている。さる屋は山村座の座元山村長太夫《ちょうだゆう》が経営する店で、山村座に隣接しており、格式のある大茶屋である。

吉原における引手茶屋と、芝居町の芝居茶屋とはその立場がよく似ており、立花屋の女将おはながさる屋の番頭と懇意にしており、紹介状を霞九郎のために書いてくれたのである。

〈九兵衛〉

と彼はさる屋では呼ばれている。屋号を白く染めぬいた法被《はっぴ》に、裁《た》っ着《つ》け袴《ばかま》、白緒の福草履《ふくぞうり》をはいたいでたちも板につき、すっかり芝居茶屋風俗にとけこんでいた。

今年の四月いらい、さる屋は芝居町でちょっとした評判になっている。

大奥御年寄絵島《えじま》が再三再四にわたって、大奥女中たちを大勢ひきつれてさる屋から山村座の桟敷《さじき》を買い占め、観劇しながら傍若無人な酒盛りにおよび、観劇後もさる屋の座敷で役者たちをまねいて豪遊をくりかえしているのである。

大奥御年寄といえば、大奥女中すべてを支配する地位で、表御殿の老中にも匹敵する高い身分である。しかも絵島は今をときめく将軍家継《いえつぐ》の生母月光院を背景にしてこの地位にのぼりつめ、その権勢を笠《かさ》にきて得意の絶頂に立っている。大奥女中が三月の宿下《やどさが》りに観劇する例はあるが、御年寄みずから何十人もの女中たちをひきいて桟敷を買い占めるなどは前代未聞のことであった。

それでなくても、いま大奥の風紀がみだれにみだれて、世人の顰蹙《ひんしゅく》を買っていた。風紀紊《びん》乱《らん》の頂点に立っているのが、ほかならぬ月光院である。

将軍家継はまだ五歳の幼児であるから、ほとんど生母とともに大奥で起居している。幕政をとりしきる御側御用人間部越前守詮房《まなべえちぜんのかみあきふさ》も、役目柄、昼夜の区別なく将軍の側をはなれず大奥ですごしている。したがって、月光院と間部とはともにすごす時間がはなはだ多く、いつしか男女の仲になってしまっていた。

月光院は妖艶《ようえん》美麗の婦人で、将軍家宣《いえのぶ》をとりこにして子をなし、家宣が他界してからは間部を夢中にさせてしまった。はじめのうちこそ内密にふるまっていた二人の仲はやがて公然たるものとなって、このときから大奥中がみだれはじめた。

大奥の風紀は崩壊したといってもいい。御年寄は理由をもうけて宿下りし、女中たちは将軍近臣や侍医らと通じ合い、宿直《とのい》の部屋に櫛《くし》や簪《かんざし》などのおちていることがしばしばあるといった無秩序ぶりをあらわしているのであった。

三

「赤犬のしわざではあるまいか」

霞九郎がさる屋の座敷の客にひくい声でいった。座敷の中は二人だけである。

（まさか……）

客の顔が、そんな表情になった。

客は山村座の〈磊那須ノ両柱《さざれいしなすふたばしら》〉を見物にきた芝居通の旦那《だんな》といったよそおいだが、そのじつは雲居《くもい》の小弥太《こやた》である。観劇後、旦那は夕餉《ゆうげ》を茶屋でとっていくといい、案内についた九兵衛が座敷によばれたのである。

「赤犬が役者に化けているとでも？」

小弥太は小声でききかえした。

「大奥の御年寄ともあろう者をそこまでくるわせるのは尋常ではない。まともな者ではできぬとかんがえるべきではないか……」

このところ九兵衛の霞九郎がずっと思案をくりかえしてきたことである。

「忍者ならば、道具もつかえるし、媚薬《びやく》をもちいることができますな」

女をくるわすことも、忍びの術の一つである。

「絵島はくるっているとしかおもえぬ。本当に体をくるわせられたのだ。もう目が見えなくなってしまっている」

絵島はこの秋いらい、毎月のように山村座に姿を見せている。お城の御用にかこつけたり、宿下りしては大勢の女中とともに桟敷を買いきり、そのあと無軌道な役者あそびにうつつをぬかしている。その身分をかんがえれば、あそびというよりは、病気か狂乱にちかいものであった。

「うなずけます。絵島は赤犬の薬籠中《やくろうちゅう》のものとされているのでありましょうか」

「そうだ。こうなったら絵島は赤犬のおもいのままにうごくであろう」

「その赤犬とは?」

小弥太はいっそうひくい声でささやいた。

「いうまでもない。生島《いくしま》新五郎じゃ」

それはあまりに大胆すぎる推論かもしれぬ。しかし、証拠はいまのところないが、信憑《しんぴょう》性は十分にあった。

生島新五郎は和事師《わごとし》の名優として、いま江戸で随一《ずいいち》の評判をとっている。絵島が我をわすれて夢中になっている役者が生島新五郎であった。

大奥で権勢をほこる絵島と当代の人気役者の組み合わせはあまりにもできすぎているが、それだけに好奇心をそそるものがあって世間の評判になっていた。

「江戸で新五郎が舞台を踏みはじめたのは今から十数年まえだというが、それ以前のことが何も知られていない。上方《かみがた》からくだってきた役者だと自分ではいっているそうだが、はじめ名古屋の宮芝居にいて、それから上方へうつったという者もいる。はっきりいって新五郎の素姓《すじよう》は誰《だれ》にも知られていない。まずここがくさい。このあたりをしらべてほしい」

「承知いたしました。尾張は今、大奥を味方につけんものと必死になっておりましょう。尾張藩が目をつけるとすれば、まず月光院と絵島の両人でしょう」

情況は霞九郎の推論にぴたりとあてはまるのだ。不自然なところがすこしも見えぬ。

「忍者が役者になることは造作もない。たとえ十数年前であろうと二十年前であろうと、赤犬が江戸芝居の中にひそみつづけてきたことはいかにもありそうなことだ。はやい話が水戸の御庭方のはたらきにもそれにちかい例がいくらもある」

小弥太はだまってうなずいた。

唄《うた》や三弦の音色がきこえる。まわりの座敷では役者をまねき入れての遊興がはじまっている。

「生島がもし赤犬だといたしますと、絵島をくるわして、何をはかりおりますのか」

「さて、それじゃ。今のところは五里霧中《ごりむちゆう》といっておこう。かんがえられることはいくつかあるが……」

霞九郎がさる屋にやとわれてから一度、絵島は大奥女中たちをひきつれて観劇にきたが、そのとき彼は絵島と生島が愛欲絵図をくりひろげている座敷にちかづくことができなかった。

絵島一行を野次馬の見物人たちから遠ざけるために、さる屋の店頭にたって警備の役についていた折り、一代の嬌婦《きようふ》と呼ばれる絵島の横顔をちらっと見ただけだった。

「絵島の濡《ぬ》れ場を一度のぞかずばなりません。そうすれば、手がかりがつかめましょう」

もとよりそのつもりで、霞九郎は手ぐすねをひいているのだ。

その機会は意外にはやくやってきた。

十二月、将軍家御営中御煤払《おすすはら》いの前日、絵島は寺院参詣《さんけい》の理由をもうけて、総勢三十人ばかりの女中たちをしたがえ、金蒔絵《きんまきえ》をもちいた豪華な腰網代《こしあじろ》の乗物におさまって大奥をでて、昼ごろ山村座につき、さる屋に入った。大奥の御煤払いは十二月十三日であるが、なにせ部屋数の大変おおいところなので、十二月早々からおいおいはじめて、ようやく十三日に仕あがるという具合であった。

御年寄がつかう〈千鳥の間〉などは十二、十三日に御煤払いをやるので、絵島は当日部屋を空けなければならなかった。

折りしも、この日は山村座の千秋楽であった。一年間の舞台おさめであるから、役者総勢が麻裃《あさがみしも》で舞台にでて、座元、座頭《ざがしら》が一年間のお礼を言上《ごんじょう》し、来春狂言の名題《なだい》をつげ、座元一人のこって〈千秋楽〉を舞う。

芝居茶屋にとってもとりわけ繁昌《はんじょう》の日であり、この日をもって来春まで店をとじることになる。芝居者も茶屋の者も、この日はほっとくつろいだ気分にひたっている。

絵島一行は例によって二階の桟敷席を買いしめ、幕があがるやすぐさま酒や食べ物をはこばせ、いつもながらの傍若無人な観劇をはじめた。

絵島もみずから舞台にむかって嬌声《きょうせい》をあげていたが、一刻ほど見物すると、女中たちを桟敷にのこして、ただ一人さる屋にひきあげてきた。椎茸髱《しいたけたぼ》、掻取《かいどり》姿の絵島が奥座敷の中へ消えた。

そして間もなく、舞台化粧をおとした生島新五郎が山村座の楽屋からさる屋にそそくさとうつってきた。新五郎の姿も奥座敷へひっそりと消えた。

絵島はすでにかなり酒が入って、酔いごこちである。

「新さま、はよう」

絵島は新五郎の姿を見るなりあまえかかった。老中格の御年寄が身分いやしき役者をさま呼ばわりだ。はやく自分のそばにきて抱いてほしいというのである。

眸《め》のふちはすでにみだらな隈《くまど》取りに色どられている。

「御年寄さま」

と呼びかけて新五郎がにじるように近寄った。

「その呼び方はやめてたもれ」

「絵島さま」

新五郎があらためて呼びかけると同時に、はなやかな掻取が揺れ、椎茸髱がぐらりと新五郎の胸へもたれこんできた。

絵島は御年寄とはいっても、まだ三十三歳である。男子禁制の大奥で女の体は熟れに熟れ、端下《はした》の大奥女中のように宿直の侍と火あそびする機《おり》もないままに、この春いらいはじめて知った男の味に絵島は今や身も世もないまでになっていた。

「新さまのおらぬ大奥のくらしは格子のない牢獄《ろうごく》もおなじことじゃ。寺院参詣と理由をもうけて会いにきました」

絵島はまるで娘が処女をあたえた男にみせるあまえと、三十女の愛欲の底のふかさを見せて新五郎に体をゆだねていった。

新五郎の手は搔取の襟《えり》をぐっとひろげて、懐の中へふかく入りこんだ。かたく着つけていた衣類の下にちぢんでいた豊満な乳房が解放されて、やわやわと揉《も》みたてられていくと、あついあえぎがもれはじめた。かすかなあえぎからおこって、それがしだいに外聞をはばからぬ喜悦の声へかわっていった。

霞九郎はそのあえぎ声に、耳をすましてきき入っていた。絵島と新五郎が乳繰《ちちく》り合う奥座敷のとなりの次の間の押入れに身をひそめて、両人のかわす言葉を一言一句ききもらすまいときき耳をたてた。

押入れの天井板が一枚ずれている。霞九郎は絵島が奥座敷に入った直後に天井裏から押入れにおりたのである。奥座敷からもし人が次の間に入ってきたら、ただちに天井裏へ身をかくす準備をしていた。

「わたしも絵島さまに一か月もお目にかかれぬ日々がつづきますと、気がくるいそうなおもいにかかりたてられます」

新五郎の声がはっきりときこえた。

「まあ、そのようなにくい世辞《せじ》を……、さすがは江戸随一の和事師といわれるだけのことはあるお手並みじゃ。その言葉で今まで幾人も女子《おなご》を泣かせてまいったであろう」

「ほんに、絵島さまとわたしをへだてているお濠《ほり》と石垣がにくうてなりませぬ」

新五郎の睦言《むつごと》はさらにつづいた。

「なに、本当にわたしがそれほど恋しければ千代田のお城のお濠や石垣など、なんの障害《さわり》になりましょう。恋ごころがはげしければ、あれほどのごときもの、こえるに造作《ぞうさ》はありますまい。その方法はわたしが知っておりまする」

「絵島さま、そのようなご冗談を……」

「冗談などではありませぬ」

「絵島さま、わたしは本気にいたしまする。本当にそのようなことできまするか」

「新さま、もし本当にお濠と石垣をこえて大奥へ入る勇気をお見せくださるなら、先だってからいわれておりました新さまのたのみ、ききとどけて進ぜましょう」

おもわぬ会話の展開に霞九郎はおもわず腰を浮かしかけた。

「絵島さま、おしえてくださいまし。その方法とやらを」

「新さまは、恋に命をかける勇気がおありか」

「そのような念のおされようは口惜《くや》しゅうございます」

四

鎌《かま》のようにほそくとがった月が水面に浮いている。

極月《ごくげつ》（十二月）も半ばをすぎて、夜がふけるとこのあたりに人影はまったく見あたらない。

そのとき水鳥がうごいて、月影がくずれ、波紋とともに散っていった。

ここは江戸城内濠《うちぼり》である。通常、不浄門といわれている平河《ひらかわ》御門をななめ前方にのぞんでいる。

宿直の門番は立っているが、ここは死角に入っている。仮に死角でなくても、夜闇をとおしてここまで見えるはずもなかった。なにせ、濠と石垣とが城を内外に分けへだてている。

闇の中をひそと影がうごいた。影は濠端《ほりばた》の闇にひそんで、しばし対岸をにらんでいた。

霞九郎である。

彼はこの数日のあいだ、毎日昼間ひそかにここにやってきては、濠の幅や対岸の石垣を観察しつづけた。足下から水面まではさほどない。

霞九郎は手にしていたものをそっと水面へおろしていった。そして自分も石垣づたいに水面へおりていった。

先におろしたのは開水蜘蛛《かいすいぐも》、俗にいう水グモである。霞九郎はその上におりた。水グモはこれを両足につけて水上を下駄《げた》のようにあるくのではない。この上に腰をかけ、両足を水中につけ、ちいさい櫂《かい》をつかって漕《こ》ぎすすむのである。

音もなく、水上をすすんだ。漕ぐときに水音をたてぬよう気をくばった。

やがて、対岸の石垣が闇の中にせまってきた。石垣は頭上高くおおいかぶさるようにそそり立っている。

石垣のむこうは江戸城三の丸であり、そこから下梅林《しもばいりん》御門をこえ、さらに高い塀を一つこえれば本丸大奥である。大奥女中たちは御切手《おきって》御門をとおって大奥へ出入りしているが、高い塀をこえればその御門はとおらずにすむ。

霞九郎は水グモを引き上げ、鈎梯子《かぎばしご》を城内の松の枝へ投じて、するすると石垣をのぼっていった。

今日の夕方、公儀御服所《ごふくしょ》後藤家から大奥絵島あてに長持がはこびこまれた。絵島はかねて後藤家の手代《てだい》治郎兵衛を気に入りとしており、そこから注文の衣類をはこばせたのである。

石垣をのぼりつつ、霞九郎は数日まえ、さる屋の押入れの中できいた絵島と新五郎の会話をおもいおこした。

「長持の中にひそんで御門をくぐる勇気が新さまにもしおありなら、お濠と石垣をこえずともわたしに会うことができましょうに。そうすればわたしたちは好きなだけ、お城の中ですごすことができます」

この言葉をきいて霞九郎は女のおそろしさをあらためて知るおもいがした。

さすがに、すぐには新五郎は返事をしなかった。

「新さまに、それほどの真情《まこと》はございますまい」

絵島が揶揄《やゆ》するようにいったとき、

「絵島さま、ようくわかりました。わたくしが長持の中にひそんで、大奥まで会いにでかけましたら、絵島さまはわたしのたのみをきいてくださいますね」

「ききましょうとも、どんなことでも。こと大奥にかんして、わたしの意のままにならぬことなどありませぬ」

「月光院さまと尾張継友公《つぐともこう》とのお引き合わせ、しかとたのみ入りまする。もし成功いたしました暁には尾張藩は月光院さまにたいして、毎年お手当金を献上することをお約束いたします」

新五郎がおのれの素姓をむきだしにした言葉をはなったのだ。

霞九郎はとうとう石垣をのぼりつめ、三の丸に潜入した。ここから目くらましの術をもちいて宿直の門番の目をかすめて下梅林御門にとりついて、門扉《もんぴ》をこえた。

高い塀をこえるにも、さほどの障害はなかった。

それからおよそ半刻後、霞九郎は本丸奥御殿内に侵入していた。水戸藩にも、江戸城本丸の大奥づとめをした経験のある女中が何人かおり、彼女たちから聞き書きし、さらに幾たびも修正をかさねた大奥の絵図面ができあがっていた。霞九郎は以前からその絵図面を頭の中にたたきこんであった。

足は千鳥の間へむかった。鼠《ねずみ》がはしるように長い通り廊下の隅をすすみ、二度、三度まがった。つきあたったところを、またまがってすすんでいった。

通り廊下のところどころには燭台《しょくだい》がおいてある。時間をきめて、見廻《みまわ》りの女中があるいてくることがある。

とうとう千鳥の間の前にでた。しばらく呼吸をはかって、そろりと襖《ふすま》をひいた。控え座敷であり、そのむこうが絵島の寝所《しんじょ》である。

前にかがみこんで、ごくわずか襖をあけた。ほそい隙間《すきま》から、寝所の中がぼんやりとうかがえた。行灯の明りが部屋を照らしている。

正面に屏風《びょうぶ》が立てまわしてある。部屋は十数畳の広さで、屏風で仕切られている。屏風の端からはなやかな夜具の裾《すそ》がわずかに見えた。

男女の睦言がきこえていた。ときに嬌声がまじった。ききおぼえのある絵島と新五郎の声だ。あのときの言葉どおり、新五郎は絵島の長持の中にひそんで大奥に入りこんでいたのである。

するすると屏風の前まですすもうとしたとき、急に屏風の中の睦言がやんだ。

(しまった!)

霞九郎は畳にはりついて、前方にそなえた。外の空気が行灯の炎をかすかに揺らめかしたのだ。

それに目ざとく新五郎が気づいたのは、彼が忍者だからだ。

息づまる沈黙がながれた。

霞九郎がそっと忍び刀の柄に手をかけたとき、ぶん、唸《うな》りを生じて簪《かんざし》がとんできた。

あやうく避けたと同時に、屛風が音もなく前にたおれてきた。

霞九郎が横にとんだ。前から突風のように疾走してきた人影が霞九郎の側面をかすめて、そのまま襖をつきぬけた。

夜具の中に一人とりのこされ呆然《ぼうぜん》たるていの絵島の姿を視界の端にとらえただけで、霞九郎もとなりの部屋へはしった。新五郎は下着一枚の姿だが、はやくも通り廊下へ身をおどらせていた。

二つの影がほの暗い廊下を疾走した。

追う者の強みと追われる者の弱みがしだいに両者の差をちぢめてきた。

新五郎は長局《ながつぼね》の棟へはしりこんだ。女の悲鳴が一、二度あがった。

新五郎は長局の通り廊下を疾走した。差はもうわずか。

前はどんづまりのいきどまりだ。

「黒犬めっ」

新五郎はとつぜん、ふりかえりざま忍び刀をふりかざして逆襲してきた。

「生島新五郎、正体は赤犬だな」

かろうじてかわしざま、霞九郎は忍び刀を新五郎の背へむけてするどく一閃《いっせん》した。手ごたえがあった。

新五郎の体がぐらっと前へゆらいだ。背中を一尺以上の長さにわたって斬《き》り下げた。

が、新五郎は驚異的な立ちなおりを見せ、斬られたまま霞九郎をふりきって逃走した。

五

明けて正徳《しょうとく》四年（一七一四）。

正月十四日は前将軍家宣の命日である。

月光院の名代《みょうだい》として、絵島に芝増上寺御代参の命令がくだった。御代参のことが内定するや、絵島は山村座二階桟敷席五十間を買いきった。

当日、例によって金蒔絵の腰網代の乗物が大勢の行列をしたがえて、朝はやく増上寺へむかった。供には御中﨟《おちゅうろう》宮地、木曾路《きそじ》、表使《おもてづかい》梅山、御使番《おつかいばん》吉川、沖津、御用人およのなど、以下三百余人という豪華さであった。

大奥の御代参には慣れている増上寺でも、女中たちの華美な行列に、これが前将軍命日の参詣であろうかと坊主たちがひそかに眉《まゆ》をひそめたくらいである。

そして法要をそこそこにすまし、休息もほとんどとることなく、木挽町へ行列はむかった。

山村座の新春興行は〈東海道大名曾我〉である。市川団十郎、生島新五郎、富沢半三郎、早川伝五郎などの幟《のぼり》がにぎにぎしく風にはためく中を、絵島一行の行列が悠々《ゆうゆう》と到着した。

三百余人の一行はさる屋におちつき、そのうち百三十余人が山村座の二階桟敷に陣どった。

桟敷中央の絵島のところにはものものしく簾《すだれ》をたらし、その席に座元の山村長太夫をはじめ座付作者中村清五郎《せいごろう》、さらにひいき役者たちがずらりとはべった。

それにこの日、絵島は増上寺方丈および別当真乗院への供養料《くようりよう》である七十両余りと呉服物類の大部分をごまかして山村座にもちこみ、役者はじめ、劇場の表方《おもてかた》、道具方、さらに芝居茶屋の者にいたるまで派手に振る舞ったのだ。

桟敷はたちまちにぎやかな酒席、宴席となり、さまざまな者たちがお礼言上の挨拶に出入りをくりかえした。そのあまりの騒々しさに、舞台の芝居はたびたび中断した。

見物客はあまりな狼藉《ろうぜき》にさわぎたったが、とりしずめる者とていなかった。

この騒ぎを当初から、息をひそめるようにして見つめていた者が一階見物席の隅に二人いた。公儀徒目付《かちめつけ》松永弥一左衛門《やいちざえもん》、小人《こびと》目付岩崎忠七である。

この日早朝、老中土屋《ろうじゅうつちや》相模守《さがみのかみ》の上屋敷に一通の投げ文があった。老中土屋はかねて大奥の風紀のみだれと専横をにがにがしくおもい、大奥改革の機をうかがっていた。松永と岩崎は土屋の秘命をうけて山村座に潜入していたのである。

二人は二階桟敷席の喧騒《けんそう》がきわまったところで、絵島の前へすすみでて注意をうながした。

絵島はこの注意にこりるどころか、逆に松永と岩崎を叱《しか》りとばして、酒盛りをつづけ、さらに山村座から仰々しく板道をつくらせ、それをわたってさる屋にうつった。ここでもさかんな宴席をはじめて、役者たちを呼びこんでの派手な乱痴気騒《らんちきさわ》ぎを演じ、日の暮れるころようやく乗物をつらねて大奥へかえっていった。

大奥で絵島一行を待っていたのは老中土屋相模守、若年寄鳥居伊賀守の指揮をうけた公儀役人たちであった。

この吟味でいわゆる絵島事件が表沙汰《おもてざた》になって、絵島は御年寄を免ぜられて、白無垢《しろむく》一枚に素足という姿で不浄門の平河門から大奥を追放され、のち信州高遠《たかとお》へ流罪となった。生島新五郎は三宅島へながされ、山村座は断絶となった。そのほか絵島にしたがって遊興した大奥女中三百余人が処罰をこうむった。

正月十四日の早朝、土屋相模守の上屋敷に投げ文したのは、霞九郎である。

桜狩り

一

江戸の三月は雛市《ひないち》であける。前月下旬から日本橋・十軒店《じっけんだな》、人形町《にんぎょうちょう》、尾張町《おわりちょう》、麴町《こうじまち》あたりに、きらびやかな雛市がたちはじめる。

とくに十軒店には雛人形をもとめる客が江戸中からあつまり、本町《ほんちょう》と石町《こくちょう》のあいだの大通りは中店《なかみせ》と人通りでごったがえす。

通りの左右に紅白だんだらの幕をかかげ、店の大きな看板をかけた雛店《ひなだな》が二丁くらいびっしりと立ちならんで、そのあいだを着かざった婦人たちがおさない娘らの手をひいてあるく姿がひっきりなしに見られる。

そして三日は上巳《じょうし》の節句、雛祭り。このころからぼつぼつ桜の花が咲きはじめ、上野や道灌山《どうかんやま》などは花見姿の女房や娘たちの姿でにぎわう。

さらに、下屋敷の桜狩り。

それとともに、御殿女中たちの宿下《やどさが》りがはじまり、町角や往来、寺院などに御殿風俗の若い女の姿がしきりに目立つ。

このように、弥生《やよい》三月といえば女の月である。一年のうちでめずらしく、女がやたらと表だつ月なのだ。

公許三座が興行する演物《だしもの》狂言も、この月は例年ひとしく女物がそろう。

女たちでにぎわう日本橋通・旅籠町《はたごちょう》の目ぬき通りの一角に、さきごろちいさな呉服屋が店をひらいた。間口四間。呉服屋としてはいかにもちいさな店である。知らぬ者だったら、いきすぎてしまう。

しかし三月上旬《はじめ》に開店したのは得策だった。ものめずらしさも手つだって、終日、女の客でにぎわった。

店頭の暖簾《のれん》には、大の商標が色あざやかに染めぬかれている。

大国屋《だいこくや》呉服店——

この呉服屋はその後、拡張に拡張をかさね、ずっと後年には三井越後屋《みついえちごや》と肩をならべる江戸の代表的呉服屋にのしあがった。

その真あたらしい商標と屋号をとおりすがりに目にとめて、おもわず足をとめた男がいる。

水戸藩御庭方《おにわがた》、雲居《くもい》の小弥太《こやた》である。

一昨年の冬、紀州和歌山でようやくさがしあてた呉服屋の屋号、商標とまったくおなじものではないか。

（はて……？）

小弥太はわずかに眉《まゆ》をひそめた。

（江戸に出店をだしたのか……）

大国屋が尋常一様《じんじょういちよう》な呉服屋でないことを、小弥太は十分承知している。和歌山の大国屋の庭にしのび入って、腕のたつ忍者におそいかかられたのをおもいだした。

立ちどまったまま、小弥太は店の中をうかがった。

座売りの店内は女の客でごったがえしている。店の広さにくらべると、品数は豊富なようだ。使用人たちがところせましといそがしく立ちはたらいている。見おぼえのある顔はなかった。

「いよいよ大国屋が江戸にでてきたか」

小弥太からその旨《むね》をきいて、霞九郎は御長屋の中でふかくうなずいた。

もっとも手ごわい相手が進出してきた、というのが実感である。いずれこうなることは予感していたが、なにがしかの衝撃はかくせなかった。

「紀州家が……」

「うむ」

両人はしばらく沈黙した。

「吉宗公のご帰国にかかわりが」

「あるやもしれぬ……」

大国屋の江戸進出がどういう目的のためにおこなわれたか、霞九郎はただちに断言はできなかった。

「いずれにしろ、大国屋は今まで以上に大きなはたらきをいたすつもりでしょう」

「吉宗公ははやくも将軍位につく地がためをはじめられたか」

「思惑《おもわく》どおりにはこびますかどうか。尾張公もただ手をこまねいているわけではありますまい」

「吉宗公の帰国もどうなるやら」

「一波《ひと》瀾《はらん》も二波瀾もありますでしょう」

「わが親父《おやじ》どのは昨年からこれをたのしみにしておった」

天下の諸侯は譜代、外様《とざま》を問わず一年がわりで国と江戸とを参勤交代するものであるが、紀州藩主と尾張藩主の場合は江戸在府をずっとつづけることが多い。吉宗にしても、このたびの帰国は久々のものである。

「吉宗公は無事和歌山へ着くことができましょうかな」

「東海道をとおって紀州へいくには、どうしても尾張をとおらねばならぬ」

「左様で……」

「尾張家がそのままとおすかどうか。おそらく手ぐすねひいて待ちかまえておるだろう。かといって、中仙道《なかせんどう》をとることはかんがえられぬ」

「尾張家は吉通公、五郎太君の復讐《ふくしゅう》をねらっておりましょう」

大名の参勤交代の道筋はほとんどきまっている。よほどの正当な理由がなければ、べつの道はとおらない。

吉通、五郎太は紀州家の謀略によって暗殺された、と尾張家ではおもいこんでいる。やられたらやり返す、というのが古来武士の論理であり、作法である。

「尾張領をどのように通過するか。双方必死の攻防がくりひろげられるだろう。知恵くらべ、力くらべが見られる」

霞九郎はそういってわずかにわらった。水戸家には直接にはかかわりないので、それをとくとたのしんで見ることができる。

二

江戸の大国屋とほとんど時期をおなじくして、尾張名古屋城下にも大国屋の出店が誕生した。しかもそれは、名古屋城の本町門から南下する目ぬき通り、九町四十間の本町通りの五丁目に店びらきした。

商標は囗の中に大の字ながら、屋号は〈大文字屋〉と称した。敵中の名古屋城下であるだけに、店の素《す》姓《じょう》を知られたくなかったからである。

ここも間口四間の、呉服屋としてはちいさな店だ。

主人は安兵衛《やすべえ》と呼ばれる、まだ二十代も前半の男である。安兵衛の下に番頭以下、手代、丁《でっ》稚《ち》など十数人の使用人がいる。安兵衛は和歌山にある大国屋の主人庄太郎《しょうたろう》の末弟である。

次兄彦兵衛《ひこべえ》は、江戸に開店したばかりの大国屋の主人である。

座売りの店内には、番頭が三人ならび、反物《たんもの》を山とつみあげて客の注文に応じている。店の裏には倉が一棟《ひとむね》たっており、品数がきれると、丁稚が倉から店頭へはこびだしてくる。

このころの呉服屋といえば、店の大小を問わず、みなこのような商《あきな》いをしていた。

呉服のほかに、太物《ふともの》や古着《ふるぎ》もあつかっている。

本来はべつの店であきなうものだが、糸類や袋物、紅白粉《べにおしろい》のたぐいも店の隅で売っている。

これは江戸の大国屋もおなじである。

一階は店舗のほか、客間、主人の部屋、女中部屋、下男部屋に台所。

二階は番頭、手代、丁稚たちの部屋であり、彼らはみな和歌山からつれてきた者である。

このほか一階の奥に〈桜の間〉と呼ばれる部屋がある。が、ここには主人と番頭以外は出入りすることはおろか、ちかづくことさえゆるされていない。

一日の仕切りがおわると、安兵衛は番頭の作右衛門《さくえもん》とこの桜の間にとじこもって密談をこらすのがつねとなっている。商いの話をすることもある。

名古屋は江戸とちがって排他的な気分のつよい土地柄で、他国から入りこんで目ぬき通りに居すわって商いなどする商人をよろこばぬ。当然、同業などからのいやがらせや邪魔立てがある。それへの対応策をはなし合うこともある。

が、それがすべてではない。安兵衛と作右衛門とのあいだには、もっと重要な問題がある。

この日も、夕餉《ゆうげ》をすませてから、安兵衛は居間をでて納戸《なんど》へ入っていった。

納戸の壁の一部が杉戸になっている。

その一角を押すと、杉戸が真ん中を中心にしてくるっと半回転した。龕燈返《がんどうがえ》しである。

桜の間がその前にひらけていた。

この部屋は一見なんの変哲もないつくりであるが、落し穴、抜け道、吊《つ》り天井、隠し階段、槍襖《やりぶすま》などがひそかにそなえつけられているのである。いかなる危急の災いに見舞われても、縦横に対処できるようになっている。

待つことしばし、龕燈返しが外から半回転して、作右衛門が入ってきた。

「江戸から報《しら》せがまいった」

安兵衛は待ちかねたようにいった。

「いかような……」

作右衛門もそれを待っていたのである。両人ともこの部屋に入ると、とたんに武家言葉がでてくる。

「吉宗公の江戸出立《しゅったつ》が今月二十日ときまった。ふだんとかわらぬ行列で東海道をおとおりになる」

「左様ですか……」

作右衛門はいささかむつかしい顔色を見せた。できるなら東海道をとおってほしくない、と安兵衛はかねて父小村彦右衛門《こむらひこえもん》をとおして加納《かのう》角兵衛へ申しあげていたのだ。

「尾張領内の通過はどうしても避けられなくなった。敵の陣営中に行列を乗り入れるつもりなのだ」

「大文字屋の任務《つとめ》はますます重いものになってまいりました」

「大変なことになる。無事にここを通過できるかどうか……」

安兵衛の顔もやや沈痛な色になった。

「二十日に江戸を発《た》ったといたしますと、まともにすすんだとして、尾張領内に入ってまいりますのが三月二十九日。尾張領をでるのが晦日《みそか》というところでしょう」

「領内のどこで宿泊いたすにしても、危険このうえない」

「赤犬の餌食《えじき》になるおそれが」

「うむ……」

「紀州にも黒犬がかわれておりますが」

「黒犬も相当なはたらきをしようが、大国屋一族で吉宗公を守りきる覚悟でなければ」

東海道は池鯉鮒《ちりゅう》と鳴海《なるみ》のあいだ、境川の西岸から尾張国となり、木曾川《きそがわ》の東岸までが尾張国である。しかもそのあいだに、宮《みや》（熱田《あつた》）から伊勢桑名まで海上七里の船わたしがある。吉宗の行列の守護をするにはなんとも厄介なところである。

安兵衛は手文庫から東海道の絵図面をとりだしてきて、それをひろげた。

東海道をゆくには、どうしても尾張領をさけてはとおれぬ。もし、中仙道を吉宗の行列がとおったとするならば、吉宗は尾張をおそれて迂回《うかい》したとそしられるだろう。

「あぶないのは尾張領内のみとはかぎりません。江戸をでてから和歌山につくまで、瞬時も息はぬけますまい」

「そのとおりだ。赤犬はどこからでもおそってくるだろう」

安兵衛と作右衛門は絵図面をにらんで、太い息を吐いた。

「尾張藩は吉通公、五郎太君をころしたのは紀州の手の者だと信じておりましょう。長福君《ちょうふくぎみ》をねらわれた仕返しにやったとおもっています。あらためてその復讐に吉宗公をねらってくるでしょう」

「ううむ……」

安兵衛はそうではないと信じているが、確証といえるものはない。

「吉通公、五郎太君を殺《や》った手口はあまりにもあざやかです。人ごろしに慣れた者でなければ絶対にできぬことです」

安兵衛もそれについては同感だが、誰《だれ》がやったかとなると確信がもてなかった。

「それを詮索《せんさく》するよりも、今は吉宗公をどうまもっていくかということだ。ともかく赤犬どものうごきを封じなければならぬ。一匹たりともちかづけてはならんのだ」

名古屋に大国屋の出店をもうけることは、前々からの方針であったが、開店早々の仕事が、吉宗の守りという大きな任務になった。

「紀州と水戸とのあいだでな、手がむすばれておるかもしれん」

赤犬の頭領山岡重阿弥《じゅうあみ》が、成瀬《なるせ》隼人正《はやとのしょう》にそう打ち明けられたのは、昨年春のころだった。

「紀州と水戸が……」

そのとき一瞬唖然《あぜん》としたが、いわれてみればかんがえられぬことではなかった。

三家の中で、尾張と紀州が将軍位でせり合っている。その時点で、尾張が僅少差《きんしょうさ》で紀州をしのいでいると見られていた。もし紀州が尾張を抜き去るには水戸と組むことがもっとも得策であった。

尾張でもおなじことがかんがえられたが、この藩には代々、御三家筆頭の誇りがあった。さらに正徳二年、前将軍家宣《いえのぶ》が新井白石と間部《まなべ》詮房《あきふさ》とに、尾張公に将軍位をゆずってはと諮問した実績もあった。

そのため成瀬は、中山備前から遠まわしに打診された〈尾水同盟《びすいどうめい》〉にはまったくこころをうごかさなかった。水戸家からなんらかの条件をもちだされて同盟をむすばなくても、尾張藩独力で将軍位を手中にできる自信があった。

「さぐってみよ」

そう命じられてからずっと重阿弥は探索をつづけていたが、いまだに確証を手にすることはできなかった。けれども〈紀水《きすい》同盟〉がむすばれていることはほとんど確信していた。

「なつめは息災か」

雛祭《ひなまつ》りの数日後、重阿弥は隼人正に呼ばれてきかれた。

「ちかごろ便りはありませぬが、息災なはずでございます」

「なにも報《しら》せはないか」

「まださしたるものはつかめていないのではないかと……」

「左様か、わしは、なつめの報せをあてにしておる」

「は……」

重阿弥自身もなつめからの報せをずっと待ちつづけているのであるが、彼が期待しているようなものはなにもおくられてこなかった。なつめはさまざまな手段を弄《ろう》して、昨年、水戸藩士貝沼辰之進《たつのしん》と縁組したが、彼女に横恋慕する柳生左馬助《やぎゅうさまのすけ》のために、夫はその凶刃にたおれた。

なつめと富坂小町おなつは同一人である。

その後のなつめの身の変転は、重阿弥もおよそのことしかわかっていなかった。なつめは若き後家となったが、離縁されなかったために、婚家の義父にまねかれて水戸へいき、そこでお城の奥御殿に奉公する身となった。それはなつめの当初の目的にかなうものでもあった。

かつて重阿弥はなつめにたいして、

『水戸のお城へ潜入せよ』

と命じただけであった。潜入の方法については、なにも指示をあたえなかった。

昨冬、なつめが使いを寄こし、水戸城奥御殿の奉公がきまったとつたえてきたとき、

『東照神君《とうしょうしんくん》が水戸家にあたえた副将軍の御墨付《おすみつき》を奪いとれ』

『この春、紀州家と水戸家がとりかわしたとおぼしき神文誓紙《しんもんせいし》を奪え』

重阿弥は使者にたくして、この二つの命令をつたえたのだった。

幕政当初、家康は御三家をもうけて、これを諸大名とは別格にした。そしてさらに、水戸家のみを定府《じょうふ》として、将軍家にもし万一のことがあった場合の副将軍に任じた、と古来いいつたえられている。これは万人の知るところである。

幕府制度の中に副将軍の地位はさだめられていないが、家康が幕府危急のさいをおもんぱかって、御墨付によって水戸家にその役目と格をあたえたとされている。

尾張家と紀州家は、藩祖の長幼、禄高《ろくだか》の大小、極位極官《ごくいごっかん》の高低によって、水戸家を一枚下の家格と見るむきもあるが、この〈副将軍の御墨付〉によっては、それが逆転する可能性を秘めているのであった。成瀬の心配はここにあった。

仮に現将軍が急逝《きゅうせい》した場合、幕府危急のときと称し、水戸家が副将軍の立場を背景に、将軍指名をおもいのままにおこなうかもしれぬ。また副将軍のままで御墨付をふりかざして、水戸家が将軍職代行をするかもしれぬ。

いずれにしろ尾張藩にとって、この御墨付はとんだ魔物に変貌《へんぼう》するかもしれぬ危険この上ない代者《しろもの》である。この世になくもがな、とおもわれる物であった。

紀州家にも、これと同様の心配があったはずだ。紀水同盟をもし本当にむすんでいるのだと

したら、紀州家の思惑の中にこうしたことへの配慮がひそんでいるはずだ。

それだけに紀州家と水戸家とのあいだの神文誓紙に成瀬は食指がうごくのであった。同盟がある以上、それについての神文誓紙があるとかんがえるのは当然であった。

「ところで」

といって、成瀬は言葉を切った。

「…………」

「紀州公がご帰国なされる。今月二十日に江戸をたたれることになった」

「まことでございますか」

重阿弥はにわかに血がたぎりたつのをおぼえた。

「まちがいない」

「昨年来、吉宗公のご帰国が噂《うわさ》されておりましたが、まさかこの時期に本当にご帰国なされるとは……」

重阿弥にしては意外であった。

「わざわざ尾張領内をおとおりあそばすようじゃ。赤犬もひどく見くびられたものよ」

「いかさま、左様で」

「大手をふってとおられては、尾張藩はともかく、赤犬としては面子《メンツ》がなかろう」

「まったく……」

「どうじゃ、重阿弥。討《う》ちとれるか」

「当方は吉通様、五郎太様をうしなっておりまする」

それが重阿弥の返事であった。

一時たぎった血がしずまって、逆に体が冷え冷えとしてきた。

「こちらには、大きな借りがある」

「借りはきっちりと返さずばなりますまい」

「吉宗公をねらうには、またとない機会《おり》であろう」

「無事にとおしはいたしませぬ」

「重阿弥、とくに秘策をかんがえておけ」

「ははっ」

うけたまわって重阿弥はその場をさがった。

四

春嵐が去って、うらうらとした陽春の日々がつづいた。

陽炎《かげろう》がたっている。

春の日に風がひかっている。若草は萌《も》えでて、木の若芽がにおい、光はおしみなくふりそそいでいる。

人々は花見にでかけている。春はたけなわである。

市ヶ谷《いちがや》御門前、尾張藩上屋敷の奥御殿の一角からも、春をうたう琴の音《ね》がきこえてくる。その音色をきいて、

「千代姫だな」

藩主継友《つぐとも》はすぐにききわけた。

「左様にございます。千代姫さまはこのところ、いたくご気分がよろしいようで」

愛妾登紀《とき》の方《かた》はこたえた。

継友には姉妹が多い。継友の父で三代藩主綱誠《つななり》ははなはだ子福者《こぶくしゃ》であった。生ませた男子は二十一人、女子十八人。

ちなみに継友は十一男、二十二人めの子である。

早世した兄弟姉妹も数多いが、現在、上屋敷には六人の姉妹が住まっている。そのうちで千代姫は継友と同腹の兄妹である。

「縁組がととのうたばかりじゃ。こころはずむのであろうか」

「そのようにお見うけいたします」

継友は二十三歳で、いまだ妻帯はしていない。しかし愛妾《あいしょう》は何人かかかえている。

「千代姫はもう十六じゃ。この季節となれば春情も芽ばえるものであろう」

「ま、そのような」

登紀の方は片手を口先にあてて、笑いをこらえた。

「姫の相手はやんごとなきお方じゃ。過ぎた縁にめぐまれ、わしも肩の荷をおろした」

あたかも妻へいうような口ぶりで継友はいった。

登紀の方との仲はもう四年になる。夫婦同然といっていい。

前月（二月）、千代姫と左大臣二条《にじょう》綱平《つなひら》の嫡子《ちゃくし》綱元《つなもと》との縁組がきまり、挙式は秋八月と決定していた。これは継友自身が骨を折った縁談であった。同腹の妹をしかるべきところに嫁がせるため、さらに宮中に尾張家の拠点をもうける目的で、彼が縁組をまとめたのであった。

江戸城大奥に尾張家の拠点がないのにかんがみ、それにかわるところとして宮中をかんがえたのであった。月光院の籠絡《ろうらく》に失敗した尾張家としては、その劣勢をはねかえすためにも是非とも必要な縁組だった。

「明日は下屋敷の桜狩りで、姫様にはおたのしみなことでございましょう」

「明日は姫たちの祭り日じゃ。大いに羽根をのばすがいい」

「わたしも、以前は年に一度のお下屋敷への桜狩りを大層待ちわびたものでした」

「さもあろう、この日ばかりはふだんの堅くるしい生活《くらし》からときはなたれる。こころときめくのが当然じゃ」

「そのころがなつかしゅうございます」

「登紀もいけばよいではないか」

そういわれて、登紀の方の顔がほころんだ。

翌朝、暁《あかつき》のころから奥御殿はにぎわいだした。

春の桜狩り、秋の紅葉狩りといえば、諸大名の奥方や姫君、お局《つぼね》たちの年に二度の休養日となる。身分ひくき者ならば、花見くらいは自由にたのしめるが、身分高い女たちほど日常のくらしは自分の意のままにならぬ。

それで三月上巳《じょうし》の節句はべつとして、諸大名の奥住居の姫やお局たち、さらにお供の腰元たちは、春秋、恒例として下屋敷へあそびにでかけ、この日ばかりはまわりに気がねなく、自由闊達《かったつ》な一日をたのしむのである。

腰元たちはいやがうえにも暁ごろには目をさましておきだす。わいわい騒ぎ合いながら慣れぬ炊《た》きだし、料理などに時間をついやしているうちに、

「お立ちですよう」

の声がかかる。

そして乗物、駕籠《かご》をつらねて、上屋敷の門をでた。

姫君たちの乗物が六挺、登紀の方をはじめ側室の乗物が三挺。そのほかの乗物が四挺。あとは駕籠と徒士《かち》である。総勢百数十人の女たちの一行がキラをかざって下屋敷へむかった。

尾張藩の下屋敷は戸山・大久保である。上屋敷からそう遠いところではない。

上屋敷の裏手に尾張家の馬場と鉄砲場がある。そのややさびしいところを北へむかっていくと、牛込原町《うしごめはらまち》へでる。そこから西へ一直線にどこまでものびる道がある。それをずっとゆけば、下屋敷にいきあたる。

十数万坪の敷地を有する巨大な屋敷である。大きさからいえば、江戸にある武家屋敷のうちで屈指《くっし》にかぞえられよう。

下屋敷であるから、庭園が屋敷の主体である。二代目藩主光友がつくらせ、東海道五十三次を模した景致《けいち》を庭内にとり入れるという贅《ぜい》をつくしたものである。

駒下駄《こまげた》でこすはお庭の箱根山
襠《うちかけ》でわたる戸山の大井川

といった句が世間で読まれたほどの高名な庭である。

この屋敷内に春霞《はるがすみ》がひろくたなびくように、桜が咲きほこっている。どこを見ても、満開の桜が目に入る。吹く風にひらひらと花びらが舞いおちてくる。

この広大な屋敷を見るかぎり、上野も影がうすい。もしこの桜が庶民に開放されるなら、上野よりもここに人があつまってくるだろうとおもわれた。

数寄《すき》をこらした広大な庭園に百数十人の女たちがおもいおもいにくりだした。羽根をひろげた蝶《ちょう》の群れが庭内を好き放題に舞うに似ていた。

池のまわりにいくつも緋毛氈《ひもうせん》が敷かれ、甘酒《あまざけ》がくまれ、用意してきた腰元たちの手料理がひろげられ、たちまちはなやかな宴がくりひろげられた。琴がかなでられ、うたう者がおり、舞をまう者もいる。

ときにはお局《つぼね》たちから卑猥《ひわい》な冗談までとびだし、それを肴《さかな》に笑いが渦のようにおこった。ふだん堅くるしい上屋敷の生活の中で、行儀作法や規則、しきたりなどにしばりつけられて毎日をすごしている女たちも、この日は存分に自由な時間がたのしめるのだ。

千代姫づきの腰元に胡蝶《こちょう》といううつくしい娘がいる。

「胡蝶、もうよい。好きなところへおでかけ」

ひとわたり桜を見てまわった千代姫は緋毛氈にすわっていった。

三面の琴がならべられて曲をかなでている。曲は桜をうたったものである。胡蝶は返事をためらっている。

「胡蝶、どうしたの」

再度いわれて、

「あい」

かすかな声をもらし、胡蝶は下をむいてしまった。その顔が緋毛氈をうつしたように色づいている。

「今日の桜狩りを誰よりも待ちのぞんでいたのは、胡蝶でありましょう」

千代姫がかさねていうと、周囲からどっと嬌声がおこった。

その声におされて、ますます胡蝶の顔が身も世もなくあかくなり、体をちぢめていった。

「そのとおりじゃ、胡蝶がいちばん待ちこがれておった」

「待ち人がおろうから」

「まあっ、胡蝶さま、おうらやましい」

「わたしも、待ち人がほしい！」

「胡蝶さまに先をこされて、口惜《くや》しいかぎりです」

お局の松橋がはじめにからかいまじりの声をあげると、周囲がわっとわきたった。

「昨年の桜狩りに、ここのお屋敷で知り合《お》うたそうだの」

松橋に問われて、胡蝶は仕方なくうなずいた。

「そして昨年の紅葉狩《もみじが》りで体をかさね、わりない仲になったわけじゃな」

さらに遠慮会釈《えしやく》のない言葉をあびて、胡蝶はたまらずその場を逃げだしていった。あとには笑いの渦がのこった。

胡蝶は松橋にいわれたとおり、昨年桜狩りにきたときに、下屋敷詰めの藩士木戸幸右衛門《きどこうえもん》という若侍と知り合って、それが機となって、両人のあいだにいま縁談がもちあがっているのである。

朋輩《ほうばい》腰元たちはべつとして、ふだんは松橋などもそんなことは口にしないが、今日は千代姫までが胡蝶を肴にして面白がった。胡蝶はまさか千代姫にまで知られているとはおもっていなかったのである。

かるい昼餉のあとも、宴はつづいた。

午前中は、姫君や側室などを中心にしてそれぞれのお付きの腰元たちがしたがって宴の輪ができていたが、午後からはその輪がくずれた。側室やお局らは屋内にひきあげ、腰元たちは仲のいい者同士つれだって、おもいおもいのところへ散っていった。

そのとき、千代姫が縁先から履物《はきもの》をはいて、一人で庭へでていった。

「姫さま、どちらへ？」

おつきの古参腰元がたずねた。

「東海道を尾張まで一人あるきしてみとうなって」

いいつつ千代姫はもうそのほうへむかっていた。

ふだんならかならず腰元が誰かしたがうのだが、今日はかくべつと、古参腰元もそれ以上はいわなかった。

庭の木戸のむこうに日本橋があった。橋をわたると、もう品川である。

大きな池から水がひかれ、それが六郷の船渡《ふなわた》しに見たてられている。池の縁に神奈川、程《ほど》ケ谷《や》、戸塚《とつか》、藤沢《ふじさわ》とつづく。池は江戸湾、相模湾《さがみわん》を模している。

反対側に大きな築山《つきやま》がつづいている。その先に富士の秀峰がのぞまれる。

前をゆく腰元たちの姿が見えた。

千代姫はとんとんとんとあるいて大磯《おおいそ》まできた。

そこから小田原《おだわら》。

しばらくいくと道がしだいに坂になった。周囲が杉並木になり、あたりが薄暗く、頭上の空も見えなくなってきた。箱根にさしかかったのである。

石畳のつづくところもある。

あるけばあるくほど道がけわしくなってきた。深山幽谷《しんざんゆうこく》の雰囲気である。こころなしか、風もひやりとしてきた。

(あ……!)

このとき急に千代姫の足がとまった。おもいがけぬものを見た気がした。

木立《こだ》ちのむこうが深い沢になっている。

街道をすこしそれて木立ちの中へ踏みこんでいくと、そこでからみ合う男女の姿が見えた。

おもわず息がとまりそうになって、その場に立ちすくんだ。見てはならぬものを見てしまった。

胸が大きな鼓動をたてている。

しかし視線ははなさなかった。千代姫は木陰《こかげ》にかくれて食い入るようにうかがった。

男女はしっかりと抱き合っていたが、そのうちに男が女をかかえたまま、沢の草むらにたおれこんでいった。

（ま……）

その瞬間に、女の顔が見えた。

胡蝶である。

だとすると、相手は木戸幸右衛門であろう。

千代姫は興奮しかけていた。好き合った男と女がすることを知ってはいたが、まだ体験はしていないし、見たこともない。以前からそのことに興味をもっていろいろ想像をたくましくしていた。

胡蝶は幸右衛門の両腕の中で口を吸われている。胡蝶の頤《おとがい》の白さが目に焼きついた。

吸われるたびに喉《のど》がひくひくとうごいている。

千代姫はおもわず生唾《なまつば》をのみこんだ。

男の手が胡蝶の襟《えり》をわって胸の中へ入っていった。胡蝶は抵抗をしないばかりか、かえって男の手を深く入りやすいように体をうごかしている。

（まあ……！）

男の手が胸の中でしきりにうごいている。乳房をやわやわと揉《も》みたてているのだ。

なんといっても衝撃である。つうんと胸がうずいてきた。千代姫は自分の胸を誰か知らぬ男に揉まれているような錯覚にかりたてられた。

胡蝶の胸がひろげられ、そこに幸右衛門の顔が深々とうずまった。胡蝶の白い乳がおもうさま吸われている。

胡蝶が目をとじて、うっとりとしている姿にかすかな嫉妬《しっと》をおぼえた。陶酔の色がうかんでいる。

そんなに気持のいいものだろうか、と千代姫はかんがえた。体の底から鬱勃《うっぼっ》と湧《わ》きおこってくるものがある。

目まいのようなものを一瞬おぼえた。湧きおこってきた情感をもてあました。気持の処理の仕方がなかった。

あきらかに千代姫は欲情しはじめていた。

胡蝶の乳房は揉みしだかれて、さまざまな形に変容していた。

それから先につづく行為に興味と好奇心をかりたてられた。

男の手がのび、胡蝶の着物の裾《すそ》をたぐりあげた。はなやかな紅絹《もみ》がめくれて、ほっそりとした形のいい足があらわになった。

手はためらいもなく深くもぐっていく。足がわずかにひらいた。

その隙間を男の手は上へ上へとのびていった。

(あんなことを!)

胡蝶は男のするがままをゆるしているのだ。なんと、男の手は胡蝶の股間《こかん》にじかに触れているではないか。

千代姫は股間にうずきをおぼえ、たまらなくなってきた。自分の手が知らぬ間に着物の前にすべりこみ、奥へすすんでいた。

そのあたりは熱がこもったようにあつくなっている。ぬめぬめとした内部《なか》へそっと指先をもぐらせた。

中からとめどなく湧きおこってくるものがある。

千代姫の視線は前方に釘《くぎ》づけになったままだ。

胡蝶の足はかなり大きくひらいていた。しかも太腿《ふともも》のあたりまで露出している。下半身と乳房をゆだねて、胡蝶は身をよじるように男の首にしがみついていた。

うたうような、かすかな声がきこえはじめた。泣くがごとく、うめくような官能を揺すぶりたてる声であった。

快感が下腹から徐々にのぼってきた。たとえようのない気持よさだ。

千代姫は指先をしきりにうごかした。うごかすたびにたまらない気分にかりたてられた。

「ああ……」

ちいさい声がもれた。内腿《うちもも》を生ぬるいものがつたいおちた。息がしだいにあらくなってきた。

胡蝶の足が微妙にうごいている。小きざみにおなじうごきをくりかえしている。はじめ、そのうごきが何を意味するものかわからなかった。

千代姫も手首をしきりに上下にうごかしつづけた。快感が体中をつきぬけ、駆けめぐりはじめた。もうどうにも自分を制御できない気分におちいった。

千代姫は男に抱かれている自分を想像した。荒々しく抱きすくめられ、押したおされてのしかかられる情景を想像してみた。そしておもわずその場にしゃがみこんだ。

今までにもひそかに自分の指で体をなぐさめた経験はあったが、こんなに自分を滅茶苦茶にしたくなるような気持にかりたてられたのははじめてだった。

(いきつくところまでいってみよう)

その先にどんな世界があるんだろう、千代姫はそんな期待をこめた気持になっていた。いまさら途中ではやめられない。

胡蝶は両足をひらいて、くるおしく揺すぶっている。

千代姫は胡蝶の腰のうごきに合わせて、手をうごかした。その手はもうぐっしょりと濡《ぬ》れていた。

「ううう……」

無我夢中の境地に入ってきた。恍惚《こうこつ》が急速度にちかづいてきた。

このとき、背後にちかづいてきた二人の男があった。

が、千代姫はまったく気がつかなかった。

二人は上半身裸体の駕籠かき姿である。彼らの横手に山駕籠がある。箱根の雲助《くもすけ》のいでたちだ。

五

雲助たちはしばらく千代姫のあられもない様子に見とれていた。おもいがけぬ目の保養、果報にあずかったという顔色をあらわにしている。

千代姫は相かわらず股間に深く手をさし入れて、身も世もない振る舞いにふけっている。しゃがんだまま、千代姫はゆっくりと腰をうごかしはじめた。

雲助たちはだまりこくって凝視《ぎょうし》しつづけた。その目がしだいに血ばしってきた。

千代姫のさらに前方では、とうとう男が胡蝶の股間に割って入った。

胡蝶のあえぎとしのび泣きが木立ちの中にひくくひびいた。

雲助たちの目がしだいに情欲にひかってきた。どちらからともなく、雲助が千代姫にちかづいていった。

もう一人がそれにつづいた。雲助たちはまぢかに立って、千代姫の淫《みだ》らであられもない振る舞いをのぞきこんだ。

なのにまだ、千代姫は気がつかぬ。無心に行為に没頭《ぼっとう》しているのだ。

雲助の一人が千代姫の肩に手をおいた。

それでも気がつかぬ。

雲助が肩をゆすった。

ようやく千代姫が振りかえった。その眸《め》はとろんとなって焦点をむすんでいない。恍惚《こうこつ》境《きょう》の真っ只中《ただなか》にあることがあきらかである。

雲助の手が千代姫の口をふさいだ。

「あっ……」

そのときようやく千代姫の眸に恐怖の色がかすめた。やっと現実にもどったのだ。

あばれようとしかけたが、すぐには体がうごかなかった。千代姫が抵抗する以前に、雲助たちは素ばやいうごきをした。

「姫様、おしずかに」

押しころした声でいい、手なれた動作であっという間に猿ぐつわをかませた。

「う……」

呻《うめ》き声がわずかにもれた。

千代姫は手をあげていやいやをしたが、その手をとられ、両手首を合わせて、しごきのような紐《ひも》でしばられた。

「あばれますと、おためになりませんぞ。お命をいただくことになりかねません」

雲助らはもう一度凄《すご》みをきかせた。

千代姫は泣きそうになってひきつった顔を見せたが、あきらめたのか、ぐったりとなった。

「姫様、おしずかにしておれば、痛い目にはあいませんぞ」

いいきかせて、一人が千代姫を軽々とかつぎあげた。そして木立ちの中をあるき、駕籠の中におしこんだ。念のために足をしばった。

駕籠は山道を何事もなかったようにすすんでいった。

箱根山を越えて、三島、沼津とすすみ、富士川、さらに大井川をわたった。

そのもっと先に浜名湖・新居《あらい》の関所があり、それに見たてた木戸がもうけられている。木戸番がいるが、二言三言でそこをくぐりぬけた。

その木戸の横手は下屋敷の裏口につうじている。千代姫をのせた駕籠はやがて、裏口から下屋敷をぬけだした。

駕籠は尾張藩上屋敷の方角へむかった。が、そのまま上屋敷の前を通過して、市ヶ谷御門をくぐった。

そして、むかっていったところは紀尾井坂《きおいざか》――。紀州家の中屋敷、尾張家の中屋敷、井伊家の中屋敷が坂の下で向かい合っているところから、その名がおこった。

駕籠は四谷から清水坂《しみずざか》をとおって、紀尾井坂にさしかかった。そしていちばん手前にある尾張家の中屋敷の前を通過し、紀州家中屋敷の中へ消えていった。
駕籠をかついでいたのは、紀州家の御庭締戸番《おにわしめどばん》、いうところの黒犬であった。

刺客《しかく》二十一家

一

おもい音をたてて紀州藩上屋敷の表門の大扉がひらいた。

ややあってから、先払い徒士《かち》が二人姿をあらわした。大名行列の道案内をする者である。

先払い徒士にしたがって紀州家の葵《あおい》の金紋を打った先箱《さきばこ》が二組あらわれ、つづいて徒士小姓《かちこしょう》が左右二人ずつ六人でてきた。鳥毛の槍《やり》がそのつぎにあらわれた。

それから長刀《なぎなた》、挟箱《はさみばこ》、徒士……とつづいた。

藩主吉宗の乗物は、馬廻《うままわ》り、供頭《ともがしら》、小納戸《こなんど》、駕籠《かご》小姓などのつぎに表門をでてきた。その後に駕籠の者、側衆《そばしゅう》、小姓、小納戸、馬廻り……。さらに徒士、目付《めつけ》、小姓、草履取《ぞうりと》り、長柄傘《ながえがさ》、手傘、挟箱、蓑箱《みのばこ》、供頭、供槍《ともやり》、中押足軽《なかおしあしがる》……と行列は際限なくつづいた。

正徳《しょうとく》四年三月二十日の朝、吉宗は帰国の途についた。尾張家との次期将軍位の争奪で物情騒然たる中、吉宗は悠々《ゆうゆう》と江戸をあとにした。

足軽、若党、中間《ちゅうげん》までふくめると四千人以上におよぶ大行列をもよおして、赤坂喰違《くいちがい》の上屋敷を出立し、紀伊国坂《きのくにざか》をくだっていった。

「今日から波瀾《はらん》がはじまる」

紀伊国坂とは反対側の、間《あい》の馬場のはずれにたたずむ旅の乞食坊主がつぶやいた。

「何人の死者がでるか、……南無阿弥陀《なむあみだ》」

老いたる乞食坊主は大行列を見やって数珠《じゅず》をまさぐった。

容貌《ようぼう》は変装によってかわっているが、その正体は一碧斎《いっぺきさい》である。彼は吉宗帰国によっておこなわれるであろう尾張藩と紀州藩の血みどろの道中の修羅場《しゅらば》を、昨年からたのしみにしていた。

一碧斎には連れがいた。

「東海道が血の雨でぬれる」

おなじく乞食坊主の姿《なり》をした霧の又十郎である。

彼は常陸太田《ひたちおおた》にある西山荘《せいざんそう》の留守居をしているが、いつの間にか江戸にでてきていた。当分のあいだ水戸の静謐《せいひつ》はかわるまいとの見通しで、一碧斎に呼ばれてやってきたのである。

「赤犬どもが東海道に網をはっておる。紀伊の黒犬、大国屋《だいこくや》一族は赤犬に負けじと、東海道ににらみをすえておるじゃろう」

一碧斎は行列から目をはなさずにつぶやいた。

行列の先頭はずっと先をすすんでいるが、まだ後尾どころか中央あたりまでは屋敷内にいた。

「行列の中にも、黒犬がまじっておるでしょう」

一碧斎と又十郎はひくい言葉をかわした。

間の馬場は紀州家の馬場であるが、ふだんは野原同然である。今も、ほかに人影はない。

供挟箱《ともはさみばこ》がたくさんつづき、合羽籠《かっぱかご》もいくつもでてきた。その後に徒士、若党、中間……などがいつ果てるともなくつづいた。

藩主の乗物の周囲は手だれの徒士、小姓、馬廻りなどできびしくかためられているのだろう。寸分の隙《すき》もない行列である。

行列は威風堂々、品川をめざした。

大名行列に出合った者は土下座をしなければならない。御三家の行列であるから、もしほかの大名行列と出合った際は、相手は乗物をおりて挨拶《あいさつ》をしなければならぬ。

「いそいで行列の後をつけるな。ほかにもつけていく者があるだろう」

ようやく最後の中押足軽が門をでて、大扉が音をたてて閉じられたとき、一碧斎はいった。

行列の最後尾から数丁もおくれて、一碧斎と又十郎はついていった。

晴天である。朝雲雀《あさひばり》が甲高《かんだか》い声をあげている。

東海道は高輪《たかなわ》あたりから海岸道である。

群青《ぐんじょう》の海、紺碧《こんぺき》の空がはてしなくひろがっている。沖に白い帆がいくつも浮かんでいる。

惜春をもよおす陽気である。

「わが役目は……」

又十郎がおもいだしたようにたずねた。

「何がおこっても、かまえて手だしはいたすな」

「しかし、わが藩と紀州家には紀水同盟《きすいどうめい》が……」

「立場はそういうことになる。今のところ、紀州は味方、尾張は敵じゃ。しかし赤犬に仕とめられるような吉宗公では、今後も紀州を味方とするに足りぬ」

「ただ見物の旅とこころえてかまいませぬか」

「かまわぬ。尾張と紀州、双方の手のうち、力量がわかろうというもの」

「左様にござります」

「双方傷つけ合うてたおれたとしても、自業自得じゃ」

「いかさま……」

尾張と紀州の戦いは政略、権謀の戦いであるが、目下は双方の戦術が比較されることになる。端的にいえば、尾張の赤犬と紀州の黒犬、さらに大国屋との勝負だ。

「双方、腕の見せどころだ」

一碧斎も又十郎もそれに期待していた。

行列は何事もなくすすんだ。

夕方、戸塚《とつか》の本陣についた。

本陣は沢辺九郎左衛門《さわべくろうざえもん》屋敷である。

本陣から二丁ほどはなれた宿場はずれの旅籠屋《はたごや》に、山岡重阿弥《じゆうあみ》は草鞋《わらじ》をぬいだ。

重阿弥は際物師《きわものし》の姿である。

際物師はその季節ごとのもよおし事にちなんだものを売りあるく。三月は雛物《ひなもの》、五月は端午《たんご》物《もの》で、三月上旬から四月下旬まで空いてしまうので、春から初夏の植木や薬、針、糸、箒《ほうき》、飴《あめ》、風車などを売りあるく。あつかう品は際物師によってそれぞれ得手、不得手がある。

重阿弥は針や糸を得意にしている。

夕餉《ゆうげ》をおえたころ、部屋の襖《ふすま》がしずかにひらいた。

姿をあらわしたのは、やはり際物師だ。薬を売っている柘植《つげ》の兵衛《ひょうえ》である。

兵衛も素姓《すじょう》は赤犬である。

尾張藩には代々二十一家の御側足軽《おそばあしがる》がつかえている。これがいうところの赤犬である。みなかつての甲賀者からでている。

慶長年間、藩祖義直《よしなお》が家をおこしたとき、すでに甲賀にかえって帰農していた者たちもふくめて二十一人が御側足軽として召しかかえられた。役目は隠密《おんみつ》である。

常日ごろは諜報《ちょうほう》と探偵の役をつとめ、いったん緩急《かんきゅう》あったときには、密命をうけてことにあたる。役名からもわかるとおり、藩主の御側にいて、藩主あるいは家老から命令をうける。

この二十一家はその後も一家も欠けずに存続してきた。が、一昨年からの将軍位争奪戦で、すでに三人が命をおとしている。当主が命をおとせば、ただちに後継者が家を継ぐ。

「かわったことは？」

重阿弥は兵衛にたずねた。

「何もかわったところはありませんでした。本陣の周囲にも、とりたてて見張りもおいておりません。何もかわっていないのがかえって不気味でした」

「うむ……」

うなずいて、重阿弥は思案に入った。

「明後日《あさって》は？」

今度は兵衛がきいた。

「支障がないかぎり、やる。手筈《てはず》どおりじゃ」

「承知いたしました」

重阿弥の脳裡《のうり》には東海道、さらに京から大坂、和歌山までの街道図が鮮明にえがかれている。

この百四十六里の道程を二十一家の刺客《しかく》がくまなく監視しており、紀州家の行列の隙《すき》をねらっている。

二十一家がつぎつぎに、吉宗へおそいかかる秘計が重阿弥の胸中にある。紀州家の反撃にたいするそなえもあった。

二

翌日、吉宗の行列が戸塚の本陣をでたころ、二人の猟師が小田原《おだわら》から箱根《はこね》へむかった。両人とも猟師筒を背負っている。

小田原をでると、間もなく道はのぼり坂になる。

やがて道は爪先《つまさき》あがり、周囲の風景もがらっとかわってきた。山の中に入ったのだ。

しかもしだいに石高道《いしだかみち》。石がごろごろとしていて、とてもあるきにくい。

風がひんやりとつめたくなってきた。周囲もやや暗くなった。

前に川の流れがあり、三枚橋をわたると湯本である。

須雲川《すぐもがわ》にそって猟師二人は黙々とすすんだ。さすが、足はきたえてある。先をいっていた旅人たちが息をきらしているのを尻目《しりめ》に追いこしていった。

その猟師を、さらに山駕籠が追いこした。

山道は急坂になってきた。霧が前方や後方をとざしている。いわゆる〈天下の険《けん》〉にさしかかった。

坂道に石畳がおいてある。これがなければ、ぬかるんだときあるけない。

昼なお暗い道がつづく。あたりは見あげるばかりの巨大な杉並木である。

杉の頂上ちかくは霧にとざされて、何も見えぬ。山鳥の声だけがきこえた。

猟師たちは足をゆるめ、山鳥の声を追った。雉子《きじ》や駒鳥《こまどり》の鳴き声が遠く、あるいは近くからきこえた。

足の下の谷に霧がわいている。足をすべらせたら、命とりだ。

九十九折《つづらお》りがつづく。

さいかち坂、樫《かし》の木坂、猿すべり坂、銚子口坂《ちょうしぐちざか》……をすぎていった。

その先に権現坂《ごんげんざか》があり、地蔵堂があり、箱根御関所はそのすこし先にある。

やがて霧が消え、前方にはるかな眺望がひらけてきた。下に芦《あし》ノ湖《こ》の青い水が見えた。

箱根権現の社が樹間の先に見えてきた。猟師たちは、ここで立ちどまった。

前方にある関所は天下一、改めのきびしいところである。

「九蔵《きゅうぞう》、もうこのへんでよかろう」

といった猟師は鈴鹿《すずか》の甚兵衛《じんべえ》である。九蔵と呼ばれた男は楢原《ならはら》の九蔵。いずれも赤犬である。

彼ら二人が、吉宗をねらう最初の刺客であった。

「地理、地形は十分につかんだ」

今までに、甚兵衛と九蔵は何度も箱根路の下見にきていた。

「手ごろの場所がいくらでもある。まさに宝庫だ。かえって目うつりする」

「成功はうたがいない。山鳥がいい例だ。声はすれども、姿は見えぬ。相手に気づかれず、余裕をもってねらえる」

「うむ」

「逃げるに際しても、姿をかくしやすい」

「谷へのがれれば、まず見つけられることはあるまい」

二人は言葉をかわしたが、すでに場所は前もってきめてある。

九蔵と甚兵衛は踵《きびす》をかえし、ひきかえしはじめた。

権現坂、銚子口坂、猿すべり坂……と今さっききた山道を逆もどりしていった。

夕方ちかく……、杉並木のやや暗い坂道をすすんでいった二人のうち、先をあるいていた九蔵の姿が不意に消えた。

ほぼおなじころ、忽然《こつぜん》と甚兵衛の姿もなくなった。

二人が消えたのは、山霧のせいではなかった。谷へ落ちたのでもない。

九蔵の姿は地上、二間の高さのところにあった。太い杉の幹にとりついて、上へ上へとのぼっていた。

手甲《てっこう》を掌のほうにまわした中に鉄の鋲《びょう》がついており、草鞋にもおなじ仕掛けがしてあった。これで難なく上へのぼってゆけるのだ。

猟師筒は背にかけてある。

たちまち一丈をこえ、さらにぐんぐん高くのぼっていった。

甚兵衛はその反対側の杉の幹に身をゆだねている。彼もまた、特殊な手甲と草鞋をつけており、手がかりや足がかりのない杉の木でも簡単にのぼることができた。

二人はたちまち地上数丈の高さまでのぼっていった。そこまでくると、足下《あしもと》を杉の枝がおっていて、下からは容易に見つけることができないのだ。

九蔵と甚兵衛は手ごろな枝で身をささえ、幹にもたれかかった。頭上は、まだ枝が無数に折りかさなっていて、葉が繁茂《はんも》し、ちらちらとしか空を見ることができなかった。

「甚兵衛、居ごこちはどうじゃ」

むこうの枝から九蔵が声をかけてきた。

「まあまあじゃ。とても上等とはいえぬが」

「まあまあならばよい。わしには上等の脇息《きょうそく》がわりの枝がある」

「では九蔵、かまえて私語は禁物じゃ」

これ以後、二人は長い沈黙に入った。

幾十人もの旅人が下をとおり、駕籠も、エッ、ホー、のかけ声とともに駆けぬけていった。

やがて、山に夜がおとずれた。時たま、不気味な夜鳥の声がきこえた。そのほかは死の世界のような静けさだ。風で枝と枝、葉と葉がすれ合う音がするばかりである。

暗闇の世界だが、忍者は夜目がきく。仮眠をとりながらも、ときたま夜目をきかせて、あたりの様子をうかがった。

時間がたつのは、さすがにおそい。夜は更《ふ》けたものの、容易に明けてこぬ。

見あげると、星がおどろくほど頭上まぢかにきらめいている。手をのばせばとどきそうな錯覚をいだかせる。明日も雨は降らぬだろう。

一刻ばかりの後、明けの明星がようやく光芒《こうぼう》をよわめてきた。暁がちかづいたのだ。

いくら忍者でも、木の上で一夜をあかすのは楽ではない。夜霧で衣服はぐっしょりとぬれていた。

「明けたな、九蔵」

甚兵衛がひくい声をかけてきた。

「すごい霧だ」

朝霧が一帯をおおっていて、何も見えぬ。上も下も乳色の霧にとざされている。

「朝霧だから大丈夫だ」

これほどの霧がもし昼までいすわっていたら、仕事をさまたげられる心配があった。甚兵衛はそれをいったのだ。

霧は長いあいだいすわっていたが、辰《たつ》の刻（午前八時）ごろには、しだいに谷底のほうへながれていった。

湯本からの早立ちの旅人がとおりはじめた。

九蔵は腰にさげていた干《ほ》し飯《いい》をとりだして食べ、竹筒の水をすすった。甚兵衛も同様のことをしているのだ。

木の葉をもれて、幾条もの光がさしてきた。吉宗一行は、朝、小田原《おだわら》をたって、ここをとおるのは昼ごろだ。

箱根の本陣で昼餉《ひるげ》をとる予定だろう。

また、待ちの時間がながれていった。待つことに耐《た》えるのが忍者の仕事《つとめ》だ。九蔵も甚兵衛も待つことには耐えられる。

「きた……」

甚兵衛がちいさな声でいったのは、正午をややまわったころだ。

耳をすますと、長大な大名行列のちかづいてくる気配がかすかにつたわった。

下にい　下にい

例のかけ声も遠くからきこえてきた。まだ数丁後方のところであろう。

九蔵は背から猟師筒をはずした。一見したところ変哲もない猟師筒だが、鉄の素材もきたえ方も一流の鉄砲鍛冶《かじ》が精魂こめた火縄銃《ひなわじゅう》である。

胴乱《どうらん》から早合《はやごう》をとりだし、火薬、弾丸《たま》をこめて、槊杖《さくじょう》でつきかためた。そして木綿火縄《もめんひなわ》に火を点じた。筒先を山道へむけ、ねらいをつけてみた。

二、三度やってみて、かまえがきまった。

甚兵衛も銃身を幹にあて、後方へねらいをつけていた。

下にい　下にい

はっきりと声がきこえてきた。

九十九折りをまがってくる行列がやや遠くに見えてきた。槍や長刀が見え、金紋の先箱も視界に入った。

「ぬかるな」

「大丈夫だ」

二人は小声をかけ合った。

真下を通過するときに上からねらい撃ちするのが、本来もっとも確実性のある方法だが、銃口を真下にむけると、弾丸がこぼれる心配があった。

〈九十九折りをまがって出てきた初《はな》をねらう〉

二人の策戦はまとまっていた。

射程距離は半丁にたりぬ。撃ちもらすことのない距離だ。

九蔵と甚兵衛のほかに赤犬が数人、旅人や駕籠かきに化けて、近辺を徘徊《はいかい》しているはずである。

今さっきも、それらしき旅人がとおりすぎていった。

かすかな興奮が九蔵をおそってきた。いかにきびしく鍛錬しぬいた忍者であっても、ねらう相手、情況によってはこころに震えがくることがある。

銃口がわずかだがふるえている。

かまえをはずして、九蔵は息をついた。そしてふるえがおさまるのをまった。

山鳥の鳴き声がきこえた。それをきくと、不思議にこころがおちついた。

下にい　下にい
声が大きくなった。その声が山間《やまあい》のしじまに大きくひびいた。

九十九折りから、ついに先払い徒士が姿をあらわした。

彼らを先頭にして、行列の面々がぞくぞくあらわれた。

九蔵は銃身を横にして火蓋《ひぶた》をひらき、火皿に口薬を盛り、火縄を竜頭《りゅうず》にはさんだ。そしてしずかに銃口を行列にむけて、かまえをとった。

銃把《じゅうは》を手前にひきつけ、床尾《しょうび》を右手でにぎり、その端を右の頰骨《ほおぼね》のところで固定した。

九蔵は引き金に指をそえてまった。

ついに乗物の先端があらわれた。乗物は四人の陸尺《ろくしやく》によってかつがれている。

乗物が全貌《ぜんぼう》をあらわした。前後左右は厳重にかためられている。

九蔵は乗物の前面中央部をねらって、銃口をすえた。その中に吉宗がいる。

乗物はちかづいてきた。

九蔵は息をとめ、しずかに引き金をしぼろうとした。その一瞬、乗物の前面中央に供の侍がかさなった。

九蔵は供の侍がはなれるのを待った。が、容易にははなれぬ。

甚兵衛もそれを待っているようだ。

九蔵はなおも待った。呼吸をととのえなおそうとして、息を吸った。

ダーン
そのとき、突然、間ぢかで、轟然《ごうぜん》と銃声が炸裂《さくれつ》した。それは意外な場所からおこった。

山鳥が一声鳴いて、羽音をたててとびたった。

ほとんど同時に、むこう側の杉の高い枝から甚兵衛が落下していくのが見えた。

(!)

驚天動地の事態であった。銃声は頭上でおこっていたのだ。

九蔵はおもわず頭上を見あげた。

人影らしきものが、頭上のしげみの間にちらついた。

(しまった!)

痛恨のおもいがかすめた。敵方の者が昨日、九蔵らよりもはやく、杉の木にのぼっていたのだ。

後方の行列がにわかにさわぎたった。狼狽《ろうばい》するさまが見えた。

九蔵は引き金をしぼった。

轟音とともに、乗物の前にいた侍のたおれるのが見えた。

銃声はふたたびおこった。

すさまじい衝撃をうけて、九蔵の体は杉の木からはじけとんだ。

三

江戸をたって八日めの朝、吉宗の行列は遠州白須賀《しらすか》の本陣を出立した。

箱根山中で赤犬の襲撃があった以外は何事もなく、ほとんど道程の半ばをむかえていた。箱根での襲撃は黒犬のあざやかな先制攻撃が功を奏し、狙撃者《そげきしゃ》二人を杉の枝から撃ちおとした。

吉宗の乗物の周囲は家中よりぬきの手だれたちが供頭、馬廻り、小姓、徒士、小納戸としてかたく警固《けいご》しており、不審の者をちかづかせる隙はなかった。この警固の中には、家中で薬込役《くすりこめやく》、御庭締戸番《おにわしめどばん》をつとめる黒犬も当然くわわっていた。

四千人以上におよぶ大名行列を宰領しているのは側役《そばやく》加納角兵衛であり、吉宗の警固を陣頭指揮しているのも加納である。

この行列が無事に紀州和歌山へつかなければ、加納の役目がまっとうされぬだけではない。紀州藩近年の野望が露と消えてしまうのである。

前代将軍家宣が病にたおれたときから、紀州家の野望は大きくふくらんだ。加納は付家老《つけがろう》安藤飛驒守《ひだのかみ》とともに、その野望をさらに稔《みの》りあるものにそだてできた。それもすべて吉宗あってのことである。

吉宗は身びいきでいうのではなく、本物の大器である。

家宣の遺書には、家継のつぎの将軍候補として、紀州の長福、尾張の五郎太の名があがっていたが、安藤や加納らが本当にのぞんでいるのは、長福ではなく、吉宗自身の本家相続である。もし吉宗が将軍位を継いだとすれば、東照神君《とうしょうしんくん》いらいの名将軍の登場となるだろうという確信が安藤や加納の胸中にはひそんでいた。御家の私利私欲が権勢争いの中心をなしていたにしても、幕府のために吉宗こそ将軍相続者としてもっともふさわしいという信念にもとづいていた。

家中にはまったく個人的な欲望から、吉宗の将軍相続をのぞむ一党があるが、安藤や加納は野望実現のために、その勢力をかかえこんでいく方針をとりつづけていた。

加納は薬込役十一家、御庭締戸番十三家を総動員して、吉宗の身辺をかためていた。行列のいく先々に、前もって黒犬の先遣隊を派遣していた。

箱根の襲撃いらい、東海道をとまりかさねて六日間。道中に不穏《ふおん》のうごきはなかった。不穏の空気は先々にあったものの、赤犬たちのうごきを未然に封じることができたのである。

「尾張領がちかづいてまいった。死地を通過する覚悟でなければ」

加納は黒犬たちの頭分ともいうべき名取昇竜軒《なとりしょうりゅうけん》にいった。

昇竜軒は伊賀・百地《ももち》党《とう》の本家のながれである。

「黒犬の半分以上を尾張領にもぐらせてあります。下検分も十分すぎるほどかさねております」

昇竜軒はならんであるきながらこたえた。

「尾張では何がなんでも吉宗公をとおさぬつもりだろう」

「こちらもそれに応じる手立てはことごとく」

昇竜軒は自信を見せた。

加納は黒犬のほかにも、大国屋《だいこくや》一族が独自の防禦網《ぼうぎょもう》をしいていることを知っていた。

行列が江戸をたつまえ、昇竜軒は吉宗の替玉をもうけることを申しでた。ところが加納はそれをとりあげなかった。

加納にすれば、吉宗は将来、将軍位をつぐべき人物である。そのような立場の者が暗殺者をおそれてこそこそと東海道をのぼりおりするわけにはいかぬという矜持《きょうじ》をいだいていた。

（暗殺者には暗殺者をぶつけてしりぞける）

加納の誇りは、尾張への闘志になっていた。

東海道は尾張宮（熱田）まで平野つづきだ。一行は今ほとんどその真ん中をすすんでいる。このあたりは潮見坂の下にあたる。遠州灘《なだ》の滄海《そうかい》が南にひろがっている。しかしこの丘陵をすぎれば、海景色とは宮までおわかれである。

やがて街道の景色が一変した。田圃《たんぼ》と野の風景が両側につづく。

田圃にはまだ水が張られていない。田植え準備の畔《あぜ》塗りも田掻《たか》きにもまだ少々はやい。街道ぞいの田圃では、ようやく耕しがおこなわれはじめ、旧年の藁塚《わらづか》がまだ無数にとりのこされている。これは稲を刈りとった後の田に畦木《うねき》を中心に藁を積みあげておいたものだ。

二川《ふたがわ》の宿場をでると、岩窟《がんくつ》がある。

岩鼻やここにもひとり月の客

とかつて去来《きょらい》がよんだ岩谷観音がまつってある。

やがて、吉田。

吉田から御油《ごゆ》までは、ほとんど田圃と野原である。水ゆたかな豊川のながれのほかは、殺風景な田園《でんえん》である。

燕《つばめ》が藁塚をかすめて飛んでいった。春はあくまでもふかい。

日がだいぶ高くなってきた。

下にい　下にい

先払いの掛け声が街道にのどかにひびいた。昇竜軒は乗物のすぐちかくをあるいている。馬廻りに扮《ふん》していた。

田おこしをする農夫の姿がちらほらと見えた。彼らは鋤《すき》や鍬《くわ》をにぎっている。

そのとき雀《すずめ》が数羽、にわかに田圃から一時にとびたった。

「曲者《くせもの》！」

昇竜軒はさけびをあげた。と同時に、徒士に持たせていた弓をとり、すばやく矢をつがえた。

街道から半丁ほど入った田圃の藁塚にむかってねらいをつけた。藁塚はあたかも、首のない大きな人間のような形に見えた。

シュッ
藁塚の中央部にむかってするどく矢を射はなった。

同時に、
ダーン
かわいた銃声が街道に鳴りひびいた。

その瞬前、乗物の側面に供廻《ともまわ》りたちがすばやくはしった。

そのうち三人が乗物の側面に立ちはだかった。そしてその真ん中の者が胸の中央を銃弾で撃ちぬかれて、たおれた。

前にくずれおちた男にかわって、供廻りの中から一人の男がとびだしてきて、乗物の中央に楯《たて》がわりに立ちはだかった。

行列はただちにとまって、曲者にたいして迎撃の態勢をととのえた。供廻りは乗物の周囲をぐるりととりかこんでかたく守護し、他の面々はそれぞれ自分たちの所持する武器をとった。

この一糸みだれぬうごきは、入念な演習の成果であった。

昇竜軒は二矢、三矢、四矢、五矢……、あたかも通し矢のごとく、つづけざまに射はなった。

矢はことごとく藁塚の中央をつらぬいた。

ダーン
ふたたび銃声が虚空《こくう》にひびいた。

乗物の中央に立ちふさがった男がまた胸を撃ちぬかれてたおれた。楯がわりになってたおれた二人はいずれも黒犬である。

二人ともなにもいわずに死んでいった。死ぬために行列にくわわったのであった。

シュッ　シュッ
昇竜軒はまたしても矢をたてつづけに射はなった。他の供廻りたちも弓矢をとって藁塚にむかって射ちかけた。

どよめきがおこった。ばらばらと行列の一行が田圃にとびだしていった。

「かこめ！」

藁塚を遠巻きにし、しだいにその半円の輪をちぢめていった。

藁塚から反撃の銃弾は飛んでこなかった。藁塚の背後には誰《だれ》もいなかった。

面々は藁塚に手をかけ、前にたおした。

「うっ」

一同は息をのんだ。体中に前面から何本も矢をうけた男が二人、そこにたおれていた。

四

槐《えんじゆ》の乙吉《おときち》が紀州家の行列にくわわって、すでに九日がたつ。

江戸出発の前日、麴町《こうじまち》にある春日屋《かすがや》という口入屋の周旋で紀州家の中間《ちゆうげん》にやとわれて行列にくわわったのだ。召しかかえられたのでも、常雇《じようやと》いされたのでもなく、藩主帰国の行列にくわわって雑用をこなすために給金一両でやとわれたのだ。

乙吉と一緒に春日屋をとおして紀州家にやとわれた者が二十人ばかりいる。中間は紀州家の屋敷にも十数人はいるが、彼らがみな帰国の行列にくわわったら、屋敷の用をする者がいなくなってしまう。それで、藩主の帰国などに際して臨時に中間を口入屋からやとい入れることが、諸大名のならわしになっている。馬の口取り、槍《やり》持ち、籠《かご》持ち、箱持ちなどにつかわれる。

やとわれるに際して、紀州家でかなりきびしい身許《みもと》しらべがおこなわれた。

乙吉は一昨年いらい、春日屋に出入りして、方々の大名屋敷にやとわれていたので、身許は保証されていた。そして今日まで東海道をとまりかさねてきた。

そのあいだ、ずっと挟箱をかついできた。行列でいうと、先頭から四分の三くらいのところである。

この位置は毎日かわらない。長い行列であるから、先頭が山道にかかったとき、まだ最後尾は白波よせる海岸通りをあるいていることもある。

吉宗の乗物は遠いかなただ。おなじ行列中にいながら、吉宗にはまったくちかづかぬ。

宿泊に際しても、吉宗は本陣どまりだが、乙吉などがとまるところは本陣から遠くはなれた旅籠の相部屋である。これでは大役をはたす機会がまったくない。

このまま和歌山へついてしまうおそれがあった。

乙吉は、行列が尾張領にちかづいたころには焦りにおそわれた。乙吉は山岡重阿弥の命によって、一昨年から春日屋へ出入りをつづけ、諸大名の屋敷などにやとわれて、この機会を待っていた。すなわち、彼は重阿弥がよりすぐった赤犬であった。

「明日からは、いよいよ尾張領だな」

岡崎城下の旅籠に草鞋をぬいだ夜、相部屋の佐兵衛がいった。

すでに箱根山中と吉田において、吉宗の乗物がねらわれている。行列の末端にいたるまでぴりぴりと緊張をはりつめさせていたのである。

「無事にとおれるかどうか……。何もなければいいが」

乙吉がいうと、

「おれはかならずくるとおもう」

佐兵衛は確信の色を見せてこたえた。

以前はなにをしていたか知らないが、佐兵衛も春日屋の周旋で紀州家にやとわれてきた中間である。年輩も乙吉とあまりかわらぬ三十半ばだ。

佐兵衛は無口だが、おだやかな人柄で、乙吉とわりあいに気が合った。

「今までは大丈夫だったが、おれたちもいつ巻きぞえをくうかもしれない」

佐兵衛はそういって心配した。

乙吉はあせりたつこころをおさえながら、

(なんとかして、吉宗にちかづかなければ……)

必死にその方法ばかり模索した。

今までに乗物をおそった赤犬たちはことごとく討ち果たされた。

これから以西の街道にも刺客が伏せてあるが、誰よりも乙吉が吉宗にちかいところにいる。内懐《うちぶところ》にいるといってもいい。

だからもっとも期待されているのである。だが、ちかいところにいるとはいっても、ちかづく機会は今まで一度もなかった。

行列の位置はきちんとさだめられており、無闇《むやみ》にちか寄ることはできぬ。宿割りも部屋割りもきまっており、夜間外出することも禁じられていた。

翌日、池鯉鮒《ちりゅう》の先、境川をわたったところから尾張藩領へふみこんだ。そして、やがて鳴海《なるみ》の宿場へ入っていった。

ここに名古屋城の出城《でじろ》といわれる尾張四観音の一つ笠寺《かさでら》がある。観音の霊場であり、笠を召した観音が鎮座する。

街道に藍《あい》のにおいがただよっている。鳴海絞りで有名なところである。

街道ぞいに染め屋がずらっと軒をならべている。店頭に絞りの手拭《てぬぐ》いや浴衣《ゆかた》などがかけてある。店の入口脇《わき》には、防火の用水桶がおいてある

庭先で藍瓶《あいがめ》をかきまわしていた職人が土下座をしている。

昇竜軒はゆっくりとすすんだ。吉宗の乗物のすこし前をあるいている。

ほかの面々も神妙にとおっていった。

すこし先、宿場をでたところに右へまがる大路がある。名古屋城へつうじる道だ。まさにこれから尾張藩の中心部にさしかかろうとしている。

昇竜軒は自分の命をすでに投げだしていた。何がおこってもおどろかぬこころのそなえができていた。

日の光がきらめいている。

（…………）

と、昇竜軒の視線が一点でとまった。

そこはもう宿場はずれにちかい。染め屋の店頭脇の用水桶に昇竜軒は眸《め》をすえた。どこの店にでもある用水桶である。

（陽炎《かげろう》か……？）

昇竜軒はおもった。

ゆらめくように、かすかに立ちのぼるものがある。しかも、それはほとんど無色である。陽炎にしては、背後の壁がゆれうごいていない。

昇竜軒はいぶかしんだ。そのゆらめきには、かすかな白濁《はくだく》の色がある。

(火縄だ)

と昇竜軒はおもった。

となりを槍持ちがあるいている。それはつねに昇竜軒の横をあるいている黒犬である。

昇竜軒は無言でその槍をうばった。鞘《さや》をはらいながら、地を這《は》うように疾走した。

ほかに火縄に気づいた者はいなかった。

用水桶に水は入っていないのだ。直径一寸余の穴があいている。短筒《たんづつ》の先がわずかにその穴からのぞいている。

槍の穂先が地上すれすれにかすめた。穂がきらめいた。

「曲者っ!」

しぼりだすような短いさけびが昇竜軒の口許《くちもと》から発した。昇竜軒は体当りするかのように用水桶にぶつかっていった。

ダーン
銃声がはじけた。

激突する直前、昇竜軒は踏みとどまった。

用水桶から血しぶきがあがった。槍は用水桶をつきぬけて、穂先がむこうにでていた。

(やった!)

十分な手ごたえを昇竜軒は感じていた。

五

乙吉は江戸を発して十六日めをむかえていた。

吉宗の行列はついに大坂をすぎて、昨夕、泉州岸和田の城下についた。尾張藩領をなんとかくぐりぬけた。

今夕には和歌山に到着する。

吉宗はつつがなく無事である。

江戸からここにいたるまでに、赤犬六人がつぎつぎにたおれた。けれども吉宗に擦《かす》り傷さえ負わすことができなかった。

昨日、大坂市中で際物師《きわものし》二人を見た。土下座する際物師の前を乙吉はとおりぬけた。

二人は顔をわずかもあげなかったが、重阿弥と柘植の兵衛であることがわかっていた。

とおりぬける瞬間、

〈殺〉

の文字が重阿弥のひざまずいた地面に指先で書かれていた。

〈吉宗を殺《や》れ〉

の命令である。重阿弥はついに姿をあらわして、乙吉に絶対の命令をくだしたのであった。

それを実行するための残り時間は、今日一日しかなかった。一日とはいっても、和歌山城に入るまでだ。

重阿弥と柘植の兵衛はもう姿を見せなかったが、つかずはなれず、行列の近辺にいることはたしかである。

乞食坊主の姿を二つ、岸和田城下をでるときに町角で見かけたが、見おぼえはなかった。

日がかたむきだしたころ、風吹峠《ふぶきとうげ》をこえた。ここが紀泉の境である。こえれば五十五万石、紀州藩の領地となる。

ここにいたってもまだ、乙吉は機会をつかむことができなかった。命が惜しいわけではない。しかし、決行するからには成功しなければならぬ。

無駄死《むだじ》にはたやすいが、おろかな死である。乙吉は必殺の使命を課せられていた。可能性のないところに、命を賭《か》けることはできなかった。

ついに、紀ノ川をわたった。もう和歌山城下であった。

西日をうけてかがやく白堊《はくあ》の天守閣が城下から見えた。

さすがに乙吉は追いつめられていた。

〈機会《おり》がなかった……〉

実際にはそうであっても、いいわけにはならぬ。乙吉としては十分の一の可能性にでも賭けたい気持だった。

行列は本町通《ほんまちどお》りをすすんでいった。

京橋をわたった。

和歌山城大手門は大きくひらかれている。吉宗の乗物はすでに大手門をくぐった。乙吉は大手門をくぐったとき、挟箱《はさみばこ》を無造作において、行列をはなれた。

広場の前方に、本丸へわたる橋が見える。この広場が、一応、行列の終着地である。乙吉は一気にはしった。さわぎたつ者もいたが、それを尻目《しりめ》にはしった。

城内に入ってから、一行は、半月間におよぶ長い緊張の日々からときはなされて、ほっとしていた。乙吉はその油断をついた。

「止まれ」

本丸の門番がようやく制した。

「主命じゃ、詮議《せんぎ》御無用」

乙吉はいいはなって悠々《ゆうゆう》と橋をわたった。

その門番は乙吉の気合いに圧せられて、呆然《ぼうぜん》と見おくった。他の門番たちも乙吉の堂々とした態度に不審を消された。

本丸、御玄関がある。その御玄関に乗物がおろされたところだった。

乗物の引き戸があき、吉宗の姿が地上におりたつのが見えた。あたりをはらう堂々たる威厳と体軀《たいく》である。

そのまわりに小姓、側衆、小納戸たちが平伏している。馬廻りはさらにその外でひざまずいている。

距離は約半丁。

（今だ！）

確信をいだいて、乙吉は地を蹴《け》って疾走した。手には忍び刀をにぎっている。

吉宗の姿がぐんぐんちかづいた。

西日をうけて、吉宗がこちらへむいた。やや驚きの色がある。

平伏している一同は乙吉に気づいていなかった。

（よし！）

乙吉は真一文字に、吉宗めがけて突進した。成功はうたがいなかった。

吉宗がなにか声を発した。

そのとき、乙吉は自分とともにすぐ横をはしっているもう一人の人物がいるのに気づいた。

（佐兵衛！）

ではないか。

一瞬、乙吉は惑乱した。

（佐兵衛も赤犬だったのか……）

という驚きにうたれた。

それが錯誤だと気づいたのは数瞬後だった。

吉宗がとっさに身がまえた。

その吉宗に乙吉がおそいかかった刹那《せつな》、佐兵衛の忍び刀が真横から乙吉の脇腹《わきばら》をつらぬいた。

衝撃で乙吉の体が一間ほどとんだ。

「佐兵衛っ、おぬし黒犬か？　それとも大国屋《だいこくや》一族……」

よろめきながら乙吉は血を吐くようにさけんだ。が、それにたいする答えはなかった。

乙吉は脇腹に忍び刀を通したまま、全力をふるって吉宗へ一刀をあびせた。が、わずかにとどかなかった。

もう一度、全力をしぼって踏みこんだが、ふたたび大きな衝撃におそわれ、足下からくずれていった。佐兵衛の鎧通《よろいどお》しを背中にうけていた。

奥医師と御中臈《おちゅうろう》

一

正徳《しょうとく》五年（一七一五）は大火でくれて、翌六年は大火であけた。大晦日《おおみそか》から元旦にかけての大火であった。

火の手は宵にあがった。火元は湯島である。

大晦日の宵といえば、ふだんより一層のにぎやかさだ。商家ではまあたらしい染暖簾《そめのれん》をかけ、門松《かどまつ》、注連飾《しめかざ》りが高張提灯《たかはりぢょうちん》の明りに照りはえ、神棚には灯明《とうみょう》があがり、鏡餅《かがみもち》、海老《えび》、橙《だいだい》をそなえている。

往来には露天商がでていて、寒さの中に声をからして道ゆく人々に呼びかけている。人通りはふだんに倍して多く、宵ごろはみな弓張《ゆみはり》提灯、ぶら提灯などをたずさえ、せわしく行き来している。鳶《とび》の者たちの通行もさかんだ。この人通りは夜更けにいたるまでつづくのが毎年の例である。

宵も六つ半（午後七時）をまわったころ、とつぜん半鐘がけたたましく鳴りだした。あいにく江戸名物のからっ風が吹いている。

「こいつは大火になるな」

湯島の空にあがった火の手を見て、町の者たちはいっせいに浮き足だった。毎年火事は冬場に多いが、どういうわけか、大火は年の瀬にあつまっている。

「年越しの火事になるかもしれない」

風向きと火の勢いから、火事になれている者にはわかるのだ。

半鐘の輪は湯島を中心にして、あっという間にひろがっていった。そして、湯島の空は真紅の色にそまった。火消し組が続々と駆けつけたが、火の手は北風に追いまくられて、湯島の町筋を焼きたてながら南へむかってすすんでいった。もうもうたる煙と家屋をもやす大きな音響が町全体を圧していた。

「明日は元旦だってのに……」

「不吉な予感がするな」

「来年はきっと、縁起のわるい年になるぞ」

風上に住んでいる者たちはほっとしながらも、眉《まゆ》をひそめてささやき合った。

江戸の空はほぼ全域が赤くそまりだした。火の手は一つから二つ、さらに三つにわかれて町を津波のようにのみこんでいった。

水戸藩上屋敷《かみやしき》では、火元にもっともちかいため、藩士や奥御殿の女中たちが一時《いっとき》おびえたった。が、桜の馬場にちかい御庭方の御長屋では、終日火桶《ひおけ》をかかえこんでうつらうつらとねむり呆《ほう》けていた一碧斎《いっぺきさい》がけだるそうに庭へでていき、風向きをたしかめた。そしてふたたび部屋にもどって、居眠りをきめこんでしまった。

「もし。万一のためのご用意をなさっては……」

風丸《かざまる》がとなりから木戸をくぐってやってきて、注意をうながしたが、一碧斎はうるさがって狸寝入《たぬきねい》りをつづけていた。余人が見れば、一匹の老犬が醜汚《しゅうお》をさらして惰眠をむさぼっているようにしかみえなかった。

一碧斎は一昨年の夏、常陸太田《ひたちおおた》の西山荘《せいざんそう》から江戸へでてきていらい、そのまま上屋敷に居ついていた。その二年半のあいだに、彼は尾張《おわり》藩主吉通《よしみち》・五郎太《ごろうた》を暗殺していたが、それを知る者は藤林《ふじばやし》霞九郎《かすみくろう》以外にはいなかった。

昨年、紀州藩主吉宗《よしむね》の帰国にともなって、それを見とどけに和歌山までついていったが、それからすでに一年半の歳月がたっていた。しかもその歳月のあいだに、老いはいっそうふかく一碧斎をむしばんでいた。容貌《ようぼう》にも体にも一段とおとろえが見られた。このごろは、日常のささいなうごきですら億劫《おっくう》そうにみえた。

「一碧斎様、火事が」

風丸はもう一度声をかけた。屋敷でも類焼にそなえて、念のための準備をしていた。

「北風にあおられて、火の手は神田、日本橋へむかうじゃろう。ここは大丈夫じゃ」

といったきり、一碧斎がでてくる気配はなかった。

「でも、万が一」

かさねて声をかけたが、もう返事はなかった。風向きのことなど、風丸とて承知はしている。万一風向きがかわったときのことを心配しているのだ。

(ちいっ……、喰《く》えぬじいさま)

風丸は口のうちで舌打ちして、御長屋をはなれた。

しかし、火事は本当に一碧斎がいったとおりに推移した。火の手は昌平橋《しょうへいばし》、和泉橋《いずみばし》から神田川をこえて、神田、日本橋一帯を焼き、翌朝になってもまだ消えず、昼ごろ八丁堀、さらに霊岸島《れいがんじま》にいたってようやく鎮火した。数年来の大火であった。

これで、江戸は元日も七種《ななくさ》もない味けない正月となった。江戸の民は家や家財を焼かれ、寺院などに収容され、着のみ着のままの正月をおくった。

そしてようやく復旧にかかりはじめた正月十一日、ふたたび本郷から出火し、前回以上の広範囲にわたって江戸を焼いた。江戸庶民にとっては踏んだり蹴《け》ったりの正月であった。

「今年は一体、どんな年になるのやら」

「どえらいことがおこるんじゃないか」

町の者たち、とりわけ寒空に住む家をうしなった人々は不安におののいた。

月がかわった二月の半ば、今度は九州の霧島山がとつぜん大噴火して、近隣に大災害をもたらした。

「この先、どんなことがおこるか……」

「今年がはやくおわるといい」

町民ばかりでなく、武士の中にもそんなおそれを口にする者がふえだした。

二

ひさしく国許《くにもと》にひっこんでいた水戸藩付家老《つけがろう》中山備前《なかやまびぜん》が江戸にでてきたのは、二月下旬に入った一日だった。さすがにこの時候となると、如月《きさらぎ》の空はうららかで、気温あたたかく、野鳥のさえずりにも春たけなわの感があった。

霞九郎には、立花屋の若い者駒吉《こまきち》からしらせがあった。さっそく霞九郎は遊客のいでたちで、夜見世《よみせ》まえの吉原をおとずれた。まだ日のあることとて、廓《くるわ》の内は閑散としていた。

仲《なか》の町《ちょう》の大通りも、やけに広々としている。大通りをあるいている商家の者も、妙に白っ茶けた顔をしている。こういう連中の顔に生気がみなぎるのは、やはり夜見世がはじまるころだろう。

霞九郎は仲の町の真ん中あたりの引手《ひきて》茶屋立花屋へ入っていった。

「中山様は」

たずねると、

「おあがりになって、少々お待ちを」

駒吉に座布団《ざぶとん》をすすめられた。

がえているのだ。

（女将《おかみ》がいるな）

と霞九郎は察した。

女将のおはなは娘のころから中山に惚《ほ》れていた。

中山は今おはなと内所《ないしょ》ですごしている。内所の中でどのような言葉がかわされているかは知らない。が、駒吉はすこしでも女将のために、中山とすごす時間を長くのばしてやろうとかんがえているのだ。

半刻《はんとき》（一時間）ばかりたったころ、中山がでてきた。霞九郎はおはなの居間にとおされた。

中山と霞九郎がここで密談をかわすとき、おはなは居間に姿を見せたことがない。

「世間が少々さわがしい。水戸でも那珂湊《なかみなと》の浜に、数十年ぶりに大鯨が何頭も打ちあげられた。潮のながれがかわったのではないかと、さわぎたてている者もある」

中山はきりだした。

「大鯨が打ちあげられたのは、吉兆《きっちょう》では？」

「そう見るむきもある。世の中すべて見方によって吉にもなれば、凶にもなる」

中山は明快にこたえた。が、中山の明快さの裏には、複雑にして緻密《ちみつ》な計算と策略がひそんでいる。彼が名家老といわれるゆえんはそこだ。霞九郎には尾張、紀州両藩の動静をさぐれと命じる一方で、ひそかに一碧斎に吉通・五郎太の暗殺を命じるところなどがそれだ。単純一途《いちず》の者では、ついていくのがむつかしい。

「鯨のほかに、なにか……」

霞九郎は中山の腹をさぐった。

「今、江戸城でひそかな噂《うわさ》がながれておる」

と、中山がいいだしたとき、霞九郎にもおもいあたる節があった。

「はっ」

「存じておるか」

「将軍《おかみ》にかかわることでありましょうか」

「左様」

中山はうなずいた。

「くわしくは存じませぬ」

たとえ知っていたにせよ、そうこたえるのが立場であろう。

「将軍が病臥《びょうが》なさっておるときこえる。しかも重病だという」

「左様にござりますか」

「将軍は御年わずかに八歳。しかも元来がご病弱じゃ。重病にかかられてはご快癒が心配される」

霞九郎もそのことはおぼろげながら聞いていた。が、確証はつかめなかった。幕閣首脳はそのことをかたく秘しており、漏洩《ろうえい》には気をつかっているからだ。

「これが世間へもれましては、ただならぬ動揺をあたえましょう」

「江戸の大火や霧島山の噴火とむすびつけて噂されることは必定《ひつじょう》だ。幕府政治の終焉《おわり》くらいにはいわれよう」

「それぱかりではございません。紀州藩ならびに尾張藩がどのようなうごきにはしるか知れたものではありません」

「将軍はご幼少にておわす。このようなときはかまえて静謐《せいひつ》をたもつことが、幕府政治の要諦《ようてい》だ」

「はっ」

こたえたものの、霞九郎はそれを言葉どおりにはうけとらなかった。

中山の言葉には、ときとして裏がある。さらに裏の裏もある。中山が幕府政治の静謐だけをねがうものなら、尾張吉通・五郎太を暗殺させるなどの行為にはしるはずがなかった。だからこそ、そこを見きわめるのが大事なのである。

「将軍が本当に病臥なされておるか否か、たしかめられるか」

「はっ」

霞九郎はしかとうけたまわった。

「この一年半ばかりのあいだ、幕府政治も尾張、紀州両家のあいだにもあまり大きな波風はたたなかった。幕閣をゆるがすほどの事件もおこらなかった。しかし、それはあくまでも表にあらわれなかったまでのこと。本物の静謐であろうはずがない。ぼつぼつ表だって波風がおこる時期であろう」

「わたくしも、左様うけたまわります」

霞九郎も同様のかんがえをいだいていた。

「尾張、紀州も将軍病臥についての真偽を手をつくしてさぐっておろう」

「ひけをとらぬようつとめまする」

霞九郎は一昨年の後半から昨年にかけてわりあいに平穏《へいおん》のつづいた将軍位争奪の戦いが、この年からふたたび激化し、火を吹きだしそうな気配を感じとっていた。もしかしたら、今年中にあたらしい将軍継嗣《けいし》の決定が見られるのではないかとも予感した。

現在の幕府政治は前代の将軍家宣《いえのぶ》のころの為政者がひきつづき担当している。すなわち新井《あらい》白石《はくせき》を政治顧問とし、御側御用人《おそばごようにん》間部《まなべ》越前守《えちぜんのかみ》詮房《あきふさ》が政治の実権をにぎって、ほとんどすべてにわたってとりしきっていた。

阿部豊後守正喬《ぶんごのかみまさたか》、井上大和守正岑《やまとのかみまさみね》、久世《くぜ》大和守重之《やまとのかみしげゆき》、土屋相模守政直《さがみのかみまさなお》、松平紀伊守信庸《きいのかみのぶつね》、戸田山城守忠真《やましろのかみただざね》などの老中《ろうじゅう》はほとんど飾りばかりの人形にすぎず、新井白石・間部越前守の専断にたいしても、なにひとつ口をはさめぬ状態であった。とくに間部の専断ぶりには目にあまるものがあった。間部は、御側御用人の地位を最大限に利用し、幼将軍家継《いえつぐ》をおのれの膝《ひざ》の上にかかえ、その権威を背景にして、老中以下に号令していたのである。

「今の治世はいわば前代将軍がおのこしになったもの。前代の政治を踏襲するのもこころあたりが限度であろう」

「老中・若年寄のあいだでも、御側御用人、あるいは政治顧問への不満がたまっておるようにうかがいまする」

「老中どもも間部越前守に頭をおさえられて、いささかだらしがないが、御三家もたがいに争い合って間部の専断をゆるしておる。もうここらでいい加減にしなければならぬ。つよい将軍をいただいて、本来の幕府政治をおこなわなければならない」

中山は正論を吐いた。御三家の家老として当然の論である。

「ごもっともにござります」

病弱な八歳の幼将軍に側用人がついて政治をおもいのままにうごかしているのが異常だというのは、また至当の論理なのである。

中山が現在の政治に不満をいだいているのはたしかである。中山は家継の死をねがっているのでは……と、霞九郎はうたがった。尾張、紀州両家はどうなのかと、かんがえた。

三

桜田門と日比谷門とのあいだの濠端道《ほりばたみち》に、屋台の二八《にはち》ソバ屋がでた。桜田門は大名登城《とじょう》の表玄関であり、大手門と合わせて、〈両下馬《りょうげば》〉と呼ばれる。大名下城《げじょう》の表出口でもある。

二八ソバ屋は大名下城の八つ刻（午後二時）まえには濠端道にでていた。屋台の客は江戸城を見物にきた田舎者や、大名登城のさいの供揃《ともぞろ》いの足軽や人足たちである。

ソバ屋は濠端の並木のあいだに屋台をおき、夕方はおろか、宵、夜更けまでいることがある。宵になってからの客は付近の大名屋敷の中間や若党、足軽たちだ。このあたりは、外桜田の大名屋敷があつまっているところである。

昼間、濠を吹きわたる風にたなびいている柳の枝は、遠くから見ると萌黄色《もえぎいろ》に見える。近寄ってよく見ると、一面にこまかい芽をふきだしている。春風が濠の水面にひかっている。春雨は、かそけく、あえかに柳並木に絹糸のように降る。

夕になり、さらに宵にいたれば、まさに価千金《あたいせんきん》の夜となる。おぼろ月が濠の水面に映じ、闇《やみ》の中から蛙《かえる》の声がきこえる。濠のむこうのお城の森から駒鳥《こまどり》の鳴き声がひびいてくる。

だが、ソバ屋の主人は春雨にぬれる柳や、春宵の一刻に詩情を感じているわけではなさそうだ。客がとぎれたときなど、ちらと桜田の御門へするどい眼差《まなざ》しをむけることがある。けれども彼が目的とするものがみとめられたことは一度もなく、そのたびに視線をもどしてしまうのだ。

たまに屋台をひいてうごくことがある。濠端にまっすぐぶつかる一本の大路《おおじ》がのびており、その道をいきつもどりつする。その大路をゆくと、右手に高崎五万石・御側御用人間部越前守詮房の屋敷がある。屋台の主人はときに間部邸の門前をさりげなくのぞいてとおりすぎる。

今宵も、濠端を後にして、屋台をひいてその大路をあるきだした。

うう……うおん
月にむかって吠《ほ》える犬の鳴き声がきこえた。犬は、三、四度くりかえして遠吠えをした。それに呼応して、遠吠えをあげる犬がいた。

間部邸の長い坂をとおりすぎて、石川若狭守《わかさのかみ》の上屋敷の前へ屋台はでた。そのとき、月影をふんで、ぽとりぽとりと足をはこんでくる背の曲った男がいた。男は屋台にちかづいてきた。

「ソバ」

と、つげると、屋台の主人は、

「へい」

と、応じ、男へ視線をおくった。

「ご苦労だな」

その視線にこたえて男のほうがねぎらいの言葉を口にした。

容貌《ようぼう》はすっかり様がわりしていて面影《おもかげ》とてのこっていないが、男の声は霞九郎のものである。屋台の主人は風丸である。双方ともたくみな変装をこらしている。

「今日もかわりはありません」

風丸はソバを盛りながらひくい声でつぶやいた。

「屋敷には?」

これまたいっそう押しつぶした声で霞九郎はきいた。

「すでにもう半月以上、側用人はお屋敷にもどっておりません。ずっとお城につめきりです。下城、登城の姿は一度も見ておりません」

「そうか」

「従前からお屋敷にもどることがすくなく、お城泊まりが多かったと聞きましたが、ちかごろはまったくお屋敷に寄りつかぬようで」

「将軍の枕辺《まくらべ》をはなれられぬのであろうか」

「そうかんがえられまする」

「将軍の病臥はほぼまちがいないな」

家継は正月恒例の寛永寺参詣《さんけい》、増上寺参詣にも代参をたてた。正月の七種御祝儀いらい、公の席に一度も姿をみせていないのである。これは異例なことだ。

「十中八、九はそういえましょう」

「のこる一、二分をたしかめねばならぬ。おまえも、もうしばらく屋台をひいてくれ」

いいつつ、霞九郎はソバをつるつるとのみくだした。

間部越前守が江戸城の奥泊まりをつづけているのは、家継の生母月光院《げっこういん》と夜をともにすごしているためだという噂もあった。男では将軍とその家族しか出入りをゆるされぬ大奥に、間部は以前から側用人の役目を理由に堂々と出入りをつづけていたのである。

ソバを食べおわって、霞九郎は穴あき銭を屋台においた。

「さいぜん、赤犬らしき者を見かけました。十分ご注意を」

霞九郎が屋台をはなれるきわに、風丸はいった。

「赤犬がうろついておるのも当然だな」

霞九郎はつぶやいて、月光の降りそそぐ大名小路《こうじ》をふたたびぽとりぽとりとあるきだした。

しばらくいくと、むこうの暗闇から、図体のおそろしく大きな野良犬がでてきて、うさんくさげに霞九郎にちかづいてきた。闇の中で犬の目だけがひかっている。犬は逃げるものはかならず追う。霞九郎は正面から野良犬と対峙《たいじ》した。

ううう……

太い尾をさげ、耳を伏せて野良犬は獰猛《どうもう》な唸《うな》り声をあげた。牙《きば》がのぞき、今にもおそいかかってくるかに見えた。迫力で負けそうになったが、霞九郎はひるまず犬の瞳《ひとみ》をひたと見すえた。しばしの間にらみ合い、野良犬は霞九郎の前からしおしおとひきさがっていった。

野良犬が闇の中へ消えたとき、今度は真田信濃守《さなだしなののかみ》の上屋敷のほうから、提灯をさげた若党が二人やってきた。屋台で酒でも飲んできたのか、二人はやや声高《こわだか》に話していた。霞九郎は片側へ寄ってあるいた。酔っぱらいにからまれるのが、いちばん始末にわるいのだ。

若党たちの話し声が急にやんだ。両人ともこちらへ意識をむけている。二人の目がこちらを見すえてきた。

(何かあるな)

とおもった。

二人が寄ってきた。樫《かし》の木刀を腰にさしている。今さら後もどりはできぬ。霞九郎は仕方なく前へあるきつづけた。いやな感じがした。

距離が二間にせまったとき、

「むうっ!」

ひくい気合いを発して、右側の若党が木刀をぬきはなつと同時におそいかかってきた。霞九郎はとっさに地に伏せ、からくも木刀をさけた。

「黒犬だな」

いいざま、もう一人が木刀でするどく突いてきた。

霞九郎は背をまげたまま、空中高くとびあがった。飛びおりたところに木刀を振りおろすべく、若党が三間ほどはしった。が、霞九郎はそこにはおり立たなかった。真田邸の塀の上に乗りうつっていた。

「そう呼ぶところをみると、赤犬だな」

霞九郎は背を曲げたままの姿勢で、下の若党たちをあざ笑った。

「うぬっ」

一人の若党が疾走してきて、木刀を振りあげた。霞九郎は軽々とそれをかわしておいて、邸内からのびている松の枝へとびうつった。もう一人が松の枝の下へ猛然と駆けてきた。

「馬鹿め」

嘲笑《ちょうしょう》して、霞九郎はさらに上の枝へとびうつった。そして固く乾燥した菱《ひし》の実を赤犬の顔面へ投じた。

「うっ」

さけんで赤犬は顔をおおったが、そのまま高く跳躍していた。今一匹の赤犬も木刀を振りかざして高く翔《と》んだ。

宙空の一匹の赤犬の顔めがけて、霞九郎はふたたび菱の実を投じ、地上におりたった。赤犬は片目をやられて、宙で体の均衡をくずし、路上へ墜落していった。

「ここで争っても、あまり意味はあるまい。死ねば、文字どおりの犬死にとなろう」

霞九郎はひややかにいい捨てて、逃走に入った。

「小癪《こしゃく》なっ」

のこる一方の赤犬が追わんとしたが、

「くるな！」

霞九郎の一喝と菱の実の攻撃で赤犬は追跡を断念した。

四

日本橋呉服町《ごふくちょう》の前にかかる橋を、昔は後藤橋と呼んでいた。町の北の一角に幕府呉服師後藤の大邸宅があるからである。その呉服町には、鴻池《こうのいけ》、伊丹《いたみ》、池田、清水、山本……など諸国の銘酒の江戸出店が甍《いらか》と軒をならべている。

呉服と酒の町といってもいいが、もうひとつ、この町の一角に奥医師の拝領屋敷がある。奥医師は将軍およびその家族の専任の医者である。法印《ほういん》・法眼《ほうげん》に叙され、隔日交替で城内に当直して将軍の脈を診《み》る。彼らを御匙《おさじ》といい、その執当《しっとう》（長者）を御匙《おさじがしら》頭と呼ぶ。

幕府制度における医者の最高地位は典薬頭《てんやくのかみ》で、半井《なからい》、今大路《いまおおじ》二家の世襲となっており、従《じゅ》五位《ごいげ》下・諸大夫《しょだいぶ》である。それぞれ千五百石、千二百石をはんで常盤橋《ときわばし》内に拝領屋敷を持っているが、行政官ではないので、普段登城《とじょう》することはなく、将軍の脈もとらぬ。

奥医師の拝領屋敷は道筋の左右に十数軒ならんでおり、そのいちばん奥に御匙頭曲直瀬道庵《まなせどうあん》の屋敷がある。そのとなりが御匙和気朝柳《わけちょうりゅう》の屋敷であり、両屋敷の境は塀で仕切られている。

三月中旬の一日、和気邸に物売りにきた行商人が屋敷の外へでると見せかけ、そのじつ邸内にひそみ、夜がふけるのを待って、曲直瀬の屋敷に侵入した。おぼろな月光がふりそそいでいる。月光にうつしだされた顔は、あきらかに霞九郎である。

奥医師の屋敷には、かくべつな警備はない。広さは二百坪くらいである。母屋《おもや》のほかに、中間、小者《こもの》の住まう別棟がある。

霞九郎は足音をしのばせ、母屋の裏へまわった。すでに屋敷の様子は十分に見取ってあった。連翹《れんぎょう》と杏《あんず》の花が咲いている。木陰《こかげ》や植込みの陰をつたうようにして、母屋へちかづいた。ヤモリのようにしばらく雨戸に張りついて、中の様子をうかがった。そして苦無《くない》をとりだし、雨戸の溝にさしこんだ。雨戸が一枚音もなく浮きあがり、苦もなく取りはずすことができた。

霞九郎は廊下へしのびこみ、曲直瀬道庵の寝間《ねま》へちかづいていった。廊下には常夜灯の燭《しょく》台《だい》がたててある。廊下を鉤《かぎ》の手にまがり、奥の部屋にちかづいた。連子窓《れんじまど》の障子にうっすら中の明りがうつっている。

耳をこらすと、なにやら人のうごく気配がする。霞九郎は手前の部屋の襖《ふすま》をあけて、音もなくしのびこんだ。このとなりが道庵の寝間である。

霞九郎は息をひそめて、寝間をうかがった。男の声がする。

（……？）

意外だったのは、寝間に誰《だれ》かもう一人いると察したからである。

（おやおや）

と、霞九郎はおもった。ちがう興味が少々わいた。一昨年まで、大奥をはじめ大名屋敷の奥御殿はかつてないほど風紀がみだれていたといわれるが、奥医師の屋敷は現在《いま》も同断かとおもった。

やれやれといささかうんざりしたおもいで聴き耳をたてた。女の声がきこえた。声というよりも、あえぎといったほうがただしい。闇の中で発する声だ。

道庵はもう五十歳に達しているはずである。医者の好色ぶりは、坊主とともに昔からよくいわれている。どんな女をもてあそんでいるのだろうと想像した。

女のあえぎ声がしだいに高くなってきた。部屋の境の襖にごくわずかな隙間《すきま》がある。霞九郎はそこへちかづき、となりをのぞいた。

有明行灯《あんどん》のあわい光が部屋の中を照らしている。はなやかな夜具がのべてある。薄物をまとった女体が見えた。男にのしかかられ、胸を惜しげもなくひろげて豊満な姿態をさらしている。

（……！）

霞九郎はおもわず息をのんだ。女が椎茸髱《しいたけたぼ》をゆっていたからだ。椎茸髱は大奥の高級女中がゆう独得の髪型である。

大奥の高級女中は本来、垂髪《たれがみ》であるが、日常生活の便宜のために結髪《けっぱつ》し、いつでも垂髪になおせるよう工夫をしてあるのが椎茸髱である。御中臈《おちゅうろう》、御客会釈《おきゃくあしらい》、中年寄《ちゅうどしより》、御年寄《おとしより》などがこの髪をゆう。

視線をうつすと、衣桁《いこう》にははなやかな掻取《かいどり》がかけてある。霞九郎はふかい溜息《ためいき》をつくおもいだ。江戸城大奥の風儀のみだれを自分の目でたしかめた気がした。

大奥に出入りできる男といえば、奥医師、表御番医《おもてごばんい》、御広敷見廻《おひろしきみまわ》りなどの医者である。大奥女中たちもこれらの医者にかかる。診察がとりもつ縁で男女の仲になることも稀《まれ》ではないそうだ。城内だけの関係にとどまらず、大奥女中が宿下《やどさが》りして、大奥の医者と逢瀬《おうせ》をたのしむこともあるのだと、霞九郎はうなった。一昨年の絵島事件で大奥は風紀粛正されたはずだが、実際にはそうかわってはいないのだ。

あえぎ声が一段と大胆になった。男と女の体がゆっさゆっさと律動し、椎茸髱が切なげにゆれた。女の顔がこちらをむいた。大奥にはよりすぐりの器量の女がそろっているが、この女の容色も並大抵ではない。まだ二十代も中ごろの女ざかりだ。

女の両足を深々と割って、道庵の腰がくいこんでいる。女の生白い太腿《ふともも》が行灯の明りに浮かびあがっている。道庵の腰はしきりにはげしい運動をくりかえしていた。男のうごきにともなって女の腰がなやましく浮きあがったり、しずんだり、さらに小きざみな上下動を見せた。

道庵は執拗《しつよう》に女をせめたて、女は貪欲《どんよく》にこたえている。豊満な乳房がゆれ、男の手がそれを揉《も》みしだいた。女は切なげな声をあげた。

「御中臈どの、どうじゃ……、どうじゃ」

道庵はそういいつつせめつづけた。

「よろしゅうございます。とても、とても……」

女は身もだえて、いっそうあえぎ声をたかめた。女の身分は御中﨟である。

「御中﨟どの、もっとどうじゃ。これでどうじゃ」

道庵はさらに情欲の炎をかきたてせめこんでいった。昨今にはじまった関係ではないのだ。

「もう死にそうなほど、よろしゅうございます……。体がとけてなくなってしまいそう」

いいつつ女の足が高くあがって、足先が虚空《こくう》にあそんだ。股間《こかん》はひらききって上をむいている。

「おとせの方、久方ぶりの男の味はいかが」

道庵が女の名を口にした。女は御中﨟おとせの方である。

「うれしゅうございます。死にそうです……」

おとせの方は声をふるわせ、よろこびのきわみへちかづいていった。おとせの方の内腿が急にけいれんしはじめた。

さすがの霞九郎も生唾《なまつば》をのみくだした。修行のたりぬ忍者であったら、欲情していたことはたしかである。

痴戯はまだつづいている。霞九郎はそこから目をはなさず、一方でしきりに思案をめぐらした。

今夜ここに侵入したのは、道庵をせめて、家継が病気か否かを吐かせるつもりであった。ところがこの痴戯をのぞき見たときから、

（女をせめよう）

女の口から吐かせようとかんがえをあらためた。

御中﨟には御台所付《みだいどころ》きと将軍付きと二通りある。家継には昨年九月降嫁のきまった皇女八十宮《やそのみや》がいるが、まだ輿入《こしい》れはされていない。現在大奥にいる御中﨟はすべて将軍付きということになる。その御中﨟たちが将軍の身辺の世話をする。将軍の様子にはもっともくわしい者たちである。

五

早朝、一挺の駕籠《かご》が曲直瀬の屋敷の門をでていった。奥医師の拝領屋敷の道筋をとおりぬけ、呉服師後藤の大邸宅の前をすぎて、幕府の蔵屋敷の前にでた。

おとせの方がまっすぐお城へもどるつもりなら、呉服橋から常盤橋へむかうはずだが、駕籠は反対の方向へむかった。一度、実家か親類の家へ立ちよって、そこで時をすごしてからお城へかえるつもりのようだ。

御高札《ごこうさつ》のそばをとおって、日本橋にでた。もう早立ちの旅人の姿が見えた。曙《あけぼの》からすこし時刻がたち、大川には靄《もや》がかかって、その中を早起きの船が漕《こ》ぎだしている。今日もうららかな春の一日がおとずれそうな気配である。その気配の中を駕籠はすすんだ。

と、屈強な男が二人あらわれ、駕籠をはさむように、左右をその男たちがついてはしりだした。駕籠かきはそれに気づいてうろんな視線をむけた。

駕籠が本所《ほんじょ》回向院《えこういん》のちかくまできたとき、とつぜん駕籠の左右の男たちが駕籠かきのすぐちかくまで寄ってきた。

「ああっ」

「こいつ！」

駕籠かきがさけんだときは二人ともくだんの男たちにそれぞれ足をはらわれて、転倒していた。あざやかな早わざである。駕籠は路上に投げだされた。駕籠の中から女の悲鳴があがった。

「無体《むたい》な、何をしやる」

怒気をいっぱいにふくんだ声とともに、垂れがあがって女の白い顔がのぞいた。昨夜、御匙頭曲直瀬道庵と痴態をくりひろげていた御中臈おとせの方である。おとせの方は駕籠が投げだされたとき、つんのめって、体を打ちつけたようである。

「どうしたのじゃ」

おとせの方がやや柳眉《りゅうび》をあげて問いなおしたときには、駕籠はふたたびかつぎあげられ、何事もなかったように前へ駆けだしていた。駕籠の中からではわからぬが、駕籠かきがかわっていた。元の駕籠かきは打ちすえられ、気絶した状態で回向院の塀のかたわらにころがされていた。

「へい、相すいやせん、大きな石にけつまずいちまいやした。ごめんなせえ」

駕籠は回向院の裏道をつっぱしっていた。

「駕籠屋さん、道がちがいます！　駕籠屋さんっ」

おとせの方の声がひびいたが、それにかまわず、駕籠は飛ぶようにはしった。

「御中臈さま、しずかになさらないと、昨夜《ゆうべ》御匙頭どのと乳繰《ちちく》り合ったことをお城にばらしますぞ。絵島《えじま》さまの一件をよくおかんがえなされ」

駕籠かきの後棒《あとぼう》がきびしく叱咤《しった》すると、おとせの方はだまってしまった。

そして駕籠は松坂町の裏手の寺域に入りこんだ。その一角に、塀のくずれかかった破《や》れ寺がある。かつては臨済宗長徳寺といった。昨今ではずっと無住になっている。

その境内に駕籠は入っていった。人影はない。今はこの寺をおとずれる者もいない様子だ。かつての本堂の横手を素どおりし、以前庫裡《くり》だったとおもわれる建物の玄関口に、駕籠はどすんとおとされた。後棒は霞九郎で、先棒《さきぼう》が颪丸だ。

「無体《むたい》なことをいたしたのは何者じゃ。わらわは将軍様の御側《おそば》ちかくにつかえる身。無礼はゆるしませぬ」

霞九郎が垂れをあげると同時に、おとせの方のするどい難詰《なんきつ》がとんだ。脛《すね》に傷もつ身とはいっても、さすが御中臈としての気位と誇りにみちていた。

「御中臈さまにおたずねいたしたきことがございまして、おはこびねがいました。ご挨拶《あいさつ》が後《あと》先《さき》になり、失礼いたしました。こちらへ」

霞九郎は相手の言葉を無視してうながした。いくら気丈で、気位と誇りにささえられていても、おとせの方は顔面蒼白《そうはく》である。足が小刻みにふるえている。精いっぱい恐怖にたえていることがわかる。

「できるならば、乱暴はいたしたくありません。おうつくしいお顔やお体に傷をつけるのはしのびませぬ。ささ、どうぞ、こちらへ」

風丸がおとせの方の心理をたくみについて、肩へ手をかけた。その手をふりはらうかとおもったが、おとせの方は肩をがくっとおとした。そこまでの抵抗がやっとだったのだ。

「おとせの方におたずねいたす。将軍家継公のちかごろのご様子はいかが？」

庫裡の一室の中で、霞九郎は詰問《きつもん》の第一矢をはなった。おとせの方は手も足もいましめられていないが、一室に監禁され、一歩でもでることを禁じられていた。一方に襖があるが、霞九郎と風丸がその前にすわっている。

「上様は相かわりませず、ご健勝にござります」

おとせの方はひきつった硬い顔でこたえた。

「上様ご病気の噂はもう以前からお城でしきりにささやかれておる」

「根も葉もない噂でござりましょう。上様は大奥御殿にておすこやかに毎日をおすごしでございます」

「正月七種御祝儀いらい、上様が公の席にお姿をあらわさぬのはどうしたわけだ」

霞九郎は手をゆるめず追及した。

「いろいろなご都合や事情《わけ》があってのことでございましょう」

「そのご都合とは？」

「さあ、下々にはわからぬご都合でしょう。誰しも事情はございます」

「いいのがれはさせぬ。本意ではないが、お仕置《しおき》をいたすぞ」

きびしい問答の応酬がおこなわれた。

「お仕置をうけるいわれはありませぬ。それよりもわらわに無礼をいたせば、そのほうの命はありません」

「強情を張るならばいたしかたない。お仕置、ご折檻《せっかん》のご覚悟なされませ」

霞九郎がにらみすえて威《おど》しをかけると、さすがにおとせの方は眸《め》に恐怖の色を浮かべた。霞九郎は虚勢を張るおとせの方の姿に昨夜の痴態をかさね合わした。

「今すぐにも、ここからわらわをだしなさい」

おとせの方がそういった刹那《せつな》、

「だまらっしゃい、御中臈どの。上様の威をかり、そのような高言申せる立場ではありますまい。昨夜《ゆうべ》の曲直瀬道庵との夜っぴてのご乱行、もしお城に知れましたら、ただちに御中臈どのに処罰がくだりましょう。わたしは一部始終見ておったのですぞ」

霞九郎はきめつけた。

「いつわりを申すな。わらわは治療をうけに出むいたまで」

しらじらしく嘘《うそ》をついたが、さすがにおとせの方は動揺し、沈黙した。

「大奥で処罰をこうむる以前に、ここで折檻いたすもやぶさかでない。御中臈どの、お召し物をおぬぎになっていただこう」

霞九郎はいいはなって、颪丸に目顔でうながした。颪丸が無言ですすみでた。

「いやあっ」

おとせの方が声をあげた。しかし颪丸は斟酌《しんしやく》しなかった。

「御中﨟さま、ご免」

一言いって、おとせの方をいきなり押さえつけた。そして強引に帯へ手をかけた。

おとせの方はあばれたが、颪丸は片方の手でしっかりとうごきを封じた。搔取をはぎとった。

長い帯がくるくると無情に畳におちた。紐《ひも》をぬいて、長襦袢《ながじゆばん》もはいでいった。

「やめて、たすけてえ!」

ついにおとせの方は情けない悲鳴をあげた。

「ゆるしてください。おねがい申します」

白無垢《しろむく》の下着姿でゆるしを乞《こ》うた。それでも颪丸は手をゆるめなかった。冷然と下着の襟をつかんで、無造作に左右にひろげた。あえなく両方の見事な乳房が露出して、無残な半裸姿にむかれた。

「おとせの方、今から昨夜とおなじことをくりかえしていただきますぞ。しかし当方、道庵よりもいささか手きびしいが、覚悟くだされ」

いうや、霞九郎はおとせの方をむんずと押さえつけた。

「ひいっ」

おとせの方はむなしく四つん這《ば》いにされて、下着の裾を高々とめくられた。白いゆたかな尻《しり》

がぽっかりと浮きあがった。霞九郎はすばやく自分の前をまくって、ぐいと腰を押しつけた。

「うぐっ」

おとせの方の口から異様な呻《うめ》きがもれた。霞九郎は後ろから深々とおとせの方を突きとおしていた。一瞬もおかぬ早わざだった。

「申しあげますから、おゆるしを。上様は……」

ついにたまりかねて、おとせの方が口をわりかけた。

「うむ、上様はどうなっておる」

霞九郎は腰をかかえてはげしく突きまくりながら先をうながした。

「上様は、お正月いらい、ずっと……」

「うむ、それで」

「ご重体のよしにござります」

「左様か、それを早くききたかった。医者はどう診たてておる？」

いいつつ霞九郎はさらに腰を入れて、突きあげた。

「お医者様は、ご快癒おぼつかなしと……」

おとせの方はそこまでいって、ううん……とうなってなやましげにもだえはじめた。ゆたかな腰がゆっくりとうごきだした。

そのとき、霞九郎は急に腰の律動を中止して、周囲の気配をうかがった。ちかくに人のひそむ気配を察したのだ。それとは知らずに、おとせの方は尻をふって律動を催促した。風丸も息をひそめて部屋の外をうかがった。

霞九郎はそっと懐に手をしのびこませた。

（！）

おとせの方をつきはなすやいなや、霞九郎は手裏剣《しゅりけん》をはなった。手裏剣は襖をつらぬいてとんだ。同時に、風丸がはしった。霞九郎も襖を蹴たおした。

人影がかすめた。

その瞬間、赤犬の忍び刀が唸ってとんできた。霞九郎は寸前によけた。忍び刀はまだ四つん這いになっているおとせの方の尻の割れ目にちかいところに深々と突きたった。尻が血を噴いた。と同時に女の絶叫があがった。

赤犬は肩口をおさえながら逃走していった。霞九郎がはなった手裏剣が肩に突きたっている。

霞九郎は第二の手裏剣を投じた。境内へ逃げる赤犬の後首、延髄《えんずい》あたりに手裏剣は吸いこまれた。

風丸がまっしぐらに追っていった。

秘　薬

一

晩春の日がかげってきた。春はすでにゆきかけている。

麴町《こうじまち》の成瀬《なるせ》邸の桜も落花がはじまっていた。

風もないのに、花びらが舞いおちている。

桜の盛りはほんの十日ばかりでしかなかった。尾張藩付家老《おわりはんつけがろう》成瀬隼人正《はやとのしょう》は散りゆく花に惜春のおもいと、人間《ひと》の命のはかなさをおぼえていた。

(御年わずか八歳であらせられるに……)

八歳の少年は傷寒《しょうかん》(熱病)にとりつかれて、毎日高熱を発し、ときに譫言《うわごと》をもらすまでになっている。この高熱がこのあと十日も二十日もつづくようだと、命はおぼつかぬ。

この少年が余人ならず、七代将軍家継《いえつぐ》であるところに、成瀬は命のはかなさばかりではなく、権力闘争の血なまぐささを嗅《か》いでゆかねばならなかった。

家継はわずか三年前の正徳《しょうとく》三年に将軍位をついだばかりである。が、すでにそのまえから父家宣《いえのぶ》は家継の病弱を心配して、新井白石と御側御用人間部詮房《おそばごようにんまなべあきふさ》に将軍継嗣《けいし》問題を諮問《しもん》したほどであった。

おもうに、御三家の将軍位継承争いはこのときからはじまった。

(なんとしても家継公の御命を……)

家継の難病快癒をねがう成瀬の気持は、尾張家の今後の盛衰に直接かかわってくるからであった。

成瀬は文机《ふづくえ》の上におかれた鈴を手にして振った。

ややあってから、成瀬は廊下へでていった。

廊下をいって、鉤《かぎ》の手にまがると、つきあたりが厠《かわや》である。

厠のまえに手水場《ちょうずば》がある。

成瀬は手水場にたち、庭先をながめた。

そこから裏庭の一角が見える。手水場の前に大きな八手《やつで》と青木《あおき》が植えてある。

待つことしばし、八手の陰に人影があらわれ、蹲《つくばい》のそばにうずくまった。御側足軽《おそばあしがる》の頭領山岡重阿弥《じゅうあみ》である。

「難事がもちあがった」

まわりを見まわしてから成瀬がひくい声でいった。

「はっ」

「上様があぶない。熱病にとりつかれ、日ましにご容態がいけなくなられておられる。上様に万一ご不幸がおこった折りには、尾張家は紀州家との戦いにおくれをとる」

尾張藩主継友《つぐとも》はまだ藩主となって日があさいため、幕閣にたいしても、側用人にたいしても影響力をもつまでになっていない。

唯一《ゆいいつ》、尾張家が力とたのむ大奥の月光院も、家継が薨《こう》じてしまえば、月光院自身の力がうしなわれる。

「左様で……」

「上様には、長生きをしていただきたい。それが尾張藩のねがいじゃ」

「ご快癒の見込みは」

「御匙《おさじがしら》頭は手をつくしておるが、今のままでは見込みはなさそうだ。典薬頭《てんやくのかみ》半井《なからい》どのも登《と》城《じょう》なさってお脈をとられたが、はかばかしくはなかった」

「このまま推移いたせば上様のお命も長くはない。が、半井どのが申すには、傷寒《しょうかん》に特効をもつ秘薬がこの世にただ一つあるそうじゃ」

成瀬はもう一度周囲をながめていった。

「秘薬、でございますか」

重阿弥が言葉をかさねた。

「傷寒にききめがあることはわかっているが、製法のわからぬ唐薬で、〈天王丸《てんのうがん》〉という。わが国では京に隠棲《いんせい》する医師楠本源自斎《くすもとげんじさい》のみが知っておるとか」

「楠本源自斎ならば」

「その名くらいは聞いておろう」

楠本源自斎はかつて宮内省《くないしょう》で医博士、侍医をつとめていた。侍医は四位で、常に禁中に伺候《しこう》し、天皇の出御に際しては小板敷で竜顔《りゅうがん》を見たてまつる。かつて、五代将軍綱吉が源自斎の名声をきいて、江戸城に伺候することをすすめた。ところが源自斎は綱吉のすすめをことわり、一方それがもとになって宮中に迷惑がおよぶのをおそれて、みずから官を辞した。それいらい京都・梅津の里に隠棲し、草庵《そうあん》をむすんで土地の患者の診療などしているのである。

「かねて名はきいております。天王丸のことも、耳にいたしたことがございます」

忍者は医薬のことについてもふかく学んでないといけないのだ。

「その製法はひとつまちがえるとはなはだ有毒であるとか。源自斎は天王丸を門外不出にしておるそうじゃ。ところが、今では上様のご容態は天王丸にたよるほかないところまですすんでおられる」

「わかりました」

「源自斎のところより、その天王丸を持ちきたってもらいたい。しかも、いそがねば上様のお命があぶない。おそくとも今から半月のあいだに江戸にとどけるのじゃ」

成瀬は忍者でもなければ到底不可能な命令をあたえた。

「承知つかまつりました。しかと、江戸におとどけいたします」

重阿弥は蹲の下に手をついてこたえた。

「上様のお命と、尾張藩の命運がかかっておる。失敗はけっしてゆるされぬ。左様こころえよ」

「ははっ」

「しかと申しつけたぞ」

成瀬としてもずいぶん念を入れた命令であった。

そのとき、顔をあげた重阿弥の顔色がわずかに曇った。瞬間、重阿弥は片手を懐中に入れるやいなや、軒の上へむかって手裏剣《しゅりけん》を投じた。つづけざまに三本まで投げた。

軒の上を疾風のようにはしる人影が見えた。

三度目に重阿弥が投じた手裏剣が人影の肩に吸いこまれ、一瞬がくんとくずれかけた。が、すぐに体勢をたてなおして、軒から降《くだ》り棟《むね》を一気に駆けあがり、大屋根のかなたに消えた。

ピピィーッ
重阿弥が指をくわえて、屋敷内に合図をおくった。

それまでどこにひそんでいたのかとおもうほど素早く、裏庭を人影がいくつかはしった。

それらはいずれも御側足軽、いうところの赤犬である。

赤犬らは屋上の人影を追って、地上から軒へ、さらに大屋根へ駆けあがった。

いったん大屋根から消えた人影は表玄関へ飛びおりた。

その人物の正体は風丸《かざまる》であった。風丸は尾張藩の重大な情報をつかんだ。

一刻もはやく、霞九郎につたえなければならなかった。この情報によって、御三家《ごさんけ》の将軍位争いがあらたな局面をむかえるかもしれぬ。

ともかく、赤犬たちの追跡をかわして、この屋敷を脱出することが先決であった。

風丸は玄関の脇《わき》をつっきって、塀へむかってはしった。左の肩に手裏剣をうけている。

手裏剣はぬきとったが、傷口から血がながれている。

さすがに体がややおもくなっていた。感じるのは痛みよりもだるさだ。

赤犬たちの追跡を背後に感じた。

風丸は勇気と気力をふるいおこして、跳躍し、塀をとびこえた。

成瀬横丁から善国寺坂へむかって一気に駆けおりていった。

二

濠《ほり》にわいた靄《もや》が善国寺坂方面へながれていく。

暁の気配がたちこめている。一番鶏《いちばんどり》の声がきこえた。

暁の明星がまたたいている。

重阿弥は、まだのこっている夜闇《よやみ》と靄にまぎれて、成瀬横丁へでた。いでたちは商家の主人の旅姿だ。

手代《てだい》ふうの若者が一人ついている。赤犬の梔《くちなし》の文次である。

濠にそってしばらく二人はあるいた。

見た目にはそう早くはないが、ふと気づくと、もう二人の姿は一丁のかなたにいる。忍びの術でいうところの速歩である。

暫時《ざんじ》目をはなしていれば、たちまち視界のかなたに消えている。彼らの術はそういうあるき方にある。

「人影はないか」

重阿弥がきいた。

「いずこにも」

文次は見まわしてこたえた。

「だが、油断はするな。相手は黒犬だ。術のこころえがあろう」

重阿弥は念をおした。黒犬はあなどれぬ。黒犬の手ごわさを今までに何度となく体験している。

早おきの商家もまだおきだしていない。ときたま往来で寝そべっている野良犬の姿が見えた。野良犬はむっくりおきて、重阿弥と文次のために道をゆずった。中にはひくい唸《うな》り声をたてる犬もいるが、吠《ほ》えたてたり、かみついたりするやつはいない。

重阿弥と文次はたちまち溜池《ためいけ》の先へすすんでいた。

普通のあるき方をしていたら、今回の旅の役にはたたぬのである。半月間で江戸と京を往復するつもりであった。

品川をすぎたころ、ようやく空があかるくなった。

りすぎた。

鮫洲《さめず》、浜川、大森……と浅草海苔《のり》の本場で、朝のはやい海辺の村々を、あっというまにとお
まだ街道に人影はあまりなかった。

やがて六郷。ここから川崎までは舟渡《ふなわた》しとなる。

東海道の大きな川に橋がかけてないのは、江戸防衛の見地からである。元禄元年（一六八八）七月の洪水のときまでは大橋がかけてあった。

桟橋に舟はつけてあるが、客もいなければ、船頭の姿も見えぬ。川役所のきまりでは、一番舟は明け六つ（午前六時）過ぎとなっている。

時刻は六つをまわったが、あいにく早立ちの旅人がいないのだ。

かまわず重阿弥と文次は舟に乗りこんだ。

川面《かわも》には靄がながれていて、対岸川崎の風景は見えなかった。

しばらく待ったが、舟に乗ってくる客はいない。

ようやく菅笠《すげがさ》をかぶった船頭が一人乗りこんできた。

「舟をだすよ」

船頭はそういって、竿《さお》をとった。

客はたった二人だ。

「この時刻だと、いつもこんなものかね」

文次がきくと、

「こんなもんだね」

船頭は無愛想にこたえた。しかし竿さばきは絶妙だ。舟は栈橋をはなれた。白い靄の中を音もなくすべるようにすすんだ。波がきても、舟が揺れることは滅多にない。

水鳥の羽音と鳴き声がするが、姿はどこにも見えなかった。

舟は川中へでていった。

重阿弥は舟底の水音に耳をかたむけていた。水音が栈橋をでたときとくらべると、かすかにかわっている。

「船頭さん、水は大丈夫かね」

重阿弥がきいた。

「大丈夫だ」

船頭の返事は相かわらずそっけない。

仔細《しさい》に見ていると、舟底に水がしみだしてきている。

川幅の中央あたりまでくると、風がでてきて、靄が川下のほうへながれはじめた。

対岸の風景がぼんやりとかすんで見えた。川べりの松並木や漁家や農家の藁葺《わらぶ》き屋根などが見えてきた。

「ややっ」

しばらく対岸を見ていた重阿弥が声をあげた。舟底の水音が一段とはげしくなっていた。

「大変だあ！」

文次がさけんだ。

舟底に一寸以上も水がたまりだした。しかもそれは急速にふえつつあった。

ごぼごぼと音をたてて水は舟底に浸入してきた。

「船頭っ、水だ！」

重阿弥もいささかあわてた。桶《おけ》で水をかいだすにしても、浸水の勢いがつよすぎた。しかし、船頭はさほどあわてた様子を見せていない。やおら、竿をおいて、桶で水をかいだしはじめた。

重阿弥は不審をおぼえた。

「船頭、はかったな」

といったときには、もう膝《ひざ》の下まで水がきていた。

「あぶないっ、舟を捨てろ」

もうためらっているときではなかった。わずかな逡巡《しゅんじゅん》が命をおとす羽目になる。

水はどんどん増している。舟はしずみかけていた。

文次は大きな水音をたてて川中へ飛びこんだ。

船頭もほとんど同時に飛びこんでいた。

(黒犬だな)

そうさとったとき、対岸から一艘《そう》の小舟がはなれるのが見えた。男が三人乗っている。

（しまった……！）

小舟の三人も黒犬であろう。

悔やんだが、もうおそい。重阿弥は瞬間、鎧通《よろいどお》しをぬいて口にくわえ、おもいきりふかく水中に飛びこんだ。

深く、できるだけ遠くへもぐった。

もぐっているあいだに、重阿弥はすばやいうごきをみせ、水中にぽっかり頭をだしたときには、着物と長襦袢《ながじゅばん》をぬぎ捨てていた。

小舟が真一文字にこちらにむかって漕《こ》ぎすすんでくるのが見えた。

旅の首途《かどで》で、はやくも黒犬の罠《わな》におちてしまった。

船頭は小舟にむかって、抜き手を切って泳いでいった。

重阿弥は川の流れにのって、下流をめざして泳いだ。水練は重阿弥も文次も達者である。尾張の庄内川できたえぬいた腕だ。

重阿弥のすこし先に、やはり川下をめざして泳ぐ文次の頭が見えた。

舟と水練との競争である。文次も水練の腕は重阿弥におとらぬ。

黒犬の襲撃は予想していたが、これほど早々とおそってくるとはおもってもいなかった。

重阿弥は懸命に抜き手を切り、足で力づよく水をけった。

文次もすばらしい速さで泳いでいる。

小舟は猛然と追ってきた。

いろいろな作戦が重阿弥の脳裡《のうり》に浮かんでは消えていった。けれども、小舟に乗った四匹の黒犬を水中でむかえ討ち、これを確実にたおせる作戦はなかった。

川を泳ぎきることはできるかもしれない。だが、その先は海である。どこかで陸《おか》にあがらなければならぬ。あがるときが勝負である。これとても必勝は期しがたい。不利であることは否定できない。

靄はほとんど晴れてきた。

岸辺でのんびりと釣糸をたれる太公望《たいこうぼう》の姿が見える。中には季節はずれの水練をやっている重阿弥と文次の姿に気づいた者もいるようだ。

重阿弥はしきりに思案をかさねた。

(やってみよう)

おもいついた作戦がある。

ひとつ大きく息を吸いこんで、水中にもぐった。そして水中をおよいだ。

息がつづくかぎりもぐって、浮かびあがった。

ぽっかりと顔をあげたところ、舟の中の黒犬はみなあらぬ方をさがしている。手に半弓《はんきゅう》をたずさえている者もいた。

約十間の距離がある。

重阿弥は口にくわえた鎧通しを手にとった。

「やっ」

船頭の胸をねらって、鎧通しを投じた。

鎧通しは風を切って飛び、ねらったとおり船頭の胸板に吸いこまれていった。

（やった！）

船頭のくずれ落ちるのが見えた。そのとき手ばなした竿が水中におちた。

黒犬の一人が船頭をかかえおこし、もう一人が懸命に手をのばして竿をとろうとしている。

その手がようやく竿にふれかかった。が、今ひと息というところで竿は無情にはなれていった。

一度はなれてしまった竿はもう小舟から遠くなっていく一方だった。

竿をうしなった舟は、川に浮かぶ流木とおなじである。行方さだめぬ漂流をつづけるしかない。

呆然《ぼうぜん》とする黒犬四匹の顔を重阿弥は会心の笑みでながめた。

すでに小舟は漂流をはじめていた。

三

小田原、興津《おきつ》、見付《みつけ》（磐田《いわた》）と三夜とまりかさねて、重阿弥と文次は四日めの朝、天竜川をこえた。

一日約二十里の行程は常人のおよそ二倍である。

はたえていた。

六郷川で黒犬の奇襲をうけ、これをとっさの奇策でしりぞけていらい、さいわい黒犬の襲撃はたえていた。

けれども、これで黒犬が襲撃をあきらめたわけではなかった。より確実な方法で、目的を達すべく戦略をねっていることはたしかであった。

天竜川をこえて間もないところに、変哲もない石標が一基たっている。

此処　江戸　京　まん中也

と文字がきざまれている。それでこの町を中の町《なかのまち》という。

やがて浜松に入った。譜代《ふだい》七万石、松平資俊《すけとし》の城下である。東海道では名古屋につぐ大きな城下だ。人家も多く、町のにぎわいはほかとはくらべものにならぬ。

重阿弥はこの城下を一気にとおりぬけるつもりであった。

街道の往来はさかんである。馬も駕籠《かご》もとおっている。旅籠《はたご》や食べ物屋が軒をならべている。

この時刻から、もう往来には客引きがでている。

人混みに黒犬がまじっていた場合、見わけのつかぬ場合がある。

「文次、気をつけよ」

いわれるまでもなく、文次も周囲に気をくばっている。両人とも、どこから攻撃をうけても反撃できるかまえをとっていた。

街道の右手に鳥居が見えてきた。諏訪大明神《すわだいみようじん》の社である。その前に見世物がいくつも並んで、客を集めている。大道芸や手品のたぐいである。客寄せの声がかまびすしい。

重阿弥も文次も視線をそちらへむけた。

そのとき、むこうから三人づれの旅人がやってきた。商人体《てい》だが、いずれも二十から三十歳前後、体躯《たいく》も屈強な男たちである。

重阿弥と文次は前方へ注意をむけた。少々感ずるところがあった。見おぼえはないが、いつ商人体の装いの下から武器がくりだされるかもしれぬ。

三人はしゃべりながら、ちかづいてくる。ときに笑いもまじえている。

こういうのが曲者だ。三人から目をはなさずにあるいた。

三人の一挙手一投足を見まもった。

重阿弥も文次もすぐに懐中の得物《えもの》へ手をのばすこころづもりをしていた。

後ろから物売りがちかづいてきた。姿は見えぬが声だけきこえる。

「朝顔の苗やぁ、夕顔のない。玉蜀黍《とうもろこし》の苗やぁ、へちまのない。茄子《なすび》の苗やぁ、唐辛子《とうがらし》のない……」

どこまでものんびりとした苗売りの声だ。江戸でもそろそろ苗売りが各町内を売りあるくころだ。

（黒犬だろう）

ほぼまちがいないとみえた。
(右からくるか、それとも左から……)
かんがえながら歩をすすめた。
目前までちかづいた。緊迫した空気がはりつめた。
旅人たちが視線をむけてきた。おだやかな視線だが、油断はできぬ。
重阿弥と文次はそれをはねかえした。
両者は街道の中央ですれちがった。
瞬後に攻撃がくるとおもった。それにそなえて反撃の用意をした。
(…………)
しかし、両者はしだいに遠ざかっていった。
「ちがったな……」
「あてがはずれました」
そういって文次はくっくっとわらった。緊張しきっていた自分がおかしかったのだ。
そのとき、前方からまた旅人がきた。今度は二人づれだ。
その後ろから掛け声をあげて駕籠がちかづいてきた。
念のために、旅人に注意をむけた。これは初老の男と三十代の男だ。
大丈夫とはおもったが、一応視線をはなさずすすんだ。
変哲もない男である。二人とも武芸のこころえある腰のすわり方ではなかった。

むこうはこちらになんの顧慮もはらっていない。視線すらもむけてこないのだ。

エッ、ホー　エッ、ホー
駕籠がきた。

垂れがさがっているので、町人が乗っている駕籠ではない。

重阿弥も文次も、道をよけた。

すれちがいざま、重阿弥はひやりとする殺気をおぼえた。

「おのれ！」

さけんで重阿弥はのけぞり、そのまま蜻蛉《とんぼ》をきって道の端へ後退した。三尺柄の手槍《てやり》が垂れの隙間《すきま》からいきなり繰りだされたのだ。

一度手もとにたぐった手槍が今度は文次をおそった。

「黒犬めっ」

顔すれすれにかわして、文次も横っ飛びに後退した。

重阿弥も文次もこちらが反撃するまえに、垂れがあがって黒犬が駕籠からおどりでてくるだろうとおもった。その出端《でばな》をとらえて反撃しようとうかがった。

あるいは手裏剣などの飛び道具がくるかもしれぬとそなえた。

が、垂れはまったくうごかなかった。

エッ、ホー　エッ、ホー
垂れをさげたまま駕籠は何事もなかったように往来をすすんでいった。

懐中に片手を入れて、文次が追いすがろうとした。懐中の手は鎧通しの柄《つか》をしっかりとつかんでいる。

「やめろ！」

重阿弥が制した。

「簡単にたおせる相手ではない。こんなところで手間どっている場合ではないだろう」
二、三歩いきかけて、文次は踏みとどまった。
駕籠からの攻撃もこれ以上はない。駕籠は今まで同様の軽快な足取りで往来の雑踏の中へ消えていった。

「くそっ」

文次は口惜《くや》しそうに懐中から手をぬいた。

ちかくにいた通行人には何がおこったかまるでわからなかったようだ。手槍の穂先が二度稲妻のようにひかったのはおそらく見えなかっただろう。駕籠をよけそこなった二人があぶなく道端へ飛びすさって難をまぬがれたと見えただけである。

「とんだ黒犬様の駕籠道中だ」

そういって、重阿弥は路傍へ唾《つば》をはき捨てた。

重阿弥と文次は、それから後ろもふりかえらずに街道をすすんだ。

四

西北に嵐山の峰をのぞみ、北方には嵯峨野《さがの》がひろがっている。

桂川の清流にのぞんで梅津の里はあり、一軒の草庵が流れの岸べりにたっている。

草庵とはいえ、出家や文人、墨士などの住居《すまい》ではない。

草庵の主人はかつては宮中につかえ、若くして四位の医博士、侍医までつとめた名医の誉《ほまれ》たかい人物であった。官を辞して洛外《らくがい》に隠棲しているとはいえ、医学への研究と診療活動はさかんである。

診療所にもなっている草庵が〈源自庵〉と呼ばれているのは、主人の名楠本源自斎からとったものである。

源自斎には以前から横山丈之助という若者が内弟子としてついていた。

ところがこの源自庵に、先ごろからあたらしい弟子がくわわった。吉田伊織《いおり》というまだ十七歳の紅顔の若者である。

伊織の父親は梅津のちかく御室《おむろ》からでた医師であったが、江戸へでて仕官先をもとめているうちに病死してしまった。不遇のままで没した父の跡をついだのが、故郷にのこされていた伊織であった。

伊織は父のように仕官による栄達はもとめず、医の本道をきわめんものと源自庵をおとずれ、入門を乞《こ》うたのであった。

伊織はその日いらい、早朝におきて草庵内外の掃除、薪割り、飯炊き、診療や往診の手つだいなどを熱心にこなしていた。気さくで聡明、顔だちのさわやかな青年である。骨惜しみをしないので、源自斎や横山丈之助ばかりでなく、毎日診療にくる大勢の患者たちにたちまち信頼され、好意をもたれていた。

その伊織が朝の薪割りをしているとき、騎馬二騎に先導された立派な黒塗りの乗物が四条通りのほうからちかづいてきた。

（患者……）

かと見たが、黒塗りの乗物でくる患者というのはいささか大袈裟《おおげさ》である。

源自庵は長福寺という臨済宗南禅寺派の名刹《めいさつ》の境内の裏手にある。その騎馬と乗物は長福寺の参道をとおり、裏門をくぐりぬけてやってきた。

「楠本源自斎どのはご在宅であろうか」

騎馬の一人が馬からおりて、丁寧にたずねた。

「ただ今は診療前ですので、しらべ事をいたしております」

伊織はこたえた。

早朝のしらべ事は源自斎の二十数年来の習慣であった。

「こちらは京都所司代《しょしだい》水野和泉守《いずみのかみ》様である。楠本源自斎どのに面会いたしたく、わざわざ罷《まか》りこした。お取りつぎをたのむ。拙者は与力の宝田文五郎にござる」

与力はそう用件をつげた。

京都所司代といえば、朝廷に関するいっさいのことを掌《つかさど》り、公卿《くげ》をも監督し、訴訟を聴断し、寺社すべてを支配する幕府の重職である。

その所司代がみずから洛外の草庵にわざわざ無位無官の医師をたずねてくるというのは尋常なことではなかった。

「お待ちくださいませ。ただ今おつたえいたしてまいります」

伊織はそう挨拶して、あわてて草庵内へ駆けこんだ。

やがて、十徳《じっとく》姿の源自斎が客たちの前へでてきた。

「楠本源自斎です。わざわざお越したまわり、恐縮にござります。むさくるしいところでございますが、どうぞおあがりくださいませ」

源自斎は式台に手をついてこたえた。五十代半ばの痩身《そうしん》の男である。

「とつぜん参上いたしたについては、理由《わけ》がある」

水野和泉守はそういって、草庵にあがった。

「うけたまわりましょう」

源自斎は自室に京都所司代をむかえていった。

「外聞をはばかることであるから、こころしてきいてくれ」

と水野は前置きして、将軍家継が目下傷寒にかかって快癒をあやぶまれていること、そして天王丸だけに最後の期待がかけられていることをつたえた。

源自斎は天王丸が唐薬千年の研鑽《けんさん》のうえにつくりあげられた特効をもつ秘薬であるとみとめたうえ、

「ただし、天王丸はいかなる傷寒にも効く万能の薬ではありませぬ。それに秘薬のつねとしてもし処方をあやまりますと、かえって体に害をおよぼす危険があります。もしおつかいなされるのならば、手前が処方いたしましたものをいささかもお間違えなきよう、ご注意のうえ服用くださりませ」

といって、水野の要請にこたえる旨の返事をした。

「早速ききとどけていただき、かたじけない。上様のご容態に余裕《ゆとり》はなきゆえ、できるだけはやく調合、処方をおねがいしたい」

「公方《くぼう》様がご服用なさるならば、あらたに調合いたさねばなりません。一両日だけお待ちねがいとうございます」

「では明後日の今時刻に参上いたす。それまでによろしくおたのみ申す」

「しかとうけたまわりました」

「もし天王丸によって上様がお命をとりとめなされた暁には、幕府は源自斎どのへ、どのような礼といえどもいたすつもりじゃ」

水野和泉守は上機嫌で草庵を辞去していった。

五

晩春もおわりにせまったおぼろ月が、東山の空にかかった。

闇《やみ》の中に梨《なし》の花が濃艶《のうえん》ににおっている。梨は長福寺の裏庭に植わっており、毎年この時季になると大ぶりな白い花をつける。幾株《いくしゅ》もならんで咲きほこっている状《さま》は、まるで地上に白雲がたなびいているように見えた。

風の向きによって、梨の花のにおいが源自庵にただよってくる。

月の明りの中で青葉木菟《あおばずく》の鳴き声がきこえてきた。青葉木菟は嵐山や嵯峨野のほうからやってくるのだ。

梅津のあたりは京でも田舎である。

夜ともなれば、物音ひとつきこえぬ静けさになる。

長福寺の夜の勤行《ごんぎょう》がおわってから一刻《いっとき》（二時間）ばかりたったころ、境内の月光の下に黒い影がひとつ浮かびあがった。忍者がよく着る忍び装束《しょうぞく》をまとっている。

黒い影は境内の木陰《こかげ》や物陰の闇をつたって、裏口へぬけた。

そして裏庭をこえ、源自庵の前にでた。

源自庵は母屋のほかに、ちいさな別棟がある。源自斎が薬の調合や、置き場につかっているわずか三坪くらいの小屋である。

黒い影は母屋が寝しずまっている気配をたしかめて、その別棟にちかづいた。

入口の戸に鍵《かぎ》がかかっている。黒い影は戸口にうずくまって、しばらく錠をいじっていた。

カチン

と音がして、錠がおちた。

黒い影は錠をはずして、戸をあけた。

中は暗闇である。

ここではじめて、黒い影は龕燈《がんどう》をともした。

明りの中に小屋の中のたたずまいが浮かびあがった。床敷《ゆかじ》きの間であり、周囲二方には棚がおかれ、棚の上には書物や薬研《やげん》、薬種の材料や、調合のためにつかう器、すでにつくりあげた薬の入った薬箱などがところせましとおかれている。

黒い影はしばらく方々の棚を見まわした。装束が顔をかくしているので、面体《めんてい》はしかとは見えぬ。

薬箱にはそれぞれ薬の名がしるされている。黒い影はそれを丁寧にひとつひとつ見ていった。

〈天王丸〉

と書いた薬箱のところに彼の視線がとまった。

ところが、その薬箱だけ中が空になっている。

覆面からのぞいた眸《め》に、失望の色が浮かんだ。天王丸はあきらかに誰《だれ》かほかの者によってもちだされたのだ。

念のためにほかの棚をさがしてみたが、天王丸は見あたらなかった。先客にしてやられたとかんがえるしかなかった。

やむなく黒い影は龕燈を消し、小屋をでた。そして戸をぴたりととざし、錠を元どおりにかけた。瞬間、
シュッ
闇を裂くするどい音がきこえた。平蜘蛛《ひらぐも》のように地に伏したと同時に、手裏剣が小屋の戸板につき立った。

数瞬、黒い影は地に這《は》ったまま、息をころして四周をうかがった。

母屋の入口あたりに人の気配が感じられた。こころみに、手にふれた小石をそちらへ投げると、人影がはしった。こちらにむかって全速で疾走してきた。

シュッ　シュッ
走りながら手裏剣を投じた。

黒い影も地を這うように走った。瞬時でもおくれれば二本の手裏剣を体にうけていたはずであった。

黒い影は長福寺の裏庭へむかって逃走した。闇の中をけもののように疾走した。

人影が追った。

月光が人影を照らした。吉田伊織である。

伊織はなんと、赤犬であった。彼の経歴は嘘《うそ》だった。黒犬の邪魔だてに先んじて梅津入りを

していたのである。

黒い影は梨の木をかすめて裏庭を突っ切った。そして長福寺の境内へ飛びこんだ。

そのとき月光にさらされた。黒い影は風丸であった。

伊織が風丸を追って境内へはしりこんだ。

風丸は参道を疾風のように駆けた。

伊織も迅雷のごとく風丸を追った。が、とつぜん、風丸の姿が消えた。

(……?)

疾駆しながら伊織は惑乱していった。

風丸は石灯籠《いしどうろう》の裏に張りついて、伊織をやりすごした。伊織の若さの隙をついて、なんとか追跡をのがれることができた。

しかし、風丸は肝心の天王丸を赤犬の手へわたしてしまった。なんとしても、これをうばい取らねばならなかった。

七里飛脚

一

近江《おうみ》草津の夜があけだした。

正面はるかに、富士の山影がうっすらと見えてきた。

近江富士（三上山《みかみやま》）である。

左手からは琵琶湖《びわこ》にわいた乳色の靄《もや》がながれてきて、街道をおおいはじめた。姿は見えぬが、雉子《きじ》の声だけがきこえた。

吉田伊織は昨夜おそく、江戸を目ざして京都梅津をたった。懐中には、楠本《くすもと》源自斎が製薬処方した秘薬天王丸《てんのうがん》がひそめてある。

彼は赤犬の頭領山岡重阿弥《じゅうあみ》の命令で、源自庵に潜入したのであった。

昨夜あやうく黒犬に天王丸を横奪《よこど》りされるところであったが、その寸前に伊織は薬箱から持ちだしてことなきを得た。

一日もはやく、その秘薬を江戸城へとどけなければならなかった。天王丸だけが将軍家継《いえつぐ》の命をすくうことができる。

尾張家《おわりけ》はこの薬に次期将軍位を賭《か》けていた。

伊織は早足で矢橋《やばせ》の立場《たてば》をとおりすぎた。草津の宿場はもう目と鼻の先だ。

彼の意識はつねに背後にあった。背後から、黒犬が追ってきているのがわかっていた。

黒犬がかなりの手だれであることも、昨夜の手合わせでわかっている。自分との技倆《ぎりょう》の比較はよくて五分五分、どうかすると相手のほうが一枚上かもしれぬとおもった。

だから一歩でもはやく江戸へと、こころは急《せ》いていた。

宿場はもうおきだしている。早だちの旅人や伝馬《てんま》人足などの姿が見えた。

茶店や食べ物屋などもぼつぼつ店びらきの仕度をはじめていた。

宿場をでたところに札《ふだ》の辻《つじ》がある。そこから道が二手にわかれている。草津追分け、である。

よく注意しなければ見おとしてしまいそうな変哲もない棒杭《ほうぐい》が立ててある。

　右　東海道
　左　中仙道木曾《きそ》街道
の文字がそこに見えた。

旅人を物色する雲助がたむろしている。中には横着に寝そべっているやつもいる。

伊織は瞬時、逡巡《しゅんじゅん》した。どちらの道をとるかによって自分の運命がかわるかもしれぬ。

伊織の足は右へむかった。ひとつのかんがえがひらめいたからだ。道中、名古屋へ立ち寄ることをかんがえた。

四半刻《しはんとき》（三十分）ほどおくれて、行商姿の旅人が追分けにさしかかった。

その旅人も棒杭のまえに立って、やや逡巡の色を見せた。彼も運命を右か左かの選択に賭けていたのだ。

彼は京をたつときから、草津追分けをどちらにいくかまよいつづけて、とうとうここまできてしまった。

「旅人さん」

そのとき、雲助の一人が声をかけてきた。

「もどり駕籠《かご》だ、やすくしとくよ。乗ってくれないか」

もどり駕籠というのは嘘《うそ》である。客の気をひくためだ。

「駕籠はいらない」

にべもなくいうと、

「けっ、勝手にさらせ。道中気いつけや、何がおこっても知らんで」

たちまち正体をむきだしにして、唾《つば》を地べたに吐きすてた。

そのとき、数間先の道端に寝ころんでいた雲助がむっくりと身をおこした。

旅人の目がふと、その雲助の視線と出合った。

（……！）

おたがいにつうじ合うものがあった。

風丸と霞九郎との出合いである。行商人が風丸であり、雲助が霞九郎であった。

「旅人さん、駕籠はいらんかね」

霞九郎がたずねた。

「ああ、駕籠はいらない」

とこたえると、

「あるくよりも、乗ったほうがいいではないか」

とりとめないことをいって、肩をならべてきた。

「例の品、尾張からきた商人に先に買われてしまいました。高値でも仕方がないから、こちらに売りわたしてもらえまいかと、尾張の商人を追ってきたところですよ」

風丸は昨夜からの失敗とこれからの行動をそんな言葉であらわした。

「先方も必死で買いもとめていたんだから仕方がない。途中追いついて買いとるのも方法だが……」

霞九郎も言葉を合わした。

が、言葉の内容が風丸には少々合点がいかなかった。

「ほかに、もっといい方法でも……」

思案をめぐらしながら風丸はいった。

「…………」

すぐにはこたえず、霞九郎はしばらくあるきつづけた。それは、自分でもっとかんがえてみろという霞九郎の暗示なのだ。

風丸は赤犬から天王丸をうばいとること以外かんがえていなかった。京都からずっとそれをかんがえつづけてきたのである。その方法についていろいろ思案しつづけていた。

「すり替えるというのはどうだ」

あくまでもひくい声で霞九郎はいった。

（あ……）

うまい方法だと風丸はおもった。

「おそれ入りました」

風丸は自分と頭領とのあいだには、技倆だけではない、思考の幅と奥行にまだ大層なひらきがあると感じた。

うばいとられたことに相手が気づけば、今度は先方が必死になって追ってくるだろう。道中でふたたび赤犬にうばいかえされることもかんがえられる。

いずれにしろ、うばえば、うばいかえされる。この繰り返しを江戸までつづけねばならなくなる。

ところが、うまくすり替えることができれば、相手は最後まで、気づかぬ。まったく効きめのない天王丸が尾張家から将軍へ献上されることになる。

「できるか？」

うばいとるというのはまず尋常な術だが、すり替えるのは難解な術である。

風丸が自信がなければ、霞九郎がみずから自分でやろうとおもっていることはあきらかだ。あえて霞九郎が風丸にたずねているのは、べつにもうひとつやらねばならぬ大きな仕事があるからだろう。

「しかと」

風丸は自信をみせていった。

「では、これだ」

霞九郎は薬紙につつんだ丸薬《がんやく》のようなものを風丸に手わたした。

「まちがいなく、すり替えてみせます」

風丸はさり気なくそれを懐へ入れた。

「たのんだぞ。失敗《しくじり》はゆるされぬ。かならず、本物の天王丸を手に入れるのだ」

霞九郎は念をおした。

「道はこれでよろしいか？」

「赤犬は四半刻まえ、東海道をすすんだ」

「左様ですか」

「おそらく、東海道を歩行《かち》でつっぱしるつもりだろう。海路はうまくいけばはやいが、強風に出くわしたら、いつまでも港に避難していなければならぬ」

それは風丸もかんがえたことである。

「きっと江戸へおもちします」

「道中、気をつけよ。赤犬の出むかえがあるかもしれん。さらに、東海道を紀州の黒犬がうろついておった」

「わかりました」

赤犬は当然だとしても、紀州の黒犬までがでてきているのは意外であった。

霞九郎は赤犬と紀州の黒犬の動向にそなえるつもりなのであった。

二

東海道を黒犬や赤犬がさかんにうろついている。

その犬たちが目ざしているものは、いずれも天王丸である。

その犬の一人風丸は天王丸を懐中にしている。風丸は霞九郎から手わたされた秘薬がどのようなものか、気になって仕方がなかった。

偽物とはいえ、一目でそれと見やぶられるものではないはずである。真偽いずれともわかちがたいものにちがいなかった。

霞九郎は製薬の技にひいでている。一碧斎《いっぺきさい》となると、なまじっかな医者では足もとにおよばぬくらいその技に精通している。天王丸に酷似した薬をつくるくらいは簡単なのである。

風丸は自分よりも四半刻ほど先をいっている赤犬との距離を少々つめておこうとおもった。

赤犬は約一里ほど先をあるいているはずだ。

風丸は速歩をつづけた。

東海道の風景、風物がどんどんすぎ去っていった。

あまりに早くてもあやしまれる。ほかの犬どもに見やぶられるおそれがあった。

梅木という立場《たてば》をたちまちとおりすぎた。

　和中散《わちゅうさん》

　もぐさ

などの旗や幟《のぼり》が立場の茶店や休息所にでている。この地の名物である。

石部《いしべ》をすぎ、水口《みなくち》の宿場もすぎた。京から十二里半を半夜と朝の一刻であるきとおしてきた。

（少々はやすぎた）

と風丸はおもった。このままだと前をいく赤犬を追いこしてしまいかねぬ。

昨夜からあるきつづけて、少々空腹もおぼえた。

栗林《くりばやし》という立場にさしかかった。茶店や休息所が見える。

街道脇《わき》に小川がながれており、水車がまわっている。

〈名物しる粉餅《もち》〉の旗がでている。

とある茶店の縁台に風丸は腰をおろした。

奥の縁台に年寄りの旅人が一人やすんでいるだけだ。

「団子」

小女《こおんな》に注文し、風丸は懐中に手を入れ、霞九郎から託された品をそっととりだしてみた。

丁寧に紙にくるんである。それをあけると薬紙につつまれた変哲もなさそうな丸薬が数粒でてきた。薬紙には、

天王丸　楠本源自斎処方

墨で書かれた文字が読めた。さらに、

正徳丙申《ひのえさる》卯月《うづき》

製薬処方した年月がちいさく書き添えられている。

風丸は薬紙をあけ、その中の一粒をとりだし、あとをたたんで元にもどした。

黒みがかった灰色のちいさな丸薬である。

風丸はそれに見入った。においを嗅《か》いでみた。霞九郎が製薬したものとおもわれる。

そのとき、団子と茶がはこばれてきた。

三つずつ串《くし》にさした団子が三本皿にのっている。

二本をまたたくまにたいらげた。

そのとき、店の裏手から白い仔猫《こねこ》がきて、風丸の足もとに寄ってきた。

ミャーン

とないた。あまえれば客が食い物をくれると知っているのだ。

風丸は、あるかんがえがひらめいた。

ミャーン

とまたないて、猫は団子をねだった。

風丸は串から団子を一つぬいて、すばやくその中に件《くだん》の天王丸をおしこみ、仔猫にあたえた。

仔猫はまたたくまに夢中で食べてしまった。そしてしばらくそのあたりをうろうろしていたが、やがて店のほうへもどっていった。

風丸はあとの団子をたいらげ、茶をのみおえてから縁台を立った。そのときはまだ奥の旅人はしる粉餅《もち》をほおばっていた。

後ろも見ずに風丸はあるきだした。

小川のそばまできた。

水車のちかくにうずくまっているちいさな白いものを見た。

(あ……)

風丸はおもわず胸をつかれて足をとめた。さきほどの猫である。

その猫がくるしそうに嘔吐《おうと》をつづけているではないか。

風丸は顔からたちまち血の気がひいていくのをおぼえた。天王丸をひろげてみたとき、ふと胸のうちをかすめたものがあったのだ。それがおそろしい現実となってあらわれた。

仔猫はしばらく苦しそうに嘔吐してから、またよろよろと小川の縁をおぼつかぬ足取りであるきだした。そして二、三間いったところで足腰がくずれ、横倒しになった。

風丸は立ちどまって、凝視した。

仔猫は必死の努力でおきあがり、よわよわしく数歩あるいた。だが、ふたたびたおれ、二、三度あがいたのち、横だおれのままうごかなくなった。二つの目が虚空《こくう》をにらんでいる。

(南無阿弥陀《なむあみだ》……)

風丸は心中で合掌した。そしてあるきだしたときには、もう恐怖心からたちなおっていた。

風丸の横を影のように追いこしていったものがある。

(………)

おなじ茶店にいた年寄りの旅人である。

(見られたか……?)

風丸は背筋に冷たいものがはしった。旅人の足取りは年齢のわりには軽やかである。

(赤犬では……)

ふと疑惑がわいた。

見られた以上、生かしておくわけにはいかぬ。赤犬となればなおさらである。

付かずはなれず、風丸はあるいていった。

先方も付かずはなれずだ。

ほとんどおなじ間隔で旅人はあるいてきた。赤犬か紀州の黒犬であることはあきらかである。

伊賀の山中に入ってきた。土山《つちやま》は山の中の宿場である。そこをとおりすぎた。

このあたりから山風がつよくなってきた。

くるみ橋をわたった。さらに田村川橋もわたった。

猪鼻《いのはな》の立場から道が二つにわかれる。新道《しんみち》と古道《ふるみち》、どちらをいってもいい。

件の旅人は新道をいった。

風丸は古道をえらんだ。

鈴鹿峠《すずかとうげ》の手前で、道は一つになる。ほとんど同時に二人はでてきて、顔を合わした。

数歩、件の旅人が先をいった。

すぐに鈴鹿明神《みようじん》の赤い鳥居が見えてきた。

（よし……！）

意を決し、風丸は一気に間隔をちぢめた。

ほとんど二人はかさなった。

風丸は鎧通《よろいどお》しをにぎっていた。そのままぶつかるつもりであった。

そのとき、件の旅人が懐中から何かをとりだした。

「あ……！」

風丸はおもわず声を発した。旅人は目つぶしの灰をひょいと投げたのだ。

急に何も見えなくなった。両方の目にはげしい痛みがはしった。

つづいて殺気をおぼえた。風丸は本能的に身を転じた。二回転、三回転して道の際《きわ》に立った。

間髪をおかず、旅人が突進してきた。それを察することはできたが、見えなかった。

すさまじい衝撃に風丸はおそわれた。旅人のにぎった匕首《あいくち》が深々と風丸の腹に食いこんでいた。

「ううう……」

唸《うな》り声をあげた。

匕首はますます深く食いこんできた。しかも、二度、三度とえぐってきた。

風丸はたまらず吠《ほ》えた。

それでも相手は容赦がなかった。体重をかけてより深く、ぐいぐいえぐってきた。

「赤犬をあまく見るな」

勝ちほこったように旅人がいった。風丸が絶命するとみて、自分の正体を明かしたのだ。伊織を陰から警固《けいご》する役目の赤犬であった。

「無念っ……」

風丸は腰から地べたへ落ちていった。そしてうずくまった。

赤犬は匕首をぬいて、悠々と鞘《さや》におさめた。風丸はもうぴくりともうごかなかった。

赤犬は後ろも見ずにいきかけた。

瞬後、風丸は体のバネを十分にきかせてはねおきていた。彼は体に掠《かす》り傷ひとつ負っていない。

風丸は腹部から胸部に鹿《しか》の皮革《ひかく》を何枚もかさね合わせた防禦革《ぼうぎよかく》をあてていた。赤犬はその革を何度もえぐったのだ。

風丸はほとんど見えぬ目で突進し、ぶつかった。

「うわっ」

今度は赤犬が声をあげた。

颪丸の鎧通しはふかぶかと相手の背中にうずまった。

一度鎧通しをぬき、あらためて延髄《えんずい》めがけて埋めこんだ。

今度は呻《うめ》き声もあげずに、絶命した。

颪丸は死体をひきずっていき、道の横の雑木林の中にかくした。

三

江戸城本丸の時の御太鼓が正四つ（午前十時）を打った。

本丸の空気は先月将軍家継が病の床に臥《ふ》してからというもの、沈みがちになっていた。御太鼓のひびきさえ、平常にくらべるとよわよわしかった。

家継の病床は本丸大奥である。

生母月光院と御側御用人間部詮房《おそばごようにんまなべあきふさ》は、日中はほとんど病床につきっきりである。夜おそくまで看病し、月光院は自分の部屋にひきとる。

間部詮房は自分の屋敷へはほとんど戻ることがない。いつも大奥で起きふししており、まどろむときは月光院の部屋をつかっている。

病床にはこのところずっと御匙頭《おさじがしら》の曲直瀬道庵《まなせどうあん》がつめていた。

しかし道庵の顔色も冴《さ》えぬ。

家継の容態はすこしもよくならなかった。傷寒《しょうかん》はますます勢いをつよめ、家継はときに気《き》息奄々《そくえんえん》たる状態におちいることもあった。

道庵はほとんどあらゆる手をつくした。が、治療の効果はあがらなかった。

月光院は医薬ばかりでなく、とうとう加持祈禱《かじきとう》にすがりだした。将軍家の菩提寺《ぼだいじ》上野寛永寺《かんえいじ》と芝増上寺《ぞうじようじ》において連日加持祈禱をもよおさせ、自分も毎日江戸城内にある東照宮参詣《さんけい》をくりかえしていた。

寛永寺と増上寺では、毎日大護摩《おおごま》を焚き、大勢の僧侶《そうりよ》たちが加持祈禱をおこなう一方、その裏では家継薨去《こうきよ》の際における葬儀の争奪をひそかに開始した。

将軍の埋葬は両寺のどちらかでおこなわれる。従来も、各将軍が薨去したときは、かならずこの両者で熾烈《しれつ》な葬儀争奪がくりかえされてきた。

両寺の面子《メンツ》の争いばかりではない。葬儀だけでも莫大《ばくだい》な御布施《おふせ》がおちるし、御霊屋《おたまや》が建築されて、将軍や御台所《みだいどころ》の参詣、代参などのたびに多額の供養料《くようりよう》がもらえるのだ。だから坊主と坊主が袈裟衣《けさごろも》に賭けて将軍の屍《しかばね》を奪い合うことになる。

寛永寺と増上寺では、将軍の死期がせまるころから、幕閣や側用人、大奥などへさまざまな方法をもって嘆願をつづけるのである。この魑魅魍魎《ちみもうりよう》がとびかいはじめると、将軍の死期は目前にちかづいたとみていいのである。

今、この魑魅魍魎が江戸城内のさまざまなところにとびかいだした。長年、江戸城内に棲《す》みついている者は、この跳梁《ちようりよう》によって将軍の死期をさとるのだ。

将軍の死によって、毎回かならず、幕閣ばかりでなく、側近、大奥、御三家、諸大名、御用《ごよう》達《たし》商人にいたるまで権力の交替や権勢の興亡が見られる。従来の権力がおとろえ、あるいは追いおとされ、かわってあたらしい勢力が台頭してくるのである。

もし近日のうちに家継が薨去するとすれば、閣老はまず措《お》くとしても、側用人間部を筆頭とする側近たちの交替はすぐにもおこなわれるだろう。絶大の権勢を有する間部が没落の憂き目を見るのはまちがいない。間部によって抜擢《ばってき》された者たちも、おそかれ早かれ、その地位をうしなうだろう。

大奥に権勢をほこる月光院の運命も同様だとかんがえられた。あたらしく将軍につく者とその家族たちによって月光院は本丸を追われ、西の丸か二の丸へ追われることが予想される。

一人の将軍の死は、江戸城内の勢力地図をほとんど塗り替えてしまうのだ。両菩提寺《ぼだいじ》ばかりでなく、御三家、閣老、側近、大奥の婦人たち、出入り商人たちの運命が将軍の死にかかわってくる。

今朝《けさ》も、本丸表御殿にある老中の御用部屋に、それぞれの思惑や不安を秘めて井上大和守正《やまとのかみまさ》岑《みね》、阿部豊後守正喬《ぶんごのかみまさたか》、久世《くぜ》大和守重之、松平紀伊守信庸《きいのかみのぶつね》、戸田山城守忠真《やましろのかみただざね》らの閣老たちが額を寄せ合っていた。毎朝、家継の容態が御側衆《おそばしゅう》によってつげられるのだ。閣老たちはそれを待っている。

このところ、ずっと変わりばえのしない報告ばかりがつづいていた。容態にあかるい兆《きざ》しはすこしも見られない。

老中一同も、ほとんど回復の望みはいだいていなかった。彼らは誰一人口にこそださぬものの、すべて家継の継嗣《けいし》問題、つぎに誰が将軍位につくかについてひそかに思惑をめぐらしていた。それによって自分たちの地位、権勢に大きな変動がおこってくるかもしれぬ。

継嗣はまず御三家の中からえらばれる。と、表むきはみられても、実際には尾張、紀州の両家にしぼられる。老中たちも全員、最初から水戸家を除外してかんがえている。おなじ御三家ながら、水戸家だけは家格が一段落ちるとおもっている。〈御両家〉に水戸家が付随しているというかんがえだ。

昨今、政務は遅滞しがちである。家継が病床につくまえも、将軍親政がとられていたわけではない。間部と新井白石とによって、家継の意向の名のもとにすべてが裁量され、執行されていた。その状態はほとんど今もかわらぬ。

けれども今はあらゆる政務が宙に浮いた感じになっていた。このような状態をはやく脱したいと、みながおもっていた。

「天王丸と呼ばれる傷寒に特効をもつ薬が、近々のうちに江戸城にはこばれてきそうな様子じゃ」

「それは結構なこと」

「天王丸が手に入らば、お上はおもちなおしになられるかもしれぬ」

「左様にめでたき薬があるのか」

「本当にあるという話じゃ」

老中らも天王丸については一応聞き知っていた。が、その秘薬がいつ、どこから、誰によってもたらされるかまでは知らなかった。

「典薬頭《てんやくのかみ》半井どのがご手配なさったというから、あながち空言《そらごと》ではあるまい」

老中たちが知っているのはその程度のことにすぎぬ。

「一日もはやい到着が待たれる。せっかくの秘薬も、おくれては何の用もなさぬ」

老中たちは閣老と呼ばれながら、この何年も政権の中枢から遠ざけられた状態にある。その地位も名ばかりのものとなっている。しかも彼らは年来それに慣れきっていた。間部と新井白石の顔色をうかがうのに汲々《きゅうきゅう》としているのだ。

そして老中たちはそれぞれ尾張家と紀州家の双方に、縁故をつうじてつながりを維持していた。どちらから将軍がでても好誼《こうぎ》がつうじるよう努力をかさねていた。

四

桑名から宮《みや》（熱田《あつた》）までは海上七里。

五十人乗りの乗合いで風丸は宮へわたった。

風丸は吉田伊織の後をあるいた。

伊織は東海道をとらず、左へまがって熱田街道をあるきだした。

（……！）

風丸の勘があたった。

熱田街道をいけば、一里半で名古屋である。

伊織は名古屋へそれるのではないか、と風丸は宮につくまでずっと推量しつづけていたのである。

赤犬が名古屋へ寄り道する理由はたった一つしかかんがえられぬ。

（七里飛脚……）

それしかないと風丸は断じた。

幕府には継飛脚という郵便施設があるが、御三家にはそれにかわるものとして七里飛脚がある。国許《くにもと》から江戸までのあいだに七里ごとに七里役所をおいてあり、各所に飛脚を定住させてある。そして飛脚は各七里をつっぱしって次から次へと駅伝によって郵便伝達をおこなうのである。

名古屋からもっともはやい七里飛脚は〈一文字〉といい、三日で江戸に到着する。四日かかるのを〈二人前〉といい、五日で到着するのを〈十文字〉という。

天王丸も一文字に託すれば、わずか三日で江戸につく。家継危急の折りから、七里飛脚がつかわれるのではないかと風丸はかんがえていたのだ。

風丸は伊織を尾行するのをやめて、東海道へとってかえした。

敵の本国名古屋へ危険をおかしてわざわざ潜入しなくても、七里飛脚は東海道をとおる。しかも目立つ風俗をしているので、見のがす恐れはけっしてない。

七里役所は東海道池鯉鮒《ちりゅう》、法花寺《ほっけじ》、二川《ふたがわ》、篠原《しのはら》、見付《みつけ》、掛川《かけがわ》、金谷《かなや》、岡部、吉田……と十八か所においてあるのだ。

御三家いずれも、この七里飛脚はお七里と呼ばれて、美装でもって有名で、見るからに華美なものである。これにえらばれる者は江戸勤番の中から、とくに体格が立派で、身の丈高く、健脚、才あり、文筆をそなえ、弁才をも有した者をえらんでいる。

体格はどうかわからないが、健脚については風丸が彼らにひけをとるわけがない。仮に武芸自慢のお七里がいたとしても、風丸が負けるはずはなかった。

よくかんがえねばならないのは、お七里を襲撃する方法と場所である。

風丸は場所を物色しながら東海道をあるいた。

方略はあった。

場所はやはり人通りのすくないところがのぞましい。できればあかるいところよりも、薄暗いようなところがいい。

絞り染めで有名な鳴海《なるみ》、有松《ありまつ》をすぎた。

橋をわたって、尾張から三河《みかわ》へでた。

一里山のあたりから通行人の姿が減った。この先に池鯉鮒の七里役所がある。

このあたり、と風丸は見当をつけた。

街道の左右は雑木林で、路傍から数間奥へ入ったところに古びた観音堂が見えた。

ここで風丸は一刻ばかり待った。

午後の日が大きく西へかたむいて、夕暮れの気配がちかづいてきた。

（ぼつぼつくるころ……）

と颪丸はふんだ。

水戸家の場合もそうだが、お七里はその勢いもはなはだにぎやかだ。威勢のいい掛け声をかけながら街道を韋駄天《いだてん》のように突っぱしる。市中では、お七里がとおるときは、通行人はみな道をよける。それを見ようとわざわざ見物にくる者もいるほどである。

颪丸は観音堂の陰に身をひそめ、お七里がくるのを待った。

その前に旅人が二人とおりすぎた。

やがて、遠くかすかに、天にこだまするような声がきこえてきた。

（きた！）

颪丸は心中でさけんだ。

待つともなく、その声はしだいに大きくなってきた。

「お七里、お七里！」

掛け声のあいだに、そう声をあげている。鐘のひびきのようによくとおる声だ。ますます声は大きくなった。耳をすませば、地ひびきがきこえそうな気がした。

颪丸はお堂からやや身をのりだして見た。

派手な衣装が地上におどっているのが見えた。担《にな》い箱を片手にかつぎ、片手は赤房の十手《じって》をにぎっている。赤色染めの半着に黒い天鵞絨《ビロード》の半襟をかけた長めの半纏《はんてん》がなびいている。

疾風が枯葉を巻きたてるような勢いで見る見るうちにお七里は接近してきた。

そして、あっという間に過ぎ去るかに見えた。

ところが観音堂の前を通過するとき、お七里が奇声とも悲鳴ともつかぬ叫びをあげた。まるで獣が天にむかって吠えるような声である。

そしてお七里は片足をひきずった。数歩ひきずり、転倒して、もがき苦しんだ。釘状《くぎじょう》のものを踏みぬいたのだ。

お七里の足の甲に深々と菱《ひし》が食いこんでいる。忍者が追手を断つためにつかう道具である。しかも他意ある場合には、菱の先端に毒をぬっておく。

お七里の激痛は毒が早くもまわりだしたことをしめしている。

菱をまいておいたのは風丸である。

風丸は音も無く、背後からお七里にしのび寄った。

「うっ……」

後ろから組みついて、片方の腕を首にまわした。そしてぐいぐい首をしめつけていった。

呻き声をあげ、お七里は必死にもがいたが、風丸はいっそう力をくわえた。

相手も満身の力と気合いではねかえそうとしてきた。

しばらくは力と力がぶつかり合って揉《も》み合いがつづいたが、それも長くはなかった。抵抗の力がみるみるうちに弱まって、急にがくんとお七里が落ちた。

窒息死である。お七里の体は長々と地べたに這《は》った。

風丸はすばやく担い箱をあけた。

（あった！）

その中に信書などとともに、丸薬の紙包みがある。

風丸は懐中からとりだした偽の天王丸とそれをすり替えた。

そしてお七里の体からつぎつぎに衣服をはぎとっていった。

風丸はついでに、自分も着ている衣服をぬぎだした。

それからお七里からはぎ取った衣服を身にまとっていった。風丸自身がお七里にすり替わっていったのだ。

衣服をつけおわってから、赤房の十手をとり、さらに腰にさしていた一刀をぬきとって自分の腰にさした。これで完全に風丸はお七里になった。

自分がそれまで身につけていた着物をまるめて捨て、お七里の死体を雑木林の中へひきずっていった。

後始末がすっかり完了するや、風丸は宙を翔《と》ぶように駆けだした。担い箱をかつぎ、十手をとって街道をはしった。

忍びの術できたえあげた脚力がお七里におよばぬはずがなかった。

風丸は風のごとく駆けた。

掛け声をあげ、

「お七里、お七里！」

さけびつつ、はしった。

街道の風景があっという間に後ろへとんでいった。雑木林も荒地も田圃《たんぼ》もすぎ去っていった。橋をわたった。市中に入ると通行人がたちまち道をあけた。それがなんとも爽快《そうかい》な気分であった。

池鯉鮒のお七里役所はもうすぐだ。

そのお七里役所には、つぎのお七里が風丸の到着を待ちうけている。そこで担い箱をわたせばつぎのお七里が法花寺まで突っぱしる。そして法花寺で待機しているお七里が担い箱をうけとって二川まではしる。

こうして三日間で担い箱は江戸に到着する。ほうっておいても天王丸は江戸の尾張藩上屋敷へつくのである。

だが、好事魔多《こうじ》し。一里山の観音堂のちかくで、風丸の行為を一部始終見とどけていた一人の旅の坊主がいた……。

五

その旅の坊主は紀州藩がやしなっている黒犬那智《なち》の権三《ごんぞう》である。紀州の黒犬の頭領名取《なとり》昇竜軒《しょうりゅうけん》の下忍《げにん》あがりで、紀州家の御庭締戸番《おにわしめどばん》をつとめている。

権三も、風丸の後を追って街道をはしった。快足で駆けぬけた。

風丸におくれじと権三ははしった。半丁から一丁の間隔をおいて、池鯉鮒へむかって快足をとばした。

池鯉鮒からは、あらたなお七里が風丸にかわった。これを追って権三は疾走をつづけた。そして宵にいたるころ、法花寺についた。

翌日も、権三ははしった。前をゆくお七里に追いすがって駆けつづけた。東海道を必死にはしった。さすがの権三も膝《ひざ》がわらいはじめた。

相手は七里ごとにつぎつぎに人がかわるが、権三は終始一人ではしりつづけている。いかに忍者がきたえあげた術を持っているとはいっても、容易に追いつくことができなかった。

二日めの後半で、権三はふらふらになりだした。が、それでも我慢して懸命にはしりつづけた。

三島から箱根へののぼり坂にさしかかったころ、すでに息があがりはじめた。

相手のお七里は三島からかわったばかりの若者で、勢いにまかせて一気にはしったので、権三との間隔は見る見るひろがった。が、権三は必死でもちこたえ、驚異的なねばりを発揮して追いすがった。

はしりながら権三はふと妙な錯覚におちいりだした。追っている自分が、逆に何者かに追われているかのような気持に駆りたてられたのだ。

(はて……?)

何度かふりかえってみたが、追ってくるものはない。

それでもその錯覚を払拭《ふっしょく》することができなかった。音もなく何者かが執拗《しつよう》に自分を追いつづけてくる恐怖からのがれることができなかった。

これで権三は疲労困憊《こんぱい》しはじめた。疲労に恐怖がかさなって、権三は平常心がすっかりみだれてきた。

（何者だ……？）

権三の疑いは大きくふくれあがっていった。

（おれはどうかしているぞ。後ろに誰もいやしない）

権三は必死で自分にいいきかせて、恐怖をわすれようとした。

道は大時雨《おおしぐれ》、小時雨、下長坂とつづいた。名だたる天下の険のうちでもっともきびしいあたりである。左右は鬱蒼《うっそう》たる松林だ。前方にも大樹林が暗闇のようにせまっている。

背後に足音をきいたような気がして、権三は何度もふりかえってみた。ふりかえるたびに恐怖が増した。

「権三」

今度は自分の名を呼ばれたような気がした。さすがにもうふりかえろうとはしなかった。

「権三、気の毒だが、命はもらった」

今度ははっきりと言葉がきこえた。それを無視して権三は前へすすんだ。

「覚悟っ」

そうきいたのが権三のこの世の最期であった。

霞九郎である。

背後から鎧通しを延髄に突きとおされて、権三は絶命した。
霞九郎は鎧通しをぬきとり、何事もなかったように山道をすすんでいった。

家継薨去《いえつぐこうきょ》

一

闇《やみ》が深い。空には月も星も見えぬ。

この数日、雨と曇天の日がつづいていた。

敷地約十万坪をほこる水戸藩上屋敷《かみやしき》も闇の中にしずんでいる。

夜が更《ふ》けるにしたがい、闇はいっそう深くなっていった。

闇の底から蟇《かわず》のおもくるしい声がきこえてくる。

ところどころに常夜灯の明りが見えるが、とても周囲を照らすまでの明るさではない。

大きな池のまわりだけ、ほのかな明りが古鏡の面のようににぶくひかっている。

表御殿も奥御殿も寝しずまっている。各御長屋も同様である。

宿直《とのい》以外はみなねむっている時刻だが、奥御殿の奥の奥、藩主綱條《つなえだ》の寝所《しんじょ》から明りがもれていた。

ほかの藩侯であれば深夜まで愛妾《あいしょう》とたわむれてすごすということもあるが、水戸藩主は今年すでに六十一歳である。とても若い女体をかかえて深夜まですごす年齢ではない。しかも綱條は、私淑《ししゅく》する前代藩主光圀《みつくに》にならって、若いころからみだりに色欲におぼれる藩侯ではなかった。

寝所からひくい男の声が廊下にもれてきた。廊下とはいっても、ここは奥女中すらも許しくしては入れぬ区域である。

声の主は中山備前だ。中山は深夜、奥御殿をおとずれ、就寝直前の綱條に対面したのである。

「今宵、尾張藩上屋敷に天王丸《てんのうがん》が到着いたしましてございます」

中山はそうきりだした。

「天王丸が、ついたか……」

綱條はつぶやくようにいった。

「霞九郎《かすみくろう》が製薬処方いたしました偽《にせ》ものにございます」

「左様か……」

白髪面長《おもなが》で生真面目《きまじめ》な綱條の相貌《そうぼう》がこのときいっそう厳粛な表情になった。

「とるものもとりあえず、天王丸はお城へはこばれたものとおもわれます」

「うむ」

「今夜か、おそくとも明朝にはその天王丸がお上の口に入りましょう」

「………」

綱條の顔から血の色は失せている。水戸家は儒学の家柄であり、綱條は自他ともにゆるす謹厳実直の居士《こじ》である。

ましてや儒学のなかでも、王覇正閏《おうはせいじゅん》、大義名分論をおもんずる朱子学のながれをくむだけに、主君への忠義、親への孝道をもっとも尊しとしている。綱條が顔色をうしなうのも当然であった。

しかし、三十五万石水戸家の窮状をかんがえれば、忠君、孝道ばかりまもってはいられぬ。今、水戸家の窮状をすくう道は新田の開発でも、藩士からの禄米《ろくまい》借上げでもなく、大坂商人からの借金でもない。もっとも確実な方法は紀州家を将軍位につけて、〈十五万石加増〉の実現をはかることであった。

綱條は儒者としての本分を捨てて、政治家の道をえらばねばならなかった。

「はやければ一両日のうち、おそくとも数日のうちにケリがつきましょう」

中山はいささかも顔色をくもらさずにいった。

その反対に綱條の顔は苦悩の色におおわれた。

水戸家は実禄《じつろく》三十五万石で御三家の格式を維持しなければならぬ。くわえて〈定府制《じょうふ》〉による莫大《ばくだい》な出費、さらに光圀によってはじめられた『大日本史』の編纂事業などのために、藩財政はいちじるしく窮状におちいっていたのである。

「いたし方ない……」

「左様でございます。いたし方ありませぬ。お家のためでございます」

中山もそう信じて御三家三つ巴《どもえ》の謀略戦を指揮しつづけているのである。彼は外へたいしてはもちろん、内へたいしてもいささかの油断も見せることはできなかった。

「尾張と紀州の戦《いくさ》が、この数日で山をむかえる。尾張もなりふりかまわぬ懸命の戦をいどんでこよう」

「勝負はもはやきまりました。尾張は今後も月光院と間部越前《まなべえちぜん》どのをたのんで、紀州追い落としをたくらんでまいりましょうが、紀州の勝ちはほぼうごかぬものとみえまする」

中山はそういう見方をしていた。

「尾張とても、簡単にはひきさがるまい。成瀬の懐の中にどのような隠し玉があるやも……」

「しかし、お上の死因が天王丸にあるとわかれば、尾張藩は窮地におちいることはあきらかでございます。将軍継嗣《けいし》のさわぎどころではなくなってまいりましょう」

と中山はいったが、綱條の顔はすこしも晴れなかった。

「紀州家との約束は大丈夫であろうな」

「さて、そのことでございます」

綱條に問われて、かすかだが、中山の語気がよわくなった。

「紀州家とは同盟の約定をかわしております。誓紙には副将軍を公のものとするほか、十五万石加増の件と極位《ごくい》従二位、極官《ごくかん》大納言への昇格の件がはっきりとうたわれておりまする。よもや約束をたがえることはあるまいとぞんじます」

「しかし、万一……」

「左様でございます。万一の懸念がないとはいえませぬ。そのほうの段取りもいたさねばなりませぬ」

「紀州家にとってその約束をはたすことは、なかなかの難事じゃ」

綱條のいうとおりだと中山はおもった。謹厳居士の綱條にも、それくらいの先を読む目はあったのである。

〈紀水同盟〉は中山がはじめに企図し、それを実現したものである。また紀州家のために、水戸家は今まで数々の有効なはたらきをしてきた。

そしてついに、紀州家の次期将軍位継承はほぼまちがいないところまできた。

けれども、紀州家がかならず水戸家との約束をまもるという十全の保証はないのである。

「そのときはきっと吉宗公の誓紙《せいし》がものをいうことでしょう」

「うむ」

綱條がふかくうなずいた。

「紀州家が約束をやぶれば、かえってあちらが大きな痛手をうけることになりましょう。あの誓紙があるかぎり」

と中山がいったとき、部屋の外でコトリと物音がした。

(…………)

中山が目くばせをして綱條に合図をおくった。

鶯《うぐいす》のような鳴き声がかすかに廊下のほうからきこえた。

ここの廊下には〈ウグイス張り〉の仕掛けがある。

無言で立って、中山はさっと障子をあけ、廊下におどりでた。

廊下の燭台《しよくだい》の明りの中に、女の影が見えた。

「何者？」

声をかけたときには、中山は廊下をはしっていた。

女は逃げようとしなかった。昂然《こうぜん》と顔をあげて中山を待った。

「おなつ、と申します。先日、水戸からこちらにまいり、お廊下をまちがえました」

女は奥女中であった。見目うるわしい女である。

ここは奥御殿の中である。あたらしい奥女中が廊下をまようのはままあることだ。

それよりも、奥御殿は藩主とその家族以外は男子禁制の区域である。中山がこの場にいるほうがふさわしくなかった。

二

翌々日の夕方、小石川安藤坂に濃い霧がわいた。

坂の下で霧がわくと、坂上の突きあたりにある伝通院《でんずういん》の表門がまったく見えなくなる。

その霧の中をあるく老武士の姿がある。

老武士は坂の中腹にある安藤飛騨守《ひだのかみ》の屋敷の通用門からでてきた。飛騨守本人である。

坂を下までおりきって、牛天神《うしてんじん》の脇《わき》をぬけ、水戸藩上屋敷の前についた。安藤邸と水戸邸とは目と鼻の距離である。

水戸藩上屋敷の表門のくぐりが、このとき音もなくひらいた。

安藤の微行《しのび》のおとずれはほんのしばらく前、中山につげられていたのである。

中山は安藤が供をつれず本当に一人でおとずれてきた姿を見て、驚きにうたれた。

安藤は紀州家の付家老《つけがろう》をつとめると同時に、本人も紀州田辺に三万八千石の封地をもつ大名なのである。しかも、すでに老齢であることを理由に、幕府の公の行事への参加もまぬがれている。

公にも、いわば別格をみとめられている人物である。

その安藤が老齢をかえりみずに、飄然《ひょうぜん》と水戸家をおとずれたのであるから、中山の驚きも当然であった。

乗物や駕籠《かご》をつかって供をしたがえておとずれては、いくらちかい距離でも人目にたつ。それで霧にまぎれて単身やってきたのだ。

「お久しゅうございます。安藤様にはご健勝でなによりに存じあげます」

両人の対面は一昨々年《さきおととし》春の紀水同盟締結のときいらいである。

「こちらこそ無沙汰《ぶさた》をつづけてまいった」

安藤は好々爺《こうこうや》然としていった。

こんな老人のどこにたぐい稀《まれ》なる権謀と策略が秘められているかと驚くばかりである。

「お知らせくだされば、こちらから参上いたしましたものを」

これは中山の本音である。三家謀略の渦中とはいえ、上長への礼儀はべつである。

「なに、散歩じゃ。老体には適度な運動がかえってよい」

中山は安藤を客室へまねいた。

（紀州の古狸《ふるだぬき》、いよいよ乗りこんできおった）

そうおもいつつ、中山は対座した。

武者隠しにも人を入れなかった。なまじな小細工はこの人物に通じまいとおもったのである。

安藤がみずから足をはこんでくるなど、よほどの事情か目的がなければならぬ。

安藤はにこにこと終始微笑をふくんでいる。だされた茶もうまそうに飲んだ。まるで孫のところにでもあそびにきたかのようだ。

「お蔭さまにて、紀水和親、相互繁栄の年月がつづいております。ひとえに紀水同盟のたまものと存じまする」

中山はあたりさわりのないところから入った。

「紀水両家のために結構なことでござった。今後これがもっと効きめをあらわすようになってまいろう。紀水同盟が真価をあらわすときが目前にせまった」

中山は安藤の言葉を一語一語かみしめた。

「お上のご容態になにか？」

おもいきってたずねた。

水戸家においても可能なかぎり江戸城内に情報網をしいているが、その網にはまだそれについて何もかかっていない。

「お上のご容態がにわかにおかわりになった。これは今日の昼過ぎのことでござる。奥医師たちの出入りがあわただしくなってまいった」

安藤はここでややきびしい顔をした。

「左様でございますか」

沈鬱《ちんうつ》な表情で中山はこたえた。

「尾張家が献上いたした秘薬天王丸を、朝、服用なさったとのこと。尾張家の立場はきわめて微妙なものとなろう」

「お気の毒でございます」

天王丸を御三家で奪い合ったことは、安藤とても知っているはずである。

「将軍の薨去《こうきょ》なさる日は、おそらくちかい。いかなる名医といえども、もはやご快癒させることは無理であろう」

「おいたわしゅう存じあげます」

「これを機に大騒動がもちあがる。というよりは、騒動の総仕上げがおこなわれよう」

「左様で……」

中山はできるかぎり、自分からの言葉はさけた。

「水戸家にはこれまで大層世話に相なった」

「いや……」

「紀水同盟があったればこそ、ここまでたどりつくことができた。さもなくば、尾張にだしぬかれていたかもしれぬ」

「いえ、わが方は当然のことをいたしましたまでにございます」

「紀州藩といたしては、感謝この上ない。今後も同様におねがいいいたしたい」

そういって安藤が頭をさげた。

さすがの中山も、これにはあわてた。

「安藤様、お頭《つむり》をおあげになってくださいませ。おねがい申しあげるのは水戸藩のほうでございます。首尾よく紀州様がご本懐をおとげになったあかつきは、かならず水戸藩のねがいをかなえさせてくださいませ」

仕方なく中山はここまでいった。これが中山の目下における最大の関心事である。

「それ以前に、紀州藩が本懐をとげるには、まだまだ水戸藩のお力添えが入り用じゃ。尾張藩にくらべいささか紀州藩が優位に立っているとは申せ、まだ尾張藩の逆転がなきにしもあらずだ」

中山は今はじめて〈紀州の古狸〉といわれる権謀術数家の弱みを垣間みた。

中山は紀州藩の勝利をほぼ間違いないものとみているが、安藤の目から見ればまだそうではないらしい。いささか優位、くらいにしか見えぬようだ。

権謀術数家の細心慎重さか、それとも当事者の弱気かいずれかであろうと中山はおもった。

安藤ほどの者でも将軍位相続という藩祖いらいの大願成就をまえにして、見栄も外聞もかなぐり捨てる気持にかりたてられたのだろう。

「世の中、一寸先は闇と申します。いかなることがおこるやもしれません。用心には用心をなさるに越したことはございませぬ」

中山は安藤の意をくんで言葉を合わせた。

「九仞《きゆうじん》の功を一簣《いっき》に欠く、というたとえもある。念には念を入れなくてはならぬ。わしはまだ勝負を六分四分と見ておる」

「石橋をわたるにも叩《たた》いてみるに越したことはございませぬ」

と中山はいったが、安藤の心境はその言葉とかなりのへだたりがあるようだ。

対幕閣、対大奥、両面にわたって紀州家は尾張家にかなりの水をあけている。しいていうならば、大奥の月光院が将軍生母として継嗣問題にどれほどの発言力を持つか。月光院と男女の仲をつづけている側用人間部詮房がどちらの支持にまわるか。この二つが不明の部分としてのこっているにすぎぬ。

尾張藩がもし大逆転をはかるとすれば、月光院と間部をどううごかすかということにつきるのである。

「水戸藩に今一度、ご尽力にあずかりたいことがあってな」

安藤が本論をきりだしてきた。

「いかような……」

中山は内心の警戒を見せずにいった。

「できるなら、鳳山《ほうざん》公のご出馬をたまわりたい」

安藤の言葉は意外であった。

「わが殿の……」

鳳山公とは綱條のことである。

「左様、忌憚《きたん》なく申せば、鳳山公に天英院《てんえいいん》さまと会っていただけたらとおもうのじゃ」

綱條をもちだされたときから、中山はある程度それを予想していた。

天英院は前将軍家宣の御台所《みだいどころ》であり、現在でも大奥における最高位にある女性である。将軍生母月光院の実権の陰にかくれがちではあるが、徳川宗家の継嗣をきめる公式の場となれば、天英院の力が大きく発揮されることは疑いなかった。

しかも、その天英院といえば関白近衛基熙《このえもとひろ》の息女であり、家宣にとつぐ以前、綱條とのあいだに縁談があって、一時はまとまる寸前までいったという過去がある。

それは現在では、よほどでなければ人に知られていないことである。

安藤はそこのところをおさえようとしている。

将軍継嗣をきめる最後の場で、宗家の未亡人の一言がおもい力を持つことを安藤は予想しているのだ。

「殿に申しあげておきましょう」

「中山殿、そこのところ是非ともご尽力いただきたい。天英院さまは前代御台所とはいえ、今ではよるべもなき未亡人もおなじじゃ。そのお方がまだうら若きころ縁談のととのいかけた相手の言葉にこころをうごかすことは十分にかんがえられる」

安藤はかさねていった。

綱條と天英院とのあいだの縁談は、今からおよそ四十年も以前のことである。それをひきずりだしてきて安藤はいっているのだ。

安藤はあらゆる手を打ちつくした末、念を入れて綱條のかつぎだしをねらっている。

「わかりました。その旨しかと……」

「紀水はこれまで力を合わせてむつかしい局面をきりぬけてまいった。この同盟をこのままおわらせることなく末代までもつづけていきたい。水戸家の意向はいかがであろうか」

「安藤様のお言葉、身にしみてうれしゅうございます。当方もおなじ意向にございます。今後ともによろしくおねがい申しあげますする」

中山は両手をついて頭をさげた。

三

おなつは水戸城から江戸の上屋敷にうつってようやく十日めをむかえていた。

江戸はおなつにとって三年ぶりであった。

この約三年のあいだに、おなつはさまざまな遍歴を経ていた。

三年まえ、おなつは水戸藩上屋敷の裏手にある富坂町《とみさかちょう》の〈万年屋〉という煮売り屋の娘で、富坂小町と呼ばれていた。富士額《ふじびたい》に三日月眉《まゆ》、目鼻だちのきわだった娘であった。

おなつの運命が大きく変転したのは、水戸藩の御書院番士貝沼辰之進《たつのしん》に見そめられ、さらに尾張藩剣術指南役柳生兵部助厳延《やぎゅうひょうぶのすけよしのぶ》の息子左馬助《さまのすけ》にも横恋慕《よこれんぼ》されてしまったためである。

おなつは水戸藩の御書院番士大賀四郎左衛門の養女となって貝沼辰之進と祝言をあげた。

ところが、左馬助はおなつをあきらめなかった。左馬助はたばかっておなつを呼びだし、その結果、辰之進と剣をとって勝負をつけることとなった。

辰之進も剣術の腕は相当にできたが、柳生の息子左馬助の敵ではなかった。辰之進は斬《き》られ、そのとき負った傷がもとで死んだ。おなつは祝言早々若御家となったが、実家にもどらず、水戸城で奥女中をつとめることになった。

おなつは水戸城本丸の奥づとめを今までつづけて、十日まえから上屋敷づとめにかわって江戸にでてきていたのである。

つとめ変えはおなつ自身が申し出、それがようやくゆるされたのだった。実家万年屋の父文吉がこの半年ばかり病気がちで、おなつ以外に肉親身寄りがいないことがその理由であった。

この日、おなつは上屋敷から暇をもらって、富坂町にある万年屋にもどった。

万年屋は間口二間のちいさな店である。

すいもの　御煮ざかな　さしみ　なべ焼　煮まめ　うまに

と書いた障子看板がでている。そして床几《しょうぎ》と縁台もでている。

三年まえとすこしもかわらぬ店頭風景である。

おなつはなつかしさをおぼえ、店内へ入っていった。

「いらっしゃいませ」

声をかけてきたのは、赤い前掛けに紅襷《べにだすき》の小女《こおんな》である。

「お父さん、ただ今」

せまい料理場にたっている文吉の後ろ姿にむかって声をかけた。

「ああ、おかえり」

文吉がふりむいて、おなつをむかえた。

これが三年ぶりに再会した父娘の挨拶《あいさつ》である。まるで朝使いにだした娘がもどってきたようなやりとりだ。とりたててなつかしさも感慨も、おたがいに口にしなかった。

店の縁台で、煮売りの皿を菜にして一膳飯《いちぜんめし》をたべている大工か左官ふうの男が一人いた。

「これからはときどきお父さんに会えるわ」

「上屋敷の奉公は大変じゃないのか」

文吉はいいながら料理場からでてきて、縁台におなつとならんで腰をかけた。

「奉公は上屋敷も水戸のお城もおんなじですよ」

「そりゃあそうだろうが、水戸様は定府《じょうふ》だから、上屋敷が本城で、水戸は出城《でじろ》のようなものだ」

「出城のほうでは、とうとういい男は見つかりませんでした。今度は上屋敷で腕によりをかけて、後添《のちぞ》いの相手をさがしますよ」

　そういって、おなつは艶然《えんぜん》とほほえんだ。三年の歳月がおなつをみがきあげた。容色がいっそうきわだってきている。

　文吉はまぶしいものでもみるようにおなつをながめた。

　実の父娘ということになっているが、その実、二人は他人である。文吉もおなつも正体は赤犬である。

　おなつは赤犬の頭領山岡重阿弥《じゆうあみ》の娘なつめである。

　なつめは四年まえの十月、紀州藩上屋敷で長福《ちようふく》暗殺に失敗し、以後、姿をくらまし、文吉とともに小石川富坂町に万年屋をだしていたのであった。

「婿さがしは江戸でも大層むつかしいだろう」

「といって、そうゆっくりもしておれませんよ。ま、なんとかなるでしょう。大体見当はついています」

「それは、なによりだ」

　おなつが水戸城へ奥女中づとめに入ったのは、当初からの目的があったからだ。

　水戸家には、尾張家にとってゆゆしき二種の書面がある。

　一つは、東照神君《とうしようしんくん》家康が水戸藩祖頼房《よりふさ》にあたえたとつたえられている副将軍の御墨付《おすみつき》である。この御墨付によって、水戸家は副将軍の家柄を称することとなり、これが水戸藩の誇りとなり、有形無形の力となっている。

もう一つは、一昨々年《さきおととし》むすばれたとおもわれる紀水同盟の誓紙である。この同盟によって紀水両家は手をむすび、巧妙な謀略を展開してきた。

尾張家としては、紀水同盟がいかなる内容をふくんだものか、どうしても知りたいところである。その内容をつかんで、対応策をつくりあげていかなければならなかった。

できるなら、尾張家は水戸家を御三家から降格させ、ただの譜代《ふだい》大名にしてしまいたい。親藩《しんぱん》は紀州家との〈御両家〉だけで十分だ、というのが尾張家のかんがえである。

それには水戸家につたわる家康の御墨付が邪魔なのである。

なんとしても、それを無きものとしたい。

そのために、なつめを水戸家に潜入させたのだった。

「お父さんがびっくりするような婿さんを二人、きっと見つけますよ」

おなつがそういったとき、

「勘定、ここにおくよ」

大工か左官ふうの男はいって、店をでていった。

おなつはその男の後ろ姿をだまって見おくった。

「黒犬じゃありませんね」

「万一そうだったとしても、大したことを聞かれちゃいない」

「壁に耳あり、障子に目ありです。今後とも気をつけてください。わたしの連絡《つなぎ》の場所はここになりますから」

「大丈夫だ」

と文吉はいったが、おなつは今の男がやはり気になった。

「ここは場所柄、水戸の黒犬が横行しているところです。よほど気をつけなければ」

なんといっても、ここは水戸藩上屋敷のすぐ裏手である。ちょっとした油断が命とりになる。

「灯台下《もと》くらし、ともいうから」

文吉はもう三年越しここに店を張っているので、自信があるのだろう。

「お屋敷の中で、火事になっても燃えないところをさがしています」

「といえば、まず土蔵しかない。さもなければ、土の下か、水の中……」

「そうです。それを念頭にかんがえました。土の下、水の中というのはまず奇策です。ふつうならば厳重につくった土蔵、宝物蔵《ほうもつぐら》の中ではないでしょうか」

おなつは誰《だれ》もいなくなった店の中でいった。

「それはうごかぬところだろう。その宝物蔵がどこにあるか……」

文吉は腕をくんで天井をにらんだ。

この時代、みなが一番おそれたのは、火事、地震のたぐいである。それに耐えるものとして、土蔵が考案された。

名人級の左官がつくる土蔵の観音びらきの戸前《とまえ》は、それだけで火の侵入をふせぐことができる。念のために戸前を土でふさげば防火は完璧《かんぺき》である。

だから家重代の宝物や、財物、重要な文書などは土蔵造りの宝物蔵にしまわれるのが常だ。

ただ、盗難や土蔵破りなどをふせぐために、宝物蔵の名では通常よばれていない。一ノ蔵、二ノ蔵……、イの蔵、ロの蔵……などと符牒《ふちょう》でよばれていることが多いのだ。

「ほかに、なにか?」

文吉にさらにおなつから情報をもとめた。

「上様の容態が急におわるくなったのは、天王丸によるものだそうですが、それにはどうも水戸藩の仕掛けがあったようにうかがわれます。その責めを尾張藩がかぶりそうな成りゆきとみられます」

おなつは、網條の寝所からぬすみ聞いた内容をつたえた。

「ゆゆしきことだ」

文吉の顔がくもった。

「さらに、紀水の同盟によって、水戸藩は十五万石加増、極位《ごくい》従二位、極官《ごくかん》大納言への昇格、副将軍就任などのことを紀州藩に約束させている模様です」

「ううむ……」

文吉はうめいた。

大変なことが紀水両藩のあいだで取り引きされている。

「水戸藩が将軍継嗣について紀州藩へ尽力する見返りとしておこなわれるものだそうです。紀州の安藤様がおとずれてきて、中山様とお話しいたしていたことです」

おなつは安藤、中山の会談についても文吉につたえた。

四

江戸城大奥——。

家継が病臥《びょうが》してからの約二か月、女たちの広大な館はひっそりと鳴りをしずめ、その一方で陰々滅々たる情報のさぐり合いや、嫉妬《しっと》、陰口、足のひっぱり合いをいつもながら、いやそれ以上に展開していた。

家継のくわしい病状は大奥の女主人ともいうべき天英院の耳にもよくつたわらなかった。月光院と間部詮房、それをとりまく、いわば月光院一派の奥女中たちによって厳重に秘匿されていたのである。

天英院やその一派の御年寄が見舞いにおとずれようとしても、月光院一派はさまざまな理由をもうけてそれをはばんできた。

しかし大奥にとびかう魑魅魍魎《ちみもうりょう》によって、家継の命が旦夕《たんせき》にせまっていることは誰の目にもうたがうことができなかった。

すでに病臥する以前から、家継の病弱にかんがみて、各方面から天英院にたいして次期将軍就任の運動がしきりにおこなわれていた。天英院は家宣とのあいだに一男一女をもうけながら、いずれも早世させたために将軍の世継ぎをそだてることができなかった。

家宣が死去してからは、家継を生んだ月光院に大奥内の実権をうばわれ、自分は儀礼的な最高位の栄誉をうけているにすぎなかった。

天英院は家継の跡をつぐ将軍として、家宣の同腹の弟松平右近将監《うこんしょうげん》清武をひそかに推していた。

清武は甲府宰相綱重の子であるから、天英院にとっては義弟にあたる。清武が天英院の後押しでもし将軍になれれば、彼女の大奥での地位は名実ともに確固としたものとなる。

難点は清武がいったん臣籍におりていることだ。現在、館林《たてばやし》一万石の城主であり、天英院が推挙したとしても、なかなか他の賛同を得にくいのである。

清武がだめな場合、天英院は紀州家、尾張家のいずれかから選ばなければならなかった。双方からすでに推挙をねがってしきりに接触をはかってきていた。その熱心さにおいて、双方にへだたりはなかった。

だが、以前からのいきさつによって、大奥は紀州家とのつながりが深かった。これは大奥の旧来の伝統によるものである。

一方、尾張家は月光院につながりをもとめて、この三、四年しきりに運動をつづけ、月光院も名利《みょうり》双方から尾張家と好誼《こうぎ》をむすんでいた。

(上様のお命があぶない……)

今朝から天英院はしきりにそんな予感がはたらき、また大奥の空気や天英院派の奥女中たちがつたえてくる情報によって、一日中気をもんでいた。

御年寄萩尾《はぎお》をとおして、上様お見舞いを申しでていたが、月光院らがいろいろ理由をもうけて『ご辞退申しあげます』の返事がつづいていたのである。

「萩尾、もうよろしい。お見舞いさえききとどけぬと申すのならば、結構ではありませんか。勝手になさるがよろしかろう」

天英院は朝から見舞いの準備をして待機しつつ、ついに宵がふかまったころ堪忍袋の緒《お》を切った。

天英院が前回見舞いにいったのは、もう十日も以前である。それから以後、何度も見舞いをはばまれていた。

生《な》さぬ仲の子とはいえ、天英院にとって家継が可愛《かわい》くないはずはない。義母として今までも家継に愛情をそそいできた。

それだけに月光院一派の仕打ちをこころにくくおもった。

「天英院さま、口惜《くちお》しゅうございます。恐れおおくも前将軍御台所さまにたいしてなさる振舞いともおもわれませぬ」

萩尾は唇をかんで悔《くや》しさにたえていた。

「悔やんでも仕方ありません。明日にでも側用人を呼んで、そちらから手配させるよういたすしかない」

間部に用をいいつけよ、と天英院はいっているのだが、その間部と月光院とは人も知る男女の間柄にあるのだから、その言葉は萩尾にとってむなしかった。

「今日のところは、もうおやすみを。明日、御側御用人をお呼びいたしましょう」

「萩尾も今朝はやくからいったりきたりでつかれたであろう。やすむがよい」
「天英院さま、お体をおいといくださいますよう」
萩尾も独身《ひとりみ》の女である。こちらは終世のいかず後家だ。
萩尾は就寝の挨拶をいって、自分の部屋へさがっていった。
天英院はお付きの女中をつれて寝所へむかった。
お付きの女中は寝所の控えの間へさがる。
天英院は一人で寝所に入った。十畳間に六畳の次の間がついている。
すでに褥《しとね》は用意されていた。
枕《まくら》もとの丸行灯《まるあんどん》がやわらかい明りをはなっている。
部屋の隅に衣桁《いこう》がおかれ、部屋着がかけてある。
天英院が枕もとまですすんだとき、行灯の炎がゆらいだ。
（……？）
天英院はふと、妙な気持におそわれた。
部屋の中に誰かいそうな気配がしたのだ。
部屋の中を見まわした。
誰もいない。
いるはずがないのだ。
気のせいだ、とおもいなおして、掻取《かいどり》をぬぎ、衣桁にかけようとした。

　そのときとつぜん、衣桁にかけた部屋着の背後から人影がとびだした。

「あっ……」

　声をあげただけで、天英院は驚愕《きようがく》のあまり言葉をうしなった。

　大奥女中の衣装をまとった若い女だ。

「天英院さまっ、お覚悟召され！」

　そうさけぶや、女は手にした懐剣を逆手に持って、切っ先するどく斬りつけてきた。

「無礼者っ、乱心いたしたか」

　天英院は年齢五十代も半ばだが、さすがに大奥の女主人として気力はしっかりしていた。驚愕はしたものの、不思議と恐怖はおぼえなかった。とっさに胸におさめた懐剣を袋ごとぬきだして、身がまえた。

「やっ」

　みじかい掛け声とともに相手の懐剣の切っ先がおそってきた。

「曲者《くせもの》じゃ、出合えっ」

　さけびながら天英院は懐剣をはらった。

　相手は見たことのある顔だ。大奥女中の御次《おつぎ》か御錠口衆《おじようぐちしゆう》ではなかったかとおもった。

　大胆に、二度、三度と踏みこんで、天英院の胸ないし、喉《のど》、顔をねらって懐剣をふるってきた。武芸の稽古《けいこ》が相当できている者である。

「曲者じゃ、誰ぞ、出合え！」

もう一度さけんだとき、相手はさらに天英院の内懐《うちぶところ》にとびこんできた。生還を期すことなく、天英院をころすことだけを目的にしているのがあきらかだ。

「お覚悟召され!」

女は語気するどく声をあげて、懐剣をふりまわした。

天英院の手首や腕を何度か刃がかすめた。が、気丈に必死で応じた。

暫時《ざんじ》もちこたえていれば、すぐに女中たちが駆けつけてくるだろうとおもった。

廊下を駆ける音、障子をあける音、甲高《かんだか》いさけび声などがきこえてきた。

(たすかる!)

そうおもいつつ防戦につとめた。

寝所の襖がさっとひらいたと同時に、女は所期の目的をあきらめたか、襖へむかって突進した。はなやかな衣装がひるがえり、裾《すそ》がめくれ、白い脛《はぎ》がおどった。

駆けつけた女中が出合い頭に頰《ほお》を懐剣で斬られ、その場にうずくまった。

女は長い廊下をまっしぐらにはしった。

だが、廊下の行く手に、長刀《なぎなた》をかまえた女中たちが、二人、三人……と、あらわれた。

行く手をふさがれた。

女は長廊下の中ほどで立ちどまった。立ったまま懐剣を自分の左の乳房の下にあてがい、突きたてた。

しばらく佇立《ちょりつ》し、やがて女の姿は廊下の中央にくずれおちた。

五

四月晦日《みそか》。

大奥には朝からおもくるしい緊張がはりつめていた。

御匙頭《おさじがしら》曲直《まな》瀬《せ》道庵《どうあん》をはじめ、典薬頭《てんやくのかみ》半井《なからい》、今大路《いまおおじ》の二氏は昨夜から家継の病間につめて、夜があけてもでてこなかった。

家継の生母月光院、さらに天英院、間部詮房も前夜からほとんど病間につめどおしであった。

土屋相模守政直、大久保加賀守忠増、井上大和守正岑、阿部豊後守正喬、久世大和守重之らの老中は別間にひかえて、間部詮房から時たまつたえられる家継の病状に憂慮の色をふかめていた。

家継は危篤である。

今夕まではもつまい、と誰しもおもっていた。

すでに家継は深いねむりにおちている。いかなる呼びかけにも、もうなにも反応はみせなかった。

意識はないも同然である。

かぼそい呼吸だけがまだつづいているのである。

その呼吸が音もなく止まるのを、みなは待つだけの状態だ。

巳《み》の刻（午前十時）ごろ、間部が病間をでて、老中らがひかえる一室に姿をあらわした。

別室には尾張継友、紀州吉宗、水戸綱條の御三家がひかえており、その席に間部と五人の老中が入ってきた。

「お上のご逝去《せいきょ》はまもないこととおもわれます。ご継嗣がいまださだめられておりませぬゆえ、みな様方ご相談のうえ、八代将軍におなりになられますお方をおきめねがいたいとおもいます」

将軍継嗣問題が今はじめて、公式に間部の口から一同に切りだされた。

が、すでにこのとき、紀州家の継嗣がほとんど決定していた。

老中らは以前から紀州家支持にかたまっていた。

尾張家が唯一《ゆいいつ》望みをたくしていた間部も大勢に抗する不利をさとって、どたん場ちかくで紀州家支持にまわっていた。

大奥では、天英院暗殺の失敗と家継の危篤とによって、月光院の勢力は夕日がかげるように急速におちていった。

御三家、老中、側用人の中から尾張家を推す声は一度もでなかった。

でるのは紀州家を推す声に終始した。

とくに水戸綱條が力づよく吉宗を推した。

「文昭院様（家宣）は紀州長福どのと尾張五郎太どのを推されましたが、五郎太どのすでに亡く、長福どのも幼君ならばまだしも、ただちに将軍をお継ぎになる身となれば、いささか職責がおもい。この任にあたれるのは吉宗公をおいてほかにはあるまい」

綱條のこの声がみなを圧した。

綱條は御三家のうちでの最長老である。しかも綱條と吉宗は家康の曾孫《そうそん》にあたり、玄孫の継友をしのいでいる。

三年前の紀水同盟いらいの着実な根まわしが功を奏したのだった。

「身にあまる重責です。非才未熟のわたしに、それほどの大任はとてもつとまりませぬ。年齢、閲歴、器量、見識、学識、すべてにわたって水戸様がしのいでおられます。水戸様がその大任をおつぎなさるべきとかんがえます」

吉宗は間部や老中、水戸綱條からの将軍就任の要請を再三にわたって固辞した。

そこに天英院が姿を見せて、かさねて吉宗に将軍就任を要請した。

吉宗はこれでひくにひけなくなった。

「ともかく幕府危急の時にあたって、まず上様への後見として二の丸へお入りくださいませ」

前将軍御台所のかさねての要請に、吉宗はついに受けざるをえぬところに追いこまれた。

その夕、六つ（午後六時）すこし前——、家継枕頭《ちんとう》の御匙頭曲直瀬道庵が、ついに首を横にふった。家継の薨去であった。

天下の茶

一

深い五月闇《さつきやみ》である。
濠端《ほりばた》の蛙《かわず》がしきりに鳴いている。それ以外の物音はなにもきこえぬ。
江戸城は闇の中にしずんで、しずまりかえっている。
諸門はすでにことごとく、閉ざされている。
時刻は二更《にこう》の四つ（午後十時）をまわっていた。
折りから、
江戸城大手三ノ御門がにぶい音をたててひらいた。
でてきたのは乗物一挺《ちょう》と、提灯《ちょうちん》をかかげた供の警固《けいご》九人ばかりである。
門番たちは丁重に挨拶《あいさつ》をして一行をおくりだした。
乗物と提灯には御三家紀州家の葵《あおい》の紋所が入っている。

となれば、乗物の主は吉宗ということになる。が、吉宗はこのときすでに紀州藩主ではなくなっていた。

乗物一行は下乗橋《げじょうばし》へ向かい、さらに大手御門にむかってすすんだ。

このころ……、

赤坂喰違《くいちがい》の紀州藩上屋敷《かみやしき》には、付家老《つけがろう》安藤飛驒守《あんどうひだのかみ》が滞在しており、昨日来、吉宗の帰還を待っていた。

安藤は、通常は小石川にある安藤邸に住まっており、上屋敷に姿を見せることはごく稀《まれ》であった。

安藤が今いるところは、表御殿の飾り気のない一室である。

夏だというのに、安藤は炭火をかかえている。炭火は真っ赤におこって土風炉《どぶろ》にいけられている。

この部屋は紀州家の二代藩主光貞《みつさだ》がつくった茶室である。風炉は紀州家伝来の紹鷗《じょうおう》風炉。

安藤が吉宗と密談するところは、ほとんどこの茶室ときまっている。安藤も吉宗も、茶の湯は好きな道である。

茶室の障子は半分ほどあいており、涼風が入りこんでいた。

薫香《くんこう》の匂《にお》いを安藤はたのしんだ。

湯が煮たってきて、安藤はこころしずかに松籟《しょうらい》の音《ね》に耳をかたむけていた。

（戦いに勝った……）

しずかな喜びがわきあがってきて、安藤はその中に自分をひたらせていった。

安藤の戦いは、前々代将軍家宣《いえのぶ》が家継《いえつぐ》の継嗣《けいし》について遺書をしたためた正徳《しょうとく》二年からはじまったものではなかった。病身の家宣が将軍位についた今から七年前にはじまったのであった。七年とはいえ、そのあいだに競争相手の尾張家《おわりけ》では吉通《よしみち》、五郎太《ごろうた》、継友《つぐとも》と藩主が三代かわっている。その間、安藤は藩主吉宗をかついで、御三家《ごさんけ》筆頭の尾張藩と血みどろの暗闘をつづけてきたのであった。

そして、〈尾張家有利〉と当初は誰《だれ》にも信じられていた情勢を見事に逆転し、紀州家に栄光をもたらしたのである。

そもそも御三家は将軍を補佐し、将軍家の血脈を保持するために創設されたものながら、その御三家から将軍をだしたのは、今回の紀州家がはじめてであった。

安藤は齢《よわい》すでに七十歳になんなんとしている。とくにこの数年は将軍位への野心のためにのみ生きた年月だともいえた。

安藤は湯のたぎる音をききながら、瞑想《めいそう》にふけった。

野望はまんまと達成することができた。しかも、それは昨夜《ゆうべ》のことである。

いまだ夢見ごこちが去らぬ。

吉宗の顔を見るまでは、十全の確信がもてぬような気がした。

吉宗は昨日登城《とじょう》してからまだ帰還していなかった。昨夜は多忙によって、城中で宿泊していたのである。

まだ安藤は吉宗と喜びをわかち合っていないのだ。

はやく吉宗の顔がみたかった。

安藤はかたわらにおいてあるナツメをとって、茶碗《ちゃわん》に茶をうつした。

さらに柄杓《ひしゃく》を手にして、釜《かま》からたぎる湯をすくった。そして、茶筅《ちゃせん》で湯をかきまぜた。

茶碗の中で、茶と湯が盛りあがり、さかんに泡だちを見せた。

安藤は自分自身のために茶をたてているのだ。誰に見せようためでなく、彼はながれるようで伸びやかな、年齢を感じさせせぬ手前《てまえ》を見せた。作法にかたよることなく、自由気ままで、それでいて力づよさをうしなわぬ手前である。

まだ四十路《よそじ》にあるころ、武野紹鷗《たけのじょうおう》の伝をうけつぐ茶の師匠が、〈絶品……〉と折り紙をつけたほどのものだ。

安藤は茶碗をかたむけた。

口の中に苦みと香ばしさをまじえた、えもいわれぬ味わいがひろがった。

三口でそれをのみほした。

天下をのみ取った満足感にひたっていった。

（これぞ天下の茶……）

最前までの夢見ごこちにかわって、体の底のほうから自信がつきあげてきた。

安藤は謀略で天下をかちとったとはおもっていない。そのようなものだけでは将軍位をとることはできぬ。

智《ち》と徳と力、さらに天地自然の勢いがおもむくところに戦いの勝利はあると確信していた。これは兵法の真髄でもある。

そのとき表御殿の玄関のほうから、人のざわめきがきこえてきた。吉宗の帰還だ。出むかえに立とうとして、安藤は一瞬ためらい、あらためてすわりなおした。できれば、この部屋で吉宗をむかえたかったのだ。

間もなく、近習《きんじゅ》の一人が茶室にちかづいてきて、

「殿様のご帰還にございます」

とつげた。

安藤はそのとき、ふっと微苦笑をもらした。

殿様といわずに、もう上様というべきであったのだ。

が、安藤はそれについて注意をあたえなかった。自分でもまだ、上様と呼ぶだけの実感がなかったからである。

「わかった」

とこたえて近習を去らせた。

けれども、安藤はそうながい時間待つことはなかった。

間もなく力づよい足音が茶室にちかづいてきた。

足音をきいただけで、吉宗だとわかった。邸内でこれほど闊達《かったつ》なあるき方をするのは、吉宗以外にはいない。

杉戸がひらいた。

六尺ゆたかな大男の吉宗が入ってきた。どこにも寄らず、吉宗は玄関からまっすぐここに足をはこんだのである。

一昨日登城するとき、吉宗はまだ紀州藩主だったが、屋敷にもどってきたときには将軍になっていた。安藤ですら、いささか戸惑いをおぼえた。

磊落《らいらく》な気質の吉宗もさすがに緊張した面持《おもも》ちである。

（上様）

そう呼びかけようとして、

「殿様、おめでとうございました」

今までの呼び方になつかしさをおぼえ、安藤はそういった。

二

「わしは、ただ飛騨のいうがままにしておった。そうしたら、なんと将軍位がころがりこんできた」

吉宗は風炉の前にすわりこむなりいった。安藤に花を持たせた吉宗一流のいいかたである。

「いえ、殿様の智と仁と徳、すなわちご器量がかちとられたものにございます。頼宣様、光貞様いらいお家がつちかいました力もあずかっておりましょう」

安藤はことさら過不足のない答えをした。

「飛騨がおらねば、尾張殿が順当に将軍位をついでいたことだろう」

吉宗の今夜の言葉はあくまでも生真面目《きまじめ》だ。

「左様なことは断じてありませぬ。将軍位などというものは当然つぐべきお方がおつぎになられるものです。でなければ、世の中おさまりがつきませぬ」

「爺《じい》も、長生きをいたした甲斐《かい》があったではないか」

吉宗は少年時代の呼び方でいった。

「殿、まだ安心はなりませぬ。将軍宣下《せんげ》をやっておりませぬ。これがすむまでは、どんなことがおこるやもしれませぬ。尾張には、成瀬《なるせ》がおりまする。成瀬がどんな手を打ちますことやら」

いいつつ安藤はナツメをとり、茶碗に湯をくんだ。

祝いの茶を吉宗に振る舞おうというのである。

安藤は先の先まで読んでかんがえていた。万に一つという危惧《きぐ》も勘定に入れなければならなかった。

吉宗はじっと安藤の手前に見入っている。安藤は吉宗の茶道の師でもある。

「殿様、一服……」

安藤は吉宗の前に茶をさしだした。

「うむ」

吉宗は茶碗をとって、ゆっくりと喫していった。いかにも大ぶりで闊達なのみ方である。一見、作法もなにもなきがごとくに見える茶だ。

君主の茶として安藤からさずかった茶道なのである。

「結構な茶だ」

のみおわって吉宗はしずかに茶碗をもどした。

「ひと区切りついたところで、あらたなことがいろいろ持ちあがってまいるでしょう」

そのことをかんがえると、安藤はすこしも気持がやすまらなかった。戦いはおわったというよりも、これからあらたな局面がはじまるといった気持の圧迫がある。

それは吉宗自身にもいえることだ。吉宗はなにからなにまで、はじめてずくめの幕政にいどまなければならぬ。

今までの七代は、徳川宗家の血統の中で将軍位の相続がつづけられてきたが、吉宗は紀州家をでていって徳川本家をつぐことになる。そういう意味では、綱吉や家宣の将軍位継承の場合ともちがうのである。

それにも増して、御三家の中から勝ちぬいて栄光を射とめたための後遺症とも対処していかねばならぬ。

「まず尾張だが、どうでてくるとおもうか?」

「今のところ皆目わかりませぬ。しかしできるなら、尾張とは和睦《わぼく》をいたしたほうがよろしいように存じます」

「尾張と和睦を？」

吉宗が意外な顔をした。

「ただちにいたすのは無理だといたしましても、いずれその方向へもっていくべきかと。幕政をとるにあたっては、まず足下《そっか》をかためませぬと」

「しかし、できるかな」

「水戸藩とは、いずれ将来仲たがいをいたさなければならなくなるでしょう」

安藤は明快にいいきった。

「左様」

「紀水同盟をやぶって、水戸を敵にまわしますには、尾張を懐に入れておいたほうが、なにかとよろしいかと……」

いま安藤がいったことは、今後、紀州家の基本方針となる。

「水戸殿を公《おおやけ》に副将軍に任ずること、十五万石加増の件、従二位大納言を極位極官《ごくいごくかん》といたすべきこと、いずれもはなはだむつかしい。正直に申せば、まずはできぬ」

吉宗もあっさりと賛同した。

「左様でございましょう」

「しかし、誓紙が水戸殿の手にある」

「なんといたしても、それをうばいとらねばなりませぬ。さらに水戸には、東照神君《とうしょうしんくん》からたまわったとつたえまする副将軍の御墨付《おすみつき》があるとか。まことにこれはこまった代物《しろもの》にございまする」

「世をさわがせるかもしれぬ代物だ」

「これもうばいとらねばなりませぬ。この二つをうばいとるまでは、わたしは冥土《めいど》へ旅立つこともできませぬ」

安藤は真顔でいった。

「水戸と喧嘩《けんか》をいたすためには、尾張としっかり手をむすんでおいたほうがいい。今までとは反対のことになる」

吉宗は一面からいうと、安藤の薫陶《くんとう》によってそだてられた藩主である。安藤は吉宗にとって師父でもあった。

「上様はどことも喧嘩をいたす要はありませぬ。すべてはわたしどもにおまかせください」

安藤はここではじめて、上様と呼んだ。

吉宗は建前からすると、すでに紀州家とかかわりのない立場となったのだ。

吉宗の顔がやや上気を見せた。

「わしの名で水戸藩と誓紙をかわしている。立場はかわっても、かかわりはおよんでくるであろう」

「そうさせぬのが、われわれの任務《つとめ》とこころえております。上様にはおこころおきなく幕政にはげんでいただきませぬと」

「こころづかい痛みいる。それはそれとして、紀州家としてまず第一になすべきは……」

吉宗はここで安藤の意見をたずねた。

安藤はしばらく沈黙した。そしておもむろに口をひらいた。

「まず、何はともあれ、尾張との借り貸しを清算いたすこと」

といって、風炉の中の金柄《かなえ》火箸《ひばし》を一本とった。

安藤は風炉の灰の上に火箸の先をはしらせた。

〈千代〉

灰の上に二字が書かれた。

「千代姫……」

吉宗はつぶやいた。

「尾張から二年前にあずかりおきました千代姫をかえしてやらねばなりますまい」

安藤は正徳四年三月、戸山にある尾張藩下屋敷《しもやしき》から黒犬にさらってこさせた、尾張藩主継友の妹千代姫についていった。

三

江戸城下は五月晴《さつきば》れの毎日だが、朔日《ついたち》いらい、火の消えたようなしずけさがつづいている。晴天ならば毎朝ひびいてくる芝居町の触れ太鼓も、このところ絶えてきこえなかった。江戸三座はもちろんのこと、宮芝居、見世物などの興行はすべて中止されている。

将軍薨去《こうきょ》による喪《も》がおこなわれ、〈歌舞音曲御停止《かぶおんぎょくごちょうじ》〉が令せられていた。寄席などの興行も禁止されている。吉原《よしわら》の大門《おおもん》も閉ざされた。

芝居茶屋、水茶屋も戸を閉ざしている。

江戸の町々はまるで死んだようだ。梅雨《つゆ》あけのつよい日ざしの中、音もなく声もなく、人々は息をひそめている。

将軍の喪は通常一か月にわたっておこなわれる。

が、一か月間も商売をやめていては生活《くらし》がたたなくなるので、内々でお目こぼしにあずかりながら店をあけだすのである。

町をながす金魚売りや風鈴売りの声もこころなしか勢いがない。

そうした一日、紀尾井町《きおいちょう》にある紀州藩中屋敷の裏口から一挺の長持がはこびだされた。

その長持には、㊕の商標が大きく入っている。江戸で有名な松屋呉服店の長持である。

長持は四人の手代《てだい》ふうの男にかつがれ、さらにもう一人の番頭ふうの男がついて、四谷《よつや》御門のほうへむかった。

つよい日ざしの下、長持一行はすすんでいった。四谷町をとおり、尾張藩上屋敷の横手をぬけ、幕府百人組の組屋敷の前をすぎて、さらに西北へむかった。

江戸の西北といえば、戸山、大久保、高田馬場《たかだのばば》方面である。

長持一行の行く手に、尾張藩の広大な下屋敷が見えてきた。

一行は下屋敷の門前にいたった。

「日本橋の松屋から、おとどけ物の長持を持参いたしました」

つきそってきた番頭ふうの男が門番につげた。

松屋は尾張名古屋からでて、江戸に進出した呉服屋であり、長年にわたって尾張家の呉服御《ご》用達《ようたし》をつとめている。

門番は一行を待たせ、邸内にうかがいをたてにひっこんだ。

「とおるがいい。ご用人《ようにん》が承知なさっておるようだ」

この日の午後、松屋から藩侯奥方の衣類が下屋敷にとどけられることになっていた。

「では、おねがい申し上げます」

長持一行は門の潜《くぐ》りをぬけて、玄関へ入っていった。

さらに内玄関へ入っていくと、下屋敷をあずかる用人《ようにん》進藤頼母《たのも》と小納戸掛《こなんどがかり》が一行をむかえた。

「松屋でございます。おとどけ物の長持でございます。お受けとりくださいませ」

と、一行は長持をおいた。

「ご苦労だった。ひとまず奥座敷のほうへ」

そういわれて、一行はさらに奥座敷まで長持をはこびこみ、丁重な挨拶をのこして、下屋敷を立ち去った。

それから半刻《はんとき》（一時間）ばかりたったころ、尾張藩下屋敷の門前に、おなじく松屋を称する番頭と手代たちが長持をはこんできた。

「松屋からまいりました。長持をおとどけにあがりました」

番頭の口上をきいて、門番は一瞬けげんな顔をした。けれども、おなじ店から二度長持がとどけられたからといって、かならずしも不審があるとはかぎらぬ。

門番はふたたび、用人にうかがいをたてにいった。

進藤頼母と小納戸掛が顔色をかえて、門前へでてきた。

「松屋からはさいぜん、約束の長持をうけとったではないか。おなじ品が二度はこばれてくるとは、いかにも面妖《めんよう》なことだ」

進藤の言葉をきいて、今度は松屋の番頭と手代たちが仰天した。

「それは奇妙なことでございます。今日、松屋から尾張様へ長持がでましたのはこれがはじめてでございます。わたしどもの前には長持はでておりません」

「といっても、たしかに長持をうけとった。持参してまいったのは、松屋の番頭と手代たちだ」

「そのようなはずはございません。くわしくおしらべねがいとう存じます」

「そんな馬鹿げたことがあるものか。たしかに受けとった」

おたがいに応酬をつづけた。

「ご用人さま、小納戸掛さま、ぜひ、長持の中をおたしかめくださいませ。どうしても腑《ふ》におちませぬ」

番頭の言葉に進藤もしだいに自信をうしなってきた。

「では、念のために、長持をあらためてまいろう」

進藤と小納戸掛はそそくさと奥座敷へむかった。

くだんの長持はまちがいなくそのまま奥座敷におかれている。

藩主奥方の注文の品であるから、進藤や小納戸掛も中をあらためることはしなかった。

現在、藩主も奥方も上屋敷にいる。

長持を前にして、二人はしばし途方にくれた。

「いかがいたします」

「どういたそう」

思案していると、長持の中からかすかに物音がきこえた。

進藤の顔が蒼《あお》ざめた。

小納戸掛も顔をひきつらせた。

両人は顔を見合い、すぐに視線を長持にもどした。

また物音がした。中で生きものがうごいているような音である。衣《きぬ》ずれの音もきこえた。

「あけてみろ」

進藤は切羽《せっぱ》つまった表情でいった。

小納戸掛は二の足をふんだ。

「かまわん、あけろ」

再度いわれて、小納戸掛はまず錠をあけた。

「生きものが……？」

長持の蓋《ふた》に手をかけながら小納戸掛はいった。

「まさか……」
二、三年まえ、大奥の御年寄絵島《えじま》が長持の中に役者をひそませてお城に出入りさせたという話がひろくつたわっている。進藤も小納戸掛も一瞬それをかんがえたのである。
進藤も長持の蓋に手をかけた。

中から蓋をたたくような音がきこえた。

「刺客《しかく》ではないでしょうな」

「刺客ならば、音をたてるわけがない」

いいながら蓋をあけた。

「あっ！」

同時に声をあげた。

（生きている人形……）

人間そのものが長持の中に横たわっていた。

髪や衣装をうつくしく飾りたてたうら若い女である。異常なのは、晒《さらし》状《じょう》のもので猿グツワされ、両手首両足首を扱《しご》きでくくられていることだ。

二人は驚愕《きょうがく》しつつ見入った。

そしてともかくも、猿グツワをはずした。猿グツワの下からおもいもかけぬ人の顔があらわれた。

「姫さまっ」

「千代姫さま！」

進藤と小納戸掛は驚愕と興奮の声をあげた。

信じられぬことであった。千代姫は二年まえの春、この下屋敷で桜狩りがおこなわれたときに行方不明になったままである。当時、懸命に捜索した甲斐もなく、千代姫の消息はまるでつかめなかった。

血をわけた兄の藩主継友も絶望のまま今にいたっていた。

進藤も小納戸掛も半信半疑であった。狐憑《きつねつ》きではないかとさえおもった。

「姫さま、お待ちください。今おときいたします」

進藤と小納戸掛が扱きをとき、かかえおこすと、千代姫はこらえ続けてきた感情が堰《せき》を切ったか、むせぶように泣きだした。

四

前将軍家継の忌明《きあけ》を待って、日本橋・通旅籠町《とおりはたごちょう》の大国屋《だいこくや》呉服店が店舗の拡張工事を開始した。

大国屋は一昨年の三月、通旅籠町の目ぬきにわずか間口四間の店舗で開店したが、このたび、西どなりの三升屋《みますや》というモグサ店が移転したあとを買いとって、大々的に増築工事にのりだしたのだ。

三升屋は間口十間の店舗であったため、今度の大国屋は一挙に倍以上の大きな呉服屋となる。

この日は、大国屋の上棟式《じょうとうしき》がおこなわれ、主人彦兵衛は麻裃《あさかみしも》に紋服白足袋《しろたび》の盛装で客をむかえ、式の指図万端をおこなっていた。

この日のために、和歌山の本店から大国屋の総帥庄太郎、さらに名古屋店から安兵衛がやってきていた。

日がかたむいたころ、神官が到着し、神事がはじまった。

御祓《おはら》いが厳粛におこなわれ、厄除《やくよ》けの祝詞《のりと》がとなえられ、餅《もち》がまかれた。

そして、夕方から宴会になった。

大国屋の面々、棟梁《とうりょう》以下の大工たち、店の使用人、顧客《とくい》、近隣の人々がおなじ町内にある茶屋の大座敷にあつまって、祝いの膳《ぜん》をかこんだ。

宴たけなわとなったころ、日もとっぷり暮れた。

大座敷には、地元の芸者衆が呼ばれ、一段とにぎやかさを増した。座は無礼講になり、唄《うた》や踊り、余興がはじまった。

ここでも彦兵衛は主人役として、こまごまと気をくばり、客へのもてなしに余念がなかった。

大国屋は今まで店舗もごく小さく、開店いらいわずか二年余にしかならないが、繁昌《はんじょう》ぶりでは界隈《かいわい》の呉服屋を圧していた。店頭売りばかりでなく、出商《であきな》い、行商が大国屋の持つつよさであった。

「市五郎」

無礼講の最中、彦兵衛は人目につかぬよう番頭をちかくに呼んだ。

市五郎も宴にくわわっていたが、世話役として、気をくばり、こまごまと立ちはたらいていた。

市五郎はそっと彦兵衛のうしろにやってきた。

彦兵衛はふりかえって市五郎へわらいかけ、

「ぼつぼつ、いいんじゃないか」

さりげなくいった。

「では」

市五郎はみじかい言葉でうけて、そのまま大座敷をさがった。

番頭がいなくなったことに気づいた者はほとんどいなかった。もしいたとしても、主人の用足しにでかけていったくらいにしかおもわなかったはずである。

市五郎は盛装をあらためて、ごくありきたりな店者《たなもの》の姿《なり》で通旅籠町をでた。

そして、半刻ばかり後、市五郎は赤犬や門番たちの目をくらまして、尾張藩上屋敷に侵入していた。

侵入した場所は奥御殿の庭である。

目をくらましたとはいっても、屋敷内には赤犬や門番、木戸番、宿直《とのい》たちが大勢耳目をそばだているので、すこしでも迂闊《うかつ》なうごきをすることはできなかった。

市五郎はここで忍び装束《しょうぞく》に身をかためて、庭の大きな石組みの陰に身をひそめ、およそ半刻ばかり待った。

時刻が初更《しょこう》から二更へうつったころ、市五郎は石組みの陰から姿をあらわした。

といっても、闇の中であるから、ほとんど姿は見えぬ。

月はでている。が、ほそい月だから、さほどあかるくはない。

ところどころの石灯籠《いしどうろう》や提灯に火が入っている。

門番や木戸番などの位置は大体わかっていた。宿直のいそうなところもおよそ見当がつく。

わからないのは赤犬のひそむ場所である。

市五郎は闇の底を這《は》うようにじりじりすすんだ。

庭には昼間の炎天の余熱がまだこもっている。

風がかすかに吹いて、木の葉を揺りうごかしている。

市五郎は奥御殿にちかづいていった。彼は重大な役目をになっていた。

潜入路はすでにきめてあった。

盛夏であるから、夜になっても雨戸をたてていないところが多い。彼はそういうところをねらった。

木戸番の目をかすめて、木戸をこえた。

その先に奥御殿の廊下がある。廊下の雨戸は開けはなたれている。

廊下まで約十間。

しばらく周囲の様子をうかがい、

（……！）

市五郎は一気にすすんだ。

灯籠の明りをかすめて、植込みのそばから廊下へあがった。

その瞬間、市五郎の体が凍りついたようにかたくなった。

不運というほかはない。丁度、廊下のむこうから明りがちかづいてきたところだ。夜廻《よまわ》りが持つ手燭の明りである。その明りが瞬時とまった。

「曲者っ！」

呼ばわる声と同時に、明りが突進してきた。

市五郎は本能的に身をひるがえした。廊下から庭へ飛びおり、闇の中をはしった。

「曲者だ、出合え！」

「庭へ逃げたぞ、出合え！」

夜廻りが大声をあげた。その声は夜のしじまをやぶってひびいた。

市五郎は夢中で逃げた。

周囲の闇の中で、すでに動きが開始された。音もなく、声もなく、影がいくつもはしった。

赤犬たちのうごきははやい。闇の中を飛ぶようにはしるのが感じられた。

まるで魔物のような俊敏さだ。

市五郎の逃走路はたちまち封じられた。

市五郎は本能的に身を反転させた。そして反対の方向にはしった。

が、その方向にも、赤犬が疾風のごとくはしるのが感じられた。

市五郎はやむなくふたたび方向を転じた。奥御殿の東南の隅の森の中へむかって疾走した。
ピ、ピピィッ
市五郎を追うようにするどい呼び笛の音《ね》があがった。

それでもかまわず、市五郎は疾走をつづけた。

こうなった以上、彼はできるだけ騒ぎを大きくするつもりであった。屋敷の中にいる赤犬をことごとく騒ぎの中にまきこんで、翻弄《ほんろう》しようとかんがえた。

覚悟はすでにきまっていた。

どこまで騒ぎを大きくし、赤犬たちを翻弄できるかをかんがえた。

そうするには、できるだけつかまらず、長い時間、奥御殿内を逃げまわりつづける必要があった。

しかも、なるべく赤犬たちを表御殿から遠ざけることをこころがけなければならなかった。

市五郎は真っ暗な森の中に突入した。

そこは隠れひそむ場所がいくらでもありそうな気がした。

市五郎は赤犬どもをこの森の中にひきこむことに成功した。

五

市五郎が奥御殿の廊下で夜廻りに発見されたころ、大国屋彦兵衛はおなじ屋敷内の表御殿に潜入していた。

市五郎が宴席をぬけだしてから半刻《はんとき》ほど後、

「ちょっと用足しをおもいだした」

と、となりにすわっている安兵衛にだけ声をかけて、ぬけてきたのであった。

彼が尾張藩の上屋敷に潜入したのは、ほぼ初更から二更へうつるころだった。

しばらく闇の中にひそんでいると、遠く奥御殿の方向にさけび声と呼び笛の音がひびくのがきこえた。

(よし!)

市五郎よくやった、と腹のうちでつぶやき、闇の中をうごきだした。

表御殿の周囲にひそんでいる赤犬たちがいっせいに音もなく奥御殿のほうへ移動していったのが、気配によってはっきりととらえることができた。

市五郎は網にかかったと見せて、その実、赤犬たちを大きな罠《わな》にかけているのである。ほとんどの赤犬が表御殿からいなくなった。

彦兵衛の前に、表御殿の巨大な建物が黒々とそびえている。

瓦屋根《かわらやね》がかすかな月光をうけて、黒くにぶくひかっている。

中門があり、その前に木戸がある。

今は、木戸番だけしかそこにいない。

彦兵衛はためらわず前進した。

木戸の左右は垣根である。

彦兵衛は難なく垣根を越えた。木戸番は奥御殿に侵入した曲者に注意をうばわれていた。

中門を迂回《うかい》した。ここにはかなりの人数の門番が詰めていた。

彦兵衛は表御殿の庭から、成瀬隼人正が滞在していると見られる家老部屋へちかづいていった。

成瀬はふだんは四谷御門の内にある成瀬屋敷に住んでいるが、四月末からずっとこちらに滞在していることを探索によってつかんでいた。

それだけ尾張藩では、吉宗の新政にたいする対応に苦慮していることがわかる。

外からうかがうと、家老部屋からまだ行灯の明りがもれている。

彦兵衛は心中、大きくうなずいた。

家老部屋の周囲を見ると、少々はなれたところに戸締まりのしていない空き部屋があった。

彦兵衛は闇の中をつたいばしって、その空き部屋の下へでた。

うかがうと、やはり無人である。

身をひるがえして、彦兵衛は中へ入りこんだ。

しばらく、屋内の気配に聞き耳をたてた。

成瀬にちかづく自信がわいてきた。

空き部屋を二つぬけて、廊下へでた。

廊下には常夜灯がところどころにともっている。

音もなく廊下をとおりぬけ、家老部屋のすぐとなりの控えの間に侵入した。

家老部屋とは襖《ふすま》一枚で仕切られている。

襖の隙間《すきま》に、彦兵衛はすっと身を寄せた。

家老部屋は十畳間である。そのとなりに次の間があるようだ。

成瀬は文机《ふづくえ》を前にして、脇息《きょうそく》にもたれている。

行灯の明りの中に憔悴《しょうすい》した顔が浮かびあがった。

五十代半ばの年齢の成瀬が六十路《むそじ》の老人のように見えた。髪はほとんど白く、眼窩《がんか》も頬《ほお》も落ちくぼんでいる。

この一か月余のあいだに一気に老けこんだものとみえた。成瀬の懊悩《おうのう》の深さを物語っていた。

「成瀬様」

彦兵衛は一呼吸してから、ひそかに声をかけた。

そのとたんに、成瀬の右手が脇差《わきざし》の柄《つか》にかかっていた。苦悩しながらも、声をきいただけで侵入者と判断する勘はおとろえていなかった。

「何者じゃ」

成瀬は不動の姿勢のまま声をかけてきた。

「脇差から手をおはなしくださいませ。それでは、お話ししにくうございます」

彦兵衛はすかさずいった。

彦兵衛からは成瀬の横顔が見えるが、成瀬にはなにも見えぬ。

成瀬の手が柄からはなれた。

声をたてれば、彦兵衛は瞬時のうちにとびこんで成瀬を押さえつけるつもりだった。

「紀州藩の手の者か」

成瀬はひくい声できいた。

「先だって、千代姫さまを下屋敷におとどけいたした者でございます」

彦兵衛はおさえた声で応じた。

千代姫ときいた瞬間、成瀬の横顔をかすかに怒りの色がかすめた。

「申し分をきこう」

感情をおさえて成瀬がいった。

「尾張藩ではさきに紀州藩主嫡男長福《ちょうふく》様の暗殺をはかったためしがございましょう。千代姫さまの件はそれへのお返しとおかんがえになってくださいまし」

「前尾張藩主五郎太様ならびに前々藩主吉通様は紀州藩の手によって討たれたという噂《うわさ》がある。その方はそのことの真偽を存じておるのではないか」

千代姫の話がおもわぬ方向に飛び火した。

「その噂についてはきいたことがございます。しかしそれは間違いです。紀州藩はわざわざそれと疑われるようなことはいたしませぬ」

「そうかな」

「左様でございます。紀州家とは無縁のことにございます。紀州家においては、水戸の御庭方《おにわがた》がうごいたという噂をききましてございます」

彦兵衛は大胆な推論を口にした。が、それはおそらく的を射ているものとかねて信じていた。紀州の黒犬や大国屋一族のしわざではないのであるから、のこるは水戸の黒犬がやったとしかかんがえられなかった。

成瀬が沈黙した。

彦兵衛は自分の言葉の手応《てごた》えを存分に感じた。

「紀州と水戸は同盟を結んでおる。そんなことを口にいたしてよいものか」

「…………」

「しかし、十分にかんがえられることじゃ。今後念頭に入れておこう」

「紀水同盟はいつまでもつづくものとはかぎりませぬ。時代がかわりますれば、紀水のかかわりもかわってまいりましょう」

「…………」

また成瀬が沈黙した。

今度の沈黙はながかった。

彦兵衛もその沈黙につき合った。彼は屋敷内の様子に気をくばりながら成瀬をじっと見まもった。

彦兵衛の言葉が成瀬に衝撃をあたえたのはうたがいなかった。

さる四月三十日いらい、成瀬はいささか自信をうしなっているのかもしれなかった。彼はさらに慎重な黙考をつづけた。

「紀州は水戸が重荷になってしまったか」

「よくは存じませぬ。けれども、将来そういうことになるやもしれません」

「そのとおりじゃ」

いいつつ成瀬がはじめてこちらに顔をむけた。

襖で彦兵衛の顔は見えぬが、成瀬に姿も顔もくまなく見とおされたような気がした。

「安藤殿は容易ならぬお方じゃ」

「成瀬様とはいい勝負だとうかがっておりまする」

「わしなどは、安藤殿にかかっては赤子同然。勝負にもならぬ。水戸の中山殿とて、おなじであろう」

成瀬がそういったとき、彦兵衛は今が本論をきりだす頃合《ころあい》だと感じた。

「安藤様がぜひ一度成瀬様へお茶をさしあげたいとおっしゃっております。いかがなものでございましょうか」

すでに紀州藩は千代姫を尾張家におくりとどけて、実際に和睦の道を提示している。あとは、尾張家がそれに応ずるかどうかの返答がのこされているだけだ。

「御三家筆頭の家と、それにつぐ家がいつまでも争いをつづけておることは、幕政をゆがめ、徳川の汚点ともなろう。譜代外様《ふだいとざま》の諸大名にたいしても示しがつかぬ。尾張と紀州はなろうことなら、手をにぎるべきじゃ」

成瀬の心中は複雑に揺れうごいているはずである。けっしてこの言葉どおりであろうはずがなかった。

しかし、彦兵衛はあえて問わなかった。彼の任務《つとめ》として、それは必要なかったからである。

「承諾いたしていただけましょうか」

「おうけいたそう」

「有難きしあわせに存じまする。もう一つだけ、成瀬様におねがいがございます」

「なんじゃ」

「先ほど、尾張様の奥御殿にまよいこみましてつかまった鼠《ねずみ》が一匹おろうかと存じます。お情けをもちまして、その鼠をはなしてやっていただきとうございます」

「承知いたした」

成瀬の答えをきくと同時に、彦兵衛は音もなく控えの間から姿を消した。

水戸殿お使い

一

日の出のまえに、東の空が真紅に燃えてきた。

暁紅《ぎょうこう》である。

暁闇《ぎょうあん》の中に、水戸街道が一筋真っすぐにのびている。街道筋の人家はまだねむっている。雲雀《ひばり》や雀《すずめ》のさえずりもまだきこえない。早立ちの旅人の姿も見えぬ。

ただ一つの例外がある。街道をいそぐ黒い人影が、千住《せんじゅ》のだいぶ先にあった。

暁闇の底を這《は》うようなあるき方だが、実際の歩速はかなりはやい。暁まえに小石川を出立《しゅったつ》した一碧斎《いっぺきさい》である。

一碧斎は中川をこえたあたりで、行く手の空に朝焼けを見た。

（空が燃えている）

朝焼けの色は一碧斎のこころをかきたてるものがあった。彼は久方ぶりに年甲斐《としがい》もなく胸の燃えるおもいをいだいていた。

（はやくいかねば……）

百姓姿に身ごしらえをした一碧斎の足は水戸へむかっていそいでいた。水戸の北方、常陸太田《ひたちおおた》にある西山荘《せいざんそう》において火急の用件が彼を待っているのだ。

紅に燃える空が行く手の波瀾《はらん》を予想させるようでもある。

将軍継嗣《けいし》問題については、結論がでた。

当初のつもりでは、一碧斎はこれを機に完全に役目をしりぞいて、西山荘でのんびりと隠居ぐらしに余生をおくるつもりだった。年齢にも不足はなかった。すでに七十の半ばにちかづいていた。

ところが将軍継嗣の決着がついても、御三家の相闘には決着がつかなかった。というよりも、吉宗の将軍就任によって、紀水の同盟がやぶれ、両家のあいだにあらたな闘争の幕がひらいた。

これは一碧斎も以前には予期していなかったことだった。

紀州家との争いは、水戸家にとって本来やらずもがなのものである。

吉宗の将軍就任後における紀州家の水戸家にたいする態度は、予想しえなかったものだった。紀水同盟の存在などはまるでなきがごとくであった。

そのために中山備前は責任を負って、家老辞任、執政辞退を藩主綱條《つなえだ》へとどけでたが、それは即座に却下された。

一碧斎への密命は、その直後に中山からくだされた。

一碧斎は日の出を正面にむかえた。

前方に、江戸川の流れがある。川のむこうは下総《しもうさ》松戸、こちら側は武蔵《むさし》である。

江戸川は舟渡《ふなわた》しで、そこに御番所がある。

定船場《じょうせんば》があるが、公儀の舟か、その許しをえた舟でなければ水上の往来はできぬ定めになっている。

一碧斎は一番舟に乗りこんだ。ほかに数人の相客がいた。百姓が二人、商人が二人、虚無僧《こむそう》が一人である。

一碧斎はさりげなく相客たちの顔を見まわした。

尾行者がいるかもしれぬ。一碧斎はどんな場合にも尾行者の有無を警戒する癖がついていた。

その中にとくに警戒すべき相手は見あたらなかった。

船は松戸岸についた。一碧斎はいちばん最後に舟をおりた。

それからまた道をいそいだ。

これからはぼつぼつ人通りもあるから、よぼよぼの老人がそう人目にたつ速歩であるいてはあやしまれる。適度なはやさで足をはこんだ。

老いた一碧斎の忍者の血がこのところ無性にさわぎだしている。年齢とともに一度は冷えかけた血が、将軍継嗣問題をきっかけにして闘争の本能を呼びさまされ、今度は紀州家の欺瞞《ぎまん》裏切りによっておとろえることのない活力をふたたびとりもどした。

皮肉にも、一碧斎の忍者の寿命がここでまたのびたことになる。内心、それをほくそ笑んでいた。

目のまえにはたすべき使命があるかぎり、忍者の寿命は尽きぬものであった。

一碧斎はおのれの生きざまによって、黒犬の頭領のあり方を霞九郎におしえるつもりであった。

昼をすぎたころ、藤代川《ふじしろがわ》をわたって、相馬郡から河内郡《かわちぐん》へ入った。

そのとき、妙に気にさわるものをおぼえた。

一碧斎は前後を注意して見た。

通行人はいるが、別段あやしい者たちではない。

ところが、彼の警戒心はふっきれなかった。自分の体にまとわりつく視線と影が存在するような気がしてならなかった。

（おかしい……）

気持がはれぬままあるきつづけた。

その夜は、江戸から十八里、土屋但馬守《たじまのかみ》九万五千石の城下土浦の旅籠《はたご》にとまった。

尾行者を警戒したが、朝まで何事もおこらなかった。

翌日も、暁前に旅籠をでた。

（今日も、空があかい）

払暁《ふつぎよう》のころ、ふたたび東天に暁紅をながめて彼はおもった。

朝焼けのさす日はかならず快晴となる。

（今日のうちに、太田に着ける）

ふつうなら江戸から四日の行程だが、一碧斎の足では二日の距離だ。

府中までできたとき、追分のわかれ道にすわっている乞食の姿が目についた。

府中は水戸街道と宇都宮街道がまじわるところである。

乞食の持っている椀《わん》に見おぼえがあった。しかも目につくような道の端からやや前にだしてある。

一碧斎はその椀の前でとまった。そして今朝旅籠であつらえてもらったにぎり飯の包みを椀におとした。

乞食がわずかに顔をあげた。

「又十、出むかえにまいったか」

乞食の正体は霧の又十郎である。

一碧斎は三年まえの六月、西山荘から江戸に出てきていらいもどっていない。そのあいだずっと又十郎が留守をあずかっていたのである。

「おそらく一度もどっておいでになろうかと推量いたしておりました」

乞食はひくい声でつぶやいた。

「お前もいっぱしの者に成長いたした様子じゃな」

又十郎は天下の雲行きから一碧斎の帰還を予測したのであった。

「万が一、余計な者がついてまいりはせぬかと……」

「又十、心配をかけたようじゃの。じつはそのとおりの有様らしい。おまえに後をたのみたい」

「うけたまわりました。後はおまかせになってくださいまし」

「うむ、たのんだ」

というなり、一碧斎は又十郎の前をはなれた。そして後ろも見ずにすたすたと水戸街道をすすんだ。

目に見えぬ尾行者を相手にしている暇などなかった。

二

赤坂喰《くいちがい》違にある紀州徳川家の上屋敷《かみやしき》は、吉宗が将軍に就任した五月朔日《ついたち》いらい、祝賀訪問の客でにぎわいを見せていた。

前将軍の喪中ではあるが、まさに千客万来というにふさわしい。ために、上屋敷の表門の大扉は閉めておく暇がないくらいであった。

幕閣を代表する老中、若年寄をはじめ、寺社奉行、町奉行、勘定奉行、さらに御三家尾張徳川を筆頭に、諸侯らの使者が賀詞言上《ごんじょう》のために祝儀を持参してぞくぞくと来訪してきた。

賀使が門前で幾組もかさなって、順番を待つために喰違の前に行列ができたほどである。

賀使は諸侯らばかりではない。皇室の関係者も内々で使者をつかわしてきたし、寛永寺、増上寺、各門跡《もんぜき》、諸寺院、高家《こうけ》旗本、大奥関係者、将軍家御用達《ごようたし》商人まで、われもわれもとおとずれてきた。

来客は、いつおとずれるともしれなかった。

紀州家では祝賀の客であるからこばむことはできぬ。おとずれる客には事前に連絡をしてもらい、日時をあらかじめさだめることにしたのであった。

そうした将軍就任直後の時期に、吉宗はいかにも果断に諸事を処理していった。

吉宗は自分が紀州家をでていって宗家をつぐに際し、総勢約三百人の紀州藩士をつれ、彼らを直参《じきさん》旗本にとりたてた。

五月十五日、前将軍家継《いえつぐ》を芝増上寺において大葬した翌日、六代将軍の治世いらい幕政に絶大な権力をふるってきた御側御用人《おそばごようにん》間部詮房《まなべあきふさ》と政治顧問新井白石をあっさりと罷免《ひめん》した。

吉宗のこのおもいきった処置には、当の間部、新井両人だけでなく、老中、若年寄をはじめ諸大名、旗本たちが啞然《あぜん》となった。とくに間部についていえば、彼は幕閣の実力者として諸政を壟断《ろうだん》していたばかりではない。当初は月光院とともに尾張継友を将軍継嗣にかついでいたが、吉宗有利の状況が展開するやいちはやく紀州派に寝返って、吉宗の将軍就任の段取りをととのえていった当事者であった。

すなわち、表面的にいえば、間部は吉宗将軍誕生の生みの親でもあった。

その間部が吉宗にあっさりと首を切られた。

この一事によって、幕閣や諸大名、旗本、大奥などの吉宗を見る目が一変した。彼らのうちに恐怖と緊張がはしったのである。

その直後、吉宗はいよいよ二の丸から本丸にうつった。

そして本丸の大奥に、吉宗の家族が入ってきた。

ほぼそれと時をおなじくして、家宣いらい側近として将軍につかえていた側衆、小姓、小納戸などのほぼ全員が罷免された。その中には役職ばかりでなく直参の身分まで解かれた者もいた。

本丸や大奥で吉宗をむかえた人々の気持はおだやかなものではなかった。いつ自分たちの役職や身分がうばわれるかも知れない、と戦々兢々《せんせんきょうきょう》たる有様であった。

ところが、ここで吉宗が大奥にたいしてとった措置はじつに柔軟なもので、天英院、月光院にたいしても、その立場をあつく尊重し、敬意をはらい、いささかも疎略にとりあつかわなかった。

これで、大奥などの吉宗にたいする評判は一変した。新将軍をむかえて、大奥の人々は一様に安堵《あんど》の息をついたのだった。

吉宗は荒療治と穏健《おんけん》な政策を同時にすすめていった。そこに吉宗のすぐれた政治家としての手腕を人々は想像することができた。

吉宗が罷免したかつての側近の面々は、ほとんど六代将軍家宣が甲府家を廃したときにつれてきた家臣たちであった。吉宗は前々代の新参を廃し、旧来の徳川譜代《ふだい》家臣を重用《ちようよう》する政策をかかげたのだ。

そのため自分が紀州家からつれてきた家臣たちをそうきわだって重用するわけにはいかず、加納《かのう》角兵衛、有馬四郎兵衛《ありましろうべえ》を御側御用取次に任じたくらいのもので、権限のあつまりやすい御側御用人の職は廃してしまった。

吉宗が将軍就任早々に着手した新政はざっとこのようなもので、評価はいまださだまらぬまでも、一般的には好意をもってうけとめられた。従来の将軍像の中でくらべると、吉宗は荒けずりで粗野な趣《おもむき》がなくはないが、規格はずれの新鮮な持ち味がかえって好感をもたれた。

吉宗は紀州家をでるとき、自分の跡目として分家の西条松平家の頼致《よりよし》を第六代紀州藩主にさだめ、名を宗直《むねなお》とあらためさせた。紀州家は宗直を藩主として、あらたに新政がしかれることになった。

宗直の藩主としての仕事は、前述したように無数の賀使をうけることからはじまった。くる日もくる日も、朝から日の暮れるまで、宗直は吉宗の実家《さと》として使者の応対をくりかえした。

何日かたったころ、安藤飛驒守《ひだのかみ》が小石川邸から上屋敷に姿を見せた。

「殿、まいりましたか」

安藤は宗直に対面して、一言そうたずねた。

「いや、まだだ」

宗直はそれにたいして首を横にふった。

それからまた三、四日たって、安藤は上屋敷にやってきた。

「まいりましたか」

「まだこぬ」

安藤と宗直とのあいだでおなじ応答がおこなわれた。

そのころ、世間でもそれについての噂《うわさ》がひろがりはじめた。

「水戸様がまだ紀州家に祝いの使いをおくってないそうだ」

「御三家だから、尾張様とおなじようにまずはじめにお祝いにくるべきであるのに……」

「三百諸侯のほとんどが紀州家参りをしたというのに、なぜ水戸様だけが……。これでは紀州様もおもしろくあるまい」

噂の内容はそんなところであった。紀州家に祝賀にこぬ水戸家にたいする不審が取沙汰《とりざた》されているのである。

「もし水戸殿がまいられるときは、厄介な難題をたずさえてまいりましょう」

安藤は思案まじりの顔で宗直にいった。

宗直と安藤のあいだはしっくりといっている。宗直が分家から本家を継ぐにあたっては、安藤からの推挙もあったのである。

「まことに厄介なことを吉宗公は置き土産にされたものだ」

宗直も思案にあまった顔をしている。が、その様子には余裕が感じられた。

「殿にご迷惑はおかけいたしませぬ。これはわたしと吉宗公とのあいだでとりはからったことでございます」

紀水同盟の旨味《うまみ》は大きかったが、そのツケが今にのこされている。

水戸家の強力な援護があって、吉宗は尾張藩主継友《つぐとも》をしのいで将軍位についた。今度は水戸家への約束をはたす番であった。

「水戸家への約束、どのようにかんがえても、おこなうのは至難だ」

宗直はいった。

「左様にございます。とてもそのような約束には応じられませぬ」

「だったらどうする」

「反故《ほご》にするしかございませぬ」

「できるか」

「なんとかいたしませねば」

安藤は愚痴《ぐち》るようにつぶやいた。

「水戸はだまっておるまい」

「だまっておるはずがございませぬ。今のところ水戸の出方をうかがっておりまする」

「荒療治をいたさねばならなくなるかもしれぬ」

「そうはいたしたくございませぬが……」

安藤は語尾をにごした。

三

常陸太田、西山荘。

ここに一碧斎がこもって、もう半月ほどがたった。

彼は終日、薬草畑にでて、薬草の採集に余念がなかった。

西山《にしやま》の下は炎天つづきで苦熱の暑さに見舞われているが、山はほとんど暑さ知らずである。緑蔭《りょくいん》をわたる風はひんやりとすずしく、鬱然《うつぜん》と山荘をおおう夏木の茂りが暑さをわすれさせるのだ。

薬草畑には、薬草と毒草の双方が栽培されている。

薬草は芍薬《しゃくやく》・桔梗《ききょう》・松脂《まつやに》・紫苑《しおん》・菖蒲《しょうぶ》・桑根《そうこん》・朝顔・さねかずら・むなしかずら・ひるむしろ・蒲黄《がまのはな》……などである。『延喜式《えんぎしき》』によれば、太古《いにしえ》から、わが国には五十九種の薬草がつたわっているが、西山荘にはそのうちの四十数種があつめられている。

一碧斎はこれらの薬草を採集し、調合し、丹薬《たんやく》・膏薬《こうやく》・丸薬《がんやく》・散薬《さんやく》・煎薬《せんやく》・湯薬《とうやく》などに調製するのである。

ときに応じて、又十郎が手つだいをする。又十郎もすでに製薬の技術《わざ》には熟達しているが、まだ一碧斎の技倆《ぎりょう》にはおよばぬ。

一碧斎の製薬の技術は、典薬頭《てんやくのかみ》すらおよばぬ高度なものである。その技倆はいずれも伊賀流秘伝による。

「又十」

呼んでみたが、返事がなかった。

一碧斎は周囲を見わたしたが、又十郎の姿はどこにもなかった。

そういえば、昨夜《ゆうべ》いらい又十郎の姿を見ない。

（客がきたか？）

と一碧斎はおもった。

まねかざる客である。一碧斎の命をうかがう危険な客だ。

（紀州の黒犬か、大国屋一族……）

両方とも、今後はじめて敵にまわす相手である。

黒犬と黒犬との同志討ちになるかもしれぬ。

黒犬の技倆ならば、およそ見当がつく。一碧斎とすれば、大国屋一族のほうがたたかいづらい相手だった。

まだ日没には間があるというのに、あたりが薄暗くなった。

西山は周囲の木立ちが深いため、日没がはやいうえにも、日の翳《かげ》りが濃いのである。

山に霧が湧いた。

又十郎は霧の流れの中に身をかくしていた。

彼は昨夜来、おなじ敵を追いつづけていた。相手は昨夜、大胆にも西山荘の庭の中まで入りこんできた。

又十郎が気づいて追いはじめてから、敵は山の木立ちの中に姿をかくした。それ以後、追いつ追われつの闘いが今までずっとくりひろげられていた。

相手は農夫に身をやつしている。その姿ならば、このあたりのどこを歩いていてもおかしくはない。

西山の麓《ふもと》には、数十戸の農家がある。周囲には田も畑もある。

又十郎は霧の中で相手を追いつめていった。

いったん裏山へのがれた敵がふたたび西山の領域に潜入していた。

又十郎は麓から徐々に相手を山腹へむかって追いあげていった。

敵は孟宗《もうそう》と熊野杉《くまのすぎ》の林のあいだをぬけて、心字の池の見える雑木林の中にもぐりこんだ。

又十郎も霧の流れる雑木林へふみこんでいった。

又十郎は山頂を見あげた。風が頂きから吹きおろしてきて、霧を麓のほうへ押しながしていった。

「あ……」

又十郎はおもわず低い声をもらした。

前方わずか十数間のところにひそむ敵が背後から見えた。

霧が去って、はからずも敵は雑木林の中に姿をさらした。しかも相手は又十郎の位置を察していなかった。

又十郎はすばやく手裏剣《しゅりけん》を懐中からとりだし、相手へ接近していった。

敵は依然として気づかない。地に這《は》いつくばるように身を伏せて、西山荘の突上げ御門のほうをうかがっている。

数間に距離をつめた。

シュッ　シュッ
又十郎が腕を振ると同時に、手裏剣がうなった。

手裏剣はつづけざまに相手の体に吸いこまれた。

五本投げた手裏剣はことごとく敵に命中した。

が、なぜか手ごたえがなかった。

（……？）

一瞬いぶかしんだ。

瞬後、又十郎は突進していた。その手には鎧通《よろいどお》しがにぎられている。

相手にむかって体当りを敢行しようとしたが、寸前のところで足がとまった。

「うぬ……」

声を発し、茫然《ぼうぜん》と立ちつくした。

衣服だけが木立ちのあいだにあたかも農夫が地に這っているがごとくにかけてある。衣服の中は蛻《もぬけ》の殻《から》であった。

（しまった……）

冷たいものが又十郎の背筋をつきぬけた。

（頭領《おかしら》があぶない！）

敵は又十郎を罠《わな》にかけて、薬草畑へむかったものと見えた。

一碧斎は薬草畑か、さもなくば小屋の中にいるはずである。採集をしているならば薬草畑、調合しているならば小屋の中だ。

又十郎は無我夢中で坂道を駆けあがった。

突上げ御門を突風のように通過した。

薬草畑の中に人影はない。

いやな予感が胸中をかすめた。が、一碧斎は尋常な忍者ではない。老いてますます人間ばなれした領域にすすんでいる。又十郎はそれへ期待をかけた。

小屋の戸があけはなたれている。

ふたたび胸さわぎにおそわれた。

「頭領《おかしら》！」

さけびながら又十郎ははしりこんだ。彼だけはいまだに一碧斎を頭領と呼んでいた。

小屋の入口の土間に、人が仰むけにたおれていた。すでにそれは屍《しかばね》になっている。

又十郎はその土間に立ちつくした。

屍の眉間《みけん》には手裏剣が深々と突き立っている。それが致命傷になっていた。

屍のむこうの板の間に、背をまるめたちいさな老人がしきりに薬研《やげん》をうごかしている。

老人がゆっくりとこちらをむいた。

「又十、気をつけよ。客のおとずれじゃ」

そういってむこうへむきなおり、ふたたび薬研をうごかしはじめた。

薬研をあつかう一碧斎の呼吸はいささかもみだれていなかった。

四

中山は裏門の通用口をそっとでた。

外は炎天である。焼けつくような日ざしの中を麻の着物に紗《しゃ》の夏羽織のいでたちであるいていった。

このところ炎天がつづいている。ひと雨、夕立ちでもほしいところだ。

油蟬《あぶらぜみ》のあつくるしい鳴き声が耳についた。

水戸藩の上屋敷から吉原へはさほどの距離ではない。

不忍池《しのばずのいけ》から入谷《いりや》へでて、田圃《たんぼ》の中の道をずっとゆけば吉原にでられる。

中山は数か月ぶりに吉原の大門《おおもん》をくぐった。

まだ日盛りで、廓《くるわ》の内にはあまり人がでていなかった。

仲《なか》の町《ちょう》の大通りの両側にならぶ引手《ひきて》茶屋の青い簾《すだれ》や軒につるされた風鈴《ふうりん》の音色が涼感をささ

っている。

　廓が暇な時刻なので、店の若い者たちも表通りにでた畳敷きの上げ縁に腰かけて、真っ赤に熟《う》れた西瓜《すいか》などを頬張《ほおば》ったり、縁台将棋をたのしんでいる。

「あ、中山の旦那《だんな》さま」

　立花屋にいたる少々手前で、声をかけられた。

「駒吉《こまきち》」

「お見かぎりで」

　駒吉は女将《おかみ》のおはなのような口ぶりでいった。

「女将はいるかい」

「へい、達者でございます」

「変わりはないか」

「女将さん、このところ少々愚痴っぽくなっておりやす。旦那さまのお顔をご覧になれば、たちどころになおるんじゃないでしょうか」

　駒吉がやや声高《こわだか》にいったとき、

「駒吉、つまらない無駄口をたたくんじゃないよ。そんな暇があったら、朝顔の鉢に水をやっておくれ」

　立花屋の店頭から当のおはなの声がとんできた。

だが、おはなの顔はわらっている。

「ほら、霊験《れいげん》あらたかだ」

減らず口をのこして、駒吉は消えていった。

「女将、久しぶりだ」

「どうした風の吹きまわしですか」

おはなの口からでたのは憎まれ口だが、その顔は相かわらず笑みをふくんでいる。

「この世の名残りの挨拶《あいさつ》まわりだ。ながいあいだ世話になった礼をいいにきた」

冗談とも本気とも区別のつかぬいい方を中山はした。

「まあ、ご冗談ばっかり。殿さまがこの世の名残りだなんて」

おはなはとっさに冗談にしようとした。

「おれだって、不死身じゃない。ころされれば死ぬだろう」

いいながら中山は店の中へ入っていった。

「旦那さまをころそうとなさるお人がいるんですか。女ですね」

「馬鹿め。おれは生来の野暮天《やぼてん》だ。女からうらみを買うおぼえはない」

「男だったらいるんですね。旦那さまのお命をねらってるやつが」

「おれだって、ただころされるつもりはないが」

言葉はかるいが、中山のこころは実際のところ鉛をのんだような重さなのだ。

「いやですねえ、本気でおっしゃってるんですね」

おはなの顔から笑みが消えた。

「まさか、本気でこんなことをいうはずがない。ただ女将の酌《しやく》で酒がのみたくなっただけだ」

中山はここでおはなをはぐらかした。

「ま、理由《わけ》はどうでもよございます。わたしもお相伴《しようばん》いたしとうございます」

おはなは自分の居間へ中山をみちびいていった。

この部屋の中に入った瞬間から、中山のこころは晴れた。

「ここは地上の極楽だ。さしずめ、女将が菩薩《ぼさつ》のように見えるぞ」

これは本音《ほんね》であった。

「極楽は結構ですが、菩薩はご免こうむります。わたし、まだ女ざかりでございますもの」

いいながら、おはなは酒の仕度をした。

やがて仲居が酒の膳《ぜん》をはこんできた。

「馳走《ちそう》にあずかろう」

中山は盃《さかずき》をとり、おはなは銅壺《どうこ》からそそいだ。

一度のみ干してから、今度は中山がおはなの盃になみなみとそそいでやった。

「殿さまとのむお酒がいちばんおいしゅうございます。いつまでも可愛《かわい》がってやってくださいまし」

おはなの口ぶりがいつになくしんみりとなった。

(こいつ、察しておるな)

中山はそうおもったが、口にはださなかった。

おはなが団扇《うちわ》であおいでくれている。中庭からも簾をとおして風が吹きこんでくる。浴衣《ゆかた》からのぞいたおはなの腕の白さが目についた。

両の乳房が浴衣をゆたかに盛りあげている。中山のこころをつきうごかすものがあった。

おはなの眸《め》にうっすらとうるむものがある。彼女は中山のこころのうちを知っている。

「旦那さま……」

おはなはいいかけた。

「なんだ」

「お命はなるべく大切になさいませ。かけがえのないものでございますから」

「左様、二つとはない」

「世の中、いい男はそんなにおるものではございません。わたしも商売柄おおぜい男を見てまいりましたが、いい男はたんとはおりませんでした。だから、旦那さまに死なれてはつまりません」

おはながいつにないことをいった。

「いい女も、そんなにはおらぬ。おまえも大切にいたせ」

「今日は、商売をわすれて酔いとうございます」

「存分にのむがいい」

「酔って荒れても、かまいませんか」

そういったときに、おはなの目尻《めじり》に笑いがもどった。

「いいとも、かまわぬ。酔ってみるがいい」

いいながら、今日はおれのほうが酔いそうだと中山はおもった。

おはなは盃を干した。

中山はそれに酒をそそいだ。

外はさかんな蟬時雨《せみしぐれ》だ。油蟬は一匹で鳴くと暑くるしくてかなわぬが、こう何匹もいっせいに鳴くと、かえって涼しそうにきこえるから不思議である。

中山は正面にすわるおはなの太腿《ふともも》の厚みに視線をながした。

(どうも、今日はおかしい)

とおもったとき、仲居《なかい》が部屋に入ってきた。

「お屋敷からです」

仲居は中山につげた。

「庭にまわしてくれ」

そういって、中山は縁側へでていった。間もなく、屋敷の若党が姿をあらわした。

「どうした」

「一碧斎どのがもどってまいりました」

若党がそうつげた。

五

中山備前は供揃《ともぞろ》い二十余人をしたがえ、乗物で上屋敷をでて紀州家上屋敷へむかった。

水戸家の祝賀の使者がおとなうことは、前日、紀州家につたえられていた。

中山のほかには家老鈴木孫三郎、江戸留守居役金森小太夫が同道している。中山は藩主綱條の名代《みょうだい》である。

世間でも噂の種になっている〈水戸殿のお使い〉はようやくこの日の昼下り、上屋敷をでた。

乗物は中山、鈴木、金森の三挺だが、その警固《けいご》の供揃いが他家の場合とくらべるといかにもものものしかった。

正使中山、副使鈴木・金森は上屋敷をでるときに、なかば死を覚悟した。この賀使が紀水同盟の破棄、紀水相闘の幕開けになることが予想されていたからである。

中山は吉宗の将軍就任の祝いをのべると同時に、紀水同盟の誓約の履行をつよくせまることになる。しかも履行の保証を本日得る決意であった。

紀州家でも、中山がなみなみならぬ覚悟で来訪してくることを予期していた。

それへの対策も十分おこたりなかった。

使者一行は八つ（午後二時）をまわったころ、紀州藩上屋敷に到着した。

表門の大扉が音をたてて、外へむかって八文字にひらいた。

使者一行は屋敷内に吸いこまれた。

しかし供揃い一行がすべて屋内にあげられるわけではなかった。使者にしたがって屋内にあがれたのは、近習《きんじゅ》の二名ずつ、すなわち六人だけであった。

のこりの者たちは玄関脇《わき》でひかえていることになった。

心配顔の供揃いたちをのこし、正副使者三人、近習六人は控えの間にあげられた。

「きっとご無事でおもどりくださいませ」

いのこった供揃いのうちの一人が、わかれぎわに中山にむかってささやいた。

その者は中山が生きてもどってこぬかもしれぬとおもったのである。

「大丈夫だ、心配するな」

中山はその者にささやきかえした。しかも中山のそのときの顔色は冴《さ》えていた。

なによりも眸《め》に力づよいきらめきがこもっていた。

使者の対面は表書院でおこなわれた。

ここは表広間とも呼ばれている。三十余畳の部屋である。二方の襖《ふすま》をとりはらえば数十畳の広さにもなる。

正面に宗直、その横に安藤。江戸城から加納角兵衛、有馬四郎兵衛の二人もやってきて、安藤の脇に陪席していた。近習がそれぞれ一人ずつついている。宗直にのみ二人ついていた。

むかえられた賀使は正副三人と、近習一人ずつ。のこりの近習三人は控えの間にのこっていた。

中山は安藤と視線を合わせた。

中山のこころのうちには、安藤にたいする同志に似た感情がまだいくらかのこっていた。

（…………）

安藤は無言である。

中山は安藤の胸中を読むことができなかった。しかし安藤の眸はあきらかにものを言っていた。

それは同志だった者にたいするねぎらいではないかと中山はおもった。

ともかく、中山は宗直と安藤にたいしてふかく両手をついた。

「このたび前藩主吉宗公が将軍位に就かれましたること、まことに慶賀にたえぬ次第でございます。吉宗公には前々から紀州藩政にめざましいご改革をおこなわれ、政治《まつりごと》における器量は世の中に知られているところであります。歴代将軍におとらぬおはたらきをなされますことはあきらかでございましょう。吉宗公こそ現在もっとも将軍にふさわしいお方であろうと確信いたしておる次第であります。天下万民にとっても幸せこの上なき次第でございます。水戸藩一同こぞっておよろこび申しあげます。今後ともご好誼《こうぎ》たまわりとうございます」

そうのべて中山は深々と頭をさげた。

「わざわざご使者をたまわり、かたじけなく存ずる。前藩主にかわってふかく御礼申しあげる。吉宗公が将軍位にお就きになられるについては、水戸家ならびに尾張家の多大なお力ぞえがあったたまものとうかがっておる。御三家は神祖のころより兄弟の家柄ゆえ、今後とも力をあわせて将軍家をもりたててゆきたいと存ずる。爾後《じご》もよしなにおねがいいたしたい」

宗直の挨拶《あいさつ》がかえってきた。

その返事の内容は中山を愕然《がくぜん》とさせるに十分であった。表むきの辞令であるから、言葉が通り一遍のものであることはいたしかたない。けれどもあえて水戸家と尾張家をならべたところに、宗直のかくべつの意があるのを察した。

おなじ御三家とはいえ、尾張家と紀州家とは血で血をあらう闘いをくりひろげてきた間柄ではないか。

その尾張家と、紀州家のためにたたかってきた水戸家をことさら同列にならべていう意図はあきらかだ。

(紀水同盟の破棄――)

しかも一方的破棄を通告してきたことにほかならぬ。

予測していたこととはいえ、中山は内心はげしい怒りをおぼえた。紀州家は水戸家にのみ合力をもとめて、目的を達するや、後は知らぬ顔の半兵衛をきめこもうとしている。

「水戸と紀州様とのあいだには、かくべつのお約束がとりかわしてあるはずにございます。それらについておわすれなきよう、しかと念頭におさめおきくださいまし」

中山は宗直から安藤へ視線をむけていった。

安藤はそれまで居ねむりをする狸《たぬき》のごとく、目をとじていたが、おもそうに瞼《まぶた》をひらいた。

「左様、紀州と水戸とのあいだにはかたい約束がある。水戸あっての紀州、紀州あっての水戸。

両家は刎頸《ふんけい》の交わりをむすんでおる。水戸がしずむときは紀州もしずむ。紀州が浮かぶときは水戸も浮かぶ。中山殿、わすれるはずはござらぬ」

安藤が口の中でつぶやくようにいった。

こちらに誓紙がある以上わすれるわけにはいくまい、と中山は腹のうちで毒づいた。

安藤の言葉が本音であるとは信じられぬ。本音はむしろ宗直の言葉の中にあるとおもわれた。

「左様にございます。失念いただかなければ幸いです。水戸におきましては、誓紙の条々が一日もはやく実現されんことをひたすらねがっておる次第でございます」

中山は念押しの言葉をかさねた。

安藤がふかくうなずいた。

「ごもっともじゃ」

「ねがわくば、将軍新政と同時におこなわれれば幸せにございます」

中山は暗に早急の実行をせまった。

「ここに御側御用取次の加納、有馬両人が同席しておる。中山殿のご意向はただちに将軍につたえられよう。当家においてもかならず後押しいたす」

安藤は約束の履行を紀州家から将軍家へたくみに転嫁しようとしている。

「わが水戸は紀州家の誓紙をいただいております。そこを何分おわすれなく」

とうとう中山は誓紙を口にした。これこそ水戸家がにぎる切り札というべきものである。

中山は和戦の選択を紀州家にせまったのであった。

「将軍宣下《せんげ》の式典が八月にござる。そのころを目やすにいたすのはどうであろうか」

安藤はついに期日をもちだした。中山が想像しなかったほどの大譲歩をしたのである。

「将軍宣下の式典まで、お待ちいたしましょう」

このまますめば今日の対決は大勝利だ、と中山はおもった。

「では、別室にて一献さしあげよう」

安藤がおもむろにいった。

中山は綱條の名代として、祝儀の品々を持参してきた。その返礼に宴をもうけようというのだ。

辞退する理由はどこにもなかった。辞退すれば、非礼にあたる。

「ありがたき幸せにございます」

中山らは別室にみちびかれた。

そこに盃の用意がしてあった。

「今後とも紀水は水魚の交わりをつづけたいと存ずる。そのしるしに一献」

と安藤がいった。

まず中山が三方《さんぼう》の上におかれた盃をとった。

安藤の近習がしずしずとすすみ出て、盃に御神酒《おみき》をそそいだ。

「いただきまする」

中山は臆《おく》せず悠然とのみほした。

つづいて鈴木が盃をとり、御神酒がとくとくとそそがれた。

最後に金森が盃に御神酒をうけた。

そして両人ともためらいを見せずに盃をかたむけた。

「中山殿、もう一つ」

安藤の言葉で、近習がふたたび中山の盃に酒をそそいだ。

中山はうまそうにのんだ。

鈴木も金森も再度盃に酒をうけて、のみほした。

「もう一つ、中山殿」

安藤が嵩《かさ》にかかってまたいった。

「かたじけない」

礼をいって中山はのんだ。これは男の意地である。

鈴木も金森ものんだ。

「まだ、よかろう」

すすめられるままに、中山は何度も盃をほしていった。

鈴木、金森も同様である。

四半刻（三十分）ほどのあいだ、三人は存分にすごし、ようやく席を立った。

安藤らに見おくられて一行が玄関をでたとき、ようやく御神酒のききめがあらわれだした。

苦しみが胸のあたりにおこった。

だが、中山は微塵《みじん》も面にあらわさず、おちつきはらって乗物におさまった。

乗物が紀州家をでたときから、急激に苦しみが中山をおそってきた。腹部、胸部に灼《や》けるような苦痛がおこり、やがてそれは耐えがたいものになっていった。

体がほてってきて、息ぐるしさに見舞われた。

鈴木、金森の両人もおなじ苦痛におそわれているのだろうと想像した。

きたるべき〈紀水相闘〉のときにそなえて、安藤はもっとも難敵と目した中山らに毒入りの御神酒をそそがせたのだ。しかも、これは中山も予測していたことであった。

刻々と呼吸がくるしくなっていった。

脂汗《あぶらあせ》が全身に噴きだしてきた。

中山はあえぎ、たまらなくなって胸をかきむしった。視力もだんだん弱まり、前が暗くなってきた。

我慢に我慢をかさねたが、頭の中がしだいにかすんで、思考ができぬ状態にまでちかづいた。

(だめだ)

ついに我慢の限界をこえた。中山は死の世界を目前に見た。

はげしくもだえながら乗物の中で昏倒《こんとう》した。

六

「ご家老……」

おぼろな意識の世界で、中山は自分を呼ぶ声をきいた。

昏倒してから何刻くらいたったのか、自分でもわからなかった。

霞のかかった視界に、一碧斎の顔が見えた。それとともに意識がかなりはっきりともどってきた。

「ご家老、お気づきになられましたか」

一碧斎の声をきいて、中山はことが計画どおりにはこんだことをさとった。

「毒物はことごとく吐瀉《としゃ》なされました。もう心配はございません。鈴木さま、金森さまも今しがた毒を吐きだされました」

「そうか」中山は安堵の色を見せた。彼は自分の屋敷の寝間《ねま》でやすんでいた。

「胃の腑《ふ》を洗浄いたす薬でございます。これをおのみくださいませ」

一碧斎はそういって茶碗《ちゃわん》に入れた湯薬《とうやく》をさしだした。

「お前の調合いたした薬はまことに効能抜群だ。ほめてやるぞ」

中山、鈴木、金森は紀州邸へでかけるまえに、一碧斎が西山荘で調合してきた抗毒の薬をのんでおいたのであった。

桔梗《ききょう》ヶ原《はら》

一

夕闇《ゆうやみ》がせまるとともに、山谷川《さんやがわ》に靄《もや》がわいた。

夕暮れの凪にながされ、靄は遊廓《くるわ》の中まで入りこんできた。

靄の中に雪洞《ぼんぼり》や提灯《ちょうちん》、灯籠《とうろう》などの明りがきらびやかににじんでいる。吉原仲《よしわらなか》の町《ちょう》はこの時刻からはなやかな賑《にぎ》わいになってくる。

遊客や地廻《じまわ》りたちがこのころからどっとくりこんでくる。茶屋や遊女屋の若い者や番頭などの出入りもはげしくなる。

仲の町の大通りは七軒茶屋をはじめ大所《おおどころ》の引手《ひきて》茶屋が左右にずらっと軒をならべており、遊廓の中でももっとも賑わいのはなやかなところである。

まして七月の一日からは、茶屋の軒に切子《きりこ》灯籠をつるし、それぞれ意匠をこらした鶴や松、霞などのつくりものを飾りつけるのを毎年の例としている。

おいらん、芸者、新造《しんぞ》、かむろたちの往来もさかんで、大江戸の賑わいと天下泰平をここに象徴している。

きょう七月十二日は、江戸市中さまざまなところに草市《くさいち》がたつ。明日からはじまる盂蘭盆《うらぼん》にもちいる間瀬垣《ませがき》・菰《こも》・筵《むしろ》・竹・苧殻《おがら》・粟穂《あわほ》・赤茄子《あかなす》・白茄子・紅の花・榧《かや》の実・青柿・青栗・蓮《はす》の葉・蓮華《れんげ》などを露店であきなうのである。

吉原では、仲の町に草市がたつ。

そのため仲の町の賑わいは普段以上のものとなる。吉原の草市では前記の草々のほかに、鬼《ほお》灯《ずき》が売られる。

この日に草市で鬼灯を買うことを、吉原の人々は年例としているのである。

靄が仲の町にながれこみ、はなやかな賑わいのさまがにじんで見える。靄の中に灯籠や提灯などの明りがうるみ、数間先は靄でとざされている。

人々のかわす言葉も靄の中からきこえてくる。こころなしか、その声までも語尾がにじんできこえるから不思議だ。

張見世《はりみせ》のすががきがながれてきた。三味の音色がはなやかさを一段とかきたてた。

今日も遊廓の人出は申し分ない。

これから大引《おおび》け（午前二時）まで不夜城の賑わいがつづくのだ。

「柳生《やぎゅう》さまだ」

「今日も、柳生さまのおでましだ」

そのとき、草市の呼び声にまじって、ゆきかう人々の中からささやきがきこえた。

見ると、大門《おおもん》をくぐってやってくる侍姿の数人づれが目に入った。

見たのは一目で地廻りとわかる町人である。

その地廻りは靄をすかして侍たちのほうをながめ、数人づれの侍がちかづいてくるのを待った。

「柳生厳延《よしのぶ》さま、今日も豪儀な遊廓がよいだ。柳生新陰流《しんかげりゅう》のご宗家が優雅な遊廓がよいをなさっておるのは、天下泰平のなによりの証《あかし》よ」

「結構なことじゃないか。つい先ごろ、紀州と尾張で天下をうばい合ったことがまるで嘘《うそ》のようだな」

そうささやきかわした男も地廻りのような風体《ふうてい》である。

遊廓には毎夜遊女屋をひやかしてまわる地廻りが、遊客とおなじくらいの数いるのである。

地廻りたちに名ざされた柳生厳延は尾張藩剣術指南役として、近年来ずっと江戸に滞在をつづけている。そして、月のうち何度かは取り巻きをひきつれて吉原がよいをしているのである。

なじみの引手茶屋は仲の町の富士屋。いうまでもなく一流の店である。

大門までは駕籠《かご》をつらねてやってくる場合がおおい。

厳延は草市をひやかしながらゆっくりと仲の町をあるき、富士屋へ入った。

「柳生さま、ようこそおはこびくださいました」

「毎度ごひいきに。お待ち申しあげておりました」

厳延が顔を見せると、店の主人や女将《おかみ》、番頭、若い者がとびだしてきた。番頭などは畳に面《めん》形《がた》をつけんばかりの挨拶《あいさつ》である。

富士屋で厳延がいかにいい顔であるかがわかる。

「お刀を」

女将のおふじが厳延一行の刀を丁重にあずかった。

それは遊廓のしきたりである。武士は引手茶屋か遊女屋でかならず刀をあずける。

引手茶屋は大見世へあがる遊客を案内するところである。客はまず茶屋へあがり、くつろいでなじみの遊女がくるのを待つ。その遊女の出むかえをうけて遊女屋へあがるのである。

厳延らは二階の奥のいちばん上等な座敷に案内された。

口あけ早々にいい客が入って、店の主人、女将、番頭などは上機嫌である。

待つほどもなく、仲居《なかい》たちが八寸《はっすん》に吸物椀《すいものわん》・硯蓋《すずりぶた》・盃台《さかずきだい》などをのせてはこんできた。

厳延一行も、むろん上機嫌だ。

富士屋の内芸者たちが三味線をかかえてにぎやかに入ってきた。

遊女がむかえにくるまで、一行はここで芸者や太鼓持ちを相手に酒を飲むのである。

仲居たちはまめまめしく膳《ぜん》や煙草盆《たばこぼん》などを持って座敷を出入りしている。

厳延らのなじみ遊女は女将も番頭もこころえている。引手茶屋から遊女屋に使いの若い者がはしる。

芸者が三味線をひきはじめ、太鼓が入ってきて、座敷はたちまちにぎやかになった。

客は五人。

太鼓がさっそく珍芸を披露して、座敷に笑いがおこった。

引手茶屋であそぶにしても、なかなかの豪遊である。富士屋でもこれだけの客はなかなかいない。厳延が大事にされるのも当然なのだ。

厳延は酒もいける。酌をされれば、かならず応ずる。

厳延の取り巻き連は、なじみの遊女たちの噂《うわさ》をしきりにはじめた。

それに太鼓や芸者たちがくわわった。

遊女たちの噂ばなしなら、際限なくつづけられる。

嬌声《きょうせい》が座敷に何度となくおこった。

酒の肴《さかな》はかまぼこ、とこぶし、玉ずさ牛蒡《ごぼう》、こはく玉子など。吸物も鴨《かも》のせんば煮などぜいたくなものだ。

入れかわり立ちかわり仲居が座敷に出入りしている。

客は仲居の出入りにはほとんど関心がなかった。彼らの関心といえば、遊女であり、芸者衆である。

四半刻《しはんとき》（三十分）ほどたったころ、年の若い仲居が木具膳《きぐぜん》をはこんできた。

新顔の仲居である。

店のそろいの仕着せを着た地味な風俗だが、容顔は美麗だ。しかも上品な立居である。

やや伏目がちに視線をおとしている。表情にはこころなしか硬さがある。

その仲居は視線をあげ、厳延をさがした。

座敷の上座にすわる厳延と一瞬、目が合った。

「あ……！」

そのとき、厳延の口からかすかに声がもれ、顔におどろきの色がかすめた。

が、仲居はまっすぐ厳延の前へすすんだ。

二

おどろいたのは厳延ただ一人である。

ほかの者たちは厳延がおどろいたことにさえ気がつかなかった。

仲居は厳延のまぢかまできた。

突発事がおこったのはその瞬後である。

その仲居が膳にのせた吸物の椀をいきなり発止《はっし》と厳延へむかって投げつけた。

吸物のあつい汁が厳延の顔にとんだ。

「兄の仇敵《かたき》っ」

仲居は甲高《かんだか》い声をほとばしらせ、身をおどらせた。

その手にはいつしか、抜身《ぬきみ》の懐剣がにぎられていた。

「無礼者っ、さがれ！」

厳延が叱咤《しった》した。

「柳生兵部助《ひょうぶのすけ》、覚悟！　姉小路《あねがこうじ》みよ、兄の仇《かたき》を討ちにまいった」

仲居ははっきりとそういいはなった。と同時に青畳を蹴《け》って、着物の紅絹《もみ》をひるがえし、厳延にむかって突っかけていった。

懐剣の刃が燭台《しょくだい》の明りにきらめいていた。

「何をいたすっ、慮外者！」

厳延はとっさに身をひねり、間髪の差で懐剣をはずした。

必殺の懐剣は惜しくも、相手の肩をかすめてながれた。仲居の体勢はくずれ、片方の手は畳をついた。

おみよは三年まえの夏、兄実次《さねつぐ》の仇を討つべく有栖川一平《ありすがわいっぺい》とともに日本堤《にほんづつみ》に厳延をおそったが、逆に厳延らにとらえられてしまった。尾張藩上屋敷《かみやしき》の蔵の中にとじこめられているところを、運よく一碧斎にすくいだされたのだった。その後のおみよは、一碧斎と霞九郎父子をひそかに後楯《うしろだて》にして厳延をねらいつづけていたのである。

「柳生、覚悟っ」

おみよは第一撃を仕損じながらも、強気にさけんだ。

もし厳延が大刀か脇差《わきざし》のどちらかでも身ぢかにたずさえていたならば、この瞬間、おみよは命をうしなっていただろう。ここが吉原の引手茶屋であったことが幸いだった。それがおみよのねらいでもあった。

厳延は大小のかわりに鉄扇をたずさえていた。

が、彼はそれをつかわなかった。

「性懲《しょうこ》りのない女めっ」

厳延はおみよの利き腕をむんずとつかもうとした。

女と見てあまくみたのだ。

おみよは女ながらも武術のこころえがあった。くるりと体を反転させて、厳延の腕の中からのがれた。

取り巻き連は呆気《あっけ》にとられたが、厳延の腕を信ずるばかりにすぐには手をださなかった。座敷にまぎれこんできた牝猫《めすねこ》の一匹くらい、始末するのに造作もないと踏んだからだ。

おみよの腕から懐剣はすでに叩《たた》きおとされていた。

おみよは厳延からややはなれたが、この場から逃げだす意思は毛頭見せなかった。彼女は厳延を討ちたおすこと以外かんがえていなかった。

それだけをかんがえ、おみよは今年のはじめから富士屋において厳延をたおすことを策し、仲居の仕着せまでひそかに用意して、今日の機会をねらっていた。今宵《こよい》、厳延が富士屋へくりこんだのを見てとって、たくみに店の勝手口から潜入したのであった。

厳延は素手になったおみよをいたぶるような目で見すえた。

取り巻き連は、厳延がどのような手立てでおみよをとらえるか興味をいだいて見まもっていた。柳生新陰流の宗家にたいして、女の腕ではあまりに非力すぎた。

さすがにおみよの顔面は蒼白《そうはく》である。しかも悲痛なまでに緊張していた。が、その顔にはふかい憎悪が燃えている。死んでもこの男には屈すまいとする恨みがこもっていた。

厳延が、やおら片膝《かたひざ》だちになった。

その一瞬、おみよは片手をすっと後ろにまわした。

「恨み、おぼえたか！」

甲高くさけんで、ふたたび厳延に突っかけていった。その手にはまた懐剣がひかっていた。

帯の結び目にもう一本懐剣が差してあったのだ。

懐剣の切っ先は厳延の衣を裂いて、片膝たてた太腿《ふともも》をななめに切った。

「むっ……」

厳延が顔をゆがめた。

痛みよりは油断をつかれた自分の不覚にたいする怒りであろう。

「死ぬがいい」

おみよはもう一度声をあげ、今度は厳延の胸板めがけてとびこんでいった。

けれども、厳延は二度の不覚はとらなかった。

十分余裕をもってはずした。そしておみよの利き腕の手首をたたいた。

「ああ……」

懐剣はおみよの手から落ち、畳につき立った。

そのとき、階段を駆けあがってくる男の足音がひびいた。

富士屋の仕着せを着た若い者が血相をかえて座敷にとびこんできたのである。

富士屋の若い者としては新顔だ。二階の異変を察して階下からとんできたのだろうと皆はおもった。

そのあいだに厳延はおみよの利き腕をぐいとねじあげていた。

おみよの顔が苦痛と屈辱にゆがんでいった。腕の関節を押さえられているので、あがけばあがくほど苦痛が倍加していく。

芸者や太鼓たちは逃げ腰になって立ちあがった者もいたが、足がすくんでうごけなくなっていた。

「主人を呼んでこい」

取り巻きの一人がとびこんできた若い者へいったとき、

「はなせ！」

その若い者は厳延をにらみつけてさけんだ。

若い者の眸《め》にも憎悪と怒りがひかっていた。

女とこの若い者とが一味であることがようやく一座の者たちにわかった。

「姉小路みよの助太刀《すけだち》、有栖川一平だ！」

一平は脇差を手にしており、それをぬきはなった。店には客からあずかった刀が刀架けに何本もかけてある。

「おまえのほうこそ、脇差を捨てろ。さもなくばおまえの許婚《いいなずけ》に傷がつくぞ」

厳延は丸腰だが傲然《ごうぜん》とこたえた。おみよが楯になっている。

いざとなれば、鉄扇一本で一平を相手にするつもりなのだ。

厳延の一喝で、さすがに一平のうごきがとまった。

「わたしにかまわないで。柳生を討ちとってください」

おみよは悲痛にいった。

一平は意気ごんでとびこんできたものの、進退に窮した。

「不具になるだけならまだいい。ころすのは簡単だ」

厳延はおみよが持っていた懐剣を畳からぬきとって、それを首筋にあてていた。

「ころされてもかまいません。おもう存分たたかってくださいっ」

おみよはふたたび甲高い声をあげた。それが本心であることはまちがいなかった。

一平の顔にためらいの色がうかんだ。

厳延はすっかり余裕を見せた。

その瞬間、一平がおもわぬ行動にでた。脇差を投げ捨てるように見せて、瞬間にぎりなおし、厳延へするどく斬《き》りかかった。

「うぬっ！」

厳延はおみよをつきはなし、懐剣を捨て、鉄扇で脇差をうけた。

「柳生厳延っ、勝負！」

一平はさらに一度、二度と斬りこんだ。座敷の中であるから、大刀よりも脇差のほうがあつかいやすかった。

取り巻きの連中は立ちあがり、両人をとりかこんだ。

そのうちの一人が座敷をぬけだし、階下へ駆けおりていった。あずけてある刀をとりにいったのだ。

脇差と鉄扇の闘いがつづいた。

一平は何度も大胆に攻めこんだが、ことごとく鉄扇で受けとめられた。

取り巻き連中はあえて手をださなかった。厳延がよもや弱輩の剣士におくれをとるわけはないとおもったのだ。

そのとき、ふたたび階段を駆けあがってくる音がひびいた。

今しがた駆けおりていった男が大刀を四、五口《ふり》かかえこんで座敷にとってかえしてきた。

それを追うように富士屋の主人と番頭があわてふためいてあがってきた。

「おねがいがございます。いかなる理由《わけ》かは存じませんが、ご双方ともお引きいただけませんでしょうか。明日からは盂蘭盆の精霊祭《しょうりょうまつ》りがはじまります。今日はその前夜でございます。茶屋の座敷を血でよごしましては罰《ばち》があたります。どうぞご遠慮ねがいます」

主人は座敷の敷居際にすわりこんで、必死の嘆願をはじめた。

もっともないい分だが、真剣勝負の両人には受け入れがたかった。

「おねがいでございます。座敷に血をながされては、以後お客が寄りつかなくなってしまいます。どうかお止《や》めになってくださいまし」

主人は両人のあいだに割って入らんばかりの勢いである。

「一平、主人の申すことはもっともだ。耳をかたむけてやらぬか」

厳延がいった。

「時と場所をかえよう」

再度厳延にいわれて、一平はおみよを見かえった。

緊張しきったおみよの顔がようやくうなずいた。

三

水戸藩の下屋敷としては向島《むこうじま》の小梅にあるものが世間でよく知られているが、もう一つは本郷にある。

加賀藩上屋敷の北どなりにそれはある。

下屋敷の北側は、小笠原信濃守《おがさわらしなののかみ》の屋敷と根津権現《ごんげん》の境内である。

境内にはいつも野良犬が数匹たむろしている。

滅多に人に危害をあたえることはないが、空腹や虫の居どころのわるいときなどに子供を追いかけまわしたりすることがある。そうしたときでも、とおりがかりの大人に一喝されればおとなしくなってしまう。

その野良犬たちは、水戸藩下屋敷の勝手からでる残飯をあてにして生きている。下屋敷の裏門は根津権現の境内に面している。野良犬がたむろしているところからは、裏門がまっすぐに見とおせる。

その野良犬は横着なものたちで、日中はほとんど昼寝をしている。よほどでないかぎり、そこから移動することはない。

そこは木の繁みや竹藪《たけやぶ》になっていて、残暑の日ざしをふせぐにもってこいのところである。ひろい境内の一画であるから、風通しも十分だ。

先日から、野良犬にまじって、乞食が一人棲《す》みついた。四十前後の年ごろの、男の乞食である。

暮らしぶりといえば野良犬たちとほとんどかわらぬ。

日中は竹藪の下で、うつらうつらと昼寝をむさぼっている。

食を乞いにあるくことはない。下屋敷の裏口からでる残飯を野良犬たちとともにあさるのだ。

夜も竹藪の下で寝る。雨や大風の日だけは、堂塔などの縁の下に避難する。

野良犬と乞食があらそったことは一度もない。彼らは共存ができるのである。

乞食は食いのこしの残飯を野良犬へあたえることもある。

犬が食いのこした残飯を乞食が平気で食うことさえある。

おたがい同類だという認識があるのかもしれぬ。

盂蘭盆があけた翌々日の昼さがり……、うたた寝をしていた乞食がふと瞼《まぶた》をひらいて、頭をる。


もたげた。

正面に見える下屋敷の裏口の潜《くぐ》りがあいたのだ。

そこから一人の女が姿をあらわした。まだ年若い女である。

乞食は竹藪の下から、じっと女に視線をそそいだ。

その女は数日まえ、吉原の富士屋で柳生厳延に果敢に勝負をいどんでいった姉小路みよである。


仇討ちの勝負は富士屋の主人の嘆願によって延期された。

乞食は丁度その夜から、境内の竹藪に棲みついたのである。

おみよと一平が吉原から立ち去ったとき、乞食は両人の後を尾行し、上野の山の先、七軒《しちけん》町《ちょう》のあたりで見うしなってしまった。そのあたりには旗本屋敷と寺院があり、その先に加賀藩の上屋敷と、水戸・小笠原の下屋敷が南北にならんでいる。

乞食は、二人の消えた先を水戸藩下屋敷だろうと読んだのであった。

はたして五日めに、おみよが出てきたのだ。

おみよは矢絣《やがすり》の奥女中姿をしているが、それは人目をあざむく変装だ。

乞食はむっくりと身をおこした。

おみよはさりげなく周囲を見まわし、南の本郷のほうへむかってあるきだした。

乞食は竹藪をぬけて、おみよを尾《つ》けはじめた。

おみよはあるきながら周囲を警戒している。

このあたりは坂のおおいところである。菊坂をまぢかにして、おみよはまた後ろをふりかえった。

まっすぐいけば湯島。菊坂へまがれば小石川にでる。

おみよは菊坂へむかった。かなり急な坂道だ。この坂道を胸《むな》つき坂ともいうのはそのためである。

坂の両側に長屋がいくつもならんでいる。これを盲長屋という。あんまや瞽女《ごぜ》ばかりが住んでいるからである。

坂をくだりきると、その先は旗本屋敷の一画だ。それがつきたところに、水戸藩上屋敷がある。

おみよは旗本屋敷の一画をぬけていって、水戸藩上屋敷の前にでた。

そして、上屋敷の裏門の潜りをぬけた。

乞食はそれをしっかりと見とどけて、夕方ちかくまで、その近辺でおみよを待ちつづけた。

彼女がふたたび裏門の潜りをあけて姿をあらわしたのは、暮れ六つにちかいころだった。

おみよは来たときと同様、矢絣の奥女中姿である。

彼女は昼きたとおりの道筋をとおって、水戸藩下屋敷へかえっていった。

乞食はそれをはっきりと確認してから、根津権現の境内へはもどらず、夕暮れから宵にいたる道を市《いち》ヶ谷《や》へむかっていった。

むろん乞食は手ぶらである。乞食が提灯などさげるわけもなかった。

乞食は市ヶ谷御門の手前を左内坂《さないざか》へまがり、坂道をのぼって尾張藩上屋敷の裏門の前に立った。

「富士に鷹《たか》」

乞食は門番にむかって合言葉をいった。すると裏門がしずかにひらき、乞食の姿がその中へ消えた。

乞食はそのままの風体《ふうてい》で屋敷の中をあるいた。

とおりかかった藩士が奇異の眼をむけたが、乞食はいっこうに平気である。

そして、御長屋《おながや》の前に出た。

乞食は御長屋のいちばん端の戸口をちいさくたたいた。

「誰《だれ》だ」

中からひくい陰惨な声がひびいた。

ややあってから、杉戸が音もなくひらいた。

天上の満月がその男の顔に光をふりそそいだ。

気持のわるい顔である。顔のおよそ半分は赤茶色のアザにおおわれ、皮膚はただれてひきつっていた。アザになっているほうの右の目はつぶれ、のこったほうの目が異様な光をはなっている。

「柳生様」

乞食が声をかけた。

アザの男は厳延の息子柳生左馬助《さまのすけ》である。三年前、上屋敷の蔵にとじこめておいたおみよに薬玉《くすだま》を投げつけられて、うかつにもこのような無惨な面相になった。

「兵衛《ひょうえ》か」

左馬助は乞食を見てつぶやいた。乞食は赤犬の柘植《つげ》の兵衛であった。

「おみよと一平の隠れ場所がわかりました」

兵衛が小声でいうと、左馬助は無言で顎《あご》をしゃくった。

左馬助の部屋には行灯《あんどん》すらおいていない。左馬助は顔にアザを負ってから、あかるいところをこばむようになった。滅多なことでは昼間、出あるかない。夜も行灯や蠟燭《ろうそく》をつかわないのである。

闇の中で二人はむかいあった。

「おみよと一平はどこに?」

左馬助は憎悪をこめた声でたずねた。

「水戸藩の下屋敷。本郷のほうでございます」

「水戸藩、下屋敷……」

左馬助はつぶやくようにひくい声で復誦《ふくしょう》した。

赤犬の頭領山岡重阿弥《じゅうあみ》は、かつて柳生厳延の門人であった。ほとんどすべての赤犬に厳延の息がかかっているのである。

四

根津権現の境内に闇がおとずれて二刻（四時間）以上たった。

この時刻になると、境内は物音もしない。

竹藪には数匹の野良犬がしずかにねむっている。

境内の奥の森からときたま夜鳥の鳴く声がきこえてくるくらいだ。

竹藪の内では、犬の群れにまじって身をよこたえた男が闇の中で目をあけ、耳をすましていた。

赤犬の兵衛である。

こんなとき、兵衛は本当に自分が犬になったような気がする。聴覚も嗅覚《きゅうかく》もとぎすまされてくるのだ。

頃合《ころあい》を見はからって、兵衛はやおら起きあがり、鳥居のほうへあるいていった。

鳥居の影にへばりつくような影が見えた。

「鳥兜《とりかぶと》の宇之吉《うのきち》」

兵衛は小声で呼びかけた。

「柘植の兵衛だな」

影から声がかえってきた。

「よくきてくれたな。手を貸してくれ」

「力になろう」

宇之吉も赤犬である。宇之吉は和歌山で死んだ槐《えんじゅ》の乙吉《おときち》の弟である。渾名《あだな》の鳥兜は有毒な植物であり、彼は毒薬の調製に妙を得ている。

「柳生様から仕事をたのまれた」

「父か息子か」

「うむ、まあ双方だ」

「そうか、いずれでもよいわい」

赤犬は、役職からいえば、尾張藩御側足軽《おそばあしがる》である。職務は藩主ないし家老からの命令でうごくものだ。

しかし柳生父子となれば、剣術の師匠筋であるから、たのまれてこばむわけにはいかぬ。しかも、それについての手当をくれる。

「相手は水戸か？」

「そうではないが、相手が水戸の屋敷にかくまわれている。場合によっては、水戸との喧嘩《けんか》になるかもしれない」

境内の外の闇の中にしずむ水戸の屋敷を見て兵衛はいった。

「仕事は？」

「盗みだしたいものがある」

宇之吉はしばらくかんがえ、

「人間だな」

ずばりきいた。

「そのとおりだ」

兵衛はうなずいた。

両人はここで赤犬の忍び装束《しょうぞく》に身をかためた。

柿色の装束が闇の中にとけこんだ。

兵衛は竹藪の中からたずさえてきた竹竿《たけざお》をつかって、水戸藩の下屋敷へ塀ごしに侵入した。

宇之吉もおなじ竹をもちいて身をひるがえし、下屋敷の中へおり立った。

水戸藩には赤犬の競争相手というべき黒犬がいる。が、この下屋敷にはふだん黒犬は滅多に徘徊《はいかい》しない。

それくらいの調べはついていた。

兵衛はすでに昨夜、下見に侵入していたのである。下屋敷の内部の様子はほとんどつかんであった。

闇の中を両人は慎重にすすんだ。

木戸を一つこえると、そのむこうはひろい庭園になっている。

樹木がおおく、大きな池があり、立派な花畑もある。馬場や矢場、剣道場、槍道場《やりどうじょう》、土俵などが完備されている。ないのは鉄砲場くらいだ。

兵衛と宇之吉は御殿へちかづいていった。

下屋敷は藩主やその家族が静養などにつかうのを第一の目的としている。御殿はそのときのものである。

したがって下屋敷は上屋敷と構造がちがう。

御殿の真うしろに御長屋が三棟たちならんでいる。

「あそこだ」

兵衛は左端の御長屋を指さした。

御長屋は三棟とも、すでに雨戸が閉ざされている。

二人はしばらく周囲の様子をうかがった。下屋敷にもたいてい夜廻《よまわ》りや宿直《とのい》がいるものだ。

兵衛と宇之吉は左端の御長屋の前にちかづいた。

「いちばん奥の部屋に、女がいる」

「おみよという女だな」

厳延が姉小路みよという公家娘《くげむすめ》に兄の仇としてつけねらわれていることは宇之吉も知っていた。

「有栖川一平という若い剣術家の許嫁《いいなずけ》がいるが、一緒には住んでいない。一平はとなりの長屋にいる」

「おれが、女をさらうんだな」

宇之吉がいった。

「おれは男にそなえている」

兵衛はこたえた。

「こころえた。まちがいなくかつぎだしてこよう」

宇之吉の言葉には確固とした自信がひそんでいた。

宇之吉は空き部屋をさがしていった。空き部屋から侵入して、おみよのいる部屋にせまろうという策だ。

やがて空き部屋が見つかった。宇之吉には屋内に人がいるかどうかの区別が簡単につく。

宇之吉は空き部屋の雨戸をはずし、中へ姿を消した。

空き部屋から天井へもぐりこみ、宇之吉はおみよのいる部屋の天井裏へでた。

天井板の隙間《すきま》から下をのぞき見ると、有明行灯《ありあけあんどん》がかすかに光をはなっている。

天井板を一枚ずらし、部屋の隅に音もなくおりた。

おみよは顔を横にむけてよく寝入っている。

部屋には香の匂《にお》いがふんわりとただよっている。

えもいわれぬ匂いに、宇之吉はややこころをみだされた。仕事でなければ、このまま有無を
いわさず夜具の中にもぐりこんでしまうところだ。

あわい明りに照らされたおみよの顔に宇之吉は見入った。

そして懐中から手拭《てぬぐ》いをとりだした。

さらに貝殻に入れた練り薬を袂《たもと》からだし、手拭いにぬりこんでいった。

おみよは何も気づかず、かるい寝息をたてている。柳生流宗家にたいして仇討ちをいどんでいく気性のはげしさと意志のつよさはうかがわれぬあどけない顔だちだ。

宇之吉はためらいを断ちきるように一瞬目をとじ、それからきびしい表情にもどり、おみよの顔に手拭いをかぶせていった。

五

暗い部屋の中に香の匂いがながれた。

闇の中で梅の香《か》をかぐようなこころもちである。

左馬助は大きく息を吸いこんだ。

「では柳生様、たしかにおわたしいたしました」

そういったのは兵衛である。

「ご苦労だった。まちがいなくおみよを受けとった」

左馬助はひくい声で応じた。

兵衛が部屋から立ち去っていくのをおぼえながら、左馬助は自分の中に陰惨なよろこびがみちてくるのを感じた。

おみよを追いつづけてとうとう三年目にとらえることができた。この三年のあいだ、おみよをとらえることだけが生き甲斐《がい》だった。

その生き甲斐をついに手に入れたのだ。

闇の中で左馬助は一人にたりとわらった。

おみよの匂いがする。部屋の中にあまずっぱい女の匂いがみちていた。

左馬助は息をいっぱいに吸いこんだ。いい知れぬ快感に酔いしれた。

闇の中でも、左馬助はおみよの顔を見ることができた。おみよの肉体を想像することもできた。

憎悪と淫欲《いんよく》が同時にわきおこってきた。

おみよは意識をうしない、昏々《こんこん》とふかい眠りにおちている。宇之吉が調製した眠り薬にやられたのである。

左馬助におみよの寝息がきこえた。

憎悪と淫欲がかぎりなくたかまってきた。たまらぬまでに官能がしびれた。

左馬助はおみよの胸へ手をのばした。

胸は平常の鼓動をたてている。

左馬助の脳裡《のうり》におみよの裸身がうかびあがった。

三年前、尾張藩上屋敷の蔵の中で見たおみよの姿がいまだに消えずに脳裡にのこっていた。

左馬助は乱暴に女の胸の衿《えり》を左右にひきはいだ。

手をさしこんで、乳房を一つ一つひきだした。

掌の中にたおやかな感触がひろがっている。

おみよは今や完全に左馬助のものだ。左馬助の意思のままである。

片方の乳首をくわえて吸いこんだ。

おみよがかすかに吐息をもらしたような気がした。

左馬助は乳首に歯をたてた。

食いちぎってのみこんでしまいたい衝動にかられたが、あやうくそれをおさえた。ころしてしまうのは左馬助の憎悪がゆるさぬ。

おみよをここにはこびこませたのは、彼女に生涯の苦痛をあたえるためである。

おみよの裾をはいで、荒々しく下肢をむきだしにしていった。

両足を立て、左右に割った。

左馬助は足のあいだに割りこんだ。

おみよはすこしもあらがうことがない。左馬助のおもいどおりに従順になっている。

左馬助はつき立て、つきぬいた。

ついに本望を達した。

どんな振る舞いをしても、おみよはあらがいはしない。

左馬助は自分の意思のままにおみよをあつかった。

意識のない女体がやがて反応しはじめた。感じてきたのか、自分から腰をうごかしだした。

驚異のおもいで、左馬助は女を責めた。

責めれば責めるだけ、おみよは反応した。

左馬助は随喜をおぼえた。三年ものあいだひたすら追いつづけた甲斐はあった。

おみよを征服しているよろこびに酔った。

おみよの息がみだれ、あえぎだした。かすかに声をだしている。

意識がないだけに、女は本能のままに反応している。なまじな羞恥心《しゅうちしん》は捨ててしまっているのだ。

（公家の女がどんなみだれようをするか……）

そんな妄想が左馬助にいっそうの刺激をかきたてた。

女の腰の振りがしだいに大きくなった。無意識に左馬助の背に両腕をまわしてきた。

あえぎぶりもはげしくなった。わけのわからぬ声をもらしつづけた。

おみよは一平に抱かれているものと錯覚しているのかもしれぬ。

泣きじゃくるような声にかわった。

その声に左馬助はいっそうふるいたった。

女は泣きながらもとめ、左馬助はそれに応じた。

そして、頂上にちかづいた。左馬助は一気に駆けあがった。

女はまだのぼりつめていた。

左馬助がはなれてからも、おみよのあえぎはつづいている。まだ抱かれているものと錯覚しているのだ。

立ちあがって、左馬助は女を見おろした。外からの夜気がぼんやりとさしかけて、女の顔がかすかにほの白く浮かんで見えた。
もうぼつぼつ意識をとりもどすころだとおもった。
左馬助はしずかに部屋をでて、勝手へまわった。
勝手では七輪《しちりん》に薬缶《やかん》がかかっている。
湯が煮えたぎって、音をたてている。
左馬助は薬缶を持って、部屋にとってかえした。
おみよのあえぎはようやくしずまっていた。
おみよはおみよのそばちかくまできた。
左馬助はまだ死んだように長々とのびている。
女の顔の位置をたしかめた。
そして薬缶の湯をそそいでいった。容赦なくそそいだ。
魂消《たまげ》るような悲鳴があがって、それは長々とつづいた。

六

桔梗《ききよう》ヶ原《はら》に秋の七草が咲きはじめていた。
とりわけ、その名のごとく桔梗がうつくしく咲きみだれている。
払暁《ふつぎよう》の六つ前、七草は露をいっぱいふくんでいる。

桔梗ヶ原は千駄木《せんだぎ》の雑木林につづく原である。

今日、おみよと一平が柳生厳延と決闘をおこなう約束の日である。

払暁の中にたたずむ男女二つの影がある。

おみよと一平である。

二人とも襷《たすき》をし、白い鉢巻をしめ、一平は袴《はかま》の股立《ももだ》ちを高くとっている。

それを雑木林の中から見まもる男の影が二つ。

「おみよ様はご無事でございましたな」

ささやいたのは雑木林の中の雲居《くもい》の小弥太《こやた》である。

「うむ」

霞九郎が返事をした。

「赤犬がつれ去りましたのは？」

「おれが尾張の屋敷からつれだした奥女中だ」

「左馬助はそれをおみよ様とおもいこみ……」

「左様」

「気の毒でしたな、その奥女中」

ささやきをかわしていると、桔梗ヶ原の反対側にぽつんと一つ、人影がにじむように浮かびあがった。

その男は力づよい足取りでおみよと一平のほうへちかづいていった。

「柳生厳延……」

「うむ」

小弥太と霞九郎は小声でかわした。

「助太刀は？」

「きっと左馬助がくるだろう。左馬助はおみよが替玉だったのを、後から知ったはずだ」

霞九郎と小弥太はしらじらと明けそめてきた桔梗ヶ原の三人を凝視しつづけた。

野風が立ちはじめた。その風に秋の草がゆれ、露が消えた。

おみよと一平も厳延の姿をみとめて、そちらへむかっていった。

折りから朝日の光が東天を染めはじめた。

キイッ　キキイッ
鵙《もず》のするどい叫びがあがった。

寛永寺日月院《じつげついん》

一

夜ごと月の出がおそくなってきた。

初月《しよげつ》（八月一日の月）から五日月《いつかづき》（八月五日の月）ごろまでは、夕暮れに月がでて、夜になるともう西空にしずんでいた。それが名月（八月十五日の月）がちかづくにつれ、すこしずつおそくでて、おそくしずむようになってきた。

黄昏《たそがれ》のほのぼのとした趣《おもむき》に清澄な雰囲気がくわわって、一年をとおして月がもっとも美しい季節にさしかかった。

その月の光が小石川の安藤屋敷の甍《いらか》を黒々と照らしている。

虫のすだく音《ね》が邸内の庭にみちている。

屋敷は一か所の例外をのぞいて、すでにことごとく雨戸が閉ざされていた。

例外は主人飛驒守《ひだのかみ》の居間である。

十一夜月をながめようものと、風流なこころから雨戸をあけはなっているわけではなかった。さしもの安藤も、このところねむられぬ夜がつづいていた。

安藤は将軍位争奪戦のかがやかしき勝利者であるが、戦いの後始末に彼は懊悩《おうのう》しつづけていた。争奪の戦いよりも、その後始末のほうがかえって安藤には難問であった。

水戸藩への返事の期限はあと三日にせまっていた。

しかし、水戸藩を満足させる返答をするだけの用意はなにもなかった。観月どころではなかったのだ。

しかも、安藤にはこころ待ちにしているものがあった。

それを待って、当てもなく雨戸をあけていた。

（…………）

そのとき、かすかに聴覚にうったえてくるものがあった。

庭の虫の音がいっせいにやんだ。

近年めっきり足腰におとろえをおぼえていたが、さいわい視覚、聴覚、嗅覚《きゆうかく》におとろえはなかった。

安藤は手をのばし、すでに冷えきった茶碗《ちやわん》の湯をのみほした。

しばらく待っていると、庭木戸をとおって宿直《とのい》がちかづいてきた。

「殿、お城からご使者が」

「お通しいたせ」

安藤はこたえた。

お城からといえば、将軍の使者と解してさしつかえなかった。安藤がこの何日か待ちつづけていたものである。

宿直が去ってから間もなく、やはり庭木戸をとおってちかづいてきた影法師が月光の下に立った。

影法師は面体《めんてい》をかくすために頭巾《ずきん》をかぶっている。

「安藤様、不時におたずねいたし申しわけございません」

将軍の使者にしては腰のひくい挨拶《あいさつ》である。

「いや、加納《かのう》、ご苦労。まああがれ」

使者は御側御用取次《おそばごようとりつぎ》加納角兵衛《かくべえ》である。加納と有馬四郎兵衛《ありましろうべえ》は幕臣にとりたてられ、そのお役をこうむってからというもの、ずっとお城泊まりをつづけていた。

安藤はその加納にたいして、待っていたとはいわなかった。

「上様がご心痛をお寄せになっておられます。安藤の爺《じい》がさぞ弱っておろうと」

加納は安藤の居間にすわってからいった。

「上様が、そうおっしゃられてか」

「一度や二度のことではありませぬ。何度となく」

「左様か」

「水戸の申し分を一つくらいきいてやろうか、ともおおせでございます」

加納がいったとき、安藤の表情がわずかにくもった。

「上様が左様なことを……」

「それでなくては安藤様のお立場がなかろうと」

と加納がいうと、安藤の顔色がいっそうけわしくなった。というよりも、苦渋の色さえ浮かんだ。

「上様は将軍におなりあそばされてこころに曇りが生じたのではなかろうか」

「………」

「はやくも上様のこころのうちにご油断がめばえたのであろうか。それとも初心をおわすれになられたか」

加納は返答に窮した。

「安藤様、それはどういうお言葉でござりましょうか」

しばし間をおいてから加納はたずねた。

「加納、その方まで、御側御用取次という重職にとりたてられて、こころにゆるみが生じたものとおもわれる」

安藤は将軍最高の側臣を、その方と呼び捨てた。それは加納との紀州藩時代の立場が尾をひいているのだから、仕方がない。

「そのようなおぼえはつゆござりませぬが……」

加納も安藤にたいして旧来どおり上長への礼を失しなかった。

「水戸藩がどのようなことを求めておるか知らぬその方ではあるまい」

「知らぬわけはございませぬ。紀水同盟にさいしまして、わたしも微力ながら働かさせていただきました」

「しからば、水戸藩の求めに幕府として応じられぬこと百も承知であろう」

安藤は頭ごなしにいった。

「はっ、いかにもそれは……」

加納は以後を絶句した。

安藤は政治のもっとも基本的なことをいっている。しかもそれは幕府の立場を顧慮していっているのだ。

「いかにも水戸の申し分は紀州も同意してのこと。紀水同盟の誓紙にもしるされておることじゃ。だからといって、それに応じるのは幕府の政治の上から難儀なことだ。御三家として紀州、尾張にも大きな異論があろう」

紀水同盟をむすんだ当事者がそういうのであるから、これこそ筋からいえば暴論である。が、安藤の立場からすれば至極《しごく》当然の論理なのだ。政治も戦《いくさ》であるという考えから発している。

「ごもっともにござります」

「第一に、水戸家を公に副将軍といたせば、今までの幕府と諸藩の体制は根こそぎくつがえされるおそれがあろう。将軍が幼少のとき、あるいは力量がおとるとき、副将軍に幕府を乗っとられるおそれが十分にある」

安藤は水戸藩の求めに応じられぬ最大の理由をのべた。水戸藩がつよくなりすぎるのは困るのだ。

「左様にございます」

「ついで、水戸三十五万石を五十万石に加増いたすにしても、どこから十五万石をひねりだすかじゃ。すでに天下の封土《ほうど》は目いっぱいに分かたれておる。水戸に十五万石増加いたせば、どこかを減封《げんぽう》いたさねばならぬ。さらに御三家をくらべれば、尾張六十二万石、紀州五十五万石、水戸五十万石となり、これでは長幼、家格の順序、筋目がたたなくなる」

「いかにも……」

「最後に極位極官《ごくいごっかん》のこと。三家ともに従二位大納言となれば、幼長・家格はまったく同等となる。紀州としても尾張としても、これは絶対にみとめられぬ」

「いかさま左様で」

紀州家の論理として、安藤のいい分はまことに正当である。水戸藩の要求はとてものことにのむことはできぬ。

だがしかし、これを三年半前にきめたのは安藤自身であり、吉宗はそれをみとめたのである。

「水戸の求めに応じることいっさいまかりならぬ。上様へもかようおつたえいたせ。いかような事情《わけ》がおころうとも、水戸の求めは断じてつぶすべきである。情は禁物《きんもつ》じゃ」

論理の逸脱はあるにしても、安藤の言葉には政治上の説得力が重石《おもし》になっている。さらに老いたりとはいえ気迫がある。加納にはその論理をくつがえすものがなかった。

「しかとそのように、上様にたいしお取りつぎ申しあげます」

加納は安藤の前に両手をついて言った。

二

同月同夜の月を中山備前は、安藤坂をへだてた小石川の水戸藩上屋敷の家老屋敷でながめていた。

時刻はすでに三更《さんこう》（午前零時ごろ）に入っている。

月は大屋根の上にかかっていた。今夜はもうほとんど望月《もちづき》といっていい。

しずけさの中で、月にむかって遠吠《とおぼ》えする犬の声がきこえた。

将軍宣下《せんげ》の式典は明後日にせまっている。

中山が誓約の履行をせまったのにたいして、安藤は将軍宣下の日を期限とすると回答した。

中山はその回答を、おのれの死を賭《か》けて得た。

が、その後、幕府からも紀州家からもなしの礫《つぶて》である。

（あと二日……）

とはいっても、明後日は将軍宣下の当日であるから、実質的には明日の一日しかのこっていない。

中山はぎりぎりの土壇場に追いつめられている。

紀水同盟をむすんだのは、ほとんど彼の意思である。

そして同盟の誓約にしたがって、水戸藩は忠実にことを履行した。

今後は紀州藩の履行を待つばかりである。水戸藩は大きな期待をかけている。

もし履行がされなければ、中山はおろか水戸藩の立場はない。御三家の面目も失墜したことになる。

中山が責任をとればすむ問題ではないのである。

中山はじっとすわっていることができなくなって、最前から庭にでていた。

紀州藩と将軍吉宗の出方は幾通りか想像することができる。中山はその一つ一つについてかんがえていた。

紀州藩にはなんといっても古狸《ふるだぬき》安藤がいる。この存在がじつに大きい。

現在のところ、紀州藩をうごかし、さらに将軍をもうごかしているのは安藤である。

安藤の権謀術策が吉宗を将軍位につけた、とはっきりいえる。

その安藤が今後は水戸藩にたいしてどのような権謀をめぐらしてくるか。

正直にいって、中山は安藤をおそれていた。中山の認識の中で、安藤は敵にまわすともっとも手ごわい難敵である。

その最強の敵と水戸藩の存亡を賭けて闘う状況が刻々とせまっていた。できるなら、安藤との戦いは避けたいところだが、状況は好まぬ方向へ着実にすすんでいる。

犬の声がまたきこえた。

語尾をながくのばした声が、まるで狼《おおかみ》の遠吠えのように不気味に感じられた。

庭はほとんど闇《やみ》の中にしずんでいる。月の光と石灯籠《いしどうろう》の明りでぼんやりとあかるくなっているところがある。

それは前方の植込みのあたりだ。

その明りの中をすっと黒い影がかすめた。

（いるな……）

と中山はおもったが、それを無視した。

もう何日も前から、中山の周囲をうかがう影がある。

それに気づいてはいたが、あえて追うことはしなかった。

その影は中山に危害をくわえようという意図は持っていないのだ。

中山は月の光の下をしばらく散策した。

そのとき、天上を一条の流星が糸のように尾をひいてながれた。

天の川が長々と帯をといたように横たわっている。

「霞九郎」

中山はつぶやくようにひくい声をもらした。横手の木立ちの根元でかすかに影がうごめくのを感じたのだ。

返事はなかった。

が、かわりに影が二、三歩ちかづいてきた。

「もっと、ちこう」

というと、影はさらに数歩ちか寄った。

月の光の中に照らしだされた人物はまぎれもなく霞九郎である。

「一碧斎《いっぺきさい》の指金《さしがね》か」

問うたが、霞九郎は返事をしなかった。

「では、殿の……」

あらためてきくと、かすかにうなずいた。

「余計な世話、とはいわぬが、とんだ取りこし苦労だ」

中山はおもわず苦笑をうかべた。

いかにも綱條《つなえだ》らしい。綱條は中山が紀水同盟の責任を感じて詰め腹を切ることを心配しているのである。

「腹を切ってすむことではない。もしおれが腹を切れば、誰《だれ》かがおれにかわって役目をつとめねばならぬ。ほかの誰かがやるよりも、おれのほうがましであろう」

中山は闇へむかってつぶやいた。それだけのつよい自信を持っているのだ。

「左様にございます」

霞九郎がはじめて声をだした。

「中山の家は初代のとき、権現《ごんげん》様が水戸家におつけあそばされた。以来代々付家老《つけがろう》をつとめておる。主家の危難をまずおのれで背負わねばならぬ」

中山は気負っていっているのではなかった。中山家の立場と、その家に生まれた者の宿命をいっている。

「ご家老がお腹をお召しになられましても、なんの甲斐《かい》もございませぬ。ただ安藤をよろこばせるだけのことでございましょう」

「いかにも」

霞九郎は中山がおもっているとおりのことを言葉にした。

「しかし、殿様は、万一のことをご心配なさっておられます」

綱條は律義《りちぎ》で誠実な性格であり、儒教的影響を色濃くうけてそだった藩主である。権謀術策をこととする修羅場《しゅらば》の政治闘争には不向きな人柄なのだ。

だからこそ、水戸藩は付家老の中山がささえてゆかねばならぬ。

「霞九郎、おれの見張りはもう今日かぎりにいたせ。お前にはもっと大切なお役目があるはずだ」

中山はきびしく命じた。

「ははっ」

「殿には、おれから申しあげておく。お前は紀州のうごきをさぐっておれ」

「おそれ入りましてございます」

「すでに水戸に紀州者が潜入しておるやもしれぬ。こころしてお役目にはげむがいい」

「承知いたしましてございます」

霞九郎は深々と頭をさげた。そして、闇の中に姿を消していった。

中山は一人のこって、また月をあおいだ。

明後日、将軍宣下をおえた夜、どんなおもいで十三夜の月をながめることになるだろうかと考えてみた。

霞九郎は去ったが、綱條がそのまま中山から目をはなしているはずがない。霞九郎にかわる人物が今後は中山の動静をうかがうことになるだろう。

三

八月十三日正午――

江戸城の触れ太鼓が打ち鳴らされた。将軍宣下の大礼のはじまりが告げられた。

この日、江戸は暁からにわかに風がおこり、夜が明けはなたれるとともに西の空に暗雲がたれこめた。

吉宗の将軍就任にいたる経緯《いきさつ》の不明朗な紆《う》余曲折《よきよくせつ》を物語るものか、それとも今後の波瀾《はらん》を暗示するものか、天候ははじめから荒れ模様である。

その後、時刻がうつるとともに風はつよくなり、正午前には暴風の気配を見せてきた。

大礼は悪天候をついて挙行された。

京都からすでに勅使、副使、院使、皇后使が江戸に下向しているのである。

将軍吉宗は右折れの烏帽子《えぼし》、衣冠束帯《いかんそくたい》の正装に身をつつんで、城中大広間の上段に着座した。下段右には老中、左に御三家ならびに溜詰《たまりづ》めの大名、その下に若年寄がおなじく正装に威儀をただしておごそかに居ならんでいる。

さすがに、大広間にはぴいんと緊張した空気がながれていた。

将軍宣下の大礼は鎌倉時代をはじまりとする。徳川幕府においては、慶長八年（一六〇三）、家康が伏見城においておこなったのが嚆矢《こうし》である。二代秀忠、三代家光の襲職のときは、江戸を出発し二条城に入って大礼を挙行した。江戸城においておこなうようになったのは、四代家綱からであった。

そのとき、吉宗が上段をおりて、中段正面にさがった。

勅使および副使、院使、皇后使が参入してきたのである。

地下《じげ》の者が庭から、

「御昇進、御昇進」

と二声かけた。

これが告使の儀である。

その後、副使が宣旨《せんじ》を覧箱《らんばこ》に入れて、官務へわたした。

官務は数歩すすんで、高家《こうけ》へさずける。

高家は将軍の前まできて、これをうやうやしく将軍へさずけた。

その宣旨は、征夷大将軍《せいいたいしょうぐん》、右近衛大将《うこんえたいしょう》、淳和奨学両院別当《じゅんなしょうがくりょういんのべっとう》、右馬寮御監《うまりょうごかん》、さらに源氏の長者に任ずる旨をしたためた五通である。

これが宣旨頂戴《ちょうだい》の儀である。

さらに老中が宣旨を御納戸構《おなんどがま》えにおさめ、ついで高家はその覧箱をとり、奏者番《そうじゃばん》へおごそかにわたす。奏者番はこれに砂金を二包み入れて、官務にさずける。

その後、副使がまた、内大臣に任じ、随身兵仗《ずいじんへいじょう》をゆるし、牛車《ぎっしゃ》をゆるす……、等の宣旨を入れた覧箱を高家にさずける。

これらの儀式がおわると、勅使はさらに禁裡《きんり》から祝儀としておくる太刀、目録を将軍へさずけ、宣下の大礼はつつがなくおわった。これに要した時間はほぼ一刻（二時間）であった。

勅使、副使、院使、皇后使等は高家にみちびかれてしずしずと退場していった。

ここに吉宗ははじめて名実ともに八代将軍として認知されたのであった。

これ以後、譜代《ふだい》、外様《とざま》らの諸大名が登場してきて、祝賀をもよおすのである。

そのころ、暴風はややおさまったかに見えたが、なお天候は波瀾を予想させるものであった。

まず最初に御三家が大広間に入った。

江戸城中における御三家の詰め所は大廊下上の部屋である。

そこにおいて、綱條はあらたなる紀州藩主宗直《むねなお》と対面した。

大廊下上の部屋に入ったとき、綱條は戸惑いをおぼえた。ふだん自分が詰める場所に、すでに人がすわっていたからである。

それが宗直であった。

この部屋をつかえるのは御三家の当主にかぎられている。しかも詰める場所はとくに決められているわけではないが、おのずからしきたりにしたがっている。

官位の先任の者、年齢の高い者が上座に詰めている。禄高《ろくだか》や藩祖の長幼ではきまらない。従来でいえば、綱條、吉宗、継友《つぐとも》の順であった。

年齢は圧倒的に綱條が上であった。しかも中納言任官は綱條がもっともはやい。

吉宗が宗直にかわってからは、綱條、継友、宗直の順になるのが筋だ。

綱條ははじめ、宗直が勘ちがいをしているものとおもった。大廊下上の部屋のつかい方のしきたりについて、まだなじんでいないのだろうと想像した。

詰め所の席順などということは制度上のことでもなければ、法的なことでもない。御三家同士、親類間のしきたりの問題である。

大したことでないといえば、たしかにそうだ。

が、綱條は朱子学によってそだってきているので、正閏《せいじゅん》、名分、長幼、筋目などについてこだわりを持つ。

「紀州殿、お席がちがう」

綱條は宗直の前へいって、やわらかくいった。

綱條は宗直が勘ちがいに気づいてあわてて席をゆずるだろうと想像し、気の毒におもっていた。

が、その想像ははずれた。

「いや、おかまいなく」

宗直はそういって綱條を無視した。

さすがに綱條が顔色をくもらせた。

「紀州殿、お席をまちがえなく」

それでも綱條は息子にさとすようにいった。彼と宗直とのあいだには親子ほどの年の差がある。

「そこのお席が空《あ》いておりましょう」

ところが宗直は臆《おく》するところなく、綱條に末席を指さした。

彼のとなりにはすでに継友が場所をしめていた。

「紀州殿は、任官早々のことゆえ、この部屋のしきたりについてご存じないのでござろう」

継友が見かねて、言葉をはさんだ。

将軍位を賭けて三家は血みどろの戦いを展開してきたが、それはあくまでも水面下での暗闘である。表むき御三家は将軍家の親族として、おたがいにたすけ合い、将軍をもりたてる立場にある。

「わたしがまいったとき、まだ尾張殿も水戸殿もおいでてなかった。それでこの場所をつかわせていただきました。他意はございませぬ。座順などにはこだわっておりませんでした。以後あらためましょう」

と宗直はいって、うごこうとしなかった。すでに荷物などを持ちこんでいるため、これからうごくにも簡単ではなかったのだ。

綱條もそれ以上固執するのをひかえたが、宗直の傲慢《ごうまん》さにはゆるしがたいものをおぼえた。将軍家の実家《さと》であるという意識が宗直の鼻の先にぶらさがっている。

（青二才め！）

継友の顔にも宗直への反感があらわれていた。

「お城にはお城のきまりごと、詰め所にもまた詰め所のしきたりがござる。紀州殿にもおいおいお慣れになるであろう」

綱條は若き紀州藩主をたしなめるようにいった。

宗直が従三位中納言に任官したのはつい最近のことである。先輩先任の親族の中納言二人にたいして気負いをいだいていたのはまちがいない。

「若輩未熟の者ゆえ、両中納言殿にたいして失礼があったこと、お詫《わ》び申しあげます。今後よろしくご教示のほどおねがいいたしまする。さりながら、紀州藩においてはこのたび藩主がかわりましてより、諸般にわたって変換《へんが》えがおこなわれることになりましょう。先代においておこないましたることは必ずしも当代にひきつぐわけではありませぬ。その点ご承知いただければ幸いです」

宗直はおもいがけぬことを口にした。

綱條も継友も意表をつかれた。両人ともしばし返答に窮した。

吉宗は吉宗、わたしはわたし、と宗直はいっている。つまり、吉宗のころは紀州藩はたんなる御三家の一つにすぎなかったが、現在は将軍の実家であることを認識するよう求めているのだ。

年甲斐《としがい》もなく、綱條は頭に血がのぼりかけた。彼にしてはめずらしいことだ。城中で綱條が感情的になったことは、記憶のうえで一度もなかった。

継友も顔色をかえた。

「藩主がかわっても、紀州藩にかわりはないはず。紀州殿は異《い》なことをいわれる」

継友は宗直の言葉の背景が十分にはわかっていないようだ。

宗直はその言葉を、綱條にたいしていったのだ。

吉宗の政治と宗直の政治はちがう。吉宗が約束したことすべてを宗直がひきつぐつもりのないことを宣言している。

（紀水同盟の破棄――）

これを宗直はいっているのだ。

安藤から中山への返事ではなく、藩主から藩主へ同盟の一方的な破棄がつたえられたのである。

綱條は一瞬唖然《あぜん》となった。

「では、お先に」

綱條と継友を尻目《しりめ》に、宗直は早々に大広間へむかっていった。

綱條は呆気《あっけ》にとられて、烏帽子、衣冠束帯《いかんそくたい》の宗直の後ろ姿を見おくった。

四

長月《ながつき》九月に入った。

秋がおわる月である。夜長月、あるいは寝覚月《ねざめづき》ともいう。

この月三日と四日に毎年、将軍家の重要な定例行事がおこなわれる。

三日は、東叡山《とうえいざん》寛永寺参詣《さんけい》。四日は三縁山増上寺参詣である。

今年は年例行事としてばかりではなく、吉宗が代々の将軍にたいして就任の報告をおこなう。そのさい御三家、老中、譜代、外様の諸大名も将軍にしたがって両菩提寺《ぼだいじ》に詣でる。

将軍お成りの当日、両山は人払いをおこない、旗本、御家人によって境内全域を蟻《あり》の這《は》い出る隙《すき》もないまでに厳重警備をする。江戸市中は火災発生にそなえてこの日は火をもちいることを一切禁じられ、将軍行列の経路にあたる町家ではかたく大戸・雨戸を閉じ、ひっそりと息をつめるようにしてこの日が過ぎるのを待つのである。

両寺ではおそくとも丸一日前から警備を敷き、万一の事故も絶対におこらぬよう準備にかかる。

九月朔日《ついたち》、吉宗の寛永寺参詣の二日まえ、一人の青坊主が数尺の長さの荷をたずさえて、屏《びょう》風坂門《ぶざかもん》をくぐった。

青坊主に変装した霞九郎である。

荷の中味は箒《ほうき》だの熊手《くまで》などの掃除道具だ。

屏風坂門、車坂門《くるまざかもん》、坂下門などにはことごとく門番がついている。

門番は霞九郎の荷へ視線をむけたが、箒や熊手などが見えているので、とがめもしないでとおした。

霞九郎はゆっくりとした足取りで屏風坂をのぼっていった。

これが明日となると、諸門には、旗本、御家人の警固隊《けいごたい》が厳重にかためるので、こう簡単に門を通過することはできなくなる。

寛永寺は院号を円頓院《えんとんいん》といい、寺領一万二千石。その規模約三十六万坪といえば、上野山内をほとんどすべて占めている。江戸城の鬼門をまもり、悪事災難をはらうために建立された鎮護国家の霊場である。さらにいえば、天台四明《しめい》の法灯をかかげ、仏乗三観《ぶつじようさんがん》の覚月《かくげつ》をあおぐ関東における叡山である。

本堂をはじめ根本中堂、これらをとりまく支院三十六坊、吉祥閣《きつしようかく》、両大師堂、清水観音堂など数十の建物を擁する。

夕闇《ゆうやみ》せまる時刻である。霞九郎は三十六坊の総代ともいえる凌雲院《りようういんいん》へ入っていった。

凌雲院は一山の最後の出世場で、学頭職《がくとうしき》十万石の格式をもつところである。

霞九郎は凌雲院の勝手口へまわった。そのちかくに納屋《なや》と物置きがある。

霞九郎の姿はやがて闇の中にまぎれて消えた。

凌雲院の南どなりは本覚院、北どなりは尾張家が宿坊とする日月院《じつげついん》である。

三十六坊はみな諸大名のいずれかの宿坊としてつかわれている。

この夜ふけてから、霞九郎は凌雲院の北側の石塀をこえて、日月院の境内へとびおりた。

明日は明後日の将軍参詣にそなえて、幕府徒士組《かちぐみ》が警戒のために各宿坊、各塔頭《たっちゅう》などに見廻《みまわ》りにやってくる。

霞九郎はそれをなんとかやりすごさねばならぬ。見つかれば、撃ちころされても斬《き》り捨てられても文句をいえぬ。

幕府も将軍お成りにはそれほどまでの神経をつかっている。

霞九郎が日月院の本堂にちかづくと、夜の勤行《ごんぎょう》がはじまっていた。住職をはじめ坊主たちはみな本堂にあつまっている。

ほかの注意をわすれているころである。

霞九郎は本堂の裏口から侵入し、空き部屋の一角から天井裏へしのびこんだ。

ここが今夜と明夜、霞九郎の塒《ねぐら》となる。丸一昼夜以上を天井裏ですごすのである。

霞九郎は梁《はり》と柱で身をささえて体を横たえた。

しばらくすると勤行がおわった。

それからおよそ半刻ばかりで、院内はひっそりとしずまった。

僧侶《そうりょ》たちの夜ははやい。みな寝しずまったのだ。

霞九郎は闇の中で目をひらき、かんがえにふけった。

時間は十分すぎるほどある。明後日の行動についていろいろ思索をくりかえし、手順についてもそらんじてしまうほど執拗《しつよう》に作戦をこらした。

〈紀水《きすい》相闘〉

〈紀尾《きび》和親〉

昨今の御三家の関係は吉宗の将軍就任によって、局面ががらり一変したのである。

現在の局面をさらに一転させるための行動を、霞九郎は明後日とらねばならぬ。水戸藩の運命はその一事に懸かっているといえる。

もし失敗すれば、水戸藩は紀州藩と尾張藩との狭間《はざま》に埋没し、御三家としての存在の意義までうしなわれ、衰亡の一途をたどっていくことはあきらかだ。水戸藩の衰運を阻止するために、霞九郎はぜひとも明後日の一事に成功しなければならぬ。

霞九郎、一碧斎ら水戸の黒犬はこの三年半のあいだ、奮迅のはたらきを紀水同盟のためにつづけてきたが、その結果はむなしかったというほかはない。

水戸の黒犬は苦汁《くじゅう》を腹いっぱいのまされた。紀州藩を利するために彼ら一党はただ働きをさせられたことになる。

（一矢《いっし》むくいねば……）

藩の政治に黒犬たちは関係はない。ただ命令されたことを忠実に確実にやりとげれば、黒犬のつとめははたされる。だが、黒犬といえども実体は人間である。

あざむいた紀州藩にたいする敵意は人なみ以上であった。

（安藤の鼻をあかしてやらねば）

闇の中で霞九郎は暗い憎悪を燃やした。

中山が安藤にいっぱい食わされたことを、霞九郎は見のがしておくことはできなかった。仕返しをたっぷりしてやらねば、気持がおさまらぬ。

伊賀対伊賀、黒犬対黒犬の戦いも辞することはなかった。

霞九郎は今後展開されていくとおもわれる水戸藩と紀州藩の戦いをさまざまなかたちで想像した。

表だった戦いではなく、闇の世界での戦いだから、双方の黒犬同士が鍔《つば》ぜり合いをすることは避けようがない。

名取昇竜軒《なとりしょうりゅうけん》を頭領とする紀州の黒犬たちを、霞九郎は頭の中におもいうかべた。流儀はおなじ伊賀流である。藤林党《ふじばやしとう》と百地党《ももちとう》の系譜のちがいだけだ。

戦国のころは、おなじ伊賀者同士でべつべつの大名にやとわれ、殺し合いをおこなったことも稀《まれ》ではなかった。兄弟、親子で相剋《そうこく》を演じた場合もある。

昇竜軒は手ごわい相手だが、一度はぎりぎりの勝負を演じてみたい人物ではある。紀州の黒犬の頭領の手なみをとくとためしてみたい気がした。

さらに、紀州にはもう一つ手ごわい相手がいる。

（大国屋《だいこくや》一族……）

この秘密集団の実体は世間にくわしく知られていない。

このたび、吉宗は将軍の直属機関として〈御庭番〉なる役職をもうけた。幕府には従来から諜報《ちょうほう》機関としての隠密《おんみつ》は存在する。

しかし、吉宗は紀州家から入って将軍位を継いだ者として、どうしても十全の信頼のおける直属の隠密部隊がほしいのにちがいなかった。

吉宗がこのたび御庭番に起用した面々はいずれも、かの大国屋一族ではないかという推測を霞九郎はめぐらしていた。吉宗と大国屋一族とのつながりをかんがえれば、ありえることだ。

水戸の黒犬は次第によっては、この御庭番をも相手としてたたかわねばならなくなるかもしれぬ。

霞九郎は闇の中で、今後の戦いの展開についてかんがえをめぐらしつづけた。

五

九月三日の朝がきた。

霞九郎は、暁のころから日月院本堂の天井裏で待機していた。一日と二夜をここですごした。

そして幕府徒士組の警戒網にもかからずにすんだ。

朝のはやい僧侶たちもまだおきだしていない。早朝の勤行までに半刻以上の間がある。

意を決し、霞九郎は行動を開始した。

まず、青坊主の僧衣を脱ぎ捨てた。その下にもう一つの衣服を彼は着こんでいた。

下からあらわれたのは筒袖《つつそで》に軽衫《かるさん》だが、生地の色に特別の工夫がこらしてある。

さらに、たずさえてきた荷をといた。

箒や熊手の下から、半弓《はんきゆう》と矢がでてきた。霞九郎はそれを背に負った。

そして天井裏をぬけだし、本堂の屋上へでた。

外はまだ曙前《あけぼのまえ》である。払暁《ふつぎよう》の大気が境内をつつんでいる。

境内にまだ人の気配はない。となりの凌雲院にも人気《ひとけ》はない。

薄ら闇と静寂が上野山内をすみずみまで支配している。

だが、あと一刻もしないうちに、全山を幕府の警固隊がうずめつくし、水ももらさぬ警戒網をはりめぐらすことだろう。

霞九郎は大きく息をして、緊張感をとりのぞこうとした。

日月院本堂の大屋根の甍が霞九郎の周囲に折りかさなっているのが見える。甍のむこうにまた甍がつづく。

はるかに凌雲院の甍も見える。反対側には竜光院の甍が見える。

前面は幅のひろい大路になっている。

大路のむこうは高い塀でへだてられ、その領域内に中堂や六角堂、文珠楼《もんじゆろう》、吉祥閣などの壮大とも華麗ともいえる寛永寺大伽藍《だいがらん》がひろがる。

右手は御本坊だ。

霞九郎はしばし周囲を見わたし、方位をたしかめてから、甍の上を這って本堂のいちばん前へすすんだ。

空がしらじらと東から染まってきた。

かなり遠くまで視界がひらけてきた。

忍び装束《しょうぞく》の工夫が徐々にあらわれた。彼が着ているのは単なる黒犬の装束ではない。黒にくすんだ灰色をまぜた装束で、それに甍の瓦《かわら》がかたどってある。大屋根に伏せれば、彼の体はすっかり甍に溶けこんでしまうのだ。

霞九郎はさらに懐から手拭《てぬぐ》いをとりだした。これがまた装束と同色である。

この手拭いで頬《ほお》かむりをした。

これで顔も頭も甍と同色になった。至近距離でなければ、よほど注意しても見わけられることはできなくなったのだ。

霞九郎は匍匐《ほふく》して大屋根の窪地《くぼち》に身をひそませた。

ここは大棟からわかれた降《くだ》り棟《むね》、隅棟《すみむね》がまじわるところで、隅降《すみくだ》り棟ともかさなり、地上からの死角になっている。

しかも本堂のもっとも前面に位置し、日月院が面する大通りを一望のもとに見おろすことができる。

霞九郎はここにひそんで、時が過ぎるのを待った。

太陽がのぼってきた。

はるかにのぞめば、東方に浅草寺《せんそうじ》の堂塔が朝日の中に浮かびあがっている。そのむこうに隅田川の流れがあり、さらに向島《むこうじま》、本所《ほんじょ》の風景がはるばるとかすんで見えている。

御本坊、中堂、釈迦堂《しゃかどう》、文珠楼、吉祥閣なども前方にはっきりと見えてきた。

左手は黒門、御成門《おなりもん》のある寛永寺の正面入口である。

日月院の前の大路は黒門、御成門から御本坊にいたる通路である。

そして、今しも、寛永寺境内に無数の人影が湧《わ》きでてきた。はやくも山内警備の人数が配置につきはじめたのだ。

不忍池《しのばずのいけ》にわいた朝霧が風にはこばれ、山内にもながれこんでいる。

そのあわい霧の中にもものものしく鉄砲や槍《やり》、弓などで武装した武士の姿がちらほらと見えた。

身のひきしまるような緊張感に霞九郎はおそわれた。

例年、将軍の参詣には御先手《おさきて》鉄砲組、御先手弓組、御鉄砲百人組、新御番衆《しんごばんしゅう》、大御番衆、御小人十人組《おこびとじゅうにんぐみ》らが全山をくまなく警備する。鉄壁の守護陣形がやがてできあがっていくのである。

霞九郎は頭をややもたげ、周囲を見わたした。

（……！）

境内の見える範囲には、警固の武士がすでに守備についていた。

この十重二十重《とえはたえ》の警固の中で、霞九郎はなんとも大胆不敵なくわだてを決行しようとしているのだ。そのくわだての意義の大きさに、霞九郎自身おしつぶされそうなほどの緊張をおぼえていた。

尾張藩宿坊の日月院でも、多くの人数のうごきだす気配がしはじめた。

それは凌雲院においてもおなじである。三十六坊すべての人々が活発にうごきだした。

三十六坊は今日の一日多忙をきわめる。各坊とも諸大名の宿坊になっているため、将軍の参詣に先だって、諸大名は各自の宿坊に荷をとき、休息し、参詣の扈従《こじゅう》の準備をする。

参詣の時刻にまでは、まだ時間がたっぷりある。

霞九郎は屋上で時がすぎゆくのをしずかに待った。

しだいに太陽があがってきた。

朝霧も消えた。人々のざわめきが所々におこった。

一瞬、どよめきにも似た空気が境内にながれた。

（きた！）

霞九郎はこころのうちでさけんだ。

頭《こうべ》をもたげて西南方をのぞむと、黒門をくぐって、馬に乗り陣笠《じんがさ》をつけた先触《さきぶ》れの道中奉行のくるのが見えた。そのうしろに与力《よりき》二騎、同心《どうしん》十人がしたがっている。

霞九郎はじっと目をすえた。

そして背から半弓をはずし、矢筒から矢をとった。

しばらくたったころ、黒門と並列してもうけられた御成門から先払徒士《さきばらいかち》を先頭にした将軍の行列がついにあらわれた。

胸をきゅんとしめつけられるような昂《たかぶ》りがおこった。

行列の中に霞九郎のねらう人物がいる。

将軍出行に儀仗《ぎじょう》と警固をおこなう徒士組に先導され、挟箱《はさみばこ》をつらね、笠《かさ》、曲彔《きょくろく》、床几《しょうぎ》らが御成門をくぐった。

将軍の行列は御成門から吉祥閣の前を通過し、右にまがり、本覚院、日月院、竜光院などの前をすすんで御本坊へ入って、休息をとることになる。

秋の日差しをあびて行列は日月院にちかづいてきた。

御小人十人組《おこびとじゅうにんぐみ》、小納戸《こなんど》などの後ろに葵《あおい》の金紋を打った将軍の乗物があらわれた。

霞九郎は半弓に矢をつがえた。

が、彼がねらう獲物《えもの》は吉宗ではない。

もし吉宗を射ころせば、その後はまちがいなく尾張継友が継ぐことになるだろう。吉宗の嫡男長福《ちょうふく》はいまだ将軍世子《せいし》としてみとめられていないからだ。

水戸藩は継友が将軍位をつぐことをのぞんでいない。

現状では、水戸藩としては吉宗を仆《たお》すことはけっしてのぞむところではなかった。

将軍の行列は長々とつづいた。そしてその後に御三家、老中、御家門、諸大名の行列がえんえんとつづく。行列の先頭はすでに日月院の前を通過した。

霞九郎がねらう人物は御三家の行列の中にいる。

紀州家の行列がやってきた。

霞九郎はいよいよ身をのりだし、こころみに弓弦《ゆんづる》をひいた。

紀州藩主の乗物の金紋があざやかに陽《ひ》にきらめいている。

だが、ねらう獲物はそれでもなかった。

そのしばらくあとに、もう一つ乗物がきた。付家老安藤飛驒守の乗物だ。

霞九郎はようやく安藤の乗物にねらいをつけた。

その乗物が吉祥閣の前をまがった。

そして本覚院にむかってきた。

（安藤！）

相手は紀州藩最大の実力者である。庶子であり、四男であった吉宗が紀州藩主になれたのも安藤によるところであるといわれている。

今後、水戸藩の真の敵になる相手は、吉宗でも、宗直でもなかった。仆すべき敵は安藤一人である。

安藤の乗物は本覚院の前をゆっくり東へまがった。

そこから日月院、竜光院までは一本道である。

行列は太陽を正面にうけた。葵の金紋が誇らしげに陽にかがやいている。

霞九郎はふたたび弓弦をひいて、正確にねらいをさだめた。

完全に射程距離だ。半弓とはいえ、殺傷力はほとんど弓におとらぬ。乗物をつらぬいて中の安藤をたおす自信は十分あった。

乗物は本覚院から日月院の領域に入ってきた。

前後の徒士、馬廻《うままわ》り、小姓《こしょう》たちの顔がはっきりと見えてきた。

（弓矢八幡《はちまん》！）

胸中で念じ、矢をはなった。

ぶん

矢は唸《うな》りを生じて飛び、乗物の中央を深々とつらぬいた。

と同時に霞九郎はすばやく第二矢をつがえ、はなった。

これも乗物のほぼ中央を打ちぬいた。両度とも手ごたえは十分であった。

にわかに行列に混乱がおこった。徒士、馬廻りがあわてふためいている。

さわぎたつ行列を見おろし、霞九郎は第三矢を射はなった。

これも唸《うな》りを生じて、乗物の真ん中からやや後方を射とおした。

霞九郎の脳裡《のうり》には、矢を三本体にうけ朱《あけ》にそまってたおれていく安藤の姿が見えた。

行列がとまり、警固の武士が大勢かけつけ安藤の乗物をかこんだ。

矢の飛来した方向から射ち手の位置は容易に推測される。

その以前に霞九郎は屋上を匍匐して、くだんの天井裏へ逃げこんでいた。

天井裏で忍び装束をぬぎ捨て、前々日の青坊主の身なりに着がえた。全山に騒ぎがひろがったとき、霞九郎ははやくも屏風坂門を脱けだしていた。

安藤を射った下手人《げしゅにん》は尾張藩の者だという噂がたったのは、その日の午後だった。

水戸藩宝物蔵《ほうもつぐら》

一

頭が痛くなって、胸ぐるしさがこみあげてきた。

(……?)

その原因が何なのか、おなつはすぐにはわからなかった。

(炭火か、それとも効目《ききめ》が……)

胸の帯をすこしゆるめたいところだが、そうもいかない。

部屋は八畳間の茶室だが、襖《ふすま》や障子はしめきってある。

囲炉裏《いろり》の中の炭火はあかあかとおこり、釜《かま》は松籟《しょうらい》の音をたてている。

今日は、水戸家奥御殿の炉開《ろびら》きである。

茶会の亭主は綱條《つなえだ》自身である。本来ならば、奥御殿の女主人が亭主をつとめるはずだが、綱條には奥方がいないので、彼がみずからその任にあたっている。

場所は天下の名園後楽園の茶亭〈松風亭〉である。毎年、水戸家奥御殿の炉開きは十月朔日《ついたち》、松風亭でおこなわれる。これは前代藩主光圀《みつくに》いらいの伝統である。

客には表御殿から藩主の側近の臣が数人呼ばれている。

御小姓頭《おこしょうがしら》大沼文左衛門、御小姓組頭《くみがしら》三輪半太夫《はんだゆう》、御書院番頭《ごしょいんばんがしら》佐郷又之丞《またのじょう》、御書院番組頭《ごしょいんばんくみがしら》友谷蔵之介、御納戸頭《おなんどがしら》原田新之助、御小納戸頭《おこなんどがしら》松枝平右衛門の六人である。家老、重臣たちは毎年まねかれたことはない。

この茶室におなつとおふゆ、奥御殿の女中が二人飯頭《はんとう》として給仕をおおせつかった。

水戸城から江戸屋敷へうつって約半年がたち、おなつは上屋敷《かみやしき》の奉公に慣れ、綱條からもなにかと目をかけられるまでになっていた。とはいっても、綱條はもはや老齢であり、若いころから女色におぼれる藩主ではなかったので、夜伽《よとぎ》などのおつとめをおおせつかることはなかった。

「おなつさま、お顔の色が……」

水屋にひかえているとき、おふゆがおなつの顔をのぞきこんでいった。

「ええ、ちょっと気分がよくありませんが、大丈夫です。我慢できますから」

飯頭は茶器やそのほかの茶の湯道具を茶室や水屋にはこんだり、その他の雑用をこなす役目である。藩主が亭主をつとめる奥御殿の炉開きに飯頭を命じられたことは、奥女中としてはなはだ名誉なことであった。

「でも、まっ蒼《さお》ですよ」

おふゆは心配な顔を見せた。

「あと半刻《はんとき》ほどですから、辛抱いたします」

「わたし一人でも、後はなんとかやれますから、ご心配くださらなくても」

「いえ、本当に大丈夫です。おわれば、すぐによくなるとおもいますから」

おふゆが心配してくれることは有難かったが、おなつとしてはここはどうしても頑張りとおさねばならなかった。

そうおもった直後に、嘔吐感《おうとかん》がこみあげてきた。

「あ……」

おなつはちいさな声をもらした。嘔吐を我慢していると、くらっと目眩《めまい》がし、その瞬間、手にしていた茶碗《ちゃわん》をあぶなくおとしそうになった。

藩祖頼房《よりふさ》伝来の、貴重な茶碗である。おなつは一瞬肝を冷やした。

「まあ、大層な汗が……」

おふゆにいわれて、はじめておなつは自分が脂汗《あぶらあせ》をながしていることに気づいた。

嘔吐感はおさまらなかった。耐えていると、つづけて目眩におそわれそうになった。

「すいません、帯を……」

おふゆに手つだってもらって帯をすこしだけゆるめた。これで気持がすこし楽になったが、茶会がおわるまでもつかどうかわからなかった。

時間がとても長く感じられた。

おなつは必死でこらえた。

綱條のたてた茶が客のあいだで飲みまわされている。一人一人の動作がとても緩慢に感じられた。歓談をかわし合いながら、仲間での茶をのんびりとたのしんでいるのだ。

あと幾日かで立冬をむかえる。後楽園の風景もすでに冬のちかさをおもわすものだ。無数の落葉樹はすっかり紅葉し、赤、茶、黄などのさまざまな色彩を見せており、落葉のちかさを感じさせる。

茶室の会話は時候の話題からはじまって、上屋敷内のこと、国許《くにもと》水戸の様子、世上の事柄、さらに時局のことにまでおよんでいった。が、それは綱條の人柄を反映し、さらに今日の茶会の趣旨からもあたりさわりのない事柄に終始している。

(たしかに、綱條は名君かもしれない……)

綱條の殿様としての人柄、器量、見識などについては申し分ない。名君としての世上の評価もたかい。

が、今ひとつ物足りぬところをおぼえるのはおなつばかりではない。政治家としての必要な政略・術策に関して綱條はあまりにも淡白だ。権謀となるとほとんど無縁といってもいい。

茶会の会話から何か得るべき情報があるのではと、おなつがひそかに期待したことはむくわれなかった。吉宗の評判、江戸城中のこと、御三家の確執など、綱條の口からもれてもしかるべき言葉は何もでてこない。

　水戸藩が紀水同盟をむすんだあげく、紀州藩にしてやられたことなども、藩主綱條の性格に多少はかかわりがあるのではないかとおもった。そのぶんだけ、付家老《つけがろう》中山が権謀術策を駆使して重荷を背負ってゆかなければならない。

　飲みまわしがようやくおわった。

「すこし一息いれよう」

　綱條は近年体力がおとろえたのか、長い茶会にぶっとおしで亭主をつとめることは苦痛なのだろう。客一人ひとりにたいして手前《てまえ》を振る舞う前に中休みをとろうというのだ。

　おなつにとっては、この中休みは旱天《かんてん》の慈雨のようなものだ。

「おなつさま、ようございました。このあいだに、外の風にあたってくるとようございます」

　むろん、そのつもりだ。茶会の中休みは、たいてい庭の見物にあてられる。

　綱條をはじめ客たちも和気藹々《あいあい》たるうちに茶室から庭へでていった。庭は天下にきこえる名園である。一行は苑路《えんじ》をとおって、池のほうへあるいていった。

　おなつも茶室をでた。

　履物をはいて、庭へでた。飛び石をひろって苑路をあるいた。

　右手に植込みがあり、左手に鶴亀《つるかめ》の石組みがある。

　相かわらず胸ぐるしさがおさまらない。

　そのとき、また目眩におそわれた。

「ああっ……」

おもわず声がでた。眼前がくらくなって、体の重心をうしなった。

丁度、足をのばしていたときで、飛び石をひろいそこなった。とっさに立てなおそうとしたが、無理だった。

おなつの体があえなく横転した。

すぐにおきあがろうとしたが、体の自由がきかなかった。懸命におきあがろうとしたけれども、駄目だった。

胸のくるしさも頭痛もいっそうひどくなった。

そのとき、人の駆けてくる気配をさとった。

「どうなされました」

御納戸頭原田新之助だと察して、ほっとした。

「胸がくるしくて、目眩がしまして粗相をいたしてしまいました」

おなつは必死にうったえた。

「部屋を閉めきっていたので、炭火にあてられたのでしょう」

新之助は寄ってきて、おなつをかかえあげた。

新之助は御納戸頭という重職にあるが、まだ二十代半ばの若者であり、独身《ひとりみ》である。容貌《ようぼう》さわやかで、立居振る舞いはきびきびしており、さらに武芸は達者である。上屋敷の娘たちのあつい視線をあつめている若者だ。

胸ぐるしいにもかかわらず、新之助のたくましい体にかかえられて、おなつはやや陶然となった。

「原田さま、申しわけありませぬ。おはずかしゅうございます」

「気にすることはありませぬ。少々おやすみになっておれば、気分は持ちなおされるでしょう。足は大丈夫ですか」

いいながら新之助はおなつをかかえ、松風亭の待合《まちあい》へつれていった。

おなつはそこに身を横たえた。

新之助は甲斐甲斐《かいがい》しく介抱してくれた。

二

数日後、おなつは宿下《やどさが》りをねがいでて、ゆるされた。

朝、実家の万年屋にもどると、文吉はもうその日の仕込みをさかんにやっていた。

「父さん、精がでますね」

声をかけながら、おなつはおかしさをおぼえた。文吉は自分が尾張藩の御側足軽《おそばあしがる》であることをわすれてしまったかのように、もう三年以上もここで煮売り屋をつづけている。商売としても十分やっていけるだけの利益があがっているのだ。

この先二年でも三年でも、万年屋をつづけていくのかもしれない。文吉が黒犬としての優秀さを重阿弥《じゅうあみ》にみとめられているのは、こうしたところにあることがおなつはわかった。

「すこしずつだが、このところ売り上げがあがっている。商いは倦《う》まずたゆまず、休みなくやることだよ」

文吉はこちらから切りださねば、本業の成果についてもほとんど聞いてくることがない。

「今日、御納戸頭の原田さまと紅葉《もみじ》狩《が》りへでかけます」

それでおなつのほうからいいだすことになる。

「御納戸頭か……」

御納戸頭は藩主自身の金銀や貴重品、衣服、調度などの出納《すいとう》、保管をつかさどる役目である。これは幕府の場合も、尾張藩、水戸藩もかわらない。

「水戸藩では御家につたわる宝物《ほうもつ》についても、御納戸頭が取りあつかっています」

「例のものが宝物としての取りあつかいか、文書としての取りあつかいなのか、判断がむつかしい」

文吉のいうとおりである。例のものとは、家康が頼房にあたえたという副将軍の御墨付《おすみつき》と紀州家から水戸家へわたされた紀水同盟の誓紙《せいし》である。

「水戸藩の文書方はあつかってないようです」

おなつは今年の夏ごろまではしきりに文書方にねらいをつけて探索をつづけてきた。ところが、文書方からはそのようなものはにおいすらも嗅《か》ぎとることはできなかった。

それで御納戸方にねらいをかえたのだ。おなつはこの夏からずっと原田新之助にねらいをつけていた。

新之助のことはすでに徹底的にしらべあげた。彼のことなら、大抵どんなことでも知っている。

そして炉開きの日に、おもいきって接近をはかった。あの日おなつが気分をわるくしたのは事実だが、むろん計画的なことである。茶室に入る前に、毒草からとった毒薬を微量服用していたのだった。

事前の調査には手間暇をたっぷりかけ、いざ接近するときは大胆不敵に相手へ攻めこんでいく。これがおなつの流儀である。三年半前の、貝沼辰之進《たつのしん》のときもこれとおなじだった。

「お前のことだから、よもや失敗《しくじり》はあるまい」

文吉はそういっただけで、それ以上は何もたずねなかった。

「根津権現《ごんげん》の紅葉《もみじ》がとてもいいそうです」

といって、おなつは二人分の弁当を重箱につくった。

任務の上のこととはいいながら、こころがはずんだ。おなつも新之助へかなりの好意を寄せていた。

炉開きの日に介抱してくれたことがわすれられなかった。新之助もおなつに好意をもってくれたようだ。

年齢はいくつもちがわない。おなつのほうがごくわずかな期間とはいえ、所帯をもった経験はあるし、くノ一としての修行もしているので、新之助よりも色恋の手管《てくだ》には長じていた。

今日の紅葉狩りも、炉開きのときにおなつからさそったのだった。大名屋敷の表と奥とは案外に区別がきびしくて、やたらに出入りすることはできないのである。

「水戸藩の上屋敷には、蔵が十三あるそうだ。それが一、二、三……の符号で呼ばれている」

おなつが万年屋をでようとしたとき、文吉がつぶやくようにいった。彼も煮売りにばかりはげんでいたわけではない。店に買いにくる上屋敷の者から、それくらいのことはききだしていたのである。

「十三あるうちの、どれか一つが宝物蔵でしょう。それがどの蔵かたしかめるのがわたしの仕事です」

「大変な仕事だ。が、宝物蔵がわかれば、例のものは手に入ったも同然だ」

「じゃあ……」

と、おなつは店をでた。

駕籠《かご》をたのんで、根津権現へむかった。

上屋敷から東方の本郷へすすんでいった。

根津権現は水戸藩下屋敷と小笠原信濃守《おがさわらしなののかみ》の下屋敷の背後にある。この根津権現は東叡山《とうえいざん》、谷中天王寺《やなかてんのうじ》、滝ノ川、品川東海寺などとともに紅葉狩りの名所になっている。

紅葉ばかりでなく、その境内は四季折り折りの草木が人の目をたのしませ、遊観の地としてきこえている。さらに、境内には茶店、茶屋、食べ物屋、土産物屋がたくさんある。男女が密会するのにも手ごろなところである。

駕籠は惣門《そうもん》をくぐった。

「ここでよろしゅうございます」

おなつは町娘の姿でやってきた。惣門で駕籠をおり、参道をゆっくりとすすんでいった。右手に店々がたちならんでいる。その中の茶屋〈高砂《たかさご》〉で、新之助と待ち合わせていた。

高砂に入って、縁台であつい茶をすすっていると、待つほどもなく、新之助がやってきた。

おなつの顔をみとめて、男の顔がわらった。じつにいい顔だとおもった。甘さも、精悍《せいかん》さも、知的な雰囲気も、どれもあわせ持っている。娘たちがさわぐのも無理はないと感じた。

今日、成り行きによっては密会の場所につれこまれてもよいとおもった。そこらへんの手管には自信がある。そのための下ごしらえもおこたりなかった。

「おなつさん、今日はとてもたのしい日になりそうだ。天気もいい。紅葉がまたすばらしい」

新之助は上機嫌である。彼は若すぎる未亡人のおなつにぞっこん惚《ほ》れこんでいる。

そのあたりの手ごたえは十分に感じられた。

「固くるしいお屋敷づとめの憂さばらしができましょう」

おなつはそれとなく相手の反応をうかがうところからはじめた。

「境内の風景をながめただけで、こころがあらわれるような気分になります」

二人は高砂をでて、境内の紅葉ぶりに嘆声をもらしつづけた。

風もなく、晩秋にしては肌ざむくなく、紅葉狩りにはもっともよい日和《ひより》である。楓《かえで》、ハゼ、漆《うるし》、満天星《どうだん》……などが築山《つきやま》や雑木林、池の周囲などで絢爛《けんらん》と紅葉をきそっている。

見物の客もかなり大勢きている。

新之助はこの日一日公務をわすれたつもりで行楽をたのしんでいるのだ。

昼ごろ、弁天池のほとりの腰掛けで、二人は弁当をひろげた。

「これは素晴らしい。うまそうだ」

新之助は重箱の蓋《ふた》をあけるなり、声をあげた。片方の箱に幕の内の御飯、もう一方の箱には店で売る煮物が豪華につめこまれている。

行楽用の竹筒にはお茶がくんである。いたれりつくせりだ。

「たくさんお食べになって」

おなつがすすめるまでもなく、新之助はさっそく箸《はし》をつけ、うまそうに食べだした。

「こんなにおいしい昼餉《ひるげ》を食べたのははじめてです。本当にうまい」

若い男が食欲にまかせて遠慮なく食べているのは、見ていても気持のよいものだ。まして自分がつくった弁当だけに、おなつはわるい気のするはずがない。

おなつも相伴《しょうばん》した。

「お気に召していただけて、うれしゅうございます。わたしのぶんもお食べになって」

さかんにすすめた。

そして新之助はきれいにたいらげた。

「おなつさん、有難う。とてもおいしかった。できれば、また御馳走《ごちそう》になりたい」

「わたしのつくったお弁当でよろしかったら、いつだってご馳走いたします。でも、二人こうしてお会いする機会《おり》はそうたくさんはつくれませんから、それが残念です」

そういうと、新之助も同感の色をあらわした。

「できるだけ、こういう機会をつくりましょう。その気になれば、つくれるものです」

「今日だって、まだ半日のこっております。精いっぱいたのしんでかえりましょう」

そういって、二人はまた境内の散策をはじめた。

ともかく根津権現の境内はひろい。本社のほか、別当、聖天《しょうでん》、弁天、稲荷《いなり》など、壮大な伽《が》藍《らん》が数万坪の地域に配置され、さらに広場、大池、林、築山、堀などがいくつもつくられ、これを隅から隅まであるいて見物するにはほとんど一日かかる。

弁天池のちかくまできたとき、新之助の足取りがおもくなった。

「どうかなさりましたか」

おなつは気になって声をかけた。

「いや、大丈夫です。さきほど食い気にまかせて食べすぎたので、少々腹がおもくなった」

新之助はややはずかしそうにいったが、顔色はいたってよくない。精気はうしなわれていた。

「ここでやすんでまいりましょう。額に汗をかいておいでです」

池のまわりの大きな石組みに新之助をすわらせた。

「おなつさん、相すまない。せっかくのたのしい日に腹痛《はらいた》などおこしてしまって」

新之助は元気をなくして、しきりに詫《わ》びをいった。

「そんなことは仕方ありません。気にしないでください。すこしやすんだら、よくなるでしょう」

と、おなつははげましたが、いったとおりの成り行きとはならなかった。

そのうちに新之助が腹をかかえて唸《うな》りだした。とても苦しい様子で、脂汗をながし、その場にしゃがみこんで、うごけなくなった。顔色は死人のようだ。

「おなつさん、本当に申しわけない。こんな腹痛ははじめてだ」

新之助は印籠《いんろう》から腹痛の薬をとりだして服用したが、容易におさまらなかった。

「休憩所か茶屋の二階にお部屋をおとりいたしましょう。こんなところではどうすることもできません」

おなつはその場に新之助をのこし、弁天池のうしろに数軒ならんでいる茶屋や休息所のほうへでかけていった。

万事、おなつのおもいどおりにことははこんでいる。

重箱の弁当に腹痛をおこす薬を微量混入させておいたのだ。

三

(……!)

はじめてひろみを見たとき、おなつはぴんと感じるものがあった。

(くノ一)

と直感した。自分と同類だという勘がひらめいた。

当然、ひろみもおなつにおなじ直感をおぼえたはずである。

ひろみは一昨日、小梅にある下屋敷から上屋敷にうつってきた奥女中である。素姓《すじょう》については、よくは知らない。まだあどけなさののこる十七、八のうつくしい娘である。

おなつは今日はじめて、奥御殿の広間で顔を合わせた。その瞬間、くノ一だけにわかり合うおたがいのにおいを嗅《か》ぎ合ったのだ。

赤犬でないことはたしかだ。

（紀州の黒牝《くろめす》）

ほぼそう断定してさしつかえなかった。

尾張藩が必要としている以上に、紀州藩は例の二種の書状を必要としている。紀水同盟の誓紙は、とくに紀州藩が是が非でもうばいとらねばならぬものである。

それが水戸藩に所持されているかぎり、紀州藩はつねに水戸藩の要求にたいしておびえていなければならぬ。紀州藩は吉宗を将軍職につかせたとはいえ、枕《まくら》を高くしてはいられぬのである。

将軍位継承の争いが一段落した今、紀水同盟の誓紙と副将軍の御墨付、この二種の書状をめぐって、御三家は三つ巴《どもえ》の暗闘をくりひろげることになった。この書状を手にするところが他の二家をしのぐ位置を保持することになる。

これくらいの筋道は、おなつにも難なく理解できるところである。

紀州の安藤が将軍の寛永寺参詣《さんけい》の折りにねらい撃たれたのも、原因はこの暗闘にある。だが、安藤は死んでいないようだ。健在かどうかはわからないが、今もって生きているのはたしかである。

安藤の葬儀はあのときいらい、まだだされていない。重病ともつたわっていない。

おなつは御三家相闘における尾張藩の先兵の役目を負っている。

(ひろみになど負けられない)

はげしい競争心と敵愾心《てきがいしん》をひろみにたいしていだいた。

また、彼女がおなつにおなじ感情をいだいていることもはっきり感じられた。

初対面の日いらい、おなつはひろみの動静にたえず関心をもって、彼女の行動をできるだけ
つぶさに観察した。

凩《こがらし》が一日、吹き荒れた。中冬《ちゅうとう》十一月に入った。

紀州藩の暗殺者が尾張藩主継友ないし付家老成瀬《なるせ》隼人正《はやとのしょう》をねらって行動を開始したという
噂《うわさ》を、おなつは文吉をとおしてひそかに耳にした。

これは安藤が尾張藩の宿坊、寛永寺日月院《じつげついん》において狙撃《そげき》された報復のためであろうという。

端緒についてまだ間もない〈紀尾《きび》和親〉は、日月院から射はなたれたわずか三本の矢によっ
てもろくもくずれ去った。紀州、尾張にとって、あまりにもみじかい和平の時代であった。

おなつは安藤狙撃に端を発した紀州と尾張の暗闘の陰に、なんとなく水戸藩の謀略の影を感
じざるをえなかった。

もし本当に水戸藩の謀略だとするならば、比類なき効果をおさめたといっていい。紀州と尾

張は見事に水戸の術中におちいったことになるのだ。

十一月甲子《きのえね》の日、水戸藩上屋敷の裏手にある無量山伝通院《でんずういん》は明け方から大勢の参詣人が群集した。この日は初子《はつね》、大黒祭りである。

伝通院ばかりでなく、神田明神《かんだみようじん》地内大黒天、東叡山護国院、麻布《あざぶ》一本松など大黒天を安置する寺院はみな参詣人で混雑する。この日に大黒天にもうでれば翌年福をえるといういいつたえによるのである。

おなつも昼下りの半刻ほど朋輩《ほうばい》女中たちと暇をもらって、伝通院へ参詣にでかけ、参道にならぶ露天市で七色菓子を買い、かえりには灯火の灯心《とうしん》を買った。この買い物は大黒祭りにつきものの縁起ものである。

夜が更《ふ》けたころ、おなつはそっと寝床からおきあがった。そして夜着のまま奥御殿の勝手へむかった。

しばらくたったころ、奥御殿勝手口から外へしのびでた影がある。柿色《かきいろ》の覆面に同色の筒袖《つつそで》と軽衫《かるさん》に身をつつみ、草鞋《わらじ》で足をかためたおなつである。一時《いっとき》の間にすばやく忍び装束《しょうぞく》に身ごしらえをしていた。

奥御殿の大屋根の上に、寒月《かんげつ》が冴《さ》え冴えと白く浮かんでいる。遠くちいさく無数の星のまたたきがある。

常夜灯の光も邸内のところどころにともっている。

おなつは周囲に仔細《しさい》な注意をくばりつつ、木戸をぬけ、奥御殿の庭にでた。

庭は広大な領域を占めている。その中に広場や大池もあれば、築山、林、四阿《あずまや》などもある。さらに塀や垣根の外に別棟や御長屋、蔵なども立ちならんでいる。

（……！）

さらにすすもうとしたとき、おなつははっとして足をとめた。

黒い影が前方の築山の麓《ふもと》を横にかすめて、闇《やみ》の中へ消えた。

おなつは瞬時ためらったが、すぐにその影を追った。

影は植込みの間をぬけて、池を迂回《うかい》し、南の木戸へむかった。影は時々闇の中に没して見うしないがちだが、すぐにおなつの予測するところにあらわれた。

おなつは月光の下をはしって、できるだけ距離をつめた。

相手の足も軽い。時に翔《と》ぶような早さを見せた。体も大きくはない。

侵入してきた曲者《くせもの》ではない。様子を熟知している屋敷内の者だ。

おなつは影の正体をすでに察していた。

（ひろみ！）

であろう。影は黒い覆面、黒装束に身をつつんでいる。

おなつは影のむかう先を読んだ。

（九ノ蔵）

南の木戸のむこうに足軽長屋とむかい合って九ノ蔵が立っている。

九ノ蔵こそは水戸藩の宝物蔵である。おなつは約一か月半かかって原田新之助からようやくききだした。

奥御殿の敷地内に足軽長屋があるのはめずらしいことである。この長屋に住む足軽たちに宝物蔵の見張り役が昔から課せられていることが想像される。

影が南の木戸をこえた。そのとき影は想像以上の身の柔軟さを発揮した。マリのように跳ねて、木戸をこえたのだ。

おなつは木戸のそばちかくまですすんだ。

木戸の陰に身をひそめて、前方をうかがった。

予想したとおり、影は九ノ蔵へすすんだ。

そして戸前のそばに立って蔵の屋根を見上げた。

月光がその顔を照らしだした。

まぎれもなく、ひろみである。

ひろみは用心ぶかく周囲をうかがった。

おなつは木戸の背後に身をかくして、しばらく見まもった。

(出て闘うべきか、隠れて見まもるべきか)

おなつは見まもりながら逡巡《しゅんじゅん》をつづけた。

木戸をこえて出ればひろみとの闘いになる。とどまれば、先にひろみにくだんの品をうばわれることになる。

逡巡は数瞬のうちにおわった。

おなつはひろみの様子を見まもりつづけることにした。先にひろみがぬすみ出したにしろ、出口でおそいかかってうばいとればいい。

ひろみは自分の頭からぬきとった簪《かんざし》の足を戸前の錠の穴にさしこんだ。簪の足の細工はく ノ一ではよくあることだ。そのほかにもいろいろの用途がある。

おなつの簪も錐《きり》になったり、錠前の鍵《かぎ》になったり、万一の場合は身をまもる隠し武器になる。

ひろみはしばらくのあいだ指先で微妙な勘所をたしかめながら、簪をうごかしていたが、やがて錠があいた。

観音びらきの戸前が音もなくひらいた。

が、まだ内扉がしまっている。

ひろみはふたたび簪の足をその錠前にさしこんだ。

おなじことをくりかえし、やがてのうちに内扉もひらいた。

おどろいたことに、その奥にまだ奥扉があった。いかにも宝物蔵にふさわしい用心ぶかいつくりだ。

ひろみは三たびおなじ簪の足で奥扉の錠前をもあけはなった。

(さすが……)

おなつも敵味方の立場をはなれた忍びの者として相手の技に敬意をおぼえた。

ひろみの姿は奥扉のうちに吸いこまれていった。

蔵は相当に大きなものだ。さまざまな由来由緒《ゆいしょ》をもつ水戸藩歴代の宝物がすべてこの中におさめられている。例の二品がどこに秘蔵されているか、さがしださねばならぬ。

おなつは相かわらず木戸の陰にかくれて、ひろみが蔵からでてくるのを待った。でてくるところを要撃し、打ちたおして、品物だけをうばいとるつもりだ。

が、おなつの計画はおもったとおりにははこばなかった。

ひろみが蔵からでてくるまでもなく、宝物蔵の前の足軽長屋の戸が、音もなくひらいた。

（あ！）

長屋の中からいくつかの人影が足ばやにでてきた。

その人影は一瞬の遅滞もなく、宝物蔵の中へ駆けこんでいった。

物音がおこり、しばらくのうちにやんだ。

四

水戸藩上屋敷の桜の馬場のとなりに弓矢場があり、その背後に処刑場《しおきば》がある。

大名屋敷の内部はどこでも治外法権がおこなわれている。屋敷内の犯罪については内部で裁かれ、処刑もおこなわれる。

水戸藩の処刑場に、若い女の生首がさらされた。

高さ地上三尺五寸、栂材《つがざい》でつくられた獄門台には下から太い逆釘《さかさくぎ》が二本打ちだされ、その釘先に生首がつきさされている。首の切り口とまわりには土が塗られている。

獄門台の横には槍《やり》二本と二つ道具が立ててあり、さらに捨て札がある。

紀州藩密偵ひろみ　十七歳
右の者当藩邸に奥女中として潜入いたし、宝物蔵などを荒らしたるもの也《なり》　見せしめのために打ち首の上、獄門に処するところ也

右の文字が捨て札に書かれていた。

おなつは、ひろみの首がさらされた翌日、処刑場へ見にいった。

興味ではなかった。ひろみの最期のさまを見て、こころのうちで合掌し供養《くよう》してやることがおなじくノ一としての道義だとおもったからだ。

死の相貌《そうぼう》は案外やすらかなものだった。生前のおさない美貌がわずかに目許《めもと》や鼻筋にのこっていた。

しかし、さすがに任務をはたしきれずに敵方の処刑にあった無念さが、やや歯をくいしばった口のあたりに色濃くでているような気がした。

(南無阿弥陀仏《なむあみだぶつ》、南無阿弥陀仏……)

おなつは胸のうちで二度となえた。宝物蔵に侵入し、とらえられて処刑されたひろみの身の上が他人事《ひとごと》のようにはおもわれなかった。

寝床をでるのがもうすこし早かったら、おなつ自身が獄門台に首をさらされる運命にいたっ

ていたところだ。ひろみはおなつのために身替わりになってくれたような気がした。

数日後、おなつは南の木戸のちかくまできたとき、つい足が九ノ蔵へむかった。

むろん例の物がいまだに宝物蔵にしまわれているとはかんがえにくい。紀州藩の密偵にかぎつけられたところに今もそのままあるはずがない。

九ノ蔵がその後どうなっているか、気になってその前まできた。

以前どおり戸前がぴたりと閉ざされ、とくにかわった施錠《せじょう》もされていなかった。柵《さく》をもうけるなどの非常措置もおこなわれていなかった。

第一そのような格別なことをしたならば、九ノ蔵が宝物蔵であることがわかってしまう。

むかいの足軽長屋も、以前とかわった様子はない。

長居することは禁物である。おなつはさりげなく遠ざかっていった。

（例の品はどこ？）

おなつはそれについてかんがえこんだ。いろいろなかんがえが脳裡《のうり》にわきおこり、交錯していった。

「もしかしたら、はじめから、宝物蔵にはなかったかもしれないな」

この月の末ちかく、久方ぶりに外へ買い物にでたかえり、万年屋に立ち寄ったとき、文吉はつぶやくようにいった。

「わたしも、それははじめからかんがえてました。かならずしも宝物蔵にしまわれているとはかぎらないと」

「宝物蔵ではあたりまえすぎやしないか」

「じゃあ、どんなところに？」

「そいつがわかれば、苦労はいらない」

めずらしく文吉が苦笑した。

「尾張藩の場合でかんがえてみるといい。御家にとってもっとも大切な書状があったとしたら、どんなところにしまわれるだろうか」

さすがに赤犬として文吉は無駄飯をくってはいない。

おなつは思案にふけった。

今まで水火の難、盗難などをさけるための場所として宝物蔵や土の中、水の底などをかんがえてきたが、それとはちがう思案も浮かんできた。

「藩主にとってもっとも大切な品だとすれば、それを自分のいちばん身ぢかなところにおくかもしれませんね」

「おれが藩主だったら、きっとそうする」

「藩主がいちばん多くすごす部屋の中……」

「そんな気がする」

「そこから先がむつかしいわ」

藩主は表でもすごし、奥でもすごす。その部屋数はいくつもある。

しかし、おなつの表情はいくらかあかるくなった。

謎《なぞ》は今のところ輻湊《ふくそう》しているが、根気よく追いつめていけばかならずつきとめられるという自信がわいてきた。

「これから先はお屋敷へもどってからとっくりとかんがえます」

「尾張藩と水戸藩では事情もいろいろちがう。藩主、付家老の年齢や性質もちがうからなあ」

文吉には正確に助言をあたえることができぬもどかしさもあるようだ。

「綱條さまのお部屋にちかづければいいんですが」

「無理はさけたほうがいい。おなつは水戸の上屋敷に入るのに三年半以上も年月をついやしている。今、失敗《しくじ》ったとしたら、つぎの者にまた長い年月をかけねばならない。それでは手おくれになる。用心してやることだ」

「ありがとうございます」

そういったものの、文吉はおなつの身を案じていったのでないことは理解している。代役が簡単にはつくれぬことをいっているのだ。

「話はちがうが、おもしろい報《しら》せがきた」

かえろうとしたおなつに文吉がつけくわえた。

「紀州の手の者が尾張屋敷の中へだいぶ深くもぐりこんだらしい」

おなつの足がとまった。

「紀尾のあいだもまた大変なことになってきたそうですね」

「これはだいぶたしかな報せだ」

「どこから入ってきました？」

「紀州からだ」

文吉の返事はおもいがけぬものだった。

「紀州藩の内部にみだれがおこっているとききましたが」

「吉宗公が将軍になられて、あの藩に多少みだれが生じた」

「藩にとっても、吉宗公にとっても、おもいがけないことだったでしょう」

「予見した者もおそらくいなかっただろう。知恵者安藤にもこれは予測できなかったんじゃないだろうか」

紀州藩にはかねて〈北山党《きたやまとう》〉という党派があって、吉宗の政治にたいしてなにかと不平不満をいだいていた。しかし、その中心的人物である塩屋《しおや》伊勢守《いせのかみ》、東郷隼人助が大国屋一族の手によって抹殺《まっさつ》されてから、北山党はほとんど勢力をうしなっていた。

したがって、現在、紀州藩内部でおこっている確執は北山党とは関係がない。

吉宗は将軍になって徳川本家に入ったとき、約三百人の家臣をつれていった。その家臣は陪《ばい》臣《しん》から直参《じきさん》に昇格したのであった。

加納《かのう》角兵衛、有馬四郎兵衛などの特別な側臣をのぞけば、あとはたまたま吉宗が参勤に江戸へつれてきた臣がはからずも昇格の栄に浴した。当事者たちにとってはまったくの幸運であった。

ところが、このほかのところに問題がおこった。吉宗は将軍宣下《せんげ》の十日後、すなわち八月二十三日に〈御庭番〉という将軍直属の秘密諜報《ちようほう》機関をつくった。

歴代幕府にはいわゆる公儀隠密と呼ぶ伊賀者・甲賀者を中心とした組織があった。それとはべつに、吉宗は自分でおもいのままにできる隠密組をつくったわけである。

分家の御三家からはじめて本家に入って将軍職をつぐ者としては、本家の縁者や幕閣の老中たちの意に左右されることなく、自分独自で諜報をあつめる必要があった。

この御庭番には大国屋一族の腕ききたちをえらんで任じたほか、紀州藩の〈薬込役《くすりこめやく》〉〈御庭《おにわ》締戸番《しめどばん》〉のうちからもえらびぬいて役目につけた。すなわち黒犬のうちからも御庭番に任じられた者が何人もいた。

任じられた者と選からもれた者とのあいだには、陪臣と直参との大きな差がついた。当事者たちにとっては、ただ幸運、不運だけでは割り切れぬものがあった。

そこに技術の差が評価されたとかんがえられるからだ。忍びの術という職能におのれの存在価値を賭《か》けた黒犬と、そうではない一般の藩士たちとの差がここにあった。

「紀州の黒犬が、お家の秘密を敵にあかすとは……」

おなつは複雑なおもいにおちいった。

「尾張屋敷にもぐりこんだ紀州の者は二人だそうだ」

文吉の言葉をきいて、おなつは万年屋から上屋敷へもどっていった。

決闘浄瑠璃坂《じょうるりざか》

一

師走《しわす》の風が吹いている。

水戸藩上屋敷《かみやしき》の奥御殿の庭も、蕭条《しょうじょう》とした冬ざれの風景におおわれている。外を見るかぎり、寒々しいばかりの光景だ。

昨日、水戸家恒例になっている下屋敷《しもやしき》の冬の花見がおわった。今年は例年以上に寒桜《かんざくら》のつきがよかった。

花見の翌日から煤払《すすはら》いがおこなわれるのも、年例である。江戸城大奥でも、数日まえに御煤払いはおわった。

武家の年中行事は、煤払いで仕舞《しま》いである。煤払いはその年のおさめであり、あたらしく年をむかえる準備である。煤払いをおこたるところには、あたらしい年はやってこない。

煤払いのやり方にも、家例によってちがいがある。

江戸城大奥の場合は、場所がとてつもなく広く、部屋数も多いので、十二月早々からはじめなければ間に合わぬ。まず身分のひくい女中たちの住む部屋からはじめ、順次身分のたかい女中の部屋へうつってゆき、最後の十三日に御台所《みだいどころ》と将軍の部屋のある御殿向きの大掃除をおこなう。

御三家や国持ち大名の場合、国許《くにもと》の城中では大奥を真似《まね》て十二月早々からはじめるが、江戸の上屋敷、下屋敷などでは大抵一日か二日でおわらせてしまう。

水戸家の場合もそうである。しかし、その日は早朝からかかって、夜おそくまでつづける。出入りの職人や鳶《とび》人足たちが大勢手つだいにやってきて、威勢よくかたづけてゆき、おわれば、祝儀目録金、染め模様の手拭《てぬぐ》いなどがでて、例年定めの酒肴《しゅこう》の振る舞いがあり、夜更《よふ》けて散会となる。

おなつも暁におきて、仕度をはじめた。

曙《あけぼの》のころには、奥御殿は奥女中らが総出で各部屋や廊下、納戸《なんど》、押入れなどの大掃除にかかって、外の寒気を吹きとばす活気を見せた。

上屋敷だけでも、奥御殿に百人以上もの奥女中が奉公している。それでも綱條《つなえだ》の奥方在世時よりは数がだいぶ減った。綱條自身が極力へらしてきた。

おなつは、この日をもう何か月も前から待ちかねていた。綱條の部屋に見咎《みとが》められずに近づけるのは、この日をおいてほかにはないからである。

おなつは早々に自分の部屋の大掃除にとりかかり、手ぎわよく午《ひる》だいぶまえにおえてしまった。

奥御殿は奥女中の長局《ながつぼね》ばかりあるのではない。藩主の家族の住む御殿向きが中心になっている。

「おなつ、おいく、おとね、さくら、おふじ、おかじ、やよいは、昼餉《ひるげ》のあと出仕廊下にきや」

老女瀬川の言葉をきいて、おなつは雀躍《じやくやく》した。

出仕廊下の先は綱條や世子《せいし》鶴千代《つるちよ》ら藩主の家族たちの住むところである。この廊下が長局と御殿向きとをわかっている。

おなつは裾端折《すそはしょ》りして、紅襷《べにだすき》、姉さんかぶりのいでたちで、出仕廊下へいくと、おなじ格好の奥女中たちが手に手に箒《ほうき》やハタキなどを持ってあつまってきた。

綱條やその家族にはそれぞれお付きの奥女中がいるが、彼女たちだけでは手不足なぶんを、おなつ、おいく、おとね……らが手つだいに狩りだされたのだ。えらばれた顔ぶれはいずれも瀬川のおぼえめでたい奥女中たちばかりである。

おなつはこの中にえらばれるために、何か月もまえから瀬川のおぼえをよくしておいた。

出仕廊下をあるいていくとき、さすがに足はふるえがちであった。

(この廊下の先のどこかに、御墨付《おすみつき》と誓紙がある)

確信めいたおもいが、胸中に秘められていた。

(かならず見つけださねば……)

難事ではあるが、自信はなきにしもあらずである。この探索にくノ一としての真価が問われていることはたしかだった。重阿弥《じゅうあみ》の娘として、赤犬すべての期待を背負わされていた。

奥御殿の中でも、出仕廊下のこちらとあちらでは世界がちがうのである。お付きの奥女中でないかぎり、みだりには御殿向きに立ち入ることはできない。

おなつは上屋敷をうつってきた早々まちがえたふりをして、殿さまの寝所《しんじょ》にちかづき、綱條と中山との秘密の話をぬすみ聴きしたことがあるが、それ以後は許しなく立ち入ったことはなかった。

キュッ　キュッ……

出仕廊下からさらに御殿向きの廊下をあるくと、〈ウグイス張り〉の音がひびいた。おなつはこの音で肝をひやしたことをおもいだした。

「みなみな十分こころくばりして、煤払いにかかってたもれ。かまえて粗相《そそう》のないように」

瀬川は念を入れて注意し、一同は古参奥女中の指示のもとに御殿向きの大掃除にかかった。

綱條づきの奥女中や鶴千代づきの奥女中らもくわわって、例年の段取りにしたがってみなはきびきびとうごいた。

御殿向きは藩主の部屋である書院の間を中心にしている。書院の間は上の間、下の間、次の間、控えの間とつづいており、綱條が居間としているのは、下の間である。

現在はつかわれていないが、奥方の部屋は桐《きり》の間であり、これに次の間、控えの間がついている。

世子の住む部屋は滝の間であり、そのほかに十いくつもの部屋がつづいている。

それぞれの部屋の天井や壁、襖《ふすま》、障子などに丁寧にハタキをかけ、調度品や柱、敷居、窓などをみがき、飾り物や押入れの中の品については古参女中にたずねて、もちだしてきてハタキをかけたり、みがいたりする。

おなつは書院の間にちかづく機会《おり》をうかがった。

かならずしも、今日、御墨付と誓紙をもちださなくてもよい。今日はありかを見つけることができれば、それで十分であった。

あえて危険をおかし、失敗する愚はさけなければならない。あせれば、今までの苦労が水の泡になってしまう。

おなつは滝の間を中心にして煤払いをつづけ、機会をみて書院の間に入っていった。

そのときには書院の間はもう八分どおり煤払いがはかどっていた。

書院の間では数人の奥女中たちがはたらいていた。

さすがに藩主が住まうにふさわしい堂々たるつくりの部屋である。が、調度などは意外に質素である。飾りつけなどもほとんどない。いかにも質朴な綱條の部屋らしい。

上の間と下の間は各十二畳の部屋であり、おのおの二間《にけん》の床の間がついている。

下の間についていえば、ちいさな文机《ふづくえ》と書棚、茶簞笥《ちゃだんす》くらいが調度であり、文机の上に手文庫がのせてある。床の間には掛け軸が一本だけあり、花活《はない》けに侘助《わびすけ》が一輪さしてある。

そのほかには綱條が日ごろつかっている脇息《きょうそく》があるくらいだ。

綱條や鶴千代などは今日は中屋敷《なかやしき》にうつっている。

おなつはさりげなく部屋の中を見まわした。

おなつにはくノ一としての勘がある。今はその勘だけがたよりであった。

手文庫や文机の抽斗《ひきだし》の中などは重要な書類をしまっておくにはふさわしいところだが、東《とう》照《しょう》神君《しんくん》からの御墨付や紀水同盟の誓紙となると、かえってそういう場所はふさわしくない気がした。

天井、長押《なげし》、柱、床の間、敷居、壁、襖の把手《とって》、畳……などへ注意をくばった。そういうところに細工して隠されているのではないかとおもった。

（………）

そのとき、横手から自分にむけられる視線を感じた。おなつは一瞬ためらい、そちらを見かえるのをおもいとどまった。

「おなつさま」

先方から声をかけられ、びくっとして仕方なくふりかえった。

「あら、おみよさま」

公家《くげ》そだちのように上品でおちついた感じの奥女中が次の間から入ってきた。おみよは五か月ほど前、綱條付きとして下屋敷から上屋敷にうつってきた者である。

うつってきた当初、洗濯物の干し場がなくてこまっているのを見て、おなつが自分の場所をゆずってやったことがあった。それいらい廊下などでいき合ったときは挨拶《あいさつ》をかわす仲である。

おなつはおみよの上品でひかえめな物腰に好意をいだいていた。

「お手つだいいただいて、有難うございます」

「こんなときでなければ、殿さまのお部屋など拝見できるときはありませんもの」

おなつはいいわけをふくめてこたえた。

「わたしははじめから殿さま付きでございましたから」

おみよは疑いを見せずにいったが、おなつは相手の視線に後ろめたさをおぼえ、早々に書院の間を立ち去った。

二

おみよが一平とともに下屋敷から上屋敷にうつったのは、初秋七月であった。

桔梗《ききょう》ヶ原《はら》での柳生厳延《やぎゅうよしのぶ》との勝負は決着がつかなかった。霞九郎《かすみくろう》が予想したとおり、厳延には左馬助《さまのすけ》が助太刀《すけだち》についた。

助太刀の左馬助がまず一平に勝負をいどみ、技量伯仲《はくちゅう》の戦いのさなか、左馬助は隙《すき》をみて目つぶしの砂を顔面に投じ、一平を戦闘不能の状態におとしいれた。おみよが一平をかばったが、勝敗の帰趨《きすう》はあきらかとなった。そのとき雑木林の中に身をひそめていた霞九郎と雲居《くもい》の小弥太《こやた》が姿をあらわして厳延と左馬助に立ちむかい、一平とおみよとを辛《から》くも逃がしたのだ。

一平はこのときの目つぶしで両目をやられ、水戸藩上屋敷の御長屋で一碧斎《いっぺきさい》の手当をうけ、昨今ようやくほとんど視力が回復してきた。おみよは一平とともに上屋敷に身をあずけ、綱條付きの奥女中となっていたのである。これは霞九郎の依頼によって、中山が内々で取りはからってくれた。

おみよと一平にとっては、水戸家は存外すごしやすいところであった。両人のうしろに霞九郎と一碧斎の庇護《ひご》があったからだが、水戸家は光圀《みつくに》いらい勤皇《きんのう》の家柄として世上に知られている。それで朝廷につかえる姉小路家《あねがこうじけ》と有栖川家《ありすがわけ》にたいする敬意が中山のうちにも存していたからである。

一平はおみよとはなれて、桜の馬場の裏手にある御長屋で療養にすごした。一碧斎が採取した薬草を煎《せん》じた薬を湯にとかし、それをたっぷりとふくませた晒《さらし》を毎日目にあて、根気よく治療をおこなったのである。

おみよは奥御殿住まいであるから、滅多に一平の見舞いにこれなかった。上屋敷における表と奥の区別は案外厳重なのである。老女瀬川の許しがなければ、おみよは御長屋をたずねることはできなかった。

煤払いの翌々日、

「おみよどの」

奥御殿の出口のところで、とつぜん声をかけられた。聞きなれた男の声だ。

はっとして、ふりむいた。

木戸のむこうに、なつかしい男が立っている。

「一平さま……」

もう一か月以上、二人は会っていなかった。それにしても、一平がわざわざ木戸口で待っていたのは普通のことではない。ここ五か月ものあいだの療養で一平の顔色は蒼白《あおじろ》くなっている。こころもち眼窩《がんか》がくぼんでいるのもわかった。しかもその顔がやや緊張しているのをおみよは見のがさなかった。

「達者なようだが」

声もこころなしか、しずんでいる。

「どうかなさいましたか、一平さま」

おみよは不安なおもいをいだきながらきいた。桔梗ヶ原で柳生をたおすせっかくの機会を無にしてしまった無念さをおぼえつづけているのは、二人ともおなじである。

「京都でことがおこった」

一平の言葉でおみよの胸が大きな動悸《どうき》をうちだした。不吉な予感がかすめた。

「どのような……」

「気の毒なことをつたえなければならぬ」

「どうぞ、おっしゃってくださいませ。どんなことでもおどろきませぬ」

おみよはその覚悟をした。

「お父上が、この月の初めにお亡くなりになられた。今わの際《きわ》まで、おみよどののことを気づかっておられたそうだ。昨日《きのう》、そのつたえがわたしのところにまいりました」

感情をおさえた一平の言葉がおみよに衝撃を与えた。

「左様でございますか。父が亡くなりましたか。もう……、だいぶ老齢でしたので……」

そこまでは、平静にこたえた。父姉小路実長《さねなが》は今年六十路《むそじ》なかばの坂をこえていた。それに今年の春先から病で床につきがちであったことも知っていた。

「葬儀《とむらい》には、勅使、院使もお見えになり、摂政関白九條さま、左大臣三條実治《さねはる》さま、右大臣近衛実久《このえさねひさ》さまもご参列くだされたとか」

「有難きしあわせにございます」

おみよはようやく感情をおさえていった。父実長は嫡子実次《さねつぐ》が消息不明になったことから官を辞して、逼塞《ひっそく》同然の暮らしをずっとつづけていた。だから、葬儀に際して朝廷や院から格別な厚情をたまわったことは、おみよにとっても大変うれしいことであった。その厚情にたいして感謝しなければならなかった。

「朝廷や院のおぼしめしは大変に有難いことですが、お父上がお亡くなりなされて、姉小路の家をつぐ者はおみよどの以外にはなくなってしまわれました。それについてご親戚《しんせき》一同がおあつまりになられて、いろいろご相談なされたそうです。そのことを有栖川の召使いが、依頼をうけてつたえてきたのです」

「左様ですか」

おみよには自分の親戚一同がはなし合った内容をほぼ想像することができた。

「姉小路の家を絶やすことはできません。ついては、おみよどのになるべく早くかえっていただかねばということです。実次どのの仇討《かたきう》ちをあきらめるわけではないが、この際はお家の大事であるから、ひとまず仇討ちを措《お》いてはどうかということが話し合われた様子です」

「仇討ちは中断して、京へもどって養子縁組をいたせというのですね」

おみよはやや切り口上になった。今まで女だてらに兄の仇討ちに若い命をかけてきただけに、お家の都合で急に中断しろといわれても、すぐには気持がついていけないのだ。

「三年以上も仇敵《かたき》を追いつづけ、相手の居場所までつかんでいるのですから、今更中断するのは口惜《くや》しいかぎりですが、ご親戚一同のおかんがえもわからぬではありません」

「柳生厳延をこのままにして京へひきかえすのでは、死んでも死にきれません」

これがおみよの実感だった。

お家の都合で仇討ちを中断するくらいなら、はじめから死にもの狂いの決心で江戸までででくることはなかったのだ。ひきかえに由緒《ゆいしょ》ある姉小路の家をつぶすまでの覚悟はなかったが、だからといって、すぐに京へもどる気にもなれなかった。

「その気持はわたしもおなじです。できるならば、柳生厳延を討ちはたしてからもどりたいものです」

「いつまでに、もどらねばお家をつぶされるのでしょうか」

「一日でも早いほうがいいにきまっていますが、どんなにおそくともお父上の四十九日までにはもどらねばならないそうです」

「今日、明日にでも、柳生を討ちはたしたいものです」

これはおみよのこころの叫びであった。

「ともかく、おかんがえになってみてください。わたしはそのおかんがえにしたがいます」

一平がそうこたえたのは仕方がなかった。一平はあくまでも助太刀の立場である。

「わかりました。一両日かんがえさせてくださいませ」

おみよはやむなくこたえた。父の死をかなしんでいる暇もなく、あわただしく今後の身のふり方をきめねばならなかった。

仇討ちを中断してしまうには、こころのこりがありすぎる。ひとたび中断すれば、それが断念につながる可能性がきわめて大きい。

できるならば、早々に厳延を討ちはたして、京へもどりたい。が、厳延がそんなに生やさしい相手でないことはわかりきっている。

「では」

いいのこして、一平は木戸から立ち去っていった。

三

新春とともに享保《きょうほう》二年（一七一七）をむかえた。

この年はしずかな正月だった。例年、三箇日に江戸のどこかで大火があるものだが、今年は年末から三箇日にかけてボヤ以外のたいした火事はおこらなかった。

「あたらしい公方《くぼう》さまのご威光であろう」

「吉宗公が公方さまにおつきになられてから、世の中が静かになった。大きな火事は減り、天候異変もおさまっている」

吉宗が熾烈《しれつ》な継承位争いに勝ちぬき将軍職についてから九か月がたつが、世上の評判は存外好評であった。昨今、世間の〈物《もの》は付《づけ》〉の中に、〈能《よ》き者は当公方様〉というのがあるくらいだ。
六、七代の将軍が病弱であったり、幼少であったりして、側用人《そばようにん》や老中などのささえがなければ満足に世をおさめていくことができなかった。吉宗はその後をついだだけに、分家の出とはいえ、久々に親政をおこなう力量をそなえた将軍として好評であった。
それに吉宗が、就任後、前代までの煩雑化した政治を廃し、できるだけ簡明なものにあらためていったことは好感をもってむかえられた。さらに虚飾とおもわれる儀礼や作法、しきたりについてもつぎつぎに改廃し、つとめて幕政初期の古法にもどしていった。

譜代《ふだい》家臣をできるだけ優遇し、門閥にかかわりなく人材の登用をはかり、老中を尊重するなどの積極的な政策にも人気があつまり、木綿の粗服をかまわず身につけたり、三尺の大刀を佩《は》き、黒飯をも平気でたべる素朴、剛健さも吉宗が好評を博する理由となった。

概して、吉宗の新政はすべりだし上々であった。

水戸藩の綱條や中山、鈴木などの首脳は吉宗の政治をしずかに見まもっていた。

水戸藩上屋敷の正月行事は、元旦の藩主登城《とじょう》からはじまった。この日は徳川御一門が御三家の御礼である。本丸白書院《しろしょいん》で兎御吸物《うさぎおすいもの》と御茶の式がおこなわれる。

水戸藩士たちの元旦御礼は、綱條が下城《げじょう》してから、表御殿大広間でおこなわれる。

奥御殿における年始御礼は、さらにそのあとから奥御殿大広間でおこなわれる。

二日は、御三家の嫡子と国主、城主、外様《とざま》大名らの登城御礼である。水戸家からは鶴千代が登城し、御流れを頂戴《ちょうだい》し、呉服の拝領をうけた。

三日は、綱條と鶴千代がそろって表御殿において、水戸家出入りの御用商人、御用職人、御用能楽師、御用絵師などの年始挨拶をうける。これには年例によって、国許水戸城下の御用商人、職人らもくわわるから、盛大な儀式となる。

入れかわり立ちかわり挨拶に罷《まか》りでる者の後がたえぬため、綱條と鶴千代は朝辰《たつ》の刻（午前八時）から夜戌《いぬ》の刻（午後八時）まで表御殿にでずっぱりである。昼餉の半刻《はんとき》ほど奥御殿にもどってくるだけである。

したがって、この日ばかりは、奥御殿の者たちはみな手持ち無沙汰《ぶさた》となる。御殿中にはなやかな正月気分が横溢《おういつ》し、長局でカルタや双六《すごろく》、福笑いなどに興ずる者、庭で羽根つきをする者、あるいは餅《もち》を焼く者、甘酒を飲む者……など百人以上の奥女中たちが着かざった晴着姿で無礼講ですごすのである。

おなつは午前中、庭で羽根つきに興じ、午後からは長局でカルタ、双六にくわわった。

「ちょっと、所用をおもいだしました」

おなつは一刻ばかり存分にあそんだ後、長局から中座した。

そして長局の廊下をすすんだ。

今時刻、奥女中たちはほとんど全員が遊戯をたのしんでいる。つとめをしている者はないといっていい。

むこうから瀬川がやってきた。

「おなつ、どこへいきやる」

瀬川はにこやかな顔で声をかけてきた。奥女中全員を取りしまる立場の瀬川も、今日はまるでお役目をわすれたようだ。ふとり肉《じし》の全身からお屠蘇《とそ》気分を発散させている。

「お年寄さま、ちょっと用たしに」

おなつはやや媚《こ》びるような色を見せてこたえた。

「無礼講はこれからじゃ。はようもどってきやれ。おなつは上屋敷の正月ははじめてじゃな。夕方まで存分にあそびたわむれるのが、上屋敷のしきたりというもの」

瀬川は上機嫌でいった。

「はやくもどりますとも。上屋敷のお正月がこんなにたのしいものだとは存じませんでした」

おなつは負けずに上機嫌でいって、瀬川の前をすりぬけた。

やがて、出仕廊下の前まできた。

周囲を見まわしたが、奥女中の姿はどこにもない。

おなつは、出仕廊下を平然とすすんでいった。もし見咎める者がいたとしたら、今日の無礼講を理由にいいぬけるつもりだった。

廊下が突き当りで右と左にわかれている。右にゆけば書院の間になり、左へゆけば滝の間や桐《きり》の間になる。

おなつは右へまがった。廊下の片側には中庭がつづいている。山茶花《さざんか》の赤い花があでやかに咲きほこっていた。

書院の間の前にでた。とっつきに控えの間がある。おなつはその部屋の障子をそっとあけた。

この部屋には調度はなにもない。控えの間から下の間へ入っていった。ここがめざす部屋である。

文机、箪笥、手文庫などがあるが、それらには目をかさなかった。おなつはためらわず文机のそばにおいてある脇息へすすみ寄った。

（これだ！）

昨年の煤払いのときから、これに目をつけていた。

何の変哲もない脇息である。しかもかなりつかい古されている。肘《ひじ》をおく部分は布がややすり切れている。

通常、殿様の脇息などは半年か一年に一度くらいは取り替えるものである。それなのに網條の脇息は長いあいだ取り替えられた形跡が見えぬ。

おなつが目をつけたのはそのためである。

おなつは脇息をとって見まわした。どこかに仕掛けか細工があるだろうとおもった。

いろいろさわってみたが、あやしい部分は見つからぬ。

脇息は二本の足と、それをつなぐ肘置《ひじお》きの部分から成っている。肘置きは単に板をおいただけの物もあるが、上等なものは肘が痛くならぬよう板の上に綿などのあんこをのせて布でくるんである。

逆さにして足をひっぱってみたが、びくともうごかぬ。

おなつは懐にしのばせておいた苦無《くない》をとりだした。これは忍者がこのんでつかう壊器《かいき》で、物をこわしたり、隠し武器にもつかう。

苦無の先を肘置きと足とのあいだにさしこむと、おもったとおり足がぐらっとうごいた。

ひっぱると、足がすぽっとはずれた。

さらにもう一本の足も、おなじ方法ではずした。

そして肘置きの板の部分と、あんこを布でつつんだ部分とのあいだに苦無をさしこむと、はたしてこれも二つにわかれた。

おなつのこころはおどった。水戸藩にとってもっとも大切な二通の書状がこの中にかくされているという確信をいだいた。

あんこの綿をひきだしていくと、その底から折りたたんだ奉書が二つあらわれた。一方は年へて古びており、あとの一方はまだあたらしい。

（あった！）

胸のうちでさけびをあげ、かすかにふるえる手でそれを取りだした。

奉書をひらいていくと、中から、〈誓紙〉としるした書面があらわれた。

その末尾を見ると、紀伊中納言吉宗の署名と花押《かおう》があった。これこそ、紀水同盟の際に吉宗が水戸綱條にたいして書きおくった誓紙にまちがいなかった。

おなつはそれを奉書の中にしまってから、もう一つの奉書をあけていった。

その中からも折りたたんだ書面があらわれた。すでに長年月をへて薄茶色に変色し、ところどころに染《し》みの浮いた紙面に、達筆な草書体の文字がつらねてある。

文意はよくわからぬが、文中に水戸中納言と副将軍の文字を発見して、おなつのこころはわないた。そして末尾には水戸中納言頼房の宛名《あてな》と、徳川家康の署名、花押があるのをたしかめた。

（まちがいない）

おなつはいそいで二通の書面を懐中に入れた。

その直後、はっとしておなつは立ちあがった。

キュッ　キュッ

〈ウグイス張り〉の廊下をちかづいてくる足音がきこえた。

おなつはいそいで脇息を元のようになおそうとした。

そのとき、奥女中が控えの間に入ってきたのが、あけておいた襖のあいだから見えた。

（おみよ！）

おみよは綱條付きであるから、いつこの部屋にちかづいてきたとしても不思議はなかった。

「どなた？」

綱條の居間に侵入した者があるのをさとって、おみよが不審の声をあげた。

「まあ、おみよさま」

おなつはおちつきはらって声をかけた。

「おなつさまではありませんか」

おみよの言葉は険をふくんでいなかったが、眸《め》の奥にはおなつをうたがう不審の色がひそんでいた。

「瀬川さまにたのまれまして」

おなつはとっさにいいわけをした。

「まあ、瀬川さまが……。どのような？」

おみよはすぐさまたずねてきた。

不覚ながら、おなつはいいよどんだ。

「おなつさま、何用があって、殿さまのお部屋に」

おみよはかさねて詰問《きつもん》してきた。

「瀬川さまが、下の間の火桶《ひおけ》の様子を見てまいれと」

おなつはとっさに嘘《うそ》をいった。

おみよの顔はあきらかに嘘を見やぶっていた。ばらばらになった脇息をみとめたのだ。

「曲者《くせもの》でございますっ、みなさま方お出合いくださされ！」

おみよはためらいなく大声をあげていた。

「ご無礼なっ、曲者呼ばわりはゆるしませぬぞ」

いうなりおなつは畳を蹴《け》っていた。

おみよは素ばやく懐剣をとり、紐《ひも》をといた。

おなつはおみよに体当りしていった。その右手に苦無をにぎっていた。

「神妙になされませ！」

おみよはおなつが振りかざした苦無をからくもかわした。その瞬間、

「やっ」

おなつが足をおみよの膝《ひざ》にかけて、片手を飛ばすと、おみよの体がもんどり打った。

おなつは廊下をはしった。夢中で駆けた。

はやくも、出仕廊下をむこうから駆けてくる奥女中の姿が見えた。

おなつはかまわずはしった。

「ひいっ」

廊下で両者が交錯した瞬間、苦無がひらめき、奥女中の喉《のど》を裂いた。

悲鳴を背後にききながら、おなつは疾走した。

またもや、むこうから奥女中があらわれた。しかも数人いた。

「や！」

おなつは大胆に身をひるがえし、廊下から奥御殿の庭へ飛んだ。

さわぎたつ奥女中たちを尻目《しりめ》に、奥御殿の庭をはしった。奥御殿の木戸をめざして駆けた。

振りかえると、右往左往する奥女中たちの姿が見えた。が、その中から一人だけぐんぐんおなつに追いすがってくる奥女中がいた。

おみよである。

四

おみよは下の間でおなつに投げられたが、擦《かす》り傷も負っていなかった。受け身で体をささえ、すぐに立ちなおっておなつを追ったのであった。

おなつが殿様の脇息から何物かぬすみだしたのを察していた。場所柄と情況からして、それが水戸家の立場を左右する重大な品であることが想像された。

おなつはもうだいぶ先をはしっている。

今日が正月三日であることがおなつに幸いし、追手の側にとっては不利な条件となった。とくに奥御殿では正月祝いの無礼講のさなかである。御殿内の見張りや見廻《みまわ》りも今日一日は形ばかりのものになっていた。

そこのところをまんまと、おなつにつかれた。

おみよは霞九郎、一碧斎をはじめとして、水戸家にたいしては大層な世話をこうむり、恩義をうけている。それにたいしてすこしでもむくいる機会は今しかないと、こころに期しておなつを追跡した。

おなつが奥御殿の木戸をくぐりぬけていくのが見えた。

追手の奥女中たちは、おみよよりもさらにずっと後ろを追っている。

上屋敷には表門のほかにいくつかの裏門や通用門などがある。おなつが牛坂口《うしざかぐち》の門から脱出をはかっているのが読めた。

おみよがおなつにたいして疑いをいだいたのは旧冬煤払いの折りであった。けれどもそのときは、おなつの素姓《すじょう》にたいしてまで疑惑をもたなかった。それがうかつといえば、うかつであった。

おなつが水戸藩上屋敷に潜入していた隠密だったとは意外な上にも意外であった。水戸藩士貝沼辰之進の後家という身分が、彼女の絶好の隠れ蓑《みの》だったのだ。

しかも、おなつは熟練のくノ一であった。女ながらも仇討ちのために武芸を身につけたおみよを一瞬のうちに投げとばした技は尋常なものではなかった。

おなつは奥御殿の木戸をぬけて、牛坂口の通用門めざして駆けていく。

おみよとの間隔はしだいにひらいていった。

（一平さま……）

おみよはこのとき一平にかすかな期待をかけた。

今日の午後、おみよは一平と奥御殿の木戸口で落ち合う約束をしてあった。運がよければ、一平が木戸のところにきているはずである。

おみよは木戸口まできた。

（いない！）

残念ながら、期待した一平の姿は見えなかった。

やむなく、おみよは牛坂口へむかって一人で追跡を続行した。

おなつが通用門をはしりぬけていくのが遠くに見えた。

彼女の走法は訓練しぬかれた特殊なものである。軽々と地上を翔《と》ぶようにはしっていった。

おみよは心中ではあきらめかけていた。距離はひらく一方だ。

けれども追跡を断念しなかった。柳生厳延を仇敵としてねらいはじめてからというもの、何事につけても断念をしない習性ができていた。

「あ……」

そのとき、魔物がかすめるように、おみよを後ろから追いぬいて駆け去った男の姿があった。

その男はおなつを追って疾走していった。

（一平さま！）

おみよは思わず感嘆の声をだしかかった。

おなつを追走する一平はぐんぐんおみよを引きはなしていった。

一平は牛坂口の通用門をたちまち駆けぬけた。

一平は牛込御門の前をはしりぬけ、とうとう船河原町《ふなかわらちょう》のあたりまで駆けてきた。

彼にとっての誤算は、小石川からここにいたるまでついにおなつをとらえられなかったことである。当初のつもりでは、牛坂口をでて、一、二丁のうちにとらえることができるとふんでいた。

ところが船河原町まできても、まだ間隔をちぢめることができなかった。

一平の前方半丁余のところを女は疾走している。その走法ぶりはとても尋常な女のものではなかった。長距離をはしっても体の揺れがすこしもなく、無駄な力がどこにも入っていない。

（くノ一だ）

一平ははしりながら確信をいだいていた。

おなつという奥女中の振る舞いが少々あやしいということは、旧年の煤払いの後でおみよからきいていた。一平は今日、約束の時刻に木戸口にきて、おみよがおなつとおぼしき奥女中を必死で追っているところに行き合ったのだ。

おなつのむかう方角は市《いち》ヶ谷《や》御門である。その真正面が尾張藩上屋敷だ。

おなつを尾張藩のくノ一とほぼ推量することができる。

御三家の確執については、一平も知っていた。霞九郎、一碧斎らが血みどろの暗闘をくりひろげ、それがいまだ終局にいたっていないこともわかっていた。

一平は水戸藩上屋敷の庇護をうけている者として、自分にできることならばすこしでも霞九郎、一碧斎らに荷担してやりたかった。しかも、尾張藩には不倶《ふぐ》戴天《たいてん》の仇敵がいる。

一平はまだ、尾張藩上屋敷にいたるまでにおなつをとらえる期待をなくしていなかった。くノ一も訓練しだいでは男の忍者に負けぬ技術を身につけることはできる。が、体力、持久力となると、くノ一の場合には限界がある。女に男とおなじところまでもとめるのは、忍者であっても無理なのだ。

おなつが終始快走をつづけるのはとても無理だと読んだ。

（やがて、速度がおちるだろう）

そうおもいつつ、一平はあきらめずにはしりつづけた。

船河原町をすぎ、市ヶ谷田町《たまち》三丁目に入った。

五

市ヶ谷田町下二丁目まできたとき、本能的に一平は不審をおぼえた。妙な緊迫感が町の中にたちこめていた。

（……？）

この道は、船河原町、市ヶ谷田町三丁目、同町下二丁目、同町上二丁目、同町一丁目、市ヶ谷田町とどこまでも細長くつづく町並みである。

正月だけに、人影はすくないが、往来する人々の中には疾走する二人に奇異の目をむける者もいた。が、あっという間に、おなつも一平も町並みを走りすぎていってしまった。

（はて……）

一平の不審はますます濃くなっていった。

駆けながら緊迫感の中に危険きわまりないにおいを感じていた。往来や町並みの物陰などに殺気が張りつめているのが、五体にひしひしと感じられた。

（あぶない！　何かある）

一平は自分をおしつつんでくる危険にたいしてそなえた。目に見えぬ罠《わな》が張りめぐらされているような気がした。

しかも、その罠の中にぐんぐん吸いこまれていくような恐怖感がめばえてきた。自分を待ちうける何物かがこの道筋に仕掛けられていることは最早まちがいない。

それでも一平はおなつを追って駆けつづけた。

おなつとの距離はあきらかにちぢんだ。予想したとおり、おなつの脚力と体力はしだいにおちてきた。走法にもわずかながらも乱れが生じていた。

そのとき、一平は自分の目をうたがった。意外なことがおこった。おなつがとつぜん道をまがった。

市ヶ谷田町上二丁目と同町一丁目とのあいだを、右へむかってのぼる坂道がある。

浄瑠璃坂、という。寛文のころの仇討ちで有名な坂である。奥平源八という者が親の仇敵奥平隼人《はやと》を、この坂上で討ち破ったものだが、助太刀だけでも約五十人くわわった大がかりな仇討ちであった。

一平もためらわず道をまがって、浄瑠璃坂を駆けあがっていった。一丁以上もつづく長い坂道である。

寒風が坂の上から吹きおろしてくる。

しかもむかい風だ。

坂の左手は水野土佐守の上屋敷の長い裏塀である。右手には門松《かどまつ》をかざった旗本屋敷がずらっといくつも立ちならんでいる。

ふだんでさえも人通りのすくないところだが、正月三箇日は滅多に人影を見ない。

おなつはその坂道を着物の裾《すそ》をひるがえして駆けあがっていった。

一平はそれをしだいに追いつめた。

そのとき、めずらしく、坂の上から人がやってきた。

商人ていの男だ。

見る見るうちに距離がちぢまった。

すれちがう一瞬、恐怖が一平の体をはしりぬけた。

(忍者だ！)

しかも、相当な手だれだと察した。

が、商人ていの男は何事もなく通りすぎていった。

つぎにまた、人影があらわれた。それも、一度に数人の影が坂の上にあらわれた。今度はいずれも侍姿だ。

ここで否応《いやおう》なく、一平の足がとまった。

(尾張の忍者ども)

一平はうめいた。前々から感じていた伏兵だ。〈赤犬〉と呼ばれている者どもだとさとった。赤犬どもは今日おなつが水戸の上屋敷から尾張の上屋敷へ逃げもどってくるのをかねて知っていた様子である。おなつは重大な土産を持参して帰参したのだとかんがえるべきだった。赤犬たちはおなつを援護するため、追手をさえぎるべく道筋に網を張っていたのだ。

おなつの姿が赤犬たちの中へ消えた。

しかも、いつしか、その赤犬の群れの中から、ひときわ目立つ男が姿をあらわした。

「うぬっ、柳生厳延！」

一平はおもわず声をもらした。

厳延が赤犬たちの群れをしたがえて、市ヶ谷田町下二丁目あたりから、浄瑠璃坂にかけて、出張ってきていたのだ。

一平は赤犬たちの待ちかまえる警戒網の中に自分から飛びこんでいったことになる。一平の体が武者振《むしゃぶる》いでふるえた。

「有栖川一平っ、よいところにまいった。飛んで火に入るなんとかじゃ」

厳延が坂の上から傲然《ごうぜん》と声をかけてきた。すでに勝ちほこった余裕がある。

「柳生厳延、よいところで出会った。姉小路実次どのの仇敵！　おみよにかわって勝負いたす」

一平も怒声をほとばしらせた。おなつは取りにがしたが、にわかに意外な展開となった。このころの準備はできていなかったが、ねがってもない機会の到来であった。桔梗ヶ原いらい半年ぶりにおとずれた絶好の機だ。むざむざ逃がすわけがなかった。

「柳生新陰流《しんかげりゅう》と御《ご》所流《しょりゅう》剣法、いずれがつよいか、とっくりとおしえてくれよう」

厳延はゆっくりとすすみでてきた。

一平は太刀の柄《つか》に手をかけた。

しかし、一平にとって足場は坂下であり、なおかつ風下である。寒風をまともに受けている。

しかも多勢に無勢だ。劣勢はおおうべくもない。

勝ち目はすくない。一平にのこされているのは捨て身の勝負だ。

（相討ち、しかない）

我が身を捨てて、相手をたおす戦法をねらった。

いずれにしろ、勝負は短時間できまると一平はみた。

厳延のまわりにいる赤犬どもをことごとく無視した。厳延ただ一人をにらみすえた。

厳延は優勢におごって一平を見くだしている。

風が鳴っている。

厳延が駆けくだってきた。

一平は駆けあがっていった。

厳延が一刀を抜きはなつのが見えた。

一平も抜いた。

そのとき……、

一陣の疾風が逆巻《さかま》くごとく、一平を追い越していった影があった。

その影は厳延にむかって疾駆していった。

「あっ……」

厳延が一刀を高く振りかぶった。と同時に影が厳延と交錯し、そのままはしりぬけていった。

その瞬間、厳延の一刀が高々と空《くう》へ舞いあがっていた。

（霞九郎！）

一平は無我夢中ではしりながら、影の正体をみとめた。

厳延があわてて脇差《わきざし》をぬくのが目に入ったが、一平はすりぬけながらかまわずに太刀をおもいきり振りぬいた。

すさまじいばかりな手ごたえをおぼえたのと血煙があがったのが同時であった。

一平は勢いのまま数間はしって、立ちどまった。そのときになって、肩のあたりに激痛がはしるのをおぼえた。厳延の脇差にやられたのだ。

ふりかえると、立っている厳延の姿は見えなかった。路上にたおれ、体をちぢめて苦悶《くもん》している姿が見えた。

さらにそのちかくで、赤犬どもを相手にたたかう霞九郎の姿が見えた。

（どうして、霞九郎が……）

おみよが追跡をあきらめて、報《しら》せにはしったのかともおもったが、今は詮索《せんさく》する余裕はなかった。

「霞九郎どの、助太刀かたじけない」

そうさけんで、一平は赤犬との闘いにくわわっていった。

厳延がふたたび立ちあがってくることはなかった。

初午囃子《はつうまばやし》

一

大和国《やまとのくに》、奈良。

三条大路《さんじょうおおじ》に南都七大寺の筆頭格法相宗《ほっそうしゅう》大本山興福寺の四丁四方にわたる壮大な伽藍《がらん》が展開している。

興福寺は、その昔、藤原鎌足《かまたり》の妻が創立し、藤原氏の氏寺として隆盛をきわめ、それ以後は春日《かすが》神社の実権をもにぎり、僧兵を擁して世俗的にも強大な勢力をほこって、一時は大和国守護をも称していた大寺院である。戦国のころ数度にわたる火災をこうむり、さらに織田信長、豊臣秀吉によって寺領を没収されて世俗的権力はうしなわれたが、江戸時代においても法相宗の大本山として、南都七大寺を代表する名刹《めいさつ》として、奈良に君臨している。

南都は昔日の繁栄をうしないはしたが、幕府が南都興隆策をとってわざわざ奈良奉行をおいた。中世いらいつづいてきた春日若宮の〈おん祭り〉、年例となった〈鹿《しか》の角切り〉、毎年修二《しゅに》会《え》に奉納される〈薪能《たきぎのう》〉などの行事はすたれることなく盛大におこなわれている。

享保《きょうほう》二年正月の三箇日があけた四日の夕暮れ時……。

興福寺講堂から、ときならぬ火の手があがった。

講堂は金堂の真うしろに建ち、その左右に鐘楼と鼓楼があり、南の正面をのぞく東西北面をコの字型の三面僧房でかこまれている。金堂の西には西金堂、東に東金堂が建ち、金堂の正面は中門、南大門と伽藍がつづく。

「火事だあっ」

暮れ六つ（午後六時）の鐘をつきに鐘楼にでてきた僧が最初に気づいた。

その僧はとっさにおもいついて鐘を乱打して寺内に急をつげた。

正月四日といえば、空気はかわいており、北風が若草山から吹きおろす火事のもっともおこりやすい季節である。

警鐘をきいて、各僧房や塔頭《たっちゅう》から大勢の僧がとびだしてきた。

「講堂があぶない。燃えおちるぞ！」

僧たちはただちに消火にしたがったが、火の勢いはつよかった。講堂の床、柱、天井を焼いて、軒、外壁、屋根などを音をたてて燃やしはじめていた。

夕暮れの空に炎と黒煙を勢いよく吹きあげ、消火の者たちをなかなか近寄らせなかった。

警鐘はますますはげしく乱打され、四丁四方の境内はたちまち騒然となった。大勢の僧たちは必死に消火作業にしたがったが、その効果はまったくなかった。ただ右往左往するばかりとなった。

火は講堂を簡単に焼きおとして、三面僧房に燃えうつった。コの字型の長い建物が見るみるうちに燃えあがっていった。

「このままだと金堂もあぶない」

「三面僧房で食い止めろ！」

駆けつけてきた消火部隊は、鳶口《とびぐち》やツルハシをつかって懸命に僧房をこわしはじめた。その消火部隊の頭上に火の粉がさかんに舞いおち、屋根瓦《やねがわら》が落下してきた。

そして三面僧房も火につつまれた。

「金堂もやられる。伽藍ぜんぶが燃えてしまうぞ」

「これは仏罰か。衆生《しゅじょう》への仏の怒りだ！」

僧たちは半ば消火をあきらめ、呆然《ぼうぜん》となった。僧房を燃やす巨大な炎は、まさに地獄の業火《ごうか》といったすさまじさだ。

巨大な火災が金堂にまでのびたとき、消火の僧たちはどっと中門から南大門の外へくずれたち、さらに猿沢池《さるさわのいけ》へと逃げだした。

夕闇《ゆうやみ》の空が真紅に染まり、煙が暗雲のようにおおった。煙は空ばかりでなく、地をも這《は》った。煙に巻かれて逃げ道をうしなう者、喉《のど》と目をやられ方角のわからなくなる者、息ができなくなる者で境内は悲惨な有様となった。逃げおくれて、焼け死んでいく者たちもつぎつぎにでた。号泣と絶叫がとびかった。

「おそろしや、仏のたたり。救いはないものか」

「地上は火の海、焦熱《しょうねつ》地獄となって、すべて焼きはらわれる」

火の手は二つからさらに三つにわかれ、西金堂、南円堂、中門へと燃えうつり、すべてを焼きつくす勢いで燃えさかった。

巨大な炎に焼きたてられ、無数の僧たちが逃げまどった。

あらたに消火に駆けつけてきた者たちも、手をくだすすべもなく、呆然と遠くから興福寺の炎上を見まもるしかなかった。金堂と中門を四角につなぐ回廊も、総門ともいうべき南大門まで、宵にいたってあっけなく燃えおちた。

壮大な伽藍のうちで燃えのこったのは、わずかに北円堂、東金堂、五重塔ばかりであった。

興福寺はほとんど再起不能といってよかった。

興福寺の火災といえば七十五年まえの寛永十九年（一六四二）、一揆《いっき》の放火によって塔頭院《たっちゅういん》家《け》などが焼失したが、とてもこの夕から宵の大火に比較できるほどのものではなかった。

興福寺の大火がしずまった翌日の正月五日、今度は江戸で、桜田門外にある幕府の御用屋敷が炎上した。

時刻は二更《にこう》の亥《い》の刻（午後十時）ごろ、とつぜん御用屋敷の勝手口から火の手があがった。

御用屋敷というのは、大抵、大奥づとめをおえた高い身分の婦人たちの住居《すまい》としてつかわれている。前将軍のお手のついた女がしずかに余生をすごすところである。

この火事をはじめに見つけたのは、塀を接する会津藩《あいづはん》松平肥後守《ひごのかみ》の上屋敷の宿直《とのい》であった。

宿直が庭の夜廻《よまわ》りにたったとき、隣屋敷の炎がはからずも目にとまった。

「火事だ、火事でござるぞっ、お出合いくだされ！」

宿直は隣屋敷にむかって呼ばわった。とってかえすなり、

「隣屋敷が火事でござるっ、お出合いなされ、おいそぎくだされ！」

自分の屋敷の門番所や詰め所に大声をかけた。

この御用屋敷は長州藩毛利大膳大夫《だいぜんのだいぶ》の上屋敷にも隣接している。松平家の宿直の声は毛利の屋敷へもきこえた。

二更亥の刻といえば、外桜田大名小路《こうじ》は寝しずまって森閑としている。騒ぎはたちまち周囲にきこえた。

幸い、この夜は風がほとんどなかった。

しかし、それでも炎は空高く舞いあがった。

半鐘がけたたましく打ち鳴らされた。

炎は勝手からたちまち御用屋敷全体に燃えうつっていった。

御用屋敷の屋内から夜着をまとったままの婦人、女中たちが悲鳴をあげてとびだしてきた。

周辺大名の火消し組が出動してきて、類焼をふせぎ、逃げまどう婦人、女中たちをつぎつぎに収容していった。

女たちは自分の住居が炎につつまれていくのを、ある者は唖然《あぜん》として、ある者は顔をひきつ

らせ、また泣きながら見おくった。

「お屋敷のお勝手から火がでるなんて、どうしたことでしょう」

「いつもきびしく火の始末をしておりますのに」

「なんとも面妖《めんよう》な……」

御用屋敷では、出火のほんの四半刻《しはんとき》（三十分）ほどまえ、勝手の火の始末を見廻《みまわ》り番がたしかめたばかりであった。

が、不幸中の幸いとでもいうべきか、発見がはやかったのと、その夜の無風にたすけられて、御用屋敷だけの炎上で鎮火した。

二

江戸の市中は火事ばやりだ。

火事は江戸の名物とはいうものの、このところの火事の多さはひどい。

年末から正月三箇日にかけて江戸はほとんどなんの災禍もなく、泰平の新春をことほいだのも束の間、それ以後毎日のようにどこかで火事がおこっていた。江戸の庶民ばかりでなく、武家屋敷でも毎夜火事におびえるようになった。

江戸の町々では町ごとに夜廻りを励行し、自身番でもきびしく火事の発生を警戒し、武家地の辻番《つじばん》も火には神経をとがらした。

正月も下旬に入った午後……。

「かんざしィ……、かんざし」

張りがあって伸びのある女の声が町の中をとおりぬけていった。

格子縞《こうしじま》の着物に姉《あね》さんかぶりのかんざし売りが風の中をとおっていく。町家や横丁から童女がときたまとびだしてきて、

「かんざし、おくれ」

縮緬紙《ちりめんがみ》や金具紙あるいは真鍮《しんちゅう》はりがね細工でつくった玩具《おもちゃ》のかんざしを、あれこれ品えらびして買っていった。

かんざし売りは麴町《こうじまち》のながい町並みをぬけて成瀬《なるせ》横丁へまがった。まがったとっつきに成瀬隼人正《はやとのしょう》の上屋敷がある。

成瀬は尾張藩《おわりはん》の付家老《つけがろう》であると同時に、犬山藩三万五千石の大名でもある。したがって尾張藩上屋敷の中に成瀬の用部屋はあっても、独立した家老屋敷はないのである。

かんざし売りは成瀬屋敷の通用門の入口に立った。

「富士に鷹《たか》」

そう声をかけると、かんざし売りは屋敷の中に入れてもらえた。

かんざし売りの正体はなつめである。水戸藩に奉公していたころはおなつを名乗っていた。

なつめは正月三日、尾張藩に待望の〈御墨付《おすみつき》〉と〈誓紙〉をもたらした。三年半の歳月をかけてこの二つをとうとう手中にして、尾張藩に帰還したのだった。赤犬の頭領の娘として立派

に役目をはたした。

そしてその後もやすむ暇もなく、毎日任務にしたがっていた。

なつめは木戸をとおりぬけ、庭にでて、御側足軽《おそばあしがる》の御長屋に入った。

「あがれ」

奥の部屋から山岡重阿弥のひくい声がきこえた。

「はい」

こたえてかんざし売りの姿をあらためようとしていると、

「そのままでいい」

また重阿弥の声がした。

なつめはそのままの姿で座敷へ入った。

重阿弥は寝そべって思案にふけっていた。彼は将軍継嗣《けいし》争いがおこなわれていたあいだ尾張藩上屋敷からここに住居をうつし、いったんもどったのだが、昨秋、寛永寺における尾張藩の宿坊日月院《じつげついん》から弓矢で紀州藩の安藤飛驒守《ひだのかみ》が射られていらい、ふたたびここに住みつくようになったのだ。

「うまくはこんでおる様子だな」

ぶっきら棒な言葉だが、なつめにはその言葉の中に父らしい情愛がわずかににじんでいるのが感じられた。

「なかなかおもうようにははこびません」

「いや、江戸は今その噂《うわさ》でもちきりだ。町奉行所などは大層頭をいためておる。本来の役目よりも、火事さわぎに追われている様子だ。なつめも十分気をつけろ」

「こころえているつもりですが、相手もさる者、公儀ですから」

「町奉行が更迭《こうてつ》されるかもしれぬ。極秘《ごくひ》の噂《うわさ》だ。松野河内《かわち》の評判がわるい。火付けさわぎになんの手がかりもつかめていない。松野にかわって、吉宗公お気に入りの切れ者が南町奉行に登用されるようだ」

「どんな切れ者が……」

「大岡忠相《ただすけ》という山田奉行だ。なかなか気骨《きこつ》のある幕臣で新将軍がかねてひいきにしている者だという」

「その大岡さまが火付けさわぎをしずめに乗りだされるのですか」

「興福寺の炎上いらい、今年の正月は例年になく火事が頻発し、江戸住人たちがふるえあがっている。将軍の御代替わりがあってからおだやかな御世《みよ》となり、新将軍の評判がいたってかんばしかったのが、正月いらい世評はさかさまになった」

といって重阿弥はかすかな笑いを浮かべた。

「多少、お役にたてましたか」

「新将軍の人気がこれ以上高まってはたまらぬというのが尾張家の思惑じゃ。兵衛《ひょうえ》のはたらきがまず見事であった。興福寺炎上が公儀の肝をぬいた」

かの飛鳥《あすか》時代いらいの古刹《こさつ》は、柘植《つげ》の兵衛がつけたたった一本の付け木の火であえなく炎上してしまったのだ。

「まだ江戸ではかほどの大火はおこっておりませぬ……」

なつめは少々恥じ入った。

江戸で頻発している火事さわぎもいずれもなつめをはじめとする赤犬一党のしわざである。

「江戸でもひとつ大きなやつがほしいところだ。火付けというのも案外むつかしいものであろう」

「大火をおこそうとしても、ボヤにおわってしまいます。江戸はおもったよりも治安のよろしいところです。そのうえ切れ者の町奉行に新任されましては……」

「松野河内への名残りに一つ、大岡忠相の新任の祝いに一つ、大きな火事《やつ》をおこしてやってはどうかな」

「面白うございます。兵衛とわたしで一つずつ」

「それにいつまでも火付けばかりにかかずらわっておれぬ。紀州の手の者が尾張藩にもぐりこんだという噂がある」

「わたしも聞きました」

「いつまでもじっとしてはおるまい。殿かご家老をねらっておるだろう。まず、その洗いだしをせねばならぬ」

「わかりました。火付けのほうははやくケリをつけるようにいたします」

「たのしみにしておる。水戸の黒犬どもも御墨付と誓紙をうばいかえさんものとねらっておろう」

　そういってから、重阿弥はふたたび寝ころがって思案をはじめた。

　もうそばになつめがいるのをわすれたかのようである。

　尾張藩に潜入したという紀州者について思案しているのだろうとおもった。

（黒犬か、それとも大国屋《だいこくや》一族か……？）

　なつめもそれについてずっとかんがえてきている。彼女自身も水戸藩の奥へ潜入するについては相当手のこんだ段取りをへてきた。まず水戸藩上屋敷のちかくに万年屋という煮売り屋をだしたのがはじめで、水戸藩士貝沼辰之進《たつのしん》と恋仲になり、縁組をして、とうとう水戸に入りこみ、夫の死後、水戸城奥御殿、さらに江戸上屋敷とへてきたのだ。

　本当に潜入しようとすれば、年月はかかるが、どんなことをしてももぐりこめる。

　なつめも、一時《いっとき》、そばに父がいるのをわすれて思案にふけった。

　気がつくと、あたりは夕暮れの気配がしのび寄っていた。

「夕餉《ゆうげ》をつき合っていかぬか」

　しばらくして重阿弥の声がした。もう座敷の中には薄ら闇がただよっているが、双方とも行灯《あんどん》に火を入れようともしない。

　なつめは夕餉の仕度に立ちあがった。父と夕餉をともにするなど年に一度もないことである。

　なつめが台所に立ったとたん、
　ジャン　ジャン　ジャン……

とつぜん半鐘があたりの静けさをやぶって鳴りだした。

なつめの胸の鼓動も鳴りだした。

(兵衛か……)

胸のうちでつぶやいた。

三

二月馬鹿さわぎの季節がやってきた。

すなわち二月初午《はつうま》の稲荷祭《いなりまつ》りである。

江戸は〈伊勢屋、稲荷に犬の糞〉というほど稲荷のおおいところだ。大名屋敷、旗本屋敷はもとより、社地は当然のこととして、寺院の一隅、町屋の一角、裏道、横丁のどんづまりなどにもかならず稲荷がまつってある。稲荷社はその地所の守り神である。

二月初午の日は前日から住人総出で太鼓をたたき、笛を鳴らし、住吉踊り、道化踊り、地踊りなどを舞い、子供も大人も底ぬけの祭りさわぎを演じる。接待茶屋、囃屋台《はやしやたい》もたくさんでて、飲めや、うたえ、踊れの大さわぎをやるのである。これをやらぬ屋敷や寺社、町家などは馬鹿にされた。

だからこの日と前日、江戸はみな陽気にさわぎ興じるのである。

初午前日の初巳《はつみ》の夕《ゆうべ》から、尾張藩上屋敷でも成瀬屋敷でも祭りははじまった。

まず囃屋台が若党、中間《ちゅうげん》、出入り職人たちの手で威勢よくしつらえられ、つづいて接待茶屋がもうけられた。屋台のまわりではははやくも待ちかねた者たちがでて、太鼓や笛の神楽囃子《かぐらばやし》をはじめている。

明日の午の日になると、朝から日の暮れるまでちかくの町家の子供たちがどっと屋敷内にくりこんでくる。初午祭は本来は子供たちの祭りであった。一年のうちこの日だけは、どこの武家屋敷でも最寄りの町内の子供たちを邸内に入れてあそばせるのである。江戸には古くからそういう習慣があった。

成瀬屋敷では初巳の朝から祭りの準備にとりかかった。はやくから出入りの職人や商人、鳶の者たちが顔をだし、若党、中間、小者《こもの》たちも威勢よくたちはたらいた。

屋敷の奥では隼人正の奥方の総指揮のもとに女たちが総出で祭りの仕度にかかった。赤飯や菜飯《なめし》、焼豆腐、芋《いも》、こんにゃくの田楽《でんがく》、煮しめ、小松菜《こまつな》の芥子《からし》あえなどを大量につくり、屋敷の者たちや出入りの者たち、さらに邸内にくりこんでくる町の子供たちに振る舞うのである。接待茶屋で客にだす甘酒、団子、鮨《すし》などもつくっておいて振る舞う。そのうえ子供たちには、狐《きつね》、狸《たぬき》、おかめ、ひょっとこ、般若《はんにゃ》の面などをあたえる。

夕にいたって、成瀬屋敷の庭にしつらえた囃屋台で三十五座の神楽がはじまった。太鼓、笛、大太鼓、小鼓などが合奏され、手踊りがもよおされ、それを見物に若者や姫君などのお付きの近習《きんじゅ》や腰元たちをともなってあらわれた。

御長屋《おながや》ずまいの藩士たちも妻子をつれて見物に参加し、重臣たち高級藩士たちも今日と明日ばかりは日ごろの裃《かみしも》をぬぎ捨てて祭りにくわわるのである。

これは成瀬屋敷ばかりでなく、各武家屋敷、町家、寺社の別なくおこなう江戸の祭りだ。江戸中がみなこの有様である。初午の当日と前日に家業に精をだしている者は一人もいない。

成瀬屋敷では、宵もふかまったころから一段と神楽囃子がにぎやかになった。参加人数もふくれあがり、祭りは最高潮に達した。

成瀬屋敷のほとんど全員が祭りにくわわっていた。わずかながら例外があった。門番、木戸番、夜廻り……といった役目にある男たちである。これらの役目は、江戸中が祭りで浮かれたつ日であっても、すこしも手をぬくことはできないのだ。

祭りを理由にどんな無頼者《ならずもの》が屋敷内に入りこむかわからぬ。江戸の火付けさわぎはまだおさまっていない。だから夜廻りも欠かせないのである。

前月（正月）二十二日の夜、湯島、本郷、上野、神田のおよそ半分の領域を焼失させる大火がおこった。その夜の風向きもわるく、火消し組をも寄せつけぬ勢いで一晩中燃えつづけ、武家屋敷、町家、寺社などに区別なく大被害をあたえた。ここ二、三年来見なかった大火であった。

月明け早々の二日、松野河内守助義にかわって登場した大岡越前守忠相は新任の挨拶《あいさつ》として、江戸の火事さわぎをかならずしずめると約束した。新任の町奉行がこのような挨拶をしたのはかつてないことで、話題になって町の中にもひろまった。

その大岡忠相の舌の根もかわかぬ間に、ふたたび江戸で大火がおこった。いわゆる〈護持院大火〉である。

護持院は音羽《おとわ》にあり、元禄《げんろく》時代隆光《りゅうこう》によってつくられ、将軍綱吉と生母桂昌院《けいしょういん》の帰依《きえ》をうけた伽藍壮麗をきわめた寺で、幕府の祈願所とさだめられた格式をもつ寺である。この寺を建立したことによって幕府の財政がかたむいたといわれたほどの寺院だ。それが一夜の火災で跡形もなく地上から消えうせた。

幕府にとってもこの火事でうけた衝撃と痛手は甚大《じんだい》だった。寛永寺、増上寺に匹敵する寺だけに、幕府の威厳にもかかわる火災であった。

大岡にとっては出鼻を見事にくじかれ、ある意味で挑戦をうけたと見られる事件であった。

護持院大火の余燼《よじん》もまだおさまらぬうちの祭りだけに、夜廻りと火の番は欠かすことができなかった。成瀬屋敷でも、邸内や屋敷の周囲を夜廻りが徘徊《はいかい》していた。

門番も木戸番も表面はさりげなく、その実きびしい目で屋敷内外に注意をむけていた。人数もふだんの人員よりずっと多くの者がくわわっている。

新規にくわわった連中はすべて赤犬である。赤犬たちが祭りをたのしむ大勢の人々にそっと目をひからしているのだ。

祭りの邪魔にならぬように、見物人たちの不快にならないよう注意をくばりながらも、ひそかに獲物《えもの》をねらう猟師の面差《おもざ》しがわかる者には感じられる。

「今日か明日、姫はかならずあらわれる」

赤犬の二人がさりげなく木戸のそばで話をはじめた。

一人は柘植の兵衛である。もう一人は橘《たちばな》の金丸《かねまる》だ。

さらにもう一つの木戸のかたわらに梔《くちなし》の文次がいる。このほか箱根で死んだ楢原《ならはら》の九蔵の弟七兵衛、その従兄弟《いとこ》の相楽《さがら》の庄蔵などの手だれが邸内になに食わぬ顔でいる。

「この祭りをおいてほかにはあるまい、姫はきっとくるだろう」

金丸がこたえた。

両人がいっている姫はただの意味ではない。二人は誰《だれ》にきかれてもあやしまれぬよう隠語をつかっている。

「頭領《おかしら》は大体目星をつけているようだ」

「はやく顔が見たいものだ。きっと手ごわい姫だろう」

「もうこの中にひそんでいるかもしれぬ。姫のほうでもわれわれのうごきを察しているだろう」

「左様、とんでもないところから見ているかもしれぬ」

「そうだとしても、今夜殿はおでましにはならぬ。姫としても無駄骨を折ることになろう」

兵衛も金丸も今日は姫さがしのため朝から出張っているのだ。

初更《しょこう》をすぎても、祭りはおわらなかった。二更《にこう》にもちこされ、江戸の夜にまだ祭りがつづいた。

この夜ばかりは各屋敷、各寺院、社《やしろ》、各家々がともす提灯《ちょうちん》や行灯の明りで、夜もまばゆいくらいだ。大路《おおじ》、表通りでは提灯を持たなくともあるけるくらいいつまでもにぎやかである。

二更をすぎた夜更けごろから、さすがにしだいにしずかになりだした。

四

翌日の暁、野良犬や乞食がさかんに町中や屋敷地をうろつきまわり、昨夜の残飯をゴミ箱からあさる姿がさまざまなところで見うけられた。

成瀬屋敷の邸前にも仔犬《こいぬ》をまじえた数匹の野良犬がちかづき、横丁へまがり、裏口のまわりをしばらくうろついていた。が、六尺棒をもった裏口の門番に追いたてられて、声もたてずに逃げ散っていった。

表と裏の門番所の番人は夜どおし不寝《ねず》の番をしていたのである。

やがてのうちに、東天から明けそめてきた。

そのころには、はやくもあちこちから神楽のひびきがきこえてきた。今日は祭りの当日である。昨夜のにぎわいとは比較にならぬ。江戸中が祭り一色に塗りつぶされる。

払暁《ふつぎよう》から喧騒《けんそう》がはじまった。子供たちは夜が明けると同時に、待ちかまえていたように外へとびだしてきた。

成瀬屋敷では、朝も五つ（午前八時）になるまえから来客がはじまった。出入りの商人、職人、お抱えの者たちが主人隼人正へ挨拶を申しのべにくるのだ。

呉服商、家具商、武具商、米穀商、鮮魚商、八百屋、酒蔵、油商、紙屋、材木商、大工、左

官、植木職、屋根職、薪炭屋《しんたんや》、畳屋、履物商、荒物商、乾物商、菓子屋、鍛冶屋《かじや》、薬種商、経師屋《きょうじや》、建具商、茶問屋……。そのほか出入りの鳶職、お抱えの絵師、能楽師、医師、書家などもあらたまった紋服姿で挨拶にくるのだ。しかも一業種一人とはかぎらない。呉服屋などは数人も出入りしているし、武具商、米穀商、鳶、絵師なども同様である。

彼らがつぎつぎにあらわれては、日ごろの贔屓の礼や今後についてのべていく。

毎年、できるだけ隼人正自身が彼らを引見する習慣がつづいている。場所は表御殿の客間である。

今日も、隼人正は近習二人と用人田代権太夫《たしろごんだゆう》をつれて、五つ丁度に客間へ姿をあらわした。客間は十二畳だが、それに次の間と控えの間がついている。

そのころには、邸内でも祭りがはじまった。囃屋台に人々がむらがり、三十五座の神楽がかなではじめられ、手踊りもおこなわれていた。接待茶屋では奥女中や御長屋の女房衆たちがでて甘酒、団子、鮨などでさかんに接待している。

最初に客間へ挨拶にきたのは、犬山藩の蔵元吉田屋十兵衛である。十兵衛はこの十年来成瀬家の台所をささえてきている。出入り商人というよりも家中の財政担当官といってもいいほどだ。

「つぎは伊勢屋か」

十兵衛が挨拶をおわって、拝領の品をいただき客間を去っていく姿を見おくって、梔の文次が金丸にささやいた。

文次も金丸も壁の穴から、至近距離で十兵衛の対面を見まもっていた。二人の背後には楢原の七兵衛がいる。

三人は武者隠《むしゃがく》しにひそんでいる。客間には幅二間の武者隠しが左右についている。反対側の武者隠しには、なつめと兵衛、相楽の庄蔵が息をひそめているのだ。

万一、客にあやしげな振る舞いがあった場合、仕掛けをはずせば武者隠しの壁が前にたおれる。大概の大名屋敷にはこういう仕掛けがある。武者隠しの長押《なげし》には槍《やり》がかけてあり、壁際には弓矢などの武器が用意されている。

「うむ、伊勢屋だ」

今度は金丸がつぶやいた。文次がいったとおり米穀商伊勢屋平右衛門が番頭とともに入ってきた。平右衛門は献上品をささげるとともに、日ごろの愛顧の礼をのべた。

成瀬は大様にうなずき、

「いつにかわらぬ忠勤をこうむり、痛みいる。今後もいっそうのはたらきをたのむ」

成瀬は簡単なうけこたえをした。

伊勢屋は先代の平右衛門いらい成瀬家に出入りしている。成瀬家でついやす米穀の半分以上は伊勢屋があつかっているのだ。

成瀬は平右衛門にたいしても拝領品をさげわたし、辞去していくのを見おくった。なにせ、今日は挨拶にでてくる者の数が多い。一人に多くの時間はついやせないのである。

「今度は富田屋」

金丸がつぶやくと、やがて麴町二丁目の呉服商富田屋が番頭、手代《てだい》をともなって控えの間から客間にあらわれた。

富田屋も先代から成瀬家の御用をつとめている。信用も十分な商人である。

こうして出入り商人や職人が入れかわり立ちかわり姿をあらわし、辞去していった。

「姫は本当にくるのか」

反対側の武者隠しの中で、相楽の庄蔵が不安げにささやいた。

兵衛はだまっている。

「おそらく、松葉屋はくるでしょう。でも松葉屋の手代が黒犬とか大国屋一族だとかきまったわけじゃないからね」

なつめがかわってこたえた。

「だがほとんど、そやつが姫であることはまちがいなさそうだ。頭領《かしら》も姫は松葉屋の使用人だといっておられた」

兵衛が押しころした声でいった。

「やつはやるつもりだろうね」

また庄蔵が小声でいった。

「きっとそのつもりだろう。今日よりほかに機会《おり》はないから」

兵衛がこたえた。

なつめも多分兵衛のいうとおりだろうとおもった。

重阿弥のもとには、紀州藩から尾張藩に潜入した者についてのさまざまな情報がもたらされた。大勢の赤犬たちの手でその者についての探索がひろく、くわしくおこなわれたのだ。そして多くの情報や探索で得た手がかりが重阿弥のもとで仕分けされ、分析された。

武者隠しにかくれた六人の赤犬たちは、松葉屋清十郎が手代藤七郎をつれて挨拶にまかりでてくるのを今やおそしと待っていた。

武者隠しの六人だけではない。成瀬にしたがう二人の近習も、じつは今日だけの近習である。その正体は鳥兜《とりかぶと》の宇之吉と鬼灯《ほおずき》の仙七である。彼らもひそかに松葉屋清十郎を待っていた。

八人の赤犬は辛抱づよく待ちつづけた。犬たちは仕事柄、辛抱や忍耐にはなれていた。どれくらいの時間でも待つことはできる。

待つあいだに、邸内の祭りは高潮してきた。神楽太鼓や笛、太鼓、小鼓のひびきも大きくなり、麹町九丁目と十丁目の子供たちが屋敷内にくりこんできたのか、一段と大きな喧騒がつたわってきた。

神楽のひびきや喧騒とともに、すこしずつなつめのこころにも昂《たかぶ》りが生まれてきた。祭り囃子というものはどうしても聞く者のこころを高潮させるものがあるようだ。

小気味よい太鼓の音、甲高《かんだか》い笛の音色がとくになつめの血をさわがせる。これからおこるかもしれない血なまぐさい事件を連想させるのである。

なつめはつとめて血のさわぎをしずめた。

兵衛と庄蔵も胸《むな》ぐるしさをおさえているようだ。百戦の赤犬たちでも、否応《いやおう》なしに緊張感におそわれるのだ。

(……!)

なつめの呼吸《いき》が一瞬とまった。

とうとう松葉屋清十郎が入ってきた。手代藤七郎もちいさな小僧一人をともなって清十郎にしたがって入ってきて、控えの間にひかえた。

兵衛と庄蔵も身をのりだして、壁にしつらえた穴からのぞいた。

五

「日ごろご贔屓をいただきまして、身にあまる光栄と存じおります。お陰をもちまして松葉屋も繁昌《はんじょう》させていただいております。ひとえに成瀬さまのご愛顧のたまものでございます。今後とも末ながくご贔屓をいただきたいと存じます」

松葉屋清十郎は畳に面形《めんがた》をつけるように平伏し、成瀬にたいして感謝の言葉をのべた。

松葉屋はもう三十年以上にわたって成瀬家の呉服御用をつとめている。清十郎は松葉屋の二代目であるが、実直な人柄を買われて成瀬家との取り引きも年々ふえてきている。

なつめは、清十郎よりは控えの間にかしこまっている藤七郎にじっと視線をそそいだ。

とりたててかわったところは見られぬ手代姿だ。

(これか……)

なつめは藤七郎をこまかく観察した。

年齢は二十七、八、あと二、三年で番頭に昇格できそうな年ごろと風采《ふうさい》である。物腰もやわらかそうだし、おちついている。背格好は並みだ。いかにも老舗《しにせ》呉服屋の手代といった感じの者である。

清十郎は黒羽二重《くろはぶたえ》の紋付小袖《こそで》、麻裃《あさかみしも》、白足袋《しろたび》姿の正装をつくしており、藤七郎は麻裃こそつけていないが、黒の紋付小袖に白足袋をはいている。そして藤七郎は正面の成瀬をうかがうどころか、身を窮屈そうにちぢめて平伏している。

藤七郎のとなりの小僧はまだ奉公しはじめて一、二年しかたっていないおさない子である。千種色《ちぐさいろ》の股引《ももひき》、白足袋、木綿の着物、小倉帯《こくらおび》がいかにも似合ううういしさだ。

成瀬と清十郎との距離は約二間。藤七郎との間隔となると数間はある。

もし藤七郎がいきなり飛びだしてきても、武者隠しからおどりでて十分にふせぐ余地がある。藤七郎が飛び道具をつかうにしても、宇之吉と仙七が身を楯《たて》にすれば成瀬の安全ははかられる。

「ふだんの奉公うれしくおもっておる。なにかと世話になっておるが、今後もかわりなくよろしくたのみたい」

成瀬はほかの者たちとかわりなく清十郎に言葉をあたえた。成瀬は藤七郎をうたがっていても、清十郎は信じているのだ。成瀬は藤七郎が手のこんだ仕掛けをやって松葉屋にもぐりこんだとおもっているようだ。

それは、なつめとてもおなじである。清十郎は藤七郎をつゆもうたがってはいないだろうと読んだ。藤七郎の松葉屋潜入がうまかったのだ。

なつめは懐の中の手裏剣《しゅりけん》をにぎった。藤七郎がいささかでも妙なうごきを見せたら、同時に壁をたおしてとびだすつもりだ。

兵衛も庄蔵も固唾《かたず》をのんで見まもっている。

おそらくむこうの武者隠しでも七兵衛、金丸、文次が緊張しきって出動の態勢をとっているはずだ。

藤七郎はもう十年以上も前から松葉屋に奉公している。ということは六代将軍家宣《いえのぶ》が新井白石と間部詮房《まなべあきふさ》に継嗣《けいし》問題について諮問《しもん》し、御三家のあいだで将軍位争いがおこったときよりもさらに数年前にさかのぼる。

藤七郎が予測どおり紀州の黒犬か大国屋一族の者だとすれば、紀州家では将来の紀尾《きび》の戦いにそなえて事前の戦略をおこなっていたことになる。舌を巻くばかりの周到さだ。

「こころのこもった献上の品を受けとり申した。ふかく礼をいわせてもらう。こちらからもこころばかりの品を用意いたしておるので、うけとるがいい」

田代権太夫がこのときそういって、かたわらにつみ上げた品を手にとった。成瀬家では毎年出入りの者たちへ漆《うるし》仕上《あ》げの盃《さかずき》一対をさげ渡すことにしている。

「ありがたきしあわせにございます」

清十郎はそういって膝《ひざ》でにじりながら田代へちか寄っていった。

そのとき、手裏剣をにぎるなつめの手がぴくりとうごいた。

藤七郎が顔をおこし、わずかに右手をあげた。

その右手に手裏剣がにぎられていた。

「あっ」

なつめが声をあげるよりもはやく武者隠しの壁がたおれた。と同時に兵衛と庄蔵がとびだしていた。

なつめも客間へとびだした。

「曲者っ」

声をあげて立ちあがる宇之吉の姿が見えた。

宇之吉のうごきはさすが目にとまらぬほどはやかった。正体をあらわした藤七郎よりもはやく手裏剣を投じた。

それが手裏剣をもつ藤七郎の右手首に突きささった。そして手の内から手裏剣がこぼれおちた。

「不埒者《ふらちもの》め！」

仙七もさけんだが、藤七郎はすこしもくじけた様子を見せなかった。右手はやられたが、もう一方の左手から手裏剣が成瀬にむかってするどくとんだ。本来の利《き》き腕は左で、右手のうごきは囮《おとり》だった。

仙七は横っ飛びにとんで、手刀でからくも藤七郎の手裏剣を畳にたたきおとした。

「成瀬隼人正、覚悟っ」

藤七郎は身をおどらせて、はげしい勢いで成瀬にむかって突進してきた。

宇之吉と仙七がその前に立ちはだかった。

「紀州者め！」

兵衛と庄蔵も藤七郎めがけて突進した。

なつめもはしった。

むこうの武者隠しからも文次、金丸、七兵衛の三人が同時にとびだして藤七郎に殺到した。

しかし藤七郎は剛の者だ。殺到してくる赤犬たちにむかって、呼吸よくぱっと目つぶしの灰を投じた。その灰には灰と砂と塩がまぜてあった。

「ああっ」

すばやく手でおおったが、なつめも顔に目つぶしをうけた。

「殿、おはやく」

宇之吉と仙七は身をていして成瀬をかばい、藤七郎から遠ざけようとした。

藤七郎は身をおどらせて、成瀬を追った。その手には苦無《くない》がにぎられている。

藤七郎は苦無を振りまわした。三、四回、苦無が空《くう》を切った。

が、五度めにふるった苦無が宇之吉の手首を切りおとした。血しぶきが青畳を染めた。

「藤七郎、狂ったか。やめろ……」

清十郎は藤七郎のとつぜんの振る舞いに度肝をぬかれ、呆然《ぼうぜん》となっている。この事態をまったく理解できないのだ。

「紀州者、観念しろっ、袋の鼠《ねずみ》だ」

「武器を捨てろ！」

「あきらめろっ、無駄な振る舞いだ」

赤犬たちは目つぶしでやられながらも、かろうじて兵衛、文次、金丸は目をまもっていた。

その三人が藤七郎をとりかこんだ。

「くそっ、無念だ」

藤七郎は苦無をふるってあばれまわった。

控えの間で平伏していたときの藤七郎とはまるで別人のようである。満面に闘志をたぎらせ、不退転の覚悟を見せて赤犬たちにおどりかかっていった。

百戦の赤犬たちだが、簡単に藤七郎をやっつけることも取りおさえることもできなかった。

赤犬たちは脇差《わきざし》や忍び刀、鎧通《よろいどお》しなどを得物《えもの》にして応じた。

藤七郎は獅子奮迅《ししふんじん》とあばれまわった。金丸が二の腕に苦無をうけて、しりぞいた。

「藤七郎、どうしたことだ。しずまりなさい！」

清十郎は動転しており、また自分の手代がどうしてこういう狂気の行動にはしったか腑《ふ》におちていなかった。

清十郎についてきた小僧はこれも藤七郎の振る舞いに驚愕《きようがく》し、控えの間で恐怖にふるえている。

赤犬たちは一時《いつとき》藤七郎に手古摺《てこず》ったが、文次があえて身をさらし、苦無を脾腹《ひばら》にうけた。

「くらえっ」

その瞬間、兵衛が突進し、藤七郎の背中から胸板へ鎧通しをおもいきり突きとおした。

藤七郎の体がどっと前にくずれた。

そこに仙七の忍び刀が、金丸の脇差がつぎつぎにおそいかかった。

いったん仰むけになった藤七郎へさらに庄蔵が七兵衛がとどめを刺した。

修羅場《しゅらば》はようやくおわった。

一瞬、ほっとした空気が客間のうちにながれた。

藤七郎の屍《しかばね》は血だまりの中に横たわっている。

清十郎はまだ動転から立ちなおっていなかった。

「佐市、佐市……」

清十郎は控えの間の小僧に呼びかけた。

そのとき佐市と呼ばれた小僧がおもわぬ振る舞いにでた。蹌踉《そうろう》と立ちあがったとみるや、客間にすすみでてきた。

それからは意外にしっかりした足取りで、成瀬にちかづいていった。

（あっ……）

となつめもおもったが、まさかという気があった。相手はなにせ、年端《としは》もいかぬちいさな子供である。

が、なつめの期待は見事にはずれた。

「殿がっ」

「殿！」

金丸と文次がさけんだ。兵衛も宇之吉も仙七もはしった。なつめも佐市にむかってはしった。

佐市のうごきはそれよりも疾《はや》かった。それまでどこにかくし持っていたのか、佐市の手には忍び刀がにぎられていた。

「や！」

それが一閃《いっせん》したと同時に成瀬がくずれた。成瀬の体は一転し、青畳に這いつくばった。そこを佐市はさらに深々と一突きした。

犬山三万五千石の藩主というよりも、尾張家の柱石がこの瞬間にあえない最期をとげた。

なつめは佐市が逃走していくのを追いながら、見事にはかられたとおもった。

藤七郎ははじめから囮だった。佐市が本当の刺客《しかく》であった。

赤犬たちも佐市を追った。

佐市の小さな姿は玄関を脱けでて、祭りの群れの中へ逃げこんだ。祭りは佳境に入っていた。

邸内では町家の子供たちが大勢面をつけてあそびまわっている。誰が誰やらわからない。ほとんど佐市とおなじくらいの大きさの子供たちばかりだ。

佐市は面をつけて、神楽囃子とともに群れの中へまぎれこんでいった。

家老の首

一

時鳥《ほととぎす》、郭公《かっこう》、青葉木菟《あおばずく》などが桜の馬場の森で鳴ききそっている。

霞九郎《かすみくろう》は御長屋《おながや》の一室で、小鳥の鳴き声をききわけていた。鳥や虫の声を忍者は合図や伝言などにつかうから、不断にききなれていなければならない。

桜の馬場は昼なお薄暗いところで、小鳥のさえずりの宝庫である。

ホー　ホー
そのとき青葉木菟が鳴いた。

霞九郎は無意識に耳をそばだてた。

ホー　ホー
青葉木菟がまた鳴いた。

ブッポー　ブッポー

霞九郎は両手を口にあてて、仏法僧《ぶっぽうそう》の鳴き真似《まね》をした。

しずかに足音がちかづいてきた。

「又十郎か、入るがいい」

霞九郎は外へむかって、低い声でいった。

音もなく杉の引き戸がひらいた。

霧の又十郎が姿をあらわした。簡単な旅の姿である。

「無沙汰《ぶさた》いたしておりました」

又十郎は常陸太田《ひたちおおた》の西山荘《せいざんそう》からでてきたのである。

「老人はまだ元気でおるのか」

一碧斎《いっぺきさい》はこのところずっと西山荘にこもっている。

「元気とは申せませんが、まだまだ……」

「妖怪《ようかい》だ。百をこえるまで生きるであろう」

「ちかごろでは、もう歩きがつらいとおっしゃられております」

「とんだ食わせ者よ」

霞九郎は自分の父を本当に妖怪だとおもうときがあった。

「西山荘の味覚をとどけてやれとおおせつかってまいりました」

又十郎は荷を下げている。

「梅の実か。めずらしく洒落《しゃれ》たことを。あの老人らしくもない」

西山荘には薬草畑がつくられているが、そのほかにも植樹園がある。実用をかねた何種類もの樹木がそだてられている。梅は食用と薬用の両方につかえるので、かなりたくさん植樹されているのだ。

「青梅でございます。はやいうちがよかろうと」

又十郎は荒縄でゆわえた木箱をおろした。

「青梅か……」

梅は薬用にもなるが、青梅には毒がある。

「梅はどこよりも、水戸がいちばんでございます。味がちがいましょう」

「あけてみよ」

いわれて又十郎は荒縄をときはなっていった。そして木箱をあけた。

部屋の中に甘酸っぱい匂《にお》いがひろがった。

大ぶりの粒ぞろいの青梅が木箱いっぱいにつまっている。艶《つや》もいいし、形もいい、ひきしまった感じの粒だ。

霞九郎は一つ手にとろうとして、

「これは……?」

梅の実ではなく、木箱に目をとめていった。

霞九郎は木箱の裏の面を見つめた。

「…………」

又十郎も凝視した。

木箱の裏面に図のようなものが画《えが》かれている。

又十郎ははじめて気づいたようだ。

「老人が荷づくりいたしたな」

「左様で。わたしはおあずかりいたしたまで」

又十郎はおどろきの面持《おももち》ちを浮かべた。

「箱をぜんぶあけてみよ」

又十郎は梅の実をぜんぶあけた。

木箱の底や内側にも図がいっぱい画いてある。が、それぞれつながっていないので、何が画かれているのかわからない。

「屋敷の図面のように見えますが」

「うむ」

「つなぎ合わせれば、わかるかもしれませぬ」

いいながら又十郎は木箱の板をばらばらにした。

そして図がつながるように板をつなぎ合わせていった。

「老人がいわれもなく季節の味覚などとどけてくるわけがない。そんな人間らしいことをいたす老人ならば、もうとっくに死んでおる」

「やはり屋敷の図面でございます」

木箱の各板はぴたりとつながり合った。

「大名屋敷だな……」

霞九郎はそれを見て心中うなり声をあげていた。こころの波紋をしずめて、一碧斎の意図を推量していった。

図面には屋内の間取りばかりでなく、建物の配置や諸門、木戸のありか、番人の詰めている場所、屋敷周囲の道筋、坂まで書きこまれていた。

「見たことのあるような場所だ」

「…………」

「表門が坂に面しておって、のぼりつめたところが寺の参道……となると、安藤屋敷ではないか。坂は安藤坂」

安藤坂といえば、水戸藩上屋敷《かみやしき》のすぐ西どなりである。参道は伝通院《でんずういん》のものだ。

「安藤屋敷……」

又十郎も一碧斎の心中を想像している。

「安藤は死んではおらぬ。生きている安藤にとどめを刺せ、と老人はいうてきたのだ」

霞九郎ははっきりと口にした。

「いかさま、左様で」

「親父《おやじ》どのの頭ははっきりいたしておる。あれでまだ世間が見えるようだ」

「おそれおおきことにございます」

「安藤は生きておるとはっきりいうておる」

安藤の消息は昨秋、寛永寺日月院《じつげついん》から霞九郎が乗物に矢を射かけていらいぱったりとと絶えていた。安藤の喪《も》が発表されたことがないかわりに、彼は表だった政治の舞台からすっかり姿を消した。安藤の名もさっぱりきかれなくなった。

安藤死去の噂《うわさ》は一時たしかにながれはしたが、彼の消息は今まで謎《なぞ》につつまれていた。

水戸の黒犬たちも昨年から今年にかけてしきりに嗅《か》ぎまわったが、真偽はとうとうつかめなかった。けれども霞九郎としては安藤の生死にかかわらず、彼を尾張家の宿坊からおそったことで、紀州家と尾張家との仲を裂いた。それで目的の半ばは達していたのだ。

「安藤に紀水同盟の約定をやぶった責任をとってもらわねば、水戸の立場がないということでございましょう」

「左様」

にがいものをのみくだすように霞九郎はいった。

「生きておるならば、死んでもらわねばならぬ」

それは霞九郎がしのこしている仕事であった。一碧斎は安藤屋敷の見取り図をどこからか手に入れてきて、霞九郎に仕事の催促をしてきたのだ。

「水戸家の御墨付と誓紙が尾張の手にわたっている。そのほうの始末もいそがねばならぬところだ」

「無念なことにございます」

どちらが大事かは秤《はかり》にかけられぬ。

「承知した、とつたえてもらおう」

霞九郎ははっきりと返事をした。

「早速たちもどりまして、おつたえいたします」

一礼して、又十郎は御長屋をでていった。

二

四谷《よつや》をはさんで、北に尾張藩上屋敷、南に紀州藩上屋敷がある。

両者のあいだはそう遠くない。

ともに甲州街道、青梅《おうめ》街道の起点につうじる四谷口の守りをになっている。

「うえーき、花ぁ、うえ木やぁ、うえーきぁ、うえーき」

梅雨もちかい一日、曇天の下を植木売りの声がながれていく。

「うえーき、花ぁ、うえ木やぁ……」

植木売りは花車《はなぐるま》をひいて、町々をながしていった。車には金盞花《きんせんか》、花菖蒲《はなしょうぶ》、かきつばた、かつみ、つつじなど土鉢《どばち》仕立ての花々が妍《けん》をきそっている。

車をひいているのは、法被《はっぴ》、股引《ももひき》姿の五十年輩の男である。

植木売りは尾張藩上屋敷の通用門を入って四半刻ほどでてこなかった。

できたときには、鉢の数がかなり減っていた。おそらく御長屋で定府侍《じょうふ》の女房たちに売りつけてきたのだろう。

植木売りはその後もかわらぬゆっくりとした足取りで花車をひきながら四谷へむかっていった。

四谷塩町《しおちょう》、四谷伝馬町《てんまちょう》などで商売をしながら喰違《くいちが》いのほうへちかづいたときには、日はだいぶ昏《く》れかけていた。

植木売りの声は紀州藩上屋敷の前でとまった。

男は上屋敷の通用門の側へ車を寄せて、門番人へ何事かたのみこんだ。

門番人がうなずき、植木売りの男は花車を上屋敷内へひき入れた。尾張家とおなじくここでも御長屋相手の商売をしようというのだ。

男は御長屋の一軒一軒に声をかけてまわった。

するとやがて三々五々、花車のまわりに人があつまりだした。

「もう日暮れだから、安くしとこう。車を空《から》にしてかえりたいんでね」

植木売りの親父はそういい、鉢を半値に下げた。

「そんなに安くしてくれるなら、買うわ。花菖蒲とかきつばた」

「わたしはつつじと金盞花」

「かつみもいいねえ。つつじと一緒にもらおうかしら」

鉢はつぎつぎに売れていった。

「むこうの御長屋にも声をかけてあげようか。きっと売れるよ」

「買わなきゃあ、損だもの」

声をかけてもらって、植木売りはむこうの御長屋へ車を移動した。ここでも半値売りが好評で、たちまち大半の鉢が売れていった。

「どうも有難う。おかげで車が空になった」

「またきて頂戴よ、買ってあげるわ」

御長屋の連中の声におくられて、植木売りは通用門から外へでていった。

夕暮れの薄ら闇《やみ》がおりていた。

植木売りは間《あい》の原から鮫《さめ》ヶ橋坂《はしざか》のほうへ車をひいておりていった。が、安珍坂《あんちんざか》にさしかかったところで夕闇の中にその姿が消えた。

ややあってから、安珍坂の夕闇の中から法被《はっぴ》、股引《ももひき》の初老の男が手ぶらでてきた。手ぶらとはいっても腰に植木鋏《ばさみ》を二丁さげている。さきほどの植木売りだ。

安珍坂の左手は長い石塀つづきである。紀州藩の上屋敷が喰違いからずっとつづいているのだ。

と、くだんの男が一瞬しゃがむような格好をしたとみるや、地をかるく蹴《け》ると、ふわっと体が宙に浮いた。

男の姿は地上から消え、石塀の屋根に乗りうつっていた。年に似合わぬいかにもかろやかな身のこなしだ。

そして鳥が地へ舞いおりるように、上屋敷内へおりた。

この男こそ、尾張藩御側足軽《おそばあしがる》二十一家をたばねる御側足軽頭山岡重阿弥《じゅうあみ》、すなわち赤犬の頭領である。

重阿弥が潜入した場所は雑木林の中である。

この中にひそんで、重阿弥はとっぷり日が暮れるのを待った。

宵からさらに初更がすぎるのを待った。

仰むけに寝ていると、時鳥《ほととぎす》や郭公《かっこう》などの鳴き声がきこえた。

重阿弥は闇の中で、上屋敷内の見取り図を頭にえがいた。略図は頭の中に入っている。屋敷内の雰囲気は植木を売りにいったときにわかった。

重阿弥がこれからしのびこもうとしているところは藩主の居所や家老屋敷ではない。下級武士の御長屋だ。

紀州藩薬込役《くすりこめやく》十一家、ならびに御庭締戸番《おにわしめどばん》十三家をたばねる名取昇竜軒《なとりしょうりゅうけん》の御長屋である。すなわち紀州黒犬の頭領の塒《ねぐら》だ。

二更に入ってまもないころ、重阿弥はむっくりおきあがって、闇の中をすすみはじめた。植木職になりきったつもりで、雑木林をぬけでて、庭をすすんだ。

植込みのあいだをぬけ、大池を迂回《うかい》した。

黒犬の徘徊《はいかい》にもっとも気をつかった。犬と犬の鉢合わせは、もっとも避けねばならぬところだ。

宿直《とのい》の目をかすめて、木戸をぬけた。

そして目ざす御長屋にちかづいていった。

もっとも警戒しなければならない区域へ入ったのだ。さすがに重阿弥も緊張でやや体がかたくなった。

どこで黒犬がうかがっているかわからない。どこから黒犬がおそいかかってくるかわからぬ。

闇の中に御長屋が見えてきた。

垣根をまたいで中へしのび入った。目前に雨戸がある。

重阿弥は沓脱《くつぬ》ぎ石のかたわらにうずくまった。

キョキョキョキョキョ
キョキョキョキョ
夜鷹《よたか》の鳴き声を間隔をおいて二度あげた。

そしてじっと雨戸の内側の気配をうかがった。

はじめのうちは、何の反応もなかった。

しかし根気よく待った。

ピーリ　ピーリ
ピーリ　ピーリ
やがてのうちに、鈴をふるような鳥の鳴き声がきこえてきた。落葉のころなどに山中や森の中で鳴く山椒喰《さんしょうく》いの声だ。

重阿弥のこころがはずんだ。黒犬にむかって赤犬の合図をおくったのは、今までの生涯ではじめてのことだった。合図がつうじるかどうかはじめは不安だった。

キョキョキョキョキョ
重阿弥はふたたび夜鷹の鳴き真似をした。

「甲賀の人」

雨戸の中からひくい声がひびいた。

「伊賀のお方」

重阿弥は応じた。

戦国のころ、伊賀者と甲賀者とのあいだにはそういう合図の仕方があった。戦場で敵味方にわかれて戦っていても、必要な場合には両者にこんな連絡の方法があった。

重阿弥はそれを昔父から聞いたことがあり、今はじめてためしてみたのだ。

「お上りなされ。草鞋《わらじ》のままで結構」

声と同時に、雨戸が一尺余ひらいた。

「遠慮なく……」

いいつつ重阿弥は草鞋ばきのまま廊下へあがった。あがった瞬間、白刃の馳走《ちそう》があれば、植木鋏で応じる用意があった。

中は闇である。闇の中に眸《め》をすえると、座敷の中の人物を感じとることができた。

「名取昇竜軒どの、とつぜん参上つかまつった。山岡重阿弥と申す」

忍者が名乗るということは、相手の前で裸をさらしたも同然である。

「昇竜軒でござる。つねづねなかなかのおはたらき」

昇竜軒もまず敬意を表してきた。伊賀と甲賀の仁義は一応まもられたのだ。

闇の座敷の中で両人は対座した。両者の距離は一間余である。

しかも御長屋とはいえ、忍者の住まう場所だ。二重三重の仕掛けや罠がもうけられているとかんがえるべきだ。

両人はおたがいをできるだけ注意ぶかく観察した。芝居でいうところのだんまりである。

「本日、尾張藩主継友《つぐとも》公の御意《ぎょい》をうけて参上いたしました。藩主宗直《むねなお》公にお目にかかりたい。よろしくおみちびきくだされたい」

重阿弥は用件のみをつたえた。

さすがに即答はなかった。

重阿弥はじっと相手の様子をうかがった。答えのかわりに兇器《きょうき》がくりだされてくるかもしれぬ。

「おひきうけいたした。お手引きいたそう。ご案じあるな」

昇竜軒のくぐもった低い声がきこえた。存外容易に重阿弥の本意は達せられそうだ。

「かたじけない」

「なんの、しばらくここにお待ちあれ」

そういって昇竜軒は立った。

座敷をでていく気配がつたわった。重阿弥は闇の中に一人のこされて待った。なんとも不安な気持である。

身の危険がないとはいえなかった。討ちとられたとしても文句はいえぬ。

音もなく昇竜軒はもどってきた。

「会うとのおおせじゃ。ご案内いたそう」

一難突破だ。

「ご面倒をおかけいたす」

昇竜軒はその場に立ち合うつもりなのだ。

重阿弥は立ちあがり、昇竜軒について御長屋をでた。

昇竜軒はすすんだ。

重阿弥はついていった。

闇の中にうごめく気配がある。

「さがれ」

昇竜軒はひくい声で黒犬たちに命じた。

敵の渦中を重阿弥はあるいている。不可思議な気持だ。

門を一つとおり、木戸を二つぬけた。

そこはもう奥御殿である。

ひろい庭をつっきった。

くろぐろと建物が見えてきた。

昇竜軒は建物に添うようにあるきだした。

木の繁みがある。そのむこうに手水《ちょうず》の石があった。藩主のつかう厠《かわや》がその先にあるようだ。

手水石の後ろの雨戸が三、四寸ばかりひらいている。

「石の前に」

と昇竜軒にいわれ、重阿弥は石の前にふかく跪《ひざまず》いた。

「宗直じゃ」

雨戸の隙間《すきま》のむこうから声がひびいた。紀伊中納言宗直である。

「尾張中納言継友公よりの使いにございまする」

いいつつ重阿弥はさすがに身心がひきしまるのをおぼえた。

「申すがよい」

隙間のむこうはなにも見えぬ。ただ宗直の夜着とおもえる白い衣が一瞬ぼうっとかすんで見えた。

「手みじかに申しあげます」

まずそういい、重阿弥は一瞬呼吸《いき》をととのえた。

「水戸藩に古くからつたわりまする東照神君《とうしょうしんくん》の御墨付《おすみつき》が目下、当尾張家の手にわたっておりまする。水戸中納言どのを副将軍と見なすゆゆしき御墨付にござります。それともう一つ、四年前紀州家と水戸家とのあいだでむすばれました紀水同盟の誓紙も同様に尾張家の手の中にございまする」

　重阿弥は一気にそこまでいった。

「左様か」

「されど、わが尾張家においておくよりも、紀州様のお手許《てもと》におくほうがいかばかりか価値を生ずるかわかりませぬものゆえ、紀州様へおゆずりいたしたほうがよろしかろうとわが殿はおおせられております。とくに紀水同盟の誓紙は、他所《よそ》にあずかりおかれた場合、紀州様は枕《まくら》を高《たこ》うしてはおられますまいと。おひきとりねがったほうが紀州様のおためであろうとのお言葉でございました」

「む……」

　そこまでいうと宗直の言葉にはならぬはげしい感情がつたわってきた。

「取り引きにまいったな」

「わが尾張家は付家老《つけがろう》成瀬隼人正をさきごろうしないましてございます」

　そういって重阿弥はやや上を見あげた。

「左様であったな。大層気の毒なことじゃ」

「ま、それはさておきまして、くだんの御墨付と誓紙、安藤さまのお首とひきかえならばそちらさまへおわたしいたしましょうとのわが殿のおおせでございます」

　重阿弥は隙間のかなたの宗直へいった。

「安藤の首を所望か」

宗直がおかしそうにいった。そして、くくっ……と笑った。

「左様にございまする」

「成瀬どのを討ったのは紀州家がはなった刺客《しかく》だという噂がながれているのは存じておる。その代償に安藤をというのなら、馬鹿げた話だ。尾張殿の言葉ともおぼえぬ」

重阿弥には宗直の怒気がつたわった。

「それが紀州様のご返事のお言葉でござりましょうや」

「左様だ、下郎っ。即刻、退散いたせ！」

交渉はこれで打ち切られた。

三

紀州の黒犬たちが尾張藩上屋敷をねらいだした。

目ざす代物《しろもの》は御墨付と誓紙である。尾張藩主の口から尾張藩の手の中にあることが紀州家につげられたのだ。

その夜のうちから紀州の黒犬が尾張藩上屋敷をうかがいはじめた。

日本橋・通旅籠町《とおりはたごちょう》の大国屋《だいこくや》江戸店にもそのことはつたわった。

紀州家からの連絡が大国屋につたわったのは一日の仕切りと明日の仕度をおえ、主人彦兵衛が床につこうとした直前だった。

紀州家からひそかに駆けつけたのは、宗直の側役《そばやく》小田切伊織《いおり》という者である。

小田切はただちに大国屋の奥の一室に招じあげられた。

彦兵衛は経緯《いきさつ》をきいてから、腕をくんだ。

その顔には困惑の色が浮かんでいる。

「御墨付と誓紙が尾張家にわたったことは、紀州家にとっても一大事ですが……」

彦兵衛はその後の言葉をいわなかった。

「是が否でも、こちらの手に入れたいところでござる。そのような厄介な代物が尾張家にあっては、いつ紀州家に難儀が降りかかってくるやもしれぬ。将軍家にとっても、いつ禍《わざわい》をもたらされるやも」

小田切の予想と彦兵衛の反応にはいささか食いちがうところがあった。

「それはおっしゃるとおりでございましょう。たしかにあの二つにはご家老のお首と比較できるほどの値打ちがございます」

「黒犬も早速うごきだした。さりながら黒犬だけではどうしてもこころもとない。これまで紀州家ではこうした場合に、黒犬と大国屋が双方で……」

「と申しましても、大国屋は昨年からは将軍家の御用をもっぱら申しつかるようになりました。双方やるには手がいきとどきません」

黒犬は藩の職制だが、大国屋一族はもともと吉宗個人についていたいわば私設の秘密軍団である。吉宗が将軍になった現在では、将軍直属の秘密軍団となる。

彦兵衛はその区別を紀州藩当局にもとめたかったのである。

ところが紀州藩では吉宗と紀州家とはまだ切れていないつもりである。吉宗にとって紀州家は今では単なる実家でしかすぎぬことを認識しきっていないのだ。この認識が不十分だと、いつか悲劇がおこりかねぬ。

「さりながら、将軍家にとってもゆゆしき事柄でござろう」

「誓紙の差出人には吉宗公の御名と花押《かおう》がつかわれておりますから、かかわりはまぬがれぬでございましょう」

彦兵衛はいらだった表情を浮かべた。

「安藤さまならば……」

いいかけて彦兵衛は言葉をにごした。大国屋としては、今後は紀州藩のもめ事にあまり首をつっこみたくない。

安藤ならば、ここのあたりの筋道はよくわかるのだが、今回の件には彼の首がかかっているので、宗直は当人に相談をもちかけなかったのだ。

「ともかく紀州藩の危機でもござる。そこのところかんがえおきねがいたい」

つたえるだけのことはつたえて、小田切は大国屋を立ち去った。

数日後の暁前《あかつきまえ》。

市ケ谷御門がまだ夜闇《よやみ》の中にしずんでいるころ、雲居《くもい》の小弥太《こやた》、風丸《かざまる》、雷《いかずち》五郎ら水戸の黒犬たちは御門の筋むかいにある茶ノ木稲荷《いなり》の境内の藪《やぶ》の中に潜伏していた。

彼らはこのところ毎夜ここにきて潜伏をつづけていた。

境内の西側は尾張藩上屋敷とじかに接している。尾張藩上屋敷に外部から潜入しようとするなら、この境内から塀をこえてしのびこむのがもっとも容易な方法である。ほかの地点は諸門や各通用口の出入りの警戒がきびしく、また門長屋にかこまれているため、なかなか侵入路は見つからぬ。

水戸の黒犬らは尾張藩上屋敷に侵入をはかる曲者《くせもの》をはばむために、毎夜藪の中に潜伏しているのだ。

「もう、こぬだろう」

「今夜も何事もなさそうだ」

颪丸と雷五郎はささやいた。

もうしばらくでお濠《ほり》のかなたの空が白みだすころだ。

「まだ、わからぬ……」

小弥太がどちらへともなくつぶやいた。〈夜討ち、朝駆け〉の朝駆けは払暁《ふつぎよう》におこなわれるのが普通である。

小弥太にはなんとなく予感があった。今暁あたり紀州の黒犬がこのあたりを徘徊しそうな気がしたのである。理由といっては何もない。犬特有の勘である。

小弥太は五感をとぎすまして、御墨付と誓紙をもとめて慕い寄る紀州の黒犬にそなえた。

御墨付と誓紙が尾張家から紀州家の手にうつれば、水戸家は今以上に悪い情況におちいる。水戸の黒犬たちはなるべく早いうちに尾張家からその両者をうばいかえすつもりである。

「しっ」

そのとき藪にちかづいてくる足音を察して小弥太が、二人を制した。

足音はまっすぐにちかづいてきた。

「野良犬だ」

本当の犬が餌《えさ》をさがして藪の方にまよいこんできたのだ。

息をひそめて野良犬がとおりすぎるのを待った。

こころなしか、東の空が白みかけてきたようだ。

筒鳥《つつどり》の、ポンポン……ポンポン……、というような鳴き声がきこえた。黒い影が一瞬すっと前方をかすめたのはその瞬間である。

小弥太は無意識に身をおこした。

颪丸も、雷五郎も気づいたようだ。

その瞬後には、小弥太は黒い影を追っていた。

前方を黒い影がゆく。闇をすかして見ると、やはり黒犬の忍び装束《しょうぞく》だ。

黒犬が黒犬を追った。

前方の黒犬は尾張藩上屋敷の塀の前にでた。

塀を見上げて、一瞬呼吸《いき》をととのえているかに見えた。

小弥太も息をととのえた。右手が懐に入った。

前方の黒犬がふわっと空《くう》を飛んだ。浮いた、という感じだ。

シュッ
その瞬間をとらえ、小弥太の手裏剣《しゅりけん》がとんだ。

シュッ　シュッ
三本の手裏剣はことごとく空中に浮いた黒犬の体に命中した。一本は膝《ひざ》の裏、一本は背中、さらに一本は踵に突きささった。

空中で一転して地上に落ちた黒犬は潜入をあきらめ、逃走にうつった。塀ぞいに突っぱしった。

それを追って小弥太もはしった。

シュシュッ
ふりかえりざま投じた手裏剣が小弥太の頰《ほお》をかすめた。

が、相手の脚力は目に見えておちてきた。踵をくだいた手裏剣が命とりだった。

やがて片足をひきずりだし、とうとう前のめりにくずれ落ちた。

そのときすでに、暁が境内におとずれていた。

四

ほとんどおなじ時刻……。

霞九郎は安藤屋敷の塀をのりこえた。

霞九郎自身の手で、安藤の首をおとすためだ。

しかし、安藤の寝所《しんじょ》まで到達できるかどうかが難問である。そこにいたるまでに、数多くの備えがめぐらされているだろうと想像された。

それらを一つ一つくぐりぬけていかなければならぬ。これはなかなかの難事である。安藤家としての守りも固いだろうし、紀州藩から黒犬がおくりこまれていることもかんがえられた。

安藤屋敷の敷地はじつに奇妙な形をしている。東側が安藤坂に面しているほかは、すべて周囲を旗本屋敷にとりかこまれ、いびつな形状をなしている。

霞九郎は安藤坂からではなく、まず旗本屋敷にしのびこみ、そこの塀から安藤屋敷へ潜入した。

霞九郎の使命は重大であった。表面的には紀水同盟の失敗という中山の失政をおぎなうものだが、大きくいえばそれに水戸藩の面目がかかっている。

紀水同盟という中山の着想はすぐれたものだったが、結局いいところをみな紀州藩にひろわれてしまった。水戸にはいいところをひろうだけの実力が不足していた。

所詮《しょせん》は紀州五十五万石と水戸三十五万石との実力差なのだが、表だっては中山が安藤の知略と才腕にやぶれた形となった。

敗れたからといってほうっておくことのできぬのが、力の世界である。負けたままにしておけば、負け犬になる。その世界で二度とその相手に頭があがらなくなる。ばかりでなく、まわりからも嘲《あざけ》られる。

一矢《いっし》むくいる、くらいのことでは到底すまされぬ。相手の首をとるくらいの報復が必要なのだ。そうすれば、負けは帳消しになり、かえってそれ以上の評価も生む。

霞九郎は水戸藩の負けを一気に逆転する起死回生の手段にせまられていた。

暁をえらんで潜入したのは、このころがもっとも警戒のゆるむ時刻だからである。警固《けいご》、警備の者たちは夜っぴてきびしい警戒をつづけ、暁をむかえて一瞬ほっと気をゆるめる。その一瞬の隙《すき》を霞九郎はつこうとしたのだ。

（……？）

霞九郎は屋敷内の警備の有様を知るために、植込みの中にかくれてしばらく様子をうかがってみた。ところが、警備は案外手薄なようなのだ。

門番所や通用口、各木戸の出入口などに番人をおいているほかは、とくに格別の警備をしている様子がない。

霞九郎はやすやすと門をぬけ、木戸を突破した。

（罠ではないか？）

と警戒したが、もうひくわけにはいかない。いけるところまでいくしかなかった。罠がもうけてあったら、突破していかねばならぬ。

空がようやくかすかに白みかけた。

門番人、宿直のほかには警備の人影が見えぬ。黒犬が徘徊している気配も感じられなかった。

（妙だ……）

ふたたび霞九郎はおもった。おもいながら前へすすんだ。難所はつぎつぎに突破することができた。

奥御殿の中庭へしのび入り、雨戸の溝に苦無《くない》をさしこむと、音もなくそれが浮きあがった。

そこから難なく屋内へ侵入した。

霞九郎は長い廊下をすすんだ。安藤の寝所を目ざして奥へ、奥へとむかった。落し穴、ウグイス張り、鳴子《なるこ》、どんでん返しなどへの注意をはらってすすんだ。

廊下を一度まがって、また真っ直ぐに前進した。

安藤の寝所がちかづいた。一碧斎の見取り図にあるとおりだ。

寝所の手前に宿直の詰めている部屋がある。そこをとおらなければ、安藤の寝所へは入れぬ。

宿直の部屋の前にでた。

霞九郎は外から様子をうかがった。そして襖戸《ふすまど》をわずかに一寸ほどあけた。

懐からちいさな物をとりだし、その隙間から中へ入れた。それは蟇《ひきがえる》の子が二匹である。

蟇の子はぴょん、ぴょんと薄暗い部屋の中をはねた。

宿直二人はほとんど同時に、ちいさなうごく物を発見したが、それが蟇の子だとはすぐにはわからなかった。

「何物？」

「何でござろう」

宿直たちは向きなおって、それを凝視した。

霞九郎はその瞬間、目にもとまらぬ素早い行動にでた。襖をあけはなつやいなや、風のように部屋の中に突入し、忍び刀の柄頭《つかがしら》で宿直の一人に強烈な当身《あてみ》をあて、ふりむきざま返す柄頭をもう一人の後首《うしろくび》に打ちおろした。

両人とも声もたてずに、畳にくずれおち、のびてしまった。それは一瞬の間の行動だった。その後の振る舞いも神速をきわめた。宿直の部屋のむこうは控えの間である。さらにそのむこうが安藤の寝所である。霞九郎は一気にそこまですすんだ。

襖をあけると、意外にも行灯がともっていた。

（……！）

それも常夜灯の有明行灯ではなく、通常の角行灯だ。

「あ……」

おもわず霞九郎は声をもらした。

寝所には夜具がのべてなく、中央の畳が二枚裏がえされ、そこに安藤自身が白無垢《しろむく》の装束に老軀《ろうく》をつつみ端座していた。

霞九郎と安藤とは期せずして、向かい合うかたちになった。目と目がぶつかり合った。

霞九郎はとっさのうちに、この場の状況をさとった。まったく予想もしないことだった。安藤は今まさに切腹をはかろうとしていた。

安藤は三方《さんぽう》の上の短刀を懐紙につつんでとっていた。

「狼藉者《ろうぜきもの》、さがれ」

重い声で叱《しか》りつけると同時に、安藤はぐいと短刀を自分の腹部に突きたてた。

霞九郎は止める暇もなかった。また暇があったとしても覚悟の安藤を止めだてできるはずがなかった。

霞九郎は魂におもい衝撃をうけた。おもわず膝頭《ひざがしら》がふるえた。今まで、何人もの死に立ち合ってきたが、このようなおもい衝撃をうけたことはなかった。紀州藩を長い年月にわたってささえてきた巨木が今まさにたおれんとしている。

「ご家老」

おもわず呼びかけた。

「何用じゃ」

いいつつ安藤は短刀をきりきりと引きしぼった。腹が口をあけ、大量の血がどっとあふれだした。

首を所望いたしにきた、とはこの場でいえなかった。安藤の気魄《きはく》におされ、霞九郎は一瞬声がでなかった。

「水戸の黒犬じゃな」

安藤はしかといいあてた。腹の赤い切り口からなおも血がながれつづけ、臓物《ぞうもつ》ものぞいた。顔からはすでに血がうしなわれていた。

「わしの首を所望にまいったな」

さすがに見通しである。

「ご家老のお首を頂戴《ちょうだい》いたさねば、水戸藩の立場がありませぬ」

霞九郎はありのままいった。

「気の毒じゃが、わしの首は水戸へはわたせぬ。尾張藩にある御墨付と誓紙と交換にいたす。こちらから尾張藩に申し入れるのじゃ」

いいつつ安藤はかすかに呻《うめ》きをもらした。激痛が安藤の全身をめぐっている。そのうえ息ぐるしさにもおそわれているはずだ。

腹の切り口がぴくぴくとうごいている。

安藤はそこで一度短刀をぬいた。そしてそれを気丈に両手に持ちなおし、切っ先を胸へむけた。

霞九郎は見かねて、忍び刀をぬき、安藤の背後へまわった。

「ご家老、ふつつかながら……」

と声をかけた。

「介錯《かいしゃく》無用じゃ！　さがりおれっ」

ひときわ凛然《りんぜん》とした安藤の声がひびいた。

霞九郎は仕方なく介錯することを断念した。

「武士の最期をようく見ておれ。いずれにしろ、わしが亡き者となれば水戸藩の立場もたとう。中山どのの面目もいささか立つことになろう」

いいおわると同時に、安藤は短刀に力をこめておもいきり自分の胸を突きとおした。

血がふたたび噴いた。白の死装束はほとんど朱《あけ》に染まっている。顔も手も腕も首筋も血に染まり、凄惨《せいさん》な場となった。

かたわらに霞九郎は立ちつくしていた。

安藤の体ががくっと前に落ち、血だまりの中に顔を埋めた。これでこときれた。

今なら、安藤の首を掻《か》いて持ち去ることができる。一瞬間、そのかんがえが霞九郎の脳裡《のうり》をかすめた。

一碧斎ならばきっとそうするだろうと想像した。

「南無阿弥陀仏《なむあみだぶつ》、南無阿弥陀仏……」

霞九郎は安藤の遺体にむかって二度名号をとなえ、忍び刀を鞘《さや》におさめた。

一碧斎のにがりきった顔が脳裡に浮かんだ。

霞九郎は安藤にむかって合掌してから、寝所をでた。

庭へおりたときは、すでに払暁だった。

解説

菊池　仁

本書、南原幹雄著『御三家の犬たち』は、数多くの時代小説を書いてきた作者の作品の中でも、画期的な成功を収めた〝御三家シリーズ〟の記念すべき第一作である（徳間文庫版では作者の意向で、作品内容の時代順の発売となっている。したがって『御三家の黄金』『御三家の犬たち』『御三家の反逆』となる）。

成功の要因の第一は、まったく新しいタイプの〝忍法小説〟を創造したところにある。戦後の時代小説を語る上で、欠かすことのできないものに、一九五〇年代後半の〝忍法小説ブーム〟がある。このブームは一九五九年（いずれも単行本刊行時）に発表された山田風太郎『甲賀忍法帖』を皮切りに、司馬遼太郎『梟《ふくろう》の城』（一九五九年）、柴田錬三郎『赤い影法師』（一九六〇年）、池波正太郎『錯乱』（同）、村山知義『忍びの者』（一九六二年）と、傑作の刊行が相次ぎ、時代小説界は活況を呈《てい》した。

これらの作品はそれぞれ個有の特徴を有していた。

山田風太郎『甲賀忍法帖』は、人間の肉体をデフォルメした奇想天外のアイデアが売物であった。といっても単なる荒唐無稽《こうとうむけい》ではなく、史実がパロディ化されていることと、エンターテイメントに徹した姿勢が、時代小説の新たな読者層を開拓したといえる。

司馬遼太郎『梟の城』は、戦国時代における武士社会の職業集団としての忍者の生きざまを、独特の美意識を土台として描いた点に特徴があった。

柴田錬三郎『赤い影法師』は、着想の奇抜さ、趣向の妙では群を抜いた作品であった。寛永御前試合に登場する剣豪達にまつわるエピソードをベースにしながら、その背後に母と子の忍者の活躍が秘められていたという着想はきわめて非凡であった。

村山知義『忍びの者』は、石川五右衛門が階級闘争の闘士として人物造形されている点や、組織の中で非情に使い捨てられていく忍者の宿命にスポットを当てている点が新しかった。

なかでも、『梟の城』と『忍びの者』は、忍者が戦国武将やそれに仕えた武士集団とは明らかに違う職業意識を有していたことを強調して描いており、これは剣豪小説が創出したヒーローとは性格を異にしていた。時代小説のヒーロー像の変遷《へんせん》を考える上では重要なことである。

もうひとつ重要なことがある。それは忍者が諜報戦《ちょうほうせん》のまっ只中に身を置いていたことである。それにより戦局そのものを左右するような動きが可能な位置にいた。作家にとってはまったく新しい解釈で歴史の行間を再構築できる可能性をもった職業であったと言える。

しかし、この〝忍法小説ブーム〟も池波正太郎が一九七九年に発表した『忍びの旗』で終焉《しゅうえん》を迎える。池波は『錯乱』以来、『夜の戦士』『忍者丹波大介』『蝶の戦記』『火の国の城』『忍びの風』『忍びの女』『忍びの旗』といった忍者を主人公とした作品によって、独自の戦国史を描いてきた作家である。ここでは細かい論究は避けるが、結論を言えば池波が忍法小説に幕を下ろした背景には、高度成長期を経て社会が安定期に入った故と推測しうる。つまり、職業意識をモチーフとした忍法小説は成立しにくくなったのである。

本書が発表されたのはこの五年後、一九八四年である。時代は新たな〝忍法小説〟を待ち望んでいたのである。本書が好評をもって迎えられたことがそのことを証明している。

では、どこが新しかったのか。第二の要因を分析してみよう。まず、人物造形に注目して欲しい。〝忍法小説ブーム〟の主役達は揃ってヒーローであった。ところが、本書は意識的にヒーローを排している。主役は霞九郎をはじめとした忍者群像という設定がとられている。

さらに、その性格づけを見ると、両者の相違点は際立ったものとなる。たとえば『梟の城』は主人公に忍者という職業について、独特の美意識をもたせているし、『忍びの者』では現代の企業社会に通じる〝組織と個人〟の問題が投影されており、それゆえ、己の意志や栄達とは無関係に、上忍の命令通りに生きねばならない下忍達の孤独や哀しみが描かれていた。

ところが本書の忍者達は、自らのアイデンティティや出処進退に悩んだりはしない。どんな非情な命令であろうとも、プロとして役割に徹するだけである。作者が意図したこの人物造形の手法こそ本書の新しさなのである。

第三の理由は、〝御三家の抗争〟に着目したことである。なぜなら、時代小説の題材として〝覇権争い〟ほど面白くなる要素をかかえたテーマはない。つまり、〝御三家の抗争〟は磐石と思われていた徳川幕藩体制をその根幹からゆさぶるものなのである。

本書のテーマは八代将軍の継嗣問題である。宝永六年（一七〇九）七月、六代将軍家宣の側室勝田氏の娘（後の月光院）は、家宣の第三男鍋松を出生した。これが後の七代将軍家継である。家宣の正室近衛熙子（後の天英院）には子が無く、長子家千代、次子大五郎とも側室の腹である上、ともに早世してしまった。それ故に家宣は、この鍋松だけは何とかして次の将軍たらしめるべく、努力を重ねたようである。

しかし、その家宣は正徳二年一〇月一四日、五十一歳で病没するに至り、そのあとを受けたのがこの鍋松であり、直ちに家継と改名したが、年齢わずか四歳にすぎなかった。ところがこの家継の治世は、正徳三年（一七一三）四月より同六年四月までの三年余で幕を閉じる。当然、八代将軍は誰に？　ということになる。厄介なことに家宣が遺書を残していた。その遺書には「将軍位は鍋松が継ぐべきこと、もし鍋松が早く没したる時は、尾張藩主吉通の子五郎太、紀州藩主吉宗の子長福、この両人のいずれかを将軍に就かせ、吉通か吉宗を後見職にたてること」の二点が記されていた。五郎太と長福の二人はいずれも二歳の幼児である。これが本書の物語の前提である。

こういった前提だけに八代将軍の継嗣問題は、世上いろいろ取り沙汰《ざた》されてきた。本書の面白さは従来、とかく持ちつ持たれつで均衡を保ってきたかに見られていた御三家にも、確執があったという想定から出発してメスを入れ、その権力抗争に絞ったところにある。といっても、ここまでならこの抗争劇を題材とした作品はいくつも書かれている。決して目新しいものではない。作者がストーリーテラーとして非凡さを見せるのはここからである。作者は形勢有利な尾張藩を封ずるため、紀州藩が、実侍偶の伴わない祖家康からの副将軍位の〝御墨付〟に不満をもつ水戸藩へ同盟を申し入れ、その密約に〝誓紙〟を書くといった謀略を物語の出発点としている。

実はこれが後々紀州藩の落とし穴となる。なぜなら、八代将軍には紀州の吉宗がめでたく就任したものの、水戸藩の所持する〝御墨付〟と〝誓紙〟は、吉宗新体制の最大の脅威として作用することになるからだ。この二つの極秘文書をめぐり、抗争はさらにエスカレートしていく。史実の虚を衝《つ》くこの二つの極秘文書を設定し、その争奪を主導線にしつつ、〝絵島生島事件〟なども巧みに挿入し、重層化した物語を構成する想像力にこそ、娯楽性を極めた作品として多くの読者をうならせた原動力がある。

こういったストーリーのうまさに加え、歯切れの良い文体と、テンポの早い場面転換が新しい読者の獲得をうながしたことも忘れてはならない。そして、作者のこういった手法は、東映時代劇「柳生一族の陰謀」（深作欣二監督、一九七八年）、「赤穂城断絶」（同）や、テレビドラマ「必殺仕掛人シリーズ」といった新しいタイプの時代劇の動きと決して無縁ではない。〝時代〟と共鳴した必然的な動きと理解できる。だからこそ熱い支持を受けたのである。

二〇〇四年六月

この作品は新人物往来社より1984年11月に上巻、12月に下巻が刊行されたものを一冊にまとめました。

徳間文庫をお楽しみいただけましたでしょうか。どうぞご意見・ご感想をお寄せ下さい。
宛先は、〒105-8055　東京都港区芝大門2-2-1　㈱徳間書店「文庫読者係」です。

徳間文庫

御三家《ごさんけ》の犬《いぬ》たち

2004年7月15日 初刷

著者 南《なん》原《ばら》幹《みき》雄《お》

発行者 松《まっ》下《した》武《たけ》義《よし》

発行所 東京都港区芝大門二—二—二〒105—8055 株式会社徳間書店

電話 編集部〇三(五四〇三)四三五〇 販売部〇三(五四〇三)四三二四

振替 〇〇一四〇—〇—四四三九二

印刷 株式会社廣済堂

製本 ナショナル製本協同組合

〈編集担当 村山昌子〉

ISBN4-19-892097-4 (乱丁、落丁本はお取りかえいたします)

幕末長州藩の暗闘　古川　薫
夜明けを切り開いた志士たち　古川　薫
色　枕　本庄慧一郎
女体、目覚める　本庄慧一郎
巌流燕返し　松野杜夫
柳生十兵衛　峰隆一郎
柳生十兵衛《龍尾の剣》　峰隆一郎
柳生十兵衛《逆風の太刀》　峰隆一郎
柳生十兵衛《剣術猿飛》　峰隆一郎
柳生十兵衛《兵法八重垣》　峰隆一郎
柳生十兵衛《月影の剣》　峰隆一郎
柳生十兵衛《無刀取り、四十八人斬り》　峰隆一郎
柳生十兵衛《斬馬剣》　峰隆一郎
柳生十兵衛《極意　転》　峰隆一郎
柳生十兵衛《無拍子》　峰隆一郎
孤狼の牙　峰隆一郎
孤狼の剣　峰隆一郎
殺し稼業　千切良十内　峰隆一郎
殺し稼業　千切良十内　殺し金千両　峰隆一郎

殺し稼業　千切良十内　殺し人別帳　峰隆一郎
信長秘記　兵助が斬る　峰隆一郎
信長秘記㈡　城主を殺せ　峰隆一郎
信長秘記㈢　髑髏　峰隆一郎
慶安素浪人伝㈠　白狼の剣　峰隆一郎
慶安素浪人伝㈡　青狼の剣　峰隆一郎
慶安素浪人伝㈢　赤狼の剣　峰隆一郎
修羅の悪女　峰隆一郎
修羅の首　峰隆一郎
修羅の手籠め　峰隆一郎
修羅の緑石　峰隆一郎
剣鬼、疾走す　峰隆一郎
御用盗疾る　峰隆一郎
用心棒　石動十三郎　峰隆一郎
用心棒　石動十三郎　烏川　峰隆一郎
土方歳三《全三冊》　峰隆一郎
修羅の系譜　峰隆一郎
剣鬼・針ヶ谷夕雲　峰隆一郎
剣鬼・岡田以蔵　峰隆一郎

野良犬の群れ　峰隆一郎
元禄斬鬼伝《全四冊》　峰隆一郎
妖怪犯科帳　宮城賢秀
蛮社の獄　宮城賢秀
薩摩暗躍　宮城賢秀
北の桜　南の剃刀　宮城賢秀
凶　刃　宮城賢秀
上皇の首　宮城賢秀
血の報償　宮城賢秀
剣豪将軍義輝《上中下》　宮本昌孝
義輝異聞　将軍の星　宮本昌孝
風流あじろ笠　村上元三
鎮西八郎為朝《上下》　村上元三
千　姫　村上元三
天保六道銭　村上元三
千両鯉　村上元三
八丁堀同心　加田三七《上下》　村上元三
加田三七　捕物そば屋　村上元三
加田三七捕物帖　村上元三